U0146224

女作家学刊

3

学刊

北京语言大学　主办

阎纯德　主编

Chinese
Female
Literature
Studies

［第三辑］

作家出版社

《女作家学刊》
Chinese Female Literature Studies
编辑委员会

目录

目录

海外华裔作家研究

古代女诗人研究

书评与信息

Chinese Female Literature Studies

The Third Issue

Hosted by Beijing Language and Culture University

Chief-edited by Yan Chunde

Published by The Writers Publishing House

目
录

Ge Cuilin Studies

Yue Daiyun Studies

Shao Li Studies

Special Column Dedicated to Zeng Zhennan

目
录

Famous Writers' Works Studies

Writers' Views on Creationand Literature

Researches on Women Writers of Children's Literature

Researches on Minority Women Writers

Overseas Chinese Female Writers Studies

Ancient Poetess Studies

On the Creative Achievements and Artistic Features of Yang Yun, a Talented Ci

目
录

卷首语

一

从严冬到春天，原来只是一步之遥！

一片渴望祥和的梦，从首都起飞南下，这是第二次，但我不是为了栖息，而是为了飞翔和寻找"知音"——尽管不知真假，但这个"梦"，在我心中确实可以"假"乱真！

一万多米的高空，绝对是安静而迷人的世界。舷窗外，碧蓝碧蓝的晴空令人心静如水，但也唤起无穷的渴望；眼下千层万层看不透的云山雾海，白茫茫的"雪原"与碧蓝碧蓝的"海湾"，仿佛连接着永远涌流奔腾的大河，她们是母亲河黄河长江吗？如此天上人间的境界，令我想入非非，让我无法刹车的思绪在宇宙星际驰骋得不可一世！

如此境界，即使一个近于"痴呆"的老人，也会冲腾起"诗人"的激动；我甚至下意识对自己喊了一声："我的天啊！"

安静下来，打开电脑——这是永远伴我行走的"办公室"，这个无比辽阔的时空，除了"汉学家""女作家"和"文学""文化"，就是我的朋友。

《女作家学刊》一出世，便想象着自己是一棵壮志凌云的大树，祈盼着能呼风唤雨，向着太阳和四季如春的广阔时空生长。

尽管"梦"在幻想中野马般驰骋得快如流星，但我们毕竟生活在人间，每一寸土地都长满了"现实主义"。我们需要跨过许多关隘，然后才会出现"学刊"的烂漫花园！

二

我们怀念 20 世纪末那个文学之花自由盛开的时代！女作家曾是那个时代豪迈文学大军中最令人瞩目的美丽劲旅。她们以自己的才华和理想，真实记录历史、社会、生活和苦难，以光芒万丈的文采温暖了读者，辉耀了文坛。她们是中国文学史上灿烂的群星。

这一辑，我们推出了宗璞、葛翠琳、乐黛云三位前辈作家和邵丽，"专栏"虽然描绘的只是她们的一个侧影，却能唤起我们对其杰出表现的美好记忆。她们不仅给我们创造了许多文学佳酿，其奋斗历程和勤奋精神，也都是我们和后来者的宝贵财富。

宗璞说："我的写作是生命给予的，是社会给予的。"她称自己是"四余居士"，"因为居士不出家，始终保持业余身份，算是业余的佛门弟子；'四余者'，'运动'之余，工作之余，家务之余，和病魔斗争之余。"她一生正是以如此之"余"进行创作的。她还用"诚乃诗之本，雅为诗之魂"，来说明"诚"与"雅"是自己创作的追求，并解释说："诚，就是说真话，也可以说是思想性；从良知开始到有思想性，有很长的路。雅，就是艺术性。这个'雅'并不和俗相对。说真话有好几层，一个是勇气，一个是认识。认识有高下，认识了，要有勇气说出来。"她还说："文学必须真实地反映人生才能获得自己的生命。""感自己所感，言自己所言，才能写出伟大的作品。言自己所言，就是宁愿开罪于人，而不可埋没真理；感自己所感，就是对待事物、生活，要有自己的看法，独立见识，这就是人格的力量。"

葛翠琳是一位童话大师。她说：在我记忆的筐篮里，储存了很多只属于我的精神珍宝。有充满生命力的叶片，有坚实饱满的果核，有失去娇色依旧形态优美的花瓣儿，有干硬结实的根须，一件件深情温馨的往事，像散落的珍珠闪耀在印象里，不知不觉变成我的血液，融化浸透散落在我的作品中。我所写的语言文字、故事人物、生活背景，都藏有我自身的影子，以及我一生尊崇的品格，我执着追求的理想和愿望。这就是这位童话大王作家一生创作的心声！

学者兼作家乐黛云教授，是一代北大人的象征！年轻学者用"兴于诗，立于礼，成于乐"称赞这位学术和精神上的领路人。她九十大寿时，出版了一部心灵独白的散文大著《九十年沧桑——我的文学之路》，此著不仅是她的故事，也是一代中国知识分子和北大人的历史见证。她说："我写这本书有一个原则，傻话和谎话一定不讲。"乐黛云北大毕业留校后，由于命运的周旋，那个时代让她当过猪倌、伙夫、赶驴人、打砖手，最后才回到教学岗位。"人到中年万事休"，但她的学术和文学新生却是从五十多岁开始的，且成为中国比较文学的拓荒者、奠基人，年轻学者的搭桥者与铸魂人。乐黛云说："命、运、德、知、行，这五个字支配了我的一生。""命"与生俱来，"运"充满偶然，"知"意味着对知识和智慧的探求，而"行"意味着现实人生中的取舍与选择。"我很庆幸选择了北大。我从小就立志从事文学工作，最大的愿望是把美好的中国文学带到世界各地，让各国人民都能欣赏到优美的中国文化，进而了解中国。""生命应该燃烧起火焰，而不只是冒烟。""我想那支撑我坚守的原因就是一直滋养我的、来自中西文化的生活原则和道德追求，特别是中国文化中的随遇而安，'穷则独善其身，达则兼济天下'的教诲，正是这些原则帮助我度过了那些因难于索解的迷惑而痛苦的年代。"陈平原说，自 1948 年从山城贵阳来到北大，"她的生活和命运就和北大和当代中国紧密联系在一起。磨难时沉静，辉煌时进取，她从未放弃对祖国和人民的爱，从未停止对精神自由和生命价值的思考探索。"

这三位前辈作家的故事，我心仪久矣！从 1977 年主编《中国文学家辞典》始，她们就是我崇敬的作家。还有毫不陌生的邵丽，她的创作成就，一直都在我的视野里，深信她会有更加美丽的创作前程！

刚刚出生的《女作家学刊》，是个可爱而健壮的"女婴"。她的成长，需要大家无私地给予营养！不仅需要文学研究家、评论家登门关照，也需要女作家们给她喂奶。

这是一个期待精心耕耘的园地，一个文学家与女作家们的精神家园。俗话说众人添柴火焰高，"学刊"的火焰和温度，离不开无数女作家和众多学者的辛勤添柴。这里，我要特别感谢张炯、盛英、张抗抗、吴义勤、曾镇南、陈建功、贺绍俊、孙郁、乔以钢、舒晋瑜、王红旗、段崇轩、马明高、鲁枢元、王春林、徐志啸、沈晖等众多名家对本刊支持和关爱，在 2022 年之始，我以无限真诚的感恩之心，向这些朋友和作者三鞠躬，祝福他们，感谢他们！

阎纯德

2022 年 1 月 1 日　海南兴隆山下

名家论坛

论朱仲丽、韦君宜的小说创作

张 炯

女作家学刊·第三辑

在新中国女性创作的巨流中，朱仲丽、韦君宜的晚年小说创作不应被广大读者和文学史家所忽视。她们的共同点是，在自己漫长的一生中，大部分时间都献给了与文学创作无关的其他革命岗位，只在晚年才以勤奋的耕耘，在文坛以描写革命事业中的种种境遇和为革命而献身的先辈而引人注目。朱仲丽长期担任医生，62 岁才开始写作；韦君宜则长期以编辑家、出版家而闻名，因而人们也往往不太留意她的创作。

朱仲丽（1915—2014），原名朱慧，中国共产党的卓越领导人王稼祥的夫人，湖南宁乡人。1936 年毕业于上海东南医学院，1949 年留学于莫斯科医科大学，获硕士学位。她于 1930 年即加入中国共产党，从事地下工作，1937 年到延安，历任延安边区医院医生、中共中央机关医务所所长、哈尔滨市第一医院院长、卫生部妇幼保健所所长、北京苏联红十字医院第一任院长、中华医学会常务理事兼秘书长、全国政协委员、北京市第一、二届人大代表。

朱仲丽从 1979 年起，以高龄开始写作，先后写出三百多万字的各类作品。有长篇小说《爱与仇》《皎洁的月亮》《江青野史》《女皇梦》，回忆录《我知道的毛主席》《灿烂红叶》《黎明与晚霞》，自传体小说《春露润我》《彩霞伴我》《艳阳照我》等。此外还写有电视剧本《毛泽东》（四十八集）、《皎洁的月亮》（二十集）、《王稼祥》（六集）（均已录制播出）。从 1996 年起，朱仲丽历时九年，以极大的魄力将长篇小说《皎洁的月亮》改编成电视剧剧本，并以耄耋之年亲自担任制片人，把作品搬上屏幕，获得好评。

她的长篇小说《爱与仇》描写 20 世纪 30 年代女大学生周珠和她的好友王慈影走上革命的曲折历程，以宽阔的视野，从侧面反映了马日事变、上海地下斗争、江西苏区、红军长征和延安革命根据地的生活情境，写到许多人物包括重要的历史人物。虽然有些场景由于作者还欠熟悉，未免显得简单，但小说整体上相当真实，充满激情，人物生动，情节波澜起伏，引人入胜。她的自传体小说三部曲，尤以情感真挚细腻，文笔清婉柔美而格外感人。

韦君宜（1917—2002）原名魏蓁一，北京市人，祖籍湖北建始，天津南开中学毕业。1935年考入清华大学哲学系，参加过"一二·九"学生爱国救亡运动；1936年加入中国共产党，抗日战争全面爆发后辍学，辗转于武汉、重庆、成都等地，从事党的地下工作；1939年到延安，先后做过《中国青年》《抗战报》编辑、中学教师、中央党校干事等工作。解放战争时期她参加过土改工作团，1949年以后历任《中国青年》总编辑，《文艺学习》主编，作家出版社、人民文学出版社总编、社长。新时期还担任了中国当代文学研究会副会长。

韦君宜于1935年开始发表作品。1941年在延安《解放日报》副刊上发表讴歌贺龙将军的短篇小说《龙》，后收入《解放区短篇小说选》，这是她的成名作。"文革"前，她的主要精力都用在青年工作和编辑工作上，写的一些短文、随笔《前进的足迹》（1954年）、《故乡与亲人》（1958年）两本作品集。短篇小说集《女人集》未及付梓即因"文革"爆发而搁浅，直至1979年才面世。"文革"后，她身负人民文学出版社主编、社长的重任，于繁忙的工作之余，创作上进入了一个强劲的勃发期，相继出版了中短篇小说集《老干部别传》（1984年）、《旧梦难温》（1991年）、长篇小说《母与子》（初载《小说界》1984年第2期，1986年出版单行本）、《露莎的路》（1994年），散文集《似水流年》（1981年）、《故国情》（1985年）、《海上繁华梦》（1991年），还有编辑札记《老编辑手记》（1986年）等。韦君宜在编辑出版和文学创作这两个方面，对新中国的文学事业都作出了难能可贵的贡献。但她的作品，大多写于新时期。其描写对象，皆为她熟悉的老干部和知识分子在"文革"中的遭遇以及他们对这种遭遇的反思；在艺术处理上，她敢于直面严峻的生活，常常以散文笔法直抒胸臆，爱憎鲜明、强烈，同时又有把自己所遵奉的革命信念、党的政策和崇高的人生境界有机地融合于自己所描绘的生活画面，于朴实无华中见意蕴的沉郁深邃。

她反映老干部生活的作品、获1981—1982年全国优秀短篇小说奖的《洗礼》，写某省计委主任王辉凡经过"文革"浩劫的洗礼，从"明哲保官"，变为"临危莫爱身"，以加倍的努力投身到拨乱反正的工作中去。这不是一种简单的变化，而是一种真正的革命信念和崇高的人生境界的复归。"他过去的思想就是认为凡是上级的意见都是真理，级别越高其真理度越高"，这不仅使他伤害了包括妻子刘丽文在内的许多好人，而且最终也使自己在"文革"中陷于灭顶之灾。只是在沦为"贱民"、进行痛苦的反思之后，他的灵魂才得到洗涤和升华。作者就从人的尊严和革命者的信念相一致的思想高度，批判了教条主义和个人迷信的观点，使王辉凡形象获得独特的现实意义和美学价值。

韦君宜根据婆母杨肖禹的感人事迹，创作长篇小说《母与子》，为一位伟大的母亲立传，是韦君宜酝酿了多年的夙愿。诚如她在这部作品《后记》里所说，在"左倾"思潮泛滥的岁月，写这样一位出身于地主家庭的革命母亲，"必得招致'歌颂地主阶级'的谤议"，因而从酝酿到脱稿，延宕了二十多年。小说主人公沈明贞原乃一老塾师之女，迫于生计，嫁给崔姓地主做"小"。这样一个人，在抗日战争年代，"毕其私蓄，为党兴办事业；殚其精力，为党工作。爱子成仁而不顾，镣铐在前而不屈，临危不惧，忠贞若一"，成了一个令人肃然起敬的革命母亲和坚韧不拔的共产党员。作者描写她走上革命道路的动因时，既突出地描写了三四十年代澎湃于中国大地的抗日救亡大潮对她的激发，也写到她早在学生时代就受到优秀的传统思想的熏陶和新文化思想的启迪，孕育了美好人生理想的种子；写到她丈夫死后因受到封建族权的压迫而激起的不满和反抗；特别是写到她由于爱儿女而发展到爱儿女所献身的革命事业这种真正的母爱的升华。在当代文学的人物画廊中，具有如此丰富人生内涵的真实动人的革命母亲形象还是少有的。

在《母与子》里，除了女主人公沈明贞的动人形象外，其他人物，如长子立华、次子树华、女儿琼华，革命青年俞嘉和、王贤棣等，也都给人留下了难忘的印象。尤其值得注意的，是作者对在革命道路上患得患失、犹豫动摇的方和音、一度失足自首的于清的描写。对这些人物，作者把他们放到一定的历史条件下来剖析，毫不含糊地针砭了他们灵魂中卑微的一面，表现了革命者对这种卑微思想和行为的轻蔑，同时又避免模式化处理，如自首过的于清第二次被捕，英勇不屈地就义于敌人的屠刀下。这样写非但符合人物的性格逻辑，真实可信，而且感人至深。小说具有鲜明的时代特色和纵深的历史感。它以母与子的革命活动为主线，空间由苏北一座小城写到武汉、成都郊区，时间从抗战前夕上溯清末民初、下抵抗战和日本投降，生活背景相当繁复开阔。在小说里，作者既直接写了国统区的抗日救亡运动与共产党人英勇无畏的地下斗争，又间接描写了以延安为中心的抗日民主根据地对整个抗日局势的重大影响。书中各种斗争场面和风物人情都写得精细入微，真实自然，凝结着作者大半生的生活积累和人生感悟，流露出一种朴素、隽永的风格美。出版于1994年的《露莎的路》是《母与子》的姐妹篇，在刻画主人公坎坷曲折的人生道路方面，也反映了作者对人生对历史的独特思考。

我国女性创作自"五四"至今已经历了漫长的路程。如今女作家的创作已占文坛的半边天。经过百年沧桑的历史积淀，我国女性文学已经形成自己特有的传统：这就是对封建传统与男性中心观念进行不妥协的抗争，向社会讨回女人平等做人的权利；同时积极参与民族和社会解放运动，争取在社会实践中实现与男子平等的权利。社会参与和文化批判，成为女性文学发展中相辅相成、相互促进的双重努力。

朱仲丽、韦君宜创作的意义在于，首先，她们的作品不仅站在男女平等的立场，而且重心放在歌颂民族和社会生动感人的解放运动，歌颂革命斗争中涌现的先进人物的光辉形象，真实地描绘了一个时代的历史性的变革图画。中国的现代革命，是我国从积弱受欺到奋发图强、走向民族伟大复兴的关键节点。正是中国共产党领导的这场革命，改变了国家和民族的历史命运。革命历史题材至今仍然是我国文学的重要宝库。这样的作品所发掘的不屈不挠的英勇奋斗精神，永远是激励亿万人民为光明未来而努力的精神火炬，是社会主义精神文明建设的正能量！朱仲丽、韦君宜留给我们的小说，正是根据自己的亲身经历而创作的弘扬这种正能量的作品。它的思想意义应该被我们深刻认识。

其次，她们的创作高潮都在晚年，甚至在离退休之后。像朱仲丽从六十二岁开始动笔，直到九十多岁写出三百多万字的作品，实在让人吃惊！这说明，老人仍然可以写作，而且可以写出好的作品。尽管思维可能不如年轻人敏捷，但仍然可以从事文学创作，还可以写出没有这种革命经历的年轻作家不一定能写出的作品，为国家和人民继续作贡献。这不能不激励许许多多老年人，特别是经历革命、跟共和国一道经历风云激荡的一代老年人，促使他们也拿起笔来，发挥"夕阳红"的精神，为我国的文学做力所能及的贡献。

再次，文学既影响于社会，影响于后人，却又是个人的事业，烙有个人鲜明印记、鲜明风格的事业。作家只要不矫揉造作，率性而为，率性而写，就有可能写出异于前人的具有独特意蕴、独特风格的作品。这样的作品正是读者所要求、所喜爱的。应当说，朱仲丽、韦君宜写革命斗争的作品，正是各有风格特色的。作品风格总是内容与形式相统一的体现，也是人格与文格相统一的体现。她们虽然是同时代人，都参加了革命斗争，但由于个人的具体经历不同，性格有异，只因率性而写，作品的韵味与风格就不一样。这也是足以启发后人的。布封说，"风格就是人"，是说得很深刻、很到位的。

复次，女性文学自"五四"以来，大体有两类：一类是无性别写作，即女性作家站在中性的立场来描写社会生活，写男性和女性。这类作品不单关注女性，往往更多关注国家与民族的共同主题；另一类是女性意识自

名家论坛

觉的写作，即女性作家站在鲜明的女性立场去写社会生活，写男性与女性。它不但倡导女性主义，甚至鼓吹女性胜于男性，乃至鼓吹性开放。由于后者是在西方女性主义思想潮流的影响下，在改革开放的新时期，后一类作品尤引人注目。朱仲丽、韦君宜的小说作品无疑属于前一类。它表明国家、民族命运的主题同样应是女性作家必须关注也能够关注的大主题。应该说，今天这样的主题仍然应被广大女作家所重视，这方面的传统，应该被女性文学所继续继承和发扬！

2021 年 2 月 17 日于苏州吴园

（张炯：中国社会科学院荣誉学部委员、中国作家协会名誉副主席）

黄宗英：不落征帆

周　明

2013 年初冬时节，读到黄宗英的《命运断想》后，我的心情一直不能平静，文章有酸有甜，有苦有辣，有成功，也有挫折，有悲凉，也有欢乐。坎坷的经历，丰富的人生，拼搏的精神，是她精彩的人生。于是我拨通了她的电话，先是问候她的病情，她说还稳定，稳定就是好着呢。我又问她《命运断想》是什么时候写的？她说是这几年住院期间回忆，回想，思考，断断续续写出来的。我说写得好啊！对读者和朋友们了解你、理解你很有帮助。她说我还没有写完呢！

祖国改革开放三十多年来，我国报告文学作家与时代同步，与人民同心，创作了一系列感动人心，催人奋进的好作品。在文学界，报告文学可谓异军突起，蔚为大观。这使我不由想起黄宗英那些时光里一些难忘的印象。

近几年，黄宗英因病一直住在医院里，我曾几次专程去上海看望她。每次去，我都见她病床旁边的窗台上堆满了新出版的书籍和报纸。她除了遵医治疗，其余时间便是读书，还时不时执笔给《新民晚报》写些短文章。

2008 年的冬天，我去上海前先和她通了个电话，我说我要来看你，你想吃北京的什么呀？她说你就带几个老白魁家的芝麻火烧吧！我知道她的祖籍是浙江瑞安，而她 1925 年出生于北京。七岁时，身为工程师的父亲从北京西城电话局调往青岛电话局担任总工程师，她也就随父母迁居青岛。因而对老北京，她有着许多儿时的记忆。不料，电话那一端黄宗英却哈哈大笑说："哎呀，真是有缘。我正想给你打电话呢！"我说："你身体情况如何？能出院吗？""还不能。最近可能还要做个小手术呢。"她说："我找你是因为我正在写一篇文章。却想不起那部电影中女主人公的名字。六十年代初，于伶的电影《七月流火》中张瑞芳扮演过的角色叫什么名字？你能帮我查查吗？"我感慨地叹息说："你又写文章了，医院不是让你安心治病吗？"她说："不写怎么行？有些人和事忘记不了呐！时间愈久愈觉得要写出来。"我当然理解她的心情，但还是劝她以静养为主。经查那个女主人公的名字叫华素英，我告诉了她。

这时我忽然想起，几年前她为我题写的她喜欢的一句话："一息尚存，不落征帆。"这也正是当时年已八十三岁高龄的黄宗英最好的写照。

这年春节我去上海华东医院看望她。当时因为有人撰写她的评传，她对某些往事包括有些作品发表的情况记不清了，要我帮助回忆。我去了，我们在她那洒满阳光的华东医院东十七楼的病房里促膝而谈，愉快地交谈了一个上午。她精神状态很好！那时她给上海发行量很大的《新民晚报》已经写了一二十篇回忆性的散文随笔。她为一个年轻人写修建川藏路纪实的一本书所写的序言发表后，有位老朋友看了文章，夸她说："哪像八十三岁人写的，倒像个三十八岁人的手笔，还是那么乐哈哈，那么有朝气！"

当时，我们对坐在暖意融融的窗前，一起回忆起粉碎"四人帮"后出现的那个文学的春天。在那明媚的春天里，报告文学是一朵最为艳丽夺目的鲜花，也是作为激励人、鼓舞人奋进的号角。当时一批有影响的作家如徐迟、刘宾雁、黄宗英、柯岩、理由、陈祖芬及程树榛、鲁光、徐刚、苏晓康、赵瑜、麦天枢、贾鲁生、钱钢、张胜友、胡平、李延国等等，形成了一支很可观的报告文学作家群。许多传之家喻户晓的优秀作品均出自这些作家的生花之笔。黄宗英则是这支队伍的主力。她以博得广大读者喜爱的《大雁情》《美丽的眼睛》和《小木屋》荣获全国优秀报告文学奖三连冠。那实在来之不易。然而对于获奖，她却淡然地说："得奖只是说明昨天。明天的路还漫长呢！"

粉碎"四人帮"后，黄宗英首先发表的名篇是《星》，完稿于 1978 年。当时，中央号召拨乱反正，实事求是，解放思想，把被颠倒的历史正过来。因此，一大批在"文革"中的冤案、错案逐步得到平反昭雪。电影界也宣布了一批平反的名单，但见没有电影演员上官云珠。黄宗英询问赵丹这是怎么回事？由此他们谈起许多记忆中上官云珠的为人处世，上官云珠的好。赵丹鼓励她写出来。为了悼念屈死的亡友，她含泪迅笔书成。当时，她和赵丹住在北京华侨大厦。我去看望他们时，赵丹告诉我说："宗英最近哭出来一篇文章，是控诉'四人帮'，不知你们《人民文学》好不好发表？"我当即读了稿子，很为感动，便立刻带回编辑部送审。当编辑部决定发表时，为了慎重起见，黄宗英又用复写纸复写了几份（那时还没有复印机），分送白杨、张瑞芳、王丹凤等同时代的电影名家，请她们提意见。之后，她又认真做了修改。《人民文学》发表后，反响强烈。

黄宗英在《星》中深情地写道："云珠，云珠啊，这个名字你伤心地拾来，而今你欣慰地长留着吧。云珠之明珠——星儿哟，你闪光吧……人们对每一个被'四人帮'迫害的同志、战友、兄弟姐妹，无限同情、尊重、怀念……在洁白的银幕上，在排练场上，我们总会想到你，谈起你我们总是觉得你也还是和我们在一起，在一起的。"

是啊，当你读着《星》感到宛若在倾听一位知心朋友娓娓动情地向你讲述一个电影演员的坎坷经历及在"文革"中的不幸遭遇和悲愤的控诉。文章犀利而委婉，隽永而深刻。可以说，作者是哭肿了眼睛而写，读者是含着热泪捧读。

黄宗英写于1978年6月的《美丽的眼睛》，是记述一位在上海炼油厂参加化学分析实验的兰州大学化学系女进修生杨光明被严重烧伤（烧伤面积100%，三度烧伤94%）并几次报病危而与疾病顽强斗争的感人事迹。在这里，作者却只选取杨光明的眼睛——一双被黄宗英发现了的美丽的眼睛为主线，贯穿始终，信笔驰骋，收纵自如，有力地向读者展示了人物内在的心灵美与医护人员的高尚医德。一位当时在上海瑞金医院烧伤科听到杨光明事迹后的外国代表团团长惊讶地说："究竟是什么力量使她活了？什么力量还能使她活下去？……"黄宗英在采访过程中深受感动，也深有体会。她认为："从有生命的事物中发现美，是作家的职责。"

此后的岁月里，黄宗英果然用她一双美丽的眼睛发现和讴歌了生活中无数可歌可泣的祖国的建设者、创业者和开拓者。她履行着一个当代作家所肩负的社会责任感和历史使命。

说起黄宗英轰动一时的报告文学《小木屋》，更是一部离奇曲折的长长的故事呢。《小木屋》发表于1983年。两年后据此拍摄的电视片《小木屋》获国际奖。《小木屋》写的是女生态学家徐凤翔多年来在西藏人烟稀少的原始森林地区进行科学研究的感人事迹。

如若我们稍加留意就会发现，粉碎"四人帮"后的黄宗英，果真是精神焕发，意气昂扬，虽说已是一位年近花甲的女同志，却响应生活的召唤，投身于各条战线，采访写作，辛勤耕耘。短短几年中，她涉足祖国的东南西北，踏遍祖国的千山万水。她先后到了陕西、广东、甘肃、福建、山西、湖北、南京、重庆、苏州、济南、柳州、南通、延安、北京、天津、四川、西藏等地，曾经落户深圳特区蛇口。记得她刚到蛇口时，曾在给我的一封信中深情地说："如果我知道特区是这样的，我早就来了。繁华对我从来没什么吸引力，而艰辛总是使我一见钟情，又难以自拔……"她宣告要在特区"扎"下去啦！她一再兴奋地说："在特区，我看到了一种创业精神，我要写希望。"这是1983年冬天的事。

当时，也有人担心，她会不会由于当了经理，被卷入事务的旋涡，被拴住？而黄宗英明确表示："拴住是好事。我从来不愿做生活的旁观者，而要做生活的参加者、搏击者。"她还深有所感地说："以前，我写的《大雁情》《橘》，直到《小木屋》等，都是呼吁文学，虽然在读者中得到了广泛反响，我并不满意。我现在更想写的是在'四化'中比较能掌握自己命运的人。

这些人是中国 20 世纪 80 年代的勇士，我是追踪勇士的脚步向前行。"

是呀，黄宗英，正是一位追踪勇士的脚步而前行的作家，一个马不停蹄，追赶生活浪花的人！

黄宗英曾先后进藏三次。在她五十七岁那年——1982 年 9 月，我和她作为中国作家协会派出的第一个进藏作家访问团。团长黄宗英，我是秘书长。访问西藏高原的那几十个日日夜夜的难忘情景，依然历历在目，如同昨日。

当时，由于北京没有直飞拉萨的班机，必须在西安中转，我们商定走一站在西安做体检。我们一行八人中，数老作家王若望年岁顶大，六十五岁。其次就是黄宗英，五十七岁。年纪最轻的一位是天津作家王家斌，四十三岁。其余像诗人郭蔚球、黎焕颐、饶阶巴桑、王燕生和我，均系四十来岁或五十岁上下的中年人。估计身体情况的问题不大吧。

当时，黄宗英还在日本，是去出席有她参演的中日合拍的电影《没有下完的一盘棋》在东京的首映式。但是，她怕误了去西藏的日程，在东京，当日本首相刚刚接见完中国代表团，她就匆匆飞回北京，又匆匆赶到西安，和我们全体成员愉快地会合了。在西安，体检的结果，我们大都平安无事，唯独黄宗英心脏有些疑点，医生叮嘱她千万注意。她说：我皮实，没事儿。就这样浩浩荡荡进了西藏。

9 月，正是西藏欢庆青稞丰收的季节，也是气候最美好的时节。9 月 4 日，我们乘坐的飞机刚刚降落在拉萨贡嘎机场，便受到了自治区文联同志的热情欢迎。两位藏族女同胞向我们献了哈达——这是隆重的礼遇，顿时使我们感到格外激动，格外亲切。我们由机场乘车沿着美丽的雅鲁藏布江而行，整整两个小时才抵达自治区首府——拉萨市。进入市区时，老远，首先映入眼帘的是金碧辉煌的布达拉宫！我们兴奋得几乎要在车里跳起来。

哦！拉萨，啊！布达拉宫，几回回梦里梦见了你们，向往你们。今日相见，虽是头一回，却并不陌生。多么眼熟，多么亲切！

真巧！我们的驻地就在布达拉宫脚下的自治区第一招待所。这自然是主人的精心安排。盛情的主人好心劝告我们：进藏后要先休息三天，适应后再活动。就是说头几天，要老老实实地睡几天觉，以便适应高山反应。这一点，我在离开北京时，一位前辈，时任中组部副部长的曾志同志也告诫了我。她说不久前有几位老干部去西藏，头几天没注意休息，便开始活动，结果病倒了，送回了北京。所以我们都相约：睡它三天吧！实际上不睡也不行。按我平日的身体状况（无病，从不进医院门），我想逞能，试着不休息就活动。于是我请负责接待我们的藏族小伙子格列，把他的自行车借我骑骑看。好在拉萨市区街道很宽，路上行人和车辆都不太多，即使有个三长两短，也不至于发生什么事故。但是，格列和敏吉却一再叮咛我注意安全。

我心想，我从北京来，北京是有名的自行车城，我在那里骑了二十多年自行车，还会在拉萨出事故吗？

不想，刚刚蹬上车，本来就够宽阔的街道，行人又不太多，我却摇摇晃晃，扭扭歪歪地行进，感到头重脚轻，晕头晕脑，想蹬快也蹬不起来，腿上无力呀。没骑多远，只好"返航"，老老实实地躺到了床上。待开饭时，我们漫步在招待所的院子里，都说头有点晕，脚有点轻，迈不开步子。可黄宗英乐呵呵地说："我也头晕。不过，在北京，在上海，我也有头晕的时候，谁知现在是不是高山反应症，管它呢！明天，咱们就开始参观，先游览一下市容也好哇。"

于是第三天，我们跃跃欲试，便索性不睡了，爬起来上了八廓街，并且参观了大昭寺。出乎意料，我们中间最年轻的王家斌，却是一躺三天，茶饭不思，还呕吐不止。王燕生也意外地病倒了。倒是王若望老当益壮，精神抖擞，没有大的反应。黄宗英呢，天天觉得头也晕，却闹不清是不是高山反应，也就没有老实休息。结果五天后，当我们在山南地区的琼结县境内参观藏王墓时，黄宗英突然脸色发青，头晕，呕吐不止，出现高山反应症。我们立刻把她送进当地驻军医院，输液，休息。但当她在病床上知悉，第二天我们要去五十五公里外的沃卡电站参观时，她却躺不住了，一定要去！她埋怨自己干吗跑到西藏来生病，千载难逢的机会，她多么想多看看西藏的新面貌啊。

陪同我们的当地同志劝她好好歇息，养好身体，并告诉她，沃卡电站规模不大，仅四台机组，是一百来人的电厂，不能同内地相比。但是它在西藏，在山南，就算得上是一座像样的电站了，主要为山南地区供电，在促进当地工农业生产和改善群众生活方面发挥了很大作用。去沃卡，要渡过雅鲁藏布江，还要通过一段险峻的山间简易公路，因此他们更不主张她去。黄宗英却急了，她说这些我都不怕，怕的就是你们好心不让我去。我去，一定去！我要看看西藏同胞自个儿建设起来的电站。

就这样，在她的坚持下，她带病同我们一道乘车上路了。在地处深山荒坳中的沃卡电站，她仔细看仔细询问，当听说西藏水源充足，但是没有煤，没有电，尤其迫切需要电力，而沃卡电站正是在汉藏同胞团结奋战下，四年胜利建成时，她为汉藏职工团结奋斗的创业精神所感动。她动情地说：应该为沃卡电站工人谱写一首赞歌。

9月12日，黄宗英和我们访问团的同志从山南返回拉萨后，一天也没有休息就踏上了新的旅途，到纳木错去！——一个更为迷人的目标吸引着作家和诗人们，"纳木错"，就是藏语"天湖"的意思，它是世界上最高的咸水湖，因而蒙语称它为"腾格里海"，即"天池"之意。

关于纳木错，在藏族同胞中流传许多神奇的传说：纳木错是位最美丽的神女，念青唐古拉（山）是一位英俊王子，他们遥遥相望，情丝缠绵。人们把纳木错比喻为一个神女，说明她的容貌必然俏丽迷人。然而这座世界上最高的湖泊之所以使作家、诗人向往迷恋，不只是因为她的绝伦美貌。有意味的是，黄宗英和伙伴们将把它视为攀登高峰的一个象征。因为在此之前，还不曾有任何一位作家登上峰峦高处，走近她的身边，观瞻她那妩媚的姿容和旖旎的风光。

黄宗英，劲头十足，决心登攀上去！

纳木错，海拔 4712 米。要到达目的地，中途须翻越海拔 5700 米的拉根山口。5700 米，这可不是一个简单的数字，那是一座需要经受严峻的考验才能登上去的雪山高峰！看看眼前这样一支刚刚从书斋中、平原上走出来的书生队伍，敢不敢登攀？能不能翻越过去？这可使陪同的藏族同胞捏了一把汗。车上倒是备有氧气袋，可大家谁也不愿用，挺一挺，也是一个锻炼。

汽车沿着弯弯曲曲陡峭的高山公路爬行似的进入拉根山谷。一路上受到风、雨、雷、电、雪和冰雹的袭击。九月的季节了，还必须穿上羊皮大衣呢。开始，路还平整，不久就变得又险又陡。路面常常被冰雪融化而成的拉根河冲断。走到后来，山坡上连一根小树也看不到了。只见顶峰上覆盖着一片白茫茫的雪，厚厚的雪，宛如朵朵白云游动在山巅。那景色是十分壮丽，十分迷人。然而空气却愈来愈稀薄，呼吸渐渐困难。我们讲起话来都感到气短。好心的司机几次停下车，拿出氧气袋，问老同志王若望，问黄宗英，要不要吸点氧，补充一点氧气，他们都婉言谢绝了。黄宗英笑嘻嘻地说："不用。吸氧还算什么英雄。我就是要检验一下身体，看看能不能攀登上去！我还要跑好多地方呀，爬很多山哩，写好多东西呢。"

车到顶峰后，司机停下来，有意让我们领略一下雪山风光。我们也早已憋不住了，欢呼着从汽车上跳了下来。谁知，个个都不约而同地感觉飘飘然如腾云驾雾！稍稍安定之后，环顾四周，啊，蓝天下，高耸云端的巨大雪峰，在阳光下熠熠闪光，发出耀眼的光芒。眼前一片辽阔的银色世界，使人顿时感到心情格外舒畅，格外开阔。我和黄宗英站在雪峰上，裹着皮大衣合影留念——这可真是一帧宝贵的照片。我们为作家访问团第一个登上 5700 米的高峰而骄傲，也为我们取得了"团体冠军"而自豪！

我们的队伍中还有当雄县的副县长吴文春——他是东北人，北京农业大学的毕业生，志愿进藏工作，已经整整十六个年头了，并且和一位藏族女同胞结了婚，在草原上落了户。他曾在纳木错区工作过三年，所以对这一带的农牧业情况、风土人情了如指掌，还讲得一口流利的藏语。开始我们还真以为他是当地藏族干部呢。由于职业的习惯，这个人物立即引起了黄宗英的注意。她暗示我让她和老吴坐到一辆车上去，多聊聊——说不定是个人物呢。

当我们的车队再度启动后，不久，车子拐出一个山谷时。老吴高兴地瞭望着远方指给我们看：

纳木错！纳木错！

啊，天池！神女！一汪湛蓝的湖水！一片浩瀚的高山之海！

我们没有料想到，纳木错如此辽阔，如此壮观，风光如此美丽！环绕湖水的岸畔是一片片地毯似的平整而青青的草地。我们一个个不由倾倒在柔软的草坪上，观赏着、迷恋着这带有极大的神秘色彩的世界著名高山之湖，直至黄昏时分才依依不舍地离去。

当晚，我们返回并歇息在海拔 4700 米的当雄县招待所。由于心情兴奋，难以入梦，草原又是歌舞之乡，我们便也点着蜡烛唱起歌，跳起舞。宗英和我们同欢唱，共歌舞。不过，跳着跳着上气不接下气，无法起步了。毕竟这儿是高山地带呀。宗英和我们便提着灯摸到了吴文春家，进行了一次难忘的夜访。

第二天清晨，天放晴了，吴文春副县长带领我们访问了藏北著名的羌塘草原。一路上只见满山遍野的羊群、牛群和成群结队的牦牛，自由自在地游动在白云下广袤无垠的茫茫草原上。

这天中午我们就在草原上的帐篷里同牧民们欢聚一起，共进午餐——一顿极为丰盛的草原风味午餐。盛情的主人先是招待我们喝青稞酒、酥油茶，吃"退"（一种用红糖、奶渣和黄油合成的食物），而后送上了刚刚宰割、炮制的全羊肉——这是用来招待远方来的贵客的。说实在的，我们之中好几位还吃不习惯。可是黄宗英不但样样都尝，而且吃得很香！就连那有点半生不熟的羊肉，她也用手抓起一个肘子就啃。那青稞酒，那酥油茶，那酸奶子，连藏族同胞都担心她这个"大上海"来的名演员名作家会不会不习惯吃，会不会咽不下口哩。其实，不习惯也是很自然的事，因为毕竟各个民族都有自己的风俗习惯。黄宗英却吃得这般香，这般自然，使得好客的主人十分高兴！席间，藏族牧民同胞们竟兴奋得弹奏起、歌唱起原生态的藏族民间歌曲来。乐曲动听，歌声悠扬，几位身着漂亮民族盛装的藏族女同胞不由随着乐曲翩翩起舞。在主人的盛情邀请下，我们也手舞足蹈起来。霎时间，一曲民族团结的歌声飞扬在辽阔的草原上空。

这时，我忽然发现：怎么？我们访问团中的藏族诗人饶阶巴桑溜号了？要说跳起藏族的歌舞，他是最拿手的一个。几天前，我们在雅鲁藏布江畔访问西藏"邦典（即围裙）之乡"姐德秀村围裙厂时，热情的能歌善舞的藏族同胞曾邀请我们跳舞。这一次，饶阶巴桑却大显身手，他十分活跃地和对方对跳，手舞足蹈，口中还念念有词，跳得满头大汗，跳得气喘吁吁。眼下这么热闹的场面，饶阶巴桑怎么不见踪影了！

我悄悄走出帐篷循迹而去。唔，原来我们的诗人诗兴大发了，瞧他正舒展地席地坐在草原上，在他随身携带的小本子上流利地书写着什么。

此时，帐篷内乐声歌声此起彼伏，依然热闹异常。帐篷外，诗人饶阶巴桑，忽而仰起头来，面对蓝天里朵朵白云，忽而低着头向着茫茫草原，轻声地却激情满怀地朗诵着他刚刚完成的诗篇：

雪山筵
——致黄宗英

《橘》的六十元稿费买的风衣上，
带着旅途飘动的兴致，
带着黄浦江
浪沫堆叠的诗行，
你在激动了
不加约束地倾泻在
五千米高处的羌塘。
一如浪的体态
滑近，滑远
在于寻找到
海的乳胸的宽广。

你顺着西藏之谜的航海图。
不嫌其遥远、迷茫，
穿着在上海买的登山鞋，
走进一个又一个
一片又一片
牛群、羊群、马群
漂浮起来的帐房。
牧人顺手从草原上，
抓起几只高角大羊，
用牛粪火烤炙，
插上一把也许是杀过人的藏刀，
请你启齿一尝。

庞然像小丘一样的酒坛，
外面是古老的凸纹兽象，
里面是青稞的醇浆。

恭敬地放在你面前，
请你放开
演戏时逼真的海量。

不是机制的乳酪、果脯，
而是牧人粗糙的手掌
乱捏成的奶饼、乳条、酥油、糌粑，
制作它的是部落时代有的
感情的半成品，哈达的全包装，
加上无齿的牛犊吃剩下的乳，
便是牧民真诚与厚朴的立方，
成块成堆地放到待客桌上，
——款待一个大都市的女郎，
请你表示牧女般的豪放。

远方来的客啊，
你带着《大雁情》，
来高原拜访，
听 六弦琴的音响，
看生活穿着古装，
借简陋之帆，
粗犷之舟，
进入丰富的大洋；
在西藏之谜的航海图上
飘游着一个女性探索狂……

　　至此，诗人突然中止他的音符，做了一个表示完结的手势，客气地说：
请提意见吧。这是我刚才信笔写来的，一个初稿。

　　这时候，牧民中不知谁忽然用藏汉语混杂的声音喊出一句：她，我们
的宗英卓玛！啊，啊，宗英卓玛（仙女之意），这是藏族同胞对黄宗英最美
好的评价！从此，我们也这么称呼她了。

　　当我们从藏北草原回到拉萨，在拉萨市区参加了一个五省区藏族文学
创作座谈会之后，立刻离开拉萨，马不停蹄地奔向另一个我们深深向往的
阳光最多的古城——日喀则。

　　日喀则，藏语的意思是"高地的村落"。这里海拔4000米左右。举目
四望几乎是光秃秃的山头或荒凉的沙坡。人们都把拉萨称为"日光城"，其

实，据科学家考据，西藏高原上阳光最多的古城不是拉萨，而是日喀则。约在 1300 年前，这儿就曾是"女儿国"大女王的都城，比今天的自治区首府拉萨兴起得还要早。

人们向我们介绍说，这儿日照长，夜雨多，昼夜温差大，因而大大有利于农作物的光合作用，是促进高产的有利自然条件。但是，高寒天气，又对农作物有极为不利的一面，因此有人主张：在日喀则，只能发展牧业，不利于农业。不信，只要瞧瞧那寒冷无水的山头连树也不长，连草也不生，就够令人望而生畏了。

"有一个人却打破了传统观念，破除了迷信，在这里培育出了无数青稞良种：高原早、白朗兰、喜马拉雅一号、二号……而且还从内地引种成功日喀则从前见都没见过的苹果、雪梨；还进行了系统选育的科学实验……"地委负责同志热情向我们介绍说。

"这个人是哪个单位的？叫什么名字？"对科学、对科学家最为敏感而热爱的黄宗英急切地问道。

地委负责同志回答说："叫谭昌华，在地区农科所。不过，这个同志有病，不适合在高原工作，现在已调回四川老家去了。"说着，这位负责同志流露出不无遗憾的心情，"他走得早了点。他的闪光事业刚刚开始哩！他对高原很有感情，走的时候是流着眼泪走的！"

黄宗英一听，忍不住了。按原定计划，下午，我们是要去参观那座拥有二十多万平方米建筑面积的庞大而又赫赫有名的大寺院的。她建议改一下日程，先去访问农科所。

日喀则农科所，真是宛若西藏高原的一方绿洲，一块绿色宝石。这儿有树木参天的林荫道，有多种农作物竞相生长的庞大的实验室，还有设备良好的科学研究室，丰硕果实展览室等等。它曾因优秀的科研成果而获得国家级和自治区的多项奖励。

而这一切，又是跟他们原所长、一位志愿进藏工作的农学院毕业生谭昌华的贡献分不开的。所以人们怀着深深的感情向我们述说了谭昌华的动人事迹。这使黄宗英，使我们大家都深为感动。听着听着，黄宗英落泪了。她说我们多想见一见谭昌华啊！

可是他回四川老家了。人们说，谭昌华由于日益严重的心脏病，1978年正在地里收莲花白的时候突然昏倒了。经医生检查，不适宜继续留藏工作，便送他回内地了。他是哭着走的。在老家，在病床上还不断写信来关心和指导农科所的科研工作。现在他的病情有所好转。他的父亲是省里一位民主人士，按理他完全可以留在省城工作，可他不！他几经联系跑到四川江津地区农科所去工作了。在那里也干得很出色，还时常有信来。

黄宗英忍不住动情地说：我到四川后要去追踪他，寻访他。多么有志气的一位科学家！

黄宗英，就是这样一个人，她对生活，对科学，对科学家，对那些为祖国"四化"付出了辛劳、作出了贡献的，哪怕是极为普通的人，都充满了喜悦之情，热爱之情！她一旦接触，情有所动，心笔相通时，便抑制不住内心的激情，要写，要颂扬，要呼号，要让天下的人都知道，在我们九百六十万平方公里的祖国大地上，有这么多可敬可爱的人，他们为了振兴中华，为了祖国的富强，为了人类的进步，付出了多么高的代价和焕发出何等可贵的精神！

用一句老话说：日月如梭，光阴似箭。在西藏，很快，一个月的时光过去了。按照原定计划，我们过了国庆节就该返回北京了。

行期决定了，没想到，回内地的飞机票却意外发生了问题。据说买飞机票已排队到两三个月之后。那时往返拉萨的航班少而有限，我们自然有点焦急。真得感谢自治区的领导和文联的同志，好不容易帮助我们弄到了回程的机票。

这来之不易的飞机票刚刚拿到手，起飞的头天晚上，伙伴们都在忙碌地整理行装。我怕黄宗英又落了什么东西（这对她来说是家常便饭，所以我们多年前就给她送了个"迷糊大姐"的称号），便到她的房间，想去看看情况。

哦，她真沉得住气儿。都啥时候了，竟还端坐在沙发上，低垂着头，沉思默想，手里还拿着织毛衣针和正在织毛裤的毛线呢。那大小旅行袋，乱七八糟的衣物，有的散放在她的脚下，有的还原封未动，好像正在整理又未见整理。难道她灵感来了，正在构思文章？可为何又在赶织毛裤？

我感到奇怪。问她：

"宗英卓玛，你怎么还不着急？要我帮忙吗？"

她猛然抬起头对着我说：

"我要退掉飞机票！"

我不相信。因为她也十分清楚这些天为买飞机票的烦人周折和机票的来之不易。我说：

"为什么？"

她说："我要留下来，跟一位女科学家到原始森林去！"

我更是丈二和尚摸不着头脑。怎么，哪儿又冒出个"女科学家"？这究竟是怎么回事儿呢？

平静下来后。她这才解释说，今天下午，她在招待所院里意外碰到了四年前的秋天，她在成都旁听一个学术会议时所认识的一位女科学家——南京林学院的生态学者徐凤翔。这位女学者在发言中建议在全世界建立几个森林生态定位考察站，因陋就简盖一座"小木屋"进行工作。她说："我愿长期参加这一工作，把自己的一切献给西藏的大森林！"徐凤翔的发言深深吸引了黄宗英。那时，她已向往这个为开拓祖国边疆宝藏的前哨——西藏大森林里的"小木屋"了。如今，她又碰巧遇到了进藏来的徐凤翔。她自己现在又身在西藏，怎么能错过这个难得机会呢？所以她固执地坚持着。

天哪！这真是我们意想不到的事。难怪不甚了解不太熟悉她的人，觉得她有点"神经质"。我自然不这样认为。可眼前发生的事又该做何解释呢？

就在两天前，在拉萨，我们几个和她应邀到上海进藏工作的几位年轻人的家里去做客，那几位小伙子还无意中谈到，原始森林里是如何恐怖，如何危险。密密森林里，由于能见度有限，说不定啥时候走着走着，撞上了大狗熊，被抓被扒被吃掉！其中一个身强力壮的小伙子就曾被瞎熊撕破了脸，他还用手指给我们看了看那残留的伤疤。不过当时我们只是听听而已，心想反正这趟我们也去不了原始森林。可现在这些话回味起来又引起我的疑虑，引起我要说服黄宗英：不能留下，不能进原始森林，应该跟我们走！跟我们一道安全"返航"！

我们争执着，谁也说服不了谁。她好像铁了心。我有点急了，便跑到另一个房间去求助"援兵"，告知访问团的王燕生和王家斌，请他们一道来做说服黄宗英的工作。特别是王家斌，年轻时当过勘探队员，对荒山野林是深有体味的。他用自己的"现身说法"，讲得声色俱厉，依然没能动摇黄宗英。王燕生更是苦口婆心相劝，也不见效。

时间这般紧迫，自治区有关部门也已安排了明天送行事宜。出了这么个岔子，这该怎么办？

这时，王家斌又想出一个招儿，以情动人呗！他说：老大姐，咱们还是先一起坐飞机回成都。几天前你在山南不是刚病倒，还输了液吗。现在你很有必要到成都喘口气，我也加点冬装，然后恢复过来后，我陪你再次进藏！家斌的态度是诚恳的，也确有这么做的打算，但也不灵光。黄宗英只是狡黠地笑笑。

我们三个还暗地商量，如果最后真的还是说服不了，那我们就要设法把她骗上飞机。要是允许"绑架"，我们也宁肯试一把。

我们双方都认真地争执甚至近乎争"吵"一通之后，依然谁也说服不了谁，便"停战"了。她索性从沙发上捡起一团毛线，又织起毛活来。她说要赶织到林区穿用的毛裤呢。看来她真的下定决心了，就像是一个任性的孩子，犯起脾气，即使八抬大轿，十六头牦牛也抬不起、拖不走了。

见我们这般执拗劝阻，她也有点动情了。她说，为了寻找这位女科学家，她曾费了多少心机，这次到西藏来，内心里就有这个愿望，希望能得到她的消息，顶好找到她，和她一起进林区。所以她说：这次，我为什么比你们带的东西多？羽绒大衣、睡袋、毛袜、棉鞋、毛衣……我就是暗自打了这个算盘。今天，这么巧果然碰到了她，我多么高兴啊！我的心愿无非就是要去原始森林帮这位女林学家乞求一座"小木屋"。我的文章的题目都想好了，就叫《求》，求求人们理解，求求人们支持；同情我们的女林学家。这位可敬的女林学家，也已年过半百了，可她致力于为祖国生态学搜集宝贵的资料，家都不顾了，而有人还议论她："出风头"，追求"名利"！真是咄咄怪事。

听她一席谈，我们也为之动情。是啊，这么一位不畏艰苦，不惧怕困难，富有强烈事业心和开拓精神的女林学家，怎能不令人肃然起敬。

我们也很矛盾。她留下，会好好写写这个科学家，鼓舞更多的人。但是万一进了原始森林发生什么意外，怎么办？所以我们仍再次恳求她先一道回成都，待休整后，同北京也做个商量，哪怕派人陪她再进藏。她还是不肯改变主意。这时，我真急了，她也真发"火"了。

"周明"，她激动地说，"你我是老朋友了！你应当理解我，应该支持我呀！我这份年龄，还能有几次进西藏的机会呀！"

我受到了震动，心灵上的深深触动。这也是我和她相识近二十年来头一次遇到的"不愉快情况"。我懂了，她是为了事业呀！一项圆梦的事业！我还能再说什么呢？！

我们只好"妥协"了。她高兴得跳起来，连连拱手说："够朋友！""好朋友！"

夜，已深。拉萨城四周白雪覆盖着的巍峨的群山，已被夜幕深深笼罩。布达拉宫，长年不熄的灯火也已朦胧昏暗，只是天穹中的繁星仍在熠熠闪耀。此刻，人们都已进入甜蜜的梦乡。我们只好"不欢而散"，各自休息了。

第二天黎明。当拉萨城还沉浸在夜梦中，布达拉宫上空闪耀着冷峻的晨星时，我们乘车去机场。出发前，我极不好意思地向主人说明黄宗英因要去林区采访，临时决定不走了，请主人继续关照。主人也感到意外，当然表示欢迎她留下。

头天晚上我们已和她告别，请她不必再送行了。不料，她又早早起身跑到院子里为我们送别。汽车发动时，她突然塞给我几封信，悄声说："你帮带到北京后付邮，路上不许看！"她还特意抽出其中一封，悄声告诉我：这个，给你，保留下。信封上用红笔特意写明：周明保留。留底。现在不必发，也不许在路上偷看。到北京后如果有万一的情况再邮出。什么保密的信，不许看？我见信封上的收信人都是她哥哥、弟弟、孩子们，还有上海她单位领导，便产生好奇心，想偷看。但我还是克制了自己，怕犯法。飞机将从成都中转北京，所以，在成都要住一夜。晚上，我将我的疑心告诉了几个"顽皮"的伙伴，他们也产生好奇心，说：咱们就犯一次错误吧，反正她也没封口。打开一封看看究竟是什么内容？

原来她写了一夜信。

我们打开一看，天哪！全是安排"后事"的遗书。

足见黄宗英当时为了进林区，为了深入采访女林学家，为了《小木屋》，她下了多么大的决心，又是多么诚挚由衷！

在一封信中，她写道：

> 此刻，10月3日晚上十点钟，中国作家协会赴藏参观访问团，已完成任务，整装待发——乘明晨往成都的飞机返程。而我一个人准备留在这里继续深入生活。
>
> 1979年，我碰到援藏女教师——南京林学院的副教授徐凤翔同志，她在援藏期满调回后，曾到科委、林业部去请求建立西藏森林考察队，她愿继续在西藏工作。后经科委与林业部商讨，成立考察队，人员编制、经费等都有困难。但对她的态度表示支持，批准她个人继续入藏考察的计划和经费。几年来，她每年都来西藏一趟，三四个月吧，带一个助手。钻深山密林。我曾与她相约，候机会随行。现在我们在拉萨碰面了，三四天后，将雇车前往林芝、波密、昌都，历时一个半月。进林区后，宿帐篷，进行考察，然后乘车由雀儿山往成都。徐已经五十二岁，患关节炎。我想科学家能去的地方，我这个文学家也是去得的。你们了解我，也一定支持我的。谨此汇报，并致敬礼！
>
> 黄宗英 1982年10月3日于拉萨

她在同一封信中的另一纸又写道：

> ……
>
> 此行多艰难，万一发生意外，作为共产党员，是无憾的。一个党员作家，首先要有热情把自己贡献给美好的、有希望、有利于人民和祖国的事业。作为母亲和妻子，有几件家务事，请求组织照顾，并协助安排：
>
> ……
>
> 黄宗英
匆匆含笑留言
1982.10.3 拉萨

她写给大哥黄宗江的信中说：

女作家学刊·第三辑

亲爱的大哥：

　　您好！我跟随植物学家徐凤翔到西藏林区采访去了，那里人烟稀少，有蛇，还有熊瞎子。听说熊瞎子在人面前一挥掌，人的脖子就断了。可我写报告文学必须采访，我进林区了，万一出了事，请您有个思想准备。

小妹：宗英

　　她是告诉家人，她要去遥远的原始森林，那里有很多危险存在，万一她出事儿回不来了……

　　我想读者读过这几封信后，一切都会明白了，用不着我再啰唆什么。

　　四位藏人，五位汉人，在海拔3000米的深山密林里支起三顶帐篷。黄宗英还临时改行当了炊事员。面对高原缺氧的空气，面对使这位血管性头疼患者所畏惧的海拔高度，黄宗英满不在乎，毫无惧色，依旧整天乐呵呵地充满乐观主义精神工作着。

　　这次，她跟徐凤翔进林区时间较长。经过一段时间和徐凤翔朝朝暮暮相处以及密密森林里的生活体验，她在西藏波密写出《小木屋》的草稿，次年三月在上海修改定稿。由于林区无联络工具，我和朋友们在北京牵肠挂肚，生怕有什么意外。经打听电报可以通，但邮政所并不密集，好远距离才会有一家。问明了西藏邮电局后，我发去一封电报，是请林芝县一个邮电所设法转交她的。我的电文是："宗英，你现在在哪里？请速电告《人民文学》周明。"对方却阴差阳错地误译成："宗英，你死在哪里？请速电告《人民文学》周明。"哎呀，这一字之差，却千差万差，人命关天了。

　　黄宗英事后告诉我，当时，好些天费尽周折收到我的电报时，她毛骨悚然，她想：这个周明，怎么在北京诅咒我？！我活得好好呀。这封天大误会的电报她收藏起带回了北京，我仔细端详许久，忍俊不禁。估计可能由于"现"字和"死"字太相近似。当地译电员误译，就闹出这个叫人哭笑不得的笑话来。

　　1983年除夕。上海。已是家家户户张灯结彩，鞭炮齐鸣，辞旧迎新，有的人家正欢聚一起吃团圆饭呢。而黄宗英，却在这时候——除夕夜，铺开稿纸，奋笔疾书，从夜晚一直鏖战到初一拂晓晨光熹微时，她的报告文学新作《小木屋》出世了。

　　当她写完《小木屋》最后一个字之后，面对窗外一株含苞待放的蜡梅，长长地舒了一口气。她如释重负似的愉快地微笑了。

　　《小木屋》刚一问世，就受到各方的关注和读者的喜爱。呵！黄宗英，舍生忘死地去寻访《小木屋》，奋不顾身地去讴歌《小木屋》，四处奔走，八方求援，为《小木屋》呐喊呼号，究竟是为了什么？答案是明确的。

记得她1983年5月13日给我的一封信中曾经提及《小木屋》。她说："我喜欢自己这部新作，不是因为它怎样的了不起，而是因为它居然写（记）下了从二十二岁的小李子到八十岁的侯老，这样的一批'知识苦力'的素描般的形象（当然也包括我自己）。写了我们的意志，向往，欢乐与辛酸，但它毕竟也并不是什么了不起的作品。我喜欢它，就像年轻的妈妈爱向人家述说，她的小宝贝会咂嘴了，会笑了，会挠手了……这一切，对别人来说是无所谓的。不是吗？……"

显然是自谦。实际上，直到今天，这部引人注目的作品仍在读者的心灵中引起深深的共鸣。

令人可喜可贺的是，报告文学《小木屋》发表一年后，黄宗英又同徐凤翔结伴，还有一个精干的电视剧摄制组，他们勇敢地二进西藏，又经历了一番艰辛的磨炼和生活体验，完成了电视片《小木屋》拍摄。在电视片中，徐凤翔主"演"，黄宗英也露面，既真切又感人！一部创新的纪录性电视报告文学艺术片，在观众中产生了热烈反响！

1994年春天，黄宗英以年近七十的高龄第三次勇敢进藏。这一次她是随同徐凤翔教授去雅鲁藏布江大拐弯处，考察生态环境。亲友们都纷纷劝阻她，怕她吃不消，也怕她发生意外，她却依然坚定不移。因为她的耳畔时常有着小木屋召唤的声音。她渴望能将八九年前拍摄的电视片《小木屋》的故事续写下去。进藏前她给徐凤翔的信中说："我的朋友几乎都反对我再次进藏，倒是冯老（即后来的老伴冯亦代）从头到现在一直支持我。"不过冯老虽然支持，黄宗英出发前他们还是虔诚地一同拜了香：这香不是拜给哪个神灵，而是向宗英的前夫赵丹、冯亦代的亡妻安娜各上了一炷祝愿的香火。临行前冯老深情地嘱咐她："你这趟出去，千万时时刻刻记住自己是七十岁的老人了。"黄宗英则说："我不怕苦，写报告文学吃苦习惯了。苦中自有乐，乐在吃苦中。"

她的这种激情，这种精神一直延续下来。尽管目前住院治疗，她依然关注社会生活，思考生活。因而才有《新民晚报》上不断发表的美文华章。而她却谦虚地说："我只不过是用笔向社会说话。"

春节那天，我临别时，她突然说："等等，你把会费带回去，帮我交给中国作协，这是会员的应尽义务。"说着，她让照料她生活的小琴从病房床头柜里取出一百元人民币。回北京后，我交付中国作协创联部，大家都为之感动。一个老作家在住院呢，还想到自己要交会费的义务。同时，她又取出一张印有她多幅精美剧照和生活照的一帧贺卡，用毛笔工整地签上名，并写了一句：插柳不叫春知道。

"插柳不叫春知道"，我想这正是黄宗英此时的心境，其实也是她的自况。一位埋头创作的作家，只专注于笔下的文学，是不计较文坛"气候"的。而正是由于她和一批作家朋友倾心的创作，为文学春天的繁荣作出了重要的贡献。三十多年来，黄宗英以不断创新的作品，为祖国日新月异的巨大变化，记录着改革开放时代前进的脚步。而今，虽已年逾八旬，她却依然精神矍铄，以青春的情怀抒写着我们伟大祖国飞速发展的兴旺图景。真道是：莫道桑榆晚，为霞尚满天。

2010年4月3日，正是江南莺飞草长的美好季节，我又一次在上海同作家邓友梅去华东医院看望了黄宗英。我们交谈中，她动情地谈起文坛许多难忘的往事，感慨万千。临别，我们和黄宗英相互嘱咐：多多保重，健康是福。

去年春节我因没去上海，电话给她拜年。谁知，她病倒了，发高烧，卧床不起，不能接电话，我请照料她的小琴代为致意。过了几天，我又打电话过去，这回，她本人接了电话，而且说，身体有好转，令人欣慰。我问她过节了，你最想吃点什么？她说，什么都不想吃。我又问她，那水果呢，你最喜欢吃什么？她想了想，用微弱的声音说：猕猴桃。我笑了，说：我家乡陕西周至县就产猕猴桃，是全国猕猴桃之乡呢！她笑了说你问这有啥用，你又不在上海。我告诉她，我侄子周伯勉和侄媳杨骊在上海工作，他们一个是上海平安保险公司的副总裁，一个任职上海荷兰银行，我将委托他们去看望您。于是我要我侄子他们买上猕猴桃去医院拜望宗英。他们两个年轻人，很有心意，在上海市场没有找到我家乡出产的猕猴桃，便特意去买了一箱上好的新西兰产的猕猴桃，去医院看望了黄宗英。当宗英得知我侄子伯勉在平安保险公司工作时，马上说：那你帮我给我小阿姨（小琴）办个保险好不好？她跟我十几个年头了，做得很好。你看，即使在病中，她却还想着别人，想着小阿姨。真是，好人黄宗英哪！

祝福你，宗英卓玛，早日康复！继续执笔，谱写华章。

（周明：文学评论家）

名家论坛

春到人间草木知

——读《金石之楠》有感

李 庆

前几日读到作家潘爱娅的文章《金石之楠》，我感触良多，心灵深处产生强烈共鸣。此文让我回溯我对石楠先生神往的岁月，与石楠先生远交的时光。

《金石之楠》这篇文章是介绍著名作家石楠及潘爱娅老师和石楠先生交往的过程。作家潘爱娅老师是石楠先生的《画魂——张玉良传》中张玉良丈夫潘赞化的族人，她正是从这部作品中认识了石楠先生，并逐渐知晓石楠先生并走进石楠先生的生活。如果说无声的文字让潘老师结识石先生，而我则是通过有声语言与石楠先生结缘。我酷爱听广播，早在少女时代，我就收听连载广播剧纪实小说《张玉良传》，一位名为"石楠"的作家久久萦绕脑海。生活在旧社会最底层的张玉良是作家笔下的女主人公，作家描写主人公坚定顽强的心理独白渐渐地吸引了我，作者刻画主人公执着探索和奋斗不息的精神深深地感染了我，作者把主人公的骨气、才气、志气多方位展现在我面前。当时这部连载广播剧在社会上引起巨大的反响，主人公张玉良的举世才华和对现代艺术的卓越贡献众人皆知。这让我油然而生对作家的敬仰，这是何等的神来之笔？叙述如此打动人心、刻画如此细致入微！我又不由自主地去想石楠是男作家还是女作家？

业余时间喜欢笔耕的我，于一次偶然的机会向《同步悦读》微刊投稿。文章被采用之后，我受邀进入"《同步悦读》作家研读群"。很荣幸，我和石楠老师在同一微信群。又很幸运，从群里得知2019年3月31日星期天下午石楠老师来安徽合肥讲座；后来我看到海报：安徽省博物院将力邀当代著名作家、中国作家协会名誉委员石楠先生做客安徽文博讲堂，举办"苦难是辉煌的底色——我写《画魂——张玉良传》的前前后后"专题讲座。

那是一个艳阳的午后，等我去的时候，全场已坐满听众，黑压压的一片。我悄悄坐在最后一排，远远地看到一位慈祥的耄耋老人端坐礼堂一隅，她用安庆话软语细声地娓娓道来。正如《金石之楠》一文中所述：本也是穷孩子出身的石楠先生，能够活下来已经不易，并没有多少读书的机会。那颗对知识的执着，凭着自学和不懈的上进心，和把每一项工作都干好的决心成就了她。当初在工厂，她不停地钻研技术；后来在图书馆工作，她钻到了书堆里。学识、才华加上同情心，使她产生要为中国那些苦难的又卓有成就的艺术家作传的思想。那年八十二岁高龄的石楠老师给广大读者详细讲解了《画魂》这本书的写作动机与构想，还述说创作过程中的诸多困惑和塑造张玉良这个人物艺术形象的艰辛和追求；更难得的是与现场听众一起分享她创作背后的人生感悟，尤其在作品面世后产生巨大的社会影响与争议时，她自己是如何面对的。石楠老师话语既入耳又入心，全场鸦雀无声。石楠老师的讲稿有15000多字，字字意切、句句情真，场内不时响起雷鸣般的掌声。

那次讲座就如吸铁石一般，使我更想去靠近她；她就如春光一样，我们这些草木需要她的普照，感受她的温暖。2019年10月的一天上午，我一时冲动试着向石楠老师发出微信好友的申请。本没有抱着希望，下午我照样去上班。在公交车上，我不经意间看到石楠老师竟然通过了我的好友请求并发来简单的问候。我不敢相信自己的眼睛，只感到无比激动，感到无比幸福。那天阴云密布的天空一下子亮堂起来。《金石之楠》中那句"对家人，对朋友，对拜望她的粉丝们，始终予以低调，温暖，关切的态度，令人如沐春风"。我感受到她的平易近人，毫无名家的架子，就如和蔼可亲的邻家妈妈。我知道她年事已高，没有叨扰她及打扰她的生活，我只是默默地看着她的朋友圈，欣赏她的作品和画作。后来我得知石楠老师为完成年轻时当画家的理想，七十七岁时拿起了画笔开始学画。如今她已是一位集写作书画于一体享誉中外的名家。我更加敬慕她，不仅是她的才华和品德，更有她的精神和人格。

2021年1月1日，我向石楠老师发图问候：2021，我们都好！用快乐的心情进入2021。没想到石楠老师用语音回复，让我受宠若惊！我赶忙用语音再次问候：石楠妈妈，新年好，元旦快乐！

写到此，我已不能自已。我们隔空神交，由只知其名到耳闻其音，我们的心的距离由名家与读者到人间母女情。她对于我这草民之辈，没有丝毫尊卑之分，只有平等和尊重。这不仅是品德高尚，更是人性中的善良与厚道，是深入骨髓的、流淌于血液中至真至善、至高至美的人格魅力！

"律回岁晚冰霜少，春到人间草木知。"在我们这些读者粉丝心里，对于我们这些草木之人，著名作家石楠先生不仅是潘爱娅老师的金石之楠，更是凡世人间明媚之春。与她不管是神往还是云交，不管在线上还是线下，不管以什么形式交流与交往，她给予我们的谦和慈爱、温文尔雅的美好感受，令人如沐春风！

（李庆：安徽职业技术学院讲师、安徽省散文随笔学会会员）

郑敏: 诗坛的世纪之树

吴思敬

1947 年 3 月，在北京大学求学的年轻诗人李瑛，读到了从未谋面的郑敏的诗，欣喜地写下了一篇诗评，说"从诗里面我们可以知道郑敏是一个年轻人，而且在她自己的智慧的世界中，到处都充满了赤裸的童真与高贵的热情，在现阶段的诗文学中是难得的"。[①]

1949 年 5 月，远在温州的年轻诗人唐湜，为已在美国留学的郑敏也写下了一篇诗评，称郑敏"仿佛是朵开放在暴风雨前历史性的宁静里的时间之花，时时在微笑里倾听那在她心头流过的思想的音乐，时时任自己的生命化入一幅画面，一个雕像，或一个意象，让思想之流里涌现出一个个图案，一种默思的象征，一种观念的辩证法，丰富、跳荡，却又显现了一种玄秘的凝静"。[②]

对于郑敏研究来说，这是两篇极为珍贵的文献。两位作者，李瑛和唐湜均是有几十年创作经历的诗歌大家，然而写作这两篇诗评的时候，都还只是二十出头的年轻人。他们一北一南，把目光不约而同地聚焦在郑敏身上，没有别的，只是为了诗。如今，六十多年过去，唐湜已经仙逝，李瑛与郑敏俱已进入耄耋之年，但把这两篇评论与郑敏早期的《诗集 1942—1947》联系起来读，我们依然能感觉到那个时代年轻人一颗跳荡的诗心。的确，诗与青春有相通的含义，青春常在，诗心不老。

中国诗坛的一株世纪之树

作为有一颗不老诗心的人，郑敏从 1939 年写出第一首诗《晚会》，直到 21 世纪的今天，终身笔耕不辍，使得她成为"九叶"诗人中创作生命最长，也是到目前为止女性诗人中创作生命最长的诗人。她称得上是中国诗坛的一株世纪之树。

[①] 李瑛:《读郑敏的诗》，载天津《益世报·文学周刊》，1947 年 3 月 22 日。
[②] 唐湜:《郑敏静夜里的祈祷》，《新意度集》，三联书店 1990 年版，第 143 页。

郑敏在美国曾听过诗人罗伯特·布莱的一次演讲。这位诗人让每位听众在毫无思想准备的情况下进入自己的内心深处，寻找那曾经是自己童年的象征的小女孩或小男孩。他深信这个童年如今虽然已深埋在无意识中，但仍对今后的道路有着深刻的影响。郑敏说："我突然看见一个小女孩，她非常宁静、安谧，好像有一层保护膜罩在她的身上，任何风雨也不能伤害她，她就是我的爱丽丝。"[1]爱丽丝本是查尔斯·道奇森笔下一个做梦的小女孩。她纯真可爱，充满好奇心和求知欲，在梦中开始了一场漫长而惊险的旅行。贝多芬也曾谱写过《致爱丽丝》的经典钢琴小品。对于郑敏而言，诗歌就是她内心深处深埋在无意识中的爱丽丝，这是她毕生的钟爱，也是支撑她在风霜雨雪的险峻环境下生存下来的生命之根。

心中的爱丽丝在冥冥之中指引着郑敏的诗歌之路。1939年郑敏考入西南联大，原想攻读英国文学，在注册时忽然深感自己对哲学几无所知，恐怕攻读文学也深入不下去。再加上当时西南联大哲学系大师云集，便想何不先修哲学，再回过头来攻读文学，以便对文学能有深刻的领悟。于是便注册为哲学系的学生。应当说这一注册，不仅决定了诗人后来的生活道路，也决定了她诗歌的独特风貌。

哲学系学生要选修一门外语，郑敏就选了德语，诗人冯至成了她的外语老师。冯至对她的影响不止德语，更重要的在冯至的影响下，她开始写起了诗。1942年，当她把自己的第一首诗呈送给冯至先生的时候，冯至说了一句话："这是一条很寂寞的路。"这句话让郑敏对未来的命运有了充分的精神准备，从此她以寂寞的心境迎来诗坛的花开与花落，度过了生命中漫长的有诗与无诗的日子。

1949年到1979年是郑敏诗歌创作空白的三十年，是她的爱丽丝沉睡的三十年。又经过了五年的徘徊与寻觅，沉睡的爱丽丝才真正苏醒过来。1984年到1986年，郑敏迎来了其诗歌创作至关重要的一个阶段。她说："首先我解放了自己的诗，在无拘无束中我写了不少自由自在的诗。"[2]能够在新时期有这样的突破，一方面是改革开放的时代激发了她的创作激情，另一方面则基于郑敏对于美国当代诗歌的关注与研究。郑敏认为，二战后的美国诗歌之所以超越了40年代的现代主义诗歌，它的创新和高明之处在于两点：一是所谓开放的形式，二是对"无意识"与创作关系的认识。这种对西方后现代主义诗歌的深刻理解，有助于郑敏挖掘长期被掩埋的创作资源和生命体验。自80年代中期到世纪之交，郑敏始终保持着旺盛的创作精力，

---

① 郑敏：《我的爱丽丝》，《诗歌与哲学是近邻——结构—解构诗论》，北京大学出版社1999年版，第414页。

② 郑敏：《诗歌自传（一）闷葫芦之旅》，《诗歌与哲学是近邻——结构—解构诗论》，第481页。

先后出版了诗集《寻觅集》《心象》《早晨，我在雨里采花》《郑敏诗集：1979—1999》，且每年都会在《人民文学》或《诗刊》上推出新作。岁月的淘洗让她的诗歌焕发出澄澈、明净的动人光彩，深深地打动着读者的心灵。

应当说，从踏上诗坛的那天起，郑敏就显示了她与同时代诗人的不同。以同属于九叶诗派的女诗人陈敬容为例，陈敬容的诗是忧郁的少女的歌吟，郑敏则是静夜的祈祷者。以同是西南联大诗人的穆旦、杜运燮为例，郑敏的诗中没有入缅作战的《草鞋兵》的坚韧，也没有"滇缅公路"上的硝烟与灰尘，更没有在野人山的白骨堆上飘荡的"森林之魅"。但是郑敏有自己的东西，那就是哲学的沉思与人文的气质。郑敏曾这样谈及冯至对自己的影响："那时我的智力还有些混沌未开，只隐隐觉得冯至先生有些不同一般的超越气质，却并不能提出什么想法和他切磋。但是这种不平凡的超越气质对我的潜移默化却是不可估量的，几乎是我的《诗集 1942—1947》的基调，当时我们精神营养主要来自几个渠道，文学上以冯先生所译的里尔克信札和教授的歌德的诗与浮士德为主要，此外自己大量的阅读了 20 世纪初的英国意识流小说，哲学方面受益最多的是冯友兰先生、汤用彤、郑昕诸师。这些都使我追随冯至先生以哲学作为诗歌的底蕴，而以人文的感情为诗歌的经纬。这是我与其他九叶诗人很大不同的起点。"[1] 以哲学作为诗歌的底蕴，以人文的感情为诗歌的经纬，这是郑敏得自冯至的真传，亦是理解郑敏诗歌的切入点。

先说一说以哲学作为诗歌的底蕴。哲学对于郑敏的影响是深入骨髓的。如她所言："冯（友兰）先生的'人生哲学'与'中国哲学史'课程却像一种什么放射性物质，一旦进入我的心灵内，却无时不在放出射线，影响我的思维和感性结构。……冯先生关于人生境界的学术启发了我对此生的生存目的的认识和追求。人来到地球上一行，就如同参加一场越野障碍赛。在途中能支持你越过一次次障碍的精神力量，不是来自奖金或荣誉，因为那并非生命的内核，只是代表一时一地的成败的符号，荣辱的暂时性，甚至相互转换性，这已由人类历史所证明。只有将自己与自然相混同，相参与，打破物我之间的隔阂，与自然对话，吸取它的博大与生机，也就是我所理解的天地境界，才有可能越过'得失'这座最关键的障碍，以轻松的心情跑到终点。"[2] 正是这种在探索人生真谛方面的执着追求，这种立足于"天地境界"的积极的人生态度，才一次次地伴她渡过包括十年浩劫在内的人生难关，同时也使她的诗歌获得了一种广阔的境界。

———————

① 郑敏：《忆冯至吾师——重读十四行集》，载《当代作家评论》2002 年第 3 期。

② 郑敏：《忆冯友兰先生的"人生哲学"课》，《追忆冯友兰》，郑家栋、陈鹏选编，社会科学文献出版社 2002 年版，第 69 页。

郑敏曾经说自己受三位诗人的影响最深，他们分别是 17 世纪的玄学诗人约翰·顿、19 世纪的浪漫主义诗人华兹华斯和 20 世纪的象征主义诗人里尔克。他们之所以能够为郑敏所钟爱，共同点是"深沉的思索和超越的玄远，二者构成他们的最大限度的诗的空间和情感的张力。"[①] 而在其中，尽管几经各种文化冲击，里尔克始终是郑敏心灵最为接近的诗人，里尔克诗中的哲学命题也是郑敏常常思考的对象。

新时期到来后，郑敏开始了研究当代西方思潮的学术历程，尤其是后现代主义和解构主义，它们不仅令郑敏产生了浓厚的兴趣，更大大地开拓了她的视野。德里达的非中心论和多元化思想使她学会反思，对汉语诗歌和中国传统文化有了全新的认识。她怀着极大的热情尝试以西方的现代精神解读东方智慧和中国的古老文明，力图将西方的解构主义与中国的老庄哲学融会贯通。在谈及哲学与诗歌间的关系时，郑敏曾说："我并不认为应当将哲学甚至科学理论锁在知性的王国中，也不应将诗限在感性的花园内。而高于知性和感性，使哲学和诗、艺术同样成为文化的塔尖的是那对生命的悟性，而这方面东方人是有着丰富的源流的。"[②]

郑敏善于在西方文化和传统文化之间寻求结合点，善于运用冷静的笔触和充满智慧的语言，把哲理和思辨融入形象，智性与感性兼而有之，从而使她的诗歌能够做到深刻而不晦涩，平易而富有内涵，具有一种成熟、静穆的品质。从 20 世纪 40 年代诗歌创作至今，其沉思、宁静的诗歌哺育了数代人。尤其是她晚年所写的《诗人与死》《最后的诞生》等诗体现了诗人对命运的深切关怀，对生与死的透彻哲思。

90 年代初期，郑敏创作了组诗《诗人与死》。这是诗人因"九叶"诗友唐祈死于医疗事故，引发的对诗人与死亡的思考："是谁，是谁 / 是谁的有力的手指 / 折断这冬日的水仙 / 让白色的汁液溢出"，"你的第六十九个冬天已经过去 / 你在耐心地等待一场电火 / 来把你毕生思考着的最终诗句 / 在你的洁白的骸骨上铭刻"，"诗人，你的最后沉寂 / 像无声的极光 / 比我们更自由地嬉戏"。在郑敏看来，诗人是用自己宝贵的生命在抒写人生的诗篇，诗歌的真正价值在于它可以超越肉体的死亡。郑敏所写并非局限于唐祈个人的悲剧，而是涉及一代知识分子的命运，融合中西的跳脱的意象、绵长真挚的激情与深刻的思辨，达到了完美的统一。

进入新世纪后，她在《诗刊》上发表《最后的诞生》。这是一位年过八旬的老诗人，在大限来临之前的深沉而平静的思考：

① 郑敏：《不可竭尽的魅力》，《诗歌与哲学是近邻——结构—解构诗论》，第 58 页。
② 郑敏：《诗歌自传（一）闷葫芦之旅》，《诗歌与哲学是近邻——结构—解构诗论》，第 480 页。

许久，许久以前
正是这双有力的手
将我送入母亲的湖水中
现在还是这双手引导我——
一个脆弱的身躯走向
最后的诞生
……
一颗小小的粒子重新
飘浮在宇宙母亲的身体里
我并没有消失，
从遥远的星河
我在倾听人类的信息……

面对死亡这一人人都要抵达的生命的终点，诗人没有恐惧，没有悲观，更没有及时行乐的渴盼，而是以一位哲学家的姿态冷静面对。她把自己的肉体生命的诞生，看成是第一次的诞生，而把即将到来的死亡，看成是化为一颗小小的粒子重新回到宇宙母亲的身体，因而是"最后的诞生"。这种参透生死后的达观，这种对宇宙、对人生的大爱，表明诗人晚年的思想境界已达到其人生的峰巅。

再说一说以人文的感情为诗歌的经纬。郑敏是一位始终怀抱人文主义理想的诗人。她曾经说过："无论是中华几千年的文化传统还是西方的文艺复兴，无不是始自'人'的觉醒，文史哲等人文学科酿成中西方的人文精神，成为滋养人类心灵的母乳。"[①]郑敏与她所崇敬的里尔克等诗人虽然所处的时代、地域、文化背景都不甚相同，但是同样有着对宇宙、人生的彻悟，有着对人文主义理想的坚持。

40年代的郑敏就显示了她独特的创作追求。她一反现代主义诗人消极颓废的调子，也不同于当时流行的政治呐喊，而是以一种超越的眼光凝视尘世，以一种博大的胸怀拥抱自然。如唐湜所言，她是"一个在静夜祈祷的少女，对大光明与大智慧有着虔诚的向往"。[②]作为在西南联大校园中成长的诗人，郑敏没有局限于知识分子的书斋生活，她以开阔的视野关注下层人民的苦难。《小漆匠》《清道夫》等诗作深刻地揭示了当时社会现实的黑暗，表达了诗人对于底层劳动者的深切关怀，并进一步引发了诗人对于整个国家、民族的命运以及个体生命存在价值的反思。在解

---

① 　郑敏：《对21世纪中华文化建设的期待》，《思维·文化·诗学》，河南人民出版社2004
　　　年版，第35页。
② 　唐湜：《郑敏静夜里的祈祷》，《新意度集》，第143页。

读这些生命的沉重与现实的苦难的时候，郑敏追求一种积极乐观的人生态度，自觉地思考人的生命所应当承担的责任，以及个体在时代中的意义和价值，诗中贯穿着追求自由、平等、人的尊严的精神，体现了一种深厚的人性关怀。

20 世纪 80 年代以来，随着市场经济的发展，大众文化的兴起，传统的精英文化被祛魅，人文主义的理想逐步淡化。某些在商业社会和消费文化的背景下成长起来的青少年，虽然身体壮实精神上却是空虚苍白的，为此，郑敏表达出强烈的担忧。郑敏认为，不能一味地强调物质的进步、科学的发展，而忽略了宝贵的传统文化，为了整个中华民族的价值取向和精神境界，要继承传统文化的精华。郑敏从青年时代对诗歌的热忱走向对中国传统文化以及整个人类命运的思考，并为人类文化的明天深深困惑、焦虑，这正是一个真正的诗人与哲人身上与生俱来的人文主义气质所决定的。现代物质社会使人"异化"，对于现代人在感情上的冷漠诗人总是特别敏感。郑敏关注人类的命运和现代人的生存危机，她的《愉快的会见》一诗所表现的就是现代人之间感情的冷漠，诗人想要追求的则是一种人与人、人与自然、人与社会的和谐关系。《诗啊，我又找到了你》，则是表达经历十年浩劫后诗人终于再度找到诗歌的精神和人文的理想，该诗没有华丽精致的辞藻，只有平淡朴实的词句，但在其中却蕴涵着一个浓缩的精神家园，一个密度很大的人文情感世界。

如果说"以哲学作为诗歌的底蕴，以人文的感情作为诗歌的经纬"，标志着郑敏诗歌的精神境界与思想高度，那么"使音乐的变为雕刻的，流动的变为结晶的"则代表了郑敏诗歌的独特的艺术追求与艺术风范。

郑敏的老师冯至在里尔克逝世 10 周年所写的文章中，曾对里尔克有过这样的评价："在诺瓦利斯（Novalis）死去、荷尔德林（Holderlin）渐趋于疯狂的年龄，也就是在从青春走入中年的路程中，里尔克却有一种新的意志产生。他使音乐的变为雕刻的，流动的变为结晶的，从浩无涯涘的海洋转向凝重的山岳。他到了巴黎，从他倾心崇拜的大师罗丹那里学会了一件事：工作——工匠一般工作。……罗丹怎样从生硬的石中雕琢出他生动的雕像，里尔克便怎样从文字中锻炼他的《新诗》里边的诗。"[①] 正是在冯至的影响下，郑敏在写作之初就被里尔克迷住了。郑敏的诗歌不仅具有里尔克式的注重内心体验的沉思气质，其语言的凝练风格亦深受里尔克的影响，而且里尔克的诗歌精神在日后一直成为郑敏诗歌生命的营养。在郑敏看来，里尔克是与她心灵最为接近的一位诗人——"四十多年前，当我第一次读

---

① 冯至：《里尔克——为 10 周年祭日作》，见《冯至学术论著自选集》，北京师范大学出版社 1992 年版，第 482—483 页。

到里尔克给青年诗人的信时，我就常常在苦恼中听到召唤。"①里尔克告诫青年诗人对于人生、对于理想心中要有执着虔诚的信念，同时，在写诗的时候要避免肤浅和感情的倾泻，要学会静观、体悟，让意象自然呈现，这样才能贴近事物的本质，诗中的感情经过自省和收敛，才不至于泛滥。

  郑敏的诗歌具有一种里尔克式的、深沉的、凝重的雕塑之美。在郑敏的诗中不时会有着光洁的雕塑般质感的意象出现。正如"九叶"诗人袁可嘉所言，"雕像"是理解郑敏诗作的一把钥匙。诗人对于生命的体验往往来自具体可感的形象，对于艺术有着深厚造诣的郑敏，非常注重用具体的形象来表达内在的思想，常常会写一些视觉性很强的诗，具有明显的绘画感和雕塑感。郑敏曾说，她的意愿就是让每首诗有它自己所需要的颜色和光线。在她的笔下，光与影、色与线自然地组合起来，色调融于文字，画意融于诗情，这一切就如同盐溶于水，不着一丝痕迹。在前期的代表性诗作《金黄的稻束》中，她提炼出一个现代诗歌史上的经典意象——"金黄的稻束"。诗人把站在秋后田野中的稻束，想象为有着"皱了的美丽的脸"的"疲倦的母亲"的雕像，很自然地就把金黄的稻束与博大的母爱联系起来。进而诗人又用"收获日的满月"为这座雕像抹上了光辉，用暮色里的"远山"为这座雕像添加了背景，而始终伴随着雕像的是"静默"，正是在静默中，在对历史的回溯中，让人感到了母爱的博大与深厚。如郑敏所言："'母爱'实际上是人类博爱思想之源头"，"是根深蒂固的人性的一个方面，并且深深地影响人类文明、伦理及各方面的理想和审美。"②在当代女性诗人中，郑敏突破了女性写作仅仅关心消解男权、解除性禁锢、自由发挥女性青春魅力的层次，在默想与沉思中达到了一种新的高度。

  细味郑敏的诗，能感受到其间有一种内在的音乐的旋律和节奏，这主要归功于郑敏年轻时所接受的西方音乐的教育。自从在美国布朗大学获得英国文学硕士学位以后，在爱人童诗白的支持和鼓励下，郑敏得以在纽约业余进修音乐。在1952年到1955年这段时间里，通过不断地充电和学习，郑敏填补了自己对于西方音乐、艺术认识的空白，这在某种程度上也极大地丰富了她对于西方文学、文化的认知。这些对于郑敏日后的诗歌创作，都有着极大的帮助。《郑敏诗集：1979—1999》的第一卷便是以她那首著名的《诗的交响》作为题目的。该诗犹如交响乐一般气势恢宏，富有节奏感，四大乐章巧妙地将全诗精致地结构起来。再如郑敏早年的诗作《音乐》，其中的诗句读来荡人心魄，就像小提琴的琴音一般自窗口流泻而出，不绝如缕。流动的音乐在郑敏的诗歌中获得了色彩、线条和角度，在凝重的诗句

名家论坛

---

① 郑敏：《天外的召唤和深渊的探险》，《诗歌与哲学是近邻——结构—解构诗论》，第409页。
② 郑敏：《序》，《郑敏诗集：1979—1999》，人民文学出版社2000年版，第4—5页。

中充满了雕塑般的质感，而雕塑的立体感更令郑敏的诗歌"横看成岭侧成峰"，从不同角度看来都各具风味。

一位难得的女性诗歌理论家

郑敏不仅是中国现代诗歌史上的一位重要诗人，同时也是一位重要的诗歌理论家，这在现代女诗人中尤为难得。对郑敏来说，对诗歌理论和西方文论的研究不仅是高校教师的职业要求，更是她人生的需要。在回顾她的生活与创作经历的时候，她说："最早时，我最有兴趣的是诗歌艺术、音乐，而后我感到必须再上一层楼，那就是哲学；再后，我觉得哲学是一盏夜行灯，诗歌、音乐、艺术是我的身体的寓所，而这一切都是为了了解人类在几千年的文明史中所走过的路。这种对人类命运的思考是我此生求知欲的最大动力。……今天回顾起来，海德格尔'诗歌与哲学是近邻'一语，足以概括我所经历的心灵旅程。"[1]对郑敏来说，诗歌的创作与理论的探寻，是一个硬币的两面。她的诗歌有浓郁的哲学底蕴，她的论文又不同于普通的哲学著述，有明显的诗化色彩。"正因为哲学对我是和诗歌艺术三位一体的，而三者又都是生命树上的果子，我觉得我对理论的研究并不妨碍写诗，在读哲学时我经常看到它背后的诗，而读诗时我意识到作者的哲学高度。因为我并不认为应当将哲学甚至科学理论锁在知性的王国中，也不应将诗限在感性的花园内。而高于知性和感性，使哲学和诗，艺术同样成为文化的塔尖的是那对生命的悟性，而这方面东方人是有着丰富的源流的。"[2]这些话很可以说明郑敏何以能在潜心诗歌创作的同时又能对理论进行深入探求的原因。

通常的理论建构形态，可大致分为两大类，一类是有系统架构的专著，一类是有针对性、有感而发的论文。郑敏的理论探讨没有采取专著的形式，而是采取论文的形式。之所以这样做，是由于她认为，真正有独创的体系、堪称思想巨著的精品很少，大多的专著只能算作一本稳妥但没有更多创见的参考书。而论文的写作，"作者在落笔之前往往早已深入到'野外'（field）进行勘探，边思考，边理解，边追究，直至感触累积，喷发为系列论文。……这类著作的特点不在体系的完美，而在于探讨过程的展开。在好的情形下，书中对问题的提出和思考，由于直接受到现状的挑战，较富启发性，其答案，不论是否完全正确，都具有独创性。"[3]正是基于这样的判断，郑敏的诗歌理论著述，没有采取系统完整的专著形式，而是采取系

① 郑敏：《诗歌与哲学是近邻——关于我自己》，《诗歌与哲学是近邻——结构—解构诗论》，第 473 页。
② 郑敏：《诗歌自传》，《诗歌与哲学是近邻——结构—解构诗论》，第 480 页。
③ 郑敏：《〈歌与哲学是近邻——结构—解构诗论〉前言》，《诗歌与哲学是近邻——结构—解构诗论》，第 1 页。

女作家学刊·第三辑

列论文的形式，当某一方面专题研究到一段落时，组装在一起，便以书籍的形式出版。她的几部有影响的诗学著作：《英美诗歌戏剧研究》（北京师范大学出版社，1982 年）、《结构—解构视角：语言·文化·评论》（清华大学出版社，1998 年）、《诗歌与哲学是近邻——结构—解构诗论》（北京大学出版社，1999 年）、《思维·文化·诗学》（河南人民出版社，2004 年）便是以这种方式推出的。

郑敏的诗歌理论著作，偏重内心沉思，凝结着她丰富的诗歌创作实践，贯穿着对宇宙、自然和人的哲学思考，力图把深厚的民族文化积淀与西方诗歌的现代意识交织在一起，是中国新诗理论建设的重要成果。这里不可能对郑敏的诗学思想做全面的论述，只想提出在当代诗学界影响较大的几点略做阐述。

第一，对诗歌创作无意识领域的开掘。

现代心理学研究成果表明，在意识的格局严整的中央王国之外，还有着广袤无垠的疆域——一个神秘的黑暗王国，这就是无意识世界。这个无意识世界不仅是个巨大的信息库，而且也是个巨大的地下信息加工场。此前我国理论界对诗歌创作的论述多只着眼于意识领域，对无意识领域鲜有论及。由于郑敏有过留学美国的经历，熟悉欧美文化与西方的文明，因此她对西方诗歌界及文化领域所发生的变化有着敏锐的感觉与判断力。她说："1985 年后我的诗有了很大的转变，因为我在重访美国以后，受到那个国家的年轻的国民气质的启发，意识到自己的原始的生命力受到'超我'（Super-ego）过分压制，已逃到无意识里去，于是我开始和它联系、交谈。"[①] 她认为，二战后，诗人"探索着像黑洞一样存在于人们心灵中的'无意识'。神秘的无意识，没有人能进入它，但又没有人能逃避它的辐射，因为今天语言学已经明确这心灵中的黑洞是语言结构的发源地。……我想我们的民族和个人不知有多少丰富的经历都还被埋在那深深的无意识中，如果我们能打开栅门，让它浮现出来，我们的作品一定会获得以往不曾有过的新的能量。"[②] 实际上，如何能够让"月亮那不朝向地球的另一面"——无意识，也可以参与到作者的诗歌创作中，确实成为新时期以来郑敏在写作时认真思考的问题之一。1985 年以后，郑敏写出了《心象组诗》。她说：该诗的写作"解放了自己长期受意识压抑的无意识，从那里涌现出一批心象的画面，经过书写后仍多少保存其初始的朦胧、非逻辑的特点。这些图像并非经过理智刻意组织的象征体，也非由理性编成的符号表象。它们自动

---

① 郑敏：《诗和生命》，《诗歌与哲学是近邻——结构–解构诗论》，第 419 页。
② 郑敏：《天外的召唤和深渊的探险》，《诗歌与哲学是近邻——结构–解构诗论》，第 411—412 页。

的涌现，说明无意识是创造的初始源泉，语言之根在其中。"① 从《心象》组诗开始，郑敏在创作时不断地挖掘作为生命深层结构的"无意识"，不断地与它沟通、交流。当然，郑敏并没有照搬超现实主义的"自动写作"，她强调的是意识与无意识的对话，让那些沉淀在心灵深处的东西活跃起来，形成图像和幻象，从而可以使心灵捕捉到平时被抑制被淹没的一些奇思妙想。

第二，对诗歌内在结构的研究。结构是诗歌创作中一个极其重要的环节。一般的诗人和诗论家谈结构，多是从诗作展开的位置、布局、角度、顺序等外在的方面来论述的。郑敏谈诗的结构则是从诗人创作心理过程着手的。她认为结构的过程是一种思想艺术的升华，它是一种质变，一种突变。在这个过程中素材才能转化成艺术，转化成诗。

在郑敏看来，有没有这种动态的、诗的内在结构，也正是诗与散文的区别。她认为，"诗与散文的不同之处不在是否分行、押韵、节拍有规律，二者的不同在于诗之所以成为诗，因为它有特殊的内在结构（非文字的、句法的结构），因此一篇很好的散文即使押上韵、分行、掌握节拍，也不是诗，也达不到诗的效果；反之，一首诗如果用散文的格式来表达，它仍不是一篇散文，而成为'散文诗'。因为从结构上它仍然是诗。"② 郑敏认为诗歌的这种不同于小说、戏剧、散文的内在结构的主要特征是"通过暗示、启发，向读者展现一个有深刻意义的境界。这可以是通过一件客观的事或主观的境遇使读者在它的暗示下自己恍然大悟，所悟到的道理总是直接或间接地与历史时代、社会有关。……诗的特殊的内在结构正是为这种只有诗才能有的暗示和启发的效果而服务的。"③ 由此出发，郑敏进而提出两种重要的结构类型，一种是展开式结构，一种是高层式结构。展开式结构像中国传统的庭院式建筑，一步步地将读者领入到柳暗花明、豁然开朗的境地。展开式结构有不同的形式，"它们的共同特点是一切寓意和深刻的感情都包含在诗的结尾，或是层层深入，或是奇峰突起，或是引人寻思，总之结尾是全诗的高潮和精华。"④ 这种展开式结构多见于古典和浪漫主义诗歌。高层式的结构，其特点是"有多层的含义，在现实主义的描述上投上超现实主义的光影，使得读者在读诗的过程中总觉得头顶上有另一层建筑，另一层天，时隐时显，使人觉得冥冥中有另一个声音。"⑤ 这是现代派诗歌常用的结构类型。郑敏所描述的两种结构类型，特别是对高层式结构的阐释，对于中国当代诗人了解、借鉴西方现代派诗歌，有重要的价值。

---

① 郑敏：《序》，《郑敏诗集：1979—1999》，第 2 页。
② 郑敏：《诗的内在结构——兼论诗与散文的区别》，《诗歌与哲学是近邻——结构—解构诗论》，第 3 页。
③ 同上，第 4 页。
④ 同上，第 12 页。
⑤ 同上，第 12 页。

女作家学刊·第三辑

郑敏不只是介绍了两种重要的结构形式，而且还描述了诗的内在结构的生成。"诗的结构的诞生确实是一个十分微妙复杂的脑力活动。这里包括观察、回忆、下意识的储藏经过上意识的组织，思想与感情在意象内的结合，词找意，意找词等等，而这一切的进行又并非诗人可以随意指挥的，就好像人们无法指挥自己的肠胃进行消化一样，但当这一切艺术活动在默默中进行完毕时，就会有一个诗的结构涌现在诗人的心目中。"[1] 郑敏在这里阐释了"无意识"在内的结构生成中的作用，但她又并未无限抬高"无意识"的作用。在她看来："灵感与想象作用于现实的材料形成主观的感受，感受深入到无意识的深处，继续受无意识的潜移默化，成熟后吐出艺术的真实——意象、结构、语言。这里结构受智性和逻辑的影响较大，结构是一种功能，用来清醒地保存一个作家在不清醒时的状态，使作家在强烈的艺术风暴中仍能把握审美的完整性。"[2] 郑敏对"无意识"在内在结构生成中的作用，做了辩证的分析，避免了片面性。

第三，对于诗歌语言问题的研究。

20世纪上半叶，俄国形式主义、英美新批评、结构主义和符号学等批评流派提出文学应该研究自身之所以成为文学的独具的内在特征，文学应该被视作本文的集合，文学活动本质上是一种语言活动。语言不能再仅仅视为交际的工具，而且是人存在的一种方式，人们通过语言把握世界，世界则通过语言而呈现在人的面前，语言几乎可以涵盖文学活动的所有方面。这即是文学研究的"语言论转向"。正是在这样一种背景下，郑敏对诗歌语言的研究冲出了把语言视为表达工具的传统看法，而做了全新的开拓。

从80年代起，熟悉西方文论的郑敏开始关注德里达的解构主义，开始反思和批判绝对的中心、权威观念和非此即彼的二元对立的思维观，并运用解构主义原理探讨新诗与语言的关系问题。郑敏指出："20世纪世界人文科学的一次最大的革新就是语言科学的突破：语言不再是单纯的载体，反之，语言是意识、思维、心灵、情感、人格的形成者。语言并非人的驯服工具，语言是人类认知世界与自己的框架，语言包括逻辑，而不受逻辑的局限。语言之根在于无意识之中，语言在形成'可见的语言'之前，是运动于无意识中的无数无形的踪迹（一种能）。语言并不听从于某个人的意志，语言是一个种族自诞生起自然的积累，其中有无数种族文化历史的踪迹（trace），它是这个种族的历史的地质层。只要语言不死，其记载的、沉淀的种族文化也不会死亡。"[3] 为此郑敏在《语言观念必须革新：重新认识汉

① 郑敏：《诗的内在结构——兼论诗与散文的区别》，《诗歌与哲学是近邻——结构—解构诗论》，第26页。
② 郑敏：《创作与艺术转换——关于我的创作历程》，《思维·文化·诗学》，第204页。
③ 郑敏：《语言观念必须革新：重新认识汉语的审美功能与诗意价值》，《结构—解构视角：语言·文化·评论》，清华大学出版社1998年版，第73页。

语的审美功能与诗意价值》《世纪末的回顾：汉语语言变革与中国新诗创作》《20世纪围绕语言之争：结构与解构》《语言符号的滑动与民族无意识》等文章中，详细介绍了20世纪西方语言观的变革，并鲜明地提出了"语言观念必须革新"的观点。她指出长期来"我们的语言观仍停留在语言是工具，语言是逻辑的结构，语言是可以驯服于人的指示的。总之人是主人，语言是仆人。语言是外在的，为了表达主人的意旨而存在的身外工具。这些属于早已被抛弃了的语言工具论，它愚蠢地阻拦我们开拓文学、历史的阐释和创作、解读的广阔天地；并且进一步扭曲我们对客观世界的认识，也错误地掩盖了语言文字的多层次，语言的潜文本，语言的既呈现又掩盖的实质；阻拦人们从认识上心服地承认百家、百花是无可动摇的多元认识论的现实，从而避免围绕着哪一家的解释真正掌握绝对真理，哪一朵花是花中之王的无谓的、进行了几千年的喋喋不休的争论。"①

从这点出发，郑敏进一步强调语言超越工具地位的真正的自由，强调如何使无意识与有意识、无形的语言踪迹与有形的语言自由的对话，强调对语言要尊重，要珍惜，"因为语言的根不在它处，而是在诗人自己的无意识中，诗人的浮躁粗暴都会使他听不见自己语言的声音。因此海德格尔说：你不要'说'语言，好好地'听'，让语言来'说'你。诗人在诗和语言面前要沉静一下容易喧嚣的自我，语言就会向诗人展开诗的世界。诗来自高空，也来自自己心灵的深处，那里是一个人的良知的隐蔽之处。"②郑敏的这些论述，在语言工具论依然占统治地位的今天，无疑具有思想的启迪价值与诗歌写作中的可操作性。

第四，对新诗应当继承古代诗歌优秀传统的思考。

对于20世纪中国新诗历史经验的反思，郑敏主要是围绕传统而进行的。郑敏认为："由于八十年内是两项运动在主宰新诗的方向，其一是与古典诗歌的彻底断绝，其二是竭力向西方寻找模式——19世纪的浪漫主义，20世纪的现代主义和后现代主义。由于我们是告别自己的汉语传统，向西方索取模式，我们的模仿是没有自己的立足点的纯模仿，在最好的情况下能得其精髓，糅入东方的思想感情，在境界上有自己的独到之处，但更多的时候是徒有其表，流于学皮毛而失精髓，学其短而遗其长。"③结果，"中国新诗很像一条断流的大河，汹涌澎湃的昨天已经一去不复返。可悲的是这是人工的断流。将近一个世纪以前，我们在创造新诗的同时，切断了古典诗歌的血脉，使得新诗与古典诗歌成了势不两立的仇人，同时口语与古典文字也失去

---

① 郑敏：《语言观念必须革新：重新认识汉语的审美功能与诗意价值》，《结构—解构视角：语言·文化·评论》，第73—74页。

② 郑敏：《探索当代诗风——我心目中的好诗》，《诗歌与哲学是近邻——结构—解构诗论》，第304页。

③ 郑敏：《今天新诗应当追求什么？》，《思维·文化·诗学》，第164页。

共存的可能，也可以说语言的断流是今天中国汉诗断流的必然原因。"①

郑敏认为，正是由于与中国古代优秀诗歌传统的断绝，新诗才出现了许多问题："有些新诗作者忽略了汉语诗的特点和中华文化的特点，写出一批非汉语的汉语诗和非西语的西方诗，对于汉西两个诗歌体系而言都是难以接纳的。"②针对这种情况，郑敏多次大声疾呼新诗要继承古典诗歌的优秀传统，要向古典诗歌学习。在《中国新诗八十年反思》一文中，郑敏提出可在三个方面向古典诗学习：一是古典诗内在结构的严谨；二是对仗的艺术；三是古诗在炼字上特别着力。在《试论汉诗的某些传统艺术特点》一文中，郑敏又更具体地列举新诗能向古典诗歌学习的东西：一、简而不竭；二、曲而不妄；三、"歌永言、声依永"；四、道、境界、意象；五、对偶。在《关于中国新诗能向古典诗歌学些什么》一文中，则提出：一、节奏感；二、诗的境界：豪情、潇洒、婉约含蓄、悲怆、悟性。郑敏说："此外古典诗词可以采珠淘金之处还有许许多多，不能一一列举。关键在于今天的诗人，要有向古典诗歌艺术与诗学探寻、发现以丰富新诗自身的意识，只有真诚的信念才能带来新的启示。"③

尽管郑敏批评新诗与古典诗学传统的断裂，主张向古典诗学传统的回归曾被人讥为"文化保守主义"，尽管当代的诗人与学者不可能都赞同郑敏的每一个具体观点。郑敏却丝毫没有动摇。作为有七十年创作经历的老诗人，作为对中西哲学和文学理论有充分了解的学者，郑敏提出的命题都是经过她认真思考的。她对古典诗歌优秀传统的断裂由衷地痛惜，她对当前新诗创作状态的不满和批评，实际上体现了她对中国新诗的深厚情感与生命深处的渴盼。她由接受冯至的启蒙和现代主义的洗礼开始新诗的写作，到经由后现代主义向古典诗学传统的回归，这随着 20 世纪文化思潮划出的诗歌与诗歌理论的运行轨迹，本身就能给人们以足够的启示。

结　语

郑敏先生是我的长辈，从年龄上说，她只比我的母亲小两岁。我从粉碎"四人帮"以后不久，便认识了郑敏先生。她的慈祥、敏锐与渊博，给我留下了深刻的印象。此后由于工作关系，我曾多次带研究生访问郑敏先生。诗人韩作荣任《人民文学》主编时，每年春节前都要约牛汉、谢冕、刘福春、陈永春和我一起看望郑敏先生，向她赠送花篮，并在清华园内或

① 郑敏：《关于中国新诗能向古典诗歌学些什么》，《思维·文化·诗学》，第 149 页。
② 郑敏：《试论汉诗的某些传统艺术特点——新诗能向古典诗歌学些什么？》，《诗歌与哲学是近邻——结构—解构诗论》，第 346—347 页。
③ 郑敏：《中国新诗八十年反思》，《思维·文化·诗学》，第 148 页。

园外的餐馆聚餐畅谈，后来郑先生年事太高，不宜在外就餐，就只在她的客厅无拘无束地高谈阔论，室外寒风凛冽，室内春意盎然。2005年冬天以后，为编《郑敏诗歌研究论集》，我和学生更是不止一次地到清华的荷清苑专访郑敏先生，听她讲述她的人生经历，听她对编这样一本论文集的意见。这位耄耋之年的老人，耳聪目明，无论是当面还是电话请教，每次都能给我们做出清晰的回答，在谈完正题后，她又会和我们谈起诗坛，谈起社会，谈起教育，谈起全球生态环境，无怪乎她的家人称她是"忧国、忧民、忧地球"了。

2016年2月19日，我与中国诗歌网的朋友一起，又一次拜访郑敏先生。九十六岁的老人，耳不聋眼不花，她孜孜不倦地与我们谈诗，语言连贯，滔滔不绝，仍然像教授面对她的学生。她还应我们的要求朗诵了她的诗。她坐在台灯下，戴上眼镜，缓缓地、平静地读她的诗，不时还要停下来解释几句。看着郑敏先生慈祥的面容，听着她亲切的读诗的声音，我真的为中国诗坛欣慰。这位生命力超常旺盛的诗人，创造的信念就像太阳那样明亮，任凭岁月流逝，世事变迁，她那颗不老的诗心总会应合着时代而跳动，给我们留下美好的期待。

（本文系《郑敏文集》总序，原载《郑敏文集》，北京师范大学出版社2012年版，略有改动）

（吴思敬：首都师范大学教授，博士生导师，《诗探索》主编、中国当代文学研究会副会长、中国诗歌学会副会长）

论宗璞、谌容、张洁的小说

张　炯

在当代女性小说家中，宗璞、谌容、张洁都是新中国成立后才参加工作的，都是具有高等学历的知识分子。她们从事文学创作的时间虽有先后，但她们在文坛上大红大紫则都在改革开放后的新时期。她们的小说连连获奖，影响广泛，堪称女小说家中的"三杰"。对她们的小说做些探讨和比较，应是有意义的。

一、宗璞

宗璞（1928—），原名冯钟璞。为三人中的大姐，祖籍河南唐河，生于北京，少年时代就读于南菁小学和西南联大附中，经历过抗日战争的烽火。抗战胜利后，1946 年考进南开大学外文系，1948 年转入清华大学外文系。毕业后先在政务院宗教事务委员会和中国文联工作，后来在《文艺报》《世界文学》做编辑，曾任中国社会科学院外国文学研究所副研究员、中国作家协会理事和主席团委员。

1948 年宗璞开始发表作品，但无影响。真正标志她踏上文坛的则是1957 年发表的短篇小说《红豆》，描写女大学生江玫向往革命，却在解放前夕与出身富家的同学齐虹从相恋到分手的故事。在当时文坛较少描写爱情和知识分子题材之际，《红豆》以清新、高雅、委婉、缠绵的风格而引人注目。然而被批评存在小资情调而受挫折。两年后她下乡与农民同吃同住同劳动，曾创作表现农民生活的小说《桃园女儿嫁窝谷》等，也未受重视。20 世纪 60 年代又转向写她熟悉的知识分子生活，如《知音》《后门》《不沉的湖》等表现解放后知识分子思想变化的作品，依旧表现知识分子选择革命道路的人生主题，带有新中国成立初期的时代印记，反映了当时人们为新中国的诞生而欢呼雀跃，以及纯真、欢快、热情的时代情绪。

宗璞的创作最为活跃的阶段是在改革开放新时期。她陆续发表作品《弦上的梦》（获 1979 年全国优秀短篇小说奖），《三生石》（获 1977—1980 年第一届全国优秀中篇小说奖)，以及《心祭》《鲁鲁》《米家山水》《熊掌》《核桃树的悲剧》《我是谁》《泥淖中的头颅》等。除小说创作外，宗璞也写散文，主要作品结集为《宗璞小说散文选》(北京出版社，1981 年)，以及《三生石》《风庐童话》《丁香结》《熊掌》等。1958 年以后，宗璞全心投入长篇小说《野葫芦引》的写作。

《野葫芦引》长篇四部曲是宗璞晚年的力作。其规模宏大的故事以 20世纪抗日战争时期为背景，讲述北平明仑大学被迫千里南迁云南昆明办学的艰苦历程，塑造了一系列忧国忧民的知识分子形象。小说实际以那时西南联合大学的生活为背景，生动地刻画了中国知识分子的人格操守和情感世界，深刻而细腻地展现他们亲友之情以及对祖国民族之爱、对入侵敌人之恨、对亡国灾祸之痛。在民族危亡的岁月里，歌颂知识分子为中华民族的抗敌自强乃至不惜牺牲生命的崇高情怀和事迹。作品的结构严谨均衡、语言优雅蕴藉、情节引人入胜、人物丰满真切。

《南渡记》以"七七事变"后明仑大学教授孟樾一家的变故为主线，描写国难中北平知识阶层的深沉痛苦和崇高气节，并对苟且求生者的懦弱灵魂给予深刻剖析。《东藏记》描写明仑大学南迁昆明之后孟樾一家和师生们艰苦的生活，刻画了一系列鲜明生动的师生形象。为弘扬爱国主义，谱写了一曲令人荡气回肠的赞歌。对教授间的人情世态、青年人朦胧纯真的情感，均有委婉细致的笔墨。《东藏记》荣获第六届茅盾文学奖。《西征记》写的是明仑大学学生投笔从戎，参加远征军和日本侵略者在滇西作战的故事。在硝烟炮火的战争里，展示青年学子丰富而又纯真的内心世界和为国捐躯的牺牲精神。其笔墨别有境界。《北归记》则再现明仑大学师生结束八年颠沛流离，返回北平之后的纷繁错综的生活。抗战刚胜利，内战烽烟又起。面临历史剧变，思考国家前途，个人去从，既有父辈的担忧，又有子辈的焦虑与情缘，在作者笔端，显现温暖中有沉重、鲜明中有迷茫。

在《野葫芦引》中，主要书写了三代人在抗日战争中表现出来的民族气节，第一代人吕清非，因为拒绝上任伪职而自尽，表现出"宁为玉碎不为瓦全"的高风亮节。第二代主要有以孟弗之为中心的知识分子，在日本侵略中国的时候，表现出的不卑不亢的民族精神。第三代主要以嵋、澹台玮为主角，表现他们不畏艰险，同仇敌忾地参与到民族救亡中。宗璞的写作姿态相对正统。她的书写除了缅怀那段历史，更重要的是表现自己对那段历史怀有的深厚情结。有人考证，小说中的人物大多有原型，因而作者写来格外生动。宗璞的文字明朗而含蓄，流畅而有余韵，于细腻之中，注意调节。她的父亲是著名哲学家冯友兰，姑姑是著名文学家冯沅君。因而她既有深厚的古典文学的家学渊源，自己又从事外语工作，阅读过很多外国文学作品，故其小说既秉承中国古典文学的特色，又兼及外国文学的参照。两者在宗璞笔下互相交融。晚年，她目力衰退，《野葫芦引》的后两部为口授而成。四部曲的创作，前后历经三十三年，其顽强的意志，尤堪人感佩！

《野葫芦引》的叙述方式既匀称、节制，又含蓄、典雅。全书有六首序曲。名为"风雷引""泪洒方壶""春城会""招魂云匮""归梦残""望太平"，堪称四卷总纲。前两部作品《南渡记》与《东藏记》，每章的字数大体相当，一般分为三或四节，而在奇数章节末尾皆有独语，如：野葫芦的心、没有寄出的信，棺中人语等，以凝练、升华本章内容。在每部作品结尾处有词曲，名为《南尾》与《东尾》以增添作品的节奏感与韵律感，显得结构相当规整。她的优美典雅的叙述语言，吸纳了文言语词和句法、文法。其序曲、间曲及文中不少自制诗赋，既吻合整部作品的风格基调，有助于情节介绍和人物塑造，又显示了作者的艺术才情。

新时期宗璞的小说创作，特别鲜明地体现了这一代作家在摆脱了"文化大革命"的影响后，与"五四"新文学传统的衔接与契合。作为一位学养深厚的女作家，宗璞小说的特点之一是对不同文化的摄取、消化与吸收。因此她在艺术上便能兼收并蓄。宗璞的小说既承传中国古典美学的蕴藉。其"文字明朗而含蓄，流畅而有余韵，于细腻中，注意细节，无文法的疏略，无浪费或蔓枝，可以说字字锤炼，句句经营"[1]。而作品氛围每每融会作家对古典诗词、绘画艺术的鉴赏与吸收，回荡着浓郁的抒情气息，具有传统诗文的韵致。她笔下的主要人物皆言行有度。像《红豆》中的江玫，《三生石》里的梅菩提和她"三生相知"的恋人方知，《弦上的梦》中的慕容乐君、小裴和梁遐等等，她（他）们即使于逆境中磕碰得遍体鳞伤，也决不放弃一代传统知识分子的人格理想[2]。

由于作家广泛接触外国文学，她的作品又不拘泥于传统，能充分领略和借鉴西方文学所长。早在1979年，宗璞的小说《我是谁》就发出新时期文学向西方现代派借鉴的信号。作品描写从海外归来投身新中国建设的学者韦弥在"文革"中被诬陷为"特务""反革命杀人犯"等一系列骇人听闻的罪名，以致蒙受斗争，在弥留之际精神恍惚，似乎自己真的变成了"牛鬼蛇神"，变成了不齿于人类的"虫"，无疑借鉴了卡夫卡《变形记》中主人公一夜之间变成一只甲虫的写法。宗璞的《泥淖中的头颅》更是篇荒诞派小说。这些作品使她成为当时先锋小说的先驱之一。

1996年华艺出版社曾出版四卷本《宗璞文集》。第一卷编为作者的散文，第二卷为她的中短篇小说，第三卷有《南渡记》，第四卷则为宗璞所写的童话、诗歌、创作谈、评论和翻译文字。因那时《野葫芦引》的后三卷尚未

① 孙犁：《宗璞小说散文集·代序》，北京出版社1981年版。
② 李子云：《净化人的心灵》，三联书店1984年版，第102页。

问世。可见宗璞著述的丰富。

二、谌容

以中篇小说《人到中年》而声名大振的谌容（1936—），原名谌德容，祖籍四川巫山县，生于湖北汉口。童年、少年时代随全家在武汉、成都、北平读书。重庆解放后在西南工人出版社和西南工人日报社工作，1954 年考入北京俄语学院。1957 年大学毕业到中央人民广播电台担任编辑和翻译。1962 年转到北京市教育局，病休待分配。1963 年 7 月到山西汾阳县下乡体验生活。1969 年再次下放到京郊通县农村。1972 年冬开始创作反映农村干部群众抵制"包产到户"的长篇小说《万年青》。1975 年由人民文学出版社出版。接着她创作了另一部表现农村县社干部围绕"学大寨"展开激烈斗争的长篇小说《光明与黑暗》（人民文学出版社，1978）。谌容于 1979 年加入中国作家协会，成为北京市专业作家。其后，她陆续在《收获》等报刊发表中篇小说《永远是春天》（1979 年）、《人到中年》（1980 年，获第一届全国优秀中篇小说一等奖）；1980 年至 1983 年，又连续发表中篇小说《白雪》《赞歌》《真真假假》《太子村的秘密》《杨月月与萨特之研究》以及短篇小说《烦恼的星期日》《周末》《玫瑰色的晚餐》《褪色的信》等。她的《关于猪崽过冬问题》获第二届全国优秀中篇小说奖。1984 年至 1989 年继续发表中篇小说《错，错，错》《散淡的人》《献上一束夜来香》《懒得离婚》（获第八届 1985—1986 年全国优秀短篇小说奖）、《得乎？失乎？》和短篇小说《减去十岁》（获 1987—1988 年全国优秀短篇小说奖）、《大公鸡的悲喜剧》《一个不正常的女人》等，并出版作品集《永远是春天》《谌容小说选》《赞歌》《真真假假》《太子村的秘密》《新时期中篇小说名作丛书·谌容集》，晚年还创作有长篇小说《人到老年》《死河》等。

谌容是一位密切关注社会变化和时代发展的女作家。她的作品紧跟新时期社会生活飞速变迁。《永远是春天》描写老干部李梦雨通过缅怀前妻韩腊梅在战争岁月和建设年代与群众心心相印的工作作风以及坚强爽朗的性格，揭示革命者应永葆青春的主题。与当时许多作品对老干部一味赞许有异，谌容这个中篇着力揭示进城后干部队伍中滋生的官僚主义、脱离群众倾向以及"文革"并不能解决干部队伍的这种现象。

《人到中年》是谌容在新时期的成名之作，作品赞颂了眼科医生陆文婷等中年知识分子在个人生活与事业发生矛盾的重重压力下忘我工作的精神，也提出构成社会中坚力量的知识分子的生活沉重问题。陆文婷的形象堪称一种勤恳地为社会做奉献的知识分子的典型。小说问世即产生广泛的正面影响。《太子村的秘密》描写太子村善良质朴的农民如何被"大跃进"式的农村领导逼得走投无路，村党支书李万举只好以弄虚作假来对付弄虚作假。作品以农村生活中生动的事例，呼唤领导作风回归实事求是。《散淡的人》描写富家子弟、留学英国归来的学者杨子丰一辈子追随革命，却始终被视为"同路人"而未能加入组织。揭示这类知识分子内心对自我与历史之间无法沟通的困惑，成为"散淡的人"。《褪色的信》表现下乡知青小娟与农村青年温思哲不幸的婚姻，揭示横亘在他们之间无法逾越的理想与现实的鸿沟。《减去十岁》《懒得离婚》都表现世事变迁中的人情，就像前者中谁也找不回来被"耽搁"了的"十年"；后者中的刘述怀最终提不起"打离婚"的精神。但近似黑色幽默的作品笔调，使读者从观赏的角度感受到一丝诙谐和调侃的轻松。

有些小说总带有女作家对女性人生特有的思考。如《错，错，错》中的女演员惠莲，她的遗恨竟源于自己虚无缥缈的爱的梦幻。在女性人生问题上，谌容既正视现实，也诉诸理想。《人到中年》所写的女主人公陆文婷，既是一个好妻子，又是一个好母亲，她还是一个好医生。对于领导她是得力的好下属，对于朋友她是难得的好知己。然而作为女人，她不仅深感生活的沉重，也深感生活的残缺。谌容从关注人生的广度上触及女性问题。她的中性写作中，也不乏对女性独有问题的深深关注。

谌容晚年的长篇小说《人到老年》描写谢愫滢、沈兰妮、曾蕙心三位女性在退休后试图创办"三女公司"进入商界，以发挥自己的余热，但由于她们不愿与商界同流合污、沉瀣一气，最后失败的故事。她们都是五十年代受过良好教育的大学毕业生，不甘于退休后无所作为，但时代和社会的变迁，却终使她们退出历史的潮流。这其中提出的种种问题，自然很发人深思！《死河》则是一部关于环保问题的长篇。

谌容的作品也有一种柔美、优雅的笔调，但有时也笔锋犀利而幽默。富于一种艺术的感人魅力，描写人物形象生动，心理刻画细致，陆文婷的形象尤富于血肉丰满的立体感。

三、张洁

比谌容还年小一岁的张洁（1937—2022），祖籍辽宁，生于北京，1960年毕业于中国人民大学，曾在第一机械工业部工作。"文革"结束后发表处女作《从森林里来的孩子》（1978年），其后陆续发表《有一个青年》（1978年）、《七巧板》（1983年）、《祖母绿》（1984年），以及后来发表的《红蘑菇》等中短篇小说，并先后出版长篇小说《沉重的翅膀》（人民文学出版社，1981年）、《只有一个太阳》（作家出版社，1989年）和《无字》（北京十月文艺出版社，2002年）等。《从森林里来的孩子》《谁生活得更美好》《条件尚未成熟》分别获1978年、1979年、1983年全国优秀短篇小说奖。《祖母绿》获全国第三届优秀中篇小说奖。

长篇小说《沉重的翅膀》获全国第二届茅盾文学奖，曾被译成德、英、法、瑞典等多种文字出版。长篇小说《无字》获第二届老舍文学奖、北京市第三届文学艺术奖，第六届茅盾文学奖。她是唯一两次荣获此奖的作者，也是迄今为止全国唯一获得短篇、中篇、长篇小说三项国家奖的作家，并创全国优秀短篇小说奖"三连冠"纪录。此外，她还获意大利1989年度"玛拉帕尔帝"国际文学奖。1992年被聘为美国文学艺术院荣誉院士。她的作品曾被译为多国文字在国外出版。

张洁的小说多涉及女性人生问题，特别像《爱，是不能忘记的》，便属于新时期侧重描写爱情、婚姻的作品。不过它仍与当时倾诉"伤痕"、反思"文革"、歌颂改革、追求理想人性的文坛时尚相一致。她的长篇小说《沉重的翅膀》中也有对叶知秋、夏竹筠等女性形象生动的描写，流露出小说家对女性人生的关注，但小说还以正面表现改革题材为主，表现我国当时的工业现代化的艰辛，是带着沉重翅膀起飞的，属于作家呼吁工业战线改革的力作。

张洁小说《从森林里来的孩子》到《爱，是不能忘记的》等作品均具有情感丰富而细腻的特点，注重发掘理想中美好的人情与人性。而后来她的写作风格发生明显变化，从《沉重的翅膀》开始，她的文字开始尖刻，到了《方舟》变得更尖刻。它集中描写知识女性在现代社会中的情感焦虑，对男权发出愤世嫉俗的挑战，并抒写现实生活对女人形成的生活和精神压力。曹荆华、柳泉和梁倩这三个离婚女人对于男性的愤激，反映她们与传统男性中心观念的决绝，锋芒所向异常明晰、果敢而尖锐！小说描写曹荆华单位的"刀条脸"对女人惯施威逼利诱的手段；魏经理对柳泉无理纠缠；梁倩已经离婚的前夫白复山，竟然可以大模大样地闯入她们的宿舍骚扰；就连居委会的老太太也借各种名义来窥探她们的私生活。从而揭示她们对约定俗成地将女人视为异物的抗议。这种倾向在张洁后来的作品中更为明显。

当然，张洁作为一位对社会问题相当敏感的女作家，她并不局限于表现女性题材。如《祖母绿》中徒有其表的左葳，《条件尚未成熟》中惯于施"整人术"的岳拓夫，《红蘑菇》中的"现代文明泼皮"吉尔冬，以及《她吸的是带薄荷味儿的烟》所写从肉体到精神皆"阳痿"的"他"。这些作品都涉及现实生活的其他方面，将目光伸向广阔的世界。

早在《沉重的翅膀》中，张洁就曾以讥讽的笔调刻画了夏竹筠灵魂的卑俗。她的作品并不局限于同情女性，为女人做历史性的翻案文章，她对有些女性的虚荣、自私、褊狭、软弱等性格缺陷不乏敏锐的针砭。可见，她对妇女解放问题有比较深刻的全面认识，没有陷入维护女性的简单化立场。从这种意义上说，具有女权色彩的小说对女性自身的审视，恰恰从另一个方面注意到女性自身必须完美和自强的必要。

擎起女性独立人格的旗帜，是张洁具有鲜明女性主义色彩的后期创作特征。长篇小说《无字》无疑是她这方面的力作。它通过一个家族三代女性均所遇非人的不幸境遇，以辛辣无比的笔墨，淋漓尽致地揭露和控诉男权社会给女性带来的痛苦，也对女性自身逆来顺受的软弱表示不满。作品描摹了社会大动荡、大变革中各色人等的与世浮沉、坎坷人生，展现了中国近百年间的风云际会，对 20 世纪的中国进行了独特的记录与审视。全书分三部，计八十余万字。作品以女作家吴为的人生经历为主线，讲述了她的两次婚变，以及四代女性的爱情婚姻遭际。故事以离婚后住进精神病院吴为的惨状与胡秉宸白帆的重归旧好形成鲜明对比而展开，追溯胡秉宸、吴为和白帆三人之间的恩怨情仇。白帆是胡秉宸革命年代的战友，后来两人组织家庭，并生下了女儿芙蓉。纯情得永远如大二学生的吴为，在"文革"十年中，义无反顾地与落难的胡秉宸在一起。然而深谙社会人情的胡秉宸，为了自己的前途，依然逼迫吴为与之离婚，迫切地与白帆重建爱巢，并放言吴为长期滞留国外，嫁了个有钱的外国佬，甩了自己。面对赤裸裸的背叛和污蔑，吴为疯了，最后在只记得母亲和女儿的清醒中完成了自杀。小说追述与吴为有着密切关系的四代女性的爱情婚姻遭际。第一代吴为的祖母墨荷出身于"热热闹闹、鸡鸭鹅狗你方叫罢我方来叫"的小康人家，是一个标准的大门不出、二门不迈的闺阁小姐。然而遵从父母之命、媒妁之言，嫁入粗鄙的农村家庭，一生是孤独而悲惨的，成为传宗接代的工具，最后惨死在生育上。第二代吴为的母亲叶莲子生活在"嫁汉嫁汉，穿衣吃饭"的年月，将自己的一生托付给了东北军兵痞子顾秋水，做了从一而终观念的牺牲品。第三代吴为出生于日本侵华时期，新中国年代吴为有幸上了大学。然而"文革"中，前夫韩木林到处揭发和张扬她的私生子，这个"红字"同时也烙在了母亲和女儿禅月的脸上。但吴为拿起笔创作，成为作家。却又与比自己大二十多岁的胡秉宸相知相恋，最终还是落了空。第四代吴为的两个女儿禅月和枫丹出生于 20 世纪 60 年代。禅月不相信爱情，声称"我绝不会像您（指吴为）那样去爱"，最后远渡重洋，寻找个人价值。私生女儿枫丹走入了另一个极端，事业有成，但坚持独身一辈子，从来没有婚姻和孩子，没有正常人的家庭生活。

张洁的创作，前后期风格判若两人，但对于女性命运的关注则一以贯之。《无字》是张洁呕心沥血创作了十二年才完成的，是她用自身的生命体验作为小说创作的主要素材，呈现她的内心里更为愤激的情感！

多年后张洁又推出长篇小说《知在》。小说围绕一卷古画展开。此画缘自一段凄美而惨烈的爱情，然而，凡与它有瓜葛者，大多命途多舛。作者以纯文学笔法描述悬疑情节，写出作家的独特想象与探究，以及对"知"与"在"的思考，透出难以言说的"禅"意。作品简洁凝练，把诡异离奇的故事叙述得神秘、空灵、酣畅。晚年她多侨居美国，并从事绘画。

四、结语

上述三位女作家无疑个性各异。她们的作品取材很不一样，文风也有差异。但她们的小说并非没有共同点。

宗璞小说的取材往往小中见大，力求通过个人的命运以反映时代的面影。《红豆》是如此，《三生石》《我是谁》也如此。而《野葫芦引》四部曲虽以群体的故事来展示时代的风云，其笔墨仍着力于明仑大学师生中不同个体形象的刻画。她的文字有更多大家闺秀的风范，显得温文尔雅，语言有所节制而见蕴藉柔美。谌容的小说却往往先从大处着眼，然后从大格局中去刻画各种人物，如《万年青》《光明与黑暗》等长篇。她的大格局对于历史真实而言，是具有其时典型的普遍性的。《永远是春天》《人到中年》虽着眼于个人，仍然很重视大格局的普遍性。谌容的文字显得比较淡定、从容、明快、优美。她几乎不写个人经历。张洁则偏重从个人感受的难忘的人和事着眼，无论前期的《爱，是不能忘记的》《从森林里来的孩子》，还是后期的《无字》，都能让读者感到作家刻骨铭心的感受！她的文字前期温雅、抒情，不乏诗性美，后期却转向激情奔放，长于愤激的议论。在小说结构方面，宗璞和谌容更严谨，而张洁则不以情节见长，多数作品以情感和思想的抒发来推进情节，结构比较松散。

而她们小说的共同之处，即她们都是自己时代的产儿，都能以女性特有的敏感细腻的心理去感受自己的时代，既感受到时代的脉搏与风云，也感受到时代的问题；并且都想以自己的作品来影响时代。宗璞的《野葫芦引》固然是她亲历的抗日战争风云的少年和青年时代的记忆凝聚而成，而《红豆》《我是谁》等何尝不是新中国成立前后的时代映照。谌容早期的长篇《万年青》和《光明与黑暗》反映的是改革开放前的农村生活，无论是反对包产到户，还是描写农业学大寨中的斗争，也正是那个时代的真实写照。虽然历史本身的失误使这两部作品没有得到后来文坛的正面评价，但她仍然不断去追赶和感受前进的时代，才有后来的《永远是春天》《人到中年》等佳作陆续问世。张洁的《从森林里来的孩子》和长篇《沉重的翅膀》《无字》等更有个人色彩，其作品同样来自作家个人对时代的深切感受。这三位作家的大多数小说都属现实主义的写法。虽然宗璞的《我是谁》和《泥沼中的头颅》、谌容的《减去十岁》采取现代主义的笔墨或受到现代主义的启发，但说她们基本上都是现实主义作家，当属不谬。在新时期之初，我国文坛拨乱反正，批判了"文革"十年中流行的"伪浪漫主义"，大多作家都迅速回归现实主义。宗璞等三位女作家的选择，自属当时创作主流的体现，当然也是自己时代现实生活的强大力量的体现。

三位作家笔下的人物多属知识分子，也是她们小说创作的一个共同点。宗璞的笔墨始终坚守在描写知识分子的领域，她的小说差不多写的都是知识分子在自己时代的不同遭遇，尽管她也有几篇写农村的作品，却不大成功。因为她体验最深的毕竟是知识分子阶层的生活。谌容的题材虽越出知识分子领域，着笔比较广泛。她早年的两部长篇写的就是农村和农民。但写得最多，也写得比较成功的仍然是知识分子。她的作品较少写自己，而属于不断去拓展生活领域的作家。她的《人到中年》就是亲自到医院体验生活而写成的。她和宗璞一样，多采用中性的笔法，很少站在女性主义的立场写所谓"女性主义的小说"。虽然她们也关注妇女的命运。而张洁早期有《从森林里来的孩子》和《沉重的翅膀》那样不同视野的作品，后来却转向明显的女性主义立场。她的许多作品不仅也写自己所熟悉的知识分子，在《方舟》《无字》等力作中更以日益犀利的笔墨对男权社会做无情的攻击和批判。因而评者把她列为女性主义作家，也是有根据的。尽管张洁的小说也有多种题材。张洁的女性主义又不在一味维护女性的权益，她对于某些女性弱点，也不乏抨击。如《沉重的翅膀》中就曾以讥讽的笔调刻画了夏竹筠灵魂的卑俗。《只有一个太阳》中对缺乏自尊、崇洋媚外的女人的批评，同样十分尖刻！她的作品并不是局限于同情女性，为女人做历史性的翻案文章，而对有些女性的虚荣、自私、褊狭、软弱等性格缺陷，她也不乏敏锐的针砭。其实，对女性自身弱点的审视，从另一个方面注意到女性自身必须完美和自强，这也是女性主义应有的表现。

上述三位女作家在新中国文坛上，尤值得人们肯定的还有她们的人文主义和家国情怀。她们的作品虽然多主题，而人文主义和家国情怀却贯穿于她们的多数作品中。中国人的爱国主义总是家国相连的。有家才有国，无国则难保家。三位女作家都有很深的爱国主义情怀，这在《野葫芦引》四部曲中，在《万年青》《光明与黑暗》或《永远是春天》《人到中年》里都有表现。谌容的《万年青》和《光明与黑暗》反对包产到户与学大寨突出阶级斗争，其深层动机仍在希望社会主义国家的富强。在张洁的《沉重的翅膀》歌颂改革、渴望推进改革，当然也是为了国家的强大。三位作家都重视写家庭，写家庭的和睦与爱，并针砭无爱的家庭。而她们对人性人情的描写，既尊重个性，又写出人性的复杂，扬善遣恶，妍媸分明。应该说，她们作品的思想导向，继承了"五四"新文学人文主义的立场，又发扬了我国爱国主义的传统，这样的作品自然也为社会主义精神文明建设作

名
家
论
坛

51

出了贡献。

　　总之，这三位作家既是应该被深入研究的女小说家，也是新中国文坛上深受读者喜爱并具有国际影响的作家。笔者年近九旬，力有不逮，上述评介，或有未当，不揣简陋，意在于抛砖引玉。

十年乱世逐水流

——我读《生死场》

卢 岚

　　有人研究过，不少大作家都有过不幸的童年，父或母早逝，或离异，从少失去亲情呵护；或者是私生子、孤儿，缺乏家庭温暖，遭受过歧视、虐待，经历过贫困挣扎；或死里逃生，如二战时期的犹太儿童、青少年。总之都是些被忽略、被伤害、被抛弃的小可怜，承受过精神和生活的折磨。不一样的人生起步，带来了不一样的人生，内心总比别人藏着更多的痛苦。痛苦是无底深渊，要走出深渊，就必须把痛苦倾诉出来。他们就这样拿起了笔，将大悲哀大孤寂直溜溜地倾诉，或隐匿在一个故事、一个寓言当中，或通过娓娓而谈的文字影射，以此来填补空白，来补偿、舒解内心的疼痛。

　　你读萧红的成名作《生死场》，一页页翻下去，心里不是味道，她的文学怎么可以那么极端，那么偏爱罪孽。金枝因为摘了青柿子，不中用，母亲就像老虎般把女儿扑倒在地，把她打得即时流起了鼻血。她将一个柿子看得比女儿的价值要高；村里所有父母都暴虐孩子，他们都在非人的生活中九死一生。王婆向邻居讲起自己的故事："……一个孩子三岁了，我把她摔死了，要小孩子我会成了个废物……"金枝的丈夫也亲手摔死才一个月大的女儿。孩子，尤其女儿不比牲口更有用场。男人的粗暴、兽性令人发怵，患瘫病的月英，向丈夫要点水喝得不到回应，哭泣声连隔壁邻居也听见了，还遭他辱骂，死前身上长了蛆虫。纸背间透出的阴森直教你寒气彻骨。所有人的胸腔都藏着一块冰，外加一块铁。每个人心里都有自己的魔鬼，狗窝要比人的家庭更温暖。你不禁发问，是作者的笔杆沉沦，还是现实本身的沉沦？你掩卷良久，尚未能将好情绪恢复过来。这是你不喜欢看的书。并非为欠缺跌宕起伏的故事情节，没有情侣间的生生死死，而是人性的荒凉使你透不过气来。人与人之间的冷漠、隔阂还在其次，使人难以释怀的是，如果母亲对孩子的爱，一种天赋的本能也丢失了，我们的世界还剩下些什么？你希望丈夫对妻、女少一点灭绝，但你很失望。生命的意识不存在。人伦关系失去了根基。世界没有了生机。苟活成了最基本的真理。老天，这种文字你不能以一般的美丑尺度来衡量了，作者的视觉使你战栗。是她看到不该看的事情上头去，还是不该有这样的存在？

但你不能对这一切说"不"，就像作者没法对命运说"不"，是命运决定了她的视觉和笔杆的走向。她出身于东北小城呼兰县的乡绅之家，家里有多富裕？呼兰县是偏远地区落后的穷壤，气候严寒，耕作只得一年一造，农夫粮短衣缺。乡绅之家又如何？萧红谈到大合院时，总使用陈旧、荒凉、破落等字眼，虽然有出租的房舍，入住的都是穷苦人家。当住客交不起房租，贪婪、小气、吝啬直至无情的父亲，就把他的马车赶过来。他对女儿也凶狠歹毒，这是她心中解不开的死结。每当走过他身边，就有被针刺的感觉。幼年丧母，但记忆中的母亲"恶言恶色"，无亲无爱，经常挨她打骂；祖母呢，是她最讨厌的人，体弱多病，却有足够的精力来凶狠专横，对孙女丝毫不容忍；继母更加面目狰狞。一个冰窖似的冷酷世界。她从小迷失在这个寒气透骨的天地中。日后就以笔来道出她的沉重，她的大寒大栗。

她不是甄士隐，将真事隐去，以假语村言来东游西荡，她有的是直面现实的勇气，将所知所见或本人的经历，赤裸裸地扔到你跟前。她笔下的东北农村，有挥动马鞭的声响，有织布的机杼声，串辣椒的快捷动作，节日挂到土屋门前的葫芦，驱蚊的火绳，有麦场上拉石磙的小马，河边高粱地里的野鸳鸯，都是地道的东北农村风情，一幅民俗画，给人简陋宁静之感觉。而更多的是超乎想象震人心弦的画面。北方自然环境冷酷，单造收成，农家食不果腹，衣不暖身，没有过冬的被子，常人的生活已自身难保，每天都得计算着怎样活下去，小孩和病人就成了牵累。每个人都畜生般来到世界，畜生般活着，畜生般死去，生与死都同样冷酷、失败，不足挂齿。村边乱葬岗的恐怖状况可以说明一切。悲剧得来，也混沌麻木，无知无觉，一代一代按着同样脚本扮演着同样的戏。鲁迅笔下的阿Q、孔乙己，是揭露民族的劣根、病态精神及其奴性。萧红写的是人的愚昧混沌，麻木不仁。鲁迅以艺术手法创造了典型人物，有代表性，具象征意义，有吸引人的故事情节，以及文学性的深层思考。而萧红笔下的人物，不借助艺术或文学手法的掩饰，砖是砖瓦是瓦，将丑恶现实原装原样地抖出，无疑是直率朴素。但如此这般的生与死的苍凉大悲，毕竟令人不忍卒读，使人毛骨悚然。某些诗意的描写，景物的抒情，也掩盖不了从纸页间冒出的大苦大劫。如果说鲁迅先生的杂文是匕首是投枪，萧红的直溜溜，不拐弯，连小小遮掩手法也省去了，直叙得来直教你想逃避，避开那些血污、呻吟、啜泣，还有乱葬岗……再没有比她笔下的人与事更蒙昧、丑恶、寡情的了。现实被丑恶的人和事堵得水泄不通。若非以当代人惯用的思维去衡量，什么"歪曲事实"，给现实"抹黑"，就是鲁迅先生所言的"力透纸背"吧？鲁迅的匕首、投枪，是带有政治意识的揭露，是对中国人的恨铁不成钢。萧红不大具有政治意识，她以本人的悲苦为底托，给我们描绘了一幅悲喜交杂、善恶交织的北方农村风情图，使我们看到另一种形式的，萧红本人不自知的揭露。

这是《生死场》上部分的描述。没有希望了吗？总也离不开生与死的重力，都在沉甸甸地下沉了吗？不，善良慈祥的祖父曾经给过她温暖，受了父母的打骂，就躲到他的房间里去，对着窗外的景物发呆。在大雪纷飞的黄昏，围炉听他读诗；在后园里祖孙二人形影相随，浇花种菜戏蝶，这就是她童年的欢乐时光，也孕育了一个作家萧红，一个求知和上进愿望极强的萧红。从祖父身上她知道世界上除了恨，还有爱。北边的穷埌、寒气还是能够孕育爱心的。这种感情也表现在人与家畜的关系上，老王婆牵着不中用的老马走进屠场那一幕，写尽了人与家畜的相依为命，最后双方的难舍难分。虽然这个王婆就是年轻时将亲生的三岁女孩摔死的那个王婆，但她毕竟为被送进屠场的老马掉下眼泪，可见她还是有血肉、有感情的。如何判断同一个人的杀女悼马的公案？

作品的下半部写的是日本鬼子来了，大敌当前，一切都不一样了。当年睡意昏昏的村民，一夜间都觉醒了，意识到国破家亡的耻辱，主动地行动起来了。赵三逢人便讲亡国、救国、义勇军、革命军；寡妇将儿子送去当义勇军，小伙子们准备集合上前线，都英雄气概地，从个人行动转到集体行动，比起之前的奔日子似乎更带劲，更有章法，更讲究形式，行动之前正经八百地举行了一个宣誓仪式："兄弟们！……就是把我们的脑袋挂满了整个村子所有的树梢也情愿，是不是啊？……"寡妇们回答："千刀万剐也愿意！"赵三的话也很感人："……国亡了，我……我也……老了！你们还年青，你们救国吧！……等着我埋在坟里……也要把中国旗子插在坟顶……我不当亡国奴……"每个人都具有强烈的爱国意识，变得大无畏，视死如归。

作品上下部分人物精神状态的脱节是明显的。但，脱节来自笔锋的大转折，作者要从被卑微、残酷、痛苦所劫持的人生，转向一场伟大的轰轰烈烈的救国行动。你感到这位才二十三岁的女子不平凡的胸臆。当年她漫不经心，实际上十分凝重地写出了故土的贫穷落后，愚昧蒙混，但出路在何方？总不能让他们永远颓废败落下去。战争来了，日子不一样了。萧红本人不就在战乱中漂泊吗？她的目光更不会远离这场乱局，尽管她是个弱女子，贫穷，无依无靠。唯一能够使她强大的，只有一管笔，唯一能够为这场战争尽一点绵力的，也是这管笔。再说，当时乱世如斯，不写战争还写什么？于是她把这群心理患病的人带入抗战中。尽管她不是一个合格的领头羊，年轻，一个弱女子，没有参与过抗战的实际经验，不曾见识过日军的暴行，消息只能来于媒体或道听途说，如果这部分内容不具体，流于表面、口号，是可以原谅的。最感人的笔墨，莫过于二里半去当革命军前，将他唯一的牵挂——老山羊交托给赵三："这条老羊……替我养着吧，赵三哥，你活一天替我养一天吧……"但萧红到底将抗日这件大事推到读者跟前，日后被公认是抗战文学的创始人之一。她走对了路子，从此得到外界的关注与认同。

你看过萧红这部成名作，再看《呼兰河传》，最成功也是最后一部作品。第一章就写了呼兰城东二街的泥坑，交通要塞上的大障碍，下雨时成了个一丈来深的烂泥潭，淹过马、猪、猫、鸡、狗、鸭，总也没有人说要把它填起来。当地人那种精神状态，你怕把它填了，呼兰就没有故事了。接下来，你看到七月放河灯，让亡魂托着莲花灯去投生，很神秘很独特的风情；秋天在河边举行的野台子戏，为感恩好收成，为求雨，戏连唱三天。难得的娱乐机会，大家穿戴得整齐利落去看戏。亲戚朋友间走动起来了，赶着套马的大车、老牛车，驾着骡子的小车，小毛驴拉着花轮子，都先后来到了；还有四月十八日娘娘庙大会。在那些节日里，母亲与出嫁女相逢了，亲朋拜访时倒茶装烟，都是人世间平常的喜乐。这就对了，多么欢快丰沛的人世风景！哪来那么多可怕的人间地狱？

那时候萧红离家出走近十年，经历过种种痛苦的折腾后，多少有点悔恨，情不自禁地想起了家乡故土？那里从前住过祖父，现在埋着祖父。想起跟祖父一起在后花园里栽花拔草，吃黄瓜，追蜻蜓。尽管她一再提到院子的破落荒凉，堆着朽木、乱柴、旧砖块、打碎了的缸子坛子，而街上的新洋房不知要好多少倍，但到底是她儿时的乐园。家里有多少间房子？她如数家珍般数着看，除了家庭成员的住屋，还有破草房，碾磨坊，养猪房；夜夜敲打的梆子，房客拉起的胡琴，叹五更，大神、二神的一对一答，多么幽渺苍凉；还有跟祖父念《千家诗》，让她在客人跟前念诗，这种稀罕的脸上有光的时刻，都在灰烬中复活起来了。总之，她不无眷恋地回顾了童年的一切。她想家了？想跟家庭和解了？"我早就该和T分开了，可是那时候我还不想回到家里去，现在我要在我父亲面前投降了，惨败了，丢盔卸甲的了，因为我的身体倒下来了，想不到我会有今天。……"

"想不到"出自她的口，令人心酸。悔不当初是最无奈的事。她当真后悔了？很快团圆媳妇出现了，原来一切并不如回忆中的那么美好。一个十二岁的童养媳，因为长得高，说成十四岁。初到婆家时，黝黑的脸上一脸笑呵呵，一根乌黑的长辫垂过腰际，举止大方，坐得直，走得快，一个活跳跳的小妞。但只过了几个月时间，就被婆家折磨死了。她被吊在大梁

女作家学刊·第三辑

上，由公公用皮鞭狠抽，昏死过去，就用冷水浇醒，打得满身青肿，血迹斑斑，还要日打夜打。孩子家嘴硬，一打就嚷着要回家，用牙咬婆婆。回家？没门，这里就是你的家！不服服帖帖，用牙咬人，这就是反抗，还得了！反抗就得罪加一等。于是用烧红的烙铁烙她的脚板。为什么？不为什么，只因为做婆婆的有绝对的权力。大权在握，不用白不用，不能分享。为显示和巩固手中权力，先给媳妇一个下马威，压下她的威风，开始管不了，日后更管不了。还无耻地说，不狠打不中用，不狠打出不了好人。不服气更要往死里打。封建家庭是个小朝廷，可以行使自己的法律，手握生死大权。事情闹得越激烈，越能显示手中的大权，以不公道来表现权力，才是绝对的权力。

　　小媳妇的伤势越来越重，神志越来越不清，张着嘴巴连哭带叫，夜里叫的声音像猪嚎，婆婆就说她撞了邪，被狐仙抓住了，要变成妖怪了，于是找巫婆来跳大神赶鬼治病。有人建议给她吃连腿的全毛的鸡，有人建议扎谷草人去烧，用纸人做替身，给她画花脸。大神说要用滚水给她洗澡，连洗三次，真魂就会回来附体，病就好了。这场将人下滚水的好戏，无疑就跟传说中地狱的下油锅一样，是对人的极致惩罚。但这场在人间闹的恶毒剧，却没有招来异议，反而招来了喜欢围观的群众，不可多得的热闹呀！围观是我们这个种族的特殊爱好，这种劣根和扭曲心理，鲁迅笔下有过不止一次的描述。病态心理加上空虚无聊，使他们对别人的痛苦无动于衷，更甚者是观赏别人的痛苦，从中获取自己的满足感。这场一而再再而三将人下滚水的声色惨烈的惨剧，大家只当热闹来围观，没有人去搭救，没有人说个不字。也不见村长之类来说一句话。见死不救，落难的人就是遇上两次的不得不死。说人性的麻木，说集体无意识，到位了吗？还是集体潜意识地选择了强势的一边，成为婆家的同谋？若非集体的良心泯灭、集体的沉沦，还能够是什么？

　　萧红以率直来面对最残酷的现实，轻巧又沉重地把不忍卒睹的场面、人的丑恶面目，毫无遮掩地付诸笔头，这种本事超越了鲁迅。但很可怕，你作为人本身，对自己的族类产生了恨。她所反映的不仅是现象，而是一桩精神事件。你想起蒙田的话，人类残忍的一面，有时连动物都不如。如果没有法律的束缚，不知要下流到什么程度。作者的勇气使人发抖，也使人佩服，她所触及的远非只是女性的独立、自主和尊严的问题，她把我们这个古老种族的冷漠、衰朽、败落、残忍，扔回到我们自己的脸上。

　　祖父去世后这个家已经恋无可恋。加上父亲迫婚，逃到外边世界去，希望过独立自强的生活成了必然的选择。她走出樊笼，再到哈尔滨去，人是自由了，精神独立了，但随着逃婚成功而来的，是经济上的走投无路。挣脱了家庭的桎梏，却落入到外边世界的桎梏；走出家的冷酷无情，进入到外边世界的灰暗无助。比起家庭迫害同样悲苦的日子开始了。那时候，日本侵占东北，国破家亡，离开土地家园的流亡队伍到处流窜；另一方面是抗日救亡运动，是抗日志士的血染山河。同时，图谋私利，酝酿世纪骗局的把戏段开始了。外边的世界好纷乱，也很热闹。萧红很知道自己处身的大环境。在十年乱世的漂泊中，萧红贫穷潦倒，居无定所，健康状况也每况愈下。一心依靠的男人又逐个将她背叛，落得个孤身为生存挣扎。当她三餐不继，无瓦遮头，让人玩弄了，又弃如敝履的时候，此中悲苦唯她自知。那个时代未婚女子怀了个"野种"，是犯贱、污秽、邪恶，是轰动闾巷的大事，"我一生最大的痛苦和不幸，都是因为我是一个女人。"换了我们的时代，她可以到一个办公室当个小职员，到工厂做个车衣女工，先养活自己，再做别的打算，不必为一口饭、一片瓦而不得不屈从。但她生于保守落后的时代，掌握经济权的是男性，他们的权威是绝对的，对弱性群体及个人绝对不留情面。无论在父家、夫家，或她离家后的处境，在男性面前，只能屈就、妥协。在走投无路的情况下，碰上谁都轻易靠拢过去，希望得到一个可以依靠的肩膀。最初在哈尔滨与汪姓未婚夫同居，另一说是李姓教师，她的心态如是，后来与萧军、端木蕻良的关系也大抵如是。那个时代没有避孕丸，否则女性至少可以减去一半痛苦。萧红在无助的重力下变得渺小、脆弱，生活陷入了乱套状态。绝对的困窘可悲，是她离家出走前不曾预见的。她弟弟先后两次在外地遇上她，劝她回家，被拒绝了。深知在这种状态下回家是自作孽，会有怎样的狰狞面目等待她？家庭既封建又冥顽，对敢于争取女权，争取自由恋爱的新女性，即使对亲生女儿，同样心狠手辣。她知道回家不会有好收场。她的叛逆性格，就有着命运的纹理在内。何况她内心已一早撕裂，不再奢望原来所企盼的人生。在女中就读时，她参加过示威游行，高喊过"打倒日本帝国主义"，散发过传单，目睹过学生与警察冲突，接触过新思想、新观念，憧憬一种新的生活方式。但离家后道路依然崎岖，是先前所不曾预知的。

但她没有一蹶不振，将人生轻易放手任其自行毁灭。在逆境和孤冷中，心里依然充满了对文学的热忱，紧紧抓住一管笔，在风雨飘零中不断写她的回忆世界。她在哈尔滨女中只读一年初中，第二年暑假回家，父亲就给她包办了婚姻。但她以坚强的意志走自己的路，一心投入写作，亦步亦趋老跟在她脚跟后面的宿命终于让步了，终于给她打开了文学这道门，她可以从艺术角度来找回人生的价值。历尽艰辛的动荡日子，跟着战火的蔓延，或求生的需要，从呼兰到哈尔滨，到青岛、上海、汉口、武昌，1940年最后抵达香港；身边的男人也不断更换，从李姓教师或汪姓未婚夫，到萧军、端木蕻良、骆宾基，浮萍般逐水漂流。另一面，在行脚匆匆的日子里，不时亮出一点火光，那就是她不断抛出的文学作品：从成名作《生死场》开始，到《商市街》《马伯乐》，直至她逝世后才出版的《呼兰河传》，短篇小说集《小城三月》《旷野的呼唤》等等。这些作品是她的缺少欢乐的人生唯一能带给她欢乐的成果，是她努力过、燃烧过发过光的证明。如果她的焰火不被一阵风吹熄，照亮了自己也照亮了别人，皆因燃起的不是一根洋烛，而是一个火堆。在不到十年的写作时间中，留下了七八十万字的作品。她在临终前慨叹："半生尽遭白眼冷遇，身先死，不甘，不甘。"她的不甘，更因为"我还有《呼兰河传》的第二部要写……"事实上战乱的流离颠沛，生活的极度困顿，明显地妨碍了她的才能的发挥。即使已经问世的作品，还是可以写得更完美的。胡风就指出她欠缺题材的组织能力，修辞语法句法锤炼不够。但重要的是，她能够以强烈的色彩，写下北方黑土地上的荒凉、死寂，活在其中的人的麻木、混沌，使人大吃一惊的悲剧人生。原来她的心不在云端之上，而是紧贴着故乡的贫瘠土地。一如竖立在呼兰县她祖居门前的萧红坐像，不是屹立在高高的底座之上，而是放置在平地的一块石头上，你不用把她从高处请下来，她就置身于为生存而挣扎的穷苦民众之中。《生死场》1935 年 12 月出版后曾轰动一时。如果在日本入侵东北的年代，枪炮声和厮杀局面不曾掩盖一本薄薄的，才一百五十多页，作者名字陌生的小书的出版新闻，总有它的因由吧！

　　在三十一岁年纪上遽然而逝，令人扼腕叹息。但她留给后世的形象别具一格，一如她身穿旗袍、体态纤瘦的坐像，古雅、沉郁、孤冷、无奈。仔细再看，一脸病容，茫然的目光，无数的问号。"无边落木萧萧下"。但手中握着一本书是画龙点睛，原来，求知、上进，在文学领域开天辟地，才是她追求的人生真谛。她以文学来完成短暂跌宕的生命飞跃。

2021 年 4 月于巴黎

（卢岚：知名华裔散文作家）

新时期以来的凌叔华研究述评

李贵成

摘 要: 本文从史料的搜集、整理与更新,创作思想研究,艺术特色及其他研究三方面梳理新时期以来的凌叔华研究全貌,以期在掌握现有研究状况的基础上提出继续深入的方向与可能。本文认为,新时期以来的凌叔华研究在史料的搜集、整理与更新方面成绩斐然,亦有发展空间;学界对凌叔华创作思想的研究主要集中在挖掘凌叔华文学创作的性别意识、"儿童本位"思想和爱国思想等方面;有关凌叔华作品艺术特色的研究主要从叙事策略和审美理想两个层面进行考察。整体而言,凌叔华早期小说创作受到集中关注,散文和旅居海外时期的创作则关注不足,有待进一步发掘。

关键词: 凌叔华;史料;性别意识;儿童本位;家国思想;叙事;审美

凌叔华是"五四"女作家中"新闺秀派"[①]的代表人物,是"京派"文学的优秀作家,也是文字与绘画兼通的才女型知识分子。其创作在新文学发展之初便呈现出鲜明个性,受到读者和评论界的关注。鲁迅评价凌叔华笔下的人物是"世态的一角,高门巨族的精魂"。[②]夏志清认为凌叔华对妇女和儿童题材有着敏锐的心理观察力,甚至认为"整个说起来,她的成就高于冰心"。[③]胡适称赞凌叔华是"中国传统古画的真正代表"。[④]且不论这些评价是否客观,不可否认的是,写作和绘画构筑了凌叔华的生命基石,成就了她在中国现代文学史上的独特价值。

随着社会历史和文学思潮的发展演变,凌叔华研究经历了由浅入深、

---

① "新闺秀派作家"之称初见于 1930 年代毅真《几位当代中国女小说家》一文。毅真将当时最有代表性的几个女作家加以归类,冰心为"闺秀派作家"的代表,丁玲为"新女性派作家"的代表,以及凌叔华为"新闺秀派作家"的代表。原载于 1930 年上海《妇女杂志》,第 16 卷第 7 期。

② 鲁迅:《鲁迅全集》(第六卷),人民文学出版社 2005 年版,第 258 页。

③ 夏志清著,刘绍铭等译:《中国现代小说史》,香港中文大学出版社 2001 年版,第 71 页。

④ 参见陈学勇:《凌叔华年表》,载《新文学史料》2001 年第 1 期。

由"扁平"走向"丰满"的过程。20世纪二三十年代，受现实主义和左翼文学主潮影响，学界的批评以阶级意识为导向，将凌叔华定位为"有闲阶级的夫人"，认为凌叔华养尊处优，笔触所及多是资产阶级太太小姐的生活和心理，关注人生"热情""享乐""积极"的一面，而忽视了"人间的悲哀""人生的冷酷"，文字"呆滞"缺少"飘逸"，以弋灵、钱杏邨、沈从文、贺玉波的批评为代表。此外，也有研究者从正面肯定凌叔华文笔的"细腻干净""适可而止""自然亲切""淡雅幽丽，秀韵天成""委婉含蓄"，以王哲甫、鲁迅、施瑛、苏雪林、张秀亚的评价为代表。^①这一时期，凌叔华研究偏向于对其文学创作的评价，尤以小说集《花之寺》为中心，偶有文章关注其绘画创作，如朱光潜认为凌叔华是承袭元明的"文人画师"，"在向往古典的规模法度中，流露她所特有的清逸风怀和细致的敏感"。^②1947年，凌叔华远赴英伦，后奔波于新加坡、加拿大等地，逐渐淡出大陆文坛，主流意识形态导向下的凌叔华研究难有突破。1953年，极具自传色彩的*Ancient Melodies*在英国出版，轰动一时。直至大陆学者傅光明译出中文版《古韵》^③，凌叔华再次引起人们的热切关注，传记写作和相关研究层出不穷。傅光明的《凌叔华　古韵精魂》采用图文并茂的形式，讲述了凌叔华的一生，可谓一部凌叔华的"画传"；^④宋生贵编著的《凌叔华的古韵梦影》，将凌叔华视为"最后的闺秀"，是一部"史料汇编型"传记；^⑤魏淑凌的《家国梦影:凌叔华与凌淑浩》^⑥以第一人称叙事手法，从亲人角度追述凌叔华和凌淑浩两姐妹的人生，颇有女性家族史写作的味道；陈学勇的《高门巨族的兰花:凌叔华的一生》特色在于评、传结合，综合考察凌叔华的人生经历和艺术成就，呈现凌叔华"丰富的人生，复杂的内心"；^⑦朱映晓的《凌叔华传:一个中国闺秀的野心与激情》以"尽可能接近真实历史"为标准，称写作这本书是"历史的旅行"，"情感之旅"，"风景之旅"。^⑧林杉的《凌叔华:中国的曼殊斐儿》在《秀韵天成　凌叔华》的基础上增添了凌叔华广州故里和天津求学的资料，弥补了凌叔华传记写作的多个盲点。^⑨新时期以来，凌

名家论坛

---

① 参见陈学勇:《凌叔华年表》，载《新文学史料》2001年第1期。

② 朱光潜:《论自然画与人物画》，《天下周刊》，1946年5月创刊号。参见陈学勇:《凌叔华年表》，载《新文学史料》2001年第1期。

③ 台湾初版:业强出版社1991年版;大陆初版:中国华侨出版社1994年版。

④ 傅光明:《凌叔华　古韵精魂》，大象出版社2004年版。

⑤ 宋生贵编:《凌叔华的古韵梦影》，东方出版社2008年版。

⑥ 魏淑凌著，张林杰译，李娟校译:《家国梦影:凌叔华与凌淑浩》，百花文艺出版社2008年版。

⑦ 陈学勇:《高门巨族的兰花:凌叔华的一生》，人民文学出版社2010年版，第298页。

⑧ 朱映晓:《凌叔华传:一个中国闺秀的野心与激情》，江苏文艺出版社2012年版，第6—8页。

⑨ 林杉:《凌叔华:中国的曼殊斐儿》，中国言实出版社2014年版。

叔华研究取得了丰硕成果，学术类专著一部，①学位论文一百余篇，期刊论文近三百篇。本文在综合考察以上研究成果的基础上进行深入和拓展，从史料的搜集整理与更新、创作思想研究、艺术特色及其他研究三方面梳理新时期以来的凌叔华研究全貌，以期全面把握凌叔华研究的整体脉络并提出继续深入的方向与可能。

一、史料的搜集、整理与更新

中国现代文学研究向来注重"论从史出"，基于史料的论述避免了主观臆断和人云亦云。凌叔华研究的一大趋势便是"重返历史现场"，从史实出发对其生平事迹和创作思想进行考述。在关注凌叔华的学者中，陈学勇长期致力于史料收集工作，发掘了多篇凌叔华佚文佚作并整理、编订、出版，可谓功德无量。他主编的《凌叔华文存》（四川文艺出版社，1998 年）囊括了凌叔华已经结集出版的小说以及未曾入集的小说、散文、评论、通信，是目前较为全面的凌叔华文集。此后十年，陈学勇披沙拣金，相继打捞出凌叔华作品中具有重要意义的中篇小说《中国儿女》以及数量可观的散文、演讲、创作谈、诗歌、翻译、信件等佚作，还在《凌叔华年表》（《新文学史料》，2001 年第 1 期）的基础上修订凌叔华年谱，整合后推出又一部力作《中国儿女：凌叔华佚作·年谱》（上海书店出版社，2008 年）。此后又是十年，陈学勇陆续发现了多篇凌叔华发表于境外的英文作品，其中两篇《一千八百年前的石刻》和《三个世纪来的中国雕版印刷（略）》刊于《新文学史料》2018 年第 1 期。②另有专文（陈学勇：《关于凌叔华集外文的札记》，《新文学史料》，2019 年第 4 期）讨论《由广州湾到柳州记》《回国杂写》《为接近战区及被轰炸区域的儿童说的话》《典型论》《〈汉阳医院伤兵访问记〉"前记"》《题余桢纪念册》《致中央日报》等七篇集外佚作，还解读了凌叔华致徐志摩信（片段）、留给林徽因的便条、致张秀亚和陈美芳信（片段）。③每有新发现，陈学勇便将所获材料公之于众，以专业眼光辨析其中隐藏的巨大学术价值，按图索骥，通过不断获取的新材料佐证和澄清凌叔华生平事迹与文学创作的诸多问题。例如，他认为凌叔华留给林徽因的便条为"八宝箱"事件二人的交恶提供了细节；认为评论界将凌叔华的写作题材囿于女人和儿童，遮蔽了她的民族情感这一重要方面，《为接近战区及被轰炸区域的儿童说的话》即可佐证；认为《典型论》的内容并无新意，值得注意的是

① 林晓霞：《凌叔华与世界文学》，中国社会科学出版社 2019 年版。
② 陈学勇，邱燕楠：《凌叔华英文佚作两篇》，载《新文学史料》2018 年第 1 期。
③ 陈学勇：《读凌叔华一组佚信——关于凌叔华集外文札记之四》，载《苏州教育学院学报》2019 年第 5 期。

其表露的政治倾向。凡此种种，均为后学研究凌叔华其人其作提供了重要参考，也为凌叔华研究的整体风气打下了素朴扎实的底子。

近年来，不断"出土"的新材料引起学界浓厚兴趣。陈学勇漏收的凌叔华佚文《阿昭》《〈汉阳伤兵医院访问记〉之"题记"》《汉口战时儿童保育院》《为接近战区及被轰炸区域的儿童说的话》《由广州湾到柳州记》和《〈给小莹的信〉之"陈小莹附志"》被发掘；[1] 凌叔华学生时代的习作《月宫女神》被译成中文；[2] 凌叔华致夏志清的六封书信（1980—1981年）也被辑注刊发。[3] 此外，有学者考证了凌叔华与南洋大学中文系、南洋大学创作社的关系，认为凌叔华在南洋大学教授新文学、修辞学等科目，促进了她对新诗的思考和研究。古典旧诗和白话新诗在南洋的争论中，凌叔华支持新诗。[4] 还有学者以《直隶第一女子师范学校校友会会报》（简称《会报》）为中心，发掘该刊保存的有关凌叔华早年读书、生活的史料，考证凌叔华在直隶第一女师读书期间的主要事迹和创作。文章涉及对凌叔华本名的考证，证实"凌淑华"和"凌瑞棠"都是凌叔华的本名，她在直隶第一女师学习期间使用的学名是"凌瑞棠"；入学时间和毕业时间的考证，认为凌叔华在1916年暑假之前就已通过直隶第一女师的入学考试，1917年6月6日本科毕业，1917年8月22日开始在家事专修科学习并积极参加社团活动；《会报》存留的凌叔华十九篇佚作的考证，包括书信、旧体诗、论说、杂记、游记、日记、实验报告，以及参观报告等，十分丰富。[5] 这些新材料的史料价值不言而喻，对学界重新认识和评价凌叔华具有重要意义。

新时期以来的凌叔华研究在史料的搜集、整理与更新方面成绩斐然，亦有发展空间。本文认为，现已面世的凌叔华佚文佚作亟待整理汇编出版，以推动凌叔华"文集"向"全集"演变，为读者和研究者提供便利；前人提到的相关线索有待追踪核实，以"顺藤摸瓜"的方式牵出更多材料，如纽约公共图书馆收藏的凌叔华手稿和伦敦报刊发表的英文文章等；随着史料的不断更新，凌叔华年表/年谱的编写也应随之更新，逐渐还原凌叔华及其创作的本来面貌；研究者还应充分重视"文史互证"的方法，将史料钩沉与文本阐释相结合，促进凌叔华研究朝着稳健、宽广的方向发展。

---

① 参见陈建军：《凌叔华佚文及其他》，载《新文学史料》2011年第3期。
② 参见凌叔华著，邱燕楠译：《月宫女神》，载《现代中文学刊》2013年第1期。
③ 参见孙连五：《凌叔华致夏志清书信六封辑注》，载《中国现代文学研究丛刊》2020年第5期。
④ 参见衣若芬：《南洋大学时期的凌叔华与新旧体诗之争》，载《新文学史料》2009年第1期。
⑤ 参见马勤勤：《凌叔华在直隶第一女子师范学校事迹和佚作考》，载《中国现代文学研究丛刊》2014年第5期。

二、创作思想研究

学界对凌叔华创作思想的研究主要集中在从性别角度考察其笔下的女性世界，挖掘凌叔华的性别意识。鲁迅较早注意到凌叔华不同于"五四"其他女性的写作特点，认为凌叔华"适可而止的描写了旧家庭中的婉顺的女性"，[①]这一评价成为文学史经典并得到进一步阐释。有文章就在此基础上剖析了凌叔华笔下婉顺女性性格结构的"二重性"，指出这种"婉顺"既包含了"恪守礼法，温婉静穆"的主导性格，又包含了"不甘寂寞"的"天性"。[②]20世纪30年代，凌叔华创作的女性特质备受关注。批评界有两种声音，一种批评凌叔华的格局过于狭窄，描写资产阶级太太小姐的生活于"妇女解放"无益；另一种肯定凌叔华刻画女性心理的细腻干净，自成一家。20世纪60年代，夏志清英文专著《中国现代小说史》专节研讨凌叔华的小说创作，高度评价其对女性遭遇的敏锐观察，认为"观察在一个过渡时期中中国妇女的挫折与悲剧遭遇，她却是不亚于任何作家的。"[③]新时期以来，随着女性主义思潮在国内的广泛接受，凌叔华早期创作的女性特质、性别意识、婚姻家庭观念等引起人们的集中关注。基于性别的研究往往又与文化研究相融合，因而这类研究在梳理凌叔华塑造的不同类型女性形象的基础上，着重探讨了凌叔华对造成女性困境的因素如新旧文化、中西文化冲突的思考。相关研究大致表现为以下两种路径：

一是，借助性别、身体等理论，采用文本细读的方式，分析凌叔华笔下的人物形象，以女性形象的分类解读为主，兼顾男性形象，进而归纳出作者的写作意旨/创作思想。除了揭示凌叔华对处于新旧交替时代女性困境的体察及对女性弱点的讽喻，对婚姻、家庭生活的思考，对男性中心的传统秩序的批判，对姐妹情谊及女性身体的关注，还涉及发掘凌叔华对文化变革关头女性与"文化断层的没落性"[④]的思考、对"传统文化与都市文化畸形结合"[⑤]造成的女性依附性的嘲讽等多个议题。孟悦、戴锦华认为凌叔华的小说以"讽刺与悲悯兼容"的手法渗透了"女性与历史关系"的思索，特别指出凌叔华笔下的闺秀与古代文学传统的闺秀形象根本不同，凌叔华

---

① 鲁迅：《鲁迅全集》（第六卷），第258页。
② 秦家琪、刘红林：《凌叔华小说中的女性世界》，载《台港与海外华文文学评论和研究》1990年第1期。
③ 夏志清著，刘绍铭等译：《中国现代小说史》，香港中文大学出版社2001年版，第71页。
④ 孟悦、戴锦华：《浮出历史地表——现代妇女文学研究》，中国人民大学出版社2004年版，第81页。
⑤ 刘思谦：《"娜拉"言说：中国现代女作家心路纪程》，河南大学出版社2007年版，第136页。

展现的是传统闺秀美丽神话之下"隐秘、灰暗、无意义、无价值"的一面。[①]
刘思谦从"角色心理"的角度，按照生命时间的流动，将凌叔华笔下女性
分为两大类：一类是"深深庭院"里的闺秀、太太、老太太，另一类是"婚
姻城堡"中的妻子和母亲。她认为，凌叔华既看到旧式女性"作为传统女
性角色的历史延续"，又看到新式女性"与家庭角色结构之间不易觉察的矛
盾"，肯定了凌叔华"被现代意识之光所照亮的女性的艺术敏感"。[②]刘慧英
则敏锐捕捉到凌叔华小说中的"绣枕"意识，即男权文化框架之下再精致
的女性也要受到男权势力的压迫，而凌叔华批判了男性对女性的物化。[③]以
凌叔华的性别意识为主题的研究通常能够将凌叔华置于女性文学发展的脉
络，结合"五四"妇女解放思潮的大背景进行考察，进而发现凌叔华对待
女性问题的独特价值。有文章就以凌叔华与"五四"妇女解放思潮之间的
关系作为研究突破口，探究凌叔华笔下女性"不自由"的内外因素，认为
凌叔华"既揭示两性之间的隔膜也展现他们之间的和解"，得出凌叔华的创
作是"以女性的生命为本位来关照'五四'的妇女问题"的结论。[④]这类研
究首先具有明晰的问题意识，又以文本支撑观点，避免了将性别问题简单
化，在一定程度上引领了新时期以来凌叔华性别意识研究的风潮。

二是，以互文视角将凌叔华与其他作家进行比较，既看到不同文化背
景的作家面对女性问题的"异曲同工"，又从细处辨析相近风格的作家性别
意识的"同中之异"。既有将凌叔华和伍尔夫、曼斯菲尔德、冰心、丁玲、
张爱玲、萧红、师陀、严歌苓等单个作家的对比研究，也有将凌叔华视为
"五四"作家中的一员，对"五四"同代作家的整体研究。在单个作家的
对比研究方面，有文章指出凌叔华和伍尔夫虽处于不同文化环境，但都在
作品中体现了较强的女性意识，展现了新旧交替时代女性的生存境遇，揭
示父权文化对女性的压制。[⑤]有文章重点分析凌叔华和曼斯菲尔德的"同中
之异"，指出二人创作"形似而神不似"，受中国传统庄子哲学影响的凌叔
华看重对中国传统绘画技巧的借鉴与意境的追求，而处于人本主义转向时
期的曼斯菲尔德看重对音乐的流动性和节奏的追求。[⑥]在凌叔华和张爱玲
的比较研究方面，有文章从"鸟"意象着手，用"绣枕上的雀鸟"和"屏

名
家
论
坛

---

① 孟悦，戴锦华：《浮出历史地表——现代妇女文学研究》，第 74 页。
② 刘思谦：《"娜拉"言说：中国现代女作家心路纪程》，第 127—143 页。
③ 刘慧英：《走出男权传统的樊篱：文学中男权意识的批判》，生活·读书·新知三联书店，
1995 年，第 79—80 页。
④ 王岩平：《以女性生命为本位观照妇女问题——论凌叔华小说的女性立场对"五四"妇
女解放思潮的回应、反思和补充》，北京语言大学硕士学位论文，2006 年，第 36—37 页。
⑤ 徐伟、刘爱琳：《凌叔华与伍尔夫作品中的女性意识比较》，载《世界华文文学论坛》
2016 年第 2 期。
⑥ 姜晓寒：《画与诗的女性书写—凌叔华与曼斯菲尔德短篇小说比较研究》，云南大学硕士
学位论文，2019 年，第 43 页。

风上的白鸟"象征二人笔下的旧式女性，认为张爱玲在人物形象和审美风格上都延续和发展了凌叔华的创作；[①] 有文章认为成长经历、时代背景和生活地域的不同，造就了凌叔华和张爱玲在关注女性的侧重点、范围和美学风格方面的不同，虽然她们的女性人物形象在某些方面具有相似性和连贯性；[②] 还有文章认为凌叔华着力于表现女性在时代新潮冲击下的精神失落，张爱玲着力于表现女性在中西文明交错中的心理变态，二人都对女性自我意识的畸变进行了反思。[③] 除了单个作家的对比研究，更多论者将凌叔华纳入"五四"作家群体进行考察。有文章注意到凌叔华和其他"五四"女作家"青春女性的独特情怀"，认为这一时期女性文学虽然并非自觉的女性主义创作，"理性力度"不足，但在对女性价值的肯定、女性生命的思考方面具有不可替代的价值。[④] 有文章重点关注"五四"女作家的"空间书写"，特别指出凌叔华笔下"闺房"和"卧室"这两个空间意象对文本建构的重要意义。[⑤] 近年来，以互文视角将凌叔华同其他作家进行对比的研究越来越多，这类研究所选取的对象首先具有可比性，比如凌叔华和师陀同属京派代表，《绣枕》和《桃红》在主题追求、人物形象塑造及诗学策略诸方面都存在一定的互文性。[⑥] 凌叔华和冰心、丁玲、萧红、张爱玲、严歌苓等同为女性作家，在恋爱婚姻和家庭问题方面都有细致观察，塑造了一系列经典女性形象。另外，比较研究往往更能凸显研究对象的个性特征，也较能体现研究者的学术视野和水平。

尽管有关凌叔华性别意识的研究在思路和方法上不尽相同，但观点或结论整体上较为一致，从不同侧面确定了凌叔华在女性文学领域的独特价值。研究者在基本问题上达成共识，认为凌叔华的创作是基于女性体验的现代性尝试，与"五四"所提倡的"人"的文学的精神内核相一致。但由于研究者自身价值观念和思想背景差异，在一些具体问题的认知上也存在分歧。有文章在论及凌叔华的小说时，撇开女性意识，而将"民主主义思想"和"人道主义精神"视为凌叔华创作的思想内核，提出《酒后》的主题"并不在于表现资产阶级女性微妙而复杂的心理，而在于宣扬博爱"，

---

① 蔡秋彦：《从绣枕上的崔鸟到屏风上的白鸟——谈凌叔华与张爱玲笔下的旧式女子》，载《现代语文（学术综合版）》2011 年第 9 期。

② 参见薛双芬：《试论凌叔华与张爱玲小说中女性形象的不同》，载《名作欣赏》2010 年第 14 期。

③ 陈宏：《时代弃女的精神失落和心理变态——论凌叔华、张爱玲的"闺秀文学"》，载《福建论坛（文史哲版）》1992 年第 6 期。

④ 李玲：《青春女性的独特情怀——"五四"女作家创作论》，载《文学评论》1998 年第 1 期。

⑤ 丁美华：《论五四时期女作家小说中的空间书写——以冰心、冯沅君、凌叔华、庐隐为例》，山东师范大学硕士学位论文，2018 年，第 14 页。

⑥ 参见吴军英《互文视角下的"闺阁女性"书写——论〈绣枕〉与〈桃红〉》，载《成都大学学报（社会科学版）》2017 年第 3 期。

女作家学刊·第三辑

《杨妈》是母爱的颂歌"等观点。^①显然，此类观点误读了凌叔华原作，忽视了凌叔华小说对女性弱点的批判式省思。凌叔华善于理解新旧交替时代女性的困境，同时敢于直面女性自身的弱点，"讽喻女性弱点"[②]是凌叔华小说的一个重要命题。

关注凌叔华作品中的女性意识、女性视角和女性艺术笔触，对于认识和研究我国现当代的女性文学具有重要意义。目前，学界在考察凌叔华对"五四"传统的回应方面所做研究已经较为丰富，而凌叔华关于女性问题的思考对当下女性文学创作具有何种启示？生成何种意义？这方面研究则显得较为薄弱。凌叔华性别意识的现代性和当代价值有待进一步深入研究。凌叔华对"女性欲望"的关注，既是"五四"女性文学起步阶段的别样风景，也为当下女性文学创作在关注女性"情欲诉求"方面提供了参考。有论者认为凌叔华的《绣枕》"以富有女性自主意识的情欲主题挑拨家庭伦理"，[③]"用含蓄纤细的笔致，刻画青年女子缺少性爱的内心酸楚"，[④]表现了"旧式女性的性爱意识的苏醒"，[⑤]而《酒后》《花之寺》等作品挖掘了婚内新女性"情欲掌控的本我意识"，[⑥]从中可见"女性的道德规范和情感欲望的矛盾冲突"。[⑦]这类研究从两性关系中女性欲望的表达层面，确认了凌叔华对女性掌控自我的主体意识的张扬。还有学者发现凌叔华将"姐妹情谊"视为"建构自我认同"的另一种方式，也是女性的"自觉选择"。[⑧]尽管凌叔华在创作时所流露的女性主体意识并不具有女性主义理论层面的自觉，但这种从女性生命本体出发的创作显然具有性别建构的现代性，与当代女性写作寻求两性生命平等的价值理想相呼应。由于《古韵》中文译本出现较晚，学界对《古韵》作为凌叔华笔下女性故事的背景和注释功能的挖掘还远远不够。基于此，凌叔华的性别意识同历史、时代、文化有何关联？凌叔华对女性弱点的批判与鲁迅的国民性批判有何不同？"凌叔华的性别写作是五四启蒙话语表达的一个组成部分"[⑨]的论断是否合理？诸如此类的问题都有待学界进一步探讨。

性别意识之外，凌叔华文学创作的"儿童本位"思想和爱国思想近年

名家论坛

---

① 游友基：《凌叔华小说论》，载《信阳师范学院学报（哲学社会科学版）》1989年第1期。

② 陈学勇：《同情乎？讽喻乎？——读凌叔华小说〈杨妈〉》，载《名作欣赏》2020年04期。

③ 林幸谦：《身体与社会/文化——凌叔华的女性身体叙事》，载《鲁迅研究月刊》2010年第6期。

④ 钱虹：《觉醒·苦闷·危机——论五四时期女作家的爱情观念及其描写》，载《文学评论》1987年第2期。

⑤ 杨洪承：《来自高门巨族里觉醒女性的呼唤——凌叔华小说创作概观》，载《松辽学刊（社会科学版）》1990年第4期。

⑥ 崔涛：《论凌叔华小说婚内新女性的情欲诉求》，载《文艺争鸣》2013年第2期。

⑦ 王本朝：《女性欲望与道德力量：细读〈酒后〉》，载《名作欣赏》2019年第13期。

⑧ 郭冰茹：《"姐妹情谊"与新女性的自我认同》，载《职大学报》2020年第2期。

⑨ 冯玲萍：《论凌叔华小说的性别书写》，西北师范大学硕士学位论文，2018年，第39页。

来逐渐受到学界关注。凌叔华自称是"偏爱儿童那一种人",认为写作儿童小说是"一种享受"。①关于凌叔华儿童小说的研究经历了从片段式讨论到系统性阐发的过程,同凌叔华女性小说创作思想的研究路径相似,凌叔华儿童小说的创作思想研究也大致从儿童形象的分类解读入手,进而归纳作品的主旨。由于儿童形象的分类较为复杂,有文章从读者接受的角度,将凌叔华笔下的儿童形象分为"纯粹写给儿童看的"和"写给成人读者阅读的"两大类,认为凌叔华儿童小说的宗旨在于"对人性美的体现和追求"。②有文章将"五四"时期"儿童本位"观的影响、童年经验的凸显、关心儿童命运以及借童眸窥世界四个方面视为凌叔华儿童小说的创作动机,认为凌叔华是"现代儿童文学一个被遗忘的高峰"。③凌叔华"儿童本位"的创作观对中国现代儿童文学的贡献已成学界共识。研究者们既看到凌叔华对"童真稚趣"④的礼赞,也看到凌叔华对"失落了童心的复杂社会"⑤的痛惜,还将凌叔华儿童小说中批判时弊、建设人性的内容,同她的女性题材作品进行比较,挖掘出凌叔华小说中一贯坚持的"万物皆有灵,万物皆平等"⑥的价值导向,可谓成果丰富。尽管如此,我们仍可发现,目前针对凌叔华儿童小说的研究往往"浅尝辄止",停留于类型化概述或表意分析,难见新解。本文认为,儿童题材小说往往会关涉自然、生命等重大哲学命题的思考,将凌叔华的儿童文学创作置于"五四"自由平等理念烛照下的成果,辅以中国传统文化的广阔背景,细读文本并与同时期或现当代国内外作家对读,进而阐发凌叔华尊重自然、生命,相信万物平等的伦理观,可作为这一领域研究的一个方向。

学界对凌叔华爱国思想的关注始于她的中篇小说《中国儿女》的问世。《中国儿女》首次涉足战争题材,显示出凌叔华儿童小说叙述格局的扩大。有论者将《中国儿女》默认为"爱国主题",并强调"爱国主题是凌叔华小说中的一贯主题,也是最后主题"。⑦尽管《中国儿女》已被贴上"爱国主题"的标签,是否体现、如何体现以及体现的是何种"爱国思想"仍然是值得仔细辨析的话题。本文认为,将《中国儿女》视为"抗战题材"小说

① 凌叔华著,陈学勇编撰:《中国儿女:凌叔华佚作·年谱》,上海书店出版社2008年版,第93页。
② 陈毅辉:《论凌叔华的儿童小说》,上海交通大学硕士学位论文,2008年,第10—18页。
③ 吴政家,董书研:《凌叔华儿童小说创作动机初探》,载《儿童发展研究》2012年第2期。
④ 林晓霞:《凌叔华小说创作的思想意蕴》,载《福建师范大学学报(哲学社会科学版)》2004年第3期。
⑤ 张艳:《浅析凌叔华儿童题材的小说创作》,载《内蒙古工业大学学报(社会科学版)》2011年第1期。
⑥ 高静:《论凌叔华的儿童文学创作》,广西师范大学硕士学位论文,2016年,第21页。
⑦ 林晓霞:《凌叔华小说创作的思想意蕴》,载《福建师范大学学报(哲学社会科学版)》2004年第3期。

或更为妥当，而小说所折射的作家创作思想用"家国思想"来概括或比"爱国思想"更为全面。凌叔华在《中国儿女》中塑造的人物形象显然是以"人性"而非"国籍"为尺度，小说当然体现了作者的爱国，但并非以狭隘的民族主义为价值导向，而是站在更为宽广的人性高度，谴责战争为人类带来伤害，同情日本军官的"父爱"与"乡愁"，闪耀着普世的人道主义光芒。阎纯德在《二十世纪中国女作家研究》中评价凌叔华"像一只孤独的风筝，但她没有断线，心里那根爱国主义的情丝，仍然执着地缠绕着祖国的锦绣河山，迷恋着中华民族的灿烂文化"。[①] 若继续探究凌叔华的"家国思想"，结合作家的生平经历，我们不难发现，一生漂泊的凌叔华对故国家园始终怀有深情，跨文化研究或可作为一种解读视角，引发新的学术增长点。

三、艺术特色及其他研究

新时期以来，凌叔华文学创作的艺术特色研究主要集中在对凌叔华叙事策略的解读和审美理想的发掘两个层面。叙事策略的解读方面，论者多以凌叔华的小说为研究对象，从语言、结构、视角、声音、修辞等多方面解读文本，提炼出凌叔华叙事策略的匠心。语言方面，学界普遍认为凌叔华的文学语言追求"冲淡、细腻与清新"[②]的统一，"简约平实背后充满张力"。[③] 结构方面，有文章注意到凌叔华小说结构的"精巧"，认为她的小说结构脱离了"中国传统小说'讲故事'的格局"。[④] 在此基础上，有论者将凌叔华小说的结构分为"戏剧式结构"和"对比式结构"两种类型，认为凌叔华小说结构的"精巧"还表现在她对"突变"和"情节核"等结构技巧的运用。[⑤] 视角方面，研究者认为凌叔华的小说通过第三人称外视角的叙事，客观"呈现"了人物的心理和情感，这种方式更有助于读者理解人物。[⑥] 声音方面，研究者认为凌叔华小说叙事语调呈现"多元"倾向，具有"复调性"，并追问了产生这种"主体分裂"的原因在于"性别经验认同和历史时代价值标准"的难以调和。[⑦] 修辞方面，有文章认为凌叔华运用反讽、隐喻、意象和重复等诸多手法的目的在于表现作品的深层主题寓意，使隐含

①　阎纯德：《二十世纪中国女作家研究》，北京语言文化大学出版社 2000 年版，第 99 页。
②　李奇志：《凌叔华小说"温婉淡雅"的艺术风格》，载《中国现代文学研究丛刊》1993 年第 2 期。
③　陈学勇：《论凌叔华小说创作》，载《中国文化研究》2000 年第 1 期。
④　游友基：《凌叔华小说论》，载《信阳师范学院学报（哲学社会科学版）》1989 年第 1 期。
⑤　李奇志：《凌叔华小说"温婉淡雅"的艺术风格》，载《中国现代文学研究丛刊》1993 年第 2 期。
⑥　同上。
⑦　孟悦，戴锦华：《浮出历史地表——现代妇女文学研究》，第 82—84 页。

在表层文本之下的"潜文本"得以浮现。^①从叙事的角度提炼凌叔华小说创作的艺术特色，有助于进一步明确凌叔华不同于"五四"其他作家的个性特征，还原凌叔华的文学史地位。钱理群等人合著的《中国现代文学三十年》将凌叔华的小说视为"心理小说"的代表，^②可见凌叔华在心理描写方面的过人技艺。凌叔华对心理分析方法的主动探索，属于对西方文学技巧模仿基础上的再创造，这种探索促进了后来心理现实主义文学流派的形成与发展的贡献。^③

审美理想的发掘层面，研究者不仅看到凌叔华寻求西方小说与中国小说最佳结合方式所作的努力，还注意到凌叔华试图在小说和散文中渗透东方特有的审美理想，肯定了凌叔华将绘画融入文学创作的"以画入文"实践所营造的"幽深、娴静、温婉、细致"的审美理想和"温婉淡雅"的艺术风格。^④有论者关注到凌叔华散文的"诗情画意"，尤其是游记散文的构图、色彩、线条、虚实相生所体现的"绘画美"，^⑤认为凌叔华的散文采取"诗、画、文"一体的表现方式，实现了"怡情、悦目与雅致"的审美效果，^⑥传达出"和谐、静穆、圆融"的心境。^⑦在此基础上，凌叔华散文的美学价值和文化意义都有待进一步探索。

新时期以来的凌叔华研究，除了重视史料的搜集、整理与更新工作，挖掘凌叔华的性别意识、"儿童本位"思想、爱国思想等创作思想，关注凌叔华独具匠心的叙事策略和审美理想形成的鲜明艺术特色，还在绘画研究、交际研究、"自传"研究等方面有所涉猎。绘画研究方面，除了关注凌叔华绘画的美学价值，还有文章考察了凌叔华如何利用画家身份，运用画界资本在现代中国和英国文坛实现文学发展、得到文学地位，进而探索非文学因素在作家成长过程中所起的作用。^⑧交际研究方面，涉及凌叔华与周作人的师生交往，凌叔华与泰戈尔的诗画交流，凌叔华与京派文艺圈的文学交流，凌叔华与英国文艺圈的文化遇合等。"自传"研究方面，较有特色的研

---

① 赵文兰：《叙事修辞与潜文本——凌叔华小说创作的一种解读》，载《山东社会科学》2017 年 11 期。

② 钱理群等：《中国现代文学三十年》（修订本），北京大学出版社 1998 年版，第 64 页。

③ 秦家琪、刘红林：《凌叔华小说中的女性世界》，载《台港与海外华文文学评论和研究》1990 年第 1 期。

④ 李奇志：《凌叔华小说"温婉淡雅"的艺术风格》，载《中国现代文学研究丛刊》1993 年第 2 期。

⑤ 王志明，麻武成：《丹青妙笔著文章——论凌叔华游记散文的绘画美》，载《山花》2009 年第 4 期。

⑥ 尹苹苹，毛海莹：《画质文心——谈凌叔华散文的诗情画意》，载《名作欣赏》2013 年第 21 期。

⑦ 胡冰冰：《美的生活范式的追寻——论凌叔华的散文创作》，载《浙江社会科学》2006 年第 3 期。

⑧ 参见袁婵：《文学场中的画家凌叔华》，载《华文文学》2014 年第 6 期。

女作家学刊·第三辑

70

究是将凌叔华和韩素音、张爱玲三位女作家的"自传"并置，探究作者的情感政治与文化认同。①

综合考察新时期以来的凌叔华研究，我们发现，凌叔华早期的小说创作受到集中关注，散文和域外创作则关注不足。凌叔华不仅身兼作家和画家的双重身份，更是学贯中西的知识分子。在文学史不断被重写的背景之下，重新认识和评价凌叔华这位"被遗忘的缪斯"，②无疑是有意义和价值的工作。凌叔华研究应朝着更为宽广的方向发展。

（李贵成：集美大学海洋文化与法律学院讲师）

名家论坛

---

① 李宪瑜：《自我陈述与中国想象——凌叔华、韩素音、张爱玲的"自传体小说"》，载《中国现代文学研究丛刊》2014年第4期。
② 王德威：《小说中国：晚清到当代的中文小说》，台湾：麦田出版，1993年版，第301页。

宗璞专栏

道　路

宗　璞

1981 年 11 月，两位 1977 级大学生方克强、费振刚来信，问及我的创作道路。我当时说："我哪里有什么创作道路，不过几个脚印而已。"现在回头一看，从 1947 年在天津《大公报》发表《A.K.C.》这篇小说起，应该说确实有一条道路，这是一条崎岖的，令人思、令人感的道路，这里不必详谈。

一转眼四十年过去了，作为作家，我有一个特点，从 1947 年直到现在，一直是业余写作。1964 年我有幸随《世界文学》杂志编辑部进入社科院外文所，得到一个业余创作的岗位，就是说在基本的编辑工作以外，我是可以写作的。外文所各个方面对我都很理解，没有"不安心本职工作"的批评。我也认为，这个岗位给了我创作的条件，而写还是不写，由我自己决定。如很长时期不写也没有压力，我绝不写我没有认识到的，我写出的就是我认识到的。认识可以改变，而以上的原则不能改变。这其实也就是一个"诚"字，"诚乃诗之本，雅乃诗之品"是我的座右铭。

我的"业"不只是工作，还有对家庭的责任。我很难有完整的时间沉浸在自己的艺术天地之中，不要说"三年不窥园，绝庆吊之礼"，就是一天两天也不容易。

1988 年我从外文所退休，可以说在外国文学研究方面我是有遗憾的。虽然退休了，我的业余写作的地位并没有改变。我的家庭责任更加沉重，再加上自己身体日差，要奋斗的事很多。可是人只有一个头，只能在一个头脑能及的范围内活动，由它去吧。

我的写作有四种文学样式：小说、散文、童话、诗歌。前三种都略有成绩，诗歌则还停留在草稿阶段。我的诗歌创作也分四种：词、曲、旧体诗、新诗，前三种似乎尚可，新诗就有些疑惑，总想怎么能写得更好一点？敝帚自珍，等哪天鼓足了勇气，也让它们到纸上走一趟。

编者要求提供几篇我喜欢的宗璞作品的评论文章。评论我的文章不算很多，大多数对我都有所教益，我深怀感谢。这里只能转载三篇。请看下面。

1. 孙犁《人的呼喊》
2. 陈建功《永不沦陷的精神家园》
3. 孙郁《读解宗璞》

（宗璞：著名作家）

宗璞专栏

人的呼喊

孙 犁

最近读了宗璞的小说《鲁鲁》，给我留下三方面的印象，都很深刻。一、作者的深厚的文学素养；二、严谨沉潜的创作风度；三、优美的无懈可击的文学语言。

仔细想来，在文学创作上，对于每个作家来说，这三者都是统一不可分割的，是一个艺术整体。

作为文学作品的第一要素的语言，美与不美，绝不是一个技巧问题，也不是积累词汇的问题。语言，在文学创作上，明显地与作家的品格气质有关，与作家的思想、情操有关。而作家对文学事业采取的态度，严肃与否，直接影响作品语言的质量。语言是发自作家内心的东西，有真情才能有真话。虚妄狂诞之言，出自辩者之口，不一定能感人；而发自肺腑之言，讷讷言之，常常能使听者动容落泪。这是衡量语言的天平标准。

历史证明，凡是在文学语言上有重大建树的作家，都是沉潜在艺术创造事业之中，经年累月，全神贯注，才得有成。这些作家，在别的方面，好像已经无所作为，因此在文学语言上，才能大有作为。如果名利熏心、终日营营，每日每时，所说和所听到的，都是言不由衷、尔虞我诈之词，叫这些人写出真诚而善美的文学语言，那简直是不可能的事。

宗璞的文字，明朗而有含蓄，流畅而有余韵，于细腻之中注意调节。每一句的组织，无文法的疏略，每一段的组织，无浪费或蔓枝。可以说字字锤炼，句句经营。一次与宗璞谈话，我对她谈了文学语言的旁敲侧击和弦外之音的问题。当我读过《鲁鲁》这篇作品之后，我发现宗璞在这方面，早已做过努力，并有显著的成绩。这样美的文字，对我来说，真是恨相见之晚了。

当然，这也和她的文学修养有关。宗璞从事外语工作多年，阅读外国作品很多，家学又有渊源，中国古典文学的修养也很好。"五四"以来，外国文学语言，一直影响我们的文学作品。但文学的外来影响，究竟不同于衣食用品，文学是以民族的现实生活为主体的，生活内容对文学形式起着决定性的作用。以昆虫如此，蝉鸣于夏树，吸风饮露，其声无比清越，是经过几次蜕变的。这种蜕变，起决定作用的，绝不是它蜕下的皮，而是它内在的生命。用外来的形式，套民族生活的内容，会是一种非常可笑的做法，不会成功的。

宗璞的语言，出自作品的内容，出自生活。她吸取了外国语言的一些长处，绝不显得生硬，而且很自然。她的语言，也不是标新立异，而是在前人的基础之上，有所创造、有所进展。我们不妨把"五四"时期女作家的作品，逐篇阅读，我们会发现，宗璞的语言，较之黄[①]、凌[②]、冯[③]、谢[④]，已经有了很大的不同，也就是有了很大的发展。因此，她的语言，虽是新颖的，并不给人一种突兀的感觉，使人不习惯，不能接受。和那些生搬硬套外来语言、形式，或剪取他人的花衣，缝补成自己的装束，自鸣得意，虚张声势，以为就是创作的人，大不相同。

《鲁鲁》写的是一只小犬的故事。古今中外，以动物作为主人公的文学作品，并不少见。但一半是寓言，一半是纪事。柳宗元写动物的文章，全是寓言，寓意深远。蒲松龄常常写到动物，观察深刻，能够于形态之外，写出动物的感情。纪昀在《阅微草堂笔记》中，有一节写到犬，我读后，以为那是过激之作，是阅历者的话，非仁者之言，不应出自大儒宗师之口。

宗璞所写，不是寓言，也不是童话，而是小说。她写的是有关童年生活的一段回忆。在这段回忆里，虽然宗璞着重写的是这只小犬，但也反映了在那一段时间，在那一处地方，一个家庭经历的生活。小犬写得很深刻、很动人，文字有起伏，有变化。这当然是作者的亲身经历，并非听来的故事。小说寄托了作家的真诚细微的感情，对家庭的各个成员，都做了成功的生动描写。

把动物虚拟、人格化并不困难，作家的真情与动物的真情，交织在一起，则是宗璞作品的独特所在。

遭到两次丧家的小狗，于身心交瘁之余，居然常常单身去观瀑亭观瀑，使小说留有强大的余波，更是感人。

这只小动物，是非常可爱的。作家已届中年，经历了人世沧桑、世态炎凉之后，于摩肩接踵的茫茫人海之中，寄深情于童年时期的这个小伙伴，使我读后，不禁唏嘘。

我以为，宗璞写动物，是用鲁迅笔意。纯用白描，一字不苟，情景交

---

① 黄庐隐。
② 凌叔华。
③ 冯沅君，即宗璞之姑妈。
④ 谢冰心。

融，着意在感情的刻画抒发。动物与人物，几乎宾主不分，表面是动物的悲鸣，内含是人性的呼喊。

1981 年 2 月 11 日

（原载《宗璞小说散文选》）

（孙犁：已故著名作家，"荷花淀派创始人"）

永不沦陷的精神家园

——读宗璞长篇小说《南渡记》《东藏记》

陈建功

早在十几年前，宗璞的《南渡记》的前两章在《人民文学》杂志发表后，就在文学界引起了不小的震动。读过那两章的朋友无不认为，早就以《红豆》《鲁鲁》《三生石》和《西湖漫笔》等中短篇小说、散文、童话享誉文坛的宗璞，又以其长篇小说的力作迈出了更为坚实的一步。随后我们就读到了《南渡记》的全篇，宗璞果然不负众望。平实冷静的笔触，优雅蕴藉的语言，充满玄机与暗示的情节和细节，写的却是国破家亡的大危机、大流亡、大悲恸、大抉择。坦率地说，阅读中我曾经几度掩卷，不忍继续，久久难以抑制自己的心跳。比如看到明仑大学在北平的最后一次校务会议，秦校长用低沉的声音慢慢说："北平已失，国家还在，神州四亿，后事可图……"而后，分派教授们各司其职，黯然南渡，教授们有的潸然泪下，有的呜咽失声。其惨烈悲壮的场面，以极俭省的笔墨勾勒，以极节制的色彩描摹，却具有催人泪下的震撼力。又比如看到拒任伪职的吕清非老人以死抗争后，"莲秀用一条白被单盖住老人，她的手发颤，被单抖动着，她以为老人又呼吸了。掀开看过复又盖上，如此好几次……"这一细节是如此真实可感，对一个不屈的生命，又具有如此强烈的暗示性，而又以如此平实的语气道出，个中的意蕴，真是无穷，以至我几次看过去，又翻回来，久久地把目光停留在这几句上回味。这样的例子在《南渡记》里真是太多了，而更多的似隐似现的玄机，又预示着下一部《东藏记》中人物命运的大开阖、大起伏，使我们不能不对《东藏记》满怀着期待。历时十几年后，我们终于读到了《东藏记》。我们高兴地感到，随着《南渡记》中各色人物转入大西南的舞台，随着《南渡记》中已做了充分铺垫的各色人物性格的展开及其命运的发展，《东藏记》把《野葫芦引》引向了一个更为激动人心的艺术境界。孟弗之们所坚守的那个永不沦陷的精神家园，在《东藏记》中愈发焕发出凝重而坚韧的铁石般的辉光。据我所知，这十几年来，宗璞本人也面临着艰难的生活考验，甚至可以说是生命的考验。从两部书的《后记》中宗璞发出的喟叹里，我们也不难感受到她所面对的艰难。我在读两卷长篇的时候，在为孟弗之们的坚守而感动的同时，就常常想起宗璞，想起宗璞的坚守与执着。面对着空袭、贫困、误解和大后方的腐败之风，孟弗之们所坚守的精神家园是永不沦陷的，同样，面对着生活的困难、病痛的折磨和社会的浮躁与骚动，宗璞所坚守的精神家园也是不可沦陷的。这才有了《南渡记》和《东藏记》，还将有《西征记》和《北归记》。

　　从两卷书不难看出，《野葫芦引》在题旨的开掘上，具有超迈于一般写家之上的世界视野和人类眼光。作品固然以我们民族危急存亡之秋为时代背景，孟弗之们所坚守的永不沦陷的精神家园，固然以中华文化的独立与薪传为基本命题，然而，作家对这一题旨的开掘与表现，已经超越了一个具体的时代与具体的民族的范畴，而升华为对整个人类处境的叹惋与忧虑，升华为对人类正义与良知操守的呼唤与讴歌。当然，这种叹惋与忧虑、呼唤与讴歌，又决非空泛的议论和凌虚蹈空的呐喊，而是融入情节之中和主人公的处世哲学之中。当我读到庄卣辰的讲座传递的丘吉尔的演讲时，当我读到米先生和米太太——那个没有祖国的犹太之家在中华土地上获得的幸运时，都如此真切地感受到，在作者所描写的具体时代、具体人物的后面，回荡着一种形而上的渴望和呼唤，这使《野葫芦引》的题旨，既属于孟弗之那个时代，又超越了那个时代，而属于我们这个时代，还属于未来。既属于我们这个民族，又超越了民族，属于全人类。

　　通过作品题旨的深度，通过从中表现出的作家的情感深度和对人生、对世界的形而上的思考，我们已经领略到作家把中西先进的思想文化成果融入自身血脉所结出的思想之花。尽管如此，我仍然觉得，总结《野葫芦引》艺术表现上的特点，领略作家把中外小说乃至其他艺术门类的手段熔于一炉、营造自己的艺术天地的成功经验，对于探索、发展开放时代的中国小说叙事艺术和小说美学，将有极大的启发意义。我不知道这种看法是否会引起批评，但我个人是这样认为的。我觉得这两卷小说是中西小说叙事艺术的集大成之作。我们既看到了这部作品对传统叙事时空的继承，又看到了书信、日记、独白、自叙乃至婴儿的歌唱、死者的诉说等不同文体的穿插；我们既看到了白描手法，看到了充满暗示性、隐喻性，使你忍不住一读再读，或许还需要借助评点、索引，以释谜团的玄机，也看到了细腻的心灵诉说譬如那篇优美动人的《野葫芦的心》，还看到了无遮无拦的直抒胸臆，譬如萧子蔚面对着峨的示爱所作的拒绝以及峨被拒绝后的那一段内心独白……而这一切，都如此自然地统一在一种节制的、内敛的叙事氛围之中。

（原载《文艺报》2001 年 1 月 6 日）

（陈建功：著名作家、中国作家协会原副主席）

女作家学刊·第三辑

读解宗璞

孙　郁

　　宗璞说话的时候，始终微笑着。她坐在三松堂的书房里，和我随意地聊着过去。我问她的业余时间喜欢什么，答曰：音乐。这让我十分兴奋，话题也自然多起来。可问起她散文中较注重的是什么的时候，有一点却使我大为惊异：还是音乐。她和音乐纠缠上了。可过去读她的作品，竟未发现丝毫的痕迹。于是我和同行的朋友叹道：读解透一个作家的文本，是很难的。散着古老的中西哲学气息的三松堂书房，原来一直缭绕着欧洲的古典音乐，我对冯友兰与宗璞的世界，一下子近了多层。

　　冯氏父女的学识，我一直觉得是上乘的。冯友兰以治中国哲学史而声名彰著；宗璞则以小说、散文而让世人注目。宗璞受父亲影响，修养很深，为文与为人，境界到家，没有俗气。世人敬之，其原因也在这里。我去三松堂时，冯友兰已作古多年，可从女儿宗璞那儿，依然能找到先生的余绪。典雅的书架，古朴的房间以及主人甜甜的笑，让我一下进入一种境界。三松堂像一座书库，它和自己的主人一样，内中含着博大、神秘的气息。我想起宗璞的作品，其中的洗练、宁静、沉郁之气，与三松堂的氛围是那么和谐地糅在一起。

　　那次造访宗璞的最大收获，是得到她的一本散文选集。我一向觉得，男人与女人写散文，路数是不同的。至少，女人的细腻，男人就做不来，这是天然的差异，是命定。但男人式的洒脱、冲荡，女人却可以做到。读宗璞散文，我越发相信这一点。她的文章很朴素、庄重，细细体察，却有庄子式的飘逸，王维式的宁静，还有几许朱自清般的清秀、周作人一样的文气。总之，丝毫不见女人气。在她那儿，心性已被净化得如林中雨露，那是怎样纯美、大度的境地！我想起许地山，想起丰子恺。宗璞的身上，沿袭着中国文化优美的脉息，她甚至创造了一种男人也难为之的散文境界。

　　宗璞写了各种题材的散文。《西湖漫笔》《我的澳大利亚文学日》，很见其学人的风骨；《秋韵》《恨书》《风庐茶事》，是落落大气的佳品；《哭小弟》《三松堂岁暮二三事》《九十华诞会》，多有当代文人的苦楚之音；那组写燕园的短小精悍之作，则足以见出其苦度沧桑后的卓尔不群的人生况味。宗璞以学识、修养而迥于他人；又以朴素、自然、大方而受人敬佩。我读其作品，觉得真情难得，状态难得，品位难得。她不假声不假气，又不像一般女人那样自恋。写己身之苦，不捶胸顿足，那是成熟女性含笑的泪。天底下的大悲苦，到她那里，均变得沉静、安然。几点凄楚之后，却是反顾人生那种哲人式的洞彻。于是机智与散淡、通达与朗然，把人生的诸多杂念、悲戚，统统驱走，只剩下那种直面命运的慷慨、坦然……

我想起她对我说的散文写作中对音乐美的追求，忽然心路大开，仿佛找到了一把进入她精神之门的钥匙。她的文字与句法，有古典语言的味道，在平白的背后，确有辞章的起承转合之美。无论是写人或状物，均有一种错落之美。文字通达可诵，句子或长或短，富有变化。如写《酒和方便面》，似有旧文人气，但勾勒己身苦涩年代的故事时，又多了几分苍然之感，文章平淡地开头，又平淡地收尾，内中叙述旧事的苦乐，或静或动，或急或缓，读起来轻松自然，可味道却醇厚得很。这大概就是她所说的"音乐的美"吧？宗璞写世道，写人生，和汪曾祺多有相似的地方。不仅是人生态度让人惊异，其中掺和的艺术情调，多有禅趣。这与古代中国的绘画、音乐，太相近了。而宗璞不同于古人的地方又在于，多年浸淫于西方文学之中，通英文、喜音乐，故其文多韵律的美。我读《燕园树寻》《燕园碑寻》《燕园桥寻》等文章，更深切地体味到其优雅的韵味。宗璞写历史，写人物，写自己，像做一部乐曲一样，那音色、节奏、旋律，均楚楚动人。以语言而达音乐的效果，虽多有障碍，但那种奇妙的领悟、非凡的体味，确实使她的文字迷漫上了一种神异的色泽。为散文而散文的人，是不会领略其中的要义的。

辨古通今的人们，据说听得懂天籁，大自然素雅的音色，也汇聚于一身的。宗璞从未自夸是"通人"，她太简朴，一生深居简出。但恰恰是这样的人，能奏出不俗之音。她写文章时，不故意用力，不饰学问。而是自然倾吐，靠本色编织着美。我想起她的父亲"人与天地参"的大情怀。宗璞说："我觉得父亲是有些仙气的，这仙气在于他一切看得很开。在他的心目中，人是与天地等同的。"父亲的这种儒学与道家风范，自然影响了女儿。看她写下的《哭小弟》《悼张跃》《猫冢》等，是深得人生奥义的。而《孟庄小记》《他的心在荒原》《没有名字的墓碑》，其气韵悠悠，直举胸臆，不见雕饰。正如《唐宋诗举要》作者高步瀛评王维诗所说："随意挥写，得大自在。"宗璞作品虽不说篇篇达到化境，但就其总体风格、品位而言，当为"五四"以来女性作家中的高手。冰心以来，能将世道人生、天理人趣写得气韵不凡的女人不多，宗璞可谓是个少有的特例，她甚至比冰心要多几分大气。其中的奥秘虽一时难以说清，但那种深味西方文学，又很得东方哲学精神的个性，是她别于众人的重要原因吧！

　　读罢宗璞的书，更觉得心贴近自然的高妙。"艺术的最高技巧在于无技巧"。大而化之，小而大之，要做到这一点，除了修炼，还有别的路径吗？可惜天底下人多从俗处着眼，以为装潢一下门面便可招摇过市。理解真人的心灵难，做到真人的境界更难，唯其如此，宗璞的世界便愈显得几分可爱。

1995 年 6 月 26 日晨

（原载《中国图书评论》1995 年 8 月号）

（孙郁：中国人民大学文学院院长、教授）

宗璞专栏

宗璞小传

习城乡

一

宗璞，著名作家，本名冯钟璞，河南省唐河县祁仪镇人。1928 年 7 月 26 日生于北京，系冯友兰、任载坤的次女；同年 9 月冯友兰任教清华，婴儿宗璞随父母进入清华园，后入成志小学（清华大学子弟学校）。幼承家学的宗璞，八岁读了第一本林琴南翻译的《块肉余生述》（即《大卫·科波菲尔》），背诵其父为她选定的古典诗词，除了喜读《古诗十九首》、唐诗宋词之外，《格林童话》《爱丽丝漫游仙境》《七侠五义》《小五义》《隋唐》《水浒》《荡寇志》及《红楼梦》也都是她少年时代爱读之书。

1937 年抗日战争全面爆发，北平沦陷，清华、北大、南开等校师生辗转南迁，踏着破碎的山河，先到长沙，后转昆明，1938 年成立西南联合大学。十岁的宗璞随母亲经香港到蒙自，再转昆明与父亲会合。宗璞在昆明读完小学，就读于西南联大附属中学，经历了全民族抵抗侵略的全过程，日本投降后回到北京。1946 年，宗璞考入南开大学外文系，两年后转学清华大学外文系。那时，她读陀思妥耶夫斯基（Фёдор Михайлович Достоевский，1821—1881）和哈代（Thomas Hardy，1840—1928）的作品。1947 年 6 月 20 日，宗璞以笔名"冯璞"在天津《大公报》发表新诗《我从没有这样接近过你》；1948 年 8 月 13 日和 20 日，以笔名"绿繁"在《大公报》发表小说处女作《A.K.C.》，10 月发表新诗《一个年轻的三轮车夫》和《疯》。1951 年 1 月 28 日，在《光明日报》发表小说《诉》。清华大学毕业后，到政务院文委宗教事务委员会工作，同年末调入中国文联研究部。1956 年，宗璞到《文艺报》任外国文学编辑，业余从事文学创作。1957 年 7 月在《人民文学》发表小说《红豆》，引起文坛广泛关注；同年出版长篇童话《寻月记》（中国少年儿童出版社），与陈澂莱合译《缪塞诗选》（后以书名《请你记住》由人民文学出版社出版）。这一年，她在"反右"运动中遭到批判。1959 年下放河北农村，1960 年调入《世界文学》杂志社任编辑，发表了小说《桃园女儿嫁窝谷》（1960 年 11 月《北京文艺》）《不沉的湖》（1962 年 7 月《人民文学》）《知音》（1963 年 11 月 26 日《人民日报》）和散文《西湖漫笔》等。1962 年加入中国作家协会。1964 年随《世界文学》编辑部调入外文所。十年"文革"，创作中断。宗璞诗云"钝笔尘封十四年"，说出她那个时期的实情。1978 年宗璞调入中国社会科学院外国文学研究所，发表童话《吊竹兰和蜡笔盒》（1978 年 6 月《人民文学》）、小说《弦上的梦》（1978 年 12 月《人民文学》；获 1978 年全国优秀短篇小说奖）。1979 年发表译作霍桑的《拉帕其尼的女儿》（1979 年《世界文学》第 1 期），出席中国文学艺术工作者第四次代表大会。1982 年加入国际笔会。1984 年当选中国作家协会第四届理事，出访澳大利亚和英国。后任中国社科院外国文学研究所研究员，中国作家协会第五届全委会委员、主席团委员，第六、七届名誉委员。

二

宗璞出生于鸿儒硕学之家，父亲是大哲学家冯友兰，大姑冯沅君（1900—1974）是"五四"时期的大作家兼中国古典文学史家，二姑冯景兰是地质学家，外公任芝铭（1869—1969）系清末举人、同盟会员、民主革命家、教育家。家族的影响，从清华园到昆明，再到北大燕园，虽是风雨沧桑，满眼国殇，以及"谈笑有鸿儒，往来无白丁"的人文环境，都成为"满腹才情终未负，千言万语凝华章"的才女宗璞的精神家园。

宗璞创作起点高，不跟"潮流"，追求"诚"与"雅"，拒绝概念化和公式化，这是她始自创作《红豆》正式跋涉文学之路的初衷。《红豆》所以能在文坛一鸣惊人，在于作品的诗化意境，通过主人公的喜怒哀乐和象征与隐喻，展现了那个时代的人道主义精神。《红豆》一经发表，姚文元即在《文学上的修正主义思潮和创作倾向》（1957 年 11 月《人民文学》）将《红豆》打入"修正主义创作倾向"之列；接着，《人民日报》《中国青年报》《文艺月报》等，对《红豆》围攻批判，认为作品宣扬了资产阶级情调和爱情观。直到"文革"结束，《红豆》收入《重放的鲜花》（1979 年，上海文艺出版社），才使这篇小说重见天日。

一个时代的终结，迎来了文学的春天；宗璞青春焕发，先后发表了《弦上的梦》（1978 年第 12 期《人民文学》，获全国优秀短篇小说奖）《三生石》（1980 年第 3 期《十月》，获全国优秀中篇小说奖）和《丁香结》《鲁鲁》《我是谁》《蜗居》《泥沼中的头颅》多篇小说和《柳信》《三松堂断忆》《哭小弟》《紫藤萝瀑布》等优秀散文，引起广泛的社会影响和文学界的极大关注。

1985 年，五十七岁的宗璞开始创作长篇系列《野葫芦引》首卷《南渡记》（1988 年，人民文学出版社）。此后，她以三十三年的漫长岁月，难以想象的精神和毅力，相继完成了《东藏记》（获第六届茅盾文学奖）《西征记》《北归记》和末卷《接引葫芦》。这期间，她经历了丧父、丧夫的悲痛，自己重病、视网膜几次脱落。从《东藏记》后半部至《西征记》《北归记》，她的写作完全靠口授。她说："我不能看，只能请人念，凭耳朵才知道自己写了什么，念来念去，反反复复，改来改去，日日夜夜，最终成书。"

宗璞的小说深刻记述知识分子群体的历史与命运，其细节描写和叙述风格一以贯之，人物故事摇曳多姿。她认为，小说"应具有社会性、可读性和启示性"。在《北归记》的后记中，宗璞写道："百年来，中国人一直在十字路口奋斗。一直以为进步了，其实是绕了一个圈。需要奋斗的事还很多，要走的路还很长。而我，要告别了。"

宗璞的小说刻意求新，厚重，灵动，语言优雅含蓄，《野葫芦引》是集大成者；散文创作伴随了她的一生，名篇纷呈；她的童话也佳作频出，其中《总鳍鱼的故事》获全国首届儿童文学奖。

三

一位心系历史与生活的作家，真善美的使命感，唤醒思想，社会价值，人性尊严，永远是作家的追求！宗璞的小说记述知识分子群体的历史与命运，还原历史，是她呕心沥血创作的精神动力！她的小说创作尝试现代主义，以丰赡的中外文化底蕴和学养从事创作，重心理描写，含蓄蕴藉，优雅隽永，展现出作品超现实的荒诞和象征。她笔下的细节描写和叙述风格一以贯之，人物故事摇曳多姿。宗璞说，也许有一天，人们会发现，她来到这个世界，就是为了写《野葫芦引》"四记"。她还说：小说"应具有社会性、可读性和启示性"，"我写小说，常拘泥于史。历史是哑巴，要靠别人说话。我很同情它。但我写的又是小说，里面有很多错综复杂不明的东西，真是'葫芦里不知卖的什么药'。其实，人不知道历史是怎么回事，只知道写的是历史。所以人生、历史都是'野葫芦'，没办法弄得太清楚。那为什么是'引'呢？因为我不能对历史说三道四，只能说个引子，引你自己去看历史，看人生百态。"所以，她以"四记"组成的《野葫芦引》，能使我们在奢华而平静的文字中感受历史的暗示与玄机。王安忆说：宗璞的小说把一群锦衣玉食的人物放在残酷的战争环境里，主人公却依然没有丧失其高贵与尊严，这正是中华民族能在困境中坚持下去的不屈精神。她的小说充满了象征着不屈不挠的中国知识分子伟大的民族精神！

宗璞有一首散曲，虽说是"自嘲"，却真切地表达了她写作的心境：

　　人道是锦心绣口，怎知我从来病骨难承受。兵戈沸处同国忧。覆雨翻云，不甘低首，托破钵随缘走。悠悠！造几座海市蜃楼，饮几杯糊涂酒。痴心肠要在葫芦里装宇宙，只且将一支秃笔长相守。

　　这就是宗璞创作的心曲。她的创作以散文和小说为主。自20世纪40年代末至今，她在天津《大公报》《人民日报》《人民文学》《当代》《诗刊》《新观察》《文艺报》《光明日报》《中国妇女》《世界文学》《文学评论》《中国作家》《北京文学》《十月》《收获》《解放日报》《天津文学》《新港》《散文》《钟山》《福建文艺》《花城》《作品》、香港《明报月刊》、台湾《联合报·副刊》、美国《世界日报》等百余家报刊杂志发表散文、小说、评论（包括"创作谈"和"序跋"）、童话和诗歌.一生贡献的都是精品。

　　出版的作品计有小说《三生石》（1981年，百花文艺出版社）《三生石》（2006年，2014年，人民文学出版社）《宗璞小说散文选》（1981年，北京出版社）《南渡记》（《野葫芦引》"四记"卷一；1988年，人民文学出版社）《宗璞》（1991年，人民文学出版社）《红豆》（1993年，海峡文艺出版社）《宗璞文集》（1996年，华艺出版社）《风庐短篇小说集》（2001年，上海社会科学出版社）《东藏记》（《野葫芦引》"四记"卷二；2001年，2004年，人民文学出版社）《宗璞文学创作评论集》（2003年，人民文学出版社）《西征记》（《野葫芦引》"四记"卷三；2009年，人民文学出版社）《红豆》（2010年，花城出版社）《鲁鲁——大作家写给小读者》（2016年，人民文学出版社）《四季流光》（"中国中篇经典"丛书；2018年，人民文学出版社）《北归记》（《野葫芦引》"四记"卷四；2019年，人民文学出版社）；散文集和童话《风庐童话》（1981年，湖南少年儿童出版社）《丁香结》（获全国优秀散文奖；1987年，2015年，百花文艺出版社）《宗璞散文选集》（1993年，百花文艺出版社）《铁箫人语》（"布老虎散文"；1994年，2019年，春风文艺出版社）《燕园拾痕》（1994年，中原农民出版社）《风庐故事》（1995年，中国对外翻译出版公司）《三松堂漫记》（1997年，上海远东出版社）《宗璞儿童文学作品精选》（1998年，河北少年儿童出版社）《宗璞影记》（1998年，河北教育出版社）《野葫芦须——宗璞散文全编（1951—2001）》（2003年，北京出版社）《宗璞自述》（2005年，大象出版社）《霞落燕园》（2005年，作家出版社）《宗璞精选集》（"世纪文学60家书系"；2006年，北京燕山出版社）《宗璞散文》（2007年，人民文学出版社）《宗璞散文选集》（2009年，百花文艺出版社）《风庐散记:宗璞自选精品集》（2012年，北京大学出版社）《宗璞作品中学生读本》（2014年，人民日报出版社）《丁香结》（2017年，长江文艺出版)《紫藤萝瀑布·丁香结》(2017 年，长江文艺出版社)《紫藤萝瀑布·丁香结》(2018 年，浙江文艺出版社)《紫藤萝瀑布·丁香结》(2020年，长江文艺出版社)《丁香结》(2021 年，民主与建设出版社有限责任公司）等。

玫瑰云

——创作与生活的体会

葛翠琳

我出生在河北省乐亭县一个偏僻的小村庄。在我还不识字的时候，祖母一边纺线一边给我讲动人的民间传说。那架古老的纺车日夜守在祖母身边。祖母纺了一生，临终前，她还用手摸那辆伴随了她八十年的纺车。双目失明的祖父，离开了他的教学私塾，却天天背诵古文，我不懂却喜欢听。祖父留给我他亲自圈点的古文释义，在"文革"的烈火中化成了灰烬，然而祖父那苍凉的背书声，终生留在我的记忆里。最幸运的是，小学老师每天在晨读课为我们朗读儿童文学名著，在那阴暗潮湿的破庙改成的教室里，我们的心飞向世界，知道还有位丹麦作家安徒生，为孩子们写了那么多动人的童话。我们还背熟了《最后一课》及中国女作家冰心写的优美散文《寄小读者》。中学时期，为了提高英文成绩，我阅读英文版的世界文学和传记，《居里夫人传》深深感动了我，我曾立志苦读理科。而《牛虻》和《钢铁是怎样炼成的》等书，强烈冲击着我的心灵，我投身到学运里。中学以理科优秀成绩推荐我入燕京大学，我却选报了社会系。轰轰烈烈的学运锻炼了我，我是为了理想自觉参加革命的，并非为了寻找个人出路走进革命队伍。新中国成立后，我扔了英文学俄文，勤奋地阅读苏联文艺作品和理论。"文革"中批判我读的书封资修俱全，以当时的理论根据，我一点也不冤枉。可是，我也曾虔诚地一遍又一遍地苦读马列著作，却没人承认。实际上这方面的政治学习，用去我的时间最多。

我的家庭清贫，却充满了爱。我在贵族化的教会学校读书，却以优秀成绩获得奖学金支付昂贵的学费。老师同学都尊重我。参加革命时我年纪小，战友们都爱护我。分配到工作岗位上，虽然是走进了社会，我对生活，对人生，对事业，甚至对革命，都充满了天真幼稚的幻想。老作家们指导我，我曾写过短诗、散文，但我更喜欢写童话。童话里美的意境、美的形象、美的语言……创造一个美的世界，使我神往，我心灵中美好的愿望能在童话中实现。这时期我写了童话《野葡萄》《雪娘》《泪潭》《采药女》《雪梨树》等，大都是表现真善美的主题，抒情的浪漫的色彩较浓。

在那政治运动不断的年月里，我时时警惕自己"灵魂深处的小资产阶级王国"，真诚地改造着自己的世界观。但我总怀着一个梦想，希望用童话反映现实。

我熟读中外童话名作，《小约翰》《玫瑰云》《影子》《倒长的树》《水孩子》……这些童话名篇反映现实，折射人生，成为社会生活的一面镜子，作品的深度广度使我惊叹和迷恋，特别是乔治·桑的童话《玫瑰云》，它的艺术魅力使我着迷。一片小小的玫瑰云，孕育着狂雷巨闪，而老祖母面对厄运和灾难，把它们捻成很细很细的线。主人公老祖母那种制服云的内在精神力量，震撼着我的心灵。作家对人生的深刻体会，通过童话的形式，运用象征、幻想、抒情、夸张的表现手法展示出来，达到反映现实的目的。这是值得探索的课题。

我也曾努力地进行这方面的创作实践，但写起来却深感力不从心，《小红花和松树》是最初的尝试。那一年我出版了三本短篇童话集子。

正在我对童话世界如痴如醉的时候，骤然间响雷巨闪、狂风暴雨铺天盖地而来，我还没明白怎么回事，已经成了反党反社会主义的右派分子，我的名字甚至"有幸"上了《人民日报》。可就在报纸批判我的时候，一些刊物的目录广告还有我的作品，因为还没来得及抽下来。

这毫无思想准备的突然变化，令我感到天旋地转。我从充满温情和幻想的天地里，坠入严酷的现实世界。面对所有划清界限的冰冷面孔，我扛起行李开始了漫长而又艰难的劳动改造生涯，后来又延续上"文革"时期的生死挣扎。

然而，童话世界仍深深潜藏在我心中，那是我苦难中保留在心灵里的一小片绿洲，以至于"文革"前环境稍为宽松些的短暂时期，我竟发表了童话《金花路》，作品表现对艺术的苦苦追求和探索。后来就是"文革"中的灾难阶段……

我一生中最珍贵的二十年，浸泡在严峻的现实世界里，处于极端屈辱没有任何权利的地位，我体会到真正的人生。这一切，对我后来实现"童话反映现实"的梦想，准备了厚实的基础，使我的童话创作有所前进和发展。努力探索童话反映现实，我不再感到力不从心。丰富的生活经历和深刻的人生体会，以及改革开放中开阔思路活跃思想的社会环境，为我提供了有利的条件和可能成功的因素（记得 1977 年的一次童话座谈会上，还在讨论"童话这种形式能不能允许存在呢？"）。1979 年我的中篇童话《翻跟头的小木偶》问世后，接连又创作出版了中篇童话《进过天堂的孩子》《最丑的美男儿》《半边城》《一支歌儿的秘密》《一片白羽毛》《会飞的小鹿》，以及短篇童话《飞翔的花孩儿》《问海》《唱歌的金种子》《云中回声》等，都是童话反映现实创作实践的成果。这是生活对我的馈赠。回顾二十年坎坷的人生历程，我感到充实。生活，成为我的课本。苦难的磨炼，教会了我如何面对人生。我的童话创新和这些是分不开的。

回顾自己的童话创作，50 年代，我的童话多表现真善美的主题、追求民族风格、注重语言的音乐性节奏感。"文革"以后，努力探索实践童话反映现实，吸收小说的写实手法和散文的抒情，并运用童话的幻想夸张，创造形象结构情节，所产生的童话中的人物，在现实生活中是不可能有的，但又能感觉到现实生活中人物的影子。

多年来，风里雨里，泥里土里，灾难和不幸中，漫长的艰苦岁月，我沉浸在生活的底层，和人民共同经历了一切。我得到过不少善良人们的真心帮助和保护，也遭受过不少恶毒的陷害和痛苦的折磨，生活给予我的启示丰富而又深刻，我的爱、我的憎恶，都有具体的内容和沉重的分量，生活沉淀过滤以后，积成肥沃的土壤，我的创作实践得以扎根发芽伸枝。我们所处的时代，我亲自经历的社会进程，生活面广阔、丰富、复杂、惊心动魄。《小约翰》《倒长的树》《影子》《玫瑰云》等的作者们给予我的启示变成了催生剂，具有了新的意义。我这才得心应手地写出了一系列中短篇童话新作。它们是生活和借鉴在新时期的土壤上孕育的产物。

几十年童话创作我的体会是：

童话，植根于生活。但比生活本身更美，更理想化。幻想的依据是现实。

童话创作要求作者从各种错综纷纭的现象中，挖掘出事物的本质，再通过丰富的幻想和生动的夸张，创造出动人的形象来。

童话，是我生命的一部分。幸运的是，我 50 年代的童话都在不断地再版，没有因为时间而被淘汰。

乔治·桑的童话《玫瑰云》，它的艺术魅力历久不衰，我像吃橄榄一样不断地咀嚼它。我逐渐理解了它更深的意义，它蕴含的哲理，不断在我心中回荡：一片小小的玫瑰云，飘荡着，变幻着，涨大、涨大，变成浓重的乌云，遮天盖地，翻滚着、奔跑着，裹着狂雷巨闪，撕裂了天空，泼下如注的暴雨，天地混沌一片，山吼啸，水呜咽……而老祖母那双瘦骨嶙峋的手，粗糙黝黑，青筋突出，她把翻滚的云团抓在手中，放在纺车上纺，纺成比丝还细的云线。狂风暴雨，山崩地裂，她镇定自如、不惊慌、不抱怨、不叹气，耐心地纺呀纺……把厄运、灾难和痛苦纺成柔软的丝团，她是在捻纺人生。

往事悠悠。记得开国大典游行后回到市委大院，宣传部长李乐光同志对我说："为孩子们写书吧！你的写作就从新中国诞生起步。过四十年，再回头看看……"过四十年？当时我觉得非常遥远，简直不可想象。

转眼间四十多年过去了。

那个梳着两条小辫儿的我，如今已两鬓白发。

小读者曾叫我姐姐，又叫我阿姨，现在则称呼我葛奶奶了。

我曾经给予孩子们美和快乐。我为此感到幸福。

孩子们喜爱我的书。这是最高的荣誉。

虽然经历了无数艰辛，道路坎坷，但我却是幸运儿。因为孩子们给予我永不消失的青春。

我的海外燕京校友羡慕我。我事业的根扎在人民当中。祖国把我培养成为一名作家。

我的童话有许多精美的插图，我最喜爱的是一位小朋友为《金花路》画的插图：一条弯弯曲曲的小路，路上开满金色的小花，小路通向孩子的心中。

这小路是我一步一个脚印儿走出来的。也是孩子指引我的。

我收到许多小朋友的信。孩子们给予我的爱，胜过世上一切珍宝。

原载《北京文学》1991 年 10 月号

（葛翠琳：著名儿童文学作家）

激情·意境·韵味

——葛翠琳的几部童话读后

缪俊杰

葛翠琳同志从解放初期就开始发表儿童文学作品，除了由于众所周知的原因，发落到异乡"劳动改造"，使她丧失了很大一部分大有作为的年华，应该说，这位儿童文学的"园丁"是辛勤劳作的。三十多年来，她发表了大量的童话、儿童诗、儿童剧及散文等作品。童话集《野葡萄》《翻跟头的小木偶》《比孙子还年轻的爷爷》《星儿落在北京城》和儿童剧《小淘气儿的决心》等，都在读者、特别是小读者中有较好的影响。童话《野葡萄》还获得了全国儿童文学创作一等奖。最近又发表了儿童题材的长篇小说《蓝翅鸟》。有人说，葛翠琳同志是儿童文学的"多面手"，我看这不算是过誉之辞。

如何发展和繁荣新时期的儿童文学，特别是新的童话，这是很值得我们从理论和实践上认真探讨的重要课题。我国老一辈的作家，如叶圣陶、冰心、张天翼、陈伯吹、叶君健、严文井等都在儿童文学领域里作出了卓越的贡献。葛翠琳同其他许多同辈作家一起，跟随着这些前辈作家，在儿童文学领域里作出了一份努力。她的作品，特别是她的童话充满着时代激情，意境清新，富有儿童情趣和韵味，它不仅给孩子们以思想的启迪，而且给他们以艺术美的享受。

一

葛翠琳的童话，尤其是近几年来创作的童话，最显著的特点，是运用儿童能接受的形式，通过对自然物的人格化的描绘，反映了纷繁复杂的社会生活，给儿童们以认识和理解生活的启示。多年来，葛翠琳致力于探索"童话如何反映现实，具有时代精神"。最近她在一篇谈创作体会的文章中说："儿童文学作品里展现出来的人物，怎样吸引小读者，并通过这些人物的行动，使小读者逐渐清楚地认识复杂的社会，理解丰富的人生，从而在内心深处得出自己的是非爱憎，这是我想探索的"。（《生活，我的课本儿》，载《未来》第 10 辑）这正是她创作的宗旨。近些年来，她所写的新作，大都取材于现实生活，主题富有思想内容，针对性强，体现了强烈的时代精神。在这方面，《进过天堂的孩子》具有一定的代表性。这是一篇有深刻思想内容又富有韵味的童话。它通过一位纯洁、善良、聪明、漂亮的少女蒲英儿"进天堂"所经历的各种磨难，给人们以深刻的历史反思，也给孩子们有益的启迪。它告诉人们，那种"满地是宝、不劳而获"的"天堂"是不存在的，只有依靠人们艰辛的劳动才能创造出幸福的生活。

《进过天堂的孩子》通过蒲英儿的梦境一般的经历，在儿童的心灵里展示了一个多么丰富复杂的世界，又给孩子们多么深刻的启示啊！这是梦，也是现实。对于那些经历过那如梦如烟的年代，饱尝过跃进"天堂"的苦果的年长一辈人来说，这个故事能勾起多少辛酸而痛苦的回忆啊！在这部作品里，作者没有任何政治的说教，却有着相当广阔的生活容量和深刻的思想内涵。这样的内容，我们在粉碎"四人帮"以后所出现的一些被称为"反思文学"的小说中，已经看见得许多了，诸如《黑旗》《剪辑错了的故事》《犯人李铜钟的故事》等等，不都是展示这样的历史图景吗？不过《进过天堂的孩子》则是通过童话的形式，像说梦一般地来展示这样严肃的主题。两者形式不同，但在反映生活，揭示真理方面，是可以达到殊途同归之效的。

鲁迅先生在《爱罗先珂童话集》序中说过："我觉得作者所要叫彻人间的是无所不爱，然而不得所爱的悲哀，而我所展开他来的是童心的、美的，然而有真实性的梦。这梦，或者是作者的悲哀的面纱罢？那么，我也过于梦梦了，但是我愿意作者不要出离了这童心的美的梦，而且还要招呼人们进向这梦中，看定了真实的虹，我们不至于是梦游者（Somnambulist）。"鲁迅先生的这段话是说得非常深刻的。用鲁迅先生在这里所揭示的深刻的思想去理解葛翠琳的《进过天堂的孩子》是恰切的。鲁迅指出"爱罗先珂所要叫彻人间的是无所不爱，然而不得所爱的悲哀"。但鲁迅强调的还有更为重要的一面，那就是作者不仅不要出离了这童心的美的梦，还要"招呼人们进向这梦中，看定了真实的虹，我们不至于是梦游者"。也就是说，一个童话作家，不仅要展示童心的美的梦，还要让人们看到"彩虹"，也就是见到光明的前景。从这个意义上说，《进过天堂的孩子》是做到了的。

二

童话应该创造什么样的意境？要不要给小读者们以健康的思想教育以提高他们的思想境界？据说这个问题目前有了争议。我对儿童文学领域的问题研究不多，但是我认为，儿童文学与成人文学一样，在社会功能上总是有它们一致的地方，只不过它们的表现手段不同而已。

应该看到，相当一个时期以来，对文艺的社会功能存在着片面性的理解。比如，"阶级斗争工具论"，把文艺一律看作是"阶级斗争工具"，而忽略了它的其他审美功能。在儿童文学上也同样存在着"左"的或其他简单片面的观点。如果把所有儿童文学看作"阶级斗争工具"，那么童话怎么去完成这种"工具"的使命呢？即令是作为"思想教育的工具"，也不能做简单化的理解。文艺具有"思想教育""美感教育"的功能，但这种教育不是说教式的，而是潜移默化的，是通过生动感人的艺术形象，对少年儿童起潜移默化的作用。就童话来说，更应该用儿童便于接受的形式，对少年儿童进行潜移默化的教育。在80年代的今天，那种简单化的、庸俗社会学的"教育"方式是不行的了。但这并不等于说，童话就不需要对少年儿童进行思想教育了。鲁迅先生曾强调过这一点。他认为：童话通过大自然之物寄寓着人类的思想和言辞，人们在风雪的呼号中，花卉的议论中，虫鸟的歌舞中，都能够听到比这些花草虫鱼之声更洪亮的"自然之母"的声音。葛翠琳的童话有较强的思想性，是能对少年儿童进行思想教育的。她的童话往往通过人格化的动植物，或者人格化的自然现象，寄托着深刻的思想，从而给儿童们以一定的启迪。《翻跟头的小木偶》就是颇有思想深意的一篇。作品讲述了聪明伶俐的小木偶聪聪怎样被坏人利用、跌了跤，最后又被挽救过来的"翻跟头"的故事。小木偶聪聪确实很聪明，他能歌善舞，能做各种舞蹈动作，表演得很出色。但是他的一切神经都牵在一个轴圈儿上，被别人操纵着：这虽是一个编织起来的故事，但它是有思想内涵的。每一个经历过那个"史无前例"的年代的人，不都见过不少这样的"小木偶"吗？他们本来有才华，但没有独立思考的脑袋，他们被利用了，被当成"枪"使了。最后弄得身败名裂，粉身碎骨。从这个意义上讲，小木偶不也可以成为生活的一面镜子，成为那些已经成名或将要成名的人们的一面镜子吗？我想，作者在编织这个故事的时候，是寄寓着这样的教育目的的。从这里也可以看到作者的激情，和对待真假、善恶、美丑的鲜明态度。

同《进过天堂的孩子》和《翻跟头的小木偶》一样，《半边城》也寄寓着作者强烈的政治激情和鲜明的是非观念。它讲述了一个近乎荒诞的故事。一座很美丽的城市，有一天突然来了一位新市长左左博士，他计划要把这座城市变成世界的乐园，下了一道道"左"的政策法令：南来北往的行人和车辆必须挤到大路的左侧；所有鞋店必须卖左脚的鞋；衣服裤子只能有左袖左筒；更残酷的是娃娃们出生之后，就要把右手右腿绑住，只发展左手左脚，甚至汽车开动也只能左轮子沾地，哪怕遭受翻车的危险。发展到极点，人人要把右眼挖掉，用左眼看事物。后来一位很有名气的美术家为左左博士画像，画出了左左博士过去当海盗留下的伤疤。左左博士的真面目被揭露出来了，这座城市恢复了美丽的真容。很显然，这在生活中是不会有的。然而这个荒诞的故事，是对人们经历过的岁月的真实生活的一种曲折的反映。也是不无借鉴意义的。

在《进过天堂的孩子》《翻跟头的小木偶》《半边城》这些童话里，我们看不到对政治生活的直接描写，没有任何政治的说教，也不是直接描绘现实生活的。但我们又觉得它们很贴近生活，表现出强烈的时代精神。在这些作品中，真和假、善和恶、美和丑形成了如此强烈的对比，并通过这些代表真假、美丑、善恶的人物形象或拟人化的事物，寄寓作者强烈的爱憎感情，让小读者们从生活的形象中清楚地认识到社会的复杂，理解丰富的人生，从而在内心深处得出自己的是非爱憎。这不正是作者的初衷吗？从葛翠琳的作品来看，童话是可以起到教育人、鼓舞人的目的。思想教育不等于说教。问题在于，作者是否善于从生活出发，创造出表现某种思想的意境。童话创作可以来自生活，但又必须走出生活。这样才会创造出更为悠远清新的意境，从而使小读者们在美的享受中获得教益和启迪，把他们的精神提到更高的境界。

三

童话作品，不管是反映现实生活还是表现其他内容，要能吸引小读者，对他们起到潜移默化的作用，很重要的一个方面，必须使作品符合儿童的心理特点，表现出适合儿童审美需要的韵味。葛翠琳的这几篇童话，对小读者的吸引力就在于这些作品表现了儿童的心理特点，富有儿童的韵味。《进过天堂的孩子》描写蒲英儿的命运、遭遇，深深地激起人们感情的共鸣，甚至使人们，包括小读者流下同情的热泪。尤其是"失去了小弟弟"这一节，多么富有人情味，富有儿童的韵味啊。它把蒲英儿一家的骨肉深情，把蒲英儿的善良、纯朴的性格，把她们姐弟之间真挚的情谊，细致入微地刻画了出来。这里面没有丝毫的造作，没有任何矫情，读到此，人们不能不为之感动。

让作品更贴近生活，用童话这种形式表现出强烈的爱憎感情和思想倾向当然是很可贵的。但并不是要求所有童话作品都有明显的政治思想倾向。有些作品通过富有儿童情趣的生活画面，或者讲述有趣的故事，表达一定的哲理，只要富有儿童的情趣和韵味，也不失为童话佳作。童话《一支歌儿的秘密》就是这种作品。

《一支歌儿的秘密》这篇童话，树木花草都被赋予了生动的形象和鲜明的性格。小杨树从骄傲到认识自己的错误，从讳疾忌医到求医治病。它

女作家学刊·第三辑

的经历，也给小读者们以深刻的启示。这里既表现出作者对待真假、善恶、美丑的鲜明态度，又充满着儿童的情趣和富有儿童生活色彩的韵味。我想，这也正是葛翠琳的童话吸引读者之所在。

<h1 style="text-align:center">四</h1>

社会生活是文学艺术的唯一源泉。固然，童话并不直接去描绘生活中的具体事件，不直接提供生活变革的具体画面，有时候童话还以荒诞派的形式出现。但并不等于说，童话就不要反映生活，就不要以生活为基础了。有的同志主张童话应该向荒诞派看齐，发展荒诞派的童话。我们不排斥某些童话采用一定的荒诞手法，但我觉得，这只能作为一种尝试，不能认为这就是童话发展的方向。童话还是应该以生活为基础，从生活中去寻找素材、故事、情节、主题和诗情画意。从生活中去探索适合儿童审美趣味的内容和形式。

从这个意义上讲，我觉得葛翠琳的童话创作是值得肯定的。她非常注意从生活中吸取素材，和孩子们交朋友。她曾经说过："孩子们是我的朋友，也是我的老师，他们就像一面会讲话的镜子，真诚地对我提出严格的要求。"（《葛翠琳童话选·后记》）她是这样说的，也是这样做的。关于这点，我可以用我的直观作为她的这些"宣言"的佐证。我同葛翠琳同志原来不认识，粉碎"四人帮"以后才见过面。1981年秋天，中国作家协会组织部分作家到山东鲁南农村参观访问。我同她在一个团里。开始，我们说话不多。但我觉得她这个人有点特别。每到一个参观点，同志们总是看景致、听介绍，而她却往有小孩子的地方跑。比如到了农村，我们都是先听党支部书记或生产队长介绍情况，而她却钻到看热闹的孩子堆里去了。很快，她就同这些孩子交上了朋友。这时，我才意识到，这是一个儿童文学"园丁"对孩子们的特殊感情，是她深入儿童生活的一种方式；这时，我才开始理解，葛翠琳同志的儿童文学作品，为什么那样充满着时代气息，那样贴近现实又富有生活情趣。葛翠琳同志热爱孩子，一见到孩子就感到很亲切。孩子们也总觉得她是平易可亲的"好阿姨"。我们说，生活是葛翠琳童话创作的源泉，这恐怕是符合她的创作实际的。

如果说，葛翠琳的童话还有什么不足的话，我感到，她的有些童话作品还没有完全摆脱通常人们所讲的"直""露"的毛病。有时为了急于表露自己所要表达的思想，就超出形象本身，由作者直接在说话了。在《进过天堂的孩子》《翻跟头的小木偶》和《半边城》中都有这样的痕迹。这在一定程度上破坏了童话本身的艺术的完整性和它的艺术美。同时，我也感到葛翠琳有的童话，在艺术结构上还可以更为严密一些，在"天衣无缝"上下功夫。《进过天堂的孩子》前半部分结构是很严密，而且很流畅的。但到后半部分，就显得有些松散，不那么首尾一贯了，个别情节还给人游离之感。刘勰的《文心雕龙》里有一篇叫《附会》，论述做文章如何统筹兼顾问题，他说："何谓'附会'？谓总文理，统首尾，定与夺，合涯际，弥纶一篇，使杂而不越者也。若筑室之须基构，裁衣之待缝缉矣。"这段话虽然是讲文章的一般做法，对我们的文学创作也是不无参考意义的。我引这段话，无非是有感于翠琳同志的童话还可以精益求精，更上一层楼，以此来共勉罢了。

原载《当代作家评论》1985 年第 6 期

（缪俊杰：文学评论家）

童心童趣，诗情画意

——读葛翠琳的幼儿童话

金　波

评价葛翠琳的幼儿童话创作，应当把它放在这样一个基点上：幼儿文学最为全面、典型地体现了儿童文学总体的艺术特色。

幼儿文学是儿童文学的主体，幼儿童话又是这一主体的重要形式。如果不是夸张的话，是否可以这样说，一个真正的儿童文学家，几乎没有不关注幼儿文学创作的，不曾为幼儿写作的儿童文学作家，不能不说是一种重要的欠缺和遗憾。

葛翠琳创作了大量的长篇、中篇童话，她热心地为高年级和中年级的学龄儿童写作。但是，她总是怀着母亲般的深情和体察入微的目光为幼儿创作大量优秀的幼儿童话。

研究葛翠琳的整个文学创作，她的幼儿童话占有重要的位置。这部分创作不仅体现了她的文学观，也体现了她的艺术风格和艺术功力。

葛翠琳的幼儿童话，给我的总体印象是：她怀着一颗永不泯灭的童心，以诗人的情愫，以短小精微的篇幅和语言，为我们创作了一批充满诗情画意的幼儿童话。

童心童趣

葛翠琳在一篇题为《我爱儿童文学》的散文中这样写道："每个人都有童年，不论它是幸福的，还是悲惨的，童年的回忆总是甜美的……它唤起一种亲切的感情，使你热爱孩子。"作家的这些话，可以看作是她所特有的一种优秀的禀赋。不是所有的人都能如此细致亲切地感受自己的童年。

这一禀赋加上作家的使命感，使她能够永远怀着热情去贴近孩子、熟悉孩子。她说："幼儿的心灵，是童话的土壤。"（《幼儿童话散记》）"幼儿的生活里充满了美妙的幻想。"作家就在这片心灵的土壤上"把一些美丽的童话栽种在这里"。

正因为作家的心灵贴近幼儿的心灵，所以他们之间最易产生共鸣。她能够经常怀着那种"亲切的感情"将自己全身心地回归到那个有趣的童年时代，体味着孩子们的思想感情，欢乐、希望、理想以及悲伤，还有他们那个丰富多彩的幻想世界。

幻想是幼儿精神生活中最活跃最丰富的内容。没有幻想就没有童话。

春回大地，万物复苏，小公鸡在问："春天在哪里？"于是，他们去寻找春天。小白兔说："春天在青草丛里。"小蜜蜂说："春天在鲜花丛里。"小青蛙说："春天在快活的小河里。"小鸟说："春天在茂密的树叶里。"

小公鸡找到小草，小草正在"为春天准备绿色的地毯"；小公鸡找到花苞，花苞正在"为春天准备芳香的花朵"；当小公鸡找到正在"为春天撒下可爱的绿荫"的嫩芽儿的时候，小公鸡受到了启发，他也"为春天准备了一支美丽的歌"。看，当春天被作家染上幻想的色彩时，它就变得比现实生活中的春天，更绚丽、更丰富、更有趣。葛翠琳成功地把握住了幼儿的思想特点，赋予抽象的思想感情以色彩、形象和声音。幼儿童话的幻想性，反映了幼儿认知世界所特有的方式，这是他们从自我出发，表露自我肯定自我的一种思维方式；作者正是在对这一思想特点的艺术把握上，创作了融知识性、思想性和趣味性为一体的幼儿童话。

幼儿是思维方面的魔术大师。他们带有泛灵性的思维特点，这使他们的生活和精神世界充满了奇特的故事。

他们常常是依靠着幻想的本能与大自然的万物交流着感情。"在幼儿心目中，一切都是有生命的"，"生活中的现实，常常变成一个丰富的想象世界"（《幼儿童话散记》），了解了幼儿这个"想象世界"，自己也走入这个"想象世界"，正是葛翠琳创作幼儿童话的生活基础。她从现实生活中发现了层出不穷的童话故事，于是我们发现了寻找颜色的"花孩子"（《花孩子》）；遇见了善于学习，变得勇敢的小河（《快活的小河》）；把幸福和欢乐带到"四面八方"的蒲公英……在葛翠琳的笔下，这个大千世界里的花鸟虫鱼、山川湖泊，都变成了有着幼儿思想感情、启迪着智慧、培养着审美情趣的艺术形象。

葛翠琳的幼儿童话，不仅以趣味性吸引着众多的小读者，在趣味中包含着生活的智慧和丰富的意蕴，启迪着他们学会思考。如《落花生喇叭花》，讲的是"两棵嫩芽，同时从湿润的泥土里露出头来"，一棵是落花生，一棵是喇叭花。落花生伸展出"碧绿的叶儿"，长出了"金色的小花"，"可小小的花儿很快就消失了，无影无踪"。喇叭花越爬越高，骄傲地说："我比大树还高。"当秋天到来的时候，孩子们"从落花生根底下的土层里挖出一堆堆果实"，而喇叭花呢？"叶子在秋风中飞落，花朵凋谢了，只留下一条枯茎紧紧缠绕在电线上，悬吊着几粒纽扣般的薄壳籽"。它不听落花生的劝告，没有"跌落下来，埋进土里"，没能获得"新的生命"。作品通过形象的对比，鲜明地表达了美在于朴实，不在于炫耀，能投身于土地的怀抱，就会获得新生。

她另有一篇短童话《小路字典》，刻画了一条热情、谦虚、真诚的小路形象。他知道许多事情，知道老松树"生日是哪一天"，知道"老槐树上怎么结榆钱儿"，知道"为什么老榕树躺在地上长成卧龙树"。他什么都知道，所以当写书的猫头鹰"遇上不知道的事情，它就去请问小路"。当小兔和小松鼠好奇地问他："小路，为什么你能记住那么多事情？"小路深情地回答："因为我爱这里的一切……"这篇童话，虽然没有曲折的情节，没有笑料，但语言如行云流水，故事讲完了，留下了亲切的形象，留下了思索。爱，不但使小路永远年轻，也使他变得聪明。那些平易朴实的语言，易于被幼儿理解和记忆，却含有深刻的道理。这些道理不是靠说教，不是靠直白，而是和形象结合，融于生动的故事情节中，因而能使幼儿乐于接受，使他们能够终身体认。

幼儿童话诚然是为幼儿创作，但这不等于浅薄、幼稚。它可以通过大胆的想象、有趣的情节和生动的形象，给幼儿以知识和智慧，而这，要求作者有一颗充满情趣的童心。葛翠琳正是怀着爱心和童心，为幼儿创作着大量优秀的童话。

诗情画意

幼儿童话需要一个有趣的故事。但是，讲述故事并不是它唯一的目的。我们总是希望让孩子们从童话中感受到一种健康的情调，一种浓郁的诗意，一种优美的意境。童话要给幼儿创造一个比现实生活更美丽更引人的艺术天地。

葛翠琳的幼儿童话极富鲜明的个人情调。她那娓娓的叙述，亲切的语调，明朗的色彩，都是属于她所特有的。她的幼儿童话，给读者留下了乐观、深情、活泼、和谐的印象。

她曾经说过："幼儿童话应该是一篇动人的小诗。"正是这浓郁的诗意使她的幼儿童话具有了丰富的韵味。她是带着满腔热情来创作每一篇童话的。我们总是能在她所创造的童话世界里听到她的声音，发现她的身影。她像一个故事的参与者，讲述自己的亲身经历，字里行间洋溢着作者的爱。读她的《小路 小草》，我不但身临作者创造的美的环境中，感受到诗的氛围，还感受到作者心灵的跳动。童话中那个"远道而来的老人，低着头在路上徘徊，仿佛寻找失落的珍珠"，这分明融进了作者的影子，写进了作者的感受和认识。当老人得知他的脚印儿永远留在小路的身上的时候，"老人的脸上露出微笑，深深的皱纹舒展开来"。小路和小草也感受到"我们都很平凡，可我们很幸福"。作者始终以平静的语调，把一个富有诗情画意的故事娓娓道来。作者像一个诗人，她以自己的心灵歌唱着她的故事。她把自己的生命注入她的童话故事中了。

有时候，作者情不自禁地走进她所创造的童话境界中，与她的童话人物同命运、共患难，她就是其中的"童话人物"了。《谁大？谁小？》以"我"入童话，带有浓郁的抒情色彩，可说是一篇诗体童话。"我凝望着地面"，看着小蚂蚁艰难倔强地搬运着一颗蚕豆，它在"搬运途中不断地跌倒"。结尾这样写道：

> 小蚂蚁不哭。它们坚持不懈地奋斗着。
> 我却流眼泪，流啊流……
> 如果小蚂蚁笑我，多么不好意思。
> 我巨大。蚂蚁，微小。
> 可是心中的力量呢？谁大？谁小？

作者完全把自己置身于这个童话中了，她感情的投入是那样坦诚、真切，使这篇极短的小童话有一种直抵心灵的力量。

葛翠琳在幼儿童话创作中是很重视艺术感觉的。她在现实生活中寻求着童话的独特感觉。哪怕一个细节描写，她也一丝不苟。如《礼物》，写一位很穷的老婆婆，"几块砖头支起一个锅，煮的是粗粮野菜。采来蘑菇，摘来野果，只有招待客人时，她才同吃"。写她的家，"小屋里土炕上铺一张老羊皮，冬天毛朝上，夏天毛朝下，这是家中唯一的铺盖。金黄的树叶燃起火苗，驱走小屋的寒冷潮湿；小鸟和虫儿的啼鸣，驱散老人的寂寞。"

就是这样一位穷困的老婆婆，"各式各样的人跑到老婆婆那里，每个人都得到了礼物"。为什么？我们读到了这样的结尾：

> 老婆婆很穷。可她的礼物总也送不完。
> 你猜猜看，老婆婆的礼物是什么？
> 老婆婆的礼物呀，是真诚的微笑。
> 这古老的故事，伴随着我长大。
> 如今，我已是两鬓白发，这动人的故事，仍清晰地刻印在记忆中。
> 我把老婆婆的礼物送给你，亲爱的小读者。
> 愿你们幸福快乐！

如果说对老婆婆居室的描写，是十分简洁的写实，那么，这结尾的一段就像一首小诗。整篇童话，虚虚实实，如画如梦。

作者曾这样写道："幼儿童话应该是一幅美的画。"这画里的迷人色彩，是作者用心描绘的。情与境的汇合，物与我的相融，真与幻的叠印，构成了葛翠琳童话中所特有的意境。

在语言方面，作者十分注重以浅近的口语、精练的语言和富于音乐性的听觉效果来讲述故事。

幼儿欣赏童话，还有一个学习语言的任务。因此，语言的纯洁、规范、简明、生动很重要。例如像这样的语句："鸟儿飞得快，蜻蜓飞得稳，蝴蝶飞得美，蜜蜂飞得急。"（《蒲公英的种子》）用词不但准确，还刻画出了这些形象的性格特征。像"风来了，雨来了，闪电举着火把跑来了，响雷敲着大鼓追来了"。（《小山羊朋友多》）把一些平平常常的自然现象用歌谣一样的句式吟唱出来，格外活泼，引人入胜。

像《迷路的小鸭子》，像诗，像歌；可吟，可唱：

小鸟儿飞呀飞，飞到西，飞到东，一路上不停地打听：

"谁知道？谁知道？哪位鸭妈妈丢了小宝宝？红嘴巴红脚，一身黄绒毛……"

老牛听了哞哞叫："谁家丢了鸭宝宝？"

山羊听了咩咩叫："谁家丢了鸭宝宝？"

白马听了咴咴叫："谁家丢了鸭宝宝？"

黄狗听了汪汪叫："谁家丢了鸭宝宝？"

花猫听了喵喵叫："谁家丢了鸭宝宝？"

哞哞哞，咩咩咩，咴咴咴，汪汪汪，喵喵喵，一声低，一声高，东呼西唤好热闹。

这里运用了拟声的手法，造成了声音的真实感；渲染铺陈的语句，表现了大家助人的热情和场面；节奏鲜明的韵文形式，则造成了一种此呼彼应的语感。幼儿听了，我猜得出，一定会拍手称快，就像听到一支节奏鲜明的歌曲。

所以，葛翠琳主张："幼儿童话应该是一首感人的乐曲。"她还说："幼儿童话的语言，应该富于音乐性，明快的节奏，优美的韵律，朗朗上口，容易懂容易记，就像鸟儿的啼鸣，那音响久久萦绕在孩子的心里。"（《幼儿童话散记》）葛翠琳已经用她的创作实践印证了她的主张。

浓郁的抒情色彩，细节的诗意描绘，优美的意境创造，短小精微的结构和富于音乐性的语言，构就了葛翠琳幼儿童话鲜明的艺术特色。

著名美学家朱光潜先生说过："一切纯文学都要有诗的特质。"葛翠琳是把幼儿童话当成诗来写的。她的童话总是把美带给小读者，在爱的哺育下，增长智慧，健康成长。

葛翠琳在她的短篇童话集《小花瓣书签儿·写在前面的话》中写道：

> 我愿从心灵的花圃里，采摘一片片花瓣儿，做成小小的书签，每个小书签上，都有一篇小故事，送给我不曾见过面的小读者，表达我真挚的爱。
>
> 愿小花瓣儿书签儿带着快乐、友谊，以及美丽的梦，飞向四面八方……

读了这段话，我想到，一个儿童文学作家，都应当有一片这样的"心灵的花圃"。他以自己的心血哺育这里的花朵，从而把最美的花瓣儿送给小读者。

从心灵飞向心灵的花瓣儿不会枯萎。

1995 年 4 月于北京

本文为"葛翠琳儿童文学创作研讨会"论文

（金波：著名儿童文学作家，首都师范大学教授）

贡献——在她走过的路上
——读长篇童话《会唱歌的画像》随感

孙武臣

"四十年来画竹枝，日间挥写夜间思。冗繁削尽留清瘦，画到生时是熟时。"不断创新是郑板桥自己一生画竹的无止境的苦苦追求。葛翠琳老师的童话创作也会有此体悟。葛老师的童话创作生涯与我们共和国同龄，她至今仍健步走在童话创作的道路上。这条路上留下了坚实的足迹。她的贡献在哪里？我以为还是引用并略加改动作品中巨人的一句话更恰切：贡献——在她走过的路上。

葛老师的代表作几乎都能提供给我们一些值得思索的新的课题，无论是社会内涵的还是艺术实践的，无论是成功的经验还是不那么成功的教训。《会唱歌的画像》更是如此。我之所以称这部作品是葛老师的力作，是因为它更集中地体现着葛老师童话创作的思想价值、美学理想的追求，甚至包括了作品中的遗憾之处。

一

屈原对我国古代知识分子，对我国五六十年代的知识分子的影响是不可磨灭的。"虽体解吾犹未变兮，岂余心之可惩。"葛老师大半生虽历经坎坷、磨难，然而，她对真善美的追求更加执着，她的童话梦始终没有幻灭，没有停止；她笃信文以载道，严肃的创作责任感始终如一。

近些年来，"文以载道"颇受贬抑与排斥，这可以理解。因为我们曾使文学负载了过重的"道"，因而破坏与倾覆了"文"之本体。于是就有了"文学的回归自身"。然而，如果回归到文学难以承受生命之轻的地步，那就走到了另一极端。无论是生命体悟与生活体验如何之轻，意绪、思绪、情绪如何之微，但毕竟还是有所为的。被人轻蔑为"小儿科"的儿童文学亦如此。首先，儿童情趣是否只能轻与微，这立论本身就颇令人怀疑，儿童文学命中注定不能承受生活与生命之重吗？第二，儿童文学自然以儿童情趣为首要的前提，否则，无论你的有为多么重大，也是徒劳。儿童文学毕竟更加注重审美情趣，以潜移默化、怡情熏陶而在"百年树人"的大业中发挥其无法替代的作用。然而，如果将"第一"视为"唯一"，怕也是一种绝对化，因为教育性、理解性、趣味性与审美性之间是相融的，又是相互不可替代的。当然，由于作家的美学理想与创作个性的不同，在创作时可以有所侧重，正因为如此，作品才可能呈现更丰富多彩的美学风格。作家的审美取向与创作个性的形成，不可能没有时代的烙印与社会的制约，随着商品经济的发展，生活呈现出许多令人感到陌生和困惑的错综复杂的现象与问题。物质文明与精神文明两个建设的不平衡，必然令有责任感的人殚精竭虑，更何况是严肃认真从事精神文明建设的作家。我以为，葛老师的《会唱歌的画像》正是在这样的现实生活背景下殚精竭虑的结果。在这部作品中，葛老师注重教育性的创作个性得以更充分更集中也更深刻地展示出来。

一部童话作品能够提出如此之多的重大社会问题，以前还不多见。比如，关于正面教育的问题。我们一贯强调以正面教育为主，这是没有错的，关键在于我们怎样认识与理解"正面教育"。当然，唯有辩证观点才可能使我们更接近事物的本质。否则无法避免片面性。我们的民族具有为人类发展作过卓越贡献的光荣历史，我们的人民是勤劳、勇敢的人民，具有五千年历尽磨难而不衰亡的悠久历史。这是我们民族所具有的优质一面，这是我们进行正面教育的主要事实依据；然而，世界上少有的长期的封建社会与一百多年的半殖民地的耻辱历史所带给我们民族心理上的一些劣质，也是必须正视、不可回避的。鲁迅先生正是掌握运用了辩证法，才揭示了这个问题的两个方面的本质真实。一方面，鲁迅先生始终礼赞着我们民族的"脊梁"，并坚信中国人没有失掉自信力；而另一方面，他又深刻地批判我们国民性中的劣根性，并与之斗争了大半生。鲁迅为我们理解以正面教育为主做出了榜样。一味盲目地自命不凡、自鸣得意和一味盲目地自轻自贱、自暴自弃，都是片面的，而这片面性在我们的宣传教育中是有过沉痛教训的。一些只知道我们民族伟大、勤劳、勇敢的青少年走出校门，面对一个完全不能对号，完全不能理解的错综复杂的大千世界时，他们即刻因猝不及防地碰上社会生活的阴暗面而陷入了困惑不解、心理失衡、理想破灭，甚至生活于绝望之中，接着便是自惭形秽，连"月亮都是西方的圆"了。

显然，葛老师对如何正确理解正面教育的问题进行了长时间忧思。读她的《会唱歌的画像》，我们会意识到：发扬光大我们的优质是正面教育，而批评我们的劣质，难道就不是"正面教育"中一个必不可少的有机组成部分了吗？她要通过自己的创作为孩子们种下牛痘，增强孩子们的免疫力，使孩子们从小就增加一些思辨能力，长大后能辩证地去认识去理解复杂事物，并能投身到以我们民族之长克我们民族之短的革命之中去。我以为这正是葛老师创作这部力作的题旨所在。

《会唱歌的画像》全书 38 节，可分为三部分。第 1 节至第 12 节，写小主人公杏儿为什么愿意和"追寻真理者"去做人生旅行；第 13 节至第 26 节，写杏儿加深了对假丑恶即生活负面的认识并在与之斗争中成长；第 27 节以后则写杏儿沐浴了祖国古老文明的阳光，加深了对我们创造辉煌伟大的民族性格的认识，激发起热爱并创造美好生活，竭力追求生活中的真善美的热情。从童话故事的结构，我们不难看出葛老师创作构思的基本构架。通常所理解的"小"童话已不再"小"。葛老师在进行着"小"童话表现大题材的可贵的探索。

二

之所以称《会唱歌的画像》为葛老师的力作，除表现在创作思想的较大调整之外，我以为还有两个重要原因：一是作者对历史与现实的思考，二是她对人生层面的新的体悟。这种思考和体悟使她的作品扩大了容量、增强了力度、增加了历史感与现实感。较之作者过去的创作，我以为是不变中有变，变中有不变。比如，如果没有对历史的沉思，像"奇怪的光荣自由岛"中对流浪汉的"贫穷光荣""贫穷就是真理"的批判就不会有；如果没有对现实的忧虑，像对"非非学院"中描写的"社会大染缸"的揭露也不会有。而《谎言如何变为真理》《如何成名》等坏书居然成为畅销书，以及授予杏儿"8888"（发发发发）号的学员号码，都是作者对时弊的针砭之笔。作者对物欲膨胀扭曲腐蚀人性表现出深深的忧思，因而在"问号游艺宫""假面壳的威力"中对人世间的虚伪欺骗加以揭露。在"谁是真的木偶"中对人们追求名、利、地位、权势而失去自由的可悲行径加以鞭挞。此外，作者还在"买诚实的人""骗子城""灵魂市场"中对各式各样无耻之徒的种种丑恶作为大张挞伐。这些章节描写了多么可怕的社会心理啊！一切正常的都变成了不正常，一切不正常反而成为正常，到了如此是非颠倒、黑白混淆的程度，我们不该和作者一起痛心疾首、大声疾呼："救救人性""救救孩子"吗？宋诗中有王琪的诗："安得犀灯然，煌煌发水怪。"诗人当时幻想能有犀角火烛，照见世间一切奸邪，我以为葛老师同样也想通过自己的作品让孩子们，也包括我们成人在内，洞察这些社会黑暗面，鞭挞之批判之并且战胜之。从这个意义上说，《会唱歌的画像》在葛老师的童话作品中是一部有着重要变化的厚重之作，自然，一如既往的是葛老师的传统信念——真善美终究会战胜假丑恶，而且具有伟大历史的民族是有着光明前途的。这是她不断探索、变化中的永恒的不变。

当然，童话的读者，首先是不同年龄层次的孩子。那么，创作者要使自己的一切创作意图都化为形象，化为孩子的情趣，才能被孩子们理解和接受。因此，理解性是衡量儿童文学创作成败的重要标志之一。葛老师几十年的童话创作实践表明她不缺乏这方面的才华。比如，她的童话既有成人文学中所谓的"荒诞"，又有"荒诞"中的真实可信，而且这种真实是生活本质的真实，这种可信是对生活本质深刻的意会，不单单是表层形成故事逻辑的需要。

　　如前所述，这部童话前12节都是杏儿在家庭与学校的生活描写，占去了整部书的三分之一，作者肯定颇为看重这一描写。个中固然有杏儿突发进入画框的奇想的缘由，使原来就爱幻想的杏儿的想象，更符合生活与性格的逻辑。我们中国文化的局限性是怎样制约着我们的教育，而这样的教育又造就着怎样的人，难道不值得我们所有做了师长与父母的人认真反思吗？对葛老师所描写的，我们不都是司空见惯、习以为常到了近乎麻木的地步了吗？似乎这一切都是理所应当的。父母的宠爱，使孩子们丧失了最可宝贵的意志，父母代庖子女的一切，使孩子们丧失了自我发现、自我设计、自我选择和自我价值实现的任何实践机会，以及消泯了内蕴在这一切之中的个性创造力。如此教育后果，我们的事业、国家与前途真的是岌岌乎殆哉！岂待他人，我们自己就打败了自己。此外，如书中所写的只满足于做做样子，不管实际效果的形式主义，只对领导负责，只讨领导喜欢的瞒骗行径，以及从孩子开始就取笑、欺侮、孤立先进，涂炭生灵的种种恶劣世风与世相，也都是为害甚烈的！正是这一切使得杏儿不为父母、师长、同学以及周围一切人所理解，从而陷于孤寂、忧郁与苦闷之中。这样，她突发奇想，想投入镜框而不后悔和追寻真理者——巨人相伴去见识广阔世界、了解人生道路，则变得水到渠成般自然了。

　　或许由于葛老师对历史，特别是对现实对人生的忧思所得太多、太深，都集中在这部童话中，使得内涵密度过大，内蕴容量过重，尽管大多融汇到形象思维之中，但我仍感到除了年龄较大的孩子之外，其他少年儿童理解那些近似格言的对话语言可能会吃力。再加有些章节，比如，"奇怪的光荣自由岛"和后面写历史的若干章节，读来有思想大于形象和观念先行之感。我想，这大约是失之过于求全与急于求成，这也会直接影响整部童话的艺术感染力。是否成于斯也败于斯？值得再酌。

三

　　尽管当我们总结葛老师的童话创作经验时，不能不探讨思想大于形象的教训，但并不能因此而否认读者（主要是少年儿童）对她的作品整体的理解性。这一理解性来自她作品中的趣味性和审美性。否则，葛老师在少年儿童中不会获得他们由衷的掌声。比如，《会唱歌的画像》中的"大海的记录"与"奇妙的旅行"充溢着孩子们的想象和情趣。坐在海族的长者老海龟的背上去领略大海的奇观和大海的胸怀。大海里的老鹰——鳐鱼、能发光的鱼——松塔鱼与鮃鱼、大海的染娘——荔枝螺、大海里的海兔儿——兔子鱼、大海里的香炉——鼎足鱼、世界上最大的贝——砗磲、大海的竖琴螺——骨螺以及那煮不死的热水鱼等等，孩子们一旦走进这神奇的海洋世界，真的要流连忘返（用成人的话来说，就是进入了天人合一的境界）。再加上葛老师在描绘大自然时格外注重画面感与色彩感，这就使得她的童话富有趣味性与审美性融合的特点。我以为葛老师的作品注意了少年儿童在审美中的游戏趣味，注意了孩子们更容易进入一种原始的无规则的思维状态的心理结构。因此，她的作品才能成为富于幻想并在幻想中得到无限乐趣的孩子们的朋友。

审美活动和艺术活动在今天显得更为重要，这是因为随着物质生活匮乏的情况得到改变，人们对精神生活的要求就更高了。比如，生存的价值、人生的意义等根本问题变得空前重要了。在物质与精神的冲突空前激烈的今天，通过审美活动，使人恢复其全面发展、自由的主体性，恢复人的精神和谐与平衡，使人免于精神的崩溃、免于沦为社会关系的凝聚物，是有力也有效的重要手段之一。而审美对少年儿童的成长尤具特殊意义，当然，这种审美应当是前面我们所言及的游戏活动中的审美。这是因为审美最宜于塑造儿童追求与向往真善美的心灵，使他们热爱生活，长大后适应并改善现实世界，使他们增长知识，促进他们的智力发展，培养他们的道德情操，丰富他们的情感世界。总之，审美能提高全民族的文化素质，这是其他精神文明建设的手段不可取代的。如何理解审美，如同上面我们谈到的如何理解正面教育的问题一样，也要看到并正确理解审美中的另一特殊组成方面——审丑。美与丑在生活中是对立统一的，文学要反映现实表现生活本质，就无法不写假丑恶。生活中的丑并不是美的，但当"现实中的恶转化为艺术中的丑"时，即审美意义中的丑，就化丑为美了。当我们审丑时，人格是完整的，是在真善美的烛照下，洞察假丑恶，从而产生愤怒、憎恶、蔑视、同情、怜悯种种感情，这就使人们对否定性现实进行了审美的否定，并激起人们摈弃与改造现实中假丑恶的意愿和决心；在完成这一否定的同时，人们肯定现实中的真善美的敬慕、热爱、向往、追求之情，便得以进一步升华。

葛老师在这部童话创作的审美追求上显然加大了审丑的分量。让孩子们"经历那么多惊心动魄的事，见到许许多多丑恶的东西，受到不少伤害"，"受到坏人的欺凌"，"受到残酷的打击"，是作者大胆探索尝试的重要表现。让青少年在真善美与假丑恶的对立中增强辨别力，增加抵抗力，逐渐领悟到酸甜苦辣皆人生的道理，从而更加积极地面对生活、改造生活，这是绝对必要的。从这个意义上说，葛老师的探索与尝试是成功的，《会唱歌的画像》为我们提供了可总结可借鉴的经验。

古诗云："试于中夜深思省，剖破藩篱即大家。"这大抵也是葛老师的写照。她多半生写童话，并且不断有所突破，不断给予我们新的启发，着实令人敬佩。

愿葛老师继续她的永无止息的童话梦，并继续讲给我们听，使我们继续获益，童心永在。

本文为"葛翠琳儿童文学创作研讨会"论文

原载《当代文坛》1995年第4期

（孙臣武：曾任《文艺报》编辑及文学部主任，编审）

葛翠琳与中国童话创作

孙建江

在中国童话的发展进程中，葛翠琳是一位具有重要影响的作家。

葛翠琳的童话创作始于 50 年代初期，迄今已四十余年。此期间，她创作了上百万字的童话作品。如著名的《少女与蛇郎》（1953）、《野葡萄》（1956）、《雪娘与神娘》（1957）、《泪潭》（1957）、《金花路》（1963）、《金翅膀》（1977）、《比孙子还年轻的爷爷》（1980）、《翻跟头的小木偶》（1980）、《半边城》（1981）、《进过天堂的孩子》（1982）、《花孩子》（1982）、《银鸽儿和小公鸡》（1983）、《云中回声》（1983）、《小猫咪找妈妈》（1984）、《春天在哪里》（1985）、《最丑的美男儿》（1988）、《海的童话》（1990）、《问海》（1990）、《会飞的小鹿》（1992）、《会唱歌的画像》（1994）等等。她的作品，篇幅上，既有短篇，也有中长篇；在具体对象上，少年、儿童和幼儿各年龄段均有相应作品。其创作称得上是全方位运作。她不仅是新中国成立以来最早崛起的童话作家之一，也是目前我国为数不多的几位仍保持旺盛创作活力的儿童文学老作家之一。葛翠琳曾被错划为右派并下放农村。但即使在那样艰难的岁月里，她也没有放弃对童话创作的思考。在葛翠琳那里，童话创作一直是她所向往的人生理想和人生境界。可以说，四十余年来，葛翠琳把自己几乎全部的才情和精力都投入到了神圣的童话创作之中。她的童话创作为中国童话的发展作出了重要贡献。

一

葛翠琳童话创作的一个突出特点在于鲜明的民族化倾向。

在中国，童话作品虽然古已有之，但自觉意义上的童话创作，应该说是 20 世纪初，特别是"五四"新文化运动以后才开始的。初期的童话创作，由于受译介之风的影响，不少作品多免不了带有一些异国的情调。但随着时间的推移，民族性变得日益为人们所重视。叶圣陶等的作品即是 20 世纪上半叶这方面的突出代表。他们的作品为后来的童话创作者提供了可贵的借鉴。

葛翠琳童话创作的民族特色，在其创作伊始的 50 年代初就已显露了出来。她最早的一批作品，像《少女与蛇郎》《巧媳妇》《野葡萄》《雪梨树》《采药姑娘》《雪娘与神娘》《泪潭》等几乎都与民间传说有关。在葛翠琳那里，民族传统的东西占有十分重要的位置。但葛翠琳又并非一味"移植"民间传说。她的作品对民间传说有很好的利用。这体现在以下一些方面。

原型的改造。葛翠琳的作品常常会出现一个类似民间传说中的故事原型。但细加审视，又会觉得这个故事原型与原来民间故事的原样已有所不同。《野葡萄》中的故事原型与民间传说中"后母故事"相近，但又明显有所不同。原来的"后母故事"，主要讲述后母如何对无血缘关系孩子的虐待，以及孩子的被动与可怜。《野葡萄》也讲后母婶娘对孩子白鹅女的虐待，但却大大强化了白鹅女的主动性，及其与命运抗争的一面。比如白鹅女被后母用沙子弄瞎双眼后，不是甘于命运的摆布，而是积极与命运抗争，勇敢地踏上了寻找野葡萄，寻找光明的艰难历程。《泪潭》中的故事原型大抵属于民间传说中"寻找幸福型"一类。在民间传说中，这一原型主要讲述主人公为了寻找幸福如何历尽艰辛直至献出自己的生命。《泪潭》中也写了主人公如何历尽艰辛寻找幸福直至献出自己的生命。比如白莲为了寻找赴京赶考不第、无脸返家最终只得遁入寺庙的心上人松涛，历尽艰辛，"走了三个初一，三个十五"，终于来到松涛栖身的深山寺庙。为了见上心上人松涛一面，白莲答应了老僧的要求：她连续九天九夜白天下山挑泉水，每次换一个泉，夜里看守殿前的香炉。更为了救心上人松涛下山，白莲果敢地跳下了南山崖，献出了自己年轻的生命。但《泪潭》除了这一些，还明显地对民间传说中的这一原型进行了改造和充实。其中，最突出的即是"出世""入世"等具有现代意识的生命意义的阐释。松涛因为未考中功名，碍于面子（养父有言在先："如果考不中，就莫回来见我。"），只得消极地入深山修行。白莲为了爱，为了生活，毅然踏上漫漫征程，寻找自己的心上人。且看老僧与白莲关于"出世"与"入世"的对话。老僧慢悠悠地说："你看这儿，山风清清，山泉莹莹，山云飘飘，山雀嘹嘹。你哥哥到了人间少有的好地方，为什么还要找他回去呢？"白莲答道："大自然的美，是为了给人的享受；大自然的收成，是为了人的生存；大自然一切的存在，都是为了使人间更美好。如果丢弃了人间，这一切还有什么意义呢？"老僧说："傻姑娘，人应超脱世俗的庸碌，求得刻苦修行。"白莲答道："日月放光，江河流水，大地生长万物，都是为了人，人应当为繁荣大自然劳动。舍弃了这一切，无目的地去受苦，洒掉美酒，紧捧苦药杯，为什么呢？"老僧说："刻苦修行就是美好的目的。"白莲答道："因为个人虚渺的幻想，违背大自然的使命，就是欠债！"老僧说："小姑娘，大自然的使命是什么呢？"白莲答道:"不让一棵草白白生长,不让一滴水无用而干,不让一线光无用而逝,不让一个人空度一生。这就是大自然的使命。"老僧说:"自己的苦行,就是对人类的奉献。"白莲答道:"给亲人一丝情感,能使家庭多一分温暖;给乡邻一丝情感,能使乡里多一分友爱;把自己的情感献给全人类,人间就多一分力量和美。自我牺牲是美德,但没意义的自我牺牲,和懒惰偷窃一样可耻。"显然,这是"出世"和"入世"这一古老命题于现代社会的一种反映。生命的意义在这里得到了充分的展示。而这一切恰恰得益于作者葛翠琳对原有民间传说中故事原型的积极改造。

母题的拓展。在民间传说中,扬善是一个基本的母题。但这一母题的展示总是呈"直接"的因果关系。比如,恶人遭厄运,好心人终将得好报。具体到《野葡萄》这类作品,一般的结局大抵是:后母遭众人谴责,不得好报;白鹅女历尽艰难,终于寻找到了野葡萄,医治好了被后母弄瞎的双眼。这一切葛翠琳在《野葡萄》中都有所表现,但不同的是,葛翠琳没有让白鹅女仅仅停留在自己的幸福之中,而是将这份幸福分给了更多的人。白鹅女用野葡萄医好了自己的双眼,毅然离开"仙境",带着野葡萄回到家乡,使更多的瞎眼人看到了光明。这样,扬善的母题便由个体进而到群体的过程中拓展升华了。《雪娘与神娘》展示的是母爱,及其母爱的力量。在民间传说中,母亲的爱从来是高尚神圣的。但母亲毕竟是现实社会中的一员,当现实中的人与非现实中的神碰到一起的时候,作为母亲的人很难说不受之于神的影响和制约。《雪娘与神娘》所讲述的正是作为现实中的雪娘和作为非现实中的神娘之间为了儿子的故事。雪娘好不容易有了孩子。雪娘的丈夫在孩子尚未出世的时候就一直在外为孩子寻找幸福。雪娘承担起了抚养孩子的全部义务。她是多么喜欢自己的儿子啊!可偏偏神娘(即作品中每到关键时候出现的"老太婆")也看上了雪娘的儿子,神娘需要一对神童,而雪娘的儿子正是神娘所要寻找的孩子。神娘紧紧地抱住雪娘的儿子。雪娘发疯似的欲夺回自己的儿子,可是"神娘很厉害,雪娘无论如何也办不到,后来她完全疲惫无力了,只有啼哭和恳求"。如果说,这里作为现实中的雪娘还不能不受制于作为非现实中的神娘的神力的话,那么接下去雪娘的表现,则不能不说是对传统的母爱母题的拓展了。神娘对雪娘说:"你是一个聪明的女人,我不愿强迫你,如果你把儿子给我,我可以答应你任何要求。"但雪娘却坚决地说:"儿子是我们的未来和期望,任何应许也换不到我的儿子。"神娘提出可以给雪娘让人间所有女人都羡慕的绝世美貌,雪娘不为动心;神娘提出可以让雪娘享有人间最大的权柄,雪娘也不为动心;神娘提出可以让雪娘成为举世无双的富翁,雪娘仍不为动心。神娘威胁说要毁掉雪娘的容貌,雪娘无所畏惧;神娘威胁说要拿走雪娘的聪明和才智,雪娘仍无所畏惧。神娘见一切都打不动雪娘的心,就念起咒语让幼小的孩子得了重病，让灾难降临到了雪娘的身边。坚强的雪娘为了儿子，毫不犹豫地踏上了寻医的征程。她背着儿子走过刺骨的冰河，她背着儿子走过烈日炎炎的旷野，她背着儿子走过荆棘遍布的丛林……"雪娘脚上走出了血，还是继续往前走，一边走一边想：'现成的幸福哪儿也找不到，要靠自己为儿子创造出来。'这时，她觉得自己忽然年轻起来，充满了愉快和力气，她抬头看，前边烟雾里扎着一座古老的城，高高的城墙望不见顶，蜿蜒伸长看不到边。两扇城门齐打开，神娘从里边走出来。她的面孔慈祥而温柔，两眼含着晶莹的泪珠儿。她站在雪娘面前，轻轻地说：'雪娘，你是对的，真正的幸福是在人间。为了你的坚强、勇敢和忘我，让我加倍偿还你的美丽、聪明和智慧。'雪娘说：'我所做的，只是一个母亲要做的事。'然后，她惊奇地问道：'神娘，你为什么流眼泪？'神娘说：'你那善良、纯洁的心灵感动了我，你那自我牺牲的精神感染了我，使我也有了人间的情感。'她慈爱地亲亲雪娘的前额，雪娘就变得比从前更美丽、更聪明，孩子站在雪娘身边，成了一个健壮的少年，眼里闪着智慧的光焰。雪娘拉着孩子的手说：'儿子，我怀里抱着你走遍了大地，尝过了人间各种艰辛。你是我的未来和希望，去为人们创造幸福吧，让所有勤劳勇敢的人都生活得快乐！'神娘摸摸孩子的头，少年就有了无穷的力量和智慧。"这与其说是雪娘的执着精神感动了神娘，还不如说是现实的人感动了神灵，是人间母爱的力量战胜了神灵。显然，这一切得益于作者葛翠琳对母题的拓展。

心理描写的强化。大凡民间传说，通常多只强调外部的动作，一般不作心理描写。但葛翠琳的作品却十分注意这一点。《雪梨树》曰："香姑想，凭着我这颗心和这双手，不能开花的树，我也要让它开出花来；不能结果的花，也要让它结出果来……"《野葡萄》曰："狠毒的婶娘提着一篮鹅蛋回家去了，留下白鹅女，独自一人坐在河边哀哀地哭。她什么也看不见了，闭着痛楚的双眼，坐了一夜，又坐了一夜，还是什么也看不见。她哭得这样伤心，连河水都喧闹起来，好像那夏天的急雨，涨满了小溪一样。后来她想起来，妈妈活着的时候，曾告诉她，从前的人说：荒山里有一种野葡萄，瞎眼的人吃了它，就可以看见光明。她想，待在这里，也是瞎着眼等死，倒不如往荒山里去寻野葡萄，或许能找到，重新看见光明。于是她爬起来，顺着河边往前走。""她一边唱，一边用藤蔓编篮子。篮子编成了，装了满满一篮野葡萄。她高兴地想：好了！村内磨坊里那瞎眼的老头儿，不用再摸着墙根儿走路了。让他吃了野葡萄，睁开眼看看天上的星星，看看明亮的阳光！那吹笛子的盲艺人，不用再让儿子领着走路了，给他吃些野葡萄，也让他看看路边的草长得多么绿！还有那瞎眼的小妹妹，让她看看我们的白鹅，多么白，多么漂亮。"《一支歌儿的秘密》曰："斧头心想：我能有出头之日，容易吗？我要砍光了这片林子，从此威镇森林，名扬天下；我要让所有的树，在我的威风面前索索发抖，我将成为真正的'斧头大王'，统治、镇压所有的树林，在那砍伐过的树林里，留下数不清的树根，赤裸裸地摆在地面上，一行行，一排排，像是给我挂的功勋牌，记载着我的功绩和成就……"心理描写与人物性格的展示、故事情节的发展已紧紧地联系在了一起。

除了上述作品，60年代的《金花路》、80年代的《比孙子还年轻的爷爷》《云中回声》《蝎子尾巴桥》《看戏比演戏累》等作品亦都具有明显的民间传说色彩。当然葛翠琳中后期的作品有不少并不直接采用民间传说的故事框架，但这些作品的内里依然具有浓郁的民族特色。可以说，民族特色是葛翠琳童话创作最为显著的一个特征。葛翠琳童话的这一特征，为中国童话的全面发展提供了重要的经验和参照。

二

葛翠琳童话创作的另一个特点在于浓郁的抒情品格。

在童话创作中，注重抒情品格，并以此打动人、感染人的作品，并不鲜见。童话大师安徒生的作品就充分显示了这方面的魅力。在中国的童话发展进程中，也不乏以抒情品格打动人的作品。比如叶圣陶20年代的《小白船》、严文井40年代的《南南和胡子伯伯》等作品。不过细究起来，在葛翠琳以前，这类童话作品应该说并不很多。而葛翠琳的童话作品则一开始就显示出这方面鲜明的特色，而且这一特色一直持续保持了四十余年。因此，葛翠琳童话创作的意义又一次显示了出来。

葛翠琳作品的抒情品格，明显表现在以下一些方面。

意境的营造。在早期的《金花路》中，葛翠琳这样渲染山路："人说，从前有个姓佟的巧木匠，走过一条又艰难又危险的山路。在这条路上，他散散落落地丢下一些木头刨花。谁知这木头刨花就生了根，开出了金黄色的花朵，点出了一条金花路。这花朵真奇怪，白天像迸跳的火星儿，夜晚像闪亮的萤火虫，一年到头长个没完，春夏秋冬四季都盛开着。要是冬天积雪封了山，这花就像浮莲一样浮在雪面上，仿佛晶莹的宝石花。要是夏天奔腾的山水冲下来，这花的根就像缠绕不断的藤蔓一样盘在岩壁上，鲜艳的花瓣儿在水流里荡漾闪光。"这是写路，但更是在营造一种意境。一处充满神奇、幻想和美丽的意境。在晚近的《问海》中，葛翠琳这样描述小沙粒眼中的世界："蓝天上飘荡着朵朵白云，蓝色的海面上跳荡着排排雪浪花。太阳喷洒出耀眼的金光，天空烘出绮丽的彩霞，海面上映出迷人的光焰。一望无际的海滩，仿佛金色阳光织成的地毯，柔软而又温暖。海浪为细沙洗过澡，悄悄地离岸远去，层层细沙在阳光下舒腰敞怀，享受着海边的幽静和清新。一颗小沙粒，第一次被海浪冲上了沙滩，身上还带着潮湿的海沫，它抖动身子，张着惊奇的眼睛观望周围，呀！多么神奇的世界。"是的，这是一个神奇的世界，这是"第一次"被海浪冲上沙滩的小沙粒面对的神奇世界。无疑，这也是作者营造的一种意境。这一意境很好地烘托了作品中小沙粒接下去表现出的单纯、幼稚。意境的营造为情节的展开创造了条件。

情景交融。葛翠琳十分注重对景物的描写，但她笔下的景物又不是那种单纯的景物，她笔下的景物总是充满了创作者强烈的情感色彩。近作《会飞的小鹿》这样写景物："一只会飞的小金鹿，飞过一道又一道山涧，跃过一座又一座险峰……树叶不摇，草茎不抖，连浮云也凝住不动。鸟儿不鸣，群兽不响，蜂蝶也悄悄地停落在花丛。可爱的小金鹿，小小的蹄子上有飞轮？瘦瘦的脊背上有神奇的双翼……鸟兽们惊愕震动之后，是响彻群山的欢呼声。花儿微笑，大树点头，草丛拍手，绚丽的彩霞映照着欢乐的群山，谛听着峰谷的回声。活泼的泉水弹奏着激动的乐曲，托着妍丽的花瓣儿向前流去，仿佛美妙的梦境……"这里写的是小鹿的飞奔及小鹿飞奔给动物们带来的惊愕与欢呼。乍看似乎是在纯写景物，但内里却充满了作者浓郁的情感：小鹿跑得太快了，快得让人"惊愕"；但是小鹿的快却是为了赶在冰融雪化的山洪暴发之前，救出在绿崖下养伤的长颈鹿妈妈。因此，惊愕之后，"是响彻群山的欢呼声"、是花的"微笑"、是大树的"点头"、是草丛的"拍手"。作者的关切之情已与景物融为了一体。早期的《泪潭》这样写泪潭："姑娘的两行清泪，变成了两道泉水，从悬崖上奔流下去，形成一道瀑布，在悬崖底汇成一个深潭。潭里的水是那样清，好像一面透明的水晶池；又是那样深，望也望不见底，好像姑娘那深沉美丽的眼睛，既明亮，又温柔。那瑰丽的瀑布又勇猛，又壮观，飞溅的白沫让人觉得那么纯净、活跃，好像姑娘的心。而那悬崖，威严、英俊，它好像昂着头，在向远方眺望，默默地沉思，又像在往下俯视着，那么深情、果敢。"这岂止是对泪潭的描绘，分明是作者对姑娘的献身精神由衷的慨叹、赞美和讴歌。

情节的诗意化。所谓情节的诗意化，乃是说葛翠琳在安排作品的情节的时候，常常会下意识地为一种固有的抒情品格所左右。在葛翠琳笔下，即使是叙事特质极强的题材也总是充满了抒情色彩。80年代的《云中回声》，写的是素不相识的老伯伯、小三乐儿孩子和大个子青年三人结伴攀登"诸岳之尊"的一座高峰的故事。老伯伯智慧勇敢，小三乐儿天真乐观，大个子胆小怕事。三个年龄、性格和阅历各不相同的人碰到一起本身就会生发出许多故事，更何况他们还是共同攀登一座险峰。情节的丰富潜质在这里是不言而喻的。但葛翠琳在讲述这个故事的时候，却巧妙地将其诗意化了。当三人好不容易走过石桥，作者写道："小三乐儿采下一把野花，黄的、粉的、白的、红的、蓝的，系在衣服扣子上，挂在耳朵上，他还折下柔软的树枝，编成帽圈儿戴在头上。"当三人好不容易走过阴阳界，作者写道："天色渐渐暗下来，山越高，风越大，吹得大树呜呜叫，刮得飞鸟不见踪影。寂静的山崖山谷，寂静的山林，除了风的呼啸，没有任何别的声音，仿佛群山都给风缠绕包围起来。猛烈的风旋转、舞蹈、呼啸、歌唱，它驱赶浮云，抛撒落叶，它和崖壁顶撞摔跤，它拉住山水蹦跳，它拦挡爬山的人，模糊他们的眼睛，撕扯他们的衣裳，顽皮地嬉笑着……"当太阳落山三人继续攀登时，作者写道："淡蓝色的天空，浮着流动的云。白云不断地变幻着，一会儿叠成雪山雪谷，一会儿散成浪涛海滩，一会儿变成结队飞行的白天鹅，一会儿变成数不清的羊群……奇异的白云托着一轮红日，红艳艳，像明亮的火焰，光灿灿，像宝石闪烁着奇光异彩，耀眼的光辉，把周围的白云照得绚丽夺目，仿佛金线织成的云纱。美丽的红日一闪一闪，很快地由球形变成了圆帽形，又变成了半圆形，再变成弧形，最后只剩下一点点圆形的边缘，眨眼工夫，闪了几下亮光，就完全沉落下去了。但那灿烂的霞光，却久久地停留在天空，像燃烧的烈火，像艳丽的红玫瑰花海，像深秋的枫叶映在湖里，像鲜艳的红绸飞舞在长空……这瑰丽的光焰，迷人的景象，仿佛把天空变成了梦幻中的仙境，是金碧辉煌的天宫？是金波荡漾的天池？还是星星睡眠的摇篮？"当星星出来三人继续攀登时，作者写道："一颗亮星挂在天上，很快唤出来许许多多的星星。山腰里吊着稀疏的星，山底下遍布密密麻麻数不清的星，那是人间的灯火，天上地上连接在一起了。灰蒙蒙，雾重重，一座座奇峰变成模糊的山影，远远传来山水声……"当深夜三人向顶峰冲刺时，作者写道："雾蒙蒙，群山只显出一座座暗影。稀疏的星，挂在淡灰色的天空，隐约的灯光，在深山里闪烁，像点点流萤。东方的天际闪出一条微弱的红色光带，预示着红日即将出来。山雾浓重，浮云翻腾，似乎在和霞光搏斗着，厮拼着，一会儿似巨浪滚滚，一会儿像烽烟蔽空，星儿吓得抖动着离去，月亮带着惨白的面孔急匆匆避开。山风冷飕飕，红日不出来，只有那少许的光带变得越来越红，是红日和云剑搏斗时流的鲜血吗……雾更浓，仿佛将天地山谷都凝住了，连微风也静悄悄地无声。"这里，叙事中渗入的抒情色彩是再明显不过了。也正是在这样的情节的诗意化中，作者完成了整个故事的讲述：三人终于登上了险峰，他们终于领略到了攀登的乐趣和追求的幸福。近作《会唱歌的画像》是一部长达9万余字的作品。作品通过主人公杏儿的人生旅行展示了纷繁复杂的生活图景，抨击了假丑恶，呼唤着真善美。作品的叙述亦伴随着浓郁的诗意。作品共38章，但抒情性段落几乎随处可见，像其中"悲哀的快乐""小红鱼""奇怪的光荣自由岛""心灵里的桥基""问号游艺宫""买诚实的人"等章中的段落。而"大海的记录""奇妙的旅行""水中的奇书""小小树叶比天大""奔驰的秘诀""老枣树的硬节""告别"等章则几乎通篇都充满了诗意。我想，如果把这部作品称作抒情性叙事童话是一点也不过分的。情节的诗意化就是这样伴随着葛翠琳的童话创作的。

三

葛翠琳童话创作另一个不应忽视的地方在于，她的作品对新时期"热闹派"童话的启示作用。

这一点或许人们不很在意。毕竟，葛翠琳是一位以风格清丽、细腻见长的抒情童话作家。不过如果我们把葛翠琳的整个创作放在当代童话的发展背景下予以考察，我想我们不难发现葛翠琳创作上的"例外"，以及这一"例外"所显示出的意义。

熟悉中国童话创作的人都知道，在新时期以前，并非没有"热闹派"童话的存在。张天翼、任溶溶的作品就不乏"热闹"。但由于历史、文化等诸多方面的原因，他们作品的"热闹"却始终没能形成创作之"势"。"热闹派"童话成为一种创作潮，应该说，是新时期中期，也即80年代中期的事。"热闹派"童话所以能在80年代中期形成一个创作高潮，原因当然是多方面的，但其中也不能不看到一些先行者个人的作用。除了张天翼、任溶溶，葛翠琳亦是这中间的一位。

1981年4月，葛翠琳出版了她创作生涯中一部颇为特别的童话集《翻跟头的小木偶》(江苏人民出版社版)。这部童话集收入了她新近创作的四篇童话《翻跟头的小木偶》《闪光的桥》《飞翔的花孩儿》和《半边城》。称这部童话集特别，主要是指其中的《半边城》。《半边城》是一个两万余字的中篇。这篇作品在葛翠琳的作品中可以说是一个明显的"例外"，其风格与葛翠琳以往作品的风格截然不同。

作品写一座美丽的城市，自从来了位左左博士市长，一切都发生了变化。城市不得使用右边，穿鞋不得穿右鞋，坐椅子不能坐右边，看东西不能用右眼看，开汽车不能右轮着地，衣服不能有右袖，婴儿出生要截去右手右腿，幼儿出牙不能出右边牙，医生开刀不能用右手，卖粥人卖半边粥，种花人种半边花。最后灾难过去，城市又恢复了往日的美丽。作品极尽夸张、讽刺、幽默之能事，对曾经有过的一段荒唐岁月作了淋漓尽致的揭示。虽然《半边城》算不得是典型的"热闹派"童话，作品也还带有较浓的教训味。"热闹"并不是目的，还仅仅只是作为一种手段。但作品所显示出的浓郁的"热闹"意味，在当时却颇不多见，明显对后来者有启示作用。

80年代初，被誉为"热闹派"童话代表人物的郑渊洁才刚刚起步，其作品无论在数量上还是在质量上都还尚嫌单薄。而葛翠琳在当时已是一位有较高知名度的童话作家，何况还是以中篇篇幅集中展示"热闹"意味，这客观上为她作品的传布创造了条件。一位风格清丽、细腻的童话作家，何以在特定的历史时期（"文革"结束后的新时期）写出具有"热闹"意味的作品，这我们可以另行讨论。但《半边城》作为新时期初期即出现的一篇具有"热闹"意味的作品，其"开拓"意义无疑值得珍视。葛翠琳不是一位"热闹派"童话作家，但她对"热闹派"童话所作的一份贡献人们当不应忘记。

1994 年 10 月 7 日　杭州翠苑
本文为"葛翠琳儿童文学创作研讨会"论文

（孙建江：学者，作家，出版人，中国寓言文学研究会会长）

葛翠琳专栏

117

葛翠琳的儿童文学创作

浦漫汀

著名儿童文学女作家葛翠琳迄今已出版四十四种（部）作品集和主编的十二种选集，还有散发的作品二百五十余篇。国内外为她出版作品的出版单位达三十二家、报纸杂志达一百〇三家。这众多著作既体裁多样——有诗歌、散文、传记、报告文学、小说、剧本、画书和更多的童话，又照顾到不同年龄阶段的读者——有低幼读物和更多的少年儿童文学作品。其中获全国性大奖、重要报刊奖及国际奖者十余种。《野葡萄》等还被译成英、法、德、俄、日五种文字。

葛翠琳的成就是相当可观的，她的读者群也是巨大的。他们分布在黄河上下，大江南北以及香港、台湾；而且，在瑞士、英、法、德、俄、日、泰、丹麦等国家亦均有许多小朋友传诵着她的作品或作品简介等文字。正是她的大量作品为祖国扩大了影响，也使葛翠琳的名字当之无愧地列入中国当代童话史册和儿童文学史册。

葛翠琳的成就及其影响绝不只表现于创作数量之大，也表现于作品艺术品位之高。

作家的声誉与影响的大小，取决于创作的功力、思想价值和艺术效应。葛翠琳的作品多为站得住、立得牢的精美之作。如果追寻她的艺术实践的足迹进行探讨，这一论断也许会更有说服力。

葛翠琳的创作始于 1949 年，当时她将近二十岁。但崭露头角之初，便连续发表了《千百万老师》《签名桌前》等小诗十余篇及《保卫人类最珍贵的财产》等散文，还有《少女与蛇郎》《野葡萄》《雪梨树》等近二十篇童话。葛翠琳自称 1957 年以前是她"学童话创作开始阶段"（《葛翠琳童话选·后记》），自然也是她其他体裁创作的开始阶段。

此后的二十年间，因客观原因所致，葛翠琳的作品有限，可算"开始阶段"的延续。

1977 年、1978 年以来，葛翠琳的创作进入了多产的丰收阶段。她曾在《葛翠琳童话选·后记》中欣喜地说："党的三中全会以后，我的生活有了新的起点，童话也获得了新生。我又拿起笔来……"于是，先后写下了《闪光的桥》《比孙子还年轻的爷爷》《翻跟头的小木偶》《会唱歌的画像》《幸运明星》等短、中、长篇童话六十四篇（部），以及许多其他体裁的作品和评论文章。

综观葛翠琳的全部创作，不难发现她的开始阶段和丰收阶段的作品在题材内容和艺术表现上既有不尽一致的特点，也有在发展中日臻成熟的共同点。

从题材内容看，在开始阶段的作品中，只有散文、诗歌是直接取材于现实的，而占最大比重的童话却均取材于民间口头创作。但这种取材不是照搬、仿制，而是借用其材料进行艺术的再创作。童话处女作《少女与蛇郎》原本为"蛇郎型"民间故事，代表作《野葡萄》原为"灰姑娘型"的民间故事，从少女与白鹅女的遭遇及其结局来讲，又都可谓"幸福型"的民间故事。葛翠琳只取了原作情节的雏形与完满的结尾，而重新构筑了结构框架，增补了社会性内容，主题、思想意义都有明显的超越。《少女与蛇郎》写的是：失去生母、落在后娘手中的少女入山砍柴时与蛇郎相识。婚后生活极其美好。后娘多次加害于少女，欲置其于死地，以让自己亲生女儿与蛇郎成亲。蛇郎用老松树给的方法历经千辛万苦救活了少女。后娘及其女儿见阴谋败露急忙逃走，荒乱中双双落入山涧，粉身碎骨而亡。《野葡萄》写的是孤女白鹅女被婶娘弄瞎了双眼，她摸进荒山找到了医治眼疾的野葡萄，恢复了视力，又用带回来的野葡萄医好了许多盲人的眼睛。"那狠毒的婶娘早已得病死去"。这两篇童话的主人公的原型都是受虐待而终究得到幸福的"灰姑娘"，但作家没按民间故事的办法把她们命运的改变归功于神的恩赐，而是写成了她们主动争得的结果。更为精彩的是，没让她们的思想行动停留于原型的那种只为个人求得生存的水平，而是做了恰切而自然的升华。《少女与蛇郎》在描写对生的渴求、对幸福生活的珍视的过程中，突出地展现了忠贞不渝的爱情；《野葡萄》则通过白鹅女坚持下山为乡亲们治眼疾，描写、颂扬了关心他人，自觉地为不幸者解除痛苦的高尚精神。

从艺术表现上看，此间作家着意吸收民间技艺的精华又努力发挥创造性，力求把作品写得优美动人。因此她的童话既基于民间故事的原型又突破原型乃至它们的种种变体的固有模式，不去单纯地白描故事情节，而是既写故事又写人、写景；故事写得首尾相照、完整生动，主人公塑造得表里相符、内在美与外在美相统一，景物描摹中浸透着人物的喜怒哀乐，情景交融，形成飘逸隽永的优美意境。《野葡萄》的故事早为人所熟知、所赞叹，其小主人公白鹅女"长得像鹅毛一样白净，一对闪亮闪亮的眼睛……像荷叶上的露珠儿一样。"外乡人都说："那个小村子出了仙女了！"白鹅女的心更美，美在勇敢坚定、善良、宽宏和乐于助人。她重见光明以后，闯入眼帘的一景一物无不融合着她的无比喜悦，因而这些景物更使人感到美不胜收。以歌颂母爱为主题的《雪娘与神娘》故事曲折而动人。主人公雪娘"聪明又美丽"。她原为"天堂里的宠儿"，可她羡慕人间，为求得一颗人类"温暖的心"而放弃了仙女的地位。在人间她体会到温暖和"真挚的同情"，精神境界变得更加崇高，做了母亲以后，她的无私的母爱、"善良纯洁的心灵"和"自我牺牲的精神"连神娘都受了感动。雪娘为拯救孩子而奔走求助时，眼前展现的一处处景物潜隐着悲凉、蕴藉着希望，其实也都是融情于景的难得的童话意境。

从语言方面看，采用民间题材的作品必然带有民间语言风格，但在葛翠琳童话中这种风格已包容了作家的艺术个性。它不再是口口相传的民间口头语言的原始形态，而是经过锤炼加工既保有娓娓动听的民间风韵，又显示出精美洗练的文学语言特色，在写人、绘景、状物、抒情中都能给人以美的享受。这里不妨以《采药女》为例。它在介绍主人公巧姑娘时如此写道：

> 人说杜鹃的歌声能打动人心，巧姑娘唱起歌来比杜鹃还动听；人说白莲是花中的皇后，巧姑娘比白莲还要美十分"，"别人绣的花像真的一样，巧姑娘绣的花比真的还要好看还要新鲜；别人绣的鸟像活的一般，巧姑娘绣的鸟比真的还美还灵巧。

刻画巧姑娘——原来的宫中侍女的一贯的叛逆性格时，作家让她用这样的话语回答了国王："马车的轮子不能倒转，翻腾的江水不能逆流，生来倔强的姑娘，从未在权威下低过头。"写到巧姑娘与药神一起生活时，那抒情诗般的语言尤为精美：

> 像泉水一样自由，鸟儿一样快活；像蜜蜂一样忙碌，蝴蝶一样亲密。清晨，年轻的药神唤起巧姑娘：美丽的妻子，睁开你的双眼，太阳爬上了山……挎上你的药篮，是时候了，让我和你飞下奇峰山。

比喻、排比与韵语皆为民间文学所惯用的修辞手段与句式，但如此熨帖、形象、整齐又内涵丰富的比喻、排比，音节响亮、诗意葱茏的韵语在民间文学之中却是所见不多的。

可见，葛翠琳此时的童话虽取材于口头创作，但从内容到语言又都确确实实是作家童话，或谓高品位的、富于民族色彩的文学童话。它们的故事不同，却都以赞颂真善美为主旨，以人物美、意境美与语言美为共同特点，读来使人颇有优美和谐之感。而这优美和谐又正是葛翠琳审美追求的中心点。作家以此为中心与当时的现实以及本人的美学理想、创作心态都不无内在联系。

40年代末50年代初，新生的祖国送走了战争，迎来了伟大的和平建设，万众一心，社会安定。年轻而单纯的女作家葛翠琳生活在幸福的环境中，工作顺心如意，业余创作又得到了党的关怀、老作家的扶植，颇似良田沃野中破土而出的新芽，欣欣向荣、蒸蒸日上。此时此刻她的审美追求自然是优美和谐，企望以自己的作品培养孩子们的美好情操和对真善美的热爱。

1957年至1976年间，社会生活由平稳进而动荡。葛翠琳又不幸蒙受委屈，她的大部分时间为"种地、挖河、修路"等所占用，但她仅有的一些作品却表现了她的刚毅及其顽强的艺术生命力。这些作品的题材、表现手法及语言虽与50年代的作品相差无几，但作家彼时的人生体验却使它们的思想内容大有深化的趋势。此间的散文、诗歌、童话分别以《晨读》《我们的小队长》和《金花路》为代表作。《晨读》这篇自传性散文，深情地追忆了童年时代小学老师的教导。文末写道："老师在我心中撒下的种子，始终具有旺盛的生命力，任何时候，任何力量也不能摧毁它。"《我们的小队长》以赞扬的笔调描述了"关心集体帮助同学"、善于发掘队员优点的小队长，使调皮的郑毛毛发挥了所长，从而有了明显进步的过程。如果说前者的画外音表达了作家面对挫折与严重打击而心中坚定的爱国信念仍一如既往，后者则表达了作家对于重视团结和调动方方面面积极因素的民主作风的由衷呼唤。《金花路》这篇取材于"巧匠造宝型"民间故事的童话，其思想内容似更为深邃宽广，主人公的遭遇也更为复杂悲切。他苦学苦练大半生终于掌握了非凡的技艺，一心要为"穷哥儿们造福"。可晚年，皇上硬逼他去修建"祸害百姓"的水上宫。为抗修这个"罪孽工程"，他要躲，怕殃及大家；要死，更虑及尚未带出徒弟，技艺失传，无益于人类。最后只好藏入从无人烟的高山深谷，若干年建立一座举世无双的手艺宫，为"给后来的人引个方向"。下山时，沿途撒下刨花儿。刨花儿生根开花，形成一条"金花路"。神木匠满意地留下"谁找到那条金花路，学得手艺用不完"的遗言，便一头撞死在皇上捉拿他的告示底下。老人机智巧妙地把技艺留传下来，自己却以死抗恶。他的所作所为既体现了原型故事的传奇性，又充分表现了劳动人民的不屈于强权的骨气。较之50年代作品的人物、主题都要丰满、深刻得多。本篇不仅在更高的起点上展现了为真善美而勇于献身的精神，也侧面喻出了尊重技术、爱惜人才的重要性，这在写作当时，不无现实意义。

作为"开始阶段"的延续时期的重要代表作，本篇不只保持了语言美、人物心灵美的特点，其意境之幽深奇美也是颇为显著的。这点，只要看看老人创造的饱含美好心愿的手艺宫及与之相映衬的自然景色也就足够了。

在三中全会以来的丰收阶段里，作家不仅童话创作获得了大丰收，其他样式的作品也比以往多出几倍乃至几十倍。

这众多的奉献给不同年龄阶段小读者的多种体裁的作品与开始阶段的作品比起来，最主要的不同是它们多取材于现实生活。那些纪实性的散文、传记报告文学等自不待说，她的小说乃至以幻想为核心的童话亦多如此。还是在新时期之初，葛翠琳就曾几次阐明自己的新的艺术追求："我很想就童话如何反映现实、具有时代精神这方面的问题，不断地通过创作实践，总结一些经验教训。"（《葛翠琳童话选·后记》）十几年来葛翠琳的这种努力和探索已经取得了成功，她本期的作品果然具有时代精神以至历史价值。倘若把其中有代表性的几部长、中篇作品所反映的题材按编年体式次第评析，我们会看到从反封建号角刚刚响起的新中国成立前几十年到今天我国社会历史由落后到先进、到走向现代化的不同时期的面貌与发展历程。

长篇小说《蓝翅鸟》取材于封建礼教下旧中国的苦难现实。小主人公红姑娘儿自幼受尽男尊女卑、重男轻女的旧传统和封建迷信的蔑视与变相虐待。在被迫颠沛流离中，目睹了许多长辈——太奶、姑奶、姑母、婶娘以及比她稍长的姑娘们的凄苦遭遇。她们都因死掉了丈夫，便终身孀居，像笼中鸟一样失去自由。而迫使她们守节的又常常是她们的亲人——比她们受害更早的封建礼教的受害者。这些人的本性也是善良的，只因中毒过重、过久，即使对封建礼教的残酷性、不合理性有所察觉，也仍视之为不可违背的正统而含泪维护。作家借助红姑娘儿的视野，深刻地揭示了昔日复杂的社会相和妇女的悲惨命运，不能不激起人们对旧制度的痛恨。与此同时，作家也借助红姑娘儿的所见写了黎明的曙光——红军的出现及其深远影响，唤起了年轻的被迫害者的觉醒与勇气，她们像翅膀长硬了的笼中鸟一样，冲出困境，展翅高飞。小主人公本人也是在这种背景下告别了故乡，告别了童年，"走向她还不理解的严峻的人生"的。但由于曙光在前，经历种种坎坷的红姑娘儿终于投入幸福的怀抱。在回到阔别四十余载的故乡时，她已是深受群众欢迎的白发苍苍的老医生了。

"黑暗尽处是曙光"，黑暗断送人们的青春，曙光为人们带来了新生。这正是统治国人几千年的封建主义思想在革命的冲击下开始走向"尽处"时的旧中国的现实。

共和国诞生后，黑暗的旧社会为光明的新社会所取代。然而"世界上没有笔直不弯的路"，（葛翠琳：《闪光桥》）崭新的社会制度在建立、完善过程中也难保万事亨通、一帆风顺。1958年刮起的"共产风"就曾给它造成不小的阻力。葛翠琳的中篇童话《进过天堂的孩子》就以幻化、夸张、变形、象征等手法巧妙地反映了这段不幸的现实。生长在幸福村的小主人公蒲英儿的一家和乡亲们在金刚钻爷爷带领下生活得美满而欢乐。不料，来了个"明白二大爷"一进村就宣布：要"让大家过天堂的好日子"，"吃好的，穿好的，不用干活儿"，各户财产"统统归大家所有"，村名改为"叮叮当灭私乐园"，由他当头儿。继而，强令各家轮流大摆"天堂盛宴"，还办起了"白吃不要钱"的"美味饭堂"。粮食吃光了，又强令村民做泥盆再烧成"聚宝盆"，烧得全村无存柴，连树木也都化成了灰烬。幸福村的全部幸福被糟蹋尽净。但乡亲们毕竟有过幸福生活的体验，知道怎样摆脱饥饿和贫困，便抛开"明白二大爷"，自己动手重建家园。幸福村这才恢复了往日的幸福。被迫出走的蒲英儿已经真正懂得了劳动与富足的关系等许多道理，回到故里立即投身于家乡的建设。

幸福村幸福的失而复得，尽管都是以童话化的情景展现的，但生活的影子还是清晰可见的。村民们的觉醒不用明写，人们也会联想到它的现实依据。作家既含而不露地接触到群众原有的思想基础及其关键时刻所发生的作用，又着力描述了"明白二大爷"的荒唐、刚愎自用及其严重危害，使得作品不仅具有认识功能，也便于人们吸取教训，注意保持清醒的头脑，以在前进中化险为夷，少走弯路。

1966 年开始的十年浩劫给祖国人民造成极大灾难。葛翠琳的中篇童话《翻跟头的小木偶》和《半边城》都是以那段痛苦的年月为背景，亦真亦幻地揭示了"文革"中的荒谬反常及其给孩子们的成长、社会的稳定带来的严重影响。

《翻跟头的小木偶》中的小女孩丫丫因父亲—— 一位忠于祖国的桥梁专家，被打成反动权威而遭受歧视与侮辱，造成精神上的重负。她的朋友小木偶则因落到阴阳脸、狼眼睛的手里而一度失去良知，变得狂妄、凶狠，成为狼眼睛等折磨演员、欺骗群众、制造混乱的工具和傀儡。直至回到老人和丫丫的身边，经过开导教育才恢复了原来的纯真、正直与善良。丫丫一家的遭遇和小木偶翻跟头的过程都再现了当年的动乱对人性的摧残、对儿童心灵的压抑、扭曲与异化。

《半边城》对极"左"的揭露是以小姑娘甜甜的见闻感受为贯穿线索的。甜甜所在的城市原是一座快乐的城市。自从来了个"左左博士"任市长，一切都变了，变得只要左，不准提右。走路只用左脚，工作只用左手、左眼，汽车用左边的轮子，居民只能住城里的左侧，左、左、左，什么都左，硬要快乐城变为"左边城"，违抗这个"建设方案"者关、罚、杀，为它卖命者给予重用和提拔，使原来的快乐城充满了血泪和悲哀。

这两部中篇揭露的重点、角度虽不甚相同，但都夸张式地触及了"文化大革命"的实质。它们虚化的事件和幻想氛围中的童话人物也多为现实中的事与人的折射。因而,阴阳脸、狼眼睛、左左博士以及他们的迫害忠良、无视科学、权力至上、"顺我者昌,逆我者亡"等等罪恶做法都会使人忆起"四人帮"之流的所作所为,而丫丫、小木偶的遭际则会令人联想到动乱中被压抑的"黑五类"子女与被操纵、利用的小将,桥梁工程师、老寿星大夫等更使人记起敢于坚持原则、英勇不屈的正直的积极分子和以生命保护新一代的可敬的革命前辈。这些反思中再现的事实,在激发人们憎恨"四人帮"的同时,也引导人们牢牢记取沉痛的历史教训,认定方向,让小木偶不再翻跟头、"左边城"的祸国殃民的丑剧不再重演。这便是这两部作品的思想的和历史的价值之所在。

勃兴于 80 年代的改革大潮,加速了历史的进程,可追名逐利、向"钱"看的投机分子们却以其卑劣的思想行径损人利己、腐蚀群众,影响"开放搞活"的正常运行。葛翠琳的中篇新作《会唱歌的画像》就是以现实中这个亟待清理的阴暗角落为主要题材并赞扬一些名胜古迹的。这两组截然不同的内容是沿着小主人公杏儿由外出到回归故里的一去一返的行踪展开的。杏儿是个独生女,耐不住亲人们关心过重所形成的无形束缚,便去找镜框里的老爷爷。老爷爷是位追寻真理的巨人。他念及杏儿年幼单纯,愿意带她去见识广大的世界,指引她"走人生的路"。随着杏儿出走的踪迹,作者相继描述了以贫穷为光荣的"懒惰的世界"、为装成大人物而终生戴着假面壳的伪权贵、被名利思想控制的庸人、专教拍马钻营和投机取巧的非非学院、买诚实的人、骗子城、灵魂市场等等。这中间也写到了长期做好事的默默无闻的背石汉、坚持正确办学方向的霹雳院长和为建桥工程献出生命的老工程师等等。这就在展示人生百态中既无情地揭露、鞭笞了五花八门的卑劣人生,也热情地赞扬了崇高、有价值的人生。它们之间的反差与相互比照无疑会有助于小读者做出正确的人生抉择。就着杏儿返程中的参观游览,作家又细腻地描绘了著名的寺院、纪念馆、博物馆、古祠、碑林、圆明园遗址等等,具体地展示了古、近代传统文化的优美及其深广的内蕴。这些内容与上边写到的人生百态也是一个更大范围的对比。这种对比描写不仅增强了作品反映现实的深度和广度,也让读者一面认识复杂的社会、理解丰富的人生,一面了解到真理、智慧和美的巨大力量,对其选择正确的人生道路也必将起到引导、推进作用。

葛翠琳的反映现实的短篇以及一些幼儿文学作品多表现了含有生活哲理的歌颂性的主题。她的《金翅膀》《闪光的桥》《看不见的珍宝》《活在生命里的颜色》《神奇的火焰》《云中回声》《纯洁的心》《唱歌的金种子》《会飞的小鹿》等或讴歌纯美的心灵、高尚的品德,或颂扬坚强的意志、无私的爱,都程度不等地体现着作家对现实人生的思考与热爱,对于小读者不仅能给予美的熏陶,更能启思励志,使之受到多种教育。

题材乃至主题上的改变，使得本阶段的创作较之开始阶段在艺术表现上也自然而然地出现了显著的不同，其最主要的特色是讽刺手法的广泛运用。

在对批判、否定性事件、人物的描写中，伴以归谬、变形、夸张等手法。《进过天堂的孩子》《翻跟头的小木偶》《半边城》《会唱歌的画像》等皆以讽刺、归谬、变形等手法的成功融合，分别将极"左"狂热、以权害人、主观残暴和为金钱地位而不择手段的人由表及里揭示得淋漓尽致。也就是先以讽刺性的漫画式的外貌勾画展现其嘴脸，再以其荒唐的行为、做法，揭示其丑恶灵魂或不可告人的思想、目的。《进过天堂的孩子》里的"明白二大爷"，"长得又瘦又高，就像一根立起来的竹竿儿，弹簧的脖子上托着一个大脑袋"，弹簧一晃，就晃出个鬼点子，搞得全村受苦挨饿。他的支持者滑溜溜白花儿蛇和尖尖苍儿籽跟着他批斗蒲英儿一家时冲锋在前。他垮台后，也是他们最先迎接了返乡的蒲英儿。苍儿籽还一边哭诉对蒲英儿的同情，一边大骂"都是那个该千刀儿剐的明白二大爷，他害得大家好苦哇。"《翻跟头的小木偶》里的阴险狡诈的狼眼睛，"尖尖的下巴，脑袋像倒放着的歪把儿葫芦"，"滴溜溜转"的眼睛射出"鬼火一样的眼光"。她唆使阴阳脸干坏事。阴阳脸的特长"就是会变脸儿"。当面把狼眼睛奉为"老佛爷"极尽拍马讨好之能事。狼眼睛刚刚摔死，他就带着这好消息到群众中大讲顺口胡编的他"和狼眼睛斗争的故事"。《半边城》里的左左博士不仅长得出奇，而且"自眼眉正中直至嘴边有一道很深很大的伤疤"。他颠倒黑白以自己的罪恶为荣耀，强令人们为他塑像表"功"。没想到塑像的美术家——诚实的老人竟在塑像的底座儿上诚实地刻下一行字："左左博士过去当海盗时留下了伤疤"，使得此人的老底儿和他的可憎面目同时公之于众。这种"一箭双雕"的讽刺是再深刻不过的了。然而，作家的讽刺笔墨并非单一的。在《会唱歌的画像》里，她对伪权贵的讽刺只写到他们戴着假脸壳而不露真相的种种虚伪的表演，对追名逐利的人的讽刺更是独出心裁，她告诉读者：这些人都像木偶一样随着身上的牵线而行动。牵线的源头"由几只大手操纵着，手背上印着醒目的大字：'名。利。地位。权势'"。因而，他们所做的一切都是身不由己的，笑、握手、讲话都是假的。

就这样，貌似"明白"实则愚昧的狂热分子、随风倒的爬虫、小丑、阴谋家、异己分子、投机的坏蛋、伪装的权贵、名利熏心，身不由己的人……在作家多种讽刺笔墨的勾勒下，一个个、一群群原形毕露，使我们看到了往日和当今似曾见过的种种面孔。

葛翠琳不同阶段作品的共同点，主要的是富于抒情性和民族色彩。

没有情就没有美，开始阶段的作品中的人物美、意境美以及语言美都与抒情性有直接关联。丰收阶段的作品，特别是以歌颂性内容为主的短篇里的许多感人的优美之作，也都有着浓郁的抒情性。低幼童话《春天在哪里》，看上去似在以四问四答揭示春天的迹象，而其深层的含义却是借小公鸡的寻找春天，抒发了作家对新生、对发展事物的向往与热爱。春天一到，枯草泛青，百花开放，冰川融化，一片生机，文中的每一项回答，每一个"迹象"及其成因都浸透着作家的深情。如果推而论之把自然季节的春天理解为祖国春天的象征的话，那么，就可以把小草、苞蕾、嫩芽、小河为春天做的各种准备理解为人的努力了。这就更清楚地看到了作家的赞美自然里也隐喻着对人的奉献、祖国的腾飞的企盼。作品的诗化的语言和间或采用的诗的结构也都凸现了它的抒情性，说它是一篇童话体的抒情散文也不算溢美之言。《迷路的小鸭子》从一定的角度说，也可谓一篇以情动人的短篇。小鸭子迷失了方向，又说不清自己和父母的姓名、住址，想找到家是很困难的。但它并未浪迹天涯，因为地上跑的小白兔，水陆两栖的小青蛙，树上跳的小松鼠，天上飞的小鸟儿，旷野的老牛、山羊、白马，人家豢养的黄狗、花猫都来热情相助。它们高一声低一声满山遍野的鸣叫，终于帮小鸭子找到了鸭妈妈。小鸭子对妈妈说出自己最深刻的体会："我找到了许多好朋友。"这点题之笔集中揭示了本篇所写的就是"情"，它包容着作家对友谊的讴歌，对爱护幼小乐于助人的高尚品德的赞扬。

即使在以批评性内容为主的作品里，葛翠琳的抒情笔致也常常在关键性的情境中自然地流泻于字里行间。在《进过天堂的孩子》里，蒲英儿起程返乡时，为衬托她的欢乐，作者只用四五行文字描绘了眼前的景致，但却造成了强烈的抒情气氛。在《会唱歌的画像》里，"水中奇书"出现的当儿，那壮丽的景观、雄伟的气势，那充满哲理思辨的问答式的语句，都使蕴藉于其中的抒情韵味犹如芬芳的花朵沁人心脾。

民族色彩来自作品的题材内容、艺术手法与语言形式。这在开始阶段的作品中看得最为明显，因为民间的、乡土的诸种因素都可直接表现出民族的生活、思想、心理、习惯、语言特点以及艺术传统。仔细推敲，丰收阶段作品中民族性的体现也还是比较清楚的。本期虽未大量运用民间文学的题材，但某些短小的故事、传说和口头创作惯用的一些手法在许多作品里也是时而可见的。《进过天堂的孩子》就穿插了《彩云衣裳》《蚕姑娘的传说》等等，《看不见的珍宝》《春天在哪里》《迷路的小鸭子》等也都采用了反复式的手法。这种穿插与采用自然会增强作品的民族性。其实，本期所选用的更多的现实题材也从更新、更多的方面使作家的一贯风格得到了充实。民族性和现实主义创作原则是密不可分的。在现实主义道路上致力于反映现实的葛翠琳，所写的人物都是中国大地上土生土长的人的典型化或幻化，所写的孩子及其命运都是我们的新一代及其命运的艺术概括，所写的名胜古迹都是先人留下的、唯我们才有的宝贵遗产，所写的事件——

无论是令人欢欣鼓舞的，还是让人痛定思痛的，也都是在我们社会变革进程中所发生的事。它们本身就是民族的，怎能不具有民族特色？更何况葛翠琳又从未间断从民间文学中吸取艺术营养呢？

葛翠琳的艺术风格的形成是有多种原因的。除了忠于生活、热爱生活之外，最主要的当是她对孩子们的爱心。还是在青年时代她就明确地认识到孩子是"未来和希望"（见1957作《雪娘与神娘》）。为了适应孩子们思想上、审美上的需要，她把创作紧密地与社会、时代结合起来。在生活面比较单纯、生活格调比较统一的50年代，她把自己的艺术追求确定为优美和谐。在作品中精心创造极致的美，以陶冶儿童的心灵。80年代以来，生活节奏变得越来越快，生活层面也繁复起来，许多光怪陆离、复杂难解的矛盾和问题摆在孩子们面前，而这些矛盾和问题又不是单靠老师、家长的帮助就能够解决的。故而，作为儿童文学作家葛翠琳感到责任的重大。于是，她把笔锋转向了现实，转向了竞争的时代，极力发掘深层次的社会生活，以有助于孩子们识别真伪，保持纯洁的心地，及早地踏上探寻真理的人生之路。正是这种由爱孩子而产生的具体的艺术追求，带来了她表现手法的变化和艺术风格的充实。

当然，风格的形成与充实，与作家的禀赋和文学、戏剧、音乐、绘画等方面的修养及其不断地钻研、探索、实践也都是分不开的。

葛翠琳由开国后的首批文学新秀之一到著名作家的成长过程中，自觉地学习、发挥了民间文学的特点，也汲取、借鉴了国内外文学大师的成功经验——如叶圣陶的语言的严谨、晓畅，张天翼的讽刺和漫画手法，欧洲童话的基于现实的大胆想象以及西方现代派的变形等，但她的采英撷华伴随的是发扬创造、融会贯通。这都必然使她原有的活泼细腻、委婉抒情的个性与格调不断地得以丰富、完善，进而形成了既富于抒情性、讽刺性，又富于民间、民族特色和时代性的独特的艺术风格。

葛翠琳的概括时代的各个历史发展阶段的作品，也显现和表明了我国当代儿童文学的成长、发展的历程。她的创作基本上是一步一个台阶，相信她今后的新作会达到一个更新的高度。

1994年10月18日

本文为"葛翠琳儿童文学创作研讨会"论文

（浦漫汀：已故著名儿童文学研究家）

葛翠琳小传

濮之阳

一

著名儿童文学作家葛翠琳，1930 年 2 月 25 日（阴历正月二十七日）生于河北省乐亭县渤海边偏僻的前葛庄一个书香门第和教育世家；曾祖父葛文翰，人尊称文老先生，一辈子教书，人赐贤良方正称号，父亲葛垂绅，字笏臣，京城师范毕业亦从教。葛翠琳的童年是在家乡度过的。她在《采撷录——八十余年旅程回望》美文里，记载着小时候温馨的乡下生活：自己学着采摘野果野菜，挎着小篮在田里捡拾被丢弃的红薯、麦穗儿、谷穗儿，在地里无拘无束地奔跑嬉戏，寻宝拾遗；"广阔的田野，茂密的树林，日夜流淌的小河，一年又一年，滋润着幼小的心灵。"还有，老祖母摇着纺车给她讲述"狐仙狼外婆的故事，喜鹊布谷鸟的传说；人参何首乌的故事，花仙槐树精的传说；花木兰从军昭君出塞，杨门女将十二寡妇征西；牛郎织女七月七银河相会，梁祝化蝶孟姜女哭倒长城……墙上的年画，瓷瓶上的人物，门神灶王爷的彩像，皮影的唱腔，民谣小曲儿……"诸多乡下生活场景，游戏、民俗、方言、谚语，都成了她生命中的一部分，也是她日后创作的源泉。直到抗日战争全面爆发，才使她过早地懂得了民族苦难，祖国兴亡，才是个人生命中最重要的大事。

聪慧的葛翠琳小时候在县立小学读书，随父母定居北平（北京）。她说，求学的艰难，磨砺了自己的性格，"认准目标，付出最多的努力和最大的耐心，期待成功，但不怕失败。"终于，她以农村孩子优异的学习成绩，考取了北京崇慈女子中学。当她由于学习成绩优秀被推荐进入燕京大学社会学系后，在那个英文环境和众多富贵子弟中，她依然以自己身穿棉布衣衫的农村孩子的身份而自豪，"乡下"在她血液里积淀成她的风骨和性格。

燕京大学湖光塔影，藏书丰富，是她追求知识的天堂。在读书过程中，因英文版《居里夫人传》感动了她，受其影响，曾立志苦读理科献身科学。那时她参加学生读书会，积极投身爱国运动，开展文艺宣传，这使她与"文学"联系了起来。1948年参加共产党领导的C.Y（中国民主青年先锋队），年底脱下学生装，到中共北京市委文艺工作委员会，成为一名革命干部。从此，"个人的命运，家庭的聚散，事业的挫折和发展，人生的酸甜苦辣，在时代的巨轮飞转中起伏翻滚。"

她进入文化界，"雨雪风霜，荆棘泥泞，漫漫长路上抬脚容易落脚难"；但是，她很幸运，那么多远离虚荣，漠视名利，默默贡献的文学艺术前辈和长者冰心、老舍、吴作人、萧淑芳、叶君健、端木蕻良、萧军……鼓励她，教导她，为她指路。吴作人对她说："创作中要有自己的构思，自己的想法，借鉴有益但不要模仿……"叶君健为译《安徒生全集》，"多年查阅资料考证细节，连一件器皿，一个地名，都不惜花精力在丹麦查访核实。冰心为译《世界史纲》，翻阅的参考书可以装满一套房子。那一辈子的文化巨人，从没为自己争过什么，他们无怨无悔，将一生的心血凝结成文化遗产留给后人。"这是她1949年后到北京市工作，在儿童文学创作上获得的教诲。

葛翠琳曾任老舍的秘书、北京市文联儿童文学组组长，领导北京市的儿童文学创作。1953年参加中国共产党，曾出席北京市文学艺术联合会第一、二、四次代表大会及第三届理事会第二次扩大会议和全国青年文学作者代表大会。先后在北京市委文委会、北京市文化局编审科、北京市文联创作部、中国木偶艺术剧团编导组工作和创作。1979年加入中国作家协会。历任中国作家协会儿童文学委员会委员、北京市政协委员、全国妇联执行委员、北京市文联创作员、北京作协专业作家，文学创作一级。

自20世纪80年代末，葛翠琳曾出访法国、瑞士、泰国、日本，曾任瑞士儿童图书国际奖评委和中国木偶艺术剧团编剧。1990年与韩素音等人创办和组织儿童文学冰心奖，任评委会副主席兼秘书长，主持"冰心奖"工作，为培养儿童文学作者尽心尽力。

二

葛翠琳是一位勤奋的作家。她把自己的一生都贡献给了儿童文学创作。有人曾把儿童文学视为"小儿科"，但是儿童文学的价值与意义，就像母亲甜美的奶汁，是每个人成长过程中不可或缺的营养。

冰心曾为她题词："我为女作家中有像葛翠琳同志这样的童话作者而高兴。她的作品永远是鼓励儿童前进向上的。她在《神娘和雪娘》里，珍重地对儿童说：'你是我们的未来，去为人们创造幸福吧！让所有勤劳勇敢的人都生活得快乐。'"这是冰心老人对这位儿童文学作家真诚的褒奖！吴泰昌在一次葛翠琳儿童文学创作研讨会上说："儿童文学是'五四'新文学运动中一个重要的领域。许多伟大作家的文学起步都是从儿童文学开始的。葛翠琳倾尽一生的智慧与精力，为少年儿童创作了丰盛的精神佳品。她不仅是北京市的光荣和骄傲，也是全国儿童文学作家的光荣和骄傲。她在童话、中短篇儿童小说和儿童诗的创作上取得了惊人的成就；她的作品故事生动新巧，幻想美丽，诗韵浓郁，深深地吸引和影响了千百万的少儿读者！"

1984年，河南少年儿童出版社出版《童话十家》，她与叶圣陶、张天翼、严文井、陈伯吹、贺宜、金近、叶君健、包蕾、洪汛涛并称中国十大童话作家。

葛翠琳说："文学创作，写什么？怎么写？作品在读者中留些什么？这是我不断实践反复思考的问题。我每写一个作品，都像面对一份答卷，我希望自己能写得更好。"这是她对待创作的心声。

葛翠琳的创作以童话、儿童小说和儿童散文为主，代表作有《野葡萄》《比孙子还年轻的爷爷》《会唱歌的画像》《翻跟头的小木偶》《春天在哪里》《蓝翅鸟》《会飞的小鹿》《飞上天的鱼》《问海》《爱吹牛的小胖猪》《鸟孩儿》《最丑的美男儿》等。她的作品，自1950年出版《喜相逢》直至2017年，人民美术出版社、人民出版社、人民文学出版社、中国少年儿童出版社、北京少年儿童出版社、文艺出版社、重庆出版社、海燕出版社、接力出版社、安徽少年儿童出版社、二十一世纪出版社、少年儿童出版社、连环画出版社、海豚出版社、希望出版社、天津人民出版社、浙江少年儿童出版社、四川少年儿童出版社、福建少年儿童出版社、北方妇女儿童出版社、江苏人民出版社等近百家出版社，接力式地连续出版了她的作品165种，其中被编成画册的有《草原红花》(1975年，人民美术出版社、人民出版社)、《金翅膀采蜜记》(河北人民出版社)、《野天鹅》(1984年，山东少年儿童出版社)、《花孩子》(1986年，中国少年儿童出版社)、《宝宝看图讲故事丛书》(1987年，未来出版社)、《寻找春天》(1990年，海燕出版社)、《春天在哪里》(2009年，中国少年儿童出版社)、《会翻跟斗的小木偶》《野葡萄》《快乐的小松鼠》《红枣林》《幸运的小金鼠》等三十四种，中国香港、台湾地区的出版社出版了她的中文繁体字版童话图书。这些被编成画册的图书都成为儿童文学经典，年复一年地重印，用她的爱心、道义和良知，编织守护纯真童心、美丽大自然和动物乐园的栅栏；"用最真诚的文字，替鸟兽和昆虫立言，重述山林、荒野、溪谷和小熊、松鼠、猴子、斑马、野天鹅、金雕们的生命故事"。这些温馨的童话故事，充满了舐犊般的"美育"和"德育"意义。"它们涉及的主题包含着谦让、分享、诚信、专注、承担、奉献、勇敢、自信、友爱、互助、智慧、感恩等等"。这些益世的温馨之作养育着孩子，是人类社会健康地走上和谐福祉不可或缺的文化精神。她的《白鹅女》《野葡萄》《春天在哪里》《欢乐的动物世界》先后被外文出版社、海豚出版社、五洲传播出版社、连环画出版社译成英、法、德、俄、日文出版。此外，她还主编了《童话寓言选（1949—1979）》（人民文学出版社）《中国童话名作》《红宝石丛书——中国儿童文学选粹》《音乐里飞出的小童话》《红宝石丛书——外国儿童文学选粹》《中国名家新童话》等十四种儿童文学书系。她的多部作品曾获各类儿童文学大奖:《会唱歌儿的画像》获中国作家协会优秀儿童文学奖，《野葡萄》获全国儿童文学一等奖，《春天在哪里》《最丑的美男儿》荣获儿童文学一等奖，丹麦、瑞士、苏联、日本、泰国等国家的报刊，对她的作品均有介绍和评论。

葛翠琳专栏

论乐黛云先生散文的深度

王达敏

女作家学刊·第三辑

摘　要: 乐黛云先生是中国比较文学事业的奠基者,也是卓有成就的散文家。其散文的不朽价值在于,她奋起千钧之笔,刻画出她自己和她所处的时代。她对有作为的人生之渴欲,对自由之向往,对真情之尊仰,对变幻时代中生与死之哀与伤,对人类千古谜题之玄思,显现出其独异的深刻,构成一种特殊的精神魅力。她的散文由此而形成了沉郁俊伟的独特风貌。

关键词: 进取;自由;尊情;哀生伤逝;思玄;沉郁俊伟

乐黛云先生是中国比较文学事业的奠基者,也是卓有成就的散文家。她曾经说:"我还是比较喜欢自己的散文。我觉得,我的散文写得很好。"[1]这一蕴蓄信心的自我论定,表明她在散文创作园地里进行过苦心探索,也表明散文创作在其辉煌的为学生涯中占据着举足轻重的位置。

2015年,乐先生采撷六十篇文字纂为一编,名之为《乐黛云散文集》,由译林出版社付梓。2021年,她将回忆性文字另编一集,颜之曰《九十年沧桑:我的文学之路》,由大百科全书出版社发行。乐先生是一个有故事的学者。命运给予她的一切:光荣和卑屈、骄傲和耻辱、欢乐和痛苦、动荡和宁静,在这两部散文集中得到淋漓尽致的宣叙。她自强不息的充满创造的人生,她对自由的不懈追求,她对自然率真之情的尊仰,她对大时代中生与死的哀与伤,她对人类千古谜题的玄思,显现出一种独异的深刻,构成一种特殊的精神魅力。这深刻和魅力,都在这两部散文集中定格,化为不朽。

---

① 赵白生:《九十乐章:白生对白》,载《传记文学》2021年第3期。

一、迅跑

乐先生的散文最动人心魄之处，是她刻画了这样一个自我：在顺境，她进取，迅跑；在不可思议的痛苦和考验面前，她不屈，坚忍；在走出逆境后，她飞快拍掉身心上的尘埃，又抖擞地踏上新的征程。在漫长而坎坷的人生道路上，她的灵魂里始终蕴藏着无限勇气，蕴藏着不竭的向上的冲力，蕴藏着奇幻的浪漫和激情。

1950 年，乐先生读了苏联作家的长篇小说《库页岛的早晨》，写了一篇书评，题目是《生命应该燃烧起火焰，而不只是冒烟》。①她后来谈及这篇文字时说："这倒是说明了我在很长一段时间里所持的人生观。也就是说，与其凑凑合合地活着，不如轰轰烈烈干一场就去死。"②人最宝贵的是生命，这生命对于人只有一次。面对这只有一次的生命，乐先生不愿碌碌无为、虚度年华，而是期盼轰轰烈烈地干一场。

乐先生渴望生命价值的实现。其《小粉红花》写道：在安徒生的童话里，门前石缝中的粉色豌豆花给生病的小女孩带来了快乐；在袁枚的诗里，如米粒一样微小的苔花学着华艳的牡丹开放；在鲁迅的散文里，极细小的粉红花在冬夜瑟缩着梦见蝴蝶乱飞的春天，笑了；在一位英国诗人的笔下，不为人知的生在苔藓石旁的一枝紫罗兰，美丽如天上一颗唯一的星辰，清辉闪闪。这些弱小的生物因灿烂的一瞬而实现了生命的意义。乐先生说："这些诗文都曾深深感动过我，构成我灵魂闪光的一瞬。"③这一生一世，她要的不是其他，而是如花一样的灿烂，哪怕只有一瞬。

乐先生理解的生命尊严，在于不息地进取。她说："佛经里面说的，人生有八苦，里面除了生老病死之外，最重要的就是求不得苦。你想要什么，始终是求不得的，即使得到了以后也不会心满意足，又会有更新的目标。正是因为这求不得苦，才感觉到生命的尊严。"④佛教以为，婆娑世界，莫非是苦。苦难的根源是欲求。要想出离苦海，就要湮灭欲求。乐先生则以为，正因为生命之欲无穷，生命的目标也层出不穷，人生就永远走在追求的途中。生命的尊严，就在这永远的追求中。为了这生命的尊严，她愿意承受求不得之苦。佛家的门墙前，是绝难瞥见乐先生立雪的身影。

在乐先生的记忆里，"五十年代初期，曾经有过那样辉煌的日子，到处是鲜花、阳光、青春、理想和自信"⑤。在灼灼芳华里，她轰轰烈烈地前行。

① 乐黛云等：《乐黛云学术叙录》，北京大学出版社 2021 年版，第 387 页。
② 乐黛云：《九十年沧桑：我的文学之路》，中国大百科全书出版社 2021 年版，第 42 页。
③ 乐黛云：《乐黛云散文集》，译林出版社 2015 年版，第 43—44 页。
④ 乐黛云等：《乐黛云学术叙录》，第 414 页。
⑤ 乐黛云：《九十年沧桑：我的文学之路》，卷首。

乐
黛
云
专
栏

政治课上，她总是热血澎湃地发言，并很快当上了小组长，亲向北京市市长彭真汇报政治课教学情况。1950 年暑假，她与来自全国的青年群彦一起，出席在布拉格召开的世界学生代表大会；途经莫斯科的那个晚上，她与代表团秘书长柯在铄来到红场列宁墓，一抒"类似朝圣的崇拜之情"。①朝鲜战争爆发，她写了一首充满激情的诗《只要你号召》张贴在沙滩民主墙上，许多年轻人"又传抄，又朗诵，一时热火朝天"。这首诗荣获全国文艺大奖和其他各种奖项。她心中"暗自得意，以为自己为国家立了一功"。②1950 年冬，她奔赴江西参加土改，任小组长。1954 年，她任北京大学校刊主编。1956 年，她为大四学生讲授"中国现代文学史"，撰写了长篇论文《现代中国小说发展的一个轮廓》，在当时发行量最大的文艺杂志《文艺学习》上连载，由此成为向科学进军的模范。

1957 年的早春天气里，当百花被要求齐放的时候，乐先生坐不住了。她和其他七位青年同事拟办一个中型刊物，取名《当代英雄》，已经商定了两期备用文稿。其中一篇论文《对延安文艺座谈会上讲话的再探讨》，一篇短篇小说《司令员的堕落》被视为大逆不道。经过一番出奇料理，八位青年学者，英雄梦碎，均成为右派。乐先生作为隐藏得很深很深的极右派被挖掘出来，开除公职和党籍，到崇山峻岭环绕的小山村监督劳动。③岁月悠悠，在京西门头沟，在江西鲤鱼洲，她"当过猪倌、伙夫、赶驴人、打砖手，也学会了耕地、播种、收割"④。鲁迅在《伤逝》中如此描写涓生和子君的命运：在失业前，他们是仅有一点小米维系残生的"鸟贩子手里的禽鸟"，任人摆布；失业后，他们连维系残生的小米也没有，"就如蜻蜓落在恶作剧的坏孩子的手里一般，被系着细线，尽情玩弄、虐待，虽然幸而没有送掉性命，结果也还是躺在地上，只争着一个迟早之间。"乐先生从鲁迅那触目惊心的禽鸟、蜻蜓意象中，看见的，正是她自己。⑤

乐先生在艰危困厄中再也没有可能轰轰烈烈，但她依然倔强地勉力维持着心中的信念。她说："那时在农村，你是个右派你就应该低眉下眼地走路，我偏就不信，我还挺着胸走路。当时我很年轻，才二十五岁，还戴着一个花头巾，也打扮得挺潇洒的样子，人家拿我没办法。"⑥她又说："我从不颓废，没想过自杀，从未对未来完全失去信心，也从未想过我相濡以沫的伴侣和家庭会离我而去！""每天赶着小猪，或引吭高歌，长啸于山林；或

---

① 乐黛云：《九十年沧桑：我的文学之路》，第 41—44 页。
② 同上，第 51 页。
③ 同上，第 61—63 页。
④ 同上，卷首。
⑤ 乐黛云：《乐黛云散文集》，第 91—92 页。
⑥ 乐黛云等：《乐黛云学术叙录》，第 411—412 页，第 415 页。

女作家学刊·第三辑

练英语，背单词于田野"。^①一年春节，她有家不许回，但在除夕之夜，她照样与其他四位难友放声歌唱。她说："歌声四处飘扬，震撼着夜空下的群山，带给我们难言的兴奋和快乐"。"我们越唱越激动，都是二三十岁的年轻人，被压抑的青春一时喷发，化为满腔热情和一眶热泪"。^②在被放逐的年月里，也曾有过那么一些时候，《庄子》的辽阔豁达使她能够漠视不公，《陶渊明集》的陪伴使她在艰苦的农村生活中体验着大自然的诗意。^③她因而竟也暂时"随遇而安，自得其乐"^④起来。

但是，随遇而安的人生并非乐先生的意欲，她的生命底色始终是进取，而且必须轰轰烈烈。1981 年，在知天命之年，她时来运转：先是发表了享誉学坛的名作《尼采与中国现代文学》。接着，编译《国外鲁迅研究论集》并在北京大学出版社出版；担任北京大学比较文学研究会、北京大学比较文学研究中心秘书长；为《中国大百科全书》撰写"比较文学"词条，这是比较文学的概念首次出现于《中国大百科全书》中。也是在这一年，她到哈佛大学访学，专修比较文学。她说："我真为这门对我来说是全新的学科着迷，我借阅了这方面的书，又把所有能积累的钱都买了比较文学书籍，并决定把我的后半生献给中国比较文学这一事业。"^⑤1981 年，是她生命的新纪元。自此而后，她如哥伦布一般，帆饱水肥，破浪乘风，为自己打开一片新的天地，也为学界开拓出一片新的大陆。

二、自由的精魂

乐先生平生向慕自由，热爱自由，礼赞自由，但她时常体验到的，却是不自由的况味。其散文表明：她是追求自由的精魂；同时也是陷入牢笼的囚徒。

乐先生早年胸怀革命理想。这理想，是正义，是光明，更是自由。1948 年夏，她违拗父亲心愿，执意到北京大学求学。当时革命的烈火在北方大地遍燃。她的执念是"奔赴北京，去革命"！她认为："国民党统治暗无天日，不打垮国民党，是无天理；而投奔共产党闹革命，则是多么正义，多么英勇！又浪漫，又新奇，又神秘！"北上途中，她向已是地下党员的领队程贤策学唱"解放区的天是明朗的天"，"山那边呀好地方"，"你是灯塔，照亮着黎明前的海洋"等。她说：到北京时，"我激动极了，眼看着古老的城楼，红墙碧瓦，唱着歌，真觉得是来到了一个在梦中见过多次的自

乐黛云专栏

---

① 乐黛云：《九十年沧桑：我的文学之路》，第 65 页。
② 同上，第 67 页。
③ 同上，第 280—281 页。
④ 同上，第 65 页。
⑤ 同上，第 150 页。

由的城。"① 在北大，乐先生肆无忌惮地高歌"兄弟们向太阳，向自由"，很快投入地下工作。② 她把弥漫着革命气息的北京称为梦中自由的城，把革命的目的理解为向自由。为自由而战，这就是她所向往的革命。刚革命那会儿，她爱唱《流放者之歌》："贝加尔湖我们的母亲，她温暖着流浪汉的心。为争取自由挨苦难，我流浪在贝加尔湖滨。"③ 为了自由，她像在西伯利亚耗尽年华的俄罗斯革命者一样，挨什么苦难也不怕的。

乐先生性本爱自由。儿时，她喜欢溪畔花丛中快乐、自由翻飞的蜻蜓。她说："我尤其喜欢那种有着青翠色的肚腹，翅膀像黑天鹅绒一样柔美的小蜻蜓。它们和花草一起装点着流水潺潺的美丽的小溪。在我心中，蜻蜓永远是和快乐、自由联系在一起。"④ 1982 年夏，乐先生来到加州大学伯克利分校访学，伯克利的自由令她惊异：学生上课可以带狗，教授上课可以跨坐在桌子边，学生爱发问就发问，师生之间无拘无束，常开玩笑。广场上，有讲演的，有玩杂耍的，有跳霹雳舞的，有穿黄袈裟剃光头又呼又跳的，还有一位女诗人每天总在一定的时候出现，穿一身黑衣，沿路吹肥皂泡。校门口到处是卖食物的小摊，各国食品都有。人们都愿意把饭端到温暖的阳光下来吃。哈佛大学安静、温文尔雅，具有绅士风度；伯克利则随意张扬、喧嚣活泼，显得自由散漫。乐先生说："比较起来，我更喜欢伯克利，我觉得这样更适合我的本性。"⑤

乐先生与北京大学这块文明的圣地血脉相连。在她眼中，北大精神的实质就是自由。她受到北大自由精神的陶铸，也是高擎这自由精神的炬手。她说："我爱北大，爱她美丽的校园，爱她自由创新的精神。"⑥ 她曾自问，北大"那宽广的、自由的、生生不息的深层素质，我参透了吗？领悟了吗"？⑦ 她说："北大的自由精神容纳了人们对真理的追求，容纳了几十年人们对文化问题的自由讨论，同时也容纳了个人人生信念爱好的不同。"她崇敬蔡元培校长，因为他是"北大自由精神的奠基者"，"他抱定学术自由的宗旨，在北大实施了一系列改革"。⑧ 她崇敬马寅初校长，因为他的骨头是最硬的，为保卫言论自由、学术自由，他敢于挺身而出。马校长说："为了国家和民族的利益，我要保持说话的自由。"又说："我虽年近八十，明知寡不敌众，自当单枪匹马，出来应战，直至战死为止，决不向专以力压服、不以理说

① 乐黛云：《乐黛云散文集》，第 9—11 页。
② 同上，第 35 页。
③ 同上，第 31 页。
④ 同上，第 91 页。
⑤ 同上，第 351—352 页。
⑥ 乐黛云：《九十年沧桑：我的文学之路》，卷首。
⑦ 乐黛云：《乐黛云散文集》，第 39 页。
⑧ 同上，第 133 页。

服的那种批判者们投降！"① 她爱北大的自由精神，以为只有自由，才会有创造，因而一贯决绝地反对万喙同鸣。她说："'四人帮'统治下的北大追求所谓认识统一、思想统一、行动统一等'五个统一'，和蔡元培所开创的自由精神背道而驰，结果是扼杀了创造性，戕灭了生机。一切归于一致，也就归于静止衰竭。"②

乐先生醉心魏晋时代的自由。宗白华认为，魏晋时代，社会秩序解体，旧礼教崩溃，引起"思想和信仰的自由和艺术创造精神的勃发"。"这几百年间是精神上的大解放，人格上、思想上的大自由"。乐先生同意宗白华的观点。③ 她以为："魏晋时人虽有不同个性，但却有一个最大的共同点，就是追求自由的精神世界。"为了追求精神自由，他们努力摆脱礼教对人性的压制，努力突破名利的桎梏，做到荣辱不惊。④ 那时的女性也受惠于这个时代。乐先生说："她们无须再严格遵守'笑不露齿''非礼勿视''非礼勿动'之类的教训，获得了一定的自由，可以比较自由地表达自己的想法。"⑤

乐先生深知，要达到自由境地并非易事。她说，人类"只要能打开思想之门，超越利害、得失、成败、生死等各种界限，就能……获得精神上的真正自由"，但她又赶紧补上一句，"然而，能够打开思想之门，超越界限的人终究少而又少，几乎没有"。⑥ 在自然属性上，谁"能不受百年时间和一定空间的束缚"？在社会属性上，谁又能挣脱有形无形的牢笼？1969年春，乐先生十六岁的女儿汤丹不愿做绕梁而飞的乳燕，誓做冲向风暴的雄鹰，在辽阔江天自由飞翔，最终去了黑龙江农垦兵团。⑦ 后来呢？1976年，为了汤丹回城，汤一介先生忍痛卖掉祖传武英殿版《全唐文》，买了最好的烟和酒，与乐先生一起去找在京出差的汤丹的副连长。乐先生说：对这位副连长，她说不尽的卑躬屈膝，说了几箩筐这辈子从未对人说过的好话，那副连长终于答应考虑放汤丹回家，但结果却是毫无结果。直到1977年，又经过一番高级烟、好糖果打点，汤丹才回到离别八年的北京城。⑧ 汤丹追求自由的翅膀在风暴中折断了；乐先生则永远不会忘记，在《全唐文》去后，汤先生"呆呆地看着那一格空荡荡的书架时满脸的凄惶"⑨。乐先生和汤先生曾在《同行在未名湖畔的两只小鸟》中说："未名湖畔的两只小鸟，是普普

① 乐黛云：《乐黛云散文集》，第144—145页。
② 同上，第139—140页。
③ 同上，第310页。
④ 同上，第315—319页。
⑤ 同上，第323页。
⑥ 同上，第5页。
⑦ 同上，第97页。
⑧ 乐黛云：《九十年沧桑：我的文学之路》，第123—124页。
⑨ 乐黛云：《乐黛云散文集》，第54页。

通通、飞不高也飞不远的一对。他们喜欢自由，却常常身陷牢笼；他们向往逍遥，却总有俗事缠身！"①

真正的自由有吗？有。乐先生说，在庄子笔下的藐姑射山上，在宋玉笔下的巫山上。藐姑射山的那些神人"肌肤若冰雪，绰约若处子；不食五谷；乘云气，御飞龙，而游乎四海之外"②。巫山的那位"旦为朝云，暮为行雨"的神女，是"来无迹，去无踪，喜怒无常，使气任性，想来就来，想走就走的自由女性"，"是按照自己的意愿来生活的美丽而勇敢的自由之魂"。③当顶礼虚无缥缈间的神人、神女的自由时，乐先生所表达的，岂不是常常深陷牢笼者的无奈。

三、情莫若率

尊情，是乐先生平生的庄严信念。她认定，情，在中国文化中地位崇高，是中国文学的核心。比起儒门，她更认同道家提倡的"情莫若率"。她的散文继承了中国崇情的传统，追求自然率真。她那些抒发对祖国、对家乡、对亲友的挚爱的篇章无不感人至深。

乐先生以为："中国文化曾对'情'给予极其崇高的地位。"成书于二千多年前的《郭店竹简》云："道始于情"，"情生于性"，"性自命出"，"命自天降"。乐先生诠解：可以言说的人之道从情开始。情由人的本性中生发出来。人的本性又是由超越于万物之上、又可以支配万物的命所赋予。情的存在不以人的意志为转移，是天作为一种非人的力量所表现出来的必然性。④《郭店竹简》将情推向形而上，情便成了人的内在禀赋，是人的定数，无所逃于天地之间。

乐先生非常推崇道家的情论，而不能苟同于儒家的以礼抑情论。她说："'情'最根本的性质就是自然、率真，所谓'情莫若率'。"⑤"情莫若率"是乐先生进行文学批评时所持守的基本标准。她说："中华民族是一个十分重情的民族，抒情诗从来就是我国文学的主流。虽然历代都不乏道学先生对此说三道四，如说什么'有情，恶也'，'以性禁情'之类，但却始终不能改变我国文学传统之以情为核心"。⑥"时日飞逝，多少文字'灰飞烟灭'，早已沉没于时间之海，唯有那出自内心的真情之作才能永世长存，并永远

---

① 乐黛云：《九十年沧桑：我的文学之路》，第333页。
① 乐黛云：《九十年沧桑：我的文学之路》，第333页。
② 乐黛云：《乐黛云散文集》，第5页。
③ 同上，第250页。
④ 同上，第243—244页。
⑤ 同上，第246页。
⑥ 同上，第76页。

激动人心。真情从来是文学的灵魂，在中国尤其如此。"①

由于尊仰"情莫若率"，屈原塑造的那个美丽、幽怨、多情的山鬼就成了乐先生的最爱。在山的幽深处，山鬼正赶着去赴约。她眉目含情，面露笑容，用藤萝等花草作衣裳和腰带。她乘坐的是辛夷木做的车，车上装饰着用桂花编成的旗。拉车的是赤豹，跟随的是文狸。她一路采撷石兰等野花装扮自己，摘取芳草以献给心爱的人。但是，她的情人也许已走，也许未来，她站在山之上，痴痴地等待，一直等到云升雾起，风吹雨落，猿声夜哭。她站在松柏下，渴饮山泉水，疑虑从心起。乐先生说："在我的心目中，山鬼一定是一个爱情失意，而又始终期待着爱情的少女的幽魂。《山鬼》一诗把这个美丽的少女形象凝固了，她一直孤独地站在群山之巅，越过两千多年的风雨，来到我们心中。她始终是我最心爱的中国文学所塑造的美丽形象中的一个。"②

由于尊仰"情莫若率"，乐先生格外激赏《世说新语》中魏晋名士无处不在的真情。王戎云："圣人忘情，最下不及情。情之所钟，正在我辈。"《伤逝》篇载："王仲宣好驴鸣，既葬，文帝临其丧，顾语同游曰：王好驴鸣，可各作一声以送之。"阮籍母亲去世，他饮酒食肉后，临穴举号，呕血数升，废顿良久；其嫂将回娘家，他赶去作别。刘伶脱衣裸形在屋中，引来讥笑。他却说：我以天地为房屋，住室为衣裤，你为何进入我的裤裆里来了。乐先生说：魏晋名士从来"对自己的真情实感不加伪饰"；从来"按自己内心的意愿和感受行事"。③

由于尊仰"情莫若率"，《浮生六记》中沈复、陈芸真诚的爱情生活为乐先生所颂赞。沈复十三岁初遇陈芸，读其诗，见其眉弯目秀、顾盼神飞，就深深爱上，最终有情人成了眷属。他们婚后耳鬓相磨，亲同形影，《闺房记乐》一篇写尽闺房燕昵之情。他们的爱情建立在共同的理想和情趣之上。常常，他们兴致勃勃地谈古论今，吟诗作画，饮酒品茶，优游林泉。他们都厌恶追名逐利，喜欢恬淡自适、安宁和谐的家庭生活。他们共同制定了萧爽楼四忌四取：忌"谈官宦升迁，公廨时事，八股时文，看牌掷色"，取"慷慨豪爽，风流蕴藉，落拓不羁，澄净缄默"。即使在贫困流离中，他们也没有怨恨，没有颓唐，而是携手共创新的生活。④

对祖国深沉、热烈的爱，是乐先生散文中的绝色。在流放地，当她以圆润的女低音唱响《祖国，歌唱你的明天》时，她"只觉得一种淹没一切的幸福，从心中升起，这就是前途，这就是未来：我有伟大的祖国，她必

乐黛云专栏

---

① 乐黛云：《乐黛云散文集》，第76页。
② 同上，第271页。
③ 同上，第311页。
④ 同上，第275—285页。

灿烂辉煌！我属于她，是她的一个部分，她是我的血肉，我的支撑，这是谁也无法剥夺的！她将支持我，指引我，穿越任何逆境，一起走向灿烂的明天！别人给我加上种种莫须有的罪名，想把我从祖国的母体剥离开来，这是无论如何也做不到的"！① 数十年间，对祖国的爱，深入她的骨髓，化为其内心一片纯情。以这样的热忱作为动力，她的人生因而变得色彩烂漫，晶莹透明。

家乡的山和水，和产生于这山水间的绮丽传说，是乐先生终生不竭的精神源泉。她说："从童年开始，家乡的山就深深刻印在我心中，山之灵、山之性、山之美凝结成故乡的灵魂，撒播为故乡的山山水水，融汇在我的血液中，成为最深邈、最神秘的想象和思考的源泉。"② 她忘不了在自家那棵古老银杏树下乘凉时听来的凄美故事：生活于平原上的小七妹不顾山深水远，林密石峭，毅然嫁给由蛇公子变成的英俊少年。但这少年不知珍惜幸福快乐的生活，惑奸谗将小七妹赶出家门。乐先生说：小七妹"哭了又哭，从这个山头漂泊到另一个山头。有一天，她将头埋在手臂里痛哭，山神可怜她，就把她变成了一座美丽的山。我从玻璃窗看见的螺蛳山就是她高耸如螺的发髻，她的泪一滴一滴流在山石上，变成了盈盈的清泉，她的足边总是开满鲜花。山神又怕她感到寒冷，常常用白色的雾霭，轻纱一般围绕在她胸前。因此，我看到的螺蛳山常常是一种特别的青黛色，比周围的青山更加苍蓝，围绕着山腰的雾霭也显得更加洁白。"③

乐先生的多篇散文抒发了对父母弟弟和儿女的深情。她对儿女的爱尤其令人动容。1977 年高考，姐姐汤丹报了北京师范大学，弟弟汤双报了北京大学，他们的成绩远在录取分数线以上，因政审不合格而等不来那纸录取通知书。汤双高考后以同等学力报考中国科学院应用数学研究所的研究生，成绩跨过了录取线，又是那个政审，使他与成为当时国内最年轻的研究生的机会失之交臂。1978 年，姐弟再战，再次受阻。为了儿女前程，乐先生不顾一切，去乞求北大招办主任相助。她说："我找了他十几次，始终不见踪影！最后只能在吃饭时堵在他家门口。当时也顾不得礼貌，径直走到他的饭桌前，声泪俱下！他貌似和善地安抚我，说明天就到党委帮我开证明，让我十一点钟去取。我当即信以为真，欢欢喜喜地回了家。孩子们也很高兴，和爸妈一起轻轻松松地吃了一顿饭！这是十几天来没有的事！第二天一早，我拿着开的密封证明，兴冲冲地到了市招生办。"谁知那证明上写的却是："父母问题虽不影响子女上学，但为可能产生的政治影响，建议不要录取在北大！"乐先生说："这回真是叫天天不应，无所措手足！但

① 乐黛云：《九十年沧桑：我的文学之路》，第 67 页。
② 乐黛云：《乐黛云散文集》，第 5 页。
③ 乐黛云：《九十年沧桑：我的文学之路》，第 24 页。

一看孩子们委屈不解的眼神，我那贵州边民的野蛮斗志又复活了！我决不认输！我要为正义、为孩子们奋斗！"奋斗的结果是：汤丹上了北大分校，汤双上了中国科技大学，而那时招生工作早已结束。[①]

四、思玄

生命有限，宇宙无穷，人的灵魂将如何安顿，是人类面对的千古之惑。乐先生有一簇散文，目注宇内，想落天外。她一笔接一笔，写下她的沉思，她的彷徨无地，她的无力和苍凉，还有她的想往。超越时空，化入永恒，非其所望。她愿意顺其自然，希冀在现实的或隐喻的故园山水间，获得精神慰藉。

"何时始终，何处来去"，是困扰人类的大谜，是王国维在《红楼梦评论》中思考的核心，也是乐先生试图索解而不得其解的问题。人类不可能突破时空限制，又偏想超越时空限制，一窥宇宙真谛，舍筏登上理想的彼岸。对于这一原始问题，乐先生认为："人类的处境本来就是'前不见古人，后不见来者'，这宇宙永恒、人生短暂的矛盾始终是他们无法逃脱的宿命，其结果也只能是'念天地之悠悠，独怆然而涕下'。正是这永远无法摆脱的孤独处境和永远无法满足的认知时空的渴望造就了人类千古的悲情。"[②] 试图理解而终于无解，试图超越而终于无法超越，这是人类的宿命，也是乐先生的内心之悲。

早在乐先生童年时代，人生是什么的问题，便被母亲植入心田。她说："母亲很少教我背诗，却教我许多易懂的散曲，内容则多半是悲叹人生短暂，世事无常。那首'碧云天，黄花地，西风紧，北雁南飞。晓来谁染霜林醉？总是离人泪'，母亲最喜欢，还亲自谱成曲，教我唱。我至今会背的，还有'晓来清镜添白雪，上床和鞋履相别'、'人生有限杯，几个登高节'等等。"[③] 人生短暂，世事无常，这就是母亲之教。

乐先生涵泳"树犹如此"的典故，一咏三叹。《世说新语》载："桓公北征经金城，见前为琅邪时种柳，皆已十围。慨然曰：木犹如此，人何以堪！攀枝执条，泫然流泪。"这一故事引起庾信共鸣。在《枯树赋》的序中，庾信概括、发挥桓温之意云："昔年种柳，依依汉南。今逢摇落，凄怆江潭。树犹如此，人何以堪？"[④] 桓温、庾信都悟到光阴易逝，世事难凭，因而有万千感慨生发出来。乐先生对自然的永恒和人生的短促至为敏感，阅此旧典，能不一读一泫然？

———————————

① 乐黛云：《九十年沧桑：我的文学之路》，第124—127页。
② 乐黛云：《乐黛云散文集》，第339页。
③ 同上，第173页。
④ 同上，第312页。

古代登高望远的诗文往往富含哲理意味。乐先生举例有三：何逊云："青山不可上，一上一惆怅。"李白云："试登高而望远，咸痛骨而伤情。"沈德潜云："余于登高时，每有今古茫茫之感。"乐先生说："在中国传统中，山，总是和空间的辽阔、时间的永恒相联系"。"人们在登高望远时，总是感到生命的有限和宇宙之无穷，而沉入一种宿命的悲哀"。[1]在登高望远中，古人的惆怅、痛骨伤情、今古茫茫之感，乐先生也都实实在在体味到了。

李白总是把追求永恒和月亮联系在一起。其《把酒问月》有句："今人不见古时月，今月曾经照古人。古人今人若流水，共看明月皆如此。"乐先生释曰："今天的人不可能看到古时的月亮，相对于宇宙来说，人生只是一个微不足道的瞬间，然而月亮却因它的永恒，可以照耀过去的、现在的和未来的人们。千百年来，人类对于这一'人生短暂和宇宙永恒'的矛盾完全无能为力。我们读李白的诗时，会想起在不同时间和我们共存于同一个月亮之下的李白，正如李白写诗时会想起也曾和他一样赏月的、在他之前的古人。正是这种无法解除的、共同的苦恼和无奈，通过月亮这一永恒的中介，将'前不见'的'古人'和'后不见'的'来者'联结在一起，使他们产生了超越时间的沟通和共鸣，达到了某种意义上的永恒。"[2]如此见道之解，可谓李白异世相知。

得到永恒又如何？乐先生想起嫦娥奔月的故事："千百年前，一个美丽的少女，吃了长生不死的灵药，她感到身轻如羽毛，一直飞升到月亮之中。在那里，她永远美丽年轻，陪伴她的只有玉兔和吴刚。玉兔永远重复着捣药的动作，年轻力壮的吴刚则被罚砍树，砍断了又重新长上，年复一年，永无休止。总之，时间消失了，不再有发展；空间也固定了，不再有变化。然而这个名叫嫦娥的少女却并不快乐，她非常寂寞，正如一首诗中所写的：'嫦娥应悔偷灵药，碧海青天夜夜心。'"[3]乐先生想起，希腊神话中月神塞勒涅与情人恩底弥翁的故事："月神爱上了美少年恩底弥翁，恩底弥翁是一个生命短暂的凡人，因为塞勒涅爱他，神就使他青春永驻，但他必须长睡不醒。月神每天乘车从天空经过，来到她的情人熟睡的山洞，和这个甜睡中的美少年接吻一次。神话中说，正是由于这种无望的爱情，月神的面容才显得如此苍白。在这个神话中，美少年恩底弥翁得到了永恒，他付出的代价是无知无觉，和嫦娥一样远离人世。人类总是想摆脱时间，追求永恒，其结果往往是悲剧性的；即使他们成功了，他们得到的永恒也不是幸福，而是成为异类，永远孤独。"[4]嫦娥、恩底弥翁超越时空化入永恒后，前者孤独

---

① 乐黛云：《乐黛云散文集》，第 5 页。
② 同上，第 332 页。
③ 同上，第 332 页。
④ 同上，第 334 页。

不乐，后者无知无觉。这样的永恒是人生的理想归宿吗？在乐先生心中，当然不是。

乐先生喜欢季羡林先生的散文《二月兰》，也喜欢陶渊明的《形影神赠答诗》。二月兰是一种常见的野花，花朵不大，紫白相间，花形和颜色都没有什么特异之处。然而，每到春天，和风一吹拂，燕园内无处不有二月兰在。当至亲的老祖和女儿婉如永诀后，当宠爱的小猫虎子和咪咪离世后，季先生"感到无边的寂寥和凄凉"，而二月兰却"一点也无动于衷，照样自己开花……一团紫气，间以白雾，小花开得淋漓尽致，气势非凡，紫气直冲云霄"！在"文革"中，当季先生感到义愤委屈、毫无生趣的时候，"二月兰依然开放，怡然自得，笑对春风"。十年浩劫结束，人间地覆天翻，二月兰也还是"沉默不语，兀自万朵怒放，紫气直冲云霄"。二月兰在这世间，"应该开时，它们就开；该消失时，它们就消失。它们是'纵浪大化中'，一切顺其自然，自己无所谓什么悲与喜"。①《形影神赠答诗》云："纵浪大化中，不喜亦不惧；应尽便须尽，无复独多虑。"乐先生论及《二月兰》时说："和永恒的大自然相比，人生是多么短暂，那小小的悲欢又是多么不值一提"；论及《形影神赠答诗》时说："一旦连生死都能听其自然，还有什么放不下呢？"②如何安顿灵魂，乐先生从季文和陶诗中得到的答案是：一切顺其自然。

乐先生关注到一个有关人生的深度隐喻：还乡。1947年，钱锺书在一篇用英文发表的文章中提出，他在道家和禅宗的说教中发现了一个核心隐喻：漫游者回归故土。庄子说："旧国旧都，忘之畅然。"庄子又借鸿蒙与云将的对话，强调"返归故土""各复其根"。《妙法莲花经》讲述："年幼乞儿，舍父出逃，漫游经年，复归故里，父启其智，乃识乡邻。"这一隐喻西方也有：普罗克鲁斯以为，灵魂朝圣要经历三个阶段：居家，旅行，还乡。钱锺书所论述的中西文化中的还乡隐喻拨动了乐先生的心弦，也激活了她的生活体验。乐先生的家乡在边鄙贵阳，闭塞而落后。少年时代，她渴望走出封闭，到远方云游，出人头地，建功立业。然而，旅途中的苦辣酸甜唤醒了她的自幼所爱。这时，故乡成了最美好而神秘的所在，成了疲惫灵魂的憩园。她说："所谓'自幼所爱'，就是在你所生活的那个时段中，你周围的山川河流，父老兄弟，风俗习惯，神话传说……以至家里的桌椅板凳、锅碗瓢盆和你在那段时间所感受到的、沉淀于你的记忆中的一切。无论你走多远，这一切都会潜藏在你心的深处，诱你回归。"③1955年，由于阶级斗争这根弦绷得太紧，眼看就要崩溃，乐先生说："我不顾一切，在未请准假

乐黛云专栏

---

① 乐黛云：《乐黛云散文集》，第77页。
② 同上，第50页。
③ 同上，第59页。

的情况下，私自回到贵阳老家，再见花溪的绿水青山。我好像又重新为人，不再只是一个'政治动物'……成天徜徉于山水之间，纵情沉迷于儿时的回忆。"[1]故乡的山光水色、神话传说，在游子心中，是现实性的存在，更是超现实的精神性存在。返回故乡，在绝美的山与水间流连低回，在乐先生，是现实，也是隐喻。如何安顿灵魂？乐先生的答案是：回归现实或超现实的山水故园。

乐先生散文的不朽价值在于，她奋起千钧之笔，写出了她自己和她所处的时代。乐先生生自边陲，有苗家血统，自幼游戏于青山绿水之间，听惯了有关山水和苗人的奇幻传说，又在教会学校受到基督教的长期熏染，形成了浪漫、纯真、坚毅的性情。日后，她的进取，她的哀生伤逝，她对自由的追求，对自然率真之情的尊仰，以及对人生终极问题的玄思，与她早年所生活的环境相关，也与她身处的中西交汇的蝶变时代相关。她把这一切写进了她的散文，她的散文由此而形成了一种沉郁俊伟的独特风貌。

乐先生是研究创作兼擅的学者。在中国古典时代，精通四部的通儒所在多有。近代以降，四部演为七科，通儒之学衰落，专家之学勃兴，但仍有一些学人将研究与创作合冶，此在北京大学尤显突出。乐先生绍继北大这一传统，在勤研学问的同时，创作不辍。她的散文因得学问润饰，在沉郁俊伟里，也氤氲着一股清新典雅之风。

（王达敏：安徽大学文学院特聘教授，中国社会科学院文学所研究员）

---

① 乐黛云：《九十年沧桑：我的文学之路》，第59页。

九十大成——我眼中的乐黛云先生

陈戎女

2021 年 10 月 5 日，中央电视台新闻频道《吾家吾国》栏目播放了乐黛云先生的电视片。宣传海报和电视中，九十高龄的乐先生戴一抹红色丝巾，目光看向远方和未来，睿智的眼神中透着她一贯的坚毅。下面是她的手书："和而不同，贵在同心。乐黛云 2021 年夏"。

一、乐黛云先生与我的"历史时刻"

1996 年我拜入乐先生门下读博。在这之前，我曾见过先生一面，至今犹记，那是我第一次面见先生的"历史时刻"。我在中国人民大学读硕士时，学世界文学专业，大概在 1994、1995 年，有一次听说北大有个比较文学的会议，我们几个人大世界文学专业的同学约着一起去听会，会上见到了乐先生。那是我第一次亲眼见到乐先生（以前书上多次见到先生名字），推算先生年龄那时应该六十出头了，但不知为何，我印象里她也就是四五十岁的光景，笑容可掬，英姿勃发，烫过的齐耳短发，上穿一件宝蓝色上衣，配一条碎花裙。她特地走到我们这群外校年轻学生身边，热情洋溢地表示欢迎，搞得我们这些窜到北大"蹭会"的学生倒不好意思了。那天的会议，乐先生似乎没有发言，她的博士生史成芳发言的题目记得是"庄子的时间观"，以那时我的理解力，听得云里雾里。王宇根的发言讲"比较诗学"，那也是我第一次听到"比较诗学"这个词，觉得很新鲜。若干的第一次，回去后我着实消化了好一阵子，内心的感触是比较文学这个学科很吸引人，乐先生很亲切，却不曾想冥冥中我已经与乐老师结缘，与北大比较文学与比较文化研究所结缘。

1996 年，经过考博的一番披荆斩棘后，秋天我和同门张旭春一起进入北大比较所，幸运地成为乐门弟子和北大比较所人。90 年代末期，北大比较文学与比较文化研究所在化学北楼二层，旁边是北大英文系，所里的物理空间很有限，没有比较所诸位先生的独立办公空间。如果张旭春和我要与导师谈话，就去乐先生朗润园 13 号楼二层的寓所。入校之前先生曾约我们面谈，那是我第一次去先生家，顶天立地的书架给我留下非常深刻的印象。第一次与乐先生面谈（不算考博面试的话），我兀自紧张中，乐先生问我们原来的研究是做什么的，感兴趣读什么书，未来想做的研究方向是什么。一番细致的询问和交谈后，乐先生当即拍板，确定让刘小枫老师做我的博士合作导师。第一次与乐先生面谈，就确定了我心日中堪称"梦之队"的导师队伍，而这次谈话也几乎决定了我未来的博士论文方向和未来的学术发展道路。现在想来，这可能是我与乐先生面见的第二个重要的"历史时刻"。

后来在乐门的时间长了，逐渐摸清了乐先生的"脾气"。乐先生是非常开明的博导，有海纳百川的雅量，她很少否定学生的学术志趣和研究方向，哪怕是她陌生的研究，只要你能说出道理证明研究的价值，她不仅不会拦着，还会尽力促成。这听着容易，实际上颇难。乐先生还"御准"过我曾毙掉的一个硕士生做三国游戏的硕士论文选题，这件事我多次提起，以此证明先生不拘泥于学科藩篱的学术视野。

我的三年燕园岁月，与乐先生有时见面多，有时见面少。见面多的时候是她在校的时候，授课的时候，见面少的时候，必然是乐先生与汤先生一道出国了。我们刚入校不久乐、汤两位先生就出国去也，她发 E-mail，嘱我们二人好好学习。

乐先生和汤先生伉俪经常出国开会，或到国外大学讲学，有时候一学期都不在。我们大多通过 E-mail 联系。说起 E-mail，二十多年前的事现在想起来年代感十足：那时节网络不是哪里都有的，电脑（如果你幸运地拥有 PC 的话）一整天都挂网是难以想象的奢侈，E-mail 没有中文的，查看和回复 E-mail 都用英文，起码在北大就是如此。当时与国外联系并不方便，我收发 E-mail 都是在北大西门附近、未名湖边的北大网络中心，得从南门的女博士生宿舍 25 楼，骑着自行车咣当咣当斜穿过整个燕园的核心区，从小山坡冲下，到西边毗邻研究生院的网络中心那栋楼的网络中心，按分钟计时收发 E-mail。记得乐先生的一封英文 E-mail 中，叮嘱新入门的两个 doctoral candidates 要用功学习读书，说的就是我和旭春兄。这封 E-mail 我看过，但不记得收件人是谁了。

乐先生从国外回来后，就开课了。乐先生给我们亲授过《比较诗学》的研究生课，上课的学生多为博士生，好像也有一些硕士生。先生的教学方法有点儿孔老夫子的"不愤不启，不悱不发"的意思（《述而篇》），她不会全部自己讲（比较所有的老师是全程自己讲），她会启发学生自己想问题的答案，对学生来说最惊魂的时刻是猝不及防被点名："某某同学，这个问题请你来讲一讲。"我记得张旭春被乐先生布置的任务，就是在课堂上讲了一段英诗。我则没有这样的"幸运"，但也不时被先生的耳提面命吓出一身汗。

北大比较所的老师开很多课程，我选过乐先生、严绍璗老师、戴锦华老师和丁尔苏老师的课程，孟华老师和刘建辉老师的课程非常专，我没敢选。此外我还选修了哲学系的两门课，其中已过世的王炜老师带着我们读德文版的海德格尔《宗教现象学》，至今难忘。比较所同时作为中国比较文学学会的秘书处，学术活动很多，也要张罗学会的组织工作。我们博士生参与的事情，就是协助联系国内的学者参加国际比协的会议，孟华老师让我们用当时的 IP 插卡电话（在 BP 机刚刚兴起的时代，手机还不常见），一一联系国内的参会学者。我去孟老师家里汇报工作时，吃到了一次让我印象深刻的"孟府"煎鱼。

此后博士论文开题、答辩、毕业等"历史时刻"，历史的刻刀——镌刻在我的燕园读博岁月中。

回顾这三年，乐先生虽然慈爱，但在我心目中师威恒在。先生比我年长四十岁，我很难跨越年龄距离（更多是心理距离），无阻碍地接近、亲近先生。一方面，我觉得自己学问浅薄，这当然被先生一眼洞穿，"写论文不要总是用空洞的概念和术语"（我当然很想写好论文，但功力不济带来的心虚和恐慌，在论文中一览无遗）；另一方面，先生于我，是高山仰止，甚至是难解的谜，虽然我看过先生的自传和很多传记性质的散文，但我其实并不能领会先生在很多重大时刻的选择，更别说这些选择背后的意义。

今年 5 月 9 日，在北大举行的乐先生《九十年沧桑：我的文学之路》[①] 研读会上，好几位老师和乐门同门发表了感言，我也谈了我从师乐先生二十多年来最感慨系之的领会。跟乐先生读博时，我是个二十多岁的年轻姑娘，三年的时间也许可以完成一篇尚算合格的博士论文，但三年时间，我没有阅历和能力理解当时六十五岁的乐先生的人生历史和她的学术理想，尽管我也努力想理解，但阅历是无法逾越的限制。博士毕业后，花了十年、二十年，我才慢慢理解了乐先生之于中国比较文学学术事业的意义；我自己当了二十多年的老师之后，我才逐渐领悟乐先生为人师的那颗博大自由的心灵，且此生立志以乐先生为师之表率。以吾师为师，是一个循序渐进的过程，它并不拘囿于那三年的燕园岁月，它无法"一蹴而就"，它是从那三年向后辐射的光年。这二十多年中，每当我做学问、带学生、忙琐事遇到纠缠难解的疑问，怎么权衡也无法求得最优解，我祭出的最后一招就是问自己，如果乐先生碰到这个问题会怎么做？这一问，如庖丁解牛，症结迎刃而解。

① 乐黛云：《九十年沧桑：我的文学之路》，中国大百科全书出版社。

乐先生六十五岁的时候，我幸运地与她的生命相遇，今年先生九十岁仙寿。先生的过去，我辈晚出，无缘参与，但是通过先生的文字，我们熟悉了那个从贵州走出来的勇往直前的年轻女孩，那个在北大敢于直言，办同人杂志而陷入政治和社会风波的女教师，那个在一次次下放、劳动中损耗了美好年华的"右派"，那个一旦有了空间和机遇就开始办学会、做杂志的比较文学学科奠基人。待我与先生有了历史机缘的遇合，我亲睹了那个不改学术初衷、不断用博大心胸建设学科的温润君子，从七十、八十到九十的乐先生。

二、21 世纪的"中国梦"与新中国精神

2011 年，乐先生八十之际我曾做过一个访谈，其中先生自述其个人的学术研究可分为三个阶段。第一阶段是 20 世纪七八十年代，其时先生还是摘帽右派，受命教授北大的朝鲜和欧美留学生《中国现代文学史》课程，却由此发端，意识到研究中国现代文学必须研究西方文学，其后是一系列的创举：创设北京大学比较文学研究所，召开第一届中国比较文学学会年会，主编《世界诗学大辞典》，策划"中学西渐丛书"。第二阶段先生提出新人文主义的主张。自 20 世纪末先生开始关注新人文主义，1999 年在中国比较文学学会第六届年会上做了"二十一世纪与新人文精神"的发言，此后新人文主义的想法逐渐成熟。第三阶段始自千禧年，以"9·11"事件为触发点，先生开始集中思考全球化背景下多元文化的问题（如西方国家与伊斯兰教国家的问题），尤其用力于中国文化在多元文化世界格局中的安身立命。由此反观，先生从新世纪初不断提出，全球化发展中的核心问题是多元化如何进行，文化对话如何进行，的确很有前瞻性。先生创办《跨文化对话》杂志的初衷也是根源于此。①

中国文化在全球化和多元文化的世界应该何为，是乐先生一直在思考的问题。先生向来对西方的新帝国理论持评判态度，对文化"软实力"的提法也颇不赞同，新帝国和软实力无不是在政治和文化层面突出了霸权思维和征服意识。既然西方中心主义业已破产，重新树立中国中心也绝不可取。那么，中国文化靠什么对外传播？凭借什么立足于全球文化？先生推许的是如林语堂的英文著书《吾国与吾民》《生活的艺术》那样，"两脚踏中西文化"，写作时"将心比心"，尊重文化的差异的对外传播和跨文化对话，一厢情愿的"灌输"不是对话之术，也不合"和而不同"之道。

中国文化和精神在 21 世纪如何立于多元文化的世界，乐先生曾以"中

---

① 陈戎女：《上天责我开面目，创辟用启铸华章——乐黛云先生访谈录》，载《中国文化研究》2012 第 2 期。

国梦"为解题的一种思路。21世纪初，乐先生敏锐地关注到美国梦、欧洲梦、中国梦的问题，她在讲演和著文中多次比较甄别美国梦、欧洲梦，并借此定位中国梦的内涵和可能性。不得不说，乐先生以独到的文化感知力和非凡的思想前瞻性，早就认识到中国梦是一个重要的比较文化论题，是21世纪的中国定义自己的文化—政治议题。现代中国梦的重要参照是美国梦与欧洲梦，厘清美国梦、欧洲梦和中国梦，既是清理不同地域的思想—政治—文化走向，更是面对"不同时空不同思维方式和生存方式"。某个国族（国家）或某个区域的梦文化，一言以蔽之，是对未来的规划，是理想对实践的指导，无论是政治实践还是文化实践。

乐先生是从美国人里夫金（Jeremy Rifkin）2004年出版的英文版《欧洲梦》一书受到重要的启发，她总结和思考美国梦的特点、欧洲梦的不足，最后的落脚点自然是中国梦该如何设计，如何建构。乐先生对此提出，美国梦不受限制地追求财富，以"最大自由去挣最多的钱"，欧洲梦倡导文化多元和全球生态意识，提高个人的精神水平，扩大人类相互理解，然而，无论是物质个人主义的美国梦，还是精神个人主义的欧洲梦，都是地区保护主义的梦，都不是中国梦应该追求的方向。

反观中国古代先贤曾经构筑的各种梦想，乐先生认为：

> 无论是老子的"无为梦"还是孔子的"大同梦"都未能造福于现代中国，以致中国日益贫弱。它必然被另一个百余年来的"强国梦"，即现代化之梦所代替。中国在构思"中国式的现代化之梦"时，往往希望能够综合世界各种现代化模式的优点，而且还特别希望能够综合中西文化的优点，避开纯粹西方资本主义的弊端。如果说西方（包括日本）现代化的条件是殖民地掠夺和绵延不绝的战争，那么中国的现代化必须在这两者之外去寻求。[①]

现代的中国梦既不能彻底照搬西方（无论美国梦还是欧洲梦），也不能完全取法古代的传统文化，"新中国精神"是另一种"涅槃与再生"。从文化的建构性生成来看，乐老师赞同赵汀阳的提法，中国梦在思想/知识体系、公正的社会制度设计、有意义的生活方式等方面既要设计中国式的梦想，又要寻求它对全球文化有所贡献，造福全球。

乐先生的个人治学史，以及她对于跨文化对话和中国梦的寻求，契合着先生在八十岁、九十岁以后逐渐凝聚的核心思考：多元文化的冲突中如何进行跨文化对话，如何在冲突和对话中构筑中国梦和中国精神。

① 乐黛云：《涅槃与再生——在多元重构中复兴》，中央编译出版社2015年版，第35页。

三、"资深青年"的九十大成

2021 年是乐先生九十荣秩。我以为，先生的九十大成，在于她的成人之功、成事之功、成学之功。

我们常说，乐先生是"资深青年"，先开始称她为"八〇后"，现在称她为"九〇后"，在年龄的双关语之后，是我们对先生"年轻"的精神状态的钦佩和认可。年轻，在乐先生这里表现为她的精神世界的开放性，和朝向未来、永不固化的"未完成性"。先生很多书的封面都采用一张她青年时代的照片，我也很喜欢，那时候她是北大学生，十七八岁的样子，穿着朴素却又"时髦"的背带裤，佩戴着北大校徽，年轻的脸庞微笑中带着坚毅，似乎世界的未来即将在她面前展开。如果对照着看，九十岁的先生，这般"年轻"的精神面貌，经年未改。

乐先生"年轻"的精神非常富有感染力。大家都知道，乐先生喜欢跟年轻人聊天。而不少人谈到，只要与乐黛云先生接触，无不折服于她的人格魅力。这种人格魅力和精神力量，哪怕隔着时空，也能代代传承。我教过的一个学生，现在是一个中学的老师，最近她看到中央电视台乐先生的电视片之后，发朋友圈回忆说："一次课下，陈教授谈起她的老师乐先生，她眼中的星辰、她语中的钦敬，让当时的我隐约触探了'美''善'这些恢宏的字眼。也自心底萌发了'女性力量'，一个细小却有力的声音'我也要成为她们这样的女教师'……在这条路上，追随她们，走下去。"从"九〇后"乐先生到九〇后年轻人，她们的年龄相差六七十年，但乐先生的精神力量总能穿透时代的距离，辐射和感染年轻人。

《南方人物周刊》记者邓郁说乐先生是"搭桥者与铸魂人"[1]，的确，先生是摆渡者，是渡人者。她的心灵对他人永远是开放的，因为她的宽容之心，她从来都愿意提携后辈。哪怕有些"精致的利己主义者"会利用她的声望和影响力，有时我们都担心乐老师太容易"上当受骗"了，但乐先生听到这样的担心一笑了之，根本不介怀。这样的大气，是因为她成就过无数年轻人，怕何来哉！

作为师者，作为燃灯者，乐先生的九十大成中，成人之功，是先生的心灵天性和内在精神使然。

戴锦华老师不止一次提到，无论开什么学术会议，只要有乐先生出席，必然是主席台座中男性学者中那一抹女性的亮色，而且，她肯定是主席台 C 位。这让戴老师感到既开心，又有趣。我在乐先生八十岁时的访谈中，

---

① 邓郁：《搭桥者与铸魂人》，载《南方人物周刊》2021 年第 18 期。

曾特别设计了一段"女性的对谈",后来有若干读者告诉我,那是他们印象最深的部分。乐先生完美地现身说法,一个女性必须以独立的人格、不断进取的态度、立身的价值追求,展开生命的始终,因此她特别不能理解那些依赖性的女性,也反对女性放弃自己的职业追求,不管这职业是什么。

当然,作为一位女性,乐先生的事业成就完全超越了"妇女能顶半边天"的俗语,也就是说,先生的成就已经无关乎性别,超越了性别分野下的种种规矩。以至于我们谈到乐先生的"立功"时,性别维度已不是一个有效的衡量尺度。

乐先生五十岁后,才真正开始她的学术事业。在王瑶先生和季羡林先生的鼓励下,她宁做中国比较文学事业的鸣锣开道者和打扫人。她的积极进取为中国比较文学赢得了宝贵的发展时间,她的海纳百川又为学科打造了无比宽阔的生长空间,使中国比较文学学科在80、90年代以来进入快速发展的时代。凡会议必主席台C位,先生自己对这些是不在意的,这不过是同道中人对她的学术地位的一种认可,也体现出中国比较文学的"乐黛云时代"先生无法替代的学术贡献。

作为中国比较文学的奠基人(尽管先生拒绝被冠以此名号),乐先生的九十大成中,成事之功,是先生的使命感和责任感使然。

乐先生大学毕业后,做学术的黄金岁月有大半时间在各种运动和下放中蹉跎了。但是无论作为比较文学研究开端的系列论文(如《尼采与中国现代文学》),还是21世纪以来她着眼于中国与世界大文化格局的"和而不同"命题的思索,无不出于她关心的真问题:中国作家为何受到尼采的影响?对各种激烈的文化冲突东方和中国能否贡献解决之道?而她思考问题的方式决然是"比较文学"式的,从中国出发,放眼世界,寻求解答。

> [乐]先生用这种具有"中国流"意味的大布局,形成了她自己的思考框架和问题意识。她也以一个个比较文学研究实绩,让我们进一步探究什么是比较文学的真精神,并警醒我们,如何以比较文学学者跨越语言、文化与学科限制的独特优势,摆脱"机械降神"的思想控制,永远为文学与文化发展的"新机重启,扩大恢张"留下可能——甚至勇敢地去争得这一可能[1]。

时代只给了乐先生在学术道路上奋斗半生的"窗口期",但先生不与半真理妥协的内在精神,就是她的比较文学的真精神和锤炼问题意识的内在推动力。她念兹在兹的"和而不同",就是她为21世纪的文化冲突给出的

---

[1] 张辉:《和而不同,多元之美——乐黛云先生的比较文学之道》,载《中国比较文学》2021年第4期。

solution。

作为学者，乐先生的九十大成中，成学之功，是先生的比较文学精神和直面多元文化冲突的学术追求使然。

2021 年 7 月 3 日，"北语比较文学"微信公号推出了乐先生的贺寿特辑。兹录贺词如下：

> 2021 年是中国比较文学学科的拓荒者、奠基人，北京大学教授乐黛云先生九秩华诞，"北语比较文学"推出系列贺寿特辑，回顾先生的人生感悟，矢志不渝的文学问道之路，不断推动东西方文化对话的思考。先生一生立言建功无数，提携年轻后学，在中国比较文学和人文学界具有不可替代的深远影响力。公号恭祝"九〇后"乐黛云先生日月参光，天地为常，仙寿恒昌。
>
> 2021 年 12 月 5 日

（陈戎女：北京语言大学文学院教授，国家社科基金重大项目首席专家）

福履成之

张　辉

庚子年的疫情改变了计划好的一切。对我来说，最遗憾的，是没能按原先的设想为乐老师过九十岁生日，也没能为远在故乡南通的老母亲过八十岁生日。

聊可安慰的是，按照我们老家的习俗，生日是可以"补"的，而且延后时间补生日，甚至更加吉利。我们"分解"了原定在未名湖后湖畔朗润园举行的户外生日会，大家以更具精神性的方式为老师庆生。

北京大学比较文学与比较文化研究所的微信公众号"北大比较所"特别设立专栏，陆续转载乐老师最新出版的回忆录《九十年沧桑：我的文学之路》，同时配发弟子和学界同仁的祝寿文章。友邻公号"人文共和""北语比较文学""古典学研究""海螺社区"等联袂唱和。

媒体同仁高度关注。《传记文学》刊发了乐黛云专题；《南方人物周刊》、北京大学校园网、《中华读书报》分别发表了《乐黛云：搭桥者与铸魂人》《90岁乐黛云：北大奇女子的生命热度》《九十华诞年，忆乐黛云先生的学术人生路》等万字长文；"央视新闻""澎湃新闻"特别做了专访。

此外，北大比较所和北大中文系联合北京大学人文社会科学研究院，在2021年5月9日母亲节当天举行了一场别开生面的读书会，研读乐老师的新书，也与我们的"九〇后资深青年"乐老师一道回忆往昔、思考现在、瞩望未来。

这本《乐以成之——乐黛云先生九十华诞贺寿文集》，也正是迟到的生日活动的重要一环，她是另一本贺寿之书《乐黛云学术叙录》的姊妹篇。两本书分别由复旦大学出版社、北京大学出版社出版，南北两个学术重镇的出版机构颉之颃之、遥相呼应，不啻为一段令人难忘的学术佳话。

文集取名《乐以成之》，也正与北大出版社2011年出版的《乐在其中——乐黛云教授八十华诞弟子贺寿文集》形成序列。这是时过十载之后，北大比较所同仁以及海内外乐门弟子的再次雅集。"兴于诗，立于礼，成于乐"，乐老师是我们学术和精神上的领路人，是我们心中永远永远的老师。

诗云："乐只君子，福履绥之""乐只君子，福履将之""乐只君子，福履成之"。文集的封底上用我们所有人的名字组成"100"字样，谨以此书为敬爱的老师祝寿，谨以此书期盼十年后再为老师编辑百岁华诞贺寿文集。

谨以此祝敬爱的老师健康、快乐、幸福！

2021年6月再改于京西学思堂灯下

（张辉：北京大学中国语言文学系教授）

存神过化　君子之德：乐先生九十华诞志念

刘耘华

2021 年元月，是乐黛云先生九十诞辰。三年前，乐门弟子定于 2020 年春天在朗润园为乐先生举办一次开放式的寿庆聚会。三年来，我一直盼望着这场盛会能够如期举行，盼望见到先生的慈颜，听到先生弟子的欢声笑语。无奈 2020 年初开始肆虐的新冠疫情，取缔了这场春天的约会，我也只好闷栖在沪上的陋居，烦忙于线下的琐事和线上的课程。

转眼间便到了 2020 年底。眼见先生的诞辰日近，庆祝之事却寂悄悄地没有动静，按捺不住想为先生做点什么的我便询问跃红兄，可否为先生出一本九十诞辰贺寿文集。跃红兄说，早有此心，并让我与张辉兄联系。与张兄一说，张兄也说早有此心，于是决定一起合作来筹办此事。

坦白说，我把刊刻先生寿庆文集的事情，一方面视为自己的荣幸，另一方面也视为对先生山高水阔的教诲之恩的一份绵薄谢意。攻读博士学位期间，先生让我以儒家典籍为个案探索"中国解释学"的问题，这样一来，我便养成了反复阅读先秦儒家经典的习惯。这对于确立我的生命态度和学术品格具有重要影响。

儒家主张成己、成人并举，内外之道兼合。所谓"富有之谓大业，日新之谓盛德"，就是要求在品格修养和人间事功两方面都不断进取、新新不已，过积极的人生。孔子岂不知宇宙荒漠无边、天道循环不已（此处蕴含颇类于佛家所云无尽的成、住、坏、空）？岂不知人生艰苦、世事难为？但为何他偏偏要"知其不可而为之"？这是因为，他把入世的担当和责任视为对于"天命"的敬畏、认领和回应。孔子很注重培育"无忧无怨"的乐天人格，这种人格培育，意味着"我们一起同在这可怜的人间"（这是周作人写给鲁迅的一句话），不必怨天，不必尤人，行有不得，则反求诸己。如此来看，所谓"孔颜乐境"，不就是要我们"笑对苦难人生"吗？所以，窃以为儒家、佛家，都有大慈悲在，只不过相比之下，佛家所持的是一种"消极的慈悲"，儒家所持的则是一种"积极的慈悲"。记得我们初到上海那几年，一家都深陷于困顿而难以自拔，先生得悉之后，数次劝慰我要"快乐地面对"：因为，忧愁也是一天，快乐也是一天。当时我只是感激先生所施加于我的有效的精神纾解，现在我才恍然大悟，原来这就是孔子所教导的"积极的慈悲"啊！这里套用一句《孟子》的话，以示对先生之遥深用意的感喟：孔子，我师也。先生岂欺我哉！

孔子说："君子之德，风；小人之德，草。草上之风，必偃。""必"字表明，德行的境界具有真正强大的力量，因为它所唤起的是人们甘心情愿的精神认同。正如孟子所云，是"中心悦而诚服也，如七十子之服孔子也"。

在这个"放于利而行"的世道，相信"君子之德风"，难免会再一次遭受"迂远而阔于事情"的嘲讽。但是，正如先生的一生行事之于我们，不也产生了一种"所过者化，所存者神，上下与天地同流"（借用孟子的话）的德行教诲之效吗？所以，"君子之德风"不仅仍然具有事实的支撑，而且在滋养我们的生命方面它也绝非"小补"而已。

愿世人也像往圣先贤，也像我们所敬爱的先生，多花些心思气力来"照料灵魂"。

（刘耘华：复旦大学中文系教授）

乐黛云：愿把中国文学带到世界各地

舒晋瑜

采访手记

常有人感到奇怪，"朝为座上客，暮为阶下囚"的剧烈变化竟然没有引起乐黛云性格上的根本转变。她从不颓废，没想过自杀，从未对未来完全失去信心。她说："支撑我坚守的原因就是一直滋养我的、来自中西文化的生活原则和道德追求，特别是中国文化中的随遇而安，'穷则独善其身，达则兼济天下'的教导，正是这些原则帮助我度过了那些因难于索解的迷惑而痛苦的年代。"

回顾自己的人生，乐黛云说，一生中有三个最重要的选择：第一是选择了教师的职业，第二是选择了终身从事文学和文学研究，第三是选择了老伴汤一介。"我们共同生活了五十八年，心中始终有一颗小小的火苗，那就是忠诚。无论经过多少波折，我始终无悔于我的三个选择。"

乐黛云觉得自己的一生体现着五个字："命、运、德、知、行。"第一个字是"命"，你必须认命；第二个是"运"，这个"运"是动态的，当运气很坏的时候，你不要着急，运气很好的时候，你也不要觉得自己怎么了不起；第三个字是"德"，道德是任何时候都要"修"的，这是中华民族传统文化中一个非常重要的因素；第四个字是"知"，她无论在什么环境下都没有放弃过对知识的追求；第五个字是"行"，所有的一切，最后要落实到行为上，"行"其实是一种选择。

"我很庆幸选择了北大，选择了教师这个职业，选择了文学研究作为我的终身事业。我最大的愿望是把美好的中国文学带到世界各地，让各国人民都能欣赏到优美的中国文化，进而了解中国。我努力做着，虽然做得还不够好，但我一直是这样做的。"乐黛云说。

她是中国比较文学学科的拓荒者，今年九十岁。是什么塑造了她始终坚韧的性格，使她饱经沧桑却依然乐观？

被山水浸润的性格

1931 年，乐黛云出生在美丽的山城贵阳。她的父母都是新派人，父亲是 20 世纪 20 年代北京大学英文系的旁听生，母亲是女子师范艺术系的校花。他们家附近没有小学，父母就自己教她念书。父亲教英语、算术，母亲教语文和写字。母亲嫌当时的小学课本过于枯燥无味，就挑一些浅显的文言文和好懂的散曲教她阅读和背诵。

父亲被聘为贵州大学英文系讲师后，他们一家搬到了贵州大学所在地花溪。父亲买了一小片地，就地取材，依山傍水，用青石和松木在高高的石基上修建了一座简易的房子，走下七层台阶，是一片宽阔的草地，周围镶着石板小路，路和草地之间，是一圈色彩鲜艳的蝴蝶花和落地梅。跨过草地，是一道矮矮的石墙，墙外是一片菜地，然后是篱笆。篱笆外就是那条清澈的小溪了。草地的左边是一座未开发的、荒草与石头交错的小山。最好玩的是在篱笆与小山接界之处，有一间木结构的小小的厕所，厕所前面有一块光滑洁净的大白石。少年时的乐黛云常常坐在这块大白石上，用上厕所做掩护，读父母不愿意她读的《江湖奇侠传》和张恨水的言情小说。

在从贵阳疏散到花溪的贵阳女中，乐黛云快乐地度过了初中时代。这所刚从城里迁来的学校集中了一批相当优秀的老师，其中国文老师是刚从北方逃难南来的"下江人"，名字叫朱桐仙。朱老师很少照本宣科，总是在教完应学的知识之后给学生讲小说，《德伯家的苔丝》《微贱的裘德》《还乡》《三剑客》《简·爱》等等，这些美丽的故事深深地吸引了乐黛云，她几乎每天都渴望着上国文课。在老师的熏陶下，乐黛云深深地爱上了文学，爱上了戏剧。

治学现代文学史

1948 年，乐黛云考入北京大学。在北大，老师们博学高雅的非凡气度深深吸引着乐黛云。当时一年级设在宣武门城墙下的旧"国会"会址；离沙滩校本部还挺远，课程有沈从文先生教大一国文（兼写作），废名先生教现代文学作品分析；唐兰先生教说文解字；齐良骥先生教西洋哲学概论，还有化学实验和英文……她喜欢听这些课，总是十分认真地读参考书和完成作业，也喜欢步行半小时，到沙滩校本部大实验室去做化学实验……

大学毕业后，乐黛云就选定现代文学作为自己的研究方向，她喜欢这门风云变幻、富于活力和挑战性的学科。恩师王瑶先生劝告她，不如去念古典文学，"现代史是非常困难的，有些事还没有定论，有些貌似定论，却还没有经过历史的检验，"王瑶先生说，"何不去学古典文学呢？至少作者不会从坟墓里爬出来和你论争！"乐黛云反问："那么，先生何以从驾轻就熟的中古文学研究转而治现代文学史呢？"

二人相视一笑，一切尽在不言中。

从中国文化出发

1952 年，乐黛云和汤一介结婚了。公公是曾经在美国与陈寅恪、吴宓并称"哈佛三杰"的汤用彤先生。乐黛云回忆说，认识到作为一个中国学者，做什么学问都要有中国文化的根基，是从汤老的教训开始的。汤用彤先生晚年患有脑溢血，乐黛云帮他做了很多事情，找书、听他口述，然后笔录成书。有一次汤老先生在口述中提到《诗经》中的一句诗："谁生厉阶，至今为梗。"乐黛云没有读过，也不知道是哪几个字，更不知道是什么意思。汤老先生很惊讶，连说，《诗经》你都没通读过一遍吗？连《诗经》中这两句常被引用的话都不知道，还算是中文系毕业生吗？

这件事令乐黛云惭愧万分，从此发愤背诵《诗经》。她说，"五四时期"向西方学习的人，都有非常深厚的中国文化底蕴，像吴宓、陈寅恪、汤老先生和后来的钱锺书、宗白华、朱光潜等，他们都懂得怎样从中国文化出发，应向西方索取什么，而不是"跟着走"。

一切"听其自然"

和同时代的学者一样，乐黛云也曾经历过一连串痛苦而惶惑的岁月，她当过猪倌、伙夫、赶驴人、打砖手，也学会了耕地、播种、收割。她曾赶着四只小猪满山遍野寻食，日出而作，日落而息。她喜欢这种与大自然十分贴近的一个人的孤寂，也经常思前想后，为自己策划着未来的生活，以为最好是找一个地方隐居，从事体力劳动，自食其力。想来想去，还是中国传统文化帮了忙：随遇而安，自得其乐。她说："我似乎想明白了，倒也心安理得，每天赶着小猪，或引吭高歌，长啸于山林，或练英语，背单词于田野。"由于乐黛云劳动得很不错，还获得了"打砖能手""插稻先锋"等光荣称号，回校后，她被告知可以重返"神圣的讲坛"，给留学生上课。20 世纪 80 年代起，她陆续发表和出版了《茅盾论中国现代作家作品》《尼采与中国现代文学》等作品，编译了《国外鲁迅研究论集》，引起了相当强烈的反响，开拓了西方文学与中国文学关系研究的新的空间。

乐黛云说，"听其自然"是自己的格言。她没有刻意想过要成立一个比较文学学科，只是按照自己的方式去讲，慢慢地就形成了一个视角。"我觉得我做人也好、做事也好，很重要的一条线索就是听其自然。"

做被遗忘的鸣锣者

荒唐岁月过去后，1984 年到 1989 年间，乐黛云夜以继日，埋头读书写作，争分夺秒，想要把失去的时间夺回来。她在北京大学不断开设新课，如比较文学原理、20 世纪西方文艺思潮与中国现代文学、马克思主义文论在东方和西方、中西比较诗学等。这些课程都是第一次在北京大学开设。学生的欢迎促使她更好地准备，大量增进着自己的系统知识积累。

此间，乐黛云连续出版了两部专著：《比较文学与中国现代文学》和《比较文学原理》。在《比较文学与中国现代文学》中，她真诚地写道："我寄厚望于年轻一代……他们可以成为世界第一流的学者，他们可以成为中外兼通、博采古今的巨人。中国文化将通过他们在世界文化宝库中发出灿烂的永恒的光辉……在他们登上宏伟壮丽的历史舞台之前，也许还需要一些人鸣锣开道，打扫场地！我愿作那很快会被抛在后面的启程时的小桥和小径，我愿作那很快就会被遗忘的鸣锣者和打扫人。"

乐黛云把自己的这两部学术著作看作"文化热"的一种结果。她认为，要促成我国悠久文化的转型和发展新阶段，首先要有不同于过去的新的观念。文化之所以"热"，就"热"在争相酝酿新观念，这就要求人们认真了解近年来世界发生了什么，有哪些新的东西可供参考，又如何为我所用。

对话乐黛云："塑造我的人生的几本书"

舒晋瑜：您从事比较文学研究，那么是从什么时候开始接触西方文学的？

乐黛云：抗战初期，我在从贵阳疏散到花溪的贵阳女中念完了三年初中。这所刚从城里迁来的学校集中了一批相当优秀的老师。我最喜欢的一门课是国文。老师是刚从北方逃难南来的一位"下江人"。我还清楚地记得她的名字叫朱桐仙。她也不愿住在学校附近，就在我们家那座小山上，比我们家更高一些的地方，租了两间农民的房子。朱老师很少照本宣科，总是在教完应学的单词、造句和课文之后，就给我们讲小说。一本英国托马斯·哈代的《德伯家的苔丝》，讲了整整一学期。那时我们就知道她的丈夫是一个著名的翻译家，当时还在上海，《德伯家的苔丝》正是他的最新译作。朱老师讲故事时，每次都要强调这部新译比旧译的《黛丝姑娘》好得太多，虽然她明知我们根本听不懂翻译好在哪里。在三年国文课上，我们还听了《微贱的裴德》《还乡》《三剑客》《简·爱》等。这些美丽的故事深深地吸引了我，我几乎每天都渴望着上国文课。初中三年，我们每学期都有国文比赛，每次我都是尽心竭力，往往几夜睡不好觉，总想得到老师的青睐。

大约在二年级时，朱老师在我们班组织了一个学生剧团，第一次上演的节目就是大型话剧《雷雨》。我连做梦都想扮演四凤或繁漪，然而老师却派定我去演鲁大海。我觉得鲁大海乏味极了，心里老在想着繁漪和大少爷闹鬼，以及二少爷对四凤讲的那些美丽的台词。我大概就是那个时候爱上了文学，爱上了戏剧。

初中毕业，我考上贵州唯一的国立中学——第十四中。可惜我在第十四中的时间并不长，高二那年，抗日战争胜利，第十四中迁回南京，重新复原为中央大学附属中学，我则仍然留在贵阳。高中三年印象最深的就是美国。我被美国文化深深地吸引。四十年代那些美国的所谓"文艺哀情巨片"简直使我如醉如痴。泰隆·鲍华、罗勃·泰勒扮演的银幕上的美国兵竟然成了我心目中的英雄。每个周末放学回花溪，我宁可摸黑走路回家，也要在星期六下午赶两三场美国电影。当时的《魂断蓝桥》《鸳梦重温》《马克·吐温传》等影片在我心中烙下了深深的印记。

我们学校附近就有美国兵的驻地，特别吸引我们的是沿街销售美国剩余物资的小地摊，从黄油、奶粉、口香糖、信封、白纸，直到专供美国兵用的简装本的古典小说和侦探故事都有。这种简装本64开、软封皮、不厚不薄，在车上、床上，特别是上课时偷着看都很方便。霍桑、海明威、辛克莱、斯坦贝克，我都是通过这些简装缩写本读到的。当时，傅东华翻译的美国小说《飘》刚刚出版，真称得上风靡一时。同学们都在谈论书中的人物，我和母亲也时常为书中人物发生争论。我当然是有文化、有理想、有教养的文弱书生卫希里的崇拜者，母亲的英雄却是那位看透了上流社会、能挣会赚的投机商人白瑞德。

应该说，整个高中时代，我都沉浸在西方文化的海洋中。每个星期六一定参加唱片音乐会，听著名的音乐史家萧家驹先生介绍西洋古典音乐，然后系统地欣赏从巴赫、贝多芬、舒伯特、德沃夏克、柴可夫斯基到德彪西、肖斯塔科维奇的乐曲。我当时对萧先生特别崇拜，他的言谈举止对我都十分有吸引力。在这一时期，我的业余时间几乎全部用来看外国小说，包括英国D.H.劳伦斯的《查泰莱夫人的情人》，法国安德烈·纪德的《田园交响乐》和《伪币制造者》，俄罗斯陀思妥耶夫斯基的《被侮辱与被损害的》《卡拉马佐夫兄弟》，等等，真是无所不看！我也喜欢写散文、念古诗，国文课上总是得到老师最热情的夸奖。

舒晋瑜：是哪些契机让您决心走上文学道路的？

乐黛云：我想我决定走上文学之路还是比较早的，大约在初中三年级左右。那时候我在贵阳，那边很流行的就是俄国小说——像《钢铁是怎样炼成的》那样的苏联小说那时还很少。那时候流行的俄国小说，要么是托尔斯泰，要么是屠格涅夫。我那时很喜欢屠格涅夫，反而不太喜欢托尔斯泰，他的有些思想我不太认同，而且他的小说太长了，我也不是很喜欢。那时出了一套屠格涅夫丛书，一共六本。我喜欢他的《父与子》和《前夜》，这些小说都完全是讲革命的，像《前夜》就是讲俄国 19 世纪革命的，女主人公和她的父亲曾被流放到西伯利亚，从那时起，我就比较喜欢屠格涅夫。我觉得我受革命的影响大概就是从屠格涅夫开始的。当时他的六本书，我就一本接一本看完了。那时候我来到北大，想要革命，但也不太知道革命是什么，当时我认为革命意味着一定不要过那种平凡的、特别家庭主妇的生活，我最不喜欢那样。所以我当时想一定要过一种特殊的、与别的女人不同的生活，而不是那种结婚、生孩子、做饭的生活。那时候我的标本就是屠格涅夫，是他《前夜》中写的女主人公。所以，从那时开始，我就很受俄国文学的影响。

舒晋瑜：您入学时"赶上了旧北大的最后一站"，听到了停课和院系调整前北大中文系的课程。您当时最喜爱的课程有哪些？有哪些老师让您印象深刻？

乐黛云：那时候我最喜欢的就是废名的课。废名讲的是"现代文学作品选"。而且他选的都是别人不选的那些短篇作品，有时候就是他自己的作品。他讲课的时候是非常入神的，他自己也忘乎所以了，我们听着也忘乎所以了，所以我很喜欢他的课。另外沈从文的课我也非常喜欢，沈从文讲课很慢。"国文与写作"课原本叫"大一国文""大二国文"，后来改了，特别加重了写作的部分。第一年是记叙文写作，第二年是文艺文写作，第三年是议论文写作，所以我们那时的写作功底还是很不错的。因为一连三年都要练习写作，且每三个礼拜都要交一篇习作，可以短一些，但都要亲自写过、自己立意、自己提炼、自己行文，这种锻炼我觉得现在太少了。

舒晋瑜：您是从什么时候爱上读书的？您的性格是否受到读书的影响？

乐黛云：人的个性可能有一些先天的因素，但归根结底是决定于社会和家庭的影响；对一些人来说，读书更是起着十分重要的作用。我在初中二年级读了《简·爱》，女主人公那种自尊自爱、自我奋斗、鄙弃世俗成见、忠实于自己的心的性格无形中成了我的摹本。

高中时代，我最喜欢的作家是陀思妥耶夫斯基，特别是《罪与罚》和《被侮辱与被损害的》，它们让我第一次关注到社会底层可怕的贫困、痛苦和绝望，并深感如果对这一切不闻不问，漠不关心，那确是人生的奇耻大辱。20世纪40年代末期，我有幸接触到车尔尼雪夫斯基的《怎么办？》。职业革命家拉赫梅托夫和作者本人成了我最崇拜的偶像，也成了我在生活中追求的最高目标。我那时看当代小说、西方小说的时间很多，真正扎扎实实念古书的时间还是少了。有时间看一看古代作品很好，对一个人的性情的陶冶是很有好处的，也可以看到过去的人是如何活过来的，他们有什么想法。

舒晋瑜：对于书的选择，是否也受环境、年龄等外界因素的影响？

乐黛云：有关系。后来一连串逆境，使我深深爱上了《庄子》；庄子辽阔豁达的胸怀使我有力量去漠视生活对我的不公，尤其是他的名言"不累于俗，不饰于物，不苟于人，不忮于众"成了我在逆境中做人的准则。与此同时，《陶渊明集》则陶冶了我浮躁而尚不能脱俗的情怀。陶渊明对素朴的田园生活的吟味，如"暖暖远人村，依依墟里烟。狗吠深巷中，鸡鸣桑树颠""晨兴理荒秽，戴月荷锄归。道狭草木长，夕露沾我衣"等都陪伴着我，使我在艰苦的农村生活中体验着大自然的诗意而逐渐心安。"悲风爱静夜，林鸟喜晨开"等诗句使我对农村的静夜和清晨都充满着喜悦。后来，甚至对生死等大问题似乎也都有所参透："纵浪大化中，不喜亦不惧，应尽便须尽，无复独多虑。"一旦连生死都能听其自然，还有什么放不下的呢？

（舒晋瑜：《中华读书报》总编辑助理，中国作家协会会员）

乐黛云专栏

乐黛云小传

梁婉婧

乐黛云，苗族，1931 年出生于贵阳，北京大学比较文学教授，中国比较文学学会会长，国际比较文学学会副主席（1990—1997）。曾在美国哈佛大学、荷兰莱顿大学、香港科技大学等处做访问学者及客座教授。

1931 年，乐黛云出生于贵阳的一个富庶家庭。父母皆新派人士，思想开放。受战乱影响，其求学之路波折，几经转移，轮转四所学校。1948 年考入北京大学中文系，同年在北大加入党的外围组织民主青年同盟。次年参加北京大学剧艺社、民舞社，加入中国共产党，积极倡导革命文艺，同年在北京《解放报》发表第一篇书评《生命应该燃起火而不只是冒烟》。1950 年，作为北京市学生代表参加布拉格第二届世界学生代表大会。

1952 年乐黛云从北京大学毕业，任职于中文系，担任王瑶教授的助教及系秘书，同时师从王瑶研究现当代文学，发表了《现代中国小说发展的一个轮廓》《五四以前的鲁迅思想》等文章。1957 年与中文系年轻同行策划同人刊物《当代英雄》，因此被划为极右派，开除党籍和公职，到门头沟山区监督劳动，养猪种菜。

1962 年重返北大，在资料室注释古诗，后被派担任政治系写作课教师两年。1964 年，因表扬学生反映"大跃进"实况的文章被勒令停课，再次被打为右派，接受劳动教育。1969 年，与北大两千余名教职工一起到江西南昌远郊鲤鱼洲走"五七"道路，兴建北京大学鲤鱼洲分校，曾从事踩泥、和泥、打砖等劳动，获"打砖能手"称号。在此期间担任"五同教员"，与工农兵学员同吃、同住、同劳动、同学习、同改造思想。1972 年，草棚大学解散，乐黛云再次返回北大。

1976 年，乐黛云被分配教授留学生现代文学课程，进而开始研究西方文学与中国现代文学的关系，以及西方作品在中国传播的情形。1980—1981 两年，主编《茅盾论中国现代作家作品》，编译《国外鲁迅研究论集》，发表论文《尼采与中国现代文学》，影响颇大，是其自觉进入比较文学研究的标志，另为《中国大百科全书（外国文学）》撰写"比较文学"条目。

1981 年北大比较文学研究会和北大比较文学研究中心成立，担任两个机构的秘书长。

如果说中国现代文学和西方文学的密切联系催生了乐黛云最初的比较文学兴趣，那么三年后的美国之行则坚定了她后半生的比较文学道路。1981 年，乐黛云作为访问学者赴哈佛大学燕京学社进修一年，专修比较文学课程。次年接受美国加州大学伯克利分校邀请，在该校东亚系担任客座研究员，随后两年从事"中国小说中的知识分子"项目研究，完成了在伯克利的第一本著作 *Intellectuals in Chinese Fiction*（《中国小说中的知识分子》），并撰写回忆录 *To the Storm*（《面向风暴》），回忆录被译为多种文字出版。

1984 年，她返回北京大学中文系，开设"20 世纪西方文艺思潮与中国现代文学"专题课，并陆续开设"比较文学概论""比较诗学"等课程。1985 年，应深圳大学校长之邀，乐黛云与汤一介夫妇在深圳大学建立中国第一个比较文学研究所和 1949 年以来第一家国学研究所。同年，北京大学比较文学所获批建立。10 月，在季羡林、李赋宁、杨周翰的支持下，乐黛云在深圳组织有一百三十余人参加的中国首届比较文学讲习班并出版《比较文学讲演录》。随后，中国比较文学学会在深圳大学成立，召开了成立大会暨首届学术研讨会，乐黛云当选中国比较文学学会副会长兼秘书长。中国比较文学学会的成立标志着比较文学学科在中国实现专业化、体制化的开始，为比较文学学科的发展提供了必要的外部制度保障，中国的比较文学事业从此由地方到全国、由"热点"向"常规"深入持续地发展下去。

20 世纪八九十年代，乐黛云从国际交往、国内团体和教学体制建构三个方面，奋勇投身于中国比较文学学科的建设。她带领中国学者积极参与国际会议，让中国比较文学与国际接轨。其学术志趣也从影响研究、文学关系研究，逐渐转向跨学科研究、诗学研究、文化误读与文化对话理论等研究。1987 年，乐黛云当选国际比较文学学会第十二届执行局理事，随杨周翰、王佐良教授赴美参加第二届中美比较文学双边研讨会，提交论文《中国小说叙述模式从传统到现代的转型》。与杨周翰教授共同主编的第一部《中国比较文学年鉴（1986）》出版。1988 年，参加德国慕尼黑国际比较文学学会第十二届年会，发表论文《关于现实主义的两场论战》，第一部专著《比较文学原理》出版，主编的《中西比较文学教程》出版。1989 年至2014 年期间，任中国比较文学学会会长。

1989 年，与王宁合编的《西方文艺思潮与二十世纪中国文学》出版。1990 年，另一本与王宁合编的《超学科比较文学研究》出版，同年获加拿大麦克马斯特大学荣誉文学博士学位。1991 年出席在东京召开的国际比较文学学会第十三届年会，发表论文《中西诗学中的镜子隐喻》，主编的《欲望与幻想——东方与西方》出版。1994 年，出席在加拿大召开的国际比较文学学会第十四届年会，发表论文《中国诗学语境中的言、象、意》。1995年，中国比较文学学会与北京大学比较文学所联合举办"文化对话与文化误读"国际学术讨论会，接待国际比较文学学会理事会成员，乐黛云发表论文《文化相对主义与"和而不同"原则》。同年出版论文集《独角兽与龙——在寻找中西文化普遍性中的误读》。1997 年，出席在荷兰莱顿召开的国际比较文学学会第十五届年会并发表论文《文化差异与文化共存——东亚文学史上的一个个案研究》。同年，第一个博士生史成芳毕业。散文集《透过历史的烟尘》出版。

1998 年至今，乐黛云与法方合作主编《跨文化对话》丛刊，目前中文版已出四十四辑，还主编"远近"丛书，目前已出十二辑，另有法语版和意大利文版。1999 年，在四川成都召开的中国比较文学学会第六届年会上发表重要论文《21 世纪与新人文精神》，提出通过沟通和理解寻求有益于共同生活的基本共识，并指出比较文学在这一过程中的作用。2000 年，出席在南非召开的国际比较文学学会第十六届年会并发表论文，散文集《绝色霜枫》出版。

步入 21 世纪后，乐黛云持续推进中国比较文学与国际的对话沟通，同时加强构建国内跨文化对话平台，她的问题意识也转向了更广阔的新人文主义研究，进而思考在全球化进程中多元文化的发展问题。2001 年，乐黛云从北京大学中文系离休，担任美国斯坦福大学访问教授一学期。2003 年，参加"跨文化对话的回顾与前瞻"中法合作研讨会，《比较文学简明教程》出版。2004 年，参加在香港召开的国际比较文学学会第十七届年会，发表论文《全球化时代的比较文学——中国视野》。

2005 年，参加在深圳召开的中国比较文学学会第八届年会，主题发言"比较文学发展的第三阶段"，并在凤凰卫视"世纪大讲堂"上讲学。同年主编"跨文化沟通个案研究丛书"。2006 年，她被授予日本关西大学文化与科学荣誉博士学位。为《欧洲梦》中文版作序，并多次发表有关"美国梦、欧洲梦和中国梦"的文章和演讲。出版专著《中国知识分子的形与神》，主编"中学西渐个案丛书"，主持建立"跨文化交流网"。2007 年，《21 世纪的新人文精神》和《文学：面对重构人类精神世界的重任》在多地杂志发表。2008 年，主编"跨文化对话平台丛书"四种，"当代汉学家研究丛书"第一辑，"中国经典传播个案丛书"第一辑。散文集《四院·沙滩·未名湖——60 年北大生涯》出版，受到读者好评。

2011 年 9 月 16 日，乐黛云在八十岁之际与汤一介向北大图书馆捐赠毕生收藏的珍贵图书典籍和文献资料。2012 年，出版《逝水与流光》《清溪水，慢慢流》《长天依是旧沙鸥——散文杂感》《跨越文化边界——学术随笔》

《漫游书海——书评书序》《得失穷通任评说——他人评论》等书。2014年9月，汤一介先生因病去世。

2015年，乐黛云获得中国比较文学终身成就奖。出版《涅槃与再生：在多元重构中复兴》，主持并出席多场读书会。10月14日，接受《儒风大家》采访，刊发专题访谈"对话乐黛云先生：融化新知，安身立命"。11月22日，出席《汤一介散文集》《乐黛云散文集》新书发布会，与读者一起畅谈生活和文学的变迁、读书与写作的温情，以及那些蕴藏在字里行间的北京大学往事。11月24日，汤一介遗稿《我们三代人》出版，乐黛云作序，用赤诚的文字生动又深刻地展现出汤氏一门三代知识分子在中国百年社会动荡变迁中的政治命运和对中国传统文化以及学术的传承守望。2016年，获得由北京师范大学颁发的第二届"会林文华奖"，该奖旨在表彰为中国文化国际传播作出突出贡献的中外人士。同年，《跨文化方法论初探》《山野·命运·人生》《天际月长明》出版。2017—2018年，接受《人民日报》《文艺报》、搜狐等多家媒体采访，陆续发表访谈"乐黛云：革故鼎新心在野，转识成智觉有情"和"乐黛云：建立属于我们的文化自信"。2019年，参加中国文化书院导师雅集，获首届法兰西学院汪德迈中国学奖。2020年，光明日报刊登文章《乐黛云：总是要创新，要走新路》。

2021年1月，乐黛云九十岁之际，《九十年沧桑——我的文学之路》出版；5月9日，出席北京大学"文研读书"第二十七期"和而不同，多元之美——乐黛云教授《九十年沧桑》研读会"；6月，成为《南方人物周刊》第18期封面人物，记者发表访谈"乐黛云：搭桥者与铸魂人"。

乐黛云先生作为中国比较文学学科的开拓者，虽一生历经坎坷，但在王国维、鲁迅、吴宓等一代接通华洋、熔铸古今的文化先驱引领下，矢志不渝地耕耘逾半个世纪；尤其在20世纪80年代以来率领学人奋勉前行，从而使我国比较文学研究队伍成长为与法国、美国鼎足而三的一支生力军。

（梁婉婧：北京语言大学文学院硕士研究生）

黄河故事的多重讲述[*]

——读邵丽《黄河故事》兼及时代与人的关联性

魏华莹

女作家学刊·第三辑

摘　要:《黄河故事》是邵丽较为明晰地确立起地域文化意识的作品。通过黄河写作脉络的追溯，发现其对于作家情感和地域属性的激发，实现了与李准等新中国文学写作传统的接续。借由对父辈的形象塑造，探讨人性、欲望与集体化时代的差异。而将郑州—深圳双城故事对照的讲述中，融入作者对改革开放时代故土、异乡不同文化性格的反思。在不断地重返故乡、历史记忆，寻找父辈之旅中，呈现出当代中国社会变迁中个体与时代的发展史。

关键词: 黄河故事；父辈；时代

2020 年，邵丽在《人民文学》第 6 期发表《黄河故事》，后在河南文艺出版社出版单行本。这是她较为明晰地树立起地域写作意识的作品。在自序中，详细讲述了从儿时与黄河的交集，逐渐萌生的对黄河的情感，追溯了黄河的写作源流，以及不同时期作家的黄河书写中所试图探寻的民族文化性格。而小说中刻意将黄河岸边的故乡郑州与新兴城市深圳双城对读，也拉开了故事框架，融入作者对改革开放时代故土与异乡的文化反思。

一、寻找黄河

《黄河故事》是邵丽在 2020 年特殊的封闭时期所写，本是延续《天台

＊　本文系河南省高等学校青年骨干教师培养计划"文学地理学视阈下当代河南小说研究"的阶段性研究成果，批准号 2020GGJS023。

上的父亲》《风中的母亲》的寻根之作。这批作品也标识了作家的创作转向，邵丽之前的作品更为关注同代人的生存奋斗与生命尊严，如长篇小说《我的生活质量》《我的生存质量》，多关注人的生存和生活状态；《寂寞的汤丹》《明惠的圣诞》《城外的小秋》《村北的王庭柱》《老革命周春江》《刘万福案件》等，多直接以人物命名，展示他们的生活面貌及其延伸的诸多社会问题。这些作品也得到批评家的诸多肯定，被认为是"以悲悯的情怀写出了中国这个古老农业大国的现代化进程中人们内心的煎熬和挣扎，表现与此相关的生存奋斗和人性尊严"[1]。"她对世风世相的生动描绘，对女性命运、情感和心理的深切同情，对当下生活的积极介入表达出的家国情怀，使她成为一个值得关注的重要作家。"[2]

　　新时期以来的文学对于人的书写一直是重要的问题，相较而言，邵丽的虽然文学创作起步很早，但建立起自我写作意识的作品更多是关注城市人的生存尊严。长篇小说《我的生活质量》，以倾诉和遭遇的讲述方式关注城市人的精神建构问题。故事开头引入奶奶的城市大家闺秀背景，因为战乱流落乡下，将所有的希望寄托在王祈隆身上，后来通过考大学离开农村，并阴差阳错地当了官，自觉能够实现奶奶的理想了，但奶奶仍希望王祈隆有更远的出走，而王祈隆却长着村里人都有的脚趾骨，这被视为农村的烙印，故事后面过多地将王祈隆的脚趾骨与代表城市的洋气女孩做对比，形成城与乡的二元对立。相较而言，展现都市生活的中篇小说《明惠的圣诞》显得更为含蓄隽永，令人沉思。明惠是乡下女子，母亲是村里的妇女主任，明惠一直成绩很好，是村里的人尖子，高考却不幸落了榜，受尽嘲笑。看到同村女子进城后的光鲜，明惠也毅然来到城市，并做了来钱最快的按摩服务业，靠卖淫赚钱实现城市梦。直到遇到李羊群，在圣诞节两人同居，明惠成为城市的女主人，本以为新生活就此打开。在次年的圣诞节上，明惠和李羊群去庆祝节日，李羊群遇到自己的小伙伴，看到这些城市女孩的自信、靓丽，看到李羊群融入他们时的从容，明惠才弄清楚自己是永远无法融入城市的，于是选择黯然自杀。而吊诡的是，李羊群还在纳闷，她为什么要死呢？作品对弱势群体的追问和关注，尤其是精神领域的关注刺痛人的心灵，反思一个骨子里自尊的女子被城市粉碎的悲剧故事。

　　《黄河故事》则改变了以往的叙事框架，直接彰显出作者所受地域文化的影响，并尝试进行文化寻根。在河南文艺出版社的单行本序言中，邵丽提到自己和黄河的交集。大概四五岁的年纪，随着出差的父亲行中见到了黄河。父亲兴致很高，还提前准备了几句顺口溜："黄河绿水三三转，碧海青山六六弯。黄河浊水三三曲，青草流沙六六弯。千山红叶千山树，万

① 　何弘：《因为理解　所以悲悯》，载《文艺报》2007年11月13日第2版。
② 　孟繁华：《世风世相、女性与家国——评邵丽的小说创作》，载《中国作家》2013年第6期。

邵丽专栏

里黄河万里沙。"但当时自己的记忆只有安静的河道和瘦弱的河流，一片萧瑟。后来到省城读大学，与父母一起再看黄河，母亲很是动情，说：黄河黄河，水是真黄啊！父亲也莫名来了一句：打破砂锅问到底，跳下黄河洗不清！但当时的"我"还是不解父亲的心潮澎湃。而随着作者接近黄河，甚至为其溯源的过程中，才一点点了解它、热爱它。而这种亲近感来自作者对地域文化的认同，"所谓一方水土养一方人，不仅是物质的，同时也是文化的。"在这个意义上，文学成为"一种土地和气候的产物"，并蕴含着人类社会与经济文化因素，体验有别于他处的文化遗传和生存形态。

序言还梳理了黄河故事的历史文脉，从《诗经》中"关关雎鸠，在河之洲。窈窕淑女，君子好逑"，到李白"黄河落天走东海，万里写入胸怀间"，再到新中国作家李准的《大河奔流》《黄河东流去》，黄河一直是文人墨客浓墨重彩之所在。李准的《黄河东流去》重在表现中国文化以及从苦难中挖掘中华民族百折不挠的文化根脉，并为当下寻找精神图腾和栖息之地。在李准看来，正是黄河给了中原人热烈的性格。而热烈的情感，是创作的基本条件。李准是新中国文学史上重要的作家，曾创作出《不能走那条路》《李双双小传》等经典作品，具有浓郁的河南地方风情和语言特色。李准还是重要的剧作家，他的很多作品编成电影之后获得广泛的社会影响。而他对于黄河的书写，直接探寻黄河之于河南的意义，以及河南人勤劳、踏实，贴着地面行走的性格。黄河给予不同时代的写作者讲述故事的背景和资源，在这个意义上，邵丽所接续的也是河南文学的重要传统，作品着重讲述集体化时期和改革开放时代黄河岸边的故事，更是直接映射新中国成立以来中原人民的生存史和发展史。

二、我与父辈

在邵丽的近作中，开始注重对于我与父辈隔阂的反思，重新发现生命中缺席的父亲，和对于父辈生存状态的探寻。短篇小说《天台上的父亲》，父亲在天台上选择跳楼自尽。子女这才发现，父亲的人生自尊而又压抑，"在那样的时代，又是那样的环境，我们是父亲为数不多可以忽略的人吧。除了自己的亲人，父亲必须对所有人、所有事情小心翼翼。"对于子女来说，而父亲自杀的理由却遍寻不到，"唯一可以解释的理由是，不是跟我们的隔阂，而是他跟这个时代和解不了，他跟自己和解不了。曾几何时，他是那样风光。但他的风光是附着在他的工作上，脱离开工作，怎么说呢，他就像一只脱毛的鸡。他像从习惯的生命链条上突然滑落了，找不到自己，也找不到可以依赖的别人。除了死，他没有更好的解决办法。"缺失的父亲，成为一个象征性的符号。子女的人生充满对于父爱的忽视以及父权的反抗，甚至父亲有自杀的想法之后，子女们轮流以爱的名义监督他。而并没有想过要走进他的内心世界，试图去理解他、包容他。爱的表达缺失，父子、父女冲突问题成为一代人的心理创伤，以及裹挟着历史、文化与习俗的重负。

《黄河故事》中的父亲，同样面临着失败者之死。母亲的羞辱是压倒父亲的最后一根稻草。在家里，父亲像个影子，悄没声息地来，悄没声地走。母亲每天忙忙碌碌，忙完地里忙家里。可是父亲像个没事人一样，不是谁家有个红白喜事去帮人家做菜，吃一顿饱饭心满意足地回来，就是跟着一群人去打兔子钓鱼，好像他是这个家里的过客。种种行径使得母亲极为仇视父亲，母亲需要稳定，需要长幼有序的尊严和面子，需要家要有个家的样子。而父亲就是破坏秩序的始作俑者。但是，为吃饭、生计发愁的父母亲也曾有过美好往事。

　　我父亲生于中医世家，家庭条件优裕，从小到大都是衣来伸手饭来张口，没受过任何委屈。可我父亲除了会念书，其他心思全用在吃上了，常常偷我爷爷的药材炖鸡煮鸭。他卤的猪头肉能香一条街，做年食也样样在行。开始我爷爷看他聪明，对他寄予厚望，后来看他只在意庖厨，非常失望。但他打也打了，骂也骂了，儿子却终是不上进，最后索性由他去了。好在那时候爷爷家丰衣足食，也不在乎父亲糟蹋一点食材和药材。父亲尽着性子痛痛快快当了几年"少爷厨子"。

　　而我母亲虽然是个女孩子，但从小就被我姥爷送进了学校，成为县中为数不多的女学生。她学校未念到毕业，解放了，我姥爷被当作恶霸被政府镇压。说起我姥爷，他的故事可以拍一部电影，肯定还得是加长版的。他出身优裕，自幼聪慧过人，过目不忘，完全可以考个好功名。但他志不在此，特别喜欢《东周列国志》里的人物，义字当先。他在乡里更爱出头逞强，喜欢当老大，仗着家里有钱，既喜欢仗义疏财，也热衷于抑富济贫。有人对他感激涕零，也有人对他恨之入骨。我姥爷被枪毙那一天，传说跪了一街筒子人，求政府手下留情，都是受过他恩惠的人。

　　我母亲自小就随父亲的性子，敢作敢为，倒也是个自立自强的主儿。父亲被镇压，她一点也不觉得羞愧，竟然指挥着愿意帮忙的人给爹爹办理了丧事，像送别一个正常人一样，丧礼办得有鼻子有眼儿。平日里出出进进，她腰板挺得直直的，小小年纪，家里家外都能独当一面。在全镇子上，也算是响当当的女汉子。

刚强倔强的母亲，一开始对公子哥般的父亲充满希望。认为他出身大家，见过世面，一定有主见、有魄力，没想到父亲却是干起事情来百无一用。母亲卖了金戒指凑钱给父亲去贩卖药材，父亲却贪恋武汉的美食和米酒，把自己喝醉，误了生意。母亲借钱让父亲买缝纫机想着赚钱贴补家用，父亲却买回来一个三轮车，还在醉酒后跌倒沟里，摔断了两根肋骨。母亲求人把父亲安排到兽医站，去了不到半年就被开除回来，还背了三十块钱罚款。原因是在诊治一头病驴时，父亲觉得没有治疗价值，提议大家凑五块钱买了，他煮了一锅驴肉汤。母亲从此对父亲再无温情。

父亲在母亲的心中是一种定格的毫无用处的形象，而在村人和子女的记忆中，却存在一个不乏温情的父亲。在二姨夫妇心中，"他算是生错了地儿，一辈子没跟人红过脸，也从来没见他说过别人的不是！""村里人都说他是个热心人，待人又得体。"在村人眼里，父亲是一个非常幽默风趣，知书达理，而且相当有生活情趣的人。打兔子钓鱼，套野猪网鸟，还会讲故事，简直无一不通。更重要的是他做得一手好菜，哪怕是一根白萝卜到他手里，都能做得跟别人不一样。毕竟他是大家庭出来的，吃过见过那么多，而且读过很多书，背过汤头歌，懂中草药。

作品还展示了父亲高超的厨艺。

> 不一会儿工夫，他面前就规规整整摆满了肉丝、肉丁、肉片和花红柳绿的各种配菜。案上的东西准备齐了之后，他才开始开火、架锅、烧油。在父亲的操持下，一时之间只见勺子翻飞，碗盘叮当。平时蔫不拉几的父亲，好像突然间换了一个人，简直像个演奏家，把各种乐器调拨得如行云流水，荡气回肠。一会儿便让老板和大厨看傻了。

然而，在那样物资匮乏的粗糙年代，这样的手艺显然是毫无用处的。作者尝试打开历史，通过不同的记忆和讲述建构了一位缺席的父亲形象。代际差异的实质性内容是社会文化特质而非其自然属性，父亲作为一位悲剧人物，既有个人的因素，也有时代的因素。在被禁锢的年代，释放本我的父亲没有任何的正面价值，只能徒自悲伤和找不到出路。众所周知，改革开放前，我国实行的是高度集中的计划经济体制，此时在国家集中再分配和控制的过程中形成了一套社会排斥体系，排斥的主要标准是体制身份，例如户籍身份等。这种体制身份是根据国家发展战略和社会控制的需要规定的，并通过法律、法规、政策予以制度化，因而可称之为"体制排斥"。由于其排斥对象是那些不具有特定体制身份的群体，在这个意义上，体制排斥可被看作一种集体式排斥。[1]

---

[1] 李路路、朱斌：《当代中国的代际流动模式及其变迁》，载《文化纵横》2015年第5期。

所以，在作品中，我们会看到母亲对于父亲不务正业的不满，对子女婚姻、工作问题的干涉，对体制人的羡慕与向往，以及固有的阶级眼光对子女的厚爱与歧视，造成的母亲与几位子女的紧张关系。但如果仅仅从时代因素来看，如何认识后面故事讲述中弟弟这个形象，也是如此的懦弱和发不出声音，也显示出作者对于男性话语和力量的并不信任。但是作品中还是写到父亲对二姐和我的温情与爱意，在子女心中的温暖形象，这些人类基本的情感和恒定的事物，才是打动人心之处。

三、个人与时代

邵丽专栏

还好，时代变化了，才有了"我"对家庭的背离和无限的可能。改革开放新时期，在市场经济体制下，社会主要排斥形式也从基于体制身份的体制排斥转向基于市场能力的市场排斥，才有了子女们各寻出路以及"我"的崛起。作品将时代的差异性通过地理空间、双城故事的方式展现出来。郑州所在的家乡城市，代表了传统的文明和根脉，深圳则代表了新兴的改革开放史。追忆、建构的父亲代表改革开放前的集体时代，而我们当下的生活则是改革开放鼓励个人奋斗的时代气息。

开篇，深圳的花从冬天一直开到夏天，我们总是分不清木棉树、凤凰花和火焰木的区别，都是一路的红。但这火焰花开在树上像是正在燃烧的火焰，白天一路看过去，一簇簇火苗此起彼伏，甚是壮观。我和母亲所代表的文化差异通过不同的生活习惯，尤其是早餐呈现出来。

> 我没理她们，把面包片从冰箱里拿出来放进吐司炉里，然后拿了一只马克杯去接咖啡，自己随便弄点东西胡乱吃吃。每天早上我起得晚，而我母亲和妹妹总是六点多起床，七点多就吃完早饭了。她们俩还保留着内地的生活习惯，早睡早起。岂止是把内地的生活习惯带到了深圳，我看她们是把郑州带到了深圳，蒸馒头，喝胡辣汤，吃水煎包，擀面条，熬稀饭，而且顿顿离不了醋和大蒜。搬到深圳这些年了，除了在小区附近转转，连深圳的著名景点都还没看完。对于我母亲来说，什么著名的景点都赶不上流经家门口的那条河。不过那可不是什么小河，母亲总是操着一口地道的郑州话对人家说，黄河，知道不？俺们家在黄河边，俺们是吃黄河水长大的。

母亲还在深圳的楼顶种满了荆芥、玉米菜、薄荷、小茴香，都是她让我妹在网上买的家乡的菜种。而我们的厨艺基因也有着遥远的家乡文脉。"我"家所在的黄河岸边，曾出过一个叫列子的名人。列子当年隐居修炼的那座屋子还在，据说已经申报了非物质文化遗产。列子在当地的传说颇多，除了是什么思想家、哲学家、文学家、教育家，还是养生专家，非常会吃。连庄子都夸他会轻功，能"御风而行"。这个传说跟当地人的会吃不知道有没有关系，据说国宴师傅很多都是来自这个地方。列子的存在完成了与历史的勾连，我们家天生的厨艺基因也许来源于此。

通过作品中"双城"故事的刘读，会发现深圳作为新兴城市的勃勃生机以及郑州的古老沉重。中原的存在勾连起悠久的历史，以及文化的传承，而深圳作为新兴城市则体现出改革开放时代的活跃与光彩。似乎为了印证，作品还特意回顾父亲所处的集体时代，对于个人欲望的压抑。

> 父亲在的时候还是大集体，没有包产到户，我们郊区人还靠种地过日子。有一次在田里干活，他到田边的沟里解手，发现了一个兔子窝。于是他又喊了几个人，从窝口开始刨土。然后他把耳朵贴近土地，听了一会儿，拿着铁锹朝地下插去。在他插下去的地方把土刨开，果然锹下有只兔子。父亲没用一滴水，把一只兔子剥得干干净净，然后跑着到周围采集了一些野草野花什么的塞进兔子肚子里，放在火上烤。那个香味弄得大伙儿也没心思干活了，到处跑着找兔子窝。后来我父亲还为此在生产队的大会上作了检讨。

而在场景还原的返乡之旅中，作者不断通过家族故事、打捞的历史记忆建构起郑州的文学地理与时代空间。父亲的特长在那个年代毫无用处，只能成为被歧视的对象。这不禁让读者想起阿城的《棋王》、张贤亮《灵与肉》等，对于口腹、身体之欲的极力书写成为禁欲时代人本欲望的张扬。再回到作品书写的年代，可以发现被集体压抑下的个性，成为被贬斥的另类存在，以及不得不以自我欲望和肉身消泯的方式结局。

作品尝试打开的，还有着一部改革开放史。与家乡的姊妹兄弟静止的没有流动的，沉浸在过去时光的缓慢日子不同，是"我"在异乡极为励志的奋斗史。"我"初来深圳时，只是在一个工地上打工，后来承包了公司的餐厅，再后来做餐饮业，生意风生水起，在周围的佛山、珠海、东莞都开了分公司。"我"住进了三层的花园洋房，戴着价值不菲的珠宝，还将母亲、妹妹接来共享殊荣。与之伴随的是深圳的生机勃勃：深圳这座城市，说到底也就几十年的工夫。可她平地起高楼，活生生长成一副王者之相，现代化的高楼大厦，大块的绿地，原生的和移植过来的古树，虎踞龙盘。生机勃勃的现世存在，会让人忽略她的历史。

深圳作为改革开放的先行者，也被寄予"拆掉一个旧世界、创造一个新世界"的"神话"，深圳的勃勃生机和记忆中家乡的荒凉成为一种参照。

诚然，深圳一直是改革开放中国最具活力的一个典型，"深圳乃至中国社会主义现代化建设的实践，打破了哈耶克对苏联社会主义经济模式与市场经济无法相容而最终必然'通往奴役之路'的悲观论调，成为传统社会主义与市场经济要素相结合，建立社会主义市场经济的成功范例。"①

市场经济时代和计划经济时代的巨大差异，剧烈的城市文明形态变化集中在一个人的生命历程中。"我"作为异乡人来到深圳后，和老板女儿任小瑜的交集，显示着巨大的时空错位。"看着明亮的天空和宽阔无边的草地，看看远处的高楼和身旁盘根错节的老榕树，看看树上树下快乐的鸟儿在啁啾，我的眼睛润润的。纵使我是铁石心肠，也很难不被这样一个冰清玉洁的女孩打动。这一世界的好都属于她。我也已经长大了，想明白了很多事理。我不能责怪父母生下了我，但也不能不说，是自己投错了胎。家庭环境对一个人的性情影响太大了！"

但"我"很快凭借个人奋斗融入了城市神话，适应了变动的社会秩序，收获了事业、爱情。在作品中，"我"的爱情如童话故事般，丈夫是美国留学归来的博士，给了无限的温暖和爱意，使"我"终于相信了爱情。在这里，深圳被日裔美籍学者弗朗西斯·福山在《信任：社会美德与创造经济繁荣》中，通过比较美法德意日韩以及中国文化中蕴含的特质及其对经济发展尤其是大企业发展的影响，提出一个国家的竞争力和经济繁荣是由该文化所蕴含的文化特征即信任程度决定的②。诚信是契约精神的一种体现，契约精神促进了商品交易的发展，为法治创造了经济基础，同时也为市民社会提供了良好的秩序。③

在迈克·克朗看来，文学作品不只是简单地对客观地理进行深情的描写，也提供了认识世界的不同方法。在"我"适应不断发展的城市文明形态过程中，既有着河南人朴实、勤奋的古风，也有着深圳新型社会重契约、守诚信的现代精神。家乡代表着稳定秩序，即便我再度返回，发现郑东新区的发展变化，仿佛克隆了深圳。而在高歌猛进的新中国城市化运动中，"我"也在不断寻找缝合之处，寻找自我的价值归属与情感认同。毕竟，"无论是过去还是现在，各群体的文化认同感和生活方式根植于该群体所在地区的历史及他们的社会经历。"④自我与时代，通过家庭故事打开而又和

① 黄蓉芳：《中国社会主义市场经济—市场经济与社会主义的完美结合》，载《经济与社会发展》2009 年第 2 期。

② ［美］弗朗西斯·福山：《信任：社会美德与创造经济繁荣》，广西师范大学出版社 2016 年版，第 8 页。

③ 谢志岿、李卓：《深圳模式：世界潮流与中国特色—改革开放 40 年深圳现代化发展成就的理论阐释》，载《深圳社会科学》2019 年第 1 期。

④ 赞恩·米勒：《城市与政治品德的危机——城市史、城市生活和对城市的认识》，王旭、黄柯可主编：《城市社会的变迁》，中国社会科学出版社 1998 年版，第 5 页。

邵丽专栏

解，母亲和我重新理解了父亲，也重拾返乡的愿望。

关于作家的写作姿态问题，洪子诚曾提出不同时代语境与创作者的关系。20 世纪 80 年代的文学环境更多是一种感伤姿态，对变革的渴望，对自我的认识和表现的渴望，自我意识开始崛起。到了 90 年代，作家、批评家共同有一种责任意识、使命感和文化自觉，从人文精神论证、对于启蒙的维护都是如此。但是，新世纪以后，作家的姿态日渐模糊。作家更多成为讲故事的人，但故事中所蕴含的社会生活形态、文化背景、历史意识、人生意识成为重要的衡量层面。具体在邵丽的写作中，我们会发现她对黄河等故土的文化融入，和生活变迁的呈现，试图从文学地理上打开时代与人的关系。虽然，《黄河故事》中还掺杂了诸多姊妹的故事，诸如表哥的婚事，和大姐的青春恋爱无疾而终，娶的妻子婚后很快去南方打工，然后就是一纸离婚书；二姐弃体制内工作从商的故事；弟弟懦弱与精明弟媳的故事。其实作品还是不断地寻求精神和解的故事，尽管带有成长经历的伤痕，带有巨大的地域文化差异，但终究都需要与历史中的自我和他人进行精神上的和解。在作者不断地重返故乡、历史记忆，寻找父亲之旅中，也呈现出当代中国社会的巨大变迁和社会动荡中个体与时代的发展史，那些无名的被压抑的父辈的命运故事，以及自我原乡与他乡的认知，其间所融入的文化精神、寻根意识，实现了与黄河故土的时代接续。

（魏华莹：郑州大学文学院直聘教授，博士生导师）

"金枝玉叶"的礼赞与"阶层"的新修辞*
——读邵丽长篇新作《金枝》

余　凡

摘　要: 邵丽长篇新作《金枝》是新世纪文学家族书写和女性书写的重要收获。小说以婚姻所造成的家族内女性悲剧命运为主线，歌颂了时代变迁下女性的韧性与智慧，重构了"金枝玉叶"的意涵。为营造家族神话，小说通过家族叙事上的"传奇"修辞，形成了独特的叙事腔调。故事叙述者周语同主观立场的偏狭，导致了叙述上的裂隙。科学评价穗子和其女儿周栓妮，需要建立在尊重主体精神的基础上。

关键词: 邵丽;《金枝》; 叙事腔调; 批评伦理

引　言

出版于 2021 年的《金枝》，语言端庄纯净，故事凝练，构思精致，叙述充满张力。在故事内容层面，小说以新旧交替时代下周氏家族女性的多种生存形态和精神处境诠释出一个维度多元、意味丰富的"金枝玉叶"意象。在叙述语言层面，家族故事交由怀揣着成长伤痛和家族怨恨的周语同来讲述，她在家族成员的"高低贵贱"的评判上，周语同亦有着绝对话语权。这种叙述上的裂隙和人物评价上的偏差，使得小说具有广泛的再言说空间。因此，题解"金枝玉叶"的人格品质属性和阶级属性、揭示小说叙述上的裂隙和偏差，对阐释《金枝》的思想价值和艺术价值是非常有意义的。

一、家族"金枝玉叶"的生命礼赞与赞歌

《金枝》为新世纪文学所作的重要贡献在于，为家族女性造像，成功塑

＊　本文获中国博士后科学基金资助，批准号 2020M671800。本文获浙江省教育厅一般科研项目资助，批准号 Y202045734。

邵丽专栏

造了多位立体丰满的女性形象。

穗子的执念与妄念及背后的强大信仰力量。穗子是《金枝》中最为典型的人物形象，其身上有着一种中世纪骑士的精神，执着地守护着属于她作为原配夫人的荣光。即便这种地位本身是符号性的、象征性的，即便想要的抓不住，即便执念最终结果不过是妄念，她也要为此坚守一辈子、战斗一辈子。导致穗子心甘情愿地将自己幽闭于阁楼之上，在被离婚之后不愿意离家、不愿意改嫁的原因很多。在主观上，穗子对逃婚丈夫能够归来存在幻想。而另一个更为重要原因是，穗子被乡村共同体下的传统文化礼教所戕害。穗子出嫁的仪式越是隆重，就越是宿命地决定了其无法从传统婚嫁仪式中走出来，终究会困在这让人羡慕、让自己眩晕的光环中，心高气傲也由此成为其婚后的底色。这种婚姻及其背后的传统文化观念形成了强有力的道德约束，既是穗子无法跳脱出来的束缚，也是其能够坚持下来的力量来源。质言之，特定时代下传统女性内心深处宗教崇拜般的信仰，酿成了人生悲剧。最终，穗子不得不以疯妇的形象示人。

风光而又厚重的传统婚嫁仪式这一方面，会让人自然联想到路遥《人生》中刘巧珍的婚嫁。巧珍在对高加林失望之后，选择按照传统婚嫁仪式，风风光光地与马栓结婚。"仪式越隆重、越乡土、越讲究、越注重细节，就越显示出传统的厚重、能量、凝聚力和神圣感，越衬托出高加林与黄亚萍的现代都市恋爱方式的轻浮、缥缈和虚幻。"[①] 巧珍嫁给马栓是迅速的，传统的婚礼仪式越浓重，越显示出传统婚姻自身的牢固性。

中国乡村由传统到现代的转型之路十分漫长。因而，穗子们在当时和随后的时代并不鲜见，典型性十足。一旦穗子们恪守着旧的传统，而婚姻中的男性如周启明却因为接受现代知识启蒙而逃离包办婚姻、走向现代婚姻，就必然使得许多女性生活在一片由泪水浇灌出的冰冷的海洋中，抱憾终生。假使穗子嫁给的是替代周启明迎亲的庆凡——这位和穗子一样具有传统乡土文化观念的男人，则二人一定能够安稳地甚至幸福地过完一生。

如果说穗子身上体现着传统女性的愚昧落后观念的话，那么，周语同的曾祖母、祖母裳和母亲朱珠的性情，则体现在她们对待加之于家庭和个人的苦难时的忍耐与智慧，以及面对女人与女人之间战争时的宽容和清醒。母亲朱珠宽厚、顾全大局，不抱怨，受到委屈也尽量闭口不语，使得家族内即使充满着恩怨，也能够相安无事。朱珠对事业与家庭的孰重孰轻有着经典的总结："再大的业绩都不如养几个孩子好。我和你爸要不是养你们，干一辈子工作，一句都写不到墓碑上。""日子是一天天安安生生过的，不

① 刘素贞:《"时间交叉点"与两种"结局"的可能——再论路遥对〈人生〉中"高加林难题"的回应》，载《文艺争鸣》2017 年第 6 期。

是让折腾的。"① 人总是在经历风霜雨淋后，才会大彻大悟，才会发现生活的本真状态。祖母裳是不易被发现的智者，"她微笑着，好像有话要说，却又不甚言语，因此显得很有些尊贵。"② 她经历了太多的苦难、等待和伤痛，如同久经风霜的老松，早已见惯了逼仄，看淡了一切，也早已将艰辛端详透了，看清了人生的常与变而能不悲不喜。进入暮年，祖母温顺而隐忍，一直用目光打量着自己的子孙后代，看不够，却不发出任何声音，时间在她这里仿佛停止了。对她而言，已经没有迈不过的危困，没有可以使她真正激越与伤心的事，任由小欢乐与暂时的困局烟散。进而，能随遇而安。

那么，究竟谁可以称得上是《金枝》中的"金枝玉叶"？不同历史时期、不同生存状态的女性生命形态，赋予着"金枝"以不同内涵、使命。从生命意志角度而言，在偏执、执念上一条路走到黑的大家闺秀穗子才是真正强大的"金枝玉叶"。如果从愿意为家族提振而殚精竭虑、积极主动充当家族大家长这一角度而言，作为艺术圈知名人士的周语同则是当之无愧的"金枝玉叶"。然而，但凡家族（家庭）中长期付出和默默牺牲的女性皆是值得歌颂和崇敬的。福克纳的《喧哗与骚动》有一句经典的结尾，来概括长期以来家庭成员的生存状态："他们在苦熬。"③ "苦熬"理应作为抵近《金枝》中伟大母亲们的一个重要切口。《金枝》告诉读者，无论是幸福还是不幸的婚姻，都可能导致女性的苦难人生甚至悲剧人生。于是，作为奴隶的母亲必然是悲剧性的，她们别无选择，只能隐忍地活着，生存于她们而言也仅仅是"苦熬"。因而，从护佑家族安宁角度看，所有为了家庭、为了子女"苦熬"着的伟大母亲——小说中的曾祖母、祖母和母亲，皆是"金枝玉叶"。

二、周语同"贵族"叙事的逻辑与裂隙

在邵丽的夫子自道中，有一个关于《金枝》创作初衷的重要信息，即小说的最初题目是《阶级》④。"阶级"是容易打捞记忆的词汇。众所周知，在新时期以来的文学创作和文学批评中，作为名词的"阶级"一词早已被"阶层"所取代。那么，在面世版本的《金枝》中是否遗留了"阶级"主题的痕迹？"金枝玉叶"的故事又是如何重新书写和锻造"阶级／阶层"的？这些是十分有趣的议题。在笔者看来，《金枝》通过高贵血统的赞美与低贱处境的鄙夷之间的对立，放大家族成员间的经济社会地位差，揭示家族内

① 邵丽：《金枝》，人民文学出版社 2021 年版，第 268—269 页。

② 同上，第 94 页。

③ ［美］福克纳：《喧哗与骚动》，李文俊译，上海译文出版社 2004 年版，第 358 页。

④ "原稿书名叫《阶级》，一个家庭的两个阶级，城市和乡村的两种阶级。生命来自母体形成的天然阶级，时间转换所产生的新的阶级。"见邵丽：《我的父亲母亲》，中国作家网：http：//www.chinawriter.com.cn/n1/2021/0517/c404032-32105177.html，（2021/5/17）。

部无法弥合的鸿沟，映衬并确认周语同等人雅致的奢华的都市生活，进而，赋予"阶级"以新形态。

《金枝》对于高贵血统的讴歌、对于家族神话的营构体现在如下三方面：其一，家族成员在外貌甚至血统上超出凡人的独特性，突显了家族成员生活的"贵族"派头，强调城市生活的优越感和对财富的占有。其二，周家是名门之后，祖上出过共和国功臣，这份荣光需要捍卫和发扬，家族荣耀高于一切。进而，尊贵、争气、出息是周语同对家族后辈的期待，"优秀"与"成功"也就成了家族人物存在的基础。其三，故事处处充溢着对"名门"家族的尊贵、高贵、优雅、精致，与乡村生活人群的贫贱、低贱、卑微、困顿之间的对立，强化着家族高贵地位以及家族成员间的城乡地位差异。这就造成了周语同在歌咏家族"传奇"和表达对乡村一支的怨恨时，叙述上存在着明显的倾向性与裂隙的情形。

当周语同需要讲述家族高贵血脉和敢闯敢干精神时，其头脑中的贵族化思维（"金枝"这一词汇原本就有出身高贵的意味）使得其能够由衷地、充满豪情地歌咏家族的传奇英雄与家族的社会地位：传奇人生通过激荡的人生经历、出众的外貌凸显家族成员与生俱来的基因优越性，激荡而辉煌的人生履历则彰显出其后天拼搏的时运相济与卓越才能。通过周语同的目光，作为读者的我们能看到她对家族的歌咏是发自肺腑的，是充满自豪的。

二元对立的外貌修辞。在赞美层面上，《金枝》在对家族高贵血脉的修辞上不吝溢美之词。家族男性女性都具有超凡脱俗的外貌，女性都是美人胚子，气质优雅，品味脱俗，内外都透着一份贵气，所使用的修饰词有："样貌周正""漂亮""漂亮出众""美丽""大美人""如花似玉""肤白貌美""美丽智慧""貌美如花""很美很美"，等等。男性有做政府部门一把手的、有做企业领袖的，生活体面，多属于"富裕阶级"[①]，且在外貌上往往"器宇轩昂""高大帅气""高大俊朗""玉树临风""高大俊秀""高大威武""高高大大""高大周正""俊朗秀气""英俊得真像传说中的王子"，等等。对家族成员外在形象不遗余力的强调、夸饰甚至炫耀，意在凸显他们不同于普通老百姓的贵族形象。有对高贵的赞美，必然有对低贱的"诅咒"。作为这一修辞逻辑的应有思维，乡村的必然是丑陋的、卑微的、穷苦的，更是被作为"我"的周语同所鄙夷的。例如，一旦周语同转向穗子和周栓妮的叙述时，所描述的多是丑态，且身材臃肿、邋里邋遢、目光呆滞。家族成员外貌塑造上的溢美之词，固然使得整个叙述呈现出"传奇"色彩，而非中规中矩的写实。可是，一旦"传奇"修辞过于频繁，家族人物就显得仿佛悬于云端，而不食人间烟火。进而，使得人物形象趋于扁平化和模

---

① 邵丽：《金枝》，第 121 页。

糊化，人物性格相对而言趋向静止，也缺乏对底层应有的同情与温情。更为重要的是，当因为外貌周正所以"传奇"、因为"优秀"与"成功"所以"传奇"，成为小说人物存在基本逻辑时，人物精神如性格复杂性的探索则多少被遮蔽了。

周语同家族代言人身份的虚假性。在周语同的眼中，家族的门面高过一切，家族的未来、兴衰是周语同的行为、选择的最大利益出发点，因此她更会真切地担忧"金枝玉叶"的衰落、飘零。周语同的个人怨恨会被家族荣耀这种大爱所遮蔽，恨意被家族的荣光所击退。这种以家族为重的理念和境界，这种对家族昔日辉煌不再的不甘，一般人很难体悟。这背后是周语同（及其背后的作者）对其所置身其间的大家族的尊荣、惋惜与厌恶的独特领悟。然而，周语同提携、帮扶后辈的动机是复杂的。表面上对周栓妮子女的关心，在深层次动机上是干预与掌控，为了使周栓妮一脉对自己这一支脉感恩戴德，在气势上战胜对方，试图以此"洗却几十年周栓妮对我造成的伤害，塑造我的以德报怨的拯救者的形象"①，其行为自私且虚伪。此外，周语同之所以会对周栓妮的子女高看一眼、礼让三分，是因为他们曾是省状元和市状元，他们代表着家族的血性，未来或许能够成为家族的荣光、提振家族声誉。"她们学习成绩都非常优异，将来以自己的努力和智商，保不准谁会是我们家族的人物。"② 这种思维背后的逻辑可笑且讽刺，显示出周语同的虚荣、虚假、虚伪，一副典型的市侩嘴脸展露无遗！这恰恰说明了在时代车轮向前行的过程中，守护甚至聚拢原本充满怨恨的家族是虚妄的，是一厢情愿的。

综上，尽管在其父亲去世后，周语同能够很好地反思自我、理解父亲。但其对"高低贵贱"的理解是偏执的，是不自省的。可以将《金枝》中凸显家族"传奇"修辞、强调"高低贵贱"逻辑的叙述模式称之为"贵族"叙事腔调。这种叙事在新世纪小说特别是新世纪家族小说中是少见的，是中国古典文学王侯将相系列话本体模式的重启与回归，是《金枝》为新世纪文学的重要贡献。同时，《金枝》的"贵族"叙事腔调，表达出权贵群体对过去辉煌的感叹与怀念。然而，呈现、照亮并感怀权贵的叙述，无意中形成了一个幽暗的对比对象和遮蔽对象，即周栓妮这类沉默的大多数。这种带有傲慢的叙述，无形中给读者留下一种印象——它的腔调是浅薄的。

作为方法的新历史主义告诉我们：关注家族历史，应当在总体化思维之外，关注于碎片化，关注于局部的、个体化的观念与立场；历史不可还原，只能无限抵近，唯有抵近才能敞开家族。当周语同以凭吊者的姿态回望和讲述复杂的家族故事时，这必然不是客观的家族史，其中也必然会出

① 邵丽：《金枝》，第 187 页。
② 同上，第 112 页。

邵丽专栏

现对乡村一支（穗子和周栓妮一家）赞美与怨恨交织的矛盾态度，以及对家族人物暧昧与偏狭的评价。即使作品内穿插了作为纠偏故事讲述绝对声音的小说习作《穗子》，也仅仅为我们提供了关于家族的一种回望。作为读者，在聆听叙述者周语同的讲述时，应当能够发现人物评价上的偏失，不被因怨恨而造成的偏执叙述所蒙蔽，能够结合对家族故事的全息认知作填空、补充和修正，进而科学评价《金枝》家族成员。

三、伦理、禁忌及怨恨情绪的评价问题

邵丽的《金枝》与弗雷泽的《金枝》在主题上有一定契合，即对伦理和禁忌的揭示。前者对父亲周启明的书写除了展现其一生的辉煌外，更为重要地勾勒了其因禁忌而形成的伦理困境。具体而言，困境有两种：其一，周启明对待前妻穗子和女儿周栓妮一再避让、不敢言语，"他一辈子都不曾爱过她们，但他一辈子都欠着她们，怕着她们。"[1]因为周启明触碰了时代禁忌和亲情伦常，所以心有愧疚，进而形成了伦理上的困境。所以，对待穗子和周栓妮才会百般忍让，默许周栓妮的不断索取。其二，童年时期的周语同深得周启明的疼爱，但自从五岁的周语同在江青和其他几位国家领导人合影上涂鸦后，周启明对周语同的态度就变得冷漠。这是因为涂鸦打破了那个时代的禁忌，禁忌形成父女之间隔阂与裂痕。这就导致周语同长期存在的心灵创伤，即使周启明离世，依然无法弥合。

在周启明的葬礼结束时，周栓妮为了子女上学而希望从朱珠及其子女这里拿到周启明过去承诺的上大学奖励和年节红包，引发双方争吵。周语同女儿林树苗对周栓妮丢出一个"贱"字，很明显这一骂带着十足的傲慢，其背后是家族内长期存在的怨恨与偏见。这就需要我们从尊重个人的角度，发现评价周栓妮甚至穗子的有效立场。张光芒指出：文学创作和文学批评在涉及道德判断问题时，应当从个体出发，选择一个自下而上的体验过程，尊重生命本体的价值，尊敬精神主体性，而非以抽象的或传统意义上的"世俗伦常"去评判人的行为。[2]从生命意志角度而言，穗子和周栓妮的一生皆是燃烧的，其执念背后的韧性值得尊敬。穗子身上所体现出的悲剧，她的隐忍，周栓妮为了子女成长所表现出的泼皮无赖精神，皆是一种对美好生活追寻下的本能或别无选择，体现出"精神的'气候'"[3]。恰如金仁顺所说的："周栓妮是穗子的希望，是她和周启明夫妻关系曾经存在的证据，是她

---

① 邵丽：《金枝》，第110页。

② 张光芒：《道德形而上主义与百年中国新文学》，载《当代作家评论》，2003年第3期。

③ 潘凯雄：《邵丽长篇小说〈金枝〉："精神的"气候》，载《文艺报》2021年2月23日第2版。

女作家学刊·第三辑

被男人抛弃后离婚不离家的倚仗，也是她进攻城里那家人的武器。周栓妮的'栓'字很点睛，拴在耻辱上，也拴在倔强上，穗子一生的恨和傲、痛与梦，都拴在周栓妮身上。周栓妮是穗子的狗崽，让她咬谁，她就咬谁。"①固然在历史发展面前，我们应当趋新反旧，应当对穗子思想观念上的麻木、愚昧，对周栓妮的"粗野"与蛮横进行批判。但从人道主义上，则需要给予穗子和周栓妮以理解和惋惜，他们仅仅是为了活着，首先得活着。从来没有道德的本质，只有道德的具体形态。从道德角度而言，穗子和周栓妮原本属于被伤害者的地位，理应得到同情。穗子身上体现出时代转型对女性的戕害，残缺的生活使得穗子在性格上显得偏执、扭曲。一直暗暗爱慕穗子的庆凡说：唯有穗子"活得任性一些，才能化解那苦"②。因此，我们应当宽容穗子的"任性"。此外，《金枝》用一个嵌套的小说习作《穗子》讲述穗子这一支脉的故事，让读者看到了不同于周语同视角下的穗子和周栓妮。然而，对于穗子内心深处的痛苦与无奈，读者却无法真切洞悉，只有以换位思考的方式来拼凑和想象。换言之，作为读者应当警惕对穗子和周栓妮这两位女性评价上的伦理偏失，避免无法听到穗子在阁楼上的尖叫，应防止出现对穗子和周栓妮一些放弃尊严的行为的无端鄙夷，应当首先看到穗子和周栓妮的苦痛、挣扎与无奈，应当在对穗子和周栓妮评价的所有语言上"注满生命"。这是文学批评首先应当具有的人文情怀。

余论：拒绝"想象"之后的再出发

《金枝》所传递出的家族成员的荣耀与尊贵、"金枝玉叶"的多元形态、"高低贵贱"的复杂对立，是其为家族小说所提供的新的艺术经验。《金枝》所讲述的家族属于城市家族，小说后半部分所书写的故事所遵循的现代社会的秩序与原则，不再如同以往所常见的农村家族小说所歌颂的人与人之间血脉相连、彼此亲近，也不同于《白鹿原》所示的宗法乡土社会的心灵史。这就使得《金枝》与一般意义上的乡土家族小说区别开来。因而，对于《金枝》的审视与看待，需要跳脱出文学的窄门，从社会与历史的角度来审视并抵近《金枝》所描绘的故事，而非带着过去家族小说批评的话语资源与方法来审视该作品，避免结论预设式批评。

作家所有创作最终组成了作家本人关于过去人生的全部认识和体悟。邵丽"挂职经历"是其创作道路上的一笔巨大财富，更是其创作转型的重要动机。刘军敏锐地指出邵丽创作的一个重要特征是拒绝"想象"③，这与邵

邵丽专栏

---

① 金仁顺：《邵丽〈金枝〉枝枝相覆盖》，载《文艺报》2021年3月5日第6版。
② 邵丽：《金枝》，第69页。
③ 刘军：《身份寻找与边界拓宽——邵丽小说述评》，载《扬子江文学评论》2015年第2期。

丽自觉地关注时代前行之殇，注重书写中国故事、中国经验，进而实现创作转型，有着直接联系。因为，"'转型中国'的时代新变和文学新语境等整体性场域赋予了文坛以新惯习、文学以新主题和作家以新使命。"[1] 因此，超越家族传奇和"挂职经历"，或将成为邵丽未来创作再转型的一个重要突破口。

（余凡：浙江师范大学人文学院讲师）

---

[1] 余凡：《论新世纪文学批评中的本土话语再造》，载《社会科学》2018年第9期。

邵丽小说的家族叙事研究

赵黎波　马佳辰

摘　要：从《我的生存质量》《天台上的父亲》《风中的母亲》再到《黄河故事》《金枝》，可以在邵丽的创作中理出一条家族叙事的脉络。邵丽的家族叙事多是从个体视角出发，在个人经验中重构历史真实，挖掘被时代浪潮裹挟的小人物的复杂人性及心灵世界。这种叙事方式一方面体现出邵丽对现实主义创作精神的实践与坚守，另一方面也彰显出邵丽渴望通过情感融通进而实现心灵关照的现实关怀。

关键词：邵丽；家族叙事；《黄河故事》；《金枝》

若从 1999 年发表第一篇作品算起，"60 后"女作家邵丽的文学创作之路似乎并不算长。但她凭借长期以来的生活经验及情感积淀，先后出版《纸裙子》《碎花地毯》《腾空的屋子》等中短篇小说集，2004 年《我的生活质量》的出版标志着邵丽踏上长篇小说创作的征途。此后的邵丽一发不可收，2007 年《明惠的圣诞》荣获第四届"鲁迅文学奖"，2008 年《我的生活质量》入围第七届"茅盾文学奖"，2013 年《城外的小秋》荣获第十届"十月文学奖"……2020 年发表的《风中的母亲》《黄河故事》及 2021 年出版的《金枝》在斩获多个奖项的同时，赢得不少读者的喜爱，成为颇受瞩目的作家之一。

目前，批评界对邵丽创作的关注多集中在这四个方面：一是女性视角下都市男女的婚恋状态；二是基于邵丽自身的基层经历创作的"挂职系列"小说；三是以平等的姿态关注底层的精神状况；四是企图以城乡对照的方式完成对现代化的反思。在此之外，邵丽对家族叙事的专注书写及其特征也值得关注探究。

一直以来，邵丽热衷于从自我经历出发讲述家族故事。从早期创作的小说《瓦全》《城外的小秋》《河边的种子》《我的生存质量》，再到近期创作的《天台上的父亲》《风中的母亲》《黄河故事》《金枝》，以及此类主题的散文、诗歌如《我的父亲母亲》《三代人》《父亲的稼穑》《父亲四周年祭》《给父亲上坟》等作品，共同构成了邵丽独特的"家族谱系"。邵丽的创作

邵丽专栏

185

中，家族叙事不仅是贯穿文本的一条线索，而且是不容忽视的创作主题。在家族叙事这一维度的参照下，邵丽小说的内在主题及写作旨归可以得到有效的阐释与探讨。

一、个人化视角的家族书写

阅读邵丽的小说，首先引起我们注意的是以"女儿"（小说中的"我"）为视角的第一人称叙事。《我的生存质量》讲述"我"的成长经历并完成对家中三代人的勾连；《天台上的父亲》以"我"的视角写我父亲的故事；《风中的母亲》从"我"出发写母亲的经历；《黄河故事》在"我"追溯父亲死因的过程中实现与父亲的和解；《金枝》在"我"的回溯中完成对周家历史的梳理。可以说，正是这么多"我"共同构成了邵丽小说的家族叙事。小说中的"我"是故事的叙事者，时而又代替作者游走于小说的字里行间，这种以作者取代隐含作者进而与叙事者重合的叙述方式在传统的小说叙事中并不常见。它使小说在虚构与写实之间游走，并在坦率的叙述中达到与读者交流融通。

个人化视角的家族叙事是邵丽小说的鲜明特征，这使得家族史的书写呈现出女性自我的生命质感。2013 年出版的《我的生存质量》是邵丽以长篇的形式书写家族历史的一次尝试，也是其生命经验的自我言说。小说开头处："我要在历史和心灵之间进行一次艰难的旅行，因此，对于我写下的这些文字，很难说清楚它是一段经历，还是一个故事。"① 小说中的"我"是一名女作家，由此出发，以"我"的成长、婚姻、生育经历为明线勾连起父母一代、"我"和敬川一代及女儿一代的历史，同时也以"我"的写作为暗线讲述金地与苏天明的婚姻生活。在虚构与写实之间，邵丽常常深入到女性生命的细部，在那里盘旋辗转，反复游走。在写到生育经历时，"我"发自内心地感慨道："一个女人的故事，最好的开始就是她真正成为女人的那一刻——她被另一个生命所充满。"② 这样一种以女儿、妻子、母亲角色的"我"作为小说第一人称叙事者的设定，使小说更加专注于女性自身的体验性表达，并在此基础上完成对家族历史的叙事。值得注意的是，邵丽的个人叙事与建构"女性话语空间"以此来对抗男性经验的林白、陈染不同，这种由"我"出发的女性生命经验的显露并无欲望化及私语化倾向，她不仅仅满足于女性经验及情感书写的内循环，而是试图将其延宕至家族、社会、时代的历史脉络中，在讲述自我经历的同时展示家族的历史。

个人化视角也赋予小说中家族叙事浓厚的情感性，这种情感不仅是作

① 邵丽：《我的生存质量》，人民文学出版社 2013 年版，第 3 页。
② 同上，第 5 页。

女作家学刊·第三辑

家自我的情感泄露，同时也因其代际性因素极易引发读者的共情。《黄河故事》是一部有关父亲的秘史，是一部女儿的精神成长史，也是一部曹家的家族史。小说中的父亲是一位由于早逝而缺席的人物，邵丽将"缺席的父亲"放置于时代的浪潮中、历史的纵深处，这使得小说中的父亲成为历史的指代和时代的象征。

在对父亲形象的打捞中，小说情节在两条线索的交织中展开：一条是母亲、大姐、二姐、弟弟与"我"对安葬父亲的不同态度，另一条是通过"我"的寻找追溯父亲的死因。一直以来，母亲及大姐都将父亲视为家族的耻辱，她们厌恶父亲的懦弱与无为，这种想法也在潜移默化中影响了"我"对父亲的评价。然而，当"我"重返父亲的历史现场，发现原来他是那样一位拥有着爱与梦想、执着与希望的男人，只是在时代的规训中这种梦想何其卑微，渐渐消弭。在小说结尾处："我心里某些冷硬的东西在松动，好像沉积了几十年的冻土层在慢慢融化。"[1] 在"我"的追溯中小说完成了对主人公"他"（"我"父亲）的讲述，并通过叙述与抒情的方式与读者"你"相交流，从而形成全方位的叙事效果。整篇小说以怨恨为始，以释怀作结，如此的情感变化是作家面对读者的率真，同时也使读者在阅读过程中体会到情感的千沟万壑、生活的密密麻麻。

在谈到近作《金枝》的创作时，邵丽说："《金枝》在我心里已经被反复创作了很多遍了，实事求是地说，它是我的一部家族史。"[2] 作为一部高度自传性的小说，《金枝》又一次采用个体视角，通过"我"的叙述，结合邵丽的创作谈等相关材料，我们能够感觉到小说真切还原了作者成长经历中的琐屑及伤痛。小说以周语同为人女与为人母不同阶段分为上下两部分。上篇沿用第一人称叙事方式，以父亲之死为起点讲述"我"与父亲的隔阂。小说通过"叙述者'我'"与"被追忆的'我'"的交替转换，"历史"与"当下"被放置于同一时空中从而将"我"与已逝父亲相勾连。然而，在小说下篇，邵丽一改以往的第一人称叙述，叙事视角由"我"转变为周语同。从父亲的女儿到拥有女儿的母亲，周语同是那个承上启下、夹在中间的人物。她不但观察着家中的父辈、子辈，也在这种观察中完成了对自身、对父亲、对时代的重新体认。在此过程中，那些曾经说不清道不明的伤痛，经由岁月的冲洗和记忆的过滤，最终以一种风平浪静的方式代替了它此前的波涛汹涌。在追溯周家五代人的人生轨迹中，"我"完成了与父亲的和解、对时代的释怀，由此达至情感的融通及心灵的自洽。

① 邵丽：《黄河故事》，河南文艺出版社 2020 年版，第 227 页。
② 邵丽，李泽慧：《〈金枝〉："虚置的父权"，使父亲的角色无比尴尬》，中国作家网 2021 年 2 月 1 日，http://www.chinawriter.com.cn/n1/2021/0201/c405057-32019043.html

邵丽专栏

诚如邵丽所言："写作对于我纯粹是一种倾诉的需要。"[①]这些由"我"出发的家族叙事可以说是作家邵丽家族历史的回望，同时也是自我生命经验的表达。就主观叙事者与叙事视角的选用而言，邵丽无意于追求历史的史诗性与宏阔性，而是采用个体化的叙事策略，以个体的回忆、考察、言说，还原和再现平凡人的真实生活和细节记忆，从而实现对历史本然的真切追求。对于处在历史断裂带上的"60后"作家来说，他们"从一开始就自觉地撇开了对宏大历史或现实场景的正面书写，自觉地规避了某些重大的社会历史感，而代之以明确的个人化视角，着力表现社会历史内部的人性景观，以及个体生命的存在际遇。"[②]身为"60后"作家，邵丽小说中的家族叙事也是如此。这些小说多从个体经验出发，专注于书写个体至上的生命体验，探索深藏于历史背后的精神追问，从而实现生存之痛与心灵之痛的双向演绎。然而也应注意到，与经历过80年代那场先锋实验浪潮的"60后"作家余华、格非、苏童、邱华栋等人不同，邵丽的写作始于90年代末期。因此，邵丽小说中的家族叙事并无明显的先锋叙事与话语整合，她秉持现实主义的创作精神从自我生命经验出发展示女性的生命质感，加入对个人经验的解剖与还原，实现情感的融通与自洽，并将坦率的表达融入家族、时代、历史的脉络中。这种个体化视角的运用使小说中的家族叙事沉浸于遥远的历史深处，依托于中原地域深厚的历史文化积淀，将个人、家族、时代融为一体，以平实的语言和温和的格调描绘人物的心灵世界及时代变迁。

二、穿越代际的回廊

从早期创作的《明慧的圣诞》《刘万福的案件》再到"挂职系列"、底层书写，邵丽小说中的现实大多表现为一种时间意义上的"当下"。然而在近期有关家族故事的书写中，邵丽已不再满足于直接切入"当下"生活，而是从历史的纵深处洞察人性幽微、世态万象。南帆认为：文学中的"历史"并非一个阔大、空洞、抽象的概念，而是由若干具体的"人生"汇聚而成。"'人生'与'历史'相互联系又相互独立。'历史'并非一个凌空而降的范畴，无数具体的'人生'汇成了'历史'，不存在一个删除了具体'人生'的'历史'空壳。"[③]邵丽小说中的"我"、父母、女儿不仅仅是拥有独特"人生"体验的个体，同时也是时代的沙砾，蛰伏在大历史的角角落落。这使得小说即便是从个体经验出发，也可以在描绘家族图谱之余，反映出历史

---

① 邵丽：《我的写作及其他》，载《周口师范学院学报》2019年第6期。
② 洪治纲：《中国六十年代出生作家群研究》，江苏文艺出版社2006年版，第5页。
③ 南帆：《文化记忆、历史叙事与文学批评》，载《文学报》2018年6月28日第18版。

演进的真实面貌。

《我的生存质量》以"我"的成长经历为原点，串联起上自父辈下至女儿三代人的家族叙事。父母一代出生于旧社会，在革命浪潮的推动下感受着人生的起起伏伏。女儿幺幺生于 20 世纪 80 年代末期，他们在改革开放的时代洪流中肆意成长。"我"则是夹在他们中间承上启下的一代，出生于十年动乱期间，目睹着中国历史的演进，感受着时代跳动的脉搏。小说中的三代人恰是构成中国当代历史厚度和长度的重要环节，他们的人生经历恰是各自时代的真实写照。诚如邵丽所说："我一直试图分析我们家的三代人，因为这样的三代人，不但于我，可能与很多家庭有相似之处，我觉得这项工作有标本意义。"① 如此一来，《我的生存质量》不仅是"我"的成长史，也是"我们一家"的家族史，更是一部上自革命年代下至改革开放的时代变迁史。

《黄河故事》同样是用"小人生"展示"大历史"的一次写作。小说以父亲之死为起点，将小说的叙事时间回溯到属于父亲的那个年代。那是一个生活匮乏的时代，唯有追求仕途才能让一家人体体面面、风风光光，而爱好庖厨、享受口腹之欲总被人看作是"没出息"的象征，更不被认为是所谓的"梦想"。随着改革开放时代的到来，"我"延续着父亲流传下来的烹饪技术在改革开放的前沿之地深圳开创起餐饮连锁企业，一时间功成名就。"我"与父亲看似相同的人生却因时代的不同、价值标准的不一获得了截然相反的评价。时过境迁之后，当"我"再次考察父亲的一生，便发现他不再是家族的"耻辱"，而是子女的"荣光"。父亲形象截然不同的阐释背后，不仅有亲情的弥合，更是时代的转换使然。除了家族人物的人生书写，小说还叙写了姚水芹、李轩、泥鳅等这些离开家乡河南赴深圳打工的"黄河儿女"的人生故事，她们的人生同样融入改革开放的时代洪流中。整部小说通过"我"与父亲等人的勾连，完成对家族史的梳理，并展示出饥馑年代至改革开放的时代变迁，由此形成"小历史"与"大历史"的同频共振。

新作《金枝》也是如此，小说中的每个人都是各自时代的缩影，所谓个人和家庭的命运正挂在时代行进的航船上。曾祖父、祖父为代表的两代人是封建时代的缩影，他们的人生在"父母之命、媒妁之言"的婚姻悲剧中作结。父亲周启明与前妻穗子、母亲朱珠是在革命浪潮席卷中生活的一代人，忠诚是革命赋予他们的秉性，也是他们面对生活的方法。而"我"和栓妮则是在"文革"背景下成长起来的一代，饱受着童年时期的心灵创伤，目睹着时代变换的风起云涌。"我"女儿林树苗以及栓妮的四位子女，

① 邵丽：《花间事（邵丽散文集）》，时代文艺出版社 2017 年版，第 133 页。

邵
丽
专
栏

他们是改革开放的时代背景下成长起来的一代人。无论是不屑于流言蜚语嫁给自己导师的女孩儿周河开，还是仅通过一次相亲就认定终身的林树苗，她们对待生活大胆而任性，看似随心所欲却又有着各自的哲学。从"我"曾祖父到"我"女儿辈，涉及的时间跨度长达百余年，而这一百余年也恰与新中国的发展历程大致平行。正如邵丽在谈到《金枝》的创作时所说："我们这个家族的历史，既有自己独特的历史演进脉络，也有不可避免的历史碾压。我觉得更应该把大历史放在这个小切口中解剖和审视。"① 小说通过梳理周家五代人的命运沉浮及情感纠葛，折射出对家庭关系与时代变迁的映照。这是一部周家的家族史，也是一部时代的演进史。

从个体、家族这一"小切口"出发进而解剖时代的"大历史"是邵丽小说中家族叙事的特点，也是对新历史小说家族叙事的改写。20世纪90年代，深受解构主义影响的新历史主义者否定历史决定论与历史模式说，他们试图通过对小人物参与历史的书写完成对宏大历史的解构，从而质疑历史的必然性与本质性。此时的中国文坛也掀起了一股创作新历史主义小说的热潮，莫言的《蛙》、陈忠实的《白鹿原》、刘震云的《故乡天下黄花》、张炜的《家族》，这些小说力图再现芸芸众生在一系列偶发事件中的个体或家族的生存遭遇从而实现对单一、宏大历史的解构与重写。与此不同，邵丽小说中的家族叙事并不致力于解构历史，而在于体悟历史。在她的小说中，家族是勾连个体与社会的桥梁，是试图深入到"大历史"中的"小切口"。这种从"小切口"出发展示"大历史"的叙事方式使邵丽的小说在生活流的缓缓流淌中与宏大历史接轨，在浅浅的倾诉中抵达对历史的反思及人心的叩问。

三、通往心灵的幽径

按照福柯谱系学的观点：关注历史就是关注现在，关注现在就是关注人类自身。"主体是历史的产物，也就是说人或者人性，并非一成不变，而是被历史之手一步步地锻造而成……因此，探讨历史的目的完全是为了了解现在。"② 邵丽小说中对家族历史的讲述不仅是为了讲述家族的传奇故事，也不是为了描摹历史的宏大与广阔，而是试图在历史的微光中，关注人物在大时代中的个体成长，从而实现对自我、对心灵的探寻。这是一种以现实为基点回望历史的姿态，同时也是一种以历史为参照关照现实的方式。

《黄河故事》是一部有关父亲的秘史。在"我"长久以来的记忆中，父

① 邵丽，李泽慧：《〈金枝〉："虚置的父权"，使父亲的角色无比尴尬》。
② 汪民安：《福柯、本雅明与阿甘本：什么是当代？》，载《马克思主义与现实》2013年第6期。

亲是那个被母亲厌恶的"饿死鬼"、也是那个被家人忽视的"局外人"。然而，在拨开历史的雾霭之后，这究竟是一位怎样的父亲？他曾是一位怀揣梦想的平凡人，是一位夹在时代风浪中的"小人物"。他的生命唯有在精心制作食物的过程中才会被短暂地点亮，倘若生逢其时，或可凭借精湛的厨艺取得一番事业。然而在那个饥馑的时代，这样一种在众人看来既不实用也不高尚的爱好只能沦为被众人耻笑的对象，他也因此成为一位不称职的丈夫和父亲。父亲本应有自己的热爱和梦想，但是等待他的是循环往复的打击和一次次的幻灭。面对众人的冷嘲热讽，父亲从不抗争、从不辩解，逆来顺受地活在时代的夹缝中。最终，他背负着精神上的痛苦投身黄河。[1] 在讲述父亲的"卑微"之余，小说也讲述了母亲的苦难。她原本出生于显赫世家，自小渴望取得一番事业光宗耀祖，长大之后听命于"父母之命，媒妁之言"与丈夫结婚，然而丈夫却是一个懦弱无能的人。母亲独自挑起家庭的重担，由于价值观的根本性冲突，这场婚姻的博弈看起来以父亲之死昭示着母亲的"胜利"，然而，"受命于家"的母亲在无形之中放弃自己多年来的梦想逐渐沦为家庭的囚徒，丈夫的去世留给她的是终其一生也无法摆脱的罪责与忏悔。"看见最卑微的人的梦想之光，我觉得是一个作家的职责所在。往大里说，其实是一种使命。"[2] 这是邵丽写作《黄河故事》的真实诉求，也是邵丽对现实生活中每一位"卑微者"的心灵关怀。正是基于使命感的贯穿，小说中的家族叙事繁复却并不破碎，感伤却并不空泛，它们有质感更有韵味，有情感更有关怀。

这种对人心的体察同样出现在新作《金枝》的创作中。小说开篇便写道"我"与父亲关系的隔膜与撕扯，"他怯我，那是一种无从表达的、既司空见惯又小心翼翼的缄默。"[3]"我"怨"我"的父亲，怨他前妻的女儿对"我们"一家的欺负和骚扰，怨他在"我"童年时光中留下的创伤记忆。这是一位怎样的父亲？若仅从伦理道德的角度去审视他，他似乎是一位不称职的丈夫和父亲，甚至是构成两个家庭悲剧的渊薮。然而，父亲周启明的人生正是特殊时代背景下一代人的真实写照。由于时代所限和家庭所迫，父亲未能逃脱包办婚姻的悲剧，为此，他和当年许多的革命者一样，选择了逃离家庭。参加革命后，复杂的家庭出身使他几乎在历次政治风波中都未能幸免。面对前妻穗子及她所生育的儿女，"他一辈子都不曾爱过她们，但他一辈子都欠着她们、怕着她们。"[4]"他的一生，被组织所固定，也被家庭所绑缚——他的两任妻子和五个儿女，尤其是他的两个水火不容的女儿，

① 邵丽：《黄河故事》，第 235 页。
② 同上，第 234 页。
③ 邵丽：《金枝》，载《长篇小说选刊》2021 年第 3 期。
④ 同上。

邵丽专栏

想一想，他得有多累、多挣扎！"①对于父亲而言，他毕生竭力维护的两个家庭是一种巨大的精神包袱，仅仅是斩不断理还乱的家庭关系便是苦海无边，回头也找不到岸。作为被两个家庭不断撕扯、在革命浪潮中几经起伏的小人物，周启明最终怀着难言之隐撒手人寰。他是时代的囚徒，也是命运的囚徒。小说中的女性又何尝不是如此？从独守空房、统领家族的曾祖母，到吃斋念佛、温顺有加的裳，再到誓死捍卫婚姻、离婚不离家的穗了，三代"金枝"的悲剧不只是个体的悲剧，更是时代的悲剧。她们是旧时代包办婚姻的牺牲品，这种牺牲以个体的幸福为代价，也以几代人的心灵创伤为代价。母亲朱珠同样未能避免时代的印痕，丈夫的批斗使她也未能幸免。面对前妻女儿栓妮的骚扰和欺负，她也闭口不言，也许"忘记"才是母亲对待苦难最好的武器。在整部小说中，无论是在家庭和命运的挣扎中最终沦为囚徒的父亲、在时代和性别的挤压中保留着一丝坚韧的三代"金枝"，还是在情感创伤的撕扯中拼命强调自己力量的女儿，似乎每个人面对现实都有某种无法言说的茫然与苦楚。然而作家面对这些"卑微者"的苦难并不是居高临下的，而是企图以平等的姿态实现对人物精神世界、心灵世界的探寻与体察。正是理解了时代夹缝中几代人的苦闷彷徨，所谓个人的爱恨情仇也终于随着光阴的流逝渐渐淡出，"所有的一切，都在一瞬间拨云见日"。②

在家族叙事的过程中，邵丽的写作一直试图从个体叙述出发在历史中洞察和体悟人心的幽微、人性的真实。在谈到写作时，邵丽说："现在的小说创作，有两个倾向性的东西必须要警惕。一个就是离生活太近，它几乎就是生活的描摹，根本谈不上文学性和艺术性……第二个倾向就是离生活太远，既故作姿态，又语焉不详……而且这两种倾向的通病都是离心灵很远，即使他说的是心里话，那也是来自心脏。"③邵丽小说中的家族叙事是"我手写我心"式的，从自我的心灵出发，穿越代际的回廊，直抵现实人心的幽径，是家族情感的浅唱低吟，亦是一曲心灵的回响。

结　语

追溯中国新文学的发展脉络，家族叙事于不同时代呈现出不同的文学面貌。"五四"一代的知识分子企图通过家族叙事开启民智，不论是鲁迅的《狂人日记》、巴金的《家》，还是张爱玲的《金锁记》、老舍的《四世同堂》，家庭多被作为封建制度的象征，以此揭示出封建制度"吃人"的本质。在

---

① 邵丽：《金枝》，载《长篇小说选刊》2021年第3期。

② 同上。

③ 邵丽：《我所理解的写作及其他》，载《文艺报》2016年6月29日第5版。

女作家学刊·第三辑

"十七年"文学作品中，家族叙事多与民族国家想象结合在一起，以此反映土地改革、人民公社运动等政治活动，这在《红旗谱》《三家巷》《创业史》中均有体现。新时期以来，中国作家借助于家族叙事这一缆绳勾连起中华民族的历史、文化及生命血脉。莫言的《红高粱家族》、陈忠实的《白鹿原》、张炜的《古船》均是这一阶段的经典之作。而在邵丽的小说中，家族叙事是一种从个体视角出发展示时代变迁、历史演进、人物心灵的叙事方式，她着重于发掘人物情感的裂隙、心灵的伤痕，在对小人物心灵世界的探寻中获得理解人心、读解历史的真正密码，从而实现对现实人生的体贴与关怀。正是这种将个体经验汇聚到时代熔炉中的叙事方式，使得邵丽的小说在具有情感温度的同时，拥有勾连个体与社会、历史与现实的宏大气魄。

从早期关注女性情感、身份焦虑再到专注于对官场、对城乡、对底层的书写，邵丽坚持以文学的方式实现对人心的体察及对现实的关怀。"她对世风世相的生动描绘，对女性命运、情感和心理的深切同情，对当下生活的积极介入表达出的家国情怀，使她成为一个值得关注的重要作家。"[①] 小说中的家族叙事是邵丽勾勒社会历史的一种方式，也是邵丽关注现实人心的一种延续。相较于之前的作品，近期关于家族故事的创作多以家族叙事为切口，通过对人物心灵世界的敏锐捕捉及细腻感受，完成对生活于时代浪潮中小人物的体贴与关怀，这样的写作方式使作品在充满宏大历史感的气魄之余又有着对情感、对心灵的微观雕琢。正如邵丽所说："小说的功能也不能仅限于讲一个很热闹的故事，我觉得真正能打动人的东西，是人的精神世界和感情世界，是对人类心灵的关注，是爱。"[②]

（赵黎波：河南师范大学文学院教授，博士生导师；马佳辰：河南师范大学中国现当代文学研究生）

邵丽专栏

[①] 孟繁华：《世风世相、女性与家国——评邵丽的小说创作》，载《中国作家》2013年第6期。
[②] 邵丽：《我的写作及其他》，载《周口师范学院学报》2019年第6期。

邵丽小传

周洁钰

邵丽，1965年生，汉族，河南周口人，中共党员，毕业于河南财经学院（现河南财经政法大学），中国作协首届鲁迅文学院高级研修班学员，中国当代著名女作家。现任中国作家协会主席团委员，河南省文联主席，河南省作协主席。

少时，父母遭受政治迫害，邵丽因此在乡镇生活了一段时间。邵丽的父母都是知识分子、基层干部。大姨和姨父均是大学毕业生、教师。邵丽酷爱读书，偶然得到一本书籍她甚至会在被窝里打着手电筒彻夜阅读。小学时期，她就通读了《红楼梦》《钢铁是怎样炼成的》，这也成为最早给予她启迪的文学作品。

16岁时，邵丽在《百花园》上发表了一篇小小说，名叫《寻》。那时她一直是文学创作的活跃分子。1986年大学毕业后在机关工作，担任过人事科长、基层党委副书记、市文联主席。公务员的身份使她对写小说产生了顾虑，加之对家庭的投入时间很多，写作就中断了。女儿读初中进了寄宿学校后，邵丽开始感到时间充裕。1999年，邵丽到北京看望正在读书的女儿，机缘巧合地到了鲁迅文学院，并听了一堂课。这使她萌生了继续写作的念头。她突然意识到，自己这十几年都是以丈夫和女儿为圆心在转圈，意识到自己的生命还存在一种潜能。于是弃政从文，重新开始写作。写作对她而言是"一种倾诉的需要"，"一种内需的外延"。

1999年，邵丽在《西部文学》上发表了短篇小说《延续》，这成为她的文学处女作。阅读是邵丽仅有的爱好，社交活动极少。她在做公务员期间读了很多书，积累了丰富的素材，为她的文学创作生涯打下了坚实的基础。这一年的作品还有《腾空的屋子》《你能走多远》《大礼拜》等。没多久，邵丽又在《广州文艺》头条发表了小说《新时期的头疼》。随后，《小说选刊》《小说月报》相继选摘了这篇文章。接着，邵丽接到中央电视台的邀请，将《新时期的头疼》改编为12集电视剧，并计划拍摄。

之后，邵丽的作品开始如雨后春笋般迅猛而出。2000年，《纸裙子》《国家干部陈同》《故园里的现代女人》《废墟》《礼拜六的快行列车》相继问世。2001 年，《你能走多远》《玉珠》《爱情 2000 年》《安子的拳头》如约而至。2002 年，《新时期的头疼》《迷离》《寂寞的汤丹》《王跃进的生活质量问题》问世。2003 年，《碎花地毯》《瓦全》《生活痕迹》紧跟而来。也是这一年，邵丽获得全国百家媒体"2003 年度中华文学人物"最具潜质的青年作家称号，并且加入了中国作家协会。

2004 年，出版长篇小说《我的生活质量》，发表短篇小说《戏台》《明惠的圣诞》。其中《我的生活质量》一经出版便在国内引起强烈的反响，邵丽成为"文学豫军"中的新兴力量，广受读者追捧与喜爱，并获得首届"华夏作家网杯"文学大奖赛特等奖、第二届"河南文学长篇小说奖"、河南省长篇小说政府文艺奖、2006 年度《小说选刊》优秀中篇小说奖等多项荣誉。

2004—2006 年，邵丽在河南驻马店汝南县挂职两年，任县委常委、副县长。她每天都极其忙碌，除了开展日常工作，还要接受上级考核，开办工作会议，接访，下乡视察。即便忙碌，她还是会抽出时间把遇到的故事与人物记录下来。挂职期间，邵丽与基层干部同吃同住同工作。就如她所说的那样，挂职的关键是职而不是挂，只靠肉眼来看，是很难写出东西的，必须要沉底，与基层打成一片，真正地融入他们的生活，成为这种生活中的一部分，才能切身学习到他们身上的财富，即真实而丰富的生活，特色的语言，鲜活的思想。2006 年，中篇小说《王跃进的生活质量问题》获《小说选刊》（2003—2006）全国优秀小说奖。

2007 年，浙江绍兴举行了第四届"鲁迅文学奖"颁奖大会，邵丽的短篇小说《明惠的圣诞》获奖。这时距她正式步入文坛仅仅八年时间。邵丽在获奖感言中说："人生的过程是一个灵与肉痛苦挣扎的过程，如果通过文学这个媒介，使我们互相之间变得更加宽容、关爱、和谐，可能这比任何奖项都更加有意义。相信人生的过程就是这样的过程，而有良知的作家的写作也正是这样的。"这一年，邵丽在《人民文学》上发表了《马兰花的等待》，在《当代》上发表了《人民政府爱人民》，且开始担任河南省作协副主席兼秘书长。

2008 年，长篇小说《我的生活质量》入围第七届茅盾文学奖。大家纷纷对《我的生活质量》落选惋惜的同时，邵丽却有着不一样的感悟。她表示，《我的生活质量》还存在很多不足，有着太强的时代感，很多东西自己看得不够清楚不够透彻。所以"它没获奖是我的幸事，否则我的后半生就要活在不安之中"。

邵丽因《我的生活质量》被认为是当代文坛"唯一一位擅长写官场小说的女作家"。对此，邵丽也有着不同的看法。她说，很多写官员的小说往往是两个极端，要么无恶不作鱼肉百姓，要么两袖清风廉洁奉公。她却认为恰恰是默默无闻的基层干部撑起了社会大变革的基础，"他们拿着最低的工资，干着最辛苦的工作。"在邵丽看来，"官场"是我们生活中的一部分，官员也是普通的人，有七情六欲，善恶美丑。她坦然承认并面对人格的多样性，以宽容的心态看待世人，也就催生出了《我的生活质量》。

2011—2013 年，《寂寞的汤丹》《城外的小秋》《老革命周春江》《挂职笔记》《刘万福案件》《糖果儿》《我的生存质量》《迷离》《玉碎》《她说》层层而出。其中《挂职笔记》获《人民文学》2011 年度短篇小说奖，《小说选刊》2011 年度短篇小说奖。《我的生存质量》出版仅几天，发行量便突破两万册，随后新浪网开始连载，国内多家报纸也相继开始连载。不久，又登上《中国读书商报》"2013 年度中国影响力图书"推荐名单，名噪一时。这也是人民文学出版社 2013 年上半年唯一一部上榜书。以前写小说，邵丽都一般不修改就发表了。而这部小说她一直反复修改，直到出版前还在修改。"我不想消费自己，也不想被人消费"。也是在 2013 年，中篇小说《刘万福案件》获《小说月报》第十五届（2011—2012）百花奖，第五届《北京文学·中篇小说月报》奖。中篇小说《城外的小秋》获第十届"十月文学奖"。

2014 年，中篇小说《第四十圈》发表于《人民文学》，并获 2014 年《人民文学》年度优秀中篇小说奖。2015 年，《第四十圈》又获《小说月报》第十六届（2013—2014）百花奖。同年，邵丽当选河南省作协主席。2016 年，出版小说集《明惠的圣诞》。同年 12 月，邵丽当选中国作协主席团委员。

2017 年，出版小说集《北地爱情》《礼拜六的快行列车》《挂职笔记》，散文集《花间事》。同年 9 月，邵丽当选河南省文联主席、党组副书记。2018 年 5 月，当选中国作协第九届全国委员会委员，并获第四届林斤澜短篇小说奖。2019 年 4 月，当选河南省文联第八届委员会主席。同年，短篇小说《天台上的父亲》获第十届"茅台杯"《小说选刊》年度短篇小说奖，并位列 2019 收获文学排行榜短篇小说榜第三。

2020 年，邵丽创作了很多作品，影响较大的是中篇小说《黄河故事》和《金枝》这两部作品。其中，《金枝》是用两个月时间完成的。邵丽创作《金枝》的构想由来已久。一次采访的路途中，她向朋友聊起自己的家庭以及家族故事。朋友听后觉得很是难得，建议她一定要写出来。这加深了她要写家族故事的愿景。2020 年第 6 期《人民文学》杂志发表了邵丽的《黄河故事》，在国内引发了广泛的关注。《收获》杂志的责任编辑吴越很是兴奋与期待，一直催邵丽再写一个黄河故事。邵丽想起之前向朋友讲起的家族故事，因此开始提笔创作，《金枝》应运而生。同年，短篇小说《天台上的父亲》获得第六届郁达夫小说奖短篇小说提名奖。中篇小说《黄河故事》获松山湖·《十月》年度中篇小说榜榜首，2020 收获文学榜·中篇小说榜第二名。2021 年，出版最新中篇小说《黄河岸上的父亲》。中篇小说《风中的母亲》获《当代》年度中篇小说总冠军。

热爱生活始终是邵丽的快乐源泉。她喜欢种花、品茶，她的家里就像是一个室内小型"植物园"。她说，自己的生活中也是充满了爱，自己不会为没有爱的生活而写作，也很少向朋友谈及自己创作的苦与乐。

对于文学创作，邵丽认为文学中的文化意识传承与作家的个体因素有着必然的联系。下基层挂职，与人们交心交情交友，就是文化意识的体现。"我在做一个作家之前首先是一个文学工作者"。写作过程也是摸着石头过河，是探索的过程。作家要有自觉意识，时常反省，力求新与变。作家要有天然的、责无旁贷的批评意识。离开了批判，作家就不是真正的作家。作品与现实是不可分割的，作品与生活同样也是不可分割的。脱离了生活，理论也就不存在了。至于写作技巧的问题，邵丽很少考虑，她更多关注的是真情与真诚。将感情注入写作中，"先打动自己，然后才能打动读者"。

（周洁钰：郑州大学文学院硕士研究生）

邵丽专栏

邵丽主要作品目录

朱亚欣

《你能走多远》（小说集）　　　　　　中国文联出版社 2000 年

《碎花地毯》（小说集）　　　　　　　大众文艺出版社 2003 年

《我的生活质量》（长篇小说 1）　　　人民文学出版社 2004 年

　　（《我的生活质量》自 2003 年 11 月 28 日起刊载于《大河报》，人民文学出版社 2004 年初版，人民文学出版社 2013 年 5 月再版，河南文艺出版社 2016 年 8 月版。）

《腾空的屋子》（小说集）　　　　　　中国文联出版社　2004 年

《燃情岁月：漯河》（纪实文学）　　　中国青年出版社　2008 年

《细软》（诗歌集）　　　　　　　　　河南文艺出版社 2010 年

《寂寞的汤丹》（小说集）　　　　　　春风文艺出版社 2012 年

《玉碎》（散文集）　　　　　　　　　河南文艺出版社 2013 年

《我的生存质量》（长篇小说 2）　　　人民文学出版社 2013 年

《她说》（诗歌集）　　　　　　　　　河南文艺出版社 2013 年

《迷离》（小说集）　　　　　　　　　河南文艺出版社 2013 年

《糖果》（小说集）　　　　　　　　　河南文艺出版社 2014 年

《明惠的圣诞》（小说集）　　　　　　江苏文艺出版社 2016 年

《挂职笔记》（小说集）　　　　　　　北京十月文艺出版社 2017 年

《北地爱情》（小说集）　　　　　　　长江文艺出版社 2017 年

《礼拜六的快行列车》（小说集）　　　太白文艺出版社 2017 年

《花间事》（散文集）　　　　　　　　时代文艺出版社 2017 年

《我在你的路上》（诗歌集）　　　　　时代文艺出版社 2018 年

《物质女人》（散文集）　　　　　　　河南文艺出版社 2019 年

《金枝》（长篇小说 3）　　　　　　　人民文学出版社 2021 年

　　（《金枝》人民文学出版社 2021 年初版，发表于《当代》2021 年第 2 期）

《天台上的父亲》（小说集）　　　　　北京十月文艺出版社 2021 年

《黄河岸上的父亲》（中篇小说）　　　百花文艺出版社 2021 年

《定制幸福》（散文集）　　　　　　　中国文史出版社 2021 年

（朱亚欣：郑州大学文学院中国现当代文学研究生）

曾镇南专栏

张辛欣评传

曾镇南

  1988 年 11 月，我从南方回到北京，收到张辛欣留下的一封短信，才知道她已经到美国康乃尔大学去当驻校作家了。

  不久，就收到她托朋友寄来的一本台湾版的《在同一地平线上》。在这本印制精美的书里，有一篇她新写的近两万字的《在同一地平线上的下面》，叙述了她的这篇成名作卷起的文坛风波。那既像悲剧又像喜剧的故事，那既像故事却又确是真实生活的一切，使我不禁陷入了对张辛欣这个人、这个作家的沉思。我曾是她的还算认真和一贯的评论者。我曾经对她的作品做过条分缕析的"解剖"，下过明确自信的判断。然而，当她离开祖国，离开这个喧闹的文坛远远地飘走之后，我忽然怀疑起我的自信了。对于张辛欣和她的作品，我究竟了解多少呢？这种困惑，使我迟迟不能动手来写这篇承诺已久的"张辛欣评传"。

一

  张辛欣曾在一篇短短的自传里说："人有两种经历，一种是填在履历表里的，另一种是心路历程。看前一种，你可能了解；看后一种，才可能真知。一个作家，作品就是他或她那印满了反叛、归复、认同和失迷的心路。"

  有的作家的作品和生活经历之间，存在着明显契合的痕迹，但张辛欣不是这样。她当过"知青"，却没有写过以"知青"生活为题材的"知青"小说；她当过兵，小说里也没有兵的影子；她当过五年护士，做过共青团的工作，却只在那篇描写少女初恋心态的处女作《在静静的病房里》借用医院做过背景，即使被推测为自传性浓厚的《在同一地平线上》《最后的停泊地》等作品，其实也是经过极大的变形、巧妙的捏塑和剪接而成的，离作者实际的生活状况甚远，只是心境真的投入了……她是那种凭借心路历程写作的作家，也是对小说"戏假情真"的本性有很自觉的意识，善于凭借想象力虚构人生故事的作家。她把自己藏得很深——尽管她的很多小说常常是用最具有自我倾诉感的第一人称写的。

因此，要想从她的作品去逆推或猜测她的生活历程，是很困难的。你得时时小心跌入妄断和臆测。

尽管如此，了解一下张辛欣的大致生活经历，对于研究她的作品还是很必要的。投影在她的小说中的心路历程，归根到底，也是她的生活经历和性格特征的投影。幸好，张辛欣在她大量的散文、随笔中，影影绰绰地为人们提供了一些自己生平的材料。

张辛欣于1953年出生于南京一个军人家庭。父亲张麟，是一个部队作家。母亲也有相当不错的文学修养。张辛欣曾经说过："我少年时代，受我父亲影响最大。"她认为"我父亲比现在某些作家更够资格称为一个真正的作家"。可以想见，她父亲的生活背景、创作倾向和女儿是很不相同的。然而他并不守旧，而是对女儿的创作表示同情和理解。当《在同一地平线上》受到报刊上某些文章的严厉批评时，她父亲对那些简单化的僵硬的批评很不以为然。他虽然也以自己丰富的政治生活经验给张辛欣一些帮助，但他认为女儿可以按照她自己的意愿去写作。作为一个作家，他深知创作情绪之宝贵。他顶着压力，不做任何破坏女儿创作情绪的事。

张辛欣的童年、少年过得比较单纯、宁静，她出生不久，全家就调到北京定居。她上幼儿园、上小学，和别的孩子一样。在她的记忆中，幼儿园靠着北京灰色的城墙的墙根，小学则坐落在万寿寺。这是一座古色古香的古代建筑群，清末时曾是慈禧太后乘船去颐和园途中休息的地方，现在则是巴金提倡建立的现代文学馆所在地。当张辛欣就读于万寿寺小学时，那里还有一座万佛楼。孩子们在楼下上课，课余时间则嬉戏于庭院之中。男孩子到楼上偷那些大则盈尺、小则不足一握的佛像来玩，张辛欣大概是不起眼的小看客。北京旧城的建筑与氛围，北京的童谣与民俗，还有那市井间到处可闻的京白，这一切对张辛欣有很深的影响。她是个地道的北京孩子，这一点对研究她的小说语言的地方色彩和韵味的形成，是不能忽视的。在中篇小说《封、片、连》中，我们读到了漂亮的北京民俗的描写。

在张辛欣的小学和中学时期，对于她将来走上文学创作道路具有潜在影响的因素有这样几个：

第一，张辛欣是个小书迷。她的功课一般，但却喜欢一目十行地看课外书。父亲对此并不多加干预。她回忆说："我上课看，下课看，进厕所时也看，提裤子，把书夹在下巴底下，手一使劲，书掉进茅坑里去了。走路也看，进了食堂，两眼一麻黑，先在墙上靠一会儿，才能奔到饭碗跟前。一来二去，视力下降到 0.4。"这种自由随意的读书，养成了张辛欣广泛的爱好。她从来不是只知道抱着文学书不放的狭隘的文学迷，而是善于吸收历史知识、社会知识和各种现代知识的眼界开阔的读书人。她至今仍保持着杂读各种书的习惯，遇到书刊报纸上有意思的材料，她就剪存下来，往往能在创作中派上用场。

第二，张辛欣从小就养成了勤于动笔的习惯。在老师和家长的要求下，张辛欣从小就记日记。这记日记的习惯一直坚持到现在。记得有一次她对我说："我最好的句子，也许都在我的日记里。"现在她的日记当然是秘不示人的，但小时候的日记却是必须接受老师和家长检查的"作业"。

第三，张辛欣是在一个政治气氛非常浓厚的时代里成长的，"不知不觉地便具备了对于大地上发生的自下而上、自上而下的一件又一件大事的积极适应性。"这种积极适应性当然带着很大的盲目性，然而却也养成了张辛欣浓厚的社会意识和参与当代生活进程的热情，养成了她对生活中隐伏的变动的敏感。

1966 年，张辛欣十三岁，也被卷入"文革"的浪潮中去了。给她印象很深的一次经历是：在年龄较大的红卫兵头儿的带领下，张辛欣参加了对一个著名的大右派、民主党派人士的抄家，并且还追赶到乡下去找这一家的保姆交代问题。后来张辛欣在回忆往事时才意识到，在这种全身心投入的热情中，其实埋藏着张辛欣个人的小小的欲望：她很想获得坐火车远行的经验，还有就是她很被那个当头儿的男生很帅的神气吸引。这段经历和这点顿悟全写在她的短篇小说《浮土》里。

1967 年，张辛欣十四岁的时候，曾经进行过一次悄悄的没有结果的人生尝试——给一个红极一时的芭蕾舞演员写信。当时张辛欣的秘密的梦想是当一个舞蹈家。这封信很短，既不谈自己对艺术的自信，也不谈自己摸索中的苦闷，而是直截了当提出怎样练基本功的问题。当然，这封孩子的信没有得到回答。

虽然张辛欣由于腿和胳膊不够长而当不了舞蹈家，但她自己却觉得自己"绝对有一种化物入意，意指全身并达每一根神经末梢而又将它任意演化变幻在空间的能耐"。事实上，张辛欣的确有很好的形体表演才能。1983 年，在中央戏剧学院学生的一次毕业演出中，她饰演了易卜生的早期诗剧《培尔·金特》中的绿衣公主等五个角色，使观众大为惊叹。至于那未曾实现的舞蹈家的梦，则在她为舞蹈家戴爱莲写的报告文学（与肖复兴合写）中得到了些微的补偿。

1969 年，张辛欣在一会儿"复课闹革命"，一会儿当逍遥派的混乱交替中，晃到初中毕业。这位六九届初中生十六岁生日未到，就报名到黑龙江军垦农场当农工了。从此，张辛欣开始了她永无止息的不定向的人生之旅。她至今没有找到停泊地，她永远"在路上"。

张辛欣去黑龙江当知青时，是怀着从此独立去闯荡天下的志向去的。她为自己一下子靠自己养活自己而高兴。她不娇惯自己，咬着牙开始了艰苦的劳动。虽然头一天下地手上就让蚊子咬了六十多个包，但她没有和同学结伙扒火车，到四千里之外寻妈妈，没有傻呵呵地去连里找指导员哭……于是被看成好样儿的。还不是团员，就抽出来参加"整党建党工作组"。她是真心想按当时文件字面上的要求把运动搞好的，但运动的实际情形和字面上完全是两回事，和她过去所读的描写各种运动的小说里的故事离得就更远。她第一次感到了生活与辞藻的差异，而那时正是一个充斥着革命辞藻的时代。

大概由于父亲是军人，张辛欣和那个时代的很多年轻人一样，渴望参军。她在黑龙江并没有待很久，就到湖南当兵去了。参军不久，张辛欣生了一场大病，病愈就退伍回北京，到一家大医院当了五年护士。后来她又调到一所大学当专职的共青团干部。一直到 1979 年，即大学恢复招生考试的第三年，张辛欣才考上了中央戏剧学院导演系。

在动荡不安的生活中，张辛欣萌动了从事文学创作的念头。在兵营里，有一次，一个十七岁的电话兵悄悄对张辛欣说："我想写作。"张辛欣当时也正好十七岁，正好也有这个念头。她想："十七岁的人，大概都想写作，都在用那一点生活和模模糊糊的梦想，构筑着一个自以为丰富多彩的大千世界。"这一次小小的触动，很可能是张辛欣真的拿起笔来的一个触媒。

但是，这个做着文学梦的小女孩对于自己是否有写作能力很不自信，原因是很幼稚，很女孩子气的：她觉得自己长得不漂亮，不太像能写出漂亮文章的角色。后来她当护士时读到巴尔扎克的传记，看到巴尔扎克长得那么丑却成了大文豪，于是才放心了，也才有了自信。

但是，张辛欣文学之旅的最初阶段，并不太顺利。在新时期开始之前的整个沉闷的时代气氛，也同样限制着这个后来表现出很高的文学天分的年轻人。当被问及在发表第一篇作品之前是否有过失败时，张辛欣坦率地说："有过大量的失败，原因并非我是一个不被时人理解的天才，而是因为我和那个时代几乎所有的文学青年一样，只能有那样的'文学创作'，跟我现在也不过就是和这个时代的文学青年有着这样的'文学创作'一样。"

"文革"结束，中国当代文学的新时期也就开始了。张辛欣一方面被升学的愿望吸引着，一方面被当时逐渐炽热化的文学氛围烤炙着。升学和创作，这是张辛欣当时的两个兴奋点，她急于投入激流，飞向蓝天。也就是这个时候，她刚开始不久的婚姻生活遇到了危机。她的丈夫是位年轻画家，在事业上也很有才气，很狂热。两个个性都很强的人在狭小的婚姻笼子里不能不产生碰撞，再加上其他一些原因，他们终于分离了。这件生活中的波折对张辛欣以后的生活道路和文学道路都产生了深远的影响。这件事不仅加强了张辛欣从事文学创作的意志和毅力，而且渗入到她很多小说、散文的题材、主题、情绪、氛围中去。

在和张辛欣有限的接触中，我感到她是一个具有强烈的个性和独特的行事方式的女性。第一，她开朗而直率，谈吐热情，口才极好，随机应变的能力很强。她爱说话，好论争，习惯于与对手坦率地摊牌。这在讲究中庸之道、和气生财的中国社会，是容易遭人侧目的。第二，她具有演员的某些天赋，尤其善于朗诵。她曾在天津人民广播电台亲自播讲自己的小说《封、片、连》，效果极好，一下子收到几百封读者来信。她在中央人民广播电台播读自己的散文《年方二八》时，连录音的人都被感动得流泪。她的谈话具有一种逼人就范的魅力。和她对谈时，自忖平素也是口若悬河、爱抢话头的笔者，竟也觉得自己大概只有插一两句嘴的份儿。当张辛欣沉浸在她自己的思路和谈锋中时，的确有一点女强人的味道。但其实，她也有非常女性的一面。她的有些散文的标题简直有一种古典的女性味，比如《年方二八》《三千宠爱在一身》《女为悦己者容》……那里的张辛欣，流露着一种凄清的柔弱……最能画出张辛欣的是她那篇《也算故事，也是回答》，在和批评家吴亮做了一番辞气强悍的抗论争锋之后，张辛欣最后说："吴亮呀！吴亮！你的话好狠！好重！你说，文学，对于张辛欣来说不是一两年的事。你可知，这就只有将夜复一夜的寂寞，再接寂寞的一夜复一夜。"强悍之后的那种凄清的柔弱，在这里表现得多么沉重！

最后，对于张辛欣的文学创作来说也是最重要的一个性格特征是，她具有学而不倦和笔耕不辍的奋斗精神。当她坐到桌边面对稿纸沉入自己编织的小说世界的时候，她是非常沉实、虚心、细致的。对写作中反复的修改和润饰，她是非常耐心的。她是一个肯狂热地工作，肯付出巨大劳动的真正的作家，而不是那种凭着小聪明徒托空言不见实绩的浮躁空疏之辈。

在中央戏剧学院学习期间，张辛欣由于发表了《在同一地平线上》《我们这个年纪的梦》《疯狂的君子兰》等作品而蜚声文坛，同时也被卷入社会思潮的旋涡中心，成为最有争议的一位作家。这种争议竟一度影响到她的毕业分配。经过一段时间的等待，她才被分配在相当有名气的北京人民艺术剧院当导演。

张辛欣所走过来的生活道路大略就是这样。

二

张辛欣在中国新时期文学中的地位是很特殊很微妙的。张辛欣的文学才能，在读者和评论界中几乎是没有争议的。大家都认为她是一个最富有个人写作风格、最富有首创精神的作家，她的创作活动在新时期文学中占有一席谁也不能替代的重要地位。但是，正如王蒙指出的，她的文学创作的道路是坎坷的。几乎所有在新时期文学中作出贡献并因此知名的比较重要的中国当代作家都获得过这样那样的文学奖，只有张辛欣和所有的文学奖缘悭一面。更耐人寻味的是，从1981年张辛欣发表《在同一地平线上》之后，她似乎一直处于这样那样的批评之中：从最正统的批评家到最先锋的批评家，似乎都一致地和张辛欣过不去（当然这两种批评的性质、内容、指向、效果是很不一样的，但在对张辛欣的某些作品的文学价值的承认上都一样地表示了怀疑）。即使在国外获得巨大声誉的口头实录纪实文学合集《北京人》，在国内评论界也受到冷遇。笔者一篇评论《北京人》的文章，从南方某刊旅行到北方某报，都以《北京人》没有什么文学价值为借口拒绝刊载，最后才在内地的省报《太原日报》文学副刊上问世。尽管这样，但广大青年读者是熟知并喜爱张辛欣的。1988年夏天，张辛欣曾去了一趟神农架旁边的第二汽车制造厂。有一位访问过她的读者写了一篇文章登在该厂的厂报上，题目叫《你的地平线》。文章一开头就说，"早已从你的文字里熟知了你。也许作为一个读者我可以这么说。你的经历、气质、情怀，甚至由你引起的各式传闻轶事，早已一一地呈现在你的那些或沉郁或激愤或淡远超然的文字里了。"张辛欣把这篇工厂小报上的文章剪寄给我，信中感动地说："这位僻远的工厂读者比我自己还了解我！"是的，张辛欣的文学影响是在普通读者的共鸣和理解中确立的。有人认为张辛欣是因为受了批评反而提高了知名度。这种说法不能说毫无根据，但至少是非常表面的。如果不是由于自己作品内在的力量和特殊的美感，一个作家的名声是不能在文坛上永驻的。批评的风雨摧不垮大树，却可以扫荡文坛上的枯枝、病叶、浮土。

张辛欣的创作，可以分三个大的阶段来加以叙述。

第一阶段：1978年至1984年。

这是张辛欣在中国当代文坛确立她作为优秀小说家地位的阶段，也是围绕着张辛欣的作品展开的文学论争最为激烈的阶段。

1978年底，张辛欣在《北京文学》上发表了她的处女作《在静静的病房里》。这篇小说描写一个小护士邹小珊决定考大学时的种种情思，含蓄地触及这位热心求学的少女的初恋心态。小说的题材、立意和语调，是清纯、朴素的，读起来很亲切。但从中还看不出张辛欣小说中那种后来才发展起来的特殊的东西。

不过，这篇小说预示了张辛欣对同时代年轻人的注视这样一种创作视角。小说中邹小珊在谈到她的同时代人时说："我发现，有些人自学得可深呢！只是在前几年那种环境、气氛里，社会表面上很难看见他们。现在，真像是一下子掀去一块大石板……"是的，"掀去一块大石板"后裸露出来的当代青年心态，从一开始就吸引了张辛欣的注意。

第二篇小说《一个平静的夜晚》很快就问世了。这一篇在小说内涵的拓深和技巧的修炼上，都有了很大的进步。主人公杜湛也是一个做着大学梦的年轻人，他想补救自己，成个有知识、有本事、有教养的人。老同学小砚的出现，把他引入一个时髦、奢华的小天地，使他受到人们拉开了距离的生活水准的强烈冲击，他那种看到身边人的生活发生巨大落差的错愕和惶惑，怎么也平静不下来。

无疑，这篇小说实际上是《在同一地平线上》和《疯狂的君子兰》所描写的那种心理压力和精神困惑的一个先兆。就对时代心理的敏锐感应而言，它比当时描写青年心理的很多小说起码快了半拍。

从这两篇试作开始，张辛欣以很快的速度发表了一系列引人注目的小说。她从三个方面构筑了自己独立的艺术世界，或者说，她从三个方面深深地搅动了当代读者的心潮，这使她成了最有号召力的青年作家。

第一，张辛欣非常尖锐地把现代女性在婚姻和事业的永恒冲突中的痛苦用非常个性化的方式提到读者面前。《我在哪儿错过了你？》《在同一地平线上》和《最后的停泊地》，是这方面的代表作。

《我在哪儿错过了你？》描写了一个倔强的、在事业上有着不屈不挠进取心的姑娘被隐秘的爱情袭击、煎熬的痛苦。这个表面上平静的姑娘，内心经历着抉择的紧张。她不知不觉爱上了那个向往着海洋也有着艺术气质的"导演"，她希望引起他的注意。但是，当她和他进入对剧本的修改引起的争论时，当问题涉及不同的艺术观念、艺术感觉时，这个姑娘就变得锋芒毕露，甚至有些任性使气了。一直到她爱的"导演"不辞而别，她才陷落在失之交臂的痛苦里。但这种痛苦，并没有多少失悔的成分，而是一种执拗的对人际关系、对自我的究诘，是一种迷茫的呼唤。这里没有感伤和低回，有的是焦灼和困惑。

《在同一地平线上》实质上提出了"我在哪儿失去了你"的问题，主人公是一个在婚姻和爱情生活中得而复失的女性。这个女性同样也有不屈不挠的进取心，还有一份对自己与男性处于"同一地平线上"的生存处境的清醒和透彻。她曾经爱过的男人——一个雄心勃勃、才华横溢的画家，在新的时代氛围里变得陌生了。"铺天盖地而来的竞争之风"使他把温情脉脉的小家庭生活看得很淡很淡，而把排除障碍、出人头地看得很浓很浓。在这种情况下，女主人公不愿服从丈夫的要求，她也要独立地闯世界，她也要从这同一地平线上飞向辽阔的苍穹。就这样，两个人的性格冲突和彼此各自的内心冲突愈演愈烈，终于导致劳燕分飞。

这部小说的社会心理内容极其丰富，它在很多敏感的弦索上拨响了读者心灵的颤鸣。但是，最主要的还是一个承受着旧和新的社会心理压力，经历着爱情和婚姻的迷惘的现代女性要求理解的呼唤。这迫切和惶惑的呼唤立即激动了广大青年的心，共鸣从四面八方传来。"在同一地平线上"一时成为都市知识女性的口头语，这既是对世界或者说对男性世界的明白宣告，也是对自己或者说对女性世界的透彻认识。

《最后的停泊地》描写了一连串爱情的迷航，主人公是一个执着于艺术追求的女话剧演员。她经历了初恋以及迅速到来的婚姻梦幻的破灭；经历了与一个青年编剧的相爱又分手的痛苦；经历了只藏在自己内心的单恋；又经历了与一个有家室的数理逻辑研究者的遥相呼唤和黯然伤别。在经历了这一连串爱河中的迷航之后，女主人公突然"心理一片透明"。她终于宿命地预感到，她的爱情之舟在现实中不可能找到停泊地，她的"最后的停泊地"只能是在舞台"这个哭哭笑笑、生离死别、虚幻而又真实的港湾中间"。这篇小说浸淫着彻骨的绝望，表达了作家对爱情的一种不自觉的彻悟；爱并不在某个"最后的停泊地"中，也许就在一次次寻找，一次次获得与失落之中。所以，在彻骨的绝望之中，也有一种彻骨的平静和清凉。

《最后的停泊地》是张辛欣写得最动人也最纯粹的爱情小说。现代女性，或者说受现代女权主义思潮影响的女性常常为之苦恼的事业与爱情的冲突，在这里退隐了、淡化了，而纯属于爱情和婚姻的本性所酿就的矛盾则浮现了、鲜明了。现代人所不得不直面的感情现实和婚姻现实本身就充满不可解的矛盾。所谓爱情与事业的冲突，往往只是一个相当表面的裂痕罢了，造成婚姻裂痕的力量，其实潜伏在人性的根蒂里。张辛欣对此似乎已经隐隐猜测到了。

第二，张辛欣以一种强烈的怪诞的形式，把现代人对困扰着他的生存的那些敏感的问题——地提了出来。这些问题既是中国现实中新出现的，又是人类共同分有的。这样，张辛欣的小说就具有了一种感应、映射中国社会心理现实的最大的广角，同时也获得了某种猜测人类生存之谜的机智。代表她这种创作倾向的作品有《在同一地平线上》《浮土》《疯狂的君子兰》《封、片、连》等。

《在同一地平线上》创作的初衷，据张辛欣自己说："是一个很具体的情感的需要，只需要被理解。"这一初衷在小说中演化为临近结尾处的一个心理环节，即那个男人在旅途中对那个女人的柔情的流露，这流露中潜藏着他可能最终理解她的契机。也就是说，这是一部描写走向离婚的女性复杂而微妙的心理以呼唤理解的小说。

但是，小说客观的"轰动效应"却与作者的创作初衷相距甚远。刺激了读者和评论界的，是小说表达出来的新冒出来的一代年轻人的心理状态和价值观念。这不但表现在画家的形象上（这个形象的确透着一股子"孟加拉虎"的气味），而且表现在整个小说的生活氛围里。王蒙在表达他看了这部小说的最初的直感时说："里面有我们难以想象的东西……"的确，当时的文艺界乃至整个文化界还处于社会价值、人生价值观念大变动的前夜，对"人应该是怎样的"种种美好的想象和设计，对人的强烈鲜明的善恶判断，还支配着大多数人的思维方式。人们还不太习惯面对人的现实，不习惯承认"人就是这样""人已经是这样"，不习惯用对人性的理解来补充甚至代替对人性的伦理判断。在这样的情况下，小说那种直率而强悍的对现代人处境和心态的描写，就变得惊世骇俗、不可想象了。关于这部小说的激烈争论，几乎都置小说女主人公要求被理解的女性呼吁于不顾，而固执地在男主人公形象的道德评价上做文章。笔者当时是多少有点想为张辛欣辩护的，但在对男主人公形象的评价上，却也一样未能免俗，责怪作者把他写得太好了，对他流露了不应有的同情。关于这篇小说的讨论，几乎变成了一场关于人生价值观念的论战。这大概是张辛欣始料不及的。然而，这也确凿地证明，小说的客观价值已经超越了婚姻和爱情的范围，成了一部最早触及中国社会心理面貌、人生价值观念发生的巨大变化的作品。这是一篇有点不祥也有点刺激的关于竞争时代已经来临的宣言。

最能说明张辛欣对社会心理的历史性变动具有超常敏感的小说还有《疯狂的君子兰》。有趣的是，在这篇小说问世约半年多后，《人民日报》才报道了关于君子兰的疯狂的贸易，小说竟走在了新闻的前面！其实这篇小说的深意，倒不仅在对疯狂的君子兰贸易的描写上，而是抓住了普通知识分子在这种价值倒错的社会现象面前的困惑。小说中，普通知识分子的生活情景与君子兰贸易的狂潮，形成了耐人寻味的对照。知识分子的失重感被张辛欣浓郁地渲染出来了。可惜的是小说这一深层的意蕴当时并没有得到重视。现在，当中国知识分子的惶惑感和失重感在经济领域里的一次次狂潮激荡下已经发展为普遍的时代病时，张辛欣这篇小说的超前意义才被人们看清了。

《封、片、连》也是张辛欣的一部重要作品。它实际上可以视为《疯狂的君子兰》的一个延伸。这是一个关于疯狂的珍邮追逐的故事，它糅合了醇厚的北京地方色彩和冷峻的推理因素。小说情节曲折跌宕，充满风险悬念；但小说的意蕴却极深永。历史的幽深迷茫，现实的复杂变幻，人世的千姿百态，命运的冷峻无情，一一在故事的演进中呈露出来。

张辛欣在这部小说中流露的对历史的兴趣，其实在短篇小说《浮士》中已经表现出来了。她对促使人们在历史舞台上扮演角色的动机十分重视，她试图从人们个人的微末欲望，去猜测威严的历史巨掌怎样托举芸芸众生去实现惊人的历史巨变，去演出历史的悲喜剧。吹去历史的浮土，也许才能使人在反思历史时见到自己的"本我"？这就是张辛欣在《浮土》中所要表达的想法。

第三，张辛欣的小说表现出对艰于生计而又不甘平庸的小人物的深切关怀和理解，她要为他们在寒夜里送过去一炉炭火，在炎天里撑起一片阴凉。这种与普通人共悲欢的创作情绪，在张辛欣的创作中起着非常重要的作用。但却没有得到人们的注意。人们被她的激切和敏锐所吸引，称赞她的创作的开阔的视野和有力的思想，反而不太注意她小说中流露出的契诃夫式的对小人物的温馨了。

《清晨，三十分钟》也是一篇引起非议的小说，其实，这篇近乎速写的作品固然把城市骑车人感到的空间逼仄感渲染到了极端的程度，但那活泼、跳动的笔致中，不也透着一种普通人日常生活的情趣，别有一种亲切和幽默？

《我们这个年纪的梦》描写了普通人日常生活中"几乎无事的悲剧"，描写了一个女校对员质朴无华的梦，提出了普通人面对的理想与现实的冲突。这个中篇小说写出了一代人的失落感和深深的寂寞，但也流注着作者对同时代人的温情、呵护和理解。

《剧场效果》描写一个追求严肃的话剧艺术的大学生毕业后分配到外省去的遭遇，表达了他强迫自己以艺术趋时媚俗时的内心痛苦。这篇小说比较早地触及艺术商品化的趋势和流弊。

以上三个方面，是张辛欣小说的基本主题，也可以说是支撑起她的小说的艺术世界的三根梁柱。在张辛欣创作的第一个阶段，张辛欣已经把她的小说建筑物建造得相当可观。她表现出了丰富的艺术想象力和严整的艺术结构感。她对小说的本性有了相当自觉的把握。她曾经说过："小说永远是假定的人生形式。读者面对这种假定的人生。总以当时的状态来照应。善和恶，是与非，在我的观念里，复杂，也非常单纯——我只管我感悟到同时生活在这一时空中的灵魂的尺度，只管带着最投入的观赏，看人在大千世界的各种表演，并且我也参与剧情。"（引自《在同一地平线上的下面》）这一段话，可以当作她在这个阶段创作思想的一个自述。从这自述中，我们看到张辛欣是传统的虚构小说的升堂入室的女弟子，我们怎么也想不到她会突然地改换门庭，身体力行地投入纪实文学的写作！

第二阶段：1985 年至 1986 年。

1984 年，张辛欣在毕业分配中遇到了困难。她的小说集的出版也搁置下来了。甚至连纯感情的小说《最后的停泊地》也排出了清样又被撤了下来。在这种特殊的境遇中，张辛欣产生了一种对"自由的、人所不见的想象"退化、萎缩的恐惧心理。她必须从"最后的停泊地"再度起航，到生活的海洋中去。

这时，她读到美国作家斯·特克尔的《美国梦寻》。这本书共收录了一百位美国社会各阶层人士的自述。这些自述都据录音整理而成，这种新颖的写作方式和文学样式立即吸引了张辛欣的注意引起了她的兴趣。而急剧变化、旋转的中国社会生活，正从四面八方呼唤着张辛欣。于是，在《美洲华侨日报》的邀约、推动下，她和桑晔合作，开始了口述实录文学《北京人》的创作。

从 1985 年 1 月《北京人》同时在五个文学期刊一起推出后，张辛欣又一次成为文坛上引人注目的人物。后来，张辛欣又把《北京人》中的某些篇章，改成电视文化系列片《运河人》，亲自当节目主持人。当这一电视片在中央人民广播电台播出时，张辛欣在电视观众中几乎成了家喻户晓的人物了。

《北京人》在国外为张辛欣赢得了巨大的文学声誉。这部口述实录文学现在已有八种外文译本，可谓好评如潮。但是，在国内，文学评论界不少人却对它的文学价值持保留态度。但不管对《北京人》如何评价，自从《北京人》问世后，中国文坛上逐渐兴起了纪实文学热，这却是人所共见的事实。倘若说张辛欣与桑晔此举开了纪实文学的先河，我想是不会失之过誉的。《北京人》的价值和影响，一定会被文学史记录下来。

《北京人》的价值当然超出了文学的范围，它为从各个角度研究中国社会和中国人心理的人提供了丰富的第一手材料，这使它具有折射中国文化形态的镜子的作用。但是，所有这些多学科的认识价值和资料价值，都是凝结在它独特的文学价值上的。作为一部大型的纪实体小说，它的文学价值是它能够生存并广泛传播的唯一原因。这一价值体现在三个方面：

第一，体现在全书的总体构思上。《北京人》的创作宗旨是借一百位当代普通中国人的经历和内心世界来折射我们生存的文明状态，所谓"在这里，69 万年以上的文化沉积在一起"，说明了作者透视中华民族的生存状态和文化形态的宏大的文化眼光。但在实现这一创作宗旨时，作者又带着强烈的现实感。她不只是透视一个静态的古老文化，而是要摄下这一古老文化在当代动态的姿影。它的内容，囊括了广阔的地理幅员和多职业、多类型、多层次、多色彩的人物心理类型，展现了改革、开放的时代的社会心理全景，从而揭示出我国社会不可阻挡的改革要求和大趋势。读《北京人》，我感到作者有一种宏伟的气魄和深远的目光。整本书是一个艺术的整体，并无杂乱零碎之感。

第二，体现在对人的择取上。《北京人》是普通中国人的口述汇集，但并不是任何一个普通的中国人的生活和想法都会具有文学的意味，这就产生了一个选择问题。严格来说，入选者应该是既普通又有味道和情趣的人。他们的生活与想法与一般人相通，但又有异于一般人的独特的色彩、感受和见识。作者对他们的选择，是受全书整体构思制约的。对于中国人心的趋向，对于古老传统与现代意识纷然杂陈，十年动乱与改革开放接踵相承的历史轨迹，作家心中是有一个见地的。他们对人的选择，就透露着这种见地。在这里，文学的才具不表现为虚构、营造形象世界的能力，而表现为对社会趋势与人心动向的穿透性的眼光。

第三，体现在文学语言的研磨上。《北京人》是经过作者统一的文字加工的一种创作。作者并不是只靠录音机和采访手记，而是在把不同采访对象的性格、风神、意态、语习等揣摩烂熟之后，按照写小说的语言要求，重新翻铸出来的。不少篇章的语言形神兼备，写出了许多活生生的人物。在文学语言的意味上，《北京人》可谓一部记录当代普通人言行的新的《世说新语》。

《北京人》之后，张辛欣还写了长篇纪实小说《在路上》，长篇纪实散文《回老家》《香港十日游》，中篇纪实小说《夜变》以及"新新闻体小说"《寻找合适去死的剧中人》。这些多姿多彩的作品，构成了张辛欣创作道路上一个十分值得细心研究的纪实文学阶段。

在这个纪实文学阶段，我觉得有两个特点需要指出：一是张辛欣的创作视野更开阔，创作方式更多样，创作心态更无拘无束了。作为一个作家，她通过纪实文学的写作锻炼，广泛地接触了人，接触了中国社会，为走向更成熟的境界准备了条件。她这些纪实文学作品既是一种收获，更是一种播种，是为了明天更丰硕的文学收获而进行的播种。二是张辛欣在纪实文学的写作中，冲淡了她在寻求感情的最后的停泊过程中的失落感，加强了她对普通人命运的关注。在写《寻找适合去死的剧中人》这一篇以她的老师们的艰辛执着的日常生活为题材的小说时，她写到一半就泣不成声了。这篇小说其实预示着她下一步创作发展的趋向。

第三阶段：1987 年至今。

这一阶段，张辛欣创作较少，她处于沉思之中。这种文学的沉思，在她的一组《辛欣随笔》中表露得最为明显。同时，她也在读书中丰富、充实自己。

在这个新的创作阶段，张辛欣又回到虚构的小说创作的路上来了。她发表了《玩一回做贼的游戏》和《这次你演哪一半？》两部中篇小说和总题为《舞台》的一组（三篇）短篇小说。这些小说都以普通人的酸甜苦辣齐全的生活为题材，在艺术形式、语言风格上进行了多种多样的试验。但由于社会心理因素的变迁和文坛风水的流转，这些写得相当扎实也相当活泼的小说都没有产生广泛的影响。但是，始终关注着张辛欣的那些读者和研究者是注意到张辛欣在这些新作中的努力的。这种努力预示着张辛欣在小说艺术上正在向新的疆域开拓。——这样一想，她一时使熟悉她的读者感到有几分陌生也是自然的。我们有理由耐心地等待她。请身处异国的张辛欣在这里接受我们的祝福和问候。

（曾镇南：中国社会科学院文学所研究员，著名评论家）

曾镇南专栏

陈染评传

曾镇南

随着时间的推移，曾经在当代中国文坛上非常活跃的"知青"作家群，已经不再年轻。他们的生活和创作中的青年特征已经渐渐隐退。人们现在仍然注视和谈论他们，但是很大程度上是把他们作为知名的、走向成熟期的作家来看待，再也不是把他们当作新晋青年作家来考察了。

在这一"知青"作家群的身后，开始出现一批更年青的青年作家，即60年代后出生，现在已五十来岁的作家群。

陈染，就是这一批作家群中的一位。80年代，她以极为鲜明的创作个性和优美的文学素质引起了读者的注意。当时，她发表的诗和小说虽然不多，也尚未在评论界成为箭垛式的谈论对象。然而，她拥有不少热情的读者。有一年夏天，她在家里待了一个暑假后，回到她任教的学校，系秘书就塞给她一大摞寄自各地的读者来信，其中还有一些寄自国外的留学生来信。他们纷纷向她诉说读了她的作品之后的感受。这使年轻的陈染惊愕不止——因为，在读者中的文学热已经退潮，当代文学作品的"轰动效应"（这是著名作家王蒙在评述当代作品与读者关系变化情况的一篇题为《文学：失去轰动效应之后》的文章中使用的术语）也明显减弱的现在，能不依赖于评论的抑扬而吸引那么多读者的注意，这是很不容易的。

陈染的第一本小说集《纸片儿》，于2001年由作家出版社出版，列入有名的"文学新星"丛书之中。她的作品，有的已被翻译到国外。她的文学才能，开始射出最初的光芒。

一

陈染出生于1962年4月。那个年代正是所谓"三年自然灾害造成的困难时期"。普遍的物资匮乏使人们面带菜色。那时出生的孩子都异常瘦弱。陈染也是这样。在陈染的名作《纸片儿》中写到一个叫纸片儿的女孩，生出来时极瘦，长大后还是单薄、苍白。像纸片儿一样风一刮就抖动。这当

女作家学刊·第三辑

然不能看作陈染的自画像，但纸片儿的体质和气质里，分有了她的创造者的某些禀赋，却是无疑的。如果再想到陈染小说中的女孩都是纤弱单薄的，那么，我们更无须怀疑作家本人的生理特征，有时会不由自主地在作品中投下印记了。

陈染的家庭是一个文化教养比较高的知识分子家庭。她的父亲是一个性情古怪的古典文学研究者，终日埋头书海。对两个孩子（陈染还有一个哥哥）的教育不太过问。而陈染的母亲陈燕慈，却是一个兴趣广泛，很有人情味和艺术情调的作家。她写儿童文学，发表小说，有的还被中国作家协会办的著名的《小说选刊》选载。这位母亲的性格，有温良优雅的一面，也有豪爽洒脱的一面。她在文艺界交游甚广。居住在北京的不少著名作家，如从维熙、刘绍棠，都是她的朋友。这样一位外向型的女性和非常内向的丈夫，自然会发生性格上的冲突。

早在陈染还未出生的 1957 年，陈染的家庭就受到"反右"运动的冲击，以后还不断承受一次次运动的压力——这也是那些年代中国知识分子家庭常常遭受的命运。家庭的气氛是沉闷、压抑、冷清的。从陈染记事时起，父母亲的关系就相当紧张和冷漠了。陈染回忆说："父母关系的紧张使我深感自卑和忧郁。见到小伙伴的一家人围坐着呼噜噜喝稀粥，收音机里热热闹闹轰轰烈烈，里院与外院的邻居大嫂扯着嗓门隔着房屋聊（喊）大天，我真是羡慕极了。"

父母的关系虽然已经恶化，但在中国，离婚是一件很不容易，而且被普遍视为不光彩的事情；尤其是在"文革"时期，离婚所要承受的社会心理压力更大。一直拖到 1979 年，即中国社会生活进入新时期之后第三年，陈染的父母才结束了那种没有爱情只有痛苦的婚姻关系。关键性的一步是陈染的母亲迈出的。她带着孩子开始独立生活。

一个破碎的家庭固然使陈染失去了不少东西，但也使陈染获得了很多别的"幸福的孩子"所没有的人生体验。童年不幸的孩子往往早熟，自奋，有较强的生活能力。陈染正是这样。她外表上看起来很娇小，很脆弱，其实她有很强的开拓生命、发挥自己生命的潜能的爆发力，而且在事业的追求上，她很执着，很勤奋，很能吃苦。

陈染虽然不和她的父亲生活在一起，但她对父亲那特殊的慈爱——表现为严厉的慈爱，还是留有很深的印象。她对父亲表示尊重和理解。在陈染的气质中，能隐隐感到父亲对她的影响。例如冥思苦索的习惯；一个人泡在书堆里自得其乐的习惯；一旦投入自己的事业就全力以赴、经常能够从散漫转入紧张并集中起自己的注意力的心理素质等等。从这些地方，可以看出这个女孩身上秉承了父亲的某些特点。陈染有一首诗，题为《爸爸也曾错过》。诗中写道，"我"离开了爸爸为"我"开垦的土地（大概是指做学问的道路），钻到爸爸"陌生的领域"（大概是指文学创作），播下了自己的种子。为了爸爸的干涉，"我曾偷偷抹过泪"。但爸爸终于看到了"我"的耕耘，他"流泪了"。从此，爸爸"天天注视我，等待我的果实，和我的年龄，一起成熟"。这首诗透露了陈染和父亲的既有冲突又有和解的关系，也幽曲地透露出陈染潜意识里渴望父亲对她的关注的心理。

但是，对陈染的生活和创作有决定性影响的，毕竟是和她长年厮守在一起的母亲。这位富有艺术气质的母亲，是陈染的守护神。陈染说："小时候最幸福的事情就是跟着妈妈走街串巷，只要离开家，我就欢蹦乱跳起来。我在我母亲的万般珍爱、娇惯纵容与艺术的熏染下长大。"在母亲漫长而孤寂的独身生活里，陈染是她的骄傲、欢乐和慰藉；而在陈染幼小的心灵世界中，母亲是她松软的温床，生命的支柱，炎夏的凉柯，寒冬的暖气。陈染有两首写得很深挚动人的诗，都是献给妈妈的。一首题为《妈妈，请你记住》，一首题为《我走了，妈妈》，都流露着对母爱无限依恋的感情。

虽然陈染在诗中表示自己是妈妈"胸襟上一颗小小的纽扣"，但是，开朗而富有远见的母亲，却希望女儿自己勇敢地去跋涉人生的长途。这位守护神一点也不专制，她以民主和平等的现代意识来处理和爱女的关系。当她从自己的观察和朋友们的赞许中发现女儿过人的天赋时，便把扶持女儿，使其天赋得到充分发展视为自己最大的欢乐。她的奉献是无私的。这位充满爱心的儿童文学作家以骄傲的目光注视着才禀超过自己的女儿。她既是陈染第一个文学教师，也是陈染第一个忠实的读者。即使女儿的创作使她感到陌生，她也能宽容地予以理解。

陈染曾讲述过这么一个动人的故事：

"与很多作家不同的是我很晚才接触文学，在这之前我几乎没读过什么文学作品。第一本小说是母亲念给我听的。当时我忙于功课，午休时躺在床上，母亲就给我读小说。那本小说是雨果的《九三年》，我躺在床上静静地听。当母亲读到最后一章"太阳出来了，西穆尔登把自己最亲爱的朋友和学生郭文送上断头台，刽子手的斧头滑下来在郭文的脖子上发出丑恶的一响的瞬间，这时，一声明亮的枪响呼应了那斧子声，西穆尔登用一粒子弹洞穿了自己的心脏……我呜呜咽咽哭起来，泪水顺着我的脸颊滚落到枕巾上。这时候，我发现了一个新世界。……在母亲的影响下，我发狂地读起小说来，一本接一本，那个时候自然读的全是世界名著"。

有这样一位母亲，真是陈染的幸运！一颗良种，只有落在适宜的土壤中，才能长成嘉木，开出奇花。母亲的存在及她造成的艺术氛围，催发了陈染这颗文学的种子。

可是，为什么陈染到很晚才接触文学呢？

二

其实，陈染很小就表现出她的文学天分。评论家何镇邦曾经是她中学的老师。他回忆说："陈染？很小很小的一个女孩，作文写得特棒。有一篇作文我拿来当范文讲了很久，还推荐到区教育局去。"陈染十二岁那年，居然很稚气地写出了一篇描写夫妻离异的小说。但是，陈染的这种文学倾向，在她念书的那个年代，不可能得到鼓励和扶植。她是1969年上的小学，小学时代、中学时代都是在"文革"中度过的。那个时代，哪里有什么文学呢？大人们也不认为搞文学会有什么出路。陈染的父母，为小陈染安排了另一条通往艺术殿堂的道路。

也许是因为陈染的母亲自己也酷爱音乐吧。按照当时的社会风尚，似乎学音乐最有前途，于是陈染开始求师学作曲和手风琴。陈染的家庭虽然是知识分子家庭，但和音乐界的名师并没有什么直接的交往，要拜师还是辗转求人。为了女儿的前途，自尊心很强的母亲不仅省吃俭用为女儿买了琴，而且四处奔波，好言求人，为女儿找到了老师。小陈染很懂事，知道学习机会得来不易，练琴练得很刻苦。在明朗的夏日，小伙伴们在院子里跳整整一个夏天的皮筋，玩砍包，蹦房子，而陈染却躲在阴暗冷清的房间里练琴，只能隔着竹帘子向外边望几眼。

在学音乐中，陈染投注进了一种忘我的狂热。这是一个有艺术气质、敏感早熟而又要强的女孩子的狂热。陈染外表看去胆小、温顺，但内里却有拔尖要强的心劲。她从十岁开始就追求事业上的成功。她当时特别崇拜盛中国——位著名的音乐家。清秀潇洒的盛中国独奏表演时头发一甩一甩的，那甩头的姿势简直让小陈染发疯。她对妈妈说："我长大了要成为音乐大师。"音乐带着她升腾到一个超现实的、充满梦幻色彩的世界，使从小就感到孤独的陈染得到了精神慰藉。然而音乐的自娱性和宣泄性却也助长了陈染独处冥思的倾向，使她过早地离开了儿时伙伴们的群体欢乐。

虽然陈染有当音乐大师的志向。但是，时势的变迁，总是强于任何英雄的梦。忽一下，十年动乱结束了。社会上的音乐热也有些退潮了，读书热、文凭热兴盛起来。陈染也结束了近十年的音乐生涯，投入了紧张的升学考试之中。

陈染的功课本来极好，从小学便当什么红小兵大队长，颇受老师青睐。后来由于练琴，把一切社会工作通通辞去，功课也拉下了很多。所以第一次参加高考，陈染竟以三分之差落榜。

从十八岁到二十岁，陈染在家当"待业青年"。这几年是她学生时代最为苦痛和迷茫的阶段。对于陈染来说，参加高考是她唯一的寻求发展自己的道路。但是高考所要求的背书的本事却又是陈染天性中欠缺的。她从来就不是学问型的人，而是艺术家气质的人。她喜欢自由挥洒自己的才情，而高考却是对规范性的基础知识的强制检验。这使陈染很觉吃苦。她回忆说："高考的压力和读小说的狂热以及我那个年龄的极度敏感，情绪动荡，使我一度患上神经衰弱。"

1982年，陈染二十岁，终于考上北京师范大学分校中文系本科，成了一名落落寡合、默默不语、有些心不在焉的女大学生了。

经过"文革"后的北京的大学生，不管多么耽于独处，毕竟是要受到时代冲荡空气的濡染。在社会上颇带政治色彩的思想解放运动的潮流，到了大学里，就变成了带有浓厚的启蒙气息的个性觉醒的巨浪。

这一切时代思潮的变迁，不能不模模糊糊地影响到陈染。她以一个敏感的少女的直觉，感受到时代予以她的巨大的激动。她在自己的内心，发展出一种追求个性解放、个性自由的强烈的情绪。

何况还有当时常常引起"轰动效应"的新时期文学潮流对她的吸引。这种吸引的最初结果，是把陈染卷到年轻人掀起的新诗潮中去了。

在中国新时期的文学复兴的潮流中，诗的实绩虽然不像小说那样巨大，影响也没有小说来得广泛。但是诗在预示时代风气的转换、启发新的现代性的美学趣味方面，却有着小说所未及的敏感性、锋利性和反叛性。整个新时期的诗坛像一个巨大的艺术试验场，它旋转着、沸腾着、喧嚣着。很多颖悟的文学青年，把最初的文学激情、青春热血都投注到这个泡沫多于浪花的艺术试验场中去了。

陈染虽然也受到这个艺术试验场的吸引，但她最初的诗歌，并不像那些立于潮头的弄潮儿那样表现得大胆无忌和追求怪诞，而是非常本色地贴近自己的生活和情绪，发出了虽不惊听回视却沁人心脾的声音。

那是在母亲一次外出开会的时候，平时就感受到家庭的冷清的陈染，越发感到空落落的心灵和空落落的房间一样，孤寂难耐。她在自己的小屋里品味着梦幻，在内心独自扮演各种处境和情绪的人物，写出了一行行恬淡、温情又忧伤的诗句，真是"吐不完的情愫，挥不尽的惆怅"。半个月后，当母亲回家时，发现她的胆小爱静的女儿已经成了"诗人"了。陈染捧着一摞冰心式的小诗，轻轻地说："妈妈我写诗了。"

陈染从大学一年级开始发表诗。她对诗的迷恋使她几乎疏离了身边的世界。产量最高的时候，她能一个人闷在小屋里一天写八首诗。很快地，她的诗陆续出现在《诗刊》《人民文学》等全国性的刊物上，并在中国青年出版社出版的《青年诗选》中占了一席。由于诗集出版的普遍困难，陈染还没有正式出版诗集。但她在大学期间出了两本油印小诗，在老师同学中传阅。班里的同学认为她"才情过人，但有点怪"。老师也劝她改变过于幽

女作家学刊·第三辑

僻的生活状况，多参加集体活动。的确，像陈染这样一个把诗本身就当作生活来沉迷的女孩子，在别人的心目中是有几分神秘和怪诞的。陈染对自己的这个短暂的"诗的涨潮期"（大约为时两年多）是这样描述的：

"那时候，我的生命处于分裂状态。在公众场合腼腆沉默，退回到自己的世界里后才把积郁心中的无尽情怀倾洒在诗中。我颇为'入戏'，我感动着自己，也感动着别人。我活在自己制造的氛围中，也在世界里寻求诗中的情人。当我空落落徒然而归时，便再一次把贫瘠与孤独抛至诗中，诗成了我平衡自己的手段。"

在这里，陈染对自己写诗的创作心理的描述，是非常真切的。每天必须过的日常生活的冷清和单纯，与陈染诗中展示的活泼泼的多彩世界，形成了强烈的对照。母爱的温暖和无私，友谊和爱情中的情绪变化，大自然的美丽和神秘，年轻生命的追求和奋斗，这些是陈染诗中不断出现的主题。她的歌吟，在温情缱绻中，透出了沉着果毅。

《告别森林》这首诗，写得境界开阔、色彩浓重、感情强烈。

它抒写了年轻的生命渴望发展和完成自己以回报哺育的心声。大森林是无私、博大的爱的化身。它"承受火辣辣流泻的阳光"，却披给"我""荫凉的绿衣"。但是，"我"却毅然告别森林，"再不做出小鸟恋枝的依依"。"我"走进了一个粗犷严峻的世界，直接和烈日、暴雨相对：

曾镇南专栏

穿起阳光和暴雨织成的
成熟的衣服
独立在没有庇护的空间
哪怕我成为一棵小草
也会有活泼泼的生命
也会给土地投下一小片荫凉

这种发挥自己生命的潜能、完善自己的热望，是渗透在陈染所有诗中的。写母爱，她吟唱的是依依的告别，是向一个"青山、碧草、苍穹"的大世界进发；写友谊，她天真地说要做学友的"橡皮、眼镜片"，好"一起架桥，从昨天走向明天"。甚至对崂山小道士，她也真诚地希望"遥远地，我们搭起手臂，走向，那洒满阳光和歌声的开阔地"。至于陈染写得最多最动人的爱情诗，在那倏忽多变的情绪织成的旋律背后，也总有一个焦灼地寻求发挥的生命在低诉。

《大地与月亮的对话》，写得多么富有情趣、富有变化，诗行简洁、轻快、委婉、幽默，确是爱情诗中的佳品。诗中那月亮对大地最后的回答却是："我不只朝着你，还向着大千世界。"《旅人！旅人》这首异常温柔、异常深情的相思曲，在"莫名的惆怅"中，却也回响着对人生长旅的执着的步声。《沙城》写爱情中的波折，写对分手的想象，但并没有焦躁和悲伤，有的是平静和自重，平静和自重到要"以一种顽韧，以一种沉默，像枯柏挺拔于山坡"。即使是那首比较深地触及性爱的《告别》，诗人委婉地回避"热情的颠簸"，也是因为"要带着不属于你的还未燃烧过的音符，走向我久违的宁静"。总之，陈染在她的爱情诗中，寻找的是一种生命的境界、生命的感觉。所以她的爱情诗，虽然也有小儿女新鲜的"小感觉"，但却透出一种沉静和刚毅的气度。

陈染的诗，充满着新鲜别致的想象，浸透着生活的汁液，朴素而又秀颖，深情而又隽永，得到了许多年轻读者的喜爱。她在校园中写诗，却不仅是校园诗人。她的诗，是一个年轻的、包含了发展的巨大可能性的生命最初的歌唱。这歌声将会回响在她生活和创作道路的每一个阶段。她的诗，是越出校园而属于广阔的人生的。

三

"像大海里一朵美丽的浪花，诗人的我仅仅眨了几下眼睛就睡醒了，那朵漂亮的浪花很快便找到一个新的艺术形式展现。"

陈染所说的新的艺术形式，就是小说。陈染从大学三年级（二十三岁）开始写小说，处女作《嘿，别那么丧气》发表在《青年文学》上，使她受到巨大的鼓舞。从此，她的文学道路由诗转向小说，她找到了一个比诗更能表现与施展自己的才华的形式。

陈染从事小说创作的时间并不太长，但却已经经历了两次创作题材和风格的变化。她是一个永不满足的艺术探求者。根据她小说创作的发展变化，可以把她的小说分为三类：

第一类，写于1987年的两篇小说《嘿，别那么丧气》和《大山的雾》。这两篇作品共同的思想倾向是对当代中国青年中富有个性而又勇于进取的人物的肯定，和对环绕着这些人物的沉闷、虚伪、僵化的社会环境的抨击。作者虽然也怀着一种不满现状的愤激，但她观察生活的着重点却是那些积极地行动着的人物——"永远有一股百折不挠的热情"的奔犇（《嘿，别那么丧气》）和忧郁地凝视着"大山的雾"、把同情和理解给予自己的学生的乡村女教师（《大山的雾》）。作品的基调是明快、开朗的，富有热情和诗意。那种陈染特有的糅合了诗和散文的优美笔致在这两篇小说中已经表现得相当明显了。

从艺术上说，《嘿，别那么丧气》写得比较活泼、轻快、热烈，但结构有些松散；而《大山的雾》则更富有抒情性，显得含蓄、恬静、清丽，有一个比较完整的结构。后者引起了著名作家从维熙的注意，他亲自为《大山的雾》写了短评，认为从这个中篇可以预见，陈染在文学上将会有"辉煌的前途"。

第二类，大致包括了陈染 1986 年的小说创作，有《人与星空》《孤独旅程》《世纪病》《定向力障碍》《消失在野谷》《归，来路》等等。这些小说，几乎是一个月一篇地问世，而且刊登在《人民文学》《收获》《北京文学》等素负盛誉的刊物上，很快引起了更大范围内的读者注意。

和第一类小说不同，这些小说弥漫着一种青春的生命受到现实的障碍而无法自由自在地发展的愤懑和痛苦。这里再也没有了那种积极地行动着的人物，有的只是浓聚起来的对沉闷、虚伪、僵硬的社会现实的失望。陈染以诗人的敏感，不停地诉说着对自由、自在、自适之境的向往；同时更以小说家的锋利，一层层地撕去现实的假面、人性的伪饰。在一种似乎很消极很失望的语调中，陈染更深沉更强烈地表达了她生命深处的自由与完美地发展的愿望。她写青春的惆怅，写爱情的孤旅，写死亡的幻梦，写人生的惨剧，写人性的枷锁，无不呐喊着一种生的挣扎和搏战之声。这类作品，其实是比第一类作品更深沉更有力度的。

《人与星空》极写青春的苦闷。小说把一个内心自己和自己较劲的大学生的心理特征，非常细微地描绘出来了。自由而广阔的星空，作为参照物，把狭窄而又钳束着人的现实，映衬得愈发难以忍受。然而女主人公对星空的向往是那样执着，这执着使那种对现实的愤懑情绪升华了。生命的苦闷成了生命觉醒并寻求发展之路的一种特殊的形态。

《孤独的旅程》极写爱情的孤独。小说把一个少女在理想的伴侣和现实的俗友之间矛盾惶惑的心理和盘托出。爱情中的孤独感是表层的东西，而寻求发展和成功的生命冲动才是内面的东西。最深的孤独是事业上的独行无侣。从女主人公的怅叹中，我们听出了她寻找才能发挥的契机的呼喊。

《世纪病》极写人生的残酷。小说已脱出了过于情绪化的主观宣泄的写法，颇有章法地叙述了一个家庭、婚姻、亲情、爱情等关系交错的故事，展现了一个人类多种现实关系和感情领域相互纠缠的现实世界。在对这个现实世界的病态的诊断中，作者发现了一种世纪病——普遍的烦闷和焦躁。借着对多少有些理想化和理念化的山子形象的描绘，这种烦闷和焦躁升华为对澄静空明的人类来路的探索，升华为对生命归宿和生存意蕴的寻求。

《定向力障碍》极写人性的伪饰。小说以辛辣的讽刺笔调，从一个女孩的眼光，描写了她的恋人兼生活的指导者老奈的世故而圆滑、巧伪的形象。在无情的揭露人性弱点的声音里，我们感到的，是这个坦诚无饰的女孩独立发展、独立行事的强烈意志。

《消失在野谷》极写死亡的幻梦。小说描写了一个逼真的关于死亡的梦境，流露出了某种神秘主义的倾向。但女主人公梦醒之后，却哭着和不理解她的男友告别，表示"我要完成我自己"。原来，对死亡的幻想是对生存的追求、生命的完成、自我价值的实现的一种特殊的形式。

《归，来路》极写人的异化的痛苦。小说从女主人公与现实的冲突，写到她在感情生活中一次带同性恋倾向的经历，最后写到她向荒凉原始的大自然、向人类的来路的回归。现实与幻想杂糅，浓厚的人间烟火与超世的神仙况味交织，使这篇写得有些冗长、散漫的中篇小说成为预示陈染小说的作风行将发生新的变化的作品。在宣泄人的异化的痛苦时，陈染表达了她渴望人性的复归的愿望。这是生命深层的欲愿。

总而言之，陈染的这一类小说，像新长出来的荆棘丛一样，长满了与现实格格不入的钩钩刺刺，也绽开着荆棘丛特有的强韧的生命的绿叶。她的这一类小说，是80年代中国文坛上最年轻的一批作家多少都分有的一种现代的创作情绪的结晶。

这种现代的创作情绪是这样产生的：陈染和她的文学伙伴们，是60年代以后才陆续出生的。中国"文革"的社会悲剧，对于她来说，仅仅是童年的一段阴霾而又空白的回忆，或者仅仅是一些零碎杂乱的印痕。她不可能像一些"知青"作家，从描写自己的下乡印象开始自己的文学生涯。她只能从眼前的生活感受和印象来落笔。而她所处的现实生活，正经历着深刻的、急剧的变动。一方面，个性主义高扬的时代，唤醒了她内心的生命冲动，唤醒了强烈的情与智发展的要求；而顽固、窒息、无处不在的旧的生活之网，却牢牢地困住了她的手脚。她内心被唤醒的很高的人的欲求，却不得不面对相对而言还很低的现实尺度。于是，这种愤懑得近乎绝望的创作情绪，就这样在特别敏感的青年作家笔下喷涌而出了。

相比于过去比较规范、比较富于建设性的创作情绪来说，这种现代的创作情绪，这种比较无羁的、比较带破坏性的创作情绪，倒是一种中国文坛的新现象了。

出现这种现代的创作情绪，而且能够得到广大青年读者的共鸣，这不能不说是中国不断改革着、开放着的社会生活进程带来的进步。

第三类，大致包括了陈染1987、1988年创作的所有南方小镇系列小说，其中有《小镇的一段传说》《纸片儿》（原名《乱流镇的那一年，特别是荒凉的秋天与冬天》）《塔巴老人》《麻盖儿》《不眠的玉米鸟》等。

这类小说，在题材和风格上，迥异于陈染的前两类作品。在题材上，这类小说写的是南方少数民族聚居的偏僻小镇的爱情、死亡和疯狂的故事；在风格上，这类小说都运用了浪漫主义手法，充满了怪诞和神秘的色彩，语言凄迷冷峭、布局充满悬疑。总之，这类小说是一种中国当代文坛还很少出现的现代志异。

《小镇的一段传说》描写一个叫罗莉的女性，她长得极丑，但极有个性，富于创造才能和想象力。她别出心裁开了一个记忆收藏店，收藏了很多人生活中的秘密。她和一个叫二头的哑巴男人秘密地同居，爱情使她的生命燃起了烈火，又倏然而灭，给人们留下了神秘的猜测。这篇小说触及了深受压抑的性欲与人的创造力的联系，触及人的生理本能与社会属性的冲突这样一些现代生命哲学的问题。

　　《纸片儿》描写了发生在乱流镇的一个充满着嫉恨、复仇和流血的惊心动魄的爱情悲剧。悲剧的主人公是两个具有艺术家气质的体能奇异的人。女主人公叫纸片儿，因为她长得苍白而又单薄。她的梦和醒与常人相反，在捏泥人时表现出非凡的艺术想象力。而男主人公叫乌克，是个单腿的男人，极富有音乐感和柔情。他们在大森林中秘密地相爱，受到了纸片儿的外祖父和他豢养的猫群的嫉恨。终于，乌克被外祖父派遣的猫群咬死，纸片儿也奄奄一息，河里的水耗子们又上岸咬死了外祖父和他的猫群，乱流镇颤抖在严冬的寒冷之中。……这一切很像阴森可怕的巫鬼故事。然而那不幸的爱情却写得火炽、浪漫、充满诗意。这篇小说触及爱情与艺术想象、艺术感觉的关系，也触及爱情与变态的亲情的冲突，触及年青的生命所沉浸的爱情童话与古老的生活所编织的命运罗网的冲突。

　　《纸片儿》写得极富才情，布局严谨，语言精美，想象奇拔，感情炽烈。一发表就引起读者的惊叹，并被中国最有影响的《小说选刊》选载于1988第6期。

　　《塔巴老人》和《麻盖儿》都写了可怕的死亡和疯狂的故事。这两篇小说在神秘的笔调中，加强了批判社会现实的成分。塔巴老人可怕的麻木的一生和他的恋人所遭遇到的可怕的受蹂躏的命运，都带有社会悲剧的味道。而麻盖儿因违反世俗的爱而受迫害，受欺凌，终于疯狂失智，终于惨死于世人的冷眼下的命运，更是对颟顸残忍的社会势力的严峻的控诉。虽然小说的主题具有这样强烈的社会性和现实性，但小说的艺术躯体仍然是幻设的志异体。神秘恐怖的浪漫、荒诞手法，不仅在氛围的渲染上，而且在人物心理和生理、意念和行为的描写上，造成了一般写实手法所不能有的迷幻的强烈效果。

　　《不眠的玉米鸟》描写了一个从愚昧和麻木中苏醒，渴望着新的文明的僻乡女性的爱情悲剧。这个爱情悲剧被处理成更具普遍性的生命悲剧。小说实际上触及不如意的性爱与萎黄的生命状态的内在联系。

　　陈染的现代志异体小说，在当代中国最年轻的作家所进行的艺术试验中，是独树一帜的。在这些令人眩目的作品中，表现出了她对人类情感体验的深度，对人性的熟悉和奇特的艺术想象力。在这个看上去远离现实的幻设的艺术世界里，搏动着的仍然是那种寻求生命的完美自由的发展的、蔑视粗鄙的现实不断向它投出诅咒的创作情绪。在这种现代的创作情绪中，生命追求的优美和现实钳束的残酷同时被敏感地发掘出来。

陈染是个在北方长大的女孩子。她到哪里去寻找这种神秘的南方小镇独特的生活氛围和独特的人物心理呢？据她说，一切都来源于她1986年的一次湘西之行，来源于她从小就有的对于超自然的事物的爱好。她的实际的生活环境和她创造的艺术幻境相距是如此之远，这里有一种很难用常理解释的神秘性。这也许也正是陈染及其小说的魅力之一吧？

陈染的生活和创作的道路还要不断向前延伸。她说："关键是生命的每一个阶段都不要空白掉，无论是当作家还是做情人，无论是阳春白雪还是两手空空的流浪汉，无论去生还是去死，我都同样喜爱。"

她的生活与创作之路，肯定会经过许多曲折和起伏，但一定会不断升上新的高度。——她的读者和朋友都这样期待着。

注：文中所引陈染的诗，均出自她尚未发表的自传《没结局》

丁宁散文创作漫评

曾镇南

20 世纪 80 年代初，我从北京郊区一家工厂回到北大，重续被"文革"打断的学业。那时候，在专业学习之余，我很留心当时正风起云涌的新时期文学中的新人新作。评介研究的心思，也被挑动激发起来。我主要看小说，每睹佳构，辄激动不已。涵泳沉思，或有会心，往往提笔伸纸，自发地为之作评。散文方面，则较少涉猎，但孙犁的《晚华集》，杨绛的《干校六记》，冯伊湄的《一幅未完成的画》等散文新书，也知赏爱。还有一本《冰花集》，作者丁宁，对于我是陌生的；但那里头收入的一批怀念已逝作家的文章，写得明畅而热情，在报刊上发表时就引起了我的注意，所以也收入庋藏，以备披览。我觉得作者以冰花名集，情深辞妙。那里收集的，的确是一束刚刚结束的中国文坛的"冰川期"的孑遗；冷洁晶莹的冰花，是被摧残禁锢于冰川中的文心诗魂。作者情难自抑地采撷下来，献祭于一个严峻而突变的时代面前；当明亮的阳光照临之际，这冰花将化为汨汨鸣溅的春水，滋润刚刚复苏的文苑。

是的，在《冰花集》的文脉里流动的，是任情泛滥的春水。我想，有这样热情而少羁勒的文笔的作者，也许是一个文学新人吧，从她的文思之畅，动笔之勤，还真有一股初闯文坛的新人的声势呢！

当然，这只是一个远在文坛之外的文艺学子的揣测。后来我就慢慢知道了，丁宁是一个资深的、熟悉文坛的老文艺作者了。早在 40 年代的胶东半岛战地，当她还是一个刚投身抗日战争洪流不久的少年时，就尝试着开始散文和报告文学创作了。50 年代短期任《新观察》编辑、记者期间，也有现在看来数量虽少却相当精粹的作品。散文《初夏夜话》，曾收入《中国新文艺大系·散文集（1949—1966）》中。不过她长期从事的，是文艺创作的组织、行政工作。这种工作，虽不像编辑那样为人作嫁，苦磨刀尺剪裁功夫，却也不得不随着时潮的颠簸、"运动"的兴替而奔忙打杂，负荷繁剧，抛心费力，自己的创作是谈不上的。但值得为丁宁庆幸的是，在经历了"文革"动乱，干校、滨州乡居之后，她和众多文艺界人士一起，劫后余生，欣逢盛世，才得以用一种新的目光回视文坛，照射文友，获得了创作的灵感，使自己的文学生涯掀开了全新的篇章。

从新时期开始以来，历经90年代，进入21世纪，三十年间，丁宁一直笔耕不辍，在文艺园地里莳花种草，不断有新的收获。她虽早蓄迟发，却表现出一种厚积薄发、触处生春的创作势头。她心无旁骛，专攻散文一体，努力开辟散文创作的题材，逐渐形成并保持着自己文旨英挺，笔姿飒爽，体物浏亮，寄情深婉，明丽朗畅的艺术风格。丁宁先后出版了《冰花集》《银河集》《丁宁散文集》《晨曦集》，还有即将问世的这本新集子，篇什虽互有交叉，但就数量、实绩、影响而论，实在也蔚然可观了。她的散文创作，为我国新时期散文艺苑，增添了一道"冰花"莹洁、"银河"璀璨、"晨曦"丽天的独特的风景线。

让我们走近这条亮丽的、不断伸展着的风景线吧。

一

丁宁在新时期的散文创作，是从一批怀人之作开始的。其中，几篇怀念、记叙在"文革"中受迫害致死和新时期之初遽尔早逝的著名诗人、作家的散文，甫一问世，便在读者中广泛传诵，产生了很大的影响。当时，这些散文所写的对象——郭小川、杨朔、邵荃麟、赵树理、柳青、李季等，都是广大热爱文学的读者所特别关注、瞩目的。他们的诗文华章、小说巨著，深入人心，脍炙人口，史有定评；他们在"文革"中遭到迫害、抹黑的遭遇，是人所共知、天人共愤的；对于他们宝贵的生命的过早陨灭、骤失，琴断弦绝，长才未尽，人们不能不感到震惊、困惑，予以强烈的关注。在那个拨乱反正、冤案昭雪、已死与方生转换的历史转捩点上，这一类悼念逝者、追念生前、寄情托志的文章，自然易于吸引大家的目光。丁宁的这几篇散文的传诵，不能不说多少有些因依被悼念者的文名的成分。但是，这一类悼念文章，其实也是很难措笔，很考验作者的见识与功力的。这些怀人之作，当时能脱颖而出，而后能恒葆温热，三十年后的今天再读，仍觉有新意有余想，这是自有其文章本身内在的原因的。

写于1978年的《战士的性格》和《幽燕诗魂》，是丁宁这一批怀人之作的发轫，夸大一点说，也是丁宁的"成名"之作吧。这两篇散文，一篇写"诗人本色是战士"的郭小川，一篇写"战士本色是诗人"的杨朔，笔法不同，各臻其美。《战士的性格》一文，以工细而流动的笔触，在迅速变换的场面中，密集叙事，极微尽致地绘状出了郭小川永远和到处以一个战士的风貌出现的性格，像一幅线条繁富、描摹真切的白描速写长卷。而《幽燕诗魂》一文，则以抒情写意、显幽烛隐的纤细笔触，牢笼住北戴河海滨壮阔浩荡的场景，闪回穿插、若即若离地织入了杨朔充满传奇性和悲剧性的革命生涯和个人情感历程的断片，更像一幅意境幽远、色调苍茫、氛围浓郁的写意油画。前者所写的郭小川是共和国的一代诗豪，他的诗，境界深沉开阔，笔势雄浑健举，涌动吐纳着昂藏顿挫的战斗激情，浩浩荡荡，千姿百态，本色新鲜，情词壮丽，众口传诵。作者曾与他长期共事，对其诗其人，自然知之甚稔。但她下笔时，只取其诗作中吐露的战士心声与习性，披露其在繁杂的事务中冲撞，在嘈杂的人群中写诗的逸事。这种写法，观诗识人，从诗的聚焦点辐射开去，发散为实际人生的条条光带，片片光斑，烘托出在那样一个紧张、激荡的时代里负荷着繁剧工作的战士的侧影。而后者所写的杨朔，作者较少接触，了解不多。她的忆念，集中于幽燕海滨短暂相聚中的观察与感受，提摄杨朔在难得宽余的休假期间闪露的内心的起伏和超逸的风调，让我们一窥这位富有才华、文被当世的小说家、散文家深自内敛的诗魂。这种写法，披文入诗，论世知人，收集起海滨沙滩上的点点金屑，熔铸成有如杨朔珍藏过的战地之花金达莱那样明丽而纯洁的诗心。杨朔是我国当代文学史上卓然成宗、独创一格的散文大家。他继承中国古典诗词善营诗的意境的艺术手法，用在表现新的时代精神和生活内容的散文创作中。每有所作，总是精心构思，斟酌熔裁，调和文气，酿造新鲜的诗的意境。他那些骨气端翔，词采华茂，苦心孤诣而雕镂无痕，仍具自然飘逸的风致的优美散文，曾风靡一代，也必垂范后人。时移世易，今之论者，或贬之为"模式"，或倡言摒弃突破之；真知善鉴者则奉之为文则，在新的时代条件下，继续师法之，生发之。丁宁的《幽燕诗魂》，虽是触景生情、一气呵成之作，却也显见其潜师杨朔散文的笔致，精于布局，巧于调度，蕴藉含蓄，诗意浓郁，洵为其怀人之作中境界幽深、最有余想的佳品。

综合上述两文的优长之处，写得更为完整、盈实、生动、浑和的，是作于1979年的《孺子牛》。这是忆念文艺评论家、曾任作协的主要领导人邵荃麟的文章。邵荃麟是"文革"前夕即因提倡"现实主义深化"论、"写中间人物"论而最早受到批判的所谓"文艺黑线"的代表人物，1971年即受"四人帮"迫害致死。作为一篇"哀死而述其行"的悼念文章，以寻常笔墨揆度，应当会有很多涉及邵荃麟文艺思想和当代文学思想史上与之有关的冤案详情的评述文字；但丁宁此作，却另辟蹊径，从邵荃麟在家庭生活中甘为孺子所驱遣的几幕小小的喜剧入手，闲闲道来，纯用生动传神的日常生活细节，一件件记述作者亲历、目击的邵荃麟的嗜好习惯、吐属志行、待人接物、工作作风等等的逸事，活泼泼地绘出了他为人民的文学事业的发展俯首甘为孺子牛的形象。从外表看，邵荃麟是一个瘦得出奇，脸带病容，神情严肃，正襟危坐，手不释卷，少见笑影，工作起来不要命，似乎缺少生活情趣的人，没有特别的、外露的性格（如郭小川）或浓郁的、内敛的气质（如杨朔），似乎很难措笔；但丁宁紧紧围绕着表现邵荃麟热爱文学工作的赤子之心和勇于担荷之志来组织素材，文章从头到尾没有一句关于邵荃麟思想性格的抽象的论断，甚至也没有一句关于邵荃麟在著名的"大连会议"上的讲话内容的引述和为之辩诬、伸张正义的话，却在亲切有味的娓娓而谈中，掏出了这位贤良方正、略感过于谨饬的理论家、领导者胸腔里跳动的赤诚的心。这是一颗像丹柯的心一样不息地燃烧的博爱的心。从他为扶植文学新人、繁荣文学创作所做的超出分内的热情灌注的工作来看，从他为引导文学创作从一度陷入的浮夸和轻佻中脱出，使之复归于真诚和切实而作的种种忧深虑远的思考来看，从他忧乐系于斯、安危非所计的毅然行进的神态辞色来看，他在"大连会议"上会说些什么，他说的话在文学史上该做何评价，已是不言自明的了。丁宁这样的叙事方法，不正是学习太史公司马迁"不待论断而于序事中即见其指"（顾炎武语）的纪传散文传统而来的吗？《孺子牛》之所以经受了三十年流光的冲刷而未减色，至今读来仍觉本真自然，满纸生气，成为丁宁怀人散文诸作中尤有滋味者，其艺术上的原因即在于此。

与《战士的性格》同类型并堪称其姐妹篇的，是写热情如火、诗心如月的诗人李季的《人有尽时曲未终》。长歌当哭，是在痛定思痛之后。而丁宁此作，写于李季突然英年早逝的当月。不幸骤临的震惊和怆痛，激荡起作者难以遏抑的感情，酿成这篇散文跌宕、迫促的文气，滔滔而下，回旋往复，似梦似真，忽今忽昔，把李季革命和吟唱生涯的一个个片断搅成一团，和盘托出。少年即投身革命斗争的如虹意气，开一代诗风的长诗《王贵与李香香》的创作和影响，从玉门到大庆留下的"石油诗人"的豪迈吟踪，十年"文革"动乱中经历的坎坷，幸遇重生迸发出的冲天烈火般的工作激情等等，夹叙夹议、一览无余地展示了"思无邪"的诗人所处时代的起伏激荡的变化和他个人命运的浮沉，一颦一笑，一死一生，历历如见。文章中有些场景，如描写李季听到铁人王进喜的死讯和骤听到"四人帮"终于一举成擒的消息时那种异常的几乎昏厥过去的反应，极为生动传神地写出了诗人易动感情、歌哭率真的个性，给人强烈难忘的印象。但全文略感枝蔓，稍欠含蓄，可能是因为缺少沉淀、熔裁的时间吧。

回忆杰出的小说家、一代文学语言大师赵树理的文章《大树必将成林》，也是丁宁怀人之作中内容充实、文笔生动的力作之一，足以和《孺子牛》相映媲美。赵树理是在抗日战争的时代洪流中应运而生的禀赋卓异、独树一帜的作家，他以反映抗日根据地民主政治的实施，人民身心的解放，生活方式、社会风习的变迁为内容的一批刚健、质朴、清新、风趣的小说《小二黑结婚》《李有才板话》《李家庄的变迁》等，先是风靡了广大解放区的军民读者，继而吸引了新中国广大的读者群众，成了反映和表现新的世界、新的人物的人民文艺的最具代表性的，几乎是家喻户晓的作家。他的小说被公认为在中国新文学史上真正实现通俗传远的时代创新之作，是"走向民族形式的里程碑"（茅盾语）。这样一位人民喜爱的大作家，这样一株叶茂果丰、生机旺盛的艺术花树，在"文革"中竟遭"四人帮"煽起的血雨腥风的残虐摧折，这是举世瞩目、远近同悲的大悲剧。斯人已逝，其魂何依？怀着对逝者深深的同情和敬爱，丁宁写出了这篇再现、复活了赵树理的音容和灵魂的重要作品。她因工作关系，曾和赵树理有过较多的接触，对他的作品、他的个性、他的才智、他的言动，都较熟稔；对有关"老赵"的种种传闻异辞，还曾亲自找他求证考订。因此落笔之时，鲜活的场景，生动的逸事，幽默的对话，智慧的自述，像是层叠而涌至的春水绿波，汩汩而出。大节借细节以现，记言与记行并重，绘形与传神交映，构成了一轴主题为"人民生活中的赵树理"的白描连环画卷。从珍藏已久、重新整理出来的分外厚实温馨的记忆的棉条中，作者纺出了一寸寸都是活的感性的纱线，精心织成了这幅画卷。这是复活了赵树理整个质朴、浑和的艺术生命的招魂辞，也可当成"赵树理别传"来读的活生生的、散发着人性的清光的当代文学史专章。

《当我想起柳青》把追忆的镜头锁定在1960年冬刘白羽、柯仲平、胡采等作家在陕西渭水之滨皇甫村柳青家里的一次欢畅的集会，写出了《创业史》的作者独特的乡居生活环境和以谱写追求社会主义理想的一代新农民的创业史诗为终生职志的作家的本色真淳的形象。《松花江之恋》则声情并茂、生动活泼地再现了1963年夏秋之际作者一行与著名戏剧家孙维世在哈尔滨的一次短暂的相聚，活画出了这位在油田深入生活中已经变成了名副其实的大庆人的党的女儿的爽朗个性和奕奕神采。这两篇散文在选材取景和写法上，显然比较接近于《幽燕诗魂》。这一类型的怀人之作，不以材料的丰富，细节的密集取胜，而是着重于文旨的提炼、氛围的渲染、情境的营造，以及对人物形神近于大写意的勾勒。

二

上述逐篇评析的丁宁新时期最早的怀人之作，是在当时的时代大变动的激荡之下，表达了人们心中积郁已久的感情的天籁之音，一经问世，便收到"情往会悲，文来引泣"的强烈的艺术效果，发轫之作也即成为代表作。丁宁自己也认为，这批怀人之作，"是可以代表我那一时期的散文风格和创作思想的"。这是自评，也是符合实际的确论。那么，透过这批最早的怀人之作，我们所看到的丁宁散文的创作思想和艺术风格是怎样的呢？

这批怀人之作，记录了一批主要是在抗日战争中诞生，把自己的青春和才华奉献给新中国的建立和发展的革命作家的足迹和风采，为在毛泽东文艺思想影响下开创的整个崭新、绚丽的人民革命的文学时代作证。"四人帮"曾极力侮辱、抹黑、湮灭这一文学时代的实绩、光荣和理想，迫害、摧残这一时代的众多歌手，使其中的很多人，荣始哀终，赍志以殁。丁宁一生的生活和工作，是和这一文学时代紧密联系在一起的。她熟悉这一文学时代的许多人物、许多往事。她的人生信念、思想感情、生活积累、艺术追求，和她所写的作家、诗人，和她终生为之奋斗的人民文学事业，是完全融合的，没有任何疏离的。她对蒙难早逝的作家的同情和追怀，都出自美和善的愿望，出自对民族、对国家、对人民的命运的关切，出自对美好、光明的生活前景的祈望。"述往事，思来者"（司马迁语），很自然地成了贯通她的怀人之作的文旨。在这以后的漫长岁月里，丁宁仍继续写了大量的以文艺界人士为对象的怀人之作，选材更加广阔，形式更加多样，色彩更加沉着，笔力也更为遒劲，其中也有不少让人读后即留下深刻印象的佳品，如写于 90 年代的《老丹》（悼念艺术理论家、书法家朱丹）、《沂蒙山的儿子》（悼念小说家刘知侠）、《忆敬容》（悼念女诗人陈敬容）；写于 2000 年以后的《万千心事难寄》（悼念女散文家菡子）、《磐磐大树挺然独立》（悼念诗人臧克家）、《骆大叔》（悼念小说家骆宾基）、《忠诚与屈辱》（悼念女作家丁玲）、《普罗米修斯之火》（悼念翻译家、散文家曹靖华）、《战士风骨，书卷气浓》（悼念小说家、散文家刘白羽），等等。随着时代的迁移和社会风尚的变化，这些作品在文坛内外的反应和影响，比起新时期发端时的那些怀人之作，自然是会有些程度上、范围上的差异的。这是不难理解的，作品和时代也有一个风云际会、适逢其时的问题。文运几微，不是作家主观努力就能掌控把握的。虽然这样，丁宁这批继发的乃至晚近的怀人之作，仍然会在历史长河的波动和摇荡中显现它固有的价值，找到它应有的位置——即使它是属于一个渐行渐远的文学时代的，它那一以贯之、英挺高华的文旨，也不会完全失却昭示来者的作用。

散文中的怀人之作，既是文笔之一类，也是史笔之一支。它不是记述一个人整个一生的大事和功业的传记，只是一时一事或一特殊方面的片断回忆的集腋而已。信实，是对它的基本品质的要求。但这不等于说可以对它求全责备，也不是说作家在选材立意、写照传神方面就没有自由发挥的空间了。曾经有人质疑丁宁说："你笔下的人，全都美好，难道没有缺点？"丁宁回答说："人人都会有缺点，而美的灵魂，绝非人皆有之。我的使命，就是摄取最闪光的东西，当作一面镜子，自己照照，也让别人照照。"虽然丁宁笔下的作家、诗人，实际也并没有写成通体光明、毫无缺点、超凡入圣的形象，但她的确不着意于实写详记人物在复杂的社会历史条件下表现出的缺点、弱点和局限、过失，不苛求于逝者，而把充满同情温爱的笔墨，主要放在描写人物美的灵魂，摄取最闪光的东西上面。这是由作家的审美理想、艺术情趣决定的。中国古代史家写历史人物，素来有"不虚美，不隐善""取其大，略其细""善善从长，恶恶从短"的传统，对于前贤往哲，主张扬其美善，溯源追流，踵事增华，举类见义，以得其人格之正着眼于教育后人，涵育巩固人类世代相传的道德观念。在这个基础上，才谈得上绘状人物形神性格的一些艺术辩证法的运用，如为存活泼泼的人性之真，下笔时不要过分钟爱自己的人物，不妨"爱而知其恶，憎而知其善"，画龙点睛，颊上添毫，等等。鲁迅曾经说过："凡批评家的对于文人，或文人们的互相评论，各各'指其所短，扬其所长固可'，即'掩其所短，称其所长'，亦无不可。然而那一面一定得有'所长'，这一面一定得有明确的是非，有热烈的好恶。"这里说的是文艺批评，但对于怀人之作的写作，也是切实精审之论。采取"指其所短，扬其所长"的写法，如孙犁在新时期之初写的一些怀念文艺伙伴的散文，就是适例;采取"掩其所短，称其所长"的写法，如丁宁的怀人之作，大率近之。这两种方法都可以避免神化人物，都可信实写真，其大要在于：被写的人物，确有"所长"可扬可称，而操觚的作者，出以公心，是长非短，有着"明确的是非"，"热烈的好恶"，所以临文之际，能以健全正确的理智和丰沛真挚的感情，施之于材料的拣选与事理的权衡，形象地彰显其"善善恶恶，贤贤贱不肖"（司马迁语）的文旨。

现代散文是熔叙事、描写、议论、抒情诸多因子于一炉的一种文体，它最易于流露作者的个性，最易于见出作者自己的艺术风格。丁宁新时期最早的一批怀人之作，虽说也可以算是那时的"新人新作"，但由于作者动笔时已具备作为一个作家所需的较高的素质，在思想、生活、艺术诸方面有较为充分的准备，早年和中年时也做过散文创作的尝试，有一定的写作实践经验，所以这些作品才能在当时脱颖而出，显现了作家相当鲜明和稳定的艺术风格。丁宁的怀人之作艺术上的特点是：为绘状出人物的风神，烛照出人物的灵魂，凝集笔力于叙事和描写，议论和抒情则尽可能寓于丰富生动的事件和细节的刻画之中。她的散文，体式上更邻近于短篇小说，以人物刻画为焦点，带有某种故事性，具备情节和细节的丰富性和生动性，只不过有史笔与文笔之分，绝不逞臆虚构而已。行文则具备散文洒脱自然的文调，感情、语言吸取了诗的意绪和韵味，饶有回甘和余想。

三

丁宁散文的生活内容是广阔、多面的，取材和表现手法也是多姿多彩的，绝不限于给她带来声誉的怀人之作。她有着强大的吸收、唤起、再现生活的感性印象的能力，又有勤奋笔耕的热情和坚毅。作为一个动笔较迟的散文家，她似乎怀着一种创作的紧迫感，以敏捷的文思、多产的作品，一下子打开了散文的新天地。1980年前后的两三年间，是丁宁散文创作的滥觞期，也是盛果期。后来曾被各种散文选本选入，堪称丁宁散文各种类型的代表作的篇什，几乎都是在这次文思的"井喷"中产生的。我们不妨就此做一个简略的巡礼。

这里，有把记忆的车轮推向后转，让怀人之作的文思延伸到抗日战争年代，追忆和怀念作者青少年时期的战斗伙伴和亲友的一批力作，计有：献给引领作家离家加入抗日斗争的行列，把青春、爱情与战火交织在一起，矢志追随革命，最后不幸牺牲在皑皑雪地上的表姐（即文中的娴姐）的《冰雪之歌》；雕镂出一个在十五岁的年华即惨遭日寇活埋，充满着理想和激情，多才多艺，又勇敢又倔强，还带着几分稚气的小战士（即文中的狗剩子）浮雕般的形象的《年华》；讲述自己在一次行军中落水生病，得到老区人民救助、保护的故事，在记忆中活画出一个不知名的小村落的雪晨和一对善良的母女的形象的《心中的画》；备述作者那位毕生都不失裁缝本色的大哥一生的"逸事状"，描写他从与抗日队伍保持距离的旁观者最终转变为坚定成熟的老战士的故事的《逝去的歌》。这也可以说是四篇怀人之作，或缠绵悠远，或峭拔凝重，或景真意深，或回旋往复，篇篇写得结实饱满，宛曲有致，精魂内含，神采外溢，下笔时想必在"规范本体""裁浮词"（刘勰语）的"熔裁"上用了心思，在艺术上更典型地显示出丁宁散文的独特风貌。

这里，也有从自己的生活经历中取材的，带有强烈的自述色彩的有关家人亲友的忆旧思亲之作。曾被散文家魏巍称许为几可与朱自清的《背影》媲美的《愧疚》，最初的作意似乎是想写一篇自己从事散文创作的缘起的创作谈，但在不经意中却写出了作者的爹——一个长年在高丽国当石匠的手艺人每次离家走过大桥时在女儿心中留下的背影，画出了没有受过教育却崇拜读书识字的母亲听女儿背书的农家秋夜课读图，让我们亲炙了散文融于人生，人生酿出散文的动人情景。曾被选入美国某高校高级汉语教材，受到许多师生喜爱的《柿红》，从城里深秋时节上市的绯红软甜的柿红，引出了作者对童年乡居生活的亲切而苦涩的回忆：一片瓜菜繁茂、杂花缤纷的后园；一棵挂满金果的柿树；一个分居前后院的家景衰落的乡土旧家；几个只勾描了寥寥几笔便形神如见、呼之欲出的人物（尤其是文中的奶奶、五婶）；一些推移变化着的平淡而有韵味的日常生活场景；最后陡转直下，发展为让人惊心骇目、惨怛戚怆的悲剧一幕。这篇看似写花果植物的散文，一笔落纸，树与人并，果与事连，人物和生活，世情和心态，联翩浮现，浓淡天成地画成了乡土中国旧式家庭生活形态的显微图，逼现出人物关系的微妙复杂和女性惨苦命运的奥秘。这篇散文中描写的那个年轻守寡，在封建观念下被迫自杀，以特殊的方式显示她死也要复仇的意志的五婶，使我联想到《祝福》中的祥林嫂，也联想到作者1946年写的两篇采访记《小老师》和《好嫚儿》中的小二媳妇的苦难遭遇和庆云奶奶主宰下的沉闷压抑的旧式农家生活，并由此想到中国革命所引起的乡土中国儿女们生活方式、道德观念、心理状态变迁的急剧和缓滞、前进和反复。在总体风格偏于热情豁朗、清扬明丽的丁宁散文中，《柿红》的浓淡匀和、深沉含蓄的风格和所写生活内容的某种惨烈的悲剧性给我特别深刻的印象。

《滨州书情》和《清清闽江水》展开了作者"文革"中离京迁住黄河口的滨州乡下整整六年乡居生活的两个侧面；前者以书为媒，描绘了作者一家和当地乡亲（主要是妇女和儿童）的亲密和谐的关系，借此一觇这一特殊岁月中人民精神生活、文化生活贫乏而沉闷的状况；后者以作者暂替亲人抚养的小男孩（即文中的"小鸭儿"）为线，描绘了突然被置身于陌生的环境，口中不断喃喃地念着"清清的水"的幼儿惊惧而可怜可爱的神态，以及后来他在新家里逐渐适应、成长的种种逸事，流露了作者剧怜小儿女的母爱情怀，同时也闪露出那个骤然造成千万个家庭离散的动乱年代的一角。时隔十年之后，作者又以《栩儿》一文，写到这个男孩成长过程中，其酷爱球类运动的天性无意间受到作者过分关爱的抑压的故事。如果把两文互相映照地读，当能倍感其中浓郁的情味。《雀儿飞来》和《仙女花开》则是两篇立意深远、组织精密、情辞并茂的记事之作，叙说了作者"文革"前后的几个跌宕起伏、悲欣交集的生活片断。作者的取材，是一幅画的来复，一盆花的枯荣，看来只是简单的生活逸事，但她把它们放到激烈动荡的时代波涛中来写，事微景阔，写出了曲折动人的故事，写出了酷爱艺术、酷爱美，重于交友的道义，对生活的美好前景有坚定的信念，在悖谬的时世中保持正常的美感的活的人物（或艺术家，或老工人），也写出了作者自己的情结和心曲，颇得"举类迩而见义远"的屈子遗韵。这两篇散文，一篇题旨幽深，笔具诗情，文备画意，叙事兔起鹘落，风格苍劲而优雅；一篇作意显豁，如说家常，亲切有味，叙事悠徐唱叹，风格醇厚而明丽。

这里，还出现了一些作者欣逢政治清明之世，迎受改革开放新风，取材于日新月异的现实，讴歌生气勃勃地投入新生活创造的时代英雄儿女的作品。如记录海南岛之行见闻的《太阳河》（记兴隆农场）、《天涯乡音》（记十月农场）、《湖光何灿烂》（记湖光农场）、《胶林叶香》（记割胶工叶娣和周香），或追摄一帧遗踪小景，或捕捉一串远方乡音，或报告农场胶事兴革历史，或速写割胶模范形神，都写得热情洋溢，生机盎然。又如描写在新疆采访所结识的战士、科研人员的一组作品：《战士的美》，写心灵手巧、口齿伶俐的长话连女兵的飒爽英姿和美的风采；《昆仑红雨》，记边防汽车某团模范驾驶员谭小明壮烈殉职，魂化红雨从天落的奇观；《八月天山雪》，写为开通天山公路而长眠雪峰的解放军勇士群体，为他们高洁如天山雪的英灵遥献心祭；特别值得一提的是《天山之子》，这是描写培育出著名的优良品种"军垦A型细毛羊"的高级畜牧师刘守仁的模范事迹和质朴形象的长篇报告文学。刘守仁是从江南水乡苏州来到高寒严酷的天山北麓的新中国50年代的大学生，他心如水晶，志如磐石，扎根紫泥泉绿洲，在漫漫科研路上探索前行，百折不回，终于实现了自己痴迷的理想，攀登上细毛羊新种培养的高峰。他从被认为不会长住的"知识客"变成了扎下根来受到各族牧工喜爱和支持的天山之子，从风华正茂的青年变成了苍老刚毅的畜牧专家。他是善于集中汉族和新疆少数民族的智慧，举民族团结之力建设新疆、发展新疆、为新疆的现代化而奋斗建功的知识分子先驱。丁宁在深入细致的采访的基础上，以坚实的材料，构筑了近乎小说的体式和骨架，缀以灵智和感性的花叶，运用诗的情绪和语言，散文的朗畅飞扬、纡曲自如的文调，手成了这篇至今读起来仍觉境界高迈、凛凛生风、令人神往的报告文学力作，这篇文学作品，我觉得应该列入新时期报告文学继《哥德巴赫猜想》之后出现的最初的一批佳作之林。丁宁并不肆力于报告文学领域，但她少量的报告文学作品，早的如作于1958年的写中国第一台电视机诞生经过的《北京牌儿》，晚的如作于1996年的写广州白云山同和村村办企业"同和实业公司"之创业史和创业者形象的《白云无尽时》，都弥漫着时代精神，抓住了地域和行业的特点，突现了人的主动创造历史的能动性。除文学价值外，有的还具备了一定的历史文献价值（如《北京牌儿》之于中国电视事业发展史）。

经过1980年前后这一次创作的"井喷期"之后，因为身体和环境等种种原因，丁宁散文创作的势头，有时停顿消歇，有时仍能复振。她在生活中观察、体验、思考，积累着素材，一旦酝酿成熟，便发而为文章。就这样，散文家丁宁自强不息地存在着、发展着，如不竭的流动的溪流，不时扬起亮丽的浪花，传出清脆的水声。它倒映出浩浩银河，穿越生活的田园和芳甸，不舍昼夜地奔向波翻浪涌、动荡不息的大海。在通读了丁宁的几本散文集，追踪了她的文学生涯之后，我不禁发出了临川望流的赞叹：有志为文者，亦当如斯夫！让我在这远离祖国的地方，遥祝这位笔耕不已的文学老人，身笔两健，继续让我们看到她不断新出的，各式各样、多多益善的散文华章。

写毕于美国罗得岛州林肯小城鸟鸣谷

为了将来　必须倾吐

——读丁宁长篇散文《忠诚与屈辱》

曾镇南

20 世纪 80 年代，丁宁以一批旨正情真、意丰辞茂的怀人之作，感动了广大读者，被誉为新时期散文创作的一簇清新挺拔的奇葩。丁宁经过长期的酝酿，一朝激发，2006 年发表了长达五万多字的长篇散文《忠诚与屈辱》，倾吐了她对逝世已 20 年的伟大作家丁玲的追思与怀念。我一口气读完了这篇散文，难抑心中的激动。老作家的这篇细针密缕地追述丁玲冤案真相始末的散文，毫无暮年衰飒之态，辞直气盛，笔饱墨酣，让人不禁击节赞叹：这真是老而弥坚、老而更成的力作！

记得前些年，我读徐光耀的长篇散文《昨夜西风凋碧树》，也为作家的正直品格和过人的才情所激动，为他在"世人皆欲杀"的境况下勇敢地为丁玲辩诬，在身处逆境的漫长岁月里愤而著书，为中国当代文学宝库奉献出心血凝成的红宝石《小兵张嘎》而肃然起敬。文章弥漫着昂藏磊落之气，让人深感"昨夜碧树虽曾凋，今朝青枝更勃发"！但由于我对当时历史情况的暗昧，当我读到徐光耀在文章中全文录存的 1956 年 11 月 30 日中国作协党组发出的关于对丁玲、陈企霞反党集团的问题和事实进行调查对证的信和徐光耀实事求是的、充满着对丁玲的崇敬和同情的复信时，觉得非常新鲜和纳罕；原来当时就有过对此冤案进行甄别纠正的举措了。这一举措的由来是什么呢？为什么后来不但甄别未成，反而加罪定谳，铸成更大的冤案呢？这次细读丁宁的长文，我才豁然释惑，曲尽原委了。——这只是丁宁这篇长文在梳理清楚重要史实方面的突出一例。事信则言文。这是我们评价此类回忆性散文的价值时应持的唯一的准绳。关于"丁、陈反党小集团"冤案，我们已经有了徐光耀的文章，有了李之琏《我参与"丁陈反党小集团"处理经过》。有了李向东、王增如脉络清晰、条分缕析、材料丰富的专著《丁陈反党集团冤案始末》及《丁玲年谱长编》，还有了黎辛的《写在〈丁玲冤案及其历史反思〉后边》等；但是，当丁宁从自己独特的角度和认识，从另一个侧面提供了显示事物内在逻辑的一整条新的事实的链条时，我们对 1955 年到 1957 年中国作协围绕着"丁、陈反党小集团"问题所形成的小气候的独特性及其与全国性的"反胡风""反右"大气候的微妙关联，对这一冤案几度反复的曲折过程，就有了更加具体而微的认识和了解了。在丁宁的这篇散文中，有很多亲历亲见的极其生动的事件和细节，使文章显得骨骼端翔，血肉丰盈。例如，丁宁曾到杭州去找一位延安来的女作家核实她批丁发言中揭发的"事实"。在散文中，丁宁几乎是逐日记下了女作家矛盾惶遽的心理发展过程，梦中的哭泣，月下游湖时突然迸发的心音，从推拒、沉默到良心发现，自我否定，写得丝丝入扣，意味深长。又如丁宁带着"丁、陈反党小集团"的复查材料到青岛去向邵荃麟汇报。她一住六天，记录了他经过深思熟虑、极其慎重的，具有敏锐的思辨力和严谨的逻辑性的讲话，形成一篇经邵荃麟审定的谈话录。但形势一变，这篇谈话录的基本结论也就立即被推翻，丁宁也因此受到"右倾"的指责。如果把这段翔实而简洁的记事和丁宁写邵荃麟的旧作《孺子牛》中有关此事的生动详尽的描绘放在一起读，当可相互映发，引人深思。再如，丁宁记下了1955 年在批判"丁、陈反党小集团"会上忠厚正直的马烽"顶风而上"，为丁玲辩诬的言动，记下了在 1957 年"反右"高潮中批判丁玲的大会上莽撞唐突的徐光耀"一步向前，欲向他的老师表示久别后的亲热之情"的情景，赞美了他们正直而不欺心的高尚品格，同时也勾勒了与此相反的反复无常、唯势是附、随风偃仰者的表演……凡此种种，都使围绕着丁玲冤案的历史记叙平添了繁茂芜杂的生活的枝叶。

作为重大历史事件的追忆者，丁宁写作此文，固然有为历史研究者保存故实的心愿，但她更希望引起人们"对那段历史的误区，对人的品格、心灵的思考"。她对自己的记忆，采取非常慎重的不固不必的态度，承认"因当时主客观条件的局限"，许多往事"多已模糊"，"在浅薄的记忆里，只留下一串串问号，碎片似的印象"。因此，在主要事实发生的时间、地点、参与者、人物言动等等史料要素的梳理、求证方面，她不但依靠自己残留的当年的记事本上的片楮零墨、原始记录，而且主要借助她当年的直接领导、作协秘书长郭小川已出版的详细日记。对别人的回忆中的谬误，她在纠正时，也尽力多方求证，做到言必有据。一切停留于传闻的东西，决不轻浮地引用发挥，以免贻误后人。这种历史唯物主义的严肃态度，使丁宁这篇散文有实事求是之意，无哗众取宠之心，朴素切实，迥异于游谈无根之论。

和丁宁过去那些脍炙人口的怀人之作一样，《忠诚与屈辱》也鲜明地、雄浑地体现着她善于从生活细节入手，在一个大起大落、富于剧变的时代背景下，在生动、丰富、复杂的历史变迁中写人，写人的品格，写人的命运，写人的精神境界的艺术特色。这篇散文几乎记叙了从作者初识丁玲，中经 1955 年批判"丁、陈反党小集团"始末、1957 年文艺界"反右派"斗争始末，直到丁玲劫后归来，为彻底湔雪蒙在身上的沉冤而进行韧的战斗的全过程，涉及的面很广，人很多，事很杂。但作者紧紧围绕着丁玲的形象、命运和精神品格来组织材料，运用笔墨，笔端带着感情，文章担荷道义，收到了一气呵成、烙入人心的强烈效果。丁玲忠诚于文学事业、忠诚于党和人民、忠诚于真理的品格，她的生命所怒放出的绚丽夺目的文学才华的热情之花，在文章中始终被置于艺术的追光里，凸显在舞台的中心位置上。而她所蒙受的冤屈，她的坎坷、苦难的命运，则成了衬托她的品格、精神、智慧、才情的深沉的、苍茫的背景。真与伪的迭现，明与暗的交织，美与丑的对比，以历史情节和细节的丰富性和生动性，紧张而有层次地显现出来，在文章中积累起了强大的艺术张力。

我们先是看到了新中国成立初期的丁玲，给初到作协工作的刚刚进入而立之年的丁宁留下的强烈印象。作者并不谬托知己，而是坦然承认，她自和丁玲相识到丁玲被划为右派离京，从未与她单独谈过话，只是在一些会上，听过她发言。但她所记下的几个场面，一次发言，已足以表现出丁玲作为一个大作家的风采、气质和精神，表现出了丁玲那时所受到的普遍的拥戴和尊重。丁玲是因为她对中国文学事业的伟大贡献，是因为她那些闪射着天才的光芒的作品，是因为她投身革命的传奇般的经历，才受到人们这种真诚的欢迎和尊重的。那时，丁玲如日中天，满怀壮志，一腔热忱，人们对她有着多大的期盼！但是，"静静的水波，忽然掀起灭顶之灾的惊涛骇浪；晴空丽日，瞬间响起石破天惊的风暴雷鸣。丁玲，从被人仰视的'莲花座'上，一下被推在黑暗恐怖的深渊，到底为什么？"这个历史的巨大问号的提出，把这篇长文的焦点凝聚起来了。

接着我们读到了对 1955 年批判"丁、陈反党小集团"的经过的浓墨重笔的记叙。这是一个其来有自，其发突兀，其收有因，其反复更是不可思议的突兀的复杂过程。作者于杂多中取单纯，于反复中看稳定，紧紧地抓住事件的核心、现象下的本质，一层层为所谓丁玲的"反党"问题辩诬。作为向丁玲发难的由头的"匿名信"事件，查了一年多，陈企霞终于承认是自己所为，真相大白，丁玲与这一"杰作"毫无关系。另一位曾与丁玲共事过的作家的内部"揭发信"，始终也没有亮出来，而"一本书主义"、"挂像片"问题、"排座次"问题、"把持文研所不要党领导"问题，在复查中一一证实都是捕风捉影之辞，子虚乌有之罪。复查中调查了近百人，无一人明确坚持丁玲有"反党小集团"的观点。即使经过 1957 年"反右"大辩论，"丁玲到底是怎样的'反党'，又怎样形成的'反党集团'"，都未找到新的答案。轰轰烈烈，最终落个'竹篮打水一场空'。"所谓丁玲与胡风集团的联系，也是查不出半点影子。只剩下指责丁玲对斗争胡风消极观望一条，现在足以证明她的清醒与远见。那么剩下的，就只有那个在 1940 年即已查清并作了结论的"历史问题"了。尽管这个问题直到 1984 年 8 月 1 日，也克服了种种阻拦得到彻底解决，丁玲几十年的沉冤终于得到昭雪，但是，关于丁玲晚年太"左"、太"僵化"的说法，却又一度喧腾于众口，至今还蒙蔽着一些人的视听。这真是：奇冤旷世，一女高丘，湘瑟凝尘，楚玉蕴愁！总之，丁宁的这篇长文，像色彩对比强烈、笔触饱满细腻的巨幅油画，画出了丁玲和她的悲剧性的时代。它紧紧扣住了丁玲忠而被冤、直而受枉这一中心，既有力地为丁玲辩诬，又深沉地展现了丁玲在冤屈中表现出的伟大坚忍的精神风貌，作者最后写道："一个伟大的人生；她的变化，她的魅力，就在于是由屈辱和伟大，黑暗与光明构成的。丁玲之所以重新获得光辉的生命，就是她敢于献出生命跨出黑暗的门槛，甩开了屈辱；屈辱已化为烟云，黑暗转为光明，那个伟大的生命，更显其伟大，她已寄存在千千万万人的记忆里而成为永恒。"这一总结，是作者对自己在散文长卷中所绘状出来的丁玲形象的诗的礼赞。风雷激荡、风雨纵横的时代背景下，从丁玲伟大的人生、不死的生命中开放出来的这一朵奇丽的文学之花、精神之花，是永不凋谢的。

秦兆阳在《记丁玲》里说："想要抹掉，不能抹掉；为了结束，必须倾吐。不是为了过去，而是为了将来。"他又说："但愿从今以后，应该清楚的清楚，应该宽宏的宽宏，应该结束的结束，应该开始的重新开始。代代相传的，应该是那些最宝贵的东西。"丁宁的这篇散文，正是这种为了结束的反顾，为了将来的倾吐；正是这种对应该代代相传的最宝贵的东西的深沉的浩荡的赞歌。

2006 年 6 月 19 日
于美国佛蒙特州明德学院

汉学视野下的中国女性文学

墨尔本大学: 访问汉学家孟华玲女士

沈　晖

摘　要: 1947 年出生的澳大利亚墨尔本大学中文系 Mainwaring（中文名孟华玲）女士，是一位多年从事中国现代作家研究的汉学家，如今退休居家，仍用中文写作。

20 世纪 60 年代中期她从该校中文系毕业后，就在中文系一面教授中文，一面担任教学行政工作，在完成本职工作之余，对中国现代女作家发生浓厚的研究兴趣。自 20 世纪 60 年代到 90 年代，她多次来到中国进修中文并访问现代文坛在世的多位作家，深入了解中国文学与这些女作家作品的创作风格及其在文学史上的影响。她在中国的履迹曾至广州、武汉、北京、南京、上海、西安、青岛等城市。访问过冰心、严家炎、萧乾、文洁若等著名作家。1991 年 8 月又远赴美国旧金山访问 85 岁的"女兵作家谢冰莹"，同年 12 月又飞至台湾，拜访已 95 岁的老作家苏雪林和 83 岁的林海音。

关键词: 墨尔本大学；孟华玲；冰心；谢冰莹；苏雪林；林海音

孟华玲近影（2018 年 5 月于墨大）　21 岁的孟华玲第一次来到中国（1968 年摄于广州）

2018 年 5 月 6 日至 14 日，笔者专程来到澳洲风景美丽的墨尔本市，会见分别已二十多年的孟华玲先生——这是一次迟到的访问（1996 年秋，孟华玲女士携丈夫曾来安徽大学访问笔者，并热情邀请我到澳洲一游。2004 年我退休后，立即办好护照与签证，就在启程前几天，老伴突发脑梗，遂取消这次澳洲之行）。

笔者在墨尔本与她相处的短暂的几天里，对她进行了二次畅所欲言的交谈与采访。现将录音访谈整理成文，从中可以窥见孟华玲女士一生热爱中国悠久历史与文化的不解之缘以及她后来醉心研究中国现代女作家的心路历程。

第一次访谈　时间：2018 年 6 月 7 日　地点：墨尔本大学校园

沈：刚才你带我参观了墨大校园，虽是秋天，但因澳洲处于南半球，极目所见校园里绿草如茵，一派生机盎然的景象。高大挺拔桉树乳白色的树干昂首矗立于蓝天，朵朵白云飘浮在它枝叶的周围，似乎在做无声的嬉戏。尤其是墨大校园标志性建筑——独具特色的钟楼，古色古香，让人仿佛置身于英伦三岛的大本钟下，让人顿觉它非常古典，同时也蕴含有沧桑与雅致的美。

墨大校园标志性建筑钟楼　　　　　　沈晖与孟华玲在墨大校园

孟：我 60 年代在墨大读书时，校园比现在要美丽得多！近年随着墨大学科、学院不断增加，移民与留学生逐年增长，教学楼不够用了，墨大正在扩建。你今天就可以看到校园里正在不断的施工和建设，拆了不少老建筑，侵占了好多绿地，哎呀，真是太可惜了！

沈：墨大现在有多少学生？

孟：我没有确切数字告诉你。因为我已退休多年，不知道现在究竟有多少学生。我念大学的时候，墨大有四万多学生。现在墨大有四分之一的学生是海外留学生，其他的是本地学生，中国留学生也很多。

沈：你的祖辈也是移民到澳洲来的吗？

孟：是的。我的曾祖父来自英格兰的一个小镇，他原打算来澳洲闯荡几年，赚一点钱就回去。后来他没想到澳洲的生活比英国好得多，就决定不回去了。2006年我特地到英格兰去寻根，竟然还让找到当年曾祖父一家曾住过的房子，是小镇上很不起眼又很小的两间房子。我祖母的外祖父母也是从爱尔兰来到澳洲的。像我们家族这样，从祖辈就来到澳大利亚谋生的家庭，在墨尔本有很多。

沈：你刚才带我到亚洲学院图书馆参观，令我想不到的是，该馆藏书这么丰富，中国现代著名作家的全集、选集在书架上触目可见，如老舍、钱钟书、朱光潜、朱湘、张爱玲的全集，台湾苏雪林、谢冰莹、林海音的作品集也有。我还发现一本精装的《安徽省地图集》与《苏州旧住宅》，可见这里收藏的中文图书种类既多又比较全面。

孟：你今天看到的中文图书仅仅是一小部分。我以前在亚洲学院工作时，中文图书种的类比现在多得多。现在因图书馆刚刚搬迁到这里，许多书都找不到了，比如苏雪林各个时期（在大陆及台湾出版）的创作与学术著作的集子，原来有三四十种，刚才我用电脑检索了一下，你也看到了，仅仅找到了三种。

沈：这是什么原因呢？

孟：当今我们这个社会是很信奉实利主义的。我们的政府现在重视的是国民经济的发展，这样教育经费投入就逐渐减少了，许多中文教学用书就受到影响——影响了图书馆的建设与采购图书的数量。现在政府跟社会认为：教育的目的，是为了学生毕业以后能找到工作，而不是为了培育他们在学校里应该学到多方面知识及个人品德的修养。这十几年来澳大利亚政府给大学投入的钱越来越少，至少我们墨大是这样。结果造成：学校就只重视给留学生开设很多的课，而且精打细算需要开课的成本，比方说开历史课便宜，而开外文课花钱就多——要付钱请外教。学校越来越希望增加留学生的数量，招收留学生多，收的学费就能大大增加。

沈：其实这种现象何止是墨大存在。我们国内的一些大学又何尝不是同墨大一样，都在校园里"拆旧换新"搞建设，都在老校区扩容，还一窝蜂都在建"新校区"，把教育当作产业来赚钱，看来商业化的办学方向，为了赚钱片面追求扩招，而忽视对学生人文素质的培养与熏陶，忘记了教育"立德树人"之目的。没有想到，当今中外大学办学理念竟然是如出一辙！

笔者在墨大亚洲学院采访孟华玲先生

沈：谈谈你为什么把学中文教中文，后来又去研究中国二三十年代女作家当作一生的事业。

孟：哦，这个问题说起来有几个过程，先从中学说起吧。

我中学是在教会女中读的，那时学了一点法文和拉丁文，也学了简略的世界历史。在我中学阶段，那时老师对我们讲的是中国辛亥革命，讲孙中山、国民党和共产党，也讲到蒋介石和毛泽东。真正到我念大学时，才逐步了解并认识到中国的悠久历史和灿烂的文化。

沈：这样看来，似乎你在中学时代就对以后学中文有了朦朦胧胧的目标，这样说可以吗？

孟：你可以这样认为。我原来打算在大学念法文和拉丁文。到了我考进墨尔本大学后，要面临选课的问题。墨大那个时候设立的语言专业多极了。除了上面提到的法文和拉丁文，还有德文、意大利文、荷兰文、瑞典文、俄文、印尼文等等。我翻了一下开设的课程表以后，觉得中文是最有意思的，我因为喜欢中国历史，就选择了中文这门课。

大学一年级时（当时我们班有六人学中文），每周有六节中文课，老师规定我们一个星期每人要学会三十个汉字，而且是繁体字，要会写会读，还要知道是什么意思，够难的吧。到了二年级，我们阅读的是胡适、冰心和巴金的作品。三年级时，我们又阅读鲁迅、茅盾、老舍、毛泽东的作品。三年级还有一节报刊阅读课，训练我们认识简体字，教材就是阅读《人民日报》上的各类文章。

这时候困难来了。遇到不认识字越来越多，当有些字、词出现在你的面前时，我就想起来这些字、词，自己曾经遇到过，也查过字典，而且查了还不止一遍，可现在就是记不起来，不知道是什么意思（说到这里时，她情不自禁地发出朗朗的笑声）！

沈：是的，对于你们初学中文的人来说，学习汉语不像学他国拼音文字，困难会大很多。学中文要下死功夫还要要费花大量时间，要不断地反复温习，所谓"温故而知新"，多次的重复熟悉后，才能记得住。中国先贤们常说:"书读百遍,其义自见。"学习中文,对于大多数以英文作母语的人来说,的确是很难很难的。

沈:刚才我们在图书馆小卖部买矿泉水时,卖矿泉水的女孩子(在这里打工的中国留学生)听见我们俩说话,她情不自禁地对你竖起了大拇指,意思是称赞你的中文说得既流利,语调又好听。

孟:哪里有。我的汉语能说到今天这个样子,还是要感谢在墨大教我中文的启蒙老师金承义先生,也要感谢张再贤老师,这两位老师对我学好中文帮助是很大的。

沈:哦!我想起来了,你跟我说过金老师。1996 年你和戴恩斯(孟的丈夫)到合肥访问我时,我当时就很好奇,曾问到你们夫妇俩中文名字为什么一个姓孔,一个姓孟,我还想再听听,有什么特别的寓意吗?

孟:金老师给我们学中文的同学都起了中文名字,那是我念大学一年级的时候。他觉得我们学中文,就应该有一个中文名字。我们学中文的同学都很高兴。但他也不是随便给每个人起名字的,是考虑了很久,针对每个学生英文名字不同特点,再结合每个人的爱好,才起一个最适合他的名字。

金承义老师从我英文名字的 Mainwaring 发音中得到启发,给我起的中文名字是"孟华玲"。我名字中三个音节都是开口音,既响亮也好听,其中"孟"字,又巧合是孟子的姓,"华"字,代表中华,"玲"字,也很符合中国人给女孩子起名字的习惯,我非常喜欢这个名字。

我丈夫戴恩斯(Denis)的名字是蔡祥麟先生起的。Denis 是学理工的,他在联邦政府的几个部门工作过,是公务员。取"孔良政"作名字,寓意是要他做一个优秀的政府官员,同时"孔"也是中国大儒家孔子的姓。

沈:看来金承义老师和蔡祥麟先生为你们夫妇起的名字,不仅用心而又满含深意的。知道你喜欢中国历史和中国文化,他们就很巧妙地把中国古代两位有名历史人物的姓氏嵌入到你们夫妇的名字中(一姓孔,一姓孟),而且孔、孟两位伟人都出生在古代的齐鲁之地,齐国既是战国七雄之首,又是中国古代文化的发祥地。两位先生对中华文化了解深邃,可谓满腹经纶,了不起。

孟:的确了不起。金老师是北京人,北京大学毕业,后来去了台湾,五十年代末,胡适先生从美国到台湾就任"中央研究院"院长,金老师还曾做过胡先生的秘书。他是我最尊敬的一位师长,已去世多年了,我一直都很怀念他。

沈:我听了你说起金承义老师的一些往事,明白了你中文之所以能说得这么好,是因为你有幸遇到了一位北京人,而且是有满腹诗书的好老师,让你从一开始认字、发音,就以纯正的北京话来学习中文,所以你现在说

大学毕业时的孟华玲（1970年）

起中文来，发音纯正，音调准确，丝毫没有所谓的"外国腔调"。

孟：你太过奖了。真不好意思。

沈：这让我突然想起苏雪林先生的一句名言："一个人的启蒙阶段，比如认字识字阶段的'开口奶'一定要吃好。"所谓"开口奶"，指的是初学者张口认字的阶段，发音一定要正确，否则以后就很难纠正。苏雪林晚年就经常抱怨自己童年在乡村家塾开蒙时，没有遇到好老师，跟一位粗通文墨的教书先生（苏称他是"别字先生"）认字，这个先生教书时不查字典，教学生念了许多别字。比如这个老师把"虫豸"的"豸"字，读成"虫兽"，把"寒风凛冽"的"凛"字，念成"寒风禀冽"。等到成年后，自己也做了教员，才发现幼年时期跟着老师念了许多别字，她是费了很大的功夫，查字典，辨读音，才把童年时代读别字的错误纠正过来。

孟：我的学习阶段还比较顺利，可我到了在墨大中文系毕业时，却遇到了我人生中的一次"大选"。

沈："大选"？什么意思？是澳大利亚工党和自由党的竞选？

孟：哦，"大选"，我说的意思是对于一个人一生来说，是面临人生的一次特别特别"重大的选择"。人生的"大选"很重要。比如戴恩斯向我求婚时，就是一次"大选"。因为我要考虑结婚是人生的大事，不能随便，要慎重，这是关乎两人一辈子的事情，要慎重选择，不能贸然决定。而我面临的这次"大选"——是去外交部工作呢，还是去读研究生。这次的"大选"，有可能是决定我一生的前途和命运，这是很令人纠结的：我可以留校（做行政工作），也可以到中文系当老师，教学生中文，还可以选择去外交部工作。面临这么多选择，怎么选择？真是很难决定。

沈：你说的外交部是澳大利亚外交部吗？

孟：是的，澳大利亚外交部要招我去工作。那个年代（四十多年前）女孩子能进入外交部去做外交官，是很少有的，这是许多人都梦寐以求的。我考虑了很长时间，最后决定放弃到外交部，我要继续学中文，要去读研究生。我是这样想的：我喜欢外文，比如法文我学了十年（中学六年，大学四年），拉丁文学了五年，中文我已学了四年，越学越有兴趣，也越来越喜欢，我不能放弃，我要继续学习，去提高对中国文化的了解。所以我就做了"去读研究生"而放弃去外交部工作的决定，这就是决定我一生命运的一次"大选"！

沈：看来你这次"大选"，照唯心论的说法，似乎冥冥之中有上帝之手在为你指路。你的一次看似偶然、又突然来临的选择，却决定了你一生的命运，让你一辈子与中文结下不解之缘，一辈子与中国文化、中国现代作家发生了那么多的关联，可不可以这样说？

孟：Yes，可以这样认为。但是我当时在选择时，并没有想到后来的发展会是今天这个样子，中文竟和我一辈子工作及命运有这么密切的关系。我和戴恩斯结婚后，常常跟他开玩笑，我说：如果没有我那一次的"大选"，你能和我到中国吗，而且不止一次，不仅到中国大陆，还到了台湾。戴恩斯说，他根本就没有想到自己还能去中国，去台湾。

沈：关于人生选择的重要，我深有同感。我在教现代文学课时，发现一个很不正常也令人不解的现象：苏雪林早期创作小说《棘心》、散文集《绿天》，闻名遐迩，她本人也被文坛誉为"五四"后现代文学第一个十年知名的"五大女性作家"（冰心、丁玲、绿漪、沅君、凌叔华），可在 20 世纪 80 年代，大学文科"现代文学史"教科书中连她名字都没有提到。于是我决定读她的著作，越读越觉得她了不起，不仅有丰硕文学创作成果，而且有许多开拓性、重量级的学术研究著作，比如《唐诗概论》《玉溪诗谜》《辽金元文学》，这些都强烈地引起了我研究她的兴趣。我在中年后选择研究苏雪林，没有想到竟然在不知不觉中耗去了四十年宝贵的光阴。

孟：你当初选择，并没有想到研究她花了那么长的时间，我学中文也是。一开始是兴趣，是喜欢，但没有想到我一辈子的工作都要和中文打交道。

沈：原来做学术研究，就如同在雪地上滚雪球，开始雪球很小，后来越滚越大。一个人做研究时间长了，资料积累多了，内容越来越丰富，超出了最初你的想象，当然兴趣也就更浓厚了。还有一点，就是在研究过程中，你不断有新发现，新认识，新思路，新收获，即使你想停也停不下来，只好就一直做下去，因为花费了那么多时间，放弃了，真的感觉到太可惜了。

沈：你在学习中文的过程中，收获最大的或者说印象最深的是什么？

孟：我觉得我在学习中文过程中，最难忘印和象最深刻的记忆，是在台湾师范大学学习的那一年。

我 1970 年在墨大读研究生时，"台湾师范大学国语中心"有学习中文奖学金的项目，我在墨大幸运地申请到这次中文奖学金的项目，被墨大推荐到台湾师大学习一年，那一年我二十二岁，已经和戴恩斯订婚了。台湾师大国语中心对我能来台湾学习一年很重视，校方特别为我联系到距师大

汉学视野下的中国女性文学

不远，且住房条件较好，又愿意接纳外国学生的一位中产阶级家庭，这样我在台北期间，就住在金凯英先生家里。

金先生是会计师，东北人，妻子是全职太太，南京人。他有三个女儿，老大那年在美国留学，老二念高等专科学校，只有到周末才回家。小女儿念高三，我和他家两个女儿年龄相差不大，相处很融洽，是很好的朋友，平时用英文交流。可是他爸爸金先生却不允许两个女儿在家里同我说英文，只能说国语，所以我在他家的一年，我们之间的交流都说国语（中文）。金先生这种特别处理方式，是非常令我感动的。他是处处为我着想，一心一意要提高我的中文听说能力，所以才叫小女儿经常与我用中文对话。金太太是位烹调能手，变着花样做各种菜肴，让我这个吃惯西餐的外国人，天天都能享受口福，品尝到各种风味的中国饭菜。我尤其是忘不了她做的红烧肉，我很喜欢吃。我也特别喜欢金太太做的葱油饼的口感与香味。一直到现在，我再也没有吃到像她做的葱油饼那么好吃。

我现在经常和丈夫到墨尔本的中国餐馆去吃中餐的美食，大概就是那一年住在金家，金太太吊足了我的胃口。这是我人生中最难忘的一年。

第二次访谈　时间: 2018 年 5 月 11 日　地点: 孟华玲住所客厅

沈: 我走进你的家，在书房、卧室、走廊、客厅、起居室，触目所见，悬挂着好多中国字画，有红梅雪中怒放，有牡丹春日吐芳，有长江三峡的水墨烟云，也有南国枇杷丰收的良辰美景，我数了一下，大大小小的字画有七八幅，让人仿佛置身在弥漫着中国书香的家庭中，而不是在异国他乡的墨尔本。你这么喜欢中国字画，这些书画是你收藏的还是朋友送的？

孟: 那些山水花卉的中国画，都是我去中国时在各地陆续买到的。当时觉得这些画在宣纸上的水墨画，画面很美，我又特别喜欢中国的梅花、牡丹，就买下来了，花钱也不多。我哪里懂得收藏。

沈: 我在你书房看到两幅行书条屏"见贤思齐""贤德慈慧"，字写得很好，落款为蔡祥麟，是你的朋友写给你的吗？

孟: 呵，蔡先生和我是在北京认识的。他人很好。"见贤思齐"是赠孔良政的，"贤德慈慧"是送给我的。

沈: 我也一直对古今名人的书法感兴趣。我在你家走廊中看到悬挂的一幅楷书字，是张之圣先生赠你的临摹钱沣（钱南园）《晋书·隐逸传》中的一段话，另一幅在卧室中悬挂的是署名保罗（姓高）写给你的《圣经》中一段的名言。我很想听你谈谈这两幅字是在什么机缘下得到的。

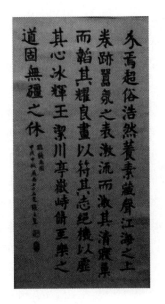

张之聖赠孟华玲的书法　　　　　　保罗赠孟华玲的书法

孟: 署名张之聖的这幅字，就是我们墨大的张再贤（字之聖）老师写的。他在墨大中文系教了几十年书，为人和蔼可亲，是我最尊敬的师长。张老师是北京人，早年毕业于教会办的北京辅仁大学，后来赴美留学。张老师来澳洲以前，曾是台湾师大国语中心的主任，这幅字是他1994年中秋节送我的珍贵礼物，那年他已七十五岁了。

　　至于保罗写的圣经中的那幅字，是我刚到台湾学习、尚未住进金家，暂时住在张老师的朋友家——这家人姓夏，全家都是基督教徒。高保罗是他们家的一位教友，常到夏家来，自然我们也就认识了，后来他就写了一幅字，送给我留作纪念。

沈: 这两幅字非常值得纪念。我刚才在手机上检索到钱沣的资料: 他是云南人，乾隆三十六年进士，曾入词林馆十年，是清代一位著名的书法家。他一生清廉高洁，曾以楷书写了《晋书》中的一段话，作为自己的座右铭，寄寓一介书生，要追慕前贤，"涵养浩然正气"，做一个"冰清玉洁"的人。张老师临摹钱南园字是下了一番功夫的，给人有神似的感觉，他写这幅字赠你，表明他把你当作最好的朋友，要与你共勉，去做一个像钱南园那样的人。不知我这样解读对不对?

孟: 张老师是一位品德高尚的人。至于高保罗的那幅字与圣经有关，是因为我的父母是天主教徒。我上学念的是天主教学校，自然而然就有信奉宗教的情结。我在台湾学习的时候，每到星期天都去台北新生南路天主教圣家堂望弥撒。而住在夏家遇到了保罗，机缘巧合就得到他送给我的一幅字。

沈: 高保罗用《圣经·约书亚记》中的这一段话，是用来鼓励你要刚强勇敢，不要惊惶，做事也不要惧怕困难，因为耶和华上帝是与你同在的，是你的精神支柱。你在台湾能够得到这位教友的祝福，我觉得应该是值得纪念的一件事。

孟华玲拜望萧乾夫妇（右为萧乾，左为夫人文洁若）

沈: 好了，谈起书画，我们有聊不完的话题。现在我要请您谈谈你是哪一年到北京访问冰心的？

孟: 1990 年秋，我到北京大学进修一段时间，住在北大勺园。有一天，北大外事处安排了我访问严家炎老师，我向严老师说出想采访冰心先生，因为我在读大学时阅读过她的作品。记得那时老师布置给我们的作业是翻译中国女作家的作品，我翻译的是冰心的短文《母爱》。一晃二十多年过去了，现在我到了北京，自然是很想见见我心目中这位中国著名的女作家。

严家炎先生为了满足我的愿望，很快帮我联系了萧乾先生与陈学勇先生，那次访问能比较顺利，主要是由萧乾从中牵线（他与冰心是多年的好朋友），我才有机会由陈学勇陪同，到冰心家中访问，真的要感谢严、萧两位前辈及陈学勇先生。

那次访问的时间，是 1990 年 9 月 18 日。冰心那时住在中央民族学院的宿舍里，房子很简朴，也不怎么大，没有什么豪华的摆设，她是在书房接受我的采访。印象最深的是冰心养了一只白色的猫，我们在谈话时，它不时在地上桌子上跳来跳去。关于这次访问冰心，我后来写了一篇文章，发表在台湾《亚洲华文作家杂志》第 35 期（1992 年 12 月号）上。

沈: 前两天我们在闲谈时，你说到了与"女兵作家"谢冰莹先生很"有缘"，在台北还有一次意想不到"巧遇"，能详细谈一下吗？

孟: 我说的有缘，是四十多年前，我在大学一年级刚学中文时，就读了她写的书，原因是我那时对有关中国的人和事都很感兴趣。有一天逛书店，看到一本英文书名 Autobiography of a Chinese Girl（《一个中国姑娘的自传》），我一口气就读完了，让我了解到一个我不知道的世界：就是中国农村。那里男尊女卑，重男轻女的观念很严重，一位母亲那么厉害地对待自己的女儿，小女孩一点自由也没有，我非常佩服这位中国姑娘的刚强，敢于反抗家庭包办婚姻，心里自然而然就非常钦佩谢冰莹了。

1970年，我在台湾师大学习。有一天我在师大附近车站等候公车，身边站着一位瘦瘦小小的老奶奶，穿着非常普通，看不出她就是师大大名鼎鼎谢冰莹教授。也许是我的外貌和体型与周围的人很不一样，她抬起头，一双慈母般目光看着我，让人感到亲切而又温馨。她问道："你是美国人？"我回答："我是澳洲人。"她听到我会说中文，立即笑了——那笑容我记忆深刻，至今都忘不了。后来我们一起上了车，在车上我们又谈了一会，下车时她给了我一张名片，说她就住在师大校园内，很热情地邀请我有空时到她家玩。也许是我当年年纪轻，没有社会经验，又知道她就是著名的"女兵作家谢冰莹"，更不敢贸然去她家了——因为她在我心目中的形象是高不可攀的，不敢去打扰她。女孩子嘛，总是不够勇敢不够大胆，白白地失去了与她见面与交往的机会，这是我最后悔的一件事。

沈：我也为你惋惜，多么好的一次认识机会呀。我听苏雪林对我说，自1971年后，谢冰莹就和她先生贾伊箴到美国定居了。谢冰莹是苏雪林的好朋友，她们两人在台湾师大中文系共事了好几年。但你却在二十多年后，又不远万里，特地飞赴旧金山再去见谢冰莹先生，作了一次"迟来的"的访问，与台北那次"巧遇"，与她的一面之缘有关系吗？

孟：当然有很大的关系。我没有想到上帝会这么眷顾我，我在失去了一次机会后，又赐给我一次机会。二十多年前，我认识的林海音的女儿夏祖丽就住在墨尔本，经她介绍与联系，我就立即飞到旧金山，去访问已经八十五岁的谢冰莹先生。

沈：那你们见面时，谈到了二十多年前在台北的偶遇吗？

孟：当然有谈到。而且先生还对我说，如果当时你能到我家来，我一定要留你住在我家里，和有一个异国学中文的女孩子在一起，一定是很开心很有趣的，我们老年人就喜欢同年轻人在一起。

孟华玲与"女兵作家"谢冰莹合影
（1991年8月8日摄于旧金山）

苏雪林（左）与谢冰莹在台南合影（1991 年 4 月）

沈：我读到过你访问她写的文章，是很长的一篇《访问记》，好像是发表在《新文学史料》上。

孟：是的，发表在《新文学史料》1995 年第 4 期。那次访问我觉得机会难得，去了她家两回，谈了数小时。她住在旧金山圣母大厦的一座三层公寓里，等到要告别时，我还和她在楼下的长椅子上拍了一张珍贵的合影，照片上日期是 1991 年 8 月 8 日。

沈：你两次去她家访问，对她最深刻的印象是什么？

孟：我觉得她是中国了不起的女作家，和其他同时期的女作家不一样。她一生坚强、独立、敢想敢干，也很勇敢，敢于奋不顾身去追求自己想要的东西，比如爱情、婚姻。给我留下最深刻的印象是我们见面时，她紧紧握着我的手，很有力量，不像八十五岁的老人那样绵弱无力，我想这是她心中刚强外露的表现。

沈：我听说诺贝尔文学奖得主、法国作家罗曼·罗兰在中国抗战期间曾给谢冰莹写过一封信，你访问她时，问过这个话题吗？罗曼·罗兰这位享誉国际知名度的作家，是在什么情况下给谢冰莹写信的？

孟：我们没有谈到这个话题。我这次访问的重点是要她谈谈她一生不平凡的经历、创作以及她们那一代十几位女作家创作的特点。比如她就同我谈到有关陈衡哲、冰心、苏雪林、丁玲、黄庐隐、陆晶清、李曼瑰等人的创作。我对这些女作家们在中国当时那样困难的条件下，吃了那么多的苦，还有那么强的意志力，坚持自己的理想和信念来进行创作，是非常佩服的。

沈：谢冰莹先生与苏雪林在台湾相处几十年，既是文友，又同在师大中文系执教，是亲密无间的好姊妹。1991 年 4 月，苏雪林九五华诞前夕，她从旧金山飞到台南，与睽违二十载的老友苏雪林见面，而且还写了一篇《为雪林姊祝福》的文章，发表在《中央日报》上。我有一幅她们在苏雪林庭院中紧紧相拥的照片（是苏雪林寄给我的）。作为相知的老朋友，她对苏雪林的为人、文学创作、学术研究有什么看法？

孟：谢冰莹对我说：苏雪林性格豪放，直率坦白，对人热情，但她一生婚姻不幸，到处颠沛流离，两次到法国留学，后来又来到台湾教书。她的脚包得比我还小，走路颤颤巍巍，可以想象她一生的日子过得是要比一般人苦得多的，尤其是在晚年。1972年照顾她一生的胞姊苏淑孟去世了，她不仅十分孤独寂寞，一个人孤苦伶仃的生活非常不方便。苏雪林的创作不是简洁流利派，她的散文作品中喜欢用优美的辞藻和典故，中学生往往看不懂她的文章，不像我写文章，小学生都能读懂。苏雪林国学底子厚，读的书也多，她研究楚辞、唐诗及许多古代作家，成绩了不起。我今天在你面前批评她，对她是一种大不敬，但毕竟我们是多年的朋友，她就是听到了，也不会见怪的。

沈：你是不是因为这次美国之行，从谢冰莹处打听到苏雪林还健在，从而引起了你回来后去台湾访问她的想法？

孟：是的。我觉得苏雪林已经那么大岁数了，不赶快去访问的话，恐怕以后没有机会了。正好那时我申请到了做研究的假期，就立刻去台湾访问苏雪林。我到台北后，林海音知道我要到台南去拜访苏雪林，就对我说：苏雪林的话你不一定能听懂（笔者按：苏雪林出生在浙江瑞安，十几岁后才回到祖籍地皖南太平，说话口音是安徽与浙江的混合方言），交流起来有困难，她就联系到成功大学中文系秘书赖丽娟小姐，请她陪同我去访问苏雪林。

1991年12月4日，我和赖丽娟到台南东宁路苏雪林的寓所，见到了我一直崇拜的苏雪林先生，她和我心中想象的一模一样，是一位慈祥温和的老太太。那天我问了她和二三十年代女作家们交往的一些情况。苏雪林见到我很高兴，送了我她不久前出版的书，有《浮生九四》《遁斋随笔》《苏雪林山水》画册及早先的一本名著《中国二三十年代作家》。她在每本书上都用圆珠笔签名，字写得很有劲，为避免雷同，分别写上"华苓小姐雅正"、"华苓小姐粲正"、"华苓小姐一笑"，可能她听赖丽娟介绍我名字时，把我的"玲"字，当成美国华文作家聂华苓的"苓"字了。从签名中，你可以看到九十多岁的苏雪林的思维活跃是异于常人的。

 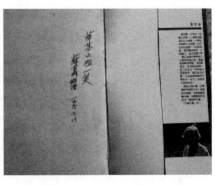

孟华玲在台南访问苏雪林（1991年12月）　　苏雪林在《浮生九四》扉页上签名

第三次访谈　时间: 2018 年 5 月 12 日　地点: 孟华玲住所客厅

沈: 我刚才参观了你的书房, 发现你的书橱里中文藏书很丰富, 现当代中国主要作家的作品集, 都有收藏, 尤其是女作家的作品, 如《现当代女性作家》《二十世纪女性散文百家》《中国现当代著名作家文库》等。这些书有的是中国大陆的简体横排本, 也有台湾繁体竖排本, 可以说应有尽有, 收藏这么多一定花费了不少精力。

孟: 我一直到退休都在买书。有的书是二十多年前在中国大陆买的, 有的是在台湾买的, 有的是跟三联书店订购的。

沈: 现在活跃于民国时期一些女作家作品, 在书店已很难买到了。原因是当下阅读此类书籍的读者少了——除了一些做现代文学研究者外, 其他读者无人问津。出版社也不愿意出版此类书, 原因是印刷量少, 出版后赚不到钱。

因此, 许多有学术研究价值和文史资料价值的书, 特别是像苏雪林、褚问鹃、关露这些目前尚有争议的民国作家, 研究者要想出版关于她们的书就很难。譬如我送你的两本书, 一本五十万字的《苏雪林年谱长编》, 我从收集资料到完稿, 花了整整十年时间, 出版社签约时明确言明: 出版这类学术性著作, 一般都要有出版资金资助出版社的, 你想要出版就去想办法找出版资金。我想, 我都退休多年了 (原工作单位规定只有在职人员才能申请出版资金), 是没有办法搞到一笔出版资金的。好在安徽文艺出版社很能理解我们这些做学问人的不易, 答应出版, 但没有按正常计算稿酬标准, 给了几千元辛苦费, 算是意思意思吧。那本四十万字的《苏雪林笔下的名人》, 之所以能得以出版——是因我和北京人民出版社签了初版可不支付稿酬的约定, 才得以面世的, 否则就出版不了。

孟: 的确是这样的情况。

沈: 茅盾先生曾经说过: "作家的作品是推动社会前进的轮子。" 这句话说得非常深刻, 把作家作品的社会作用说得非常透彻。

孟: 那你看, 在我们这里, 澳大利亚政府并不觉得作家有什么作用, 对于作家作品的内容并不在乎, 你的作品写些什么, 我们不去管, 我们不在乎你写的是什么! 至于说还要压迫你、打击你, 那是不可能的!

沈: 文学创作与学术研究的繁荣, 有两个方面我觉得很重要。一个是作家和学术研究者, 要不断有好的作品与高质量的学术专著奉献给读者和社会, 另一个是要有比较顺畅的出版渠道。出版部门不能仅仅为了赚钱, 为了经济利益, 单纯为出版社获得利润, 而忽视一些文学作品与专著的社会作用、历史价值 (社会效益), 而拒绝那些好作品及有历史研究价值、学术研究价值及资料价值的专著出版。作为出版机构，如果能重视、做好这两方面的话——即兼顾经济效益与社会效益，我想文学创作和学术研究的繁荣，一定会出现令人可喜的局面。

（沈晖：安徽大学汉语言文字研究所研究员）

汉学视野下的中国女性文学

从怀旧到反思：王安忆的《长恨歌》探析[*]

[澳大利亚] 埃琳娜·马丁－恩布拉尔　著　黄艺　译

王安忆是近几十年来中国文坛最引人注目的人物之一。她的作品丰富多彩，包括 1995 年的长篇小说《长恨歌》，这部小说在中国文学中占有独特的地位，是 20 世纪 40 年代上海生活的一幅生动写照。这部杰作通常与 90 年代在文学和其他文化领域引发的怀旧浪潮有关。然而，这不仅仅是一次历史之旅，更是一次对当今中国的探索和对未来的清醒反思。小说以怀旧为参照点进行分析，揭示了王安忆独特的文学世界中一些较为鲜明的特征。王安忆把历史看作是一种与时间和记忆密不可分的话语，对 20 世纪中国的社会演变有着深刻的见解，她对上海这座城市的独特回忆反映了一种杰出的写作风格，体现了中国当代文学的丰富性和多样性。

20 世纪 90 年代文学界的怀旧情结

20 世纪 90 年代的中国，一股怀旧的浪潮席卷了整个国家，尤其是在像上海这样的大城市里。这一复杂的现象往往与那十年间以上海为首的中国城市的快速发展紧密相连。上海快速的物质转型的后果是社区的缩小和与城市过去和独特文化传统相关的生活方式的消失。这种文化传统在 19 世纪末发展起来，但在 1949 年后开始失宠，在 20 世纪 90 年代唤醒了以上海为中心的中国各地的怀旧情怀。

文学中的怀旧与上海
人们普遍怀念老上海的原因与中国在 20 世纪最后几十年经历的深刻

---

* Elena Martin-Enebra. "From Nostalgia to Reflection : An Exploration of *The Song of Everlasting Sorrow* by Wang Anyi". *Chinese Literature Today*, Vol.6, No.2, 2017, pp.53—51.

变化有关 ①。一方面，80 年代深远的经济改革促进了上海的发展，重振了上海过去的商业和国际化精神。另一方面，现代化的快速步伐，加上全球化的影响，在社会意识形态领域产生了一定的影响，激发了某种不安，也成为探索过去的一种参考。这种怀旧有双重的维度，因为它不仅是一种对过去的忧郁的展望，阻碍了进步，同时还聚焦于现在，甚至是对未来的一种激励。

20 世纪 90 年代，当进步的明暗对比成为中国日常生活的标志时，世纪之交的上海形象 ② 作为现代性和对外开放的历史形象出现在人们眼前。作为中国的主要港口和世界上最大的城市之一，这个"东方巴黎"在 20 世纪 30 年代达到了最大程度的辉煌，西方的影响在丰富的资本主义元素、一直延续至今的城市贸易文化，以及塑造了一座以移民为基础的城市的许多外国人中体现得淋漓尽致。但最重要的是，这是一个伟大的大都市，有着神秘的光环，兀自出现在一个以农村为主的中国。著名作家茅盾在其 1933 年的小说《午夜》中巧妙地将其不朽化。茅盾在小说中所描绘的上海的矛盾心理（恐惧和迷恋的混合）反映了这座城市在世纪之交所面临的矛盾。

满怀怀旧之情，上海充斥着令人回忆起其辉煌过去的产品和纪念品：照片、明信片、日历、海报、流行音乐唱片等等。20 世纪 30 年代和 40 年代的电影在电影院重新上映，展板上公布了张艺谋 1995 年的电影《摇啊摇，摇到外婆桥》或陈凯歌 1996 年上映的《风月》等经典影片 ③。过去的优雅风度受到政府当局的青睐，因为它似乎巩固了当前的政治连续性意识形态，并使之合法化。它延续了过去，又对未来充满了信心。当然也有不可忽视的另一面：一个被外国租界分割的城市的半殖民地状况、当地居民的隔离，以及在共和国历史之后一直困扰着的权力斗争和紧张局势。这些阴影可能不会破坏官方的话语，但确实表明有必要对过去进行另类和深刻的重新解读。当然也有许多充满魅力的一面被忽视：一个被分为外国租界、对当地人口隔离的半殖民地状态的城市以及超越了过去的共和时代的权力斗争和紧

---

① 此为原文注释 1：强烈建议从政治和知识的角度对怀旧现象进行广泛的观察的有如下两篇文章：卢汉超：《怀旧未来：异化文化在中国的复兴》，载《太平洋事务》第 75 卷第 2 期，2002 年，第 169—186 页；戴锦华：《想象中的怀旧》，载《边界二：国际文学和文化杂志》第 24 卷第 3 期，1997 年，第 145—161 页。两位作者都追溯了从 20 世纪 80 年代到 90 年代初的怀旧之旅，确定了上海在中国语境中所扮演的特别的角色。

② 此为原文注释 2：自 20 世纪初以来，"现代性"以及其他有争议的概念如传统等一直是争论不休的对象。李欧梵：《上海摩登：一种新都市文化在中国（1930—1945）》，哈佛大学出版社 2001 年版，第 43—45 页，讨论了这个问题。同样有趣的是叶文心的观点，它包括了对社会和经济的思考。叶文心：《上海的现代性：共和国城市的商业与文化》，载《中国季刊》1997 年第 150 期，第 381—393 页。

③ 此为原文注释 3：除了这两部国际知名的电影外，还可以提到其他在中国很受欢迎的电影，比如由多才多艺的陈逸飞先生执导的《海上旧梦》（1993）和《人约黄昏》（1996）以及李少红执导的《红粉》（1995）。

张局势。这些阴影可能不会玷污官方话语，但它们确实表明需要对过去进行另一种深刻的重读。

最重要的是，文学才最充分地体现了这种怀旧的许多文化表现形式的细微差别。在整个 20 世纪 90 年代，无数的小说、故事、散文和文章都反映了过去的这种狂热的时代感。它们淹没了图书市场，这从豪华书店书架上的书和街头小贩摊位上提供的廉价版本和非法转载就可以看出。当代作家与现代经典作品竞争，比如 1947 年钱钟书的代表性小说《围城》。该书部分背景是被日军占领的上海。然而，最受关注的女神是张爱玲。在她于 1995 年去世后，人们对她的作品重新产生了兴趣，这些作品是中国近几十年来的畅销书。她的小说和故事，以细腻文雅、含蓄讽刺的风格，刻画了上海抗战时期的生活，受到评论家和公众的一致好评①。

来看看当代作家。陈丹燕的传记叙事三部曲由《上海的风花雪月》《上海的金枝玉叶》《上海的红颜遗事》组成，该传记三部曲于 1998—2000 年间出版，受到大众的热烈欢迎，销量达数十万册。另一位著名作家是程乃珊，她自 20 世纪 90 年代以来以上海为背景创作了多部作品，特别是 1997 年的《双城之恋》和 2003 年的《上海 Lady》。另一个关键人物虽然可能不太为人所知，他便是于 1999 年出版的《上海的最后旧梦》和 2005 年出版的《最后的玛祖卡》的作者树棻。

尽管这些最新的出版物各有不同，但它们有许多共同的特点。它们以革命前的上海为背景，在一个或多或少复杂的历史背景下构建非正式叙事。一个人对记忆的追寻是对独特人物形象、生动、细致刻画的线索，这些人物往往属于享有特权的少数群体。这一点在程乃珊和树棻的作品中都非常明显。他们都是上海本地人，都受到了家人的部分启发。在《上海 Lady》中，程乃珊描绘了一些著名的上海妇女的画像，她们的画像与她自己的一些亲戚的画像交替出现，从而在她的家人和城市之间形成了微妙但不可忽视的联系。同时，树棻描述了先辈们的兴衰，他们总是在复杂的环境中与上海社会有影响力的人物打交道。

在《上海的金枝玉叶》和《上海的红颜遗事》中，陈丹燕分别描述了一位富商之女和一位女演员与作家之女所经历的种种沧桑，同时描绘了城市不断变化的命运。然而，在这两部传记以及《上海的风花雪月》中，陈丹燕的注意力也转向了对普通人生活的细节，用充满爱的细节来描写。她的风格较程乃珊和树棻而言，更亲密，更富有感情，更能唤醒读者强烈的

① 此为原文注释 4：自从这位有魅力的作家在 20 世纪 40 年代在上海成名以来，她的生活和工作引起了墨流成河，但后来被遗忘，几十年后在中国台湾和大陆又被重新发现。这类研究有很多，但按照本文的方向，我们重点介绍了李欧梵的《上海摩登：一种新都市文化在中国（1930—1945）》中的一章，第 267—303 页。

女作家学刊·第三辑

254

怀旧之情。

在严格意义上的小说领域，一些后起之秀也促成了怀旧的浪潮。比如，1995 年，毕飞宇将其长篇小说《上海往事》改编为电影剧本《摇啊摇，摇到外婆桥》。以怀旧为特色的商业化与文学相结合的模式，也出现了一些新的声音。其中一些声音在中国和国外引起了巨大的共鸣——通常更多是由于争议而不是其作品的内在质量而引起的。卫慧和她 2000 年出版的半自传小说《上海宝贝》就是一个典型的例子。即使把它放在现在，该小说也有一种异国情调和颓废的美学风格，也就是将其与怀旧潮流的更多表象联系在一起。这是 20 世纪以来发展的一种敏感性的反映，即使显得如此苍白，但反映了新一代年轻作家的关注。

怀旧文学框架下的《长恨歌》

与 20 世纪 90 年代的怀旧浪潮典型地联系在一起的中国小说是 1995 年出版的《长恨歌》。作者王安忆是一位多产作家，自 20 世纪 80 年代大获成功以来，便成为中国当代文学的主要人物之一。《长恨歌》被认为是她迄今为止最优秀的作品之一。该小说最初在《钟山》杂志上分期发表，不久就以图书形式出版。它主要在学术界流传，直到 2000 年才引起广大读者的极大兴趣，获得了每四年颁发一次的中国最高文学奖——茅盾文学奖。得到这种认可之后，该作品在香港和台湾地区又获得了更多奖项，导致其在中国各地受欢迎的程度和销量大大提高。

与其他当代作品一样，这部小说的多次改编进一步促成了该小说的成功。2003 年，由戏剧导演赵耀民执导，该戏剧在上海取得了巨大的成就。两年后，香港著名导演关锦鹏将其改编成电影搬上大银幕，还首播了由丁黑导演执导的三十五集电视连续剧。尽管有吸引力的舞台布置和娱乐环境，但改编作品却几乎没有表现出小说所要表现的那种表达力和细节。正如迈克尔·贝里（Michael Berry）在将《长恨歌》翻译成英文时所指出的那样，改编形式的大众化改造已经超越了作品，并将其主人公转变为"旧上海最具影响力的文化符号之一"[①]。

文学评论家一再将这部小说与中国经历的怀旧浪潮联系起来。最早的一篇评论是由学者罗岗于 1996 年撰写的，他指出了回忆旧上海和通过想象重塑城市的意义。另一位著名学者王德威在 1996 年发表在《读书》杂志上的一篇有影响的文章中，将这部小说与重新发现的张爱玲作品相提并论，宣称王安忆是张爱玲的接班人。这两篇评论都建立了一个广泛的框架，在

[①] 此为原文注释 5：王安忆著，迈克尔·贝里和苏珊·陈伊根译：《长恨歌》，哥伦比亚大学出版社 2008 年版，第 433 页。

小说出版后的几年里引导了文学界对小说的解读①。

尽管如此，王安忆本人一直有点不愿意接受她的小说被贴上"怀旧"的标签，因为它限制了其作品的范围。她否认写这部小说是出于对老上海的感伤，因为这反映的并不是她自己的生活经历。相反，她只是把老上海当作一种文学资源，作为情节的背景，作为一种手段，使情节具有相当的戏剧性。关于已故作家张爱玲的作品里所谓的亲和力，虽然王安忆承认两人都对日常生活中的细节感兴趣，但她觉得自己反映了现实生活和社会现实，而张爱玲则以一种近乎虚无的方式游走在现实世界和虚幻世界之间。两位作者的作品之间显著的时间间隔也不可避免地导致了两者使用截然不同的方法。张爱玲描绘了她亲身经历的革命前的上海，而王安忆则唤起了革命后期的上海，并将其与现在直接联系起来②。

不可否认的是，正如她自己所承认的那样，王安忆的小说确实与20世纪90年代的其他流行作品一样有着某种怀旧之情。像陈丹燕一样，尽管王安忆对过去的看法远不那么浪漫和理想化，但她重塑了各种各样的环境并采用了亲密的叙事风格。像其他前面提到的作家一样，她几乎一辈子都住在上海。因此，她会受到启发，以小说和散文的形式来描绘上海，这并不奇怪。

除了获得茅盾奖，她还获得其他许多成就。她最近获得了纽曼中国文学奖，目前是上海作家协会副主席。随着更多的人听到她的声音，她已被公认为一位超越潮流和时尚的作家，鼓励人们反思现代中国社会面临的许多矛盾。事实上，这一视角为我们勾勒出这部小说在怀旧文学的特定语境和中国当代文学的总体图景中所占据的位置提供了一些关键线索。

就20世纪90年代出现的各种各样的怀旧出版物，戴锦华和张旭东③等评论家将"怀旧"定义为一种趋势，这种趋势在作为消费产品的文化和对历史变化的理性反思之间摇摆。与此一致，王安忆的小说基本上属于知识领域，因为在再现过去的过程中，它探讨了时间性和历史性等问题。这些都是塑造小说探索的基本线索。也就是说，考虑到作者自己对其小说的评

---

① 此为原文注释6：罗刚："寻找消失的记忆：对《长恨歌》的解读"，载林建法主编：《当代作家评论》1996年第5期，第48—54页。该文主要分析了小说的最后一部分，背景是20世纪80年代，确定了一种想象过去的方式，这种方式只与现在相对应。王德威："海派文学，又见传人"，载汪晖编：《读书》1996年第6期。这两篇文章探究了这部小说，同时也探究了王安忆的其他作品，以确定她与张爱玲和其他上海作家的谱系风格。

② 此为原文注释7：王安忆在接受《文学报》的采访时表达了这些观点。可参见王安忆："眼中的历史是日常的——与王安忆谈《长恨歌》"，2000年10月26日。这些观点与在另一次采访中所表达的观点是一致的："我不像张爱玲"，载《语文世界》2003年第5期，第47—48页。

③ 此为原文注释8：张旭东："现代性的寓言：王安忆与上海怀旧这篇论文"，载《中国学术报》2000年第3期，第122—161页。

价，它的丰富性和复杂性使评论界无法对其归类。

《长恨歌》中的怀旧、时间与历史

怀旧的（非时间）连续性

《长恨歌》讲述了在1946年上海小姐大赛中获得第三名（三小姐）的年轻女子王琦瑶的生平。在她生命的这一重要时刻之后，她成为一位国民党高官的情人。从此，一系列的沧桑使她在几十年的时间里过着卑微的生活，其间她不断地重温那段短暂的记忆，与同样有怀旧之情的人们分享着自己的人生。20世纪80年代，在经历了几次失败的恋爱并且有了一个女儿之后，她引发了一股新的怀旧崇拜者的热情。但当她被一个熟悉的骗子杀死时，她的生命也戛然而止。

情节线是在上海历史上一段非常重要的历史时期发展起来的，小说分为三部。第一部以老上海的浮华和魅力为背景，以王琦瑶的情人李主任在飞机坠毁中神秘失踪结尾。第二部，从共产党解放上海到"文化大革命"初期，以王琦瑶的忠实朋友、准情人程先生的自杀告终。第三部以改革的高潮为背景，以1986年王琦瑶遇害结尾。王琦瑶眼睑里最后的景象反映了她年轻时目睹的一幕，从而将小说的结尾与开始联系起来。因此，中国历史上的三个主要时期既塑造了20世纪上海的时间纪事，也塑造了小说和寓言中的女主人公王琦瑶的个人纪事。

四十年来，王琦瑶的生活经历中伴随着许多重要的历史事件，但对这些事件的明确提及却很少①。历史通常发生在幕后，事件只是作为影响情况的简要时间标记。例如，当李导演和王琦瑶在"爱丽丝"公寓时，他做的噩梦中几乎没有暗示内战中可怕的斗争和阴谋。而由于20世纪60年代初的"大跃进"而困扰中国的饥荒，也只反映在王琦瑶和程先生加入的排队领取配给的口粮队伍中。

王安忆把历史事件放在次要的层面上，同时把标志人物日常生活的事件放在叙事的前沿。即使在城市发生激烈冲突的时候，王琦瑶在"爱丽丝"公寓等待李主任的漫长而平淡的日子也证明了她在时空间的复杂互动，这常常反映出平行和对比的维度。类似的事情发生在后来王琦瑶在外祖母的村庄邬桥避难之时，完全没有意识到战争已经结束，事件已经发生了完全不同的转折。在这个近乎神奇的地方，她才从爱人去世带来的悲痛中恢复过来，书中是这样描述的：

①　此为原文注释9：考虑到小说的篇幅（原版400页左右，共12章，每章包括44节），这种情况就更加惊人了。

汉学视野下的中国女性文学

任凭流水三千，世道变化，它自岿然不动……再是抽身退步，一落千丈，最终也还是落到邬桥的生计里，是万事万物的底，这就是它的大德所在。邬桥可说是大千宇宙的核，什么都灭了，它也灭不了，因它是时间的本质，一切物质的最原初。它是那种计时的沙漏，沙料像细烟一样流下，这就是时间的肉眼可见的形态。[①]

但王琦瑶的心属于上海，她带着对上海的诸多情感和回忆归来。从这一点开始，怀旧之情爆发，逐渐占据了故事情节，并使叙事从头到尾具有一定的统一性。王琦瑶在平安里的简陋寓所，就是她给人注射打针的地方，成为一个新的避难所，远离沉浸在社会主义革命中的外部世界。在新结识的小圈子里，在重现她如此渴望的过去的社交聚会中，她在这种新的生活方式所产生的疲惫感中找到了一丝慰藉，而她对这种新的生活方式并没有真正适应。

这个圈子包括一位富商的妻子严家师母；她的堂兄康明逊，一个前实业家，是二房所生的男孩；还有康明逊的朋友萨沙，一位已故革命英雄的儿子，靠政府补贴生活。尽管他们的身份各不相同，但他们都很享受夜里在王琦瑶的公寓里聊天和偷偷打麻将，尽管这是不允许的。严家师母和康明逊来自过去王琦瑶着迷的社交圈，她们回忆起昔日辉煌的遗迹，就像被快照记录下来的一个不受时间限制的、几乎永恒的形象。这种创造出无限感的瞬间和印象只是小说中反复出现的主题之一。人物迷失在这个与日常生活平行的另类世界中。他们被暂停在时间里，除了过着"就像除夕夜的守夜"那样的生活，其他都无关紧要：

哪怕天塌地陷，又能怎么样呢？昨天的事不想了，明天的事也不想了，想又有什么用呢？……明天再好，也是个未知未到。[②]

康明逊总是很容易感怀伤旧，因为就像王琦瑶一样，他的生活充满了回忆过去的影子。也难怪他会爱上王琦瑶[③]。由于害怕违反了社会习俗，他没有承认自己有个女儿。到这个情节，小说已写到了一半，王琦瑶的另一位情人程先生出现了。他就是那位让旧上海悉知王琦瑶美貌的摄影师。与康明逊相比，程先生更不受岁月的束缚。与其他几个人物一样，他与现实的时代脱轨，这些可以在他的公寓里得到印证。王琦瑶陪同他在公寓里吃

① 此为原文注释 10：王安忆：《长恨歌》，第 142 页。
② 此为原文注释 11：同上，第 198 页。
③ 此为原文注释 12：康明逊在小说中被描绘成"人跟了年头走，心却留在了上个时代，成了个空心人"。这就是为什么当他了解王琦瑶的生活时，认为她"是上个时代的一件遗物"，说"她把他的心带回来了。"同上，第 323 页。

午饭时，她的目光打量着每一个角落，然后惊奇地发现"这世界就像藏在时间的心子里似的，竟一点没有变化"①。

但是，程先生不愿意适应变化，这些物件最终还是随着他留了下来。在"文化大革命"初期受到残酷的迫害后，他从公寓的窗户纵身而下结束了自己的生命。就像发生在第一部分结尾的那样，这一悲剧作为小说第二部分的结尾，同样也表示叙述的暂时中断。然而，尽管第一部与第二部之间的间隔相对较短（李主任死后，王琦瑶去了邬桥避难），但是第二部与第三部的跨度却很大。值得注意的是，几乎十年过去了，恰逢时"文化大革命"这一黑暗时期。这一空缺非但没有削弱这一历史时期的重要性，反而突出了它对人物生活的影响。

与预期的相反，第三部与叙述的其余部分并非完全没有关联。这种连续性从一开始就很明显，从第一部分就有大量的体现。重大事件的发展可能会在幕后继续展开，但是其影响是显而易见的。事实上，书中描述了在这一大范围时期的改革，最早的怀旧情怀出现在上海。在这样的背景下，王琦瑶的形象再现了一位被放大的前上海小姐，尽管年纪大了，但仍保持着一些昔日光彩和魅力的女性。聚集在她周围的人们再次唤醒了老上海的灵魂，但这次他们都是一群年轻人，试图捕捉他们没有经历过的过去。

这些年轻人中有一个叫张永红的，是王琦瑶女儿薇薇最好的女朋友。她无条件地崇拜着薇薇的母亲，这表现在她同样举止优雅，甚至模仿王琦瑶，尽管她不可避免与她的偶像不同②。另一个是薇薇的男朋友小林，同样也为他所听闻的旧上海着迷。王琦瑶的公寓及家具唤起了老上海的氛围。事实上，小林是鲜有的能够解读王琦瑶所传达的怀旧氛围的真正意义的人物之一。他突然想到，"这时候，他发现，这房间里的五斗橱、梳妆镜，他小林所赞叹的'老货'，其实都蒙着这样的影子，说它'老'，其实不是，而是'伤怀'。"③这种忧伤与叙述中唤起的怀旧之情一同流露出来，在小说接近尾声的时候特别突出，标志着与世事相联系的结果。

怀旧、忧郁和疏离都在王琦瑶最后的爱情体验中不期而遇，而这一次仅仅只是一个幻影。老克腊④是一个沉迷于老上海的浪漫回响的年轻人，他在王琦瑶所参加的一场舞会上与王琦瑶相识。他们第一次一起跳舞的时候，就完全无视周遭的世界：

---

① 此为原文注释 13：王安忆：《长恨歌》，第 235 页。
② 此为原文注释 14：正如迈克尔·贝瑞指出的，"永红"这个名字（字面意思是"永恒的红色"）是对她出生于社会主义时期的明确暗示。同上，第 435 页。
③ 此为原文注释 15：同上，第 348 页。
④ 此为原文注释 16："老克腊"，正如该章中所说，实际上是 80 年代中期用来描述某一类人的一个术语，在他们的生活习惯和兴趣爱好中小心翼翼地表现出了一些上海的旧时尚，以固守为激进。同上，第 557—559 页。

> 客厅里在放着迪斯科的音乐，他们跳的却是四步，把节奏放慢
> 了一倍的……什么样的节奏里都能找到自己的那一种律动，穿越了
> 时光。①

从那时起，老克腊卅始与土埼瑶分享他的梦想，尽管只剩下淡淡的光芒，也被她身上的光芒所迷住了。王琦瑶忍不住最后一次试图重回自己的过去，被困在年轻人的幻想中。她的公寓再次成为聚会的场所，张永红和她的男朋友长脚，也都聚集在那里。在这些似曾相识的时间里，尽管让她暂时摆脱了长期以来的疲惫感和孤独感，但这不仅没有让她感到满足，反而成为她逐渐崩溃的来源。当王琦瑶被入室盗窃的长脚勒死时，她对现实的最后感悟是她多次回忆过的那部电影的场景。所以当过去和现在在叙述中最后一次融合时，她的死给人一种强烈的徒劳感。

小说的第三部或许是最凄凉的，因为它揭示了任何怀旧渴望的虚幻本质，正如老克腊所夸大的那样。然而，值得注意的是，关于上述引用的摘录，正是作品最关键的部分。王琦瑶以自己的节奏起舞，以应对外部环境的迅速变化。然而，她也意识到，尽管她现在生活的 20 世纪 80 年代似乎是过去上海的延续，但事实上是完全不同的：

> 说是什么都在恢复，什么都在回来，回来的却不是原先的那个，
> 而是另一个，只可辨个依稀大概的。霓虹灯又闪起来了，可这夜晚却
> 不是那夜晚。②

因此，20 世纪 80 年代的上海与 20 世纪 90 年代的上海有着直接的联系。作者现在将目光转向 20 世纪 90 年代的上海，用怀旧来强调中国社会正在发生的变化。因此，这部小说绝不是随意的怀旧，而是描绘了 20 世纪中国历史上许多危机和革命所带来的迷茫和困惑。

人类历史与重要的历史话语

在这部小说中，占据中心地位的是日常生活中的小事件，而不是重大的历史事件。同样，在小说的开头，上海作为这些事件的发生地被描绘成一幅由无数点和线组成的图画，这些点和线塑造了一个逐渐清晰的形象。这种方法是从城市上空进行观察的，因为它跟随特权观察者（鸽子）的飞

---

① 此为原文注释 17：王安忆：《长恨歌》，第 370 页。
② 此为原文注释 18：同上，第 302 页。

行，降落在构成弄堂的小巷和巷道的密集网格上①。王安忆试图深入了解上海的灵魂，那便是弄堂，而不是再现外滩的壮观景色，这是20世纪90年代许多怀旧文学的主题。小说中提及外滩的为数不多的段落之一如下：

> 这些建筑的风格，倘要追根溯源，可追至欧洲的罗马时代，是帝国的风范，不可一世。它凌驾于一切，有专制的气息。幸好大楼背后的狭窄街道，引向成片的弄堂房屋，是民主的空气。②

弄堂作为叙事的背景在书中被详细描述。在小说的开篇，我们被带领着参观了被生动描绘的弄堂中老式的石库门、老虎天窗和阁楼。他们被比作新房子，尽管新房子有更多的窗户和阳台，但这似乎也表明他们对外界保持着警惕。王安忆由此巧妙地展现了这些独立的新家园，这些都是社会发展到缺乏交流的结果。她描写挂在传统房屋阳台上的衣服，以此暗示居民生活的痕迹，并讲述了私人空间中的日常生活故事，私人空间往往与作为大众和公共空间缩影的弄堂是互相融合的。在整个叙述过程中，作者擅长描绘大量的场景，把读者放在街道上和房子里，迫使他们参与其中③。

这些地方不可避免的变化，以及居民生活环境的变化，在小说的许多非常重要的段落中都被巧妙地描绘出来。通过对这些变化的描述，作者表达了一种真实、深刻又充满情感的体验。例如，程先生在"文化大革命"最激烈的时期去世后，我们看到了一座建筑的图像，其中一座建筑的墙已经倒塌，剩下的房间就像一行行的"空格子"一样裸着。整个小说最重要的部分，是小说第二部的结尾，也是一个长达近十年的插曲的开始，用一种忧郁的、似乎在怀念那些逝去的生活片段的声音在说：

> 让我们把墙再竖起来吧，否则你差不多就能听见哭泣的声音，哭泣这些日子的逝去。让这些"格子"恢复原样，成为一座大房子，再连成

① 此为原文注释19：卢汉超在《霓虹灯之外：二十世纪初的上海日常生活》（加州大学出版社1999年版，第138—188页）中写了一个有趣的章节，分析了整个20世纪弄堂的不同生活状况。这些都反映在小说中主人公和其他人物的场景中，例如严家师母紧挨着王琦瑶朴素的公寓所在的平安里的大房子，老克腊的老式弄堂房子，小林家那曾是上海大亨偏宅的公寓以及张永红和长脚家恶劣的居住环境。

② 此为原文注释20：王安忆：《长恨歌》，第274页。

③ 此为原文注释21：在王安忆的《寻找上海》（上海学林出版社2001年版）一书，一本以上海及其居民的照片为灵感的散文集中，作者以生动的细节再现了弄堂的许多日常场景，并将其与自己的经历和思考联系在一起。正如美国斯坦福大学东亚系和比较文学系教授王斑所认为的，这一主题经常在作者的作品中反复出现，特别是从20世纪90年代开始。可参见王斑：《在中国寻找真实生活的影像：奇观时代的现实主义》，载《当代中国》2010年第17卷第56期，第512页。

一条弄堂，前面是大马路，后面是小马路，车流和人流从那里经过。①

　　作者因此引用了日常生活的实例，这些实例现在被事件的力量席卷，没有了它们，人类存在的真实结构将不可挽回地被瓦解②。

　　小说第三部的一些场景反映了一个复杂又矛盾的新时代。它为我们展现了弄堂的旧房了，露台上还放有被废弃的物品，曾经的豪宅被分成一间间挤满了人的公寓。与之形成鲜明对比的是新区如林的高楼，它们象征着正在快速发展的上海。作者在谈到这个令人印象深刻的新区时这样说，它"一上来就显得有些没心肺，无忧虑"，就像"它的头脑还是空白一片，还用不着使用记忆力"③。因此，她将缺少心因而缺乏身份和记忆与过去相联系。随着传统生活方式的退去，弄堂里的日常生活场景变得越来越罕见，记忆被唯一作为对抗时间蹂躏的武器。

　　尽管在整个叙事中反复描绘了平凡的生活场景，但在小说的第二部中，王琦瑶邀请严家师母、康明逊和萨沙参加公寓晚会以此躲避外界时，这些场景尤为生动和深刻。隐蔽的麻将游戏和精心制作的晚餐，人物一边品尝着本地和外国的精致菜肴，一边开着玩笑、谈论着琐事和分享着八卦。这些对日常琐事的详细描述，展现的不仅仅是轶事，更是真实的生活画面。此外，正如王斑指出的④，它们并不反映中国传统遗产，而是对革命前上海商业和物质文化的回忆。然而，这种以娱乐和消费为核心的文化，与当前盛行的社会主义核心价值观是完全不相容的。因此，正是通过这种对仪式化习俗的怀旧，这些人物设法逃离现实得以"解放"自己⑤。

　　这些本质上是"资产阶级"的传统习俗中一个有趣的方面是，它们将完全不同的群体聚集在一起。尽管政权更迭，严家师母和康明逊仍设法维持在一条生活水平线上。相比之下，出生于中产阶级家庭的王琦瑶与李主任一起经历了的奢华生活，已经在世界上衰败。最后，出身卑微但具有革命色彩的萨沙甚至连一份像样的工作都没有。尽管他们有差异，但每个人

① 此为原文注释22：王安忆：《长恨歌》，第286页。
② 此为原文注释23：在王安忆的《寻找上海》一书的"街景"一章节中，她描述了江苏街的变化，弄堂过去是一条安静的步行街，现在是一条宽阔、嘈杂的街道，高楼大厦林立，交通繁忙。在本章的最后一段，作者带着些许悲伤回忆道，这条街曾是著名翻译家傅雷的家，他在"文化大革命"初期也自杀了。同上，第119页。
③ 此为原文注释24：同上，第367页。
④ 此为原文注释25：王斑："最后的钟情：王安忆《长恨歌》中的怀旧、日用品和时间性"，载《立场》2002年第10卷第3期，第689页。
⑤ 此为原文注释26：根据张旭东的《上海怀旧：1990年代王安忆文学作品中的后革命寓言》（载《立场》2000年第8卷第2期，第364页），消费主义被理解为一种社会意识形态，是一种文化形式，在这种文化中，个体消费者获得了他们在经济或政治上无法获得的自由。从这个角度看，小说中的人物似乎通过消费主义的习俗所带来的满足感实现了一定程度的自主。

都喜欢这些习俗，这使他们能够超越自己的现状，不受意识形态的影响塑造自己作为上海居民的角色，萨沙在自己成为其他人开玩笑的对象时隐晦地说：

> "这是资产阶级向无产阶级发起进攻。"
>
> "谁是资产阶级？"王琦瑶不平。"要说无产，我是第一个无产。全靠两只手吃饭。"
>
> "那你不帮我倒帮他们，我和你是一伙的呀！"萨莎问道。
>
> 严家师母说："产业都给了你们无产阶级，如今我们才是真正的无产，你们却是有产！"①

这一简短的片段无疑是作者对革命话语的暗示，也是对任何对个人施加限制的话语的暗示。这群异类朋友坚守着对过去共同习俗的怀旧，相互建立起了情感的纽带，甚至成功地挑战了外部世界不断变化的规则。通过对晚会以及与张永红分享关于最新流行的流言蜚语的描述，作者从迅速变化的时间长河中抢救出一幅色彩斑斓的图画。她的意图是要表明，所有这些看起来多么微不足道的、平庸的经历，都是支撑人类历史最密切的、有形的支柱。

由此可见，王安忆在小说中对生活细节的细致刻画不仅仅是一种审美的选择，更是一种特殊的理解历史的方式。故事中大量的关于国内环境中对日常生活回忆的细微差别，与定义如何看待20世纪中国的历史论述形成了鲜明的对比。无论是社会主义还是资本主义，这种类似的官方话语②都严格地将个人的一系列重大事件与国家联系在一起。小说中唯一一个张开双臂迎接这些变化并将自己的生活与伟大的历史话语相适应的人物是蒋丽莉，她是王琦瑶儿时的朋友，几乎在一夜之间从一个富有的梦想家变成一位革命女英雄。然而，和其他人物一样，她的存在也有不满和幻灭。

戴锦华在评论中国文学发展时有趣地指出，正是因为王安忆小说探索历史的方式，才使她在20世纪90年代的叙事中占有重要地位。通过回忆和怀旧，《长恨歌》对过去进行了另类解读，调和了"历史与现实"③。王安忆超越了对20世纪80年代文学的伟大历史论述的批判以及90年代完全破裂的转变，旨在从即时消费的高度商业文学中找到一条中间道路。在反思它们对时间的影响以及如何唤起过去和想象历史的同时，编织着一张与现

① 此为原文注释27：王安忆：《长恨歌》，第193页。
② 此为原文注释28：王斑："神话钥匙中的历史：王安忆小说中的时间性、记忆和传统"，载《当代中国》2003年第12卷第37期，第612页。"官方话语"指的是一段"同质历史"，包含了两种看似不相容的趋势：民族主义／社会主义和资本主义。
③ 此为原文注释29：戴锦华："想象的怀旧"，载《天涯》1997年第1期，第156页。

实相联系的通道。通过反思现实对时间的影响以及如何唤起过去和想象历史，她编织了一张与现实相联系的新网络。

结　语

　　王安忆的这部引人入胜的小说对 20 世纪的上海和中国进行了深刻的反思，本文通过多种途径对这部小说进行了探索。怀旧文化现象及其与《长恨歌》的联系，使人们注意到小说最显著的特点之一，即关于时间的论述。这种论述，没有 20 世纪 90 年代其他作品的自满和商业主义，提出了革命前的上海和后社会主义时期的上海之间所谓的连续性的问题。王安忆对这一连续性的思考充满了矛盾，突出了当代人的担忧，其特点是肆无忌惮的变化极大地影响了中国社会。

　　小说中对时间性的探索突出了作者所采用的一些巧妙策略，如使用断层、省略以及平面并置，所有这些都是为了描绘与现实显然无关的生活经历。在这种与空间并行的暂时的错位时空中，作者阐述了一段与社会主义时期的中国文学定义的历史截然不同的历史，而矛盾的是，这段历史因其强烈的社会责任感而得以借鉴。这是一部描写普通人在家庭环境中的日常活动的历史，一部充满了伟大的现实主义的人类历史。它不仅回应了特定的审美，而且充满了意向性。

　　这段人类历史是以上海为背景带有深深的忧郁色彩的怀旧回忆。在整个小说中都很明显的是，与城市的情感相联系是作者表达敬意的一种手段。她通过构建一个女性寓言做到了这一点，这使她能够从集体想象中检索城市随时间推移的多种表现形式。这种对女性的唤起是一种通过从时间中拯救出来的记忆来描绘文化和独特生活方式的策略。因此，在当地身份象征被淡化、同质化普遍存在的时代，这种敬意不仅是对上海这个抽象实体本身的敬意，也是对上海人民的敬意。

（黄艺：重庆三峡学院在读硕士研究生）

中国现代女作家百年写作历程回顾
——从《女子周刊》《女作家学刊》中观察

沈 晖

摘 要：中国现代女作家的写作，从20世纪之初以冰心、苏雪林、丁玲、凌叔华、冯沅君等为代表的几位著名女作家在报刊上崭露头角，到21世纪以来呈现出骄人的创作成果，发出令人异常可美的光辉，走过整整百年的沧桑写作历程。本文拟从20世纪初的《女子周刊》到本世纪刚刚创刊的《女作家学刊》为个案，梳理回顾现代文学女作家们作为先驱者所走过的创作足迹。在一个世纪的文学长河中，现代中国女子文学创作的发生、发展与繁荣，中国女作家队伍不断壮大的喜人局面，其创作量之大、创作内容之丰富，生动地证明了"文学作用于人生"，"作品反映于时代"的真理，也雄辩地验证了茅盾先生生前所说"文学具有推进新时代轮子的力量"的宏论。

关键词：女子周刊；女作家学刊；女作家号；妇女新运

引 言

1920年10月30日，北京《益世报·女子周刊》正式创刊。这份随《益世报》发行的每周四个版面的刊物，给秋色浓重的北京文坛及妇女写作界增添了一抹耀眼的亮色。令人可喜的是，《女子周刊》的三位编辑皆为北京女子高等师范的在校大学生，她们就是国文系的苏梅（雪林）、生物系的周寅颐（沁秋）和数学系的杨璠（致殊）。

2020年金秋九月，酝酿多年的《女作家学刊》在北京创刊发行，该学刊的创办与主编者是国内研究现代女作家资深学者阎纯德教授。

从《女子周刊》面世到《女作家学刊》出版发行，一前一后时间跨度恰为一百年。

两份令世人瞩目的女子文学刊物，因缘际会先后在北京诞生，弥足珍贵。她应该在现代中国女子文学史上书写出精彩而浓重的一笔。

在 个世纪的文学长河中，现代中国女子文学创作的发生、发展与繁荣，中国女作家队伍不断壮大的喜人局面，其创作量之大、创作内容之丰富，生动地证明并改写了八百多年前南宋著名女诗人朱淑真压抑在心头的愤激之语："女子弄文诚可罪，那堪吟月更吟风！"

面对中国女子文学一百年来创作的丰硕成果，笔者觉得应该把朱淑真当年这两句诗改写为："绿原呦呦鹿鸣，女子文学创作，的是冰雪聪明！"

诚如谭正璧先生在《中国女性的文学生活·绪论》中总结的："自新文化运动开始到现在，已十有余年，新文学的成绩，在最近始有显著的进步可见。女性作家在这个时代也曾下过不少的努力，她们的成绩如何，我们姑且不去估量，只是这现象，已值得使一般人为之欣幸。如诗人中有冰心女士，小说家中有冰心女士、庐隐女士、白薇女士、绿漪女士、学昭女士，戏剧家中有白薇女士；不独她们在艺术上有独到的成功，就是她们的思想也在随着现代思潮奋勇猛进……总之，中国的女性文学，现在向着光明的大道前进，决不会有过去的那般情形了。"①

一、《女子周刊》创刊的时代背景

受五四新文化运动的影响及《新青年》杂志的鼓吹，渊渊如海的古都北京迎来了女性文学创作的春天，涌现出一大批才华横溢的女作家。尤其是北京女子高等师范，这所当时全国唯一的高等学府里的女学生们，文学创作活动极其活跃，她们成立了"女高师文艺研究会"，出版发行由蔡元培题签的《北京女子高等师范文艺会刊》，尤其是女学生苏梅、黄庐隐、石评梅、程俊英等，更是表现不俗。比如苏梅，入学后不久的1919年10月1日，即以"灵芬女士"笔名，在北京《晨报副刊》上发表《新生活里的妇女问题》。她在该文中大声疾呼："妇女应像男人一样，勇敢挣脱束缚，走出封建家庭，走向社会，自己解放自己！"其后她陆续在女高师《文艺会刊》与《晨报副刊》上发表多篇文章，如论文《历代文章体制底变迁》《周秦学派与印度希腊学派之比较》《美术的文学谈》，小说《童养媳》，诗歌《缚虎行》《咏古名媛》及《乡村杂诗》等。

---

① 谭正璧：《中国女性的文学生活·绪论》，上海光明书局，1930年11月，第33页。

北京《益世报》是拥有各阶层大量读者的一份比较有影响报纸，编辑者为了回应五四新文化运动召唤女性争取自由解放的需求，方便读者了解妇女界的写作面貌，经著名报人、北京《益世报》编辑成舍我先生的推荐，女高师中文部苏梅与本校生物部周寅颐、数学部杨致殊三人共同担任《益世报·女子周刊》的主编。

二、《女子周刊》的宗旨与栏目

1920 年 10 月 30 日《女子周刊》创刊号

1920 年 10 月 30 日，《益世报·女子周刊》正式出版发行。该刊是作为《益世报》副刊而附加的一张，每周一期，四开四版。在创刊号《发刊词》中，主编开宗明义告知读者："本周刊之宗旨一依《益世报》固有之宗旨。欲以普通常识，贡献于一般妇女。"在第 24 号《本周刊紧要事》则又声明四点："一，主张女子教育平等与生活独立；二，提倡女子艺术，以期造成艺术化的新妇女；三，研究中国妇女界种种难题，以促成最善之解决；四，介绍合理的新学说，而抛弃过于偏激与未经考量之理论。"①

从《女子周刊》现存 60 期栏目上丰富的内容来观察，该刊较多地反映出五四新文化运动以来女性冲破各种思想阻力，努力争取自由解放的新思潮，许多稿件是揭露妇女在封建制度戕害下的悲惨的命运，大力提倡女子与男子一样享受受教育的权利，主张男女平等，抨击并揭露封建的婚姻和

---

① 谭正璧：《中国女性的文学生活·绪论》，第 33 页。

家庭制度，还要求妇女参政以及男女在继承权上应该一视同仁等等。可以这么说，在当时关于妇女问题的诸多方面，周刊都给予强烈关注。

关于这一点，苏雪林晚年在《忆写作》一文中说得很明白："至于那个五四后盛谈的妇女问题，如我国妇女一生受着男性的压抑，没有教育权、经济权，无论你怎样聪明干练，总不能到社会上去活动，只好在家庭中做个三从四德的奴隶，一生只有受人支配、受人欺压的份儿……又如片面贞操问题，男子可以三妻四妾，女子则须从一而终、或夫死不能再嫁、或望门守节、或自杀殉夫等陋俗，也可提出讨论；还有中国社会上种种恶习俗、坏风气、也无一不可拿来讥评。"①

《女子周刊》每期四个版面上辟有"言论""讲坛""说林""文艺""词苑""纪事""杂录""科学""家庭常识"等栏目，由于周、杨非国文专业，故周刊一、二、三版上"言论""说林""文艺""词苑""纪事""碎墨"专栏上所刊发的小说、散文、诗词、译作等，皆为苏梅变换各种笔名发表的作品。例如 1920 年 10 月 30 日创刊号上第二版"词苑"栏目上的现代白话诗《京汉火车中所见》，第二、三版"说林"栏目的小说《两难》，第三版"谈屑"专栏上的随笔《梅庵絮语》，都是苏梅用"俽伽"笔名发表的。据笔者统计，苏梅在担任《女子周刊》编辑期间（1920 年 10 月—1921 年 6 月），除用"俽伽""雪林"笔名外，还用过"天婴"与"病鹤"的笔名发表《节孝坊》《我自己升学的经过》《一封海岩边的信》三个中篇小说连载，还用"不平""旁观"的笔名发表大量散文、译文、古典诗词近六十篇。

《女子周刊》的编辑与投稿者，皆为知识女性，苏梅作为三个编辑中的国文部学生，理所当然地成为支撑该周刊栏目的主要写作者。

关于苏雪林在编辑《益世报·女子周刊》期间多用笔名的原因，笔者1995 年 6 月赴台访问苏雪林先生时，她特别解释说：一是当时女性读者投稿较少，适合栏目稿子也稀缺，为了满足每周四个版面的内容，作为编辑不得不临时采取"自产自销"的方式来解决，所以负责版面的编辑，就只有变换不同的笔名，拼命写不同体裁的文章来应付。她在《忆写作》文中说："那刊物既为周刊，每个月需写二三万字的文章始可应付。那雪地里冻死的小乞丐、被恶姑虐死的童养媳、一心想着贞节牌坊牺牲青春和幸福的节妇，都是写作的素材。""所写也不全属文艺创作，杂凑的论文，零乱的随感亦复不少"②诚如张若谷先生在《中国现代女作家》中说："这是不喜欢用自己真姓名而好多用笔名发表作品的一位女作家，雪林女士是用于《李义山恋爱事迹考》的，绿漪女士则用于伊的创作集《绿天》与《棘心》上的；听说还有其他许多仅用一次即行作废的笔名，不胜枚举。这大约是作者愿

---

① 苏雪林：《忆写作》，台北，《联合报》副刊，1999 年 4 月 22 日，第 37 版。
② 同上。

以文字与读者相见，不愿以作者自己与读者相见的一种态度吧？五六年前的北京文坛（指1921年前），凡是提到苏梅女士，差不多没有人不知道的。当时北京高等女子师范，出了许多擅长于文学的女生，其中最著名号称四大金刚（按：文中的'四大金刚'是指苏雪林、黄庐隐、冯沅君、程俊英），苏梅女士是四大金刚之一。"①

这里值得特别提及的是，新文化先驱李大钊先生也非常支持《女子周刊》出版，他的两篇长篇演讲记录稿，就刊发在《女子周刊》上，分别是：

《各国的妇女参政运动》，署名为"李守常先生讲，均一记"。连载于《女子周刊》1921年2月19日、26日和3月5日的第15、第16、第17号。这是李大钊在北京大学政治系的演讲，全文约6000字。文章指出：职业问题、教育问题、法律问题（包括妇女参政问题），是现代妇女运动的三个主要问题。详细介绍了欧洲各国，主要是英国妇女参政运动的历史。

《关于图书馆的研究》，署名为"李大钊先生讲，自强笔记"。连载于《女子周刊》1921年10月24日、11月7日、14日的第47、第48号，全文3400字。

三、《真美善》杂志"女作家号"

五四新文学运动的前十年，古都北京与繁华的上海，公认为是当时中国南北两大新文学创作、出版发行的中心。这里我要特别提到沪上文坛耆宿"东亚病夫"曾孟朴（1872—1935）与曾虚白（1895—1994）父子。1927年曾氏父子在上海静安寺路经营名为"真美善"的书店，不久又在法租界马斯南路的一座花园洋房里编辑发行《真美善》月刊。曾氏父子的书店与月刊，为活跃新文学创作及介绍外国优秀文学作品尤其是法兰西文学输送给新文学的养分，可谓功不可没。

《真美善》这本杂志，是五四新文化运动第一个十年间颇受文学史家关注的一份期刊。编辑部所在地法租界马斯南路的一座花园洋房里，常常聚拢一大批文化界知名人士和作家，如张若谷、邵洵美、李青崖、徐蔚南、梁得所、郁达夫、赵景深、陈望道、叶圣陶、徐志摩、郑振铎等，都是这里的常客。《真美善》编辑部俨然成了上海

《真美善》创刊号②

① 张若谷：《中国现代女作家》,《真美善》"女作家号",1929年1月,第61页。
② 同上。

"法国式文学沙龙"的会所。

留学法国的苏雪林已于1925年回国，1928年至1929年曾在杨树浦的沪江大学任教一年，故也常有机会到马斯南路的曾氏会所参与聚会。苏雪林对法国文学情有所钟，尤其喜欢莫泊桑、雨果的小说，1928年她翻译的莫泊桑的短篇小说《珍珠小姐》，就刊发在1928年9月《真美善》第2卷第5期上。

"真美善"三字，原为法国浪漫主义文学者标榜的口号，曾氏父子选择这三个字作为杂志的名称，其目的就是要突出并引导新文艺要有明确而健康的创作目标。在《真美善》杂志创刊号上，曾孟朴先生对真、美、善三字的诠释是：

> 《真美善》三字是很广泛的名词，差不多有许多学科可以适用。但是我选这三个字来做我杂志的名，是专一取做文学的标准。
>
> 那么在文学上究竟什么叫作真？就是文学的体质。体质是什么东西？就是文学里一个作品所以形成的事实或情绪。作者把自己选采的事实或情绪，不问是现实的，是想象的，描写得来恰如分际，不模仿，不矫饰，不扩大，如实地写出来，叫读者同化在他想象的境界里，忘了是文字的表现，这就是真。
>
> 那么什么叫作美？就是文学的组织。组织是什么东西？就是一个作品里全体的布局和章法句法字法。作者把这些通盘筹计了，拿技巧的方法来排列配合得整齐紧凑，仿佛拿着许多笨重的锅炉机轮做成一件灵活的机器，合着许多死的皮肉筋骨质料拼成一个活的人，自然现出精神、兴趣、色彩和动感，能激动读者的心，怡悦读者的目，就丢了书本，影像上还留着醰醰的余味，这就是美。
>
> 那么什么叫作善？就是文学的目的。目的是什么东西？就是一个作品的原动力，就是作品的主旨，也就是它的作用。凡作品的产生，没有无因而至的，没有无病而呻的，或传宣学说，或为解决问题，或为发抒情感，或为纠正谬误，形形色色，万有不同，但总合着说，总希望作品发生作用；不论政治上、社会上、道德上、学问上，发生变动的影响，这才算达到文学作品最高的目的。所以文学作品的目的，是希望未来的，不是苟安现在的，是改造的，不是保守的，是试验品，不是成绩品，是冒险的，不是安分的。总而言之，不超越求真理的界线，这就是善。

《真美善》杂志最轰动的一件事，是1929年初出版的"女作家号"。这期专号能顺利面世，除了曾氏父子的慷慨赞助，还有沪上一批资深作家的热情支持，担任《真美善》女作家专号主编的张若谷在专号开篇的《编辑讲话》中说：

> 多谢东亚病夫父子的好意，把我们在两个月前偶然谈起的《真美善》杂志'女作家号'托我负责编辑，现在总算尽我的绵力，把这件美差事交代了结了。在这一页里，让我以编者的资格，来随便讲几句话。
>
> 最先，谨问曾予本号以鼓励与赞助者的朋友们道谢，他们中有些曾给予实质上的援助：譬如，本志的主干者病夫、虚白两位先生，肯信任我叫我担任编辑；苏梅女士不但为本号向诸位女作家征稿，而且自己还写了许多文章；章衣萍先生在病中为本号蒐集了多位女作家的像片，朱应鹏先生为本号作封面，傅彦长、徐蔚南、邵洵美先生等，从忙中抽出空闲来特地为本号做文章；赵景深先生与叶鼎洛帮助拉拢稿件。[①]

 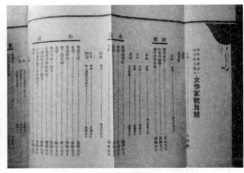

《真美善》"女作家号"　　　　　　　"女作家号"目录

曾留学比利时鲁汶大学的张若谷先生，有作家、翻译家、文艺评论家的多重身份，而他的交际、人脉和勤奋，更让人钦佩。他也真有本事，在两个多月的时间里，几乎把当时闻名于京沪、江浙等地刊物上露脸的女作家"一网打尽"，来了一次在"女作家号"上的集体检阅和亮相。来稿的女作家中既有写作成熟的作者，也有崭露头角的新人：计有冰心、绿漪、庐隐、丁玲、凌叔华、陈衡哲、林宝权、袁昌英、吕碧城、陈学昭、陆小曼、关露、白薇、王莹、露丝、文娜、吴曙天、高君箴、罗洪、赵慧深、张近芬、林兰、沈性仁、蒋逸霄、吴续新、方于、张娴、辉群、吕沄沁、林锡棠、陈鸿璧及红雏女士、嫏嬛女士、佳玲女士、光楣女士、小璐女士、大璋女士、季美女士等四十多位女作家。"女作家号"上的作品内容丰赡，有

---

① 张若谷：《真美善·编者讲话》，真美善书店1929年版，第2页。

诗歌、小品、小说、戏曲、传记、译作、评论等，各种体裁皆备。美中不足让读者惋惜的是，因出版方与印刷所签订合同的字数为二十万，发稿后字数一下子溢出十多万，主编张若谷不得不忍痛割爱，将何守恬女士的小说《阿六姐》、雪飞女士的小说《叫她怎样》、程应寿女士的小说《嫁后的她》、郁懿新女士的小说《离婚以后》、琴荃女士的小说《她笑了》、汤竞文与练苰蔬女士合译哈代的《匆促的再嫁》与高斯华绥的《腐德》七篇抽下，未能发表。张若谷先生在《编者讲话》中说"真有说不尽的感激与抱歉"，"极希望知我者特别原谅编者的苦衷"。

"女作家号"为活跃版面，张若谷又给当时画坛上风头正健的几位知名女画家约稿，让她们精心绘制了七幅插图，恰到好处地点缀在作者的文中：开卷第一幅插图，是留学日本的美女画家关紫兰的《水仙》，第二幅为翁元春《静物》、第三幅为留法画家潘玉良的肖像《黑女》，第四幅为留法画家方君璧的肖像画《李女士像》，第五幅留法画家方于的《人像》，第六幅为唐韵玉的写生《清影》，第七幅为杜寿棠的风景画《出帆》。除此之外，张若谷还煞费苦心，竟然索取到不少女作家靓丽的玉照，放大四寸，精心制版，置于每位作者的文前，让读者既能欣赏到作者优美的文字，又能一睹女作家靓丽的芳容。一本 32 开近 400 页二十余万字的"女作家号"在手，文妙图美，相得益彰，叫人不忍释卷。

"女作家号"上冰心玉照　　　　　"女作家号"上苏雪林玉照

如此精心打造的"女作家号"，于 1929 年 1 月 16 日面世后，很快售罄，《真美善》书店不得不加印一万册，来满足读者需求。曾孟朴先生兴奋地说道："女作家专号"是 1929 年开春本店奉献给读者最好的新年礼物，女作家们是"文艺界灿烂的鲜花""读书界慰情的天使"。

四、抗战期间的妇女写作与"蒋夫人文学奖金征文"

在全民族浴血抗击日本法西斯侵华战争中，广大妇女同胞以不让须眉的英勇气概，做出了卓绝贡献，涌现了许多可歌可泣的英雄故事和英雄人物：如视死如归的赵一曼，含笑赴死的成本华，壮烈殉身的八女投江，不胜枚举。为了指导、鼓励全国知识女性在抗战中"拿起笔，做刀枪"，积极投入到民族解放斗争中去，1938年12月在重庆创办《妇女新运》杂志，这是一本由"新生活运动妇女指导委员会"（简称"妇指会"）主管的妇女刊物。该刊遵循蒋宋美龄1938年"庐山谈话"时通过的《动员妇女参加抗战建国工作大纲》为主旨，主要为宣传、介绍"妇

《妇女新运》创刊号

指会"下设各个机构的工作内容及抗战时期有关妇女、家庭、儿童问题的论文、简讯和反映妇女在抗战斗争中的文艺作品等。为此，蒋宋美龄诚邀时在昆明的著名女作家冰心女士到重庆，亲自接见并委任她为"妇指会"主任兼文化事业组组长。

1940年3月，为纪念"三八"妇女节，奖励妇女写作及提拔妇女作家，《妇女新运》以蒋夫人宋美龄的名义，向全国女性文学爱好者发起征文活动，舆论界称之为"蒋夫人文学奖金征文"。《妇女新运》第3卷第3期刊发宋美龄在《告参与新运妇女指导委员会文艺竞赛诸君》文中说："我们这一次举行文艺竞赛，目的是借此鼓励女青年热心写作。中国受过教育的妇女，在全国女同胞总数中所占比例，实是太少了，而能够运用优美的文字表达心中的思想，更是不多。我们国家正迈进入现代国家的舞台，在一切方面要获得世界强国同等地位，因此就必须提高我们国内的文化普及国民知识，使人人有发表意见的能力。对于教育国民，发扬舆论，没有比文字这个工作更重要的。"

1941年7月"蒋夫人文学奖金征文"揭晓。这次征文竞赛，报名参与者有552人，最后实收到稿件386份，其中论文卷146份（关于妇女问题、妇女工作、妇女修养等著述），文艺卷240份（关于抗战中妇女的生活、妇女的活动为题材的小说及短剧），两组稿件经评审后，优选120份入围。担

任这次评审的 10 名委员，是由蒋夫人亲自聘请的，都是在国内享有盛誉的重量级人物。论文卷组评审委员有陈衡哲、吴贻芳、钱用和、陈布雷、罗家伦；文艺卷组评审委员有郭沫若、杨振声、朱光潜、苏雪林、冰心。评委会的总召集人，是蒋夫人钦点的冰心女士。经评委会最终审定，从入围的 120 份中取论文第一名一人，第二名二人，第三名四人；文艺第一名因无标准分数故缺，第二名二人，第三名二人，第四名四人。所有获奖人员名单于 1941 年 7 月 1 日"妇指会"成立三周年纪念时在各报揭晓。①

苏雪林在评审后发表《评审述感》："所阅稿子中，尽有佳作，思想之高超，题材之丰富，结构之美满，技巧之纯熟，虽抗手一般老作家，亦无愧色，可见新文学前途有希望。"②

五、从《女子周刊》到《女作家学刊》

苏雪林（笔名傾伽）为女子周刊题签　　茅盾先生的题签

北京语言文化大学阎纯德教授长期致力于现代女作家研究，著作等身，在学林享有盛誉。他在耄耋之年不辞辛劳，为实现在有生之年创办一本女作家杂志而费尽心血。功夫不负有心人，2020 年春天《女作家学刊》终于面世了，实现了他多年的夙愿，同时也兑现了他对茅盾先生的承诺——因为"女作家学刊"这五个秀美的题签，就出自于茅公的腕下，是茅公生前应他所求，专门为他创办这本刊物而题写的，这件墨宝他珍藏箧中已四十余年矣！换言之，他为创办这本《女作家学刊》，也足足努力奋斗了近半个世纪！这种对文学事业的执着，锲而不舍地追寻目标，不达目的誓不罢休

---

① 钱用和（宋美龄私人秘书）：《钱用和回忆录》，东方出版社 2011 年版，第 44 页。
② 沈晖：《苏雪林年谱长编》，安徽教育出版社 2017 年版，第 82 页。

的精神，在当今文学评论界，恐怕无人望其项背也！这里我想引用阎教授今年1月12日写给我信中的一段，让读者了解《女作家学刊》创刊中背后故事：

> 我退休16年了，2019年12月我进入"80后"；因为自己变得年轻了，所以不肯寂寞，就创办了这个《女作家学刊》。封面题签是茅公生前所题（我有多本书是他写的封面）。如果说"学刊"是我的一个梦想，不如说更是茅公的一个梦想。当时他给我写这个刊名时，给我说了几句话至今难忘……
>
> 我80岁时觉得还有一件事没有做，于是就创办了这个刊物。

信中的"当时他给我写这个刊名时，给我说了几句话至今难忘"，"如果说'学刊'是我的一个梦想，不如说更是茅公的一个梦想。"字里行间，隐隐透露出两位文坛前辈心往一处想，都希望中国文学和出版界能有一本女作家专刊，这将会极大地提升女作家的创作与女作家作品的学术研究。如今，茅公生前的梦想未能实现，阎公的不懈努力，终于梦想成真，这不是值得我们给予热烈祝贺吗？

众所周知，茅盾先生一直是非常关注女作家创作的，同时也满腔热忱地对五四新文学时期展露才华的女作家予以关怀、帮助与扶持；他尤其关注女作家创作中的现实主义的社会题材在读者中的影响。他曾说过"文学具有推进新时代轮子的力量！"早在20世纪30年代，他就写过《庐隐论》《冰心论》《女作家丁玲》的专论，被评论界称为"女作家三论"。在《庐隐论》中，他以一位资深老作家敏锐的社会观察和准确的作品鉴赏，赞扬庐隐的短篇小说集《海滨故人》在"注目于革命性的社会题材"方面，可以说"五四"时期的女作家队伍中"不能不推庐隐是第一人"的评价。新中国成立后，茅盾先生对女作家杨沫的《青春之歌》，茹志鹃和张洁的短篇小说都曾进行过系统的评论，此不赘述（参阅《茅盾评论文集》上册）。

二十年前，作家、翻译家杨静远先生（民国知名女作家袁昌英的女儿）还健在，给我寄来一篇她发表在《新文学史料》上的长文，题目是《彼岸来风——美国一本介绍中国女作家的书》[①]，这是她1998年末收到旅居英伦凌叔华的女儿陈小滢寄给她的美国哥伦比亚大学出版的《现代中国女作家文集》（*Writing Women in Modern China*）后，赶写的一篇读后感式的评论文章。

这本《现代中国女作家文集》的主编者，是哥伦比亚大学研究中国

---

① 杨静远：《彼岸来风——美国一本介绍中国女作家的书》，载《新文学史料》2001年第1期。

近现代女作家的两位女学者戴莲（Amy D.Dooling）和道格桑（Kristina M.Trgeson）。她们为编辑此书，曾来到中国大陆和台湾进行研究时，在查阅大量期刊报纸过程中，发现 20 世纪初，受西风东渐的影响，许多知识女性开始觉醒，纷纷加入写作的行列，而她们的一些作品却鲜为人知，于是她们二人就决定编选并翻译这本文集，以便让研究现代中国女作家的学者及一般读者，去认识并了解这些被人遗忘的女作家们的作品，使之能传之后世。

《现代中国女作家文集》共选编了 18 位女作家及其作品：秋瑾《精卫石》，陈撷芬《女界之可危》，陈衡哲《一日》，冯沅君《隔绝》，石评梅《林楠的日记》《露莎》，庐隐《海滨故人》《胜利之后》，陆晶清《素笺·笺九》，陈学昭《现代女子的苦闷问题》，凌叔华《酒后》《说有这么一回事》，苏雪林《收获》，袁昌英《孔雀东南飞》，谢冰莹《从军日记》，丁玲《日》，沉樱《女性》，林徽因《诗三首》，冰心《我们太太的客厅》，萧红《弃儿》《失眠之夜》。从以上入编女作家各种题材的作品中，我们可以清晰窥见现代中国女作家们的写作，已经把丰富的现代社会生活融入自己的作品中，具有鲜明的时代特征与印记，而并非旧式女性写作的那种倾吐一己淡淡的忧愁和小小的烦恼了。

据中国作家网，截至 2019 年，加入中国作家协会会员已逾两万人，其中年龄 45 岁左右的占 40%，女性会员占 27%，加上各省地市一级作家协会会员，女作家队伍已有数千人。现代中国女作家队伍逐渐壮大喜人的局面，是新时代发展的必然，这便是文学的力量！而适时应运而生的《女作家学刊》面世，更是历史行进中的水到渠成。为此，作为研究现代女作家的同道，我对阎纯德教授创办的《女作家学刊》额手称庆，预祝《女作家学刊》在促进和繁荣女性写作者与女作家研究方面，发挥前所未有的巨大作用。

谭正璧的女性文学批评

王亭绣月

摘　要: 谭正璧的女性文学批评主要集中于编纂古代女性文学史与评论现代女作家两方面。他在批评中体现的公正与"在场"的特点对当代女性文学研究具有不可忽视的价值。他不仅以更积极的性别观编纂女性文学史，还以冷峻客观的目光审视现代女作家。他对上海沦陷区女作家的"在场"批评亦并非简单地在同物理时空中进行，而是面对特定时期的城市空间中的文人创作。谭正璧此种女性文学批评既立足社会现实又专注文学研究，对当代女性文学研究具有一定的借鉴意义。

关键词: 谭正璧；女性文学批评；女性文学史；在场批评

　　谭正璧是一位为中国 20 世纪文学研究作出过卓越贡献的学者，其在女性文学批评领域的成果贯通古今。他不仅编纂有关古代女作家的《中国女性文学史》，且该书被多次校订再版，曾一度被称为"一本谭正璧"。其还于 1944 年辑录《当代女作家小说选》，并曾多次与上海沦陷区女作家张爱玲、苏青、关露等人共同参加文学活动。女性文学批评研究者们经常认为男性批评者，尤其是现代文坛上的男性批评者，由于时代背景或客观性别等原因而不能写出有价值的评论文章。但是谭正璧在研究过程中很少陷入男权文化的窠臼，分列"天使"与"妖女"等人物形象，而是以女性文学批评至今都在沿用的社会历史批评方法为本，理性看待女性创作存在的局限及其原因。谭正璧不仅力争客观公正地评判古代女作家以及部分现代女作家，还以"在场"的身份展示上海沦陷区女作家群像。他为上海沦陷区女作家们所写的批评文章如同记录下特殊时期那些被"掩埋"或遗忘的女性声音，让一群在城市文明挤压下的女作家的生活现实与心灵世界为当代研究者所洞悉。他在鼓励女性积极创作的同时指出其文学中存在的不足，堪称男性批评者批评女性文学的典范。而谭正璧关照社会现实，以文学研究为终极目标的批评思维对于解决当代女性文学研究中的部分问题有着借鉴价值，为中国女性文学获得更蓬勃有力的发展提供了一条合理的研究路径。

一、积极评判文学史中的女性

中国的女性文学批评是从男性批评者开始的，但早期男性视域下的女性文学批评并未与作者群体形成良性互动。五四之后的文坛出现了越来越多的接受过新式教育的女作家，她们以较为鲜明的女性意识进入创作活动。而在 30 年代批评界已经围绕她们展开了一系列的评述与研究，例如黄英的《现代中国女作家》、贺玉波的《中国现代女作家》、黄人影的《当代中国女作家论》、草野的《现代中国女作家》等。吴晓东将此称为"评论界'检阅'现代女作家"，并说这"昭示了批评界尽管不乏蜂拥而上的批评，但真正缺乏的是给女作家们切中綮肯的教益者。或许批评家与作家之间的这种天敌的关系，在女作家这里体现得更为鲜明，因为与男性作家相比，她们所面临的文坛大环境或许更为恶劣"①。由此可见现代文学史上男性批评家对女性文学的评论至今仍被一些学者视为价值较低的文学遗产。

谭正璧的女性文学批评以肯定女性主体意识为基本点，并以十分积极的态度对女性文学史中的作家做出评价，鼓励女性创作的同时指出其历史局限，并对她们给予更高的审美期待。这透露出他"从强调'男女平权'到'女性独立'的女性观转变"②，故颇具典范意义。这不仅表现在他对古代女性文学的编纂，也体现于他编写的现代文学史对女作家的总结评价之中。

（一）古代女性文学史

在古代女性文学史书写方面，谭正璧所编的在同时代同类专史中呈现出最大限度的肯定与鼓励女性主体意识的特点。通过其《中国女性文学史》在 1930 年初版的序言中说："为中国女性文学作专史者，在昔有谢无量与梁乙真二氏。谢氏之《中国妇女文学史》，撷采宏博，肇自上古，迄于明末；梁氏之《清代妇女文学史》，依代为断，名似续作，体旨实异。梁氏又有《中国妇女文学史纲》之辑。则第见于书局之广告，迄未出版，其内容惜不得举例以论也。"③故他创作之初参考过的妇女文学史虽然只有两本，但在其 1934 年第三版印刷时谭正璧也读到了梁乙真的《中国妇女文学史纲》。这足以给予我们理由将谢梁二人的妇女文学史与谭正璧的女性文学史进行比较。二者的差距不只是如谭正璧所言谢梁二人专于诗词，而谭正璧以进化的文

① 吴晓东：《1930 年代的沪上文学风景》，北京大学出版社 2018 年版，第 265 页。
② 温潘亚等：《百年中国文学史写作范式研究（下）》，人民出版社 2019 年版，第 649 页。
③ 谭正璧：《谭正璧学术著作集 2：中国女性文学史女性词话》，上海古籍出版社 2012 年版，第 5 页。

学史观为起点在文学史的编纂中注重明清时期女性的小说、戏曲、弹词等俗文学的作品。

其更为明显的是，虽然他们三人在序言中皆肯定"男女平等"的性别观，但是谢梁二人的文学史有着更为浓厚的父权制痕迹。有学者就曾指出："谢史赞扬《诗经》中的女性作品'皆能守礼且有爱国之志'就是从传统儒家思想出发，以家国意识形态作为评价标准"①。而谭正璧直接从汉代开始记录，因为在他看来"现在流传的三代以前的诗歌，都是伪作，可置之勿论。三代歌诗，大都被采入《诗经》，而不载作者姓名。其中有许多很佳的类乎女性的作品，虽然后来间或有人加上作者姓名，但不是误会，便多妄诞，所以本书完全不引"②。这其中不只有对历史真实的尊重，还包含对文学观念的坚守，那些被后世牵强附会上去的人物与故事未能如实地反映文本的创作背景与环境，这便更达不到表现女性创作的情感性的效果。又比如梁乙真的《中国妇女文学史纲》刻意为班昭的《女诫》设置一节，而谭正璧在《中国女性文学史》中曾明确指出"刘向编的《列女传》，他所定的妇女行为标准，也并不十分苛刻，而且只要有一善之长，便是他所赞颂的。班昭《女诫》，才系统的把压抑女性的思想编纂起来，使之成为铁索一般的牢固，套上了女性的颈子"③。这暗含部分女性为男性中心社会服务之意，如"为虎作伥"般来束缚更多的女性。并且因为她们同样身为女性，更了解女性生活与心理的真实，所以她们所规定的内容更能细致入微也更易切中要害，而由此产生的同类相残才显得更加可怕与可悲。相比于谢梁二人刻板地细数古代女性在文字书写领域的功绩，谭正璧更期待展现历史中文学名篇的背后是一个个鲜活的生命，她们有着丰富的情感以及敏锐的才思，不仅客观能力不差于男性，且应该被给予同样程度的解放。

谭正璧努力理解女性的主体意识，在其生活环境中以己度人，感受超性别中的人类共性的部分：困境中的求生意识，两性关系中的平等与专一等内容。例如在叙述管道升时提及其夫赵孟頫欲纳妾，谭正璧此处的议论为"这正是一般丈夫同有的性情，一朝得志，便饱暖思淫欲，慕恋少艾，忘记了他的多年共辛苦的糟糠之妻。在文学家的队伍里，前有司马相如，同时有关汉卿"④。这语言的激切泼辣程度大概要让人忘记撰书人亦为男性。他没有以上帝视角自居而企图对女性进行提携或是解放，更多的是共情。他认为女性与男性一样渴望拥有独立人格与自我意识。我们不得不承认他缺乏有性别差异的独特生命体验，比如月经与生产。但是对于女性生活与文

中国女性文学史论坛

---

① 王艳峰：《从依附到自觉——当代女性主义文学批评研究》，上海交通大学出版社2009年版，第73页。
② 谭正璧：《谭正璧学术著作集2：中国女性文学史女性词话》，第29页。
③ 同上，第49页。
④ 同上，第273页。

学的关系，他已尽力做到切实合理的还原。

因此，他们虽然都在做整理的工作，但是由于文学观的差异，其呈现的结果便有所差异，而其对于现代女性文学发展的作用更是相去甚远。而文学史本应将"当代的历史意识、文学观念投影其中，要用自己时代的语言来构思及讲述文学史的故事"①。所以谭正璧这样以纯文学观进入创作现场，并用白话文以现代意识书写女性文学史，也就存在与众不同的意义。

（二）现代文学史中的女作家

面对现代女性作家时，谭正璧鼓励她们创作，又期待其成果的质量可以有所提升，因此直言女性创作存在题材狭窄的局限。爬梳古代女作家时，他承认那是一种时代的历史的局限，但是当面对现代女作家时，他却希望她们能走出校园与家庭，可以开眼看世界。他以此种评价标准来进行现代文学史的编写，而其中部分评价甚至被沿用至今。

谭正璧是现代文学史编纂者中较早对冰心进行一分为二评价之人。谭正璧作为一名文史专家，在1929年编纂《中国文学进化史》时已经注意到当时活跃于文坛的女作家们，比如当时他将丁玲的文本分析为"人类心里的隔膜"。而在编纂《新编中国文学史》时他发现自己的参考书目中已有人将女作家收入文学史，其中除谭正璧本人所编之外的十四本文学史，就有四本辑录了现代文坛上已经小有成就的女作家。但是编者的态度较为大同小异，例如赵景深《中国文学小史》与陈子展《最近三十年中国文学史》对冰心、庐隐、白薇等人所持观点基本一致，皆言"冰心的《超人》多写爱海，爱小儿，爱母亲，而不及两性的爱。庐隐的《海滨故人》反之。"②胡云翼的《新著中国文学史》中提及女作家较多，但大多"述重于评"，基本都是罗列作品，涉及批评也多在粗略分析题材与体裁后给予正面评价。而从目前可见资料来看，谭正璧的《新编中国文学史》中对女作家的批评观点基本来自王哲甫《中国新文学运动史》。二人对于庐隐、冯沅君、谢冰莹、苏雪林、凌叔华、白薇、袁昌英、濮舜卿等人的评价基本一致，但对于冰心与丁玲的评价却出现了分歧。

王哲甫在论及冰心是指出其创作弊端"所写范围，多限于学校与家庭的生活""虽没有如鲁迅一般作家对于全社会有深刻的观察，但是她在这个狭小的范围内，已经给予青年广大的影响"③，由此判断其认为冰心的作品可以产生有益影响，因而值得给予肯定。但是谭正璧在《新编中国文学史》

---

① 董乃斌等：《中国文学史学史》（第2卷），河北人民出版社2003年版，第52页。

② 陈子展：《中国近代文学之变迁——最近三十年中国文学史》，上海古籍出版社2013年版，第288页。

③ 王哲甫．《中国新文学运动史》，上海书店出版社1986年版，第143页。

中评价冰心"为她富裕的生活环境所限，所以她的诗的题材始终仅在狭窄的小天地中盘旋往复。但她在当时已是一个特出的女作家，即这样的成绩，已是够震动文坛了。"① 他在点明冰心写作的弊端之后，并没有对其给予很高的评价。只是话锋一转，以当时文学接受的状况勉强让其居于高位。而纵观文学发展史，流行文学与经典文学之争已发生许久，很难依据当时的接受程度便可为文本价值盖棺定论。文学接受不仅关乎当时社会的受教育程度与审美趣味，就作品本身而言，其中的真谛有时或许的确需要跳出特定的历史阶段才能被更深刻体味。虽然目前可以考证的文献中给予冰心这一评价的批评家并非只谭正璧一人，蒋光慈于 1925 年批评冰心为"真是个小姐的代表……是市侩式的女性，只是贵族式的女性"② 贺玉波于 1931 年批评冰心"对于社会太盲目了，感不到分毫的兴趣；以至于所描写的事件大半是一些家庭日常生活的断片。"③ 茅盾对冰心的评价较为经典："她的作品中，不反映社会，却反映了她自己。她把自己反映得再清楚也没有。"④ 可见当时批评家对冰心的分析中很多涉及了题材局限的内容，但是根据谭正璧这部文学史所参考的书目清单可以发现谭正璧是较早地将冰心收入文学史中且明确指出其创作局限的研究者。

除此之外，谭正璧也不认同王哲甫分析丁玲的"在一九二八年《小说月报》上发表她的《莎菲女士的日记》，震惊了一世的文坛，得到了意外的成功。她在本篇里以大胆的态度，描写一个新时代病态神经质的青年女子的心理与动作，给予读者一种新的趣味"⑤ 他给了丁玲更高的评价："丁玲的成绩尤为伟大……她的短篇小说集《在黑暗中》，都是这个时期的作品，在她的笔下极浓厚的表现出一种'世纪末'的青年女子的病的态度。"⑥ 由于该小说集《在黑暗中》收录了《梦珂》《莎菲女士日记》《在暑假中》《阿毛姑娘》四篇作品，故可判断两位批评家此时所言的"新时代"与"世纪末"针对的是她同一时期的作品。虽然他们皆承认小说人物呈现一种病态，但对于这种"病"的时代归属存在分歧。王哲甫所用的"新时代"可借助冯雪峰的《关于新的小说的诞生》对丁玲早期作品的批评来理解："丁玲在写《梦珂》，写《莎菲女士的日记》，以及写《阿毛姑娘》的时期，谁都明白她乃是在思想上领有着坏的倾向的作家。那倾向的本质，可以说是个人主义的无政府性加流浪汉的知识阶级性加资产阶级的颓废和享乐而成的混

① 谭正璧：《新编中国文学史》，光明书局 1936 年版，第 438 页。
② 马德俊等：《蒋光慈全集》（第 6 卷），合肥工业大学出版社 2017 年版，第 63 页。
③ 吴健：《现代文学评论集》，湖南文艺出版社 2017 年版，第 6 页。
④ 范伯群：《冰心研究资料》，知识产权出版社 2009 年版，第 222 页。
⑤ 王哲甫：《中国新文学运动史》，第 227 页。
⑥ 谭正璧：《新编中国文学史》，第 465 页。

合物。"① 这表明运用"新时代"便认为作者在新时代刚刚到来时还不曾明确自身的使命与规约，只是在懵懂与迷茫中放纵自己，甚至一度误入歧途。"病"是不符合新时代的病症，是需要被根治的。但谭正璧所用"世纪末"是想表达旧时代即将远去，旧制度摇摇欲坠，旧文化支离破碎，在一种解放的趋势中作者将自我意识也从灵魂深处解放出来，在外界压力渐弱的情况下逐步听从内心的声音。此处的"病"也不过是于旧时代而言的病症，无法被简单地判断对错。由此种在对比之下，可见谭正璧对于丁玲的评价更加尊重女作家内心的选择，尊重她自我意识的张扬。

女性创作题材与女性自我意识在当代女性文学研究中依旧是两个被密切关注与热烈讨论的话题。而谭正璧以男性对文学与人生的经验在女性文学史的编纂中围绕这两个话题进行思考与言说，并再一次证明了男性编写女性文学史依旧存在一定的学术价值。对于女作家，谭正璧更明确地意识到她们的双重身份——作家与女性，由此其对同时代女作家评判的出发点，他也力争兼顾发展文学与勉励女性两方面。

二、"在场"批评四十年代上海沦陷区女性文学

文学批评的"在场"并非简单地定义为批评者与作家作品存在于同一个物理时空之中，而是"希望批评家在进行实际的批评之时，能够在集中精力关注作家和文本的同时也关注文学活动展开的具体生态环境，通过对现实的积极介入，强化与读者和其他批评家的交流，从而使自己的批评更具现实的针对性。"② 谭正璧的批评与四十年代上海文坛上的其他男性批评者的文章相比，有着更加宏观的视角以及更深远的价值。他在批评的过程中感受到一众都市女性在国家特殊时期所展现出的心灵真实，而其中所指涉的部分内容至今亦有踪迹可循。

四十年代的中国因为战争被分为了解放区、国统区与沦陷区三种有着不同政治生态的区域。而沦陷区主要由东北沦陷区、华北沦陷区和上海沦陷区三部分组成。"女性文学同整个文学一样不能脱离时代的影响，尤其是在民族存亡的紧急关头。但在她们思索民族生存大计时，却无暇再顾及思索自己，这种遗憾深刻地表现在国统区与解放区的女性文学进程中……四十年代具有鲜明个性色彩的女性文学并非'空白之页'，属于女性自己的话语方式与叙说方式在沦陷区的一些女作家笔下焕发了鲜活的生命力。在上海，女性文学铸就了又一座高峰。"③ 上海由于其特殊的地理位置与经济条

① 袁良骏:《丁玲研究资料》，天津人民出版社 1982 年版，第 248 页。
② 王元忠:《当下"学院文学批评"的在场和立场问题》，载《当代文坛》2015 年第 4 期。
③ 王吉鹏等:《百年中国女性文学批评》，吉林人民出版社 2001 年版，第 77—78 页。

件成为侵略者的必争之地，沦陷后的上海在整个中国抗战时期接受了长时间的高压文化政策，这也促使文人的创作重点内转，而这正给予该区域内的女性文学一定的发展契机。

而上海这样一座在国内外合力下发展起来的世界第五大城市，它与女性文学的关系亦是错综复杂。有学者认为："从某种程度上说，假如没有都市，就不会有女权主义运动和女性主义写作。都市作为一种生存环境和文化背景，为女性的解放与发展提供了空间、创造了条件。"①都市之于男性，只是换了个场景劳动与消费；而其之于女性，却是真正给予了她们成长为"新女性"的契机。她们不仅有了获得了经济权与话语权的可能，更敏感的女性还能发现自我感受生命。虽然她们中有些人的笔法并不娴熟，思考还不够深刻，但这一良好的开端值得被用全面而发展的眼光记录下来。上海文坛中的评论家都喜欢将目光投掷于当时极负盛名的张爱玲与苏青身上，例如傅雷、胡兰成、实斋等人有关她们的批评文章一直备受后世学者关注。而谭正璧对上海沦陷区女性作家的批评却不限于她们二人，在其1944年编辑的《当代女作家小说选》的序言中谈及了十六位女作家，力图刻画上海沦陷区女作家的群像，不仅有那些纯真无邪的"小姐作家"，还包括冷静平淡的"老作家"、尝尽人间辛苦的汤雪华、追求光明的进步作家等类型。

面对20世纪40年代在都市中的女性文学，谭正璧不仅看到了她们多元化创作的可能，还看到都市中女性对自身发展方向的真实思考。例如在作品选的序言中他指出张惝在《让我工作吧》中提到的"工作重于恋爱"的原则虽然包含些许的小资产阶级的妥协性，但也令人欣喜万分。而该原则可以视为新青年对于宗法观念的反抗，相比于看重小家的利益，致力于完成宗族的固定使命——延续血脉，女作家更看重自我价值的实现。因为在参与社会生活的过程中，她们不需要背负固定的责任，从而个人可以获得更开阔的心胸眼界与活动空间，获得为更大的非血缘关系群体的共同利益进行奋斗的可能。在古代时男性本有此方面的选择自由，但是女性自幼便被教化只顾婚姻与家庭。而谭正璧正是看到了这些女作家思想的转变而倍感欣慰。四十年代上海女性作家的心中有压力有郁结，又有比从前更丰富的生活资源与文化底蕴来将它们写出来。四十年代文坛不应该被我们忽视，四十年代上海整个女性创作亦不应被忽视。当中国其他城市发展到了与其十分相似的阶段，如同一个微缩的上海被复制映射到很多城市中，城市文明的挤压、人们内心的荒芜、女性的觉醒与彷徨……他曾经"在场"地记录下与反思出的，我们好似可以在当今社会看到类似的内容。上海已经发展到了新阶段，可是中国很多城市还只发

---

① 艾尤：《都市文明与女性文学关系论析》，载《江西社会科学》2007年第7期。

展到当年上海的繁荣程度。战争是暂时的，但是人在城市中的苦闷与压抑，被他者与机械的挤压是停不下来的也是不可逆转的，所以她们被回顾与重提仍然存在一定的价值。

虽然不能由此判断谭正璧展现了上海沦陷区女性生存现实的全貌或是女性知识分子完整的思想内容及其文字化成果，但是他的这种统观全局的意识需要加以肯定与赞扬。并且他立足于都市之中的批评犹如张爱玲写上海注重人生世相的描绘一般在今天仍然具有参照与反思的作用，有着更为深远的感染力以及共鸣的可能。特殊时期外界的高压是具体的但也是暂时的，而城市文明给人带来的高压却是无形的与长久的，因为人在工业文明的推动下居于钢筋水泥电线管道之中的感受具有相同的内质。在这样的城市文明下，女性的生存与心理状态，不同阶层的不同欲求，被谭正璧几乎一网打尽，在批评实践中展开了一幅城市初期女作家的巨幅画卷。

三、对当代女性文学研究的借鉴意义

经过 20 世纪 80 年代女性主义文学批评的高潮之后，女性文学研究进入了自己的瓶颈期。例如女性文学创作题材的逼仄问题并非仅存在于现代女作家之中，在当代女性文学创作高潮的后期也出现了此类问题。例如徐雁曾指出："仅从创作实绩来看，女作家似乎的确比男作家更多地使用自传或半自传体，而且这种自传性的创作也更容易成功……在九十年代以来的女性文本中，逐渐显露出过度的自我迷恋倾向，一些女作家在作品中狂热地赞美渲染'我'或者'她'，尤其是她们的身体；当然，也有深深迷恋于自己的气质、智慧者，或者是自己的生活态度与生活方式；而另一些则流露出对以往的生活与成绩沾沾自喜、自我陶醉的神情。""过度的自恋不是对男权视阈的超越，而恰恰是其产物。……女性的'自恋'是后天形成的，被环境促成的。镜子对她之所以有重要意义，就在于她觉得自己是一个客体，将主要用于被人看。"① 这本来是一种自我意识的张扬却陷入了另一种文学发展的困境，甚至容易让女性在消费社会中再次落入男性期待实现的"被看"圈套。而为了抵御再次陷入窘境甚至是自投罗网的危险，反观谭正璧认清女性文学作为文学的一个分支，需以文学为研究旨归，尽力地反映社会与人性的批评理念批评，依旧是中肯而有价值的。面对女性文学这一课题，性别差异为我们带来的不同视角与个性思考亦不可为我们所忽视。

---

① 徐雁：《艰难的言说》，博士学位论文，华东师范大学 2003 年。

(一)以社会现实为立足点

谭正璧在文学领域从生活现实出发感受两性创作的殊异，并发觉以文学的统一标准来衡量有性别色彩的作品未能发掘出其独特价值。他很敏感地察觉到在一系列清新的笔调与细腻的描写背后是女性的性别特征。他将教学与写作进行类比，"她们的温柔、热情、美丽在教学上所得到的效率，自有为男性教师所不能相竞的地方。因之在文艺上，感觉的敏锐，观察的细腻，态度的认真，思想的纯正，感情的挚厚，也成为她们特有的优秀之点。""所以在她们的作品里，独是缺少一种刚健的力，这是一种发挥文艺作用所最不可缺少的力。但是还好，她们另有着一种性质虽然相反然而效果却是异途同归的力——就是柔婉"①结合女性创作过程特点和结果，在与男性作家对比后进行总结，谭正璧不仅认可女性文学作品虽有其创作者的性别特质但能达到与男性创作同样的效果，还指出有相同效果的不同形态的文本为整个文学宝库平添更多的异彩。

即使谭正璧所看到的女性文学特质存在时代与区域的局限性，可这局限不是谭正璧个人思想落后或是阅历浅薄而导致的，而是因为具体的个人或群体对女性审美特征的认识终归是局限的，因为我们所认定的"性别特征"总是处于过去式的状态。

美国学者巴特勒便未将性别视为一个固定的身份，而主张"性别是一种制造，一种被不间断地开展的活动……它是处于限制性场景中的一种即兴实践"②。她认为性别不应该被规定，而是在人的发展的过程中不断被充实与更新。具体到文学创作的问题上，可以理解为后人不必以前人的观点来规范自己的气质与创作，而是尽力发挥自身的主体意识。提出"女性"一词是必要的，但是没有人能给予它最完整最终极的定义，其内涵是在人类历史的变化之中被不断丰富着的。而性别差异的发展使得性别诗学更加具有意义，且使文学研究的视角也随之更加完善。回到中国女性文学发展的实践，至今距离五四新文化运动已经过去一百年了，她们进入社会也有了近百年的光景。不仅社会现实在变化，女性的生活实践也受到外部世界更为直接的影响，与男性的互动以及对他们的认同程度也在逐渐上升。此时我们再次回顾现代文学那三十年里在社会中比她们有更久的生活时长的男性对于需要反映社会现实的文学的看法，或许会有更多的理解而非抵制。

总之，虽然谭正璧对于女性审美特征的把握具有历史局限，但是其对于女性文学批评的研究路径提供了一种方法与视角。将女性文学研究立足于社会现实之上，着重发现性别在审美过程中的差异性，不仅发现这渗透

---

① 谭正璧：《当代女作家小说选》，上海太平书局1944年版，第2页。
② ［美］巴特勒：《消解性别》，郭劼译，上海三联书店2009年版，第1页。

于字里行间的差异，甚至期望倾泻于批评文本的形式之上。

（二）以文学研究为旨归

中国女性文学批评虽然在不同的阶段呈现不同的批评视点与批评范围，但其聚焦的内容一直是妇女生存与发展的问题。它"最初是指向封建主义对'人'的奴役之上，男女两性曾经是，甚至现在还是在这条战线上继续并肩战斗，只是在这一战斗主题基本结束之后才开始转向了'两个人的战争'，进而转向'一个人的战争'"①。虽然面对不同的社会现实，采用了不同的价值标准进行文学书写与研究。但对于女性文学批评所关照的内核，李小江曾这样做出总结："反映出当代中国妇女要求全面发展的愿望。一种强烈的'求全意识'贯穿她们的行为，成为她们的信念。但她们几乎无一不在'求全'的实践中碰得头破血流。因此她们反抗。但是，反抗什么呢？向什么人去要求权利呢？不是向社会、向政权，也不是向男人、向家庭，而是向传统！"②而其中所指的"传统"不是狭义的封建制度中产生的纲常礼教，而是过往之中形成了一切阻碍女性自我发展的落后观念与刻板印象。即使在不同时期有不同的具体内容与表现形式，女性文学批评所致力的现实目标未曾动摇。

可是女性文学批评应该以文学研究为旨归，其内容可以关照社会现实，但其更应该将重心置于两性的审美差异之上。部分女性文学研究者有时由于在批评过程中对文本内容的共情过于投入而囿于社会问题的探讨，而忘却自身所处的工作领域。而谭正璧这样的男性批评者因为其"他者"的地位故能在批评实践中对"文学"一域有着较为清醒的认识与把握。以文学的普遍标准去考量女性文学作品，更注重其对社会的全面认识，关照更广阔的现实生活。且其女性批评文章不仅态度积极且温和，其所立足的不是时代与政治，而是较为现实的都市生活，因而更具有超越时代的辐射能力。

谭正璧的古代女性文学史研究尤其凸显其以文学研究为旨归的特点。20世纪90年代以降的女性文学研究被越来越多的研究者认为"中国'妇女文学史'的旨趣所向，与其说是'文学'的，毋宁说是'历史'的。"20世纪后期'妇女'概念逐渐为'女性'所取代，并被赋予更多的形而上内涵和超越'文学'的意义，甚至连性别都有被'抽象'掉的迹象。"③对于女性文学，大家好像更加关注创作或接受主体，而非文学本身。而女性文学终究是文学的一个门类，只不过相比其他从地域、代际等时空因素对主体

---

① 王春荣：《并非另类：女性文学批评》，辽宁大学出版社2012年版，第56—57页。
② 李小江：《背负着传统的反抗——新时期妇女文学创作中的权利要求》，载《浙江学刊》1996年第3期。
③ 董乃斌等：《中国文学史学史》（第3卷），河北人民出版社2003年版，第533—534页。

进行的划分的类型，其采用的是性别视角。并且于其中我们从不将不同性别预设为不同等级，只是想以不同的视角对生命进行审视与关怀，给予两性自由与和谐。由此我们鼓励把女性文学还给文学研究者来研究，促进其蓬勃发展。"翻看 90 年代以来的众多女性文学研究著作以及女性文学史著作，性别立场下的文化批判与男权批判意识一度成为女性文学研究中的热词，这也使得这一时期的女性文学史并未有效地处理好批判性与科学性、文学性之间的矛盾。"① 而这其中的"文学性"除了审美性之外，还包括情感性。谭正璧在整理古代女性的创作时就坚持创作的目的是表情达意，即使是狭隘的私人情感，也不能为了社会规范而违心虚构。它不仅为了权利与解放而写，也为了平等与进步而写。而谭正璧自始至终以观察与推动文学发展为目标，书写女性文学史时以主流文学发展的参照，发现明清时期女性俗文学的滞后现象，随后反观的是俗文学与叙事文学的特殊性，而非拘泥于女性闭塞的生活现实之中。而他的研究更多的价值在于丰富了文学创作的题材与风格，梳理女性群体以婉约为主流的文学传统。女性文学研究作为一种学术活动，无论是对女性文学进行具体批评还是编纂文学史都应聚焦于女性文学作品，无论是放大局部还是勾勒女性文学创作的历史发展进程，目的均为探究此类型文学的发展规律，在发现规律的基础上指导未来的道路。谭正璧对女性文学的批评，无论是历时研究，还是共时分析，都不曾脱离文学领域，他的批评成果亦有助于我们对女性文学领域问题的探讨回归到文学层面。

综上所述，谭正璧以公正的态度书写文学史中的女性。在编写古代女性文学史时，他将女作家的主体意识置于传统的家国观念与伦理道德之前，与谢无量、梁乙真相比，更多地还原她们的生活场景来展现生命的温度。他在鼓励女性创作的同时也提出现实主义的期待。在书写现代文学史中的女作家时，他指出女性创作需更多地关照社会现实，不拘泥于自己生活的小天地。他也由此成为现代文学史编纂者中较早的明确对冰心进行一分为二地评价之人。其次，"在场"地批评上海沦陷区女作家。同在沦陷区中，谭正璧的批评并非仅着眼于国家特殊时期女作家的隐忍软弱，还展现了城市文明挤压下女性知识分子的丰富内心世界。高压的文化政策促使文人的创作重心内转，女性文学由此获得发展契机。谭正璧以选本的方式刻画了该区域中的女作家群像，其中蕴含的矛盾与欲望对于因城市而"产生"的女性有着较为强烈的针对性与现实性。因此，其批评成果对突破当代女性文学研究的困境具有借鉴意义。他立足于社会现实的批评思想，有助于缓解 20 世纪八九十年代女性文学热潮中创作题材逼仄的问题。他尊重两性创

---

① 温潘亚等：《百年中国文学史写作范式研究（下）》，第 702 页。

作与审美差异，鼓励女性发挥自身"柔婉"的特点进入社会生活，积累一定的经验后再进行创作。而他以文学研究为旨归的批评理念，有助于摆脱西方女性主义运动为中国女性文学带来的激进影响。

谭正璧作为一位硕果累累的文学批评家，对女性文学的批评成果至今仍有研究价值。他以一系列著作证明了男性批评者对女性文学进行批评存在益处，但这需要批评者葆有更鲜明的文学视角，以人生经验致力于文学未来的思考。而认同男性批评家的合理意见，在他见与自见的结合中实现良性发展，或可成为女性文学迈向新高度的契机之一。

（王亭绣月：辽宁大学文学院文艺学博士）

"石楠体"与当代女性传记创作 [*]

章罗生

摘　要: "石楠体"创作的特色,一是主客体的高度契合;二是鲜明的"史传合一"与"生命叙事";三是"虚"与"实"或"文学性"与"真实性"的有机融合。从石楠、胡辛及其"石楠体"传记小说中,我们不但窥见了中国当代文学传记创作的创新发展,而且领略了女性文学的独特风景与神采英姿——它们代表了当代女性的思想觉醒及女性文学的审美追求等。

关键词: 石楠;"石楠体";胡辛;传记小说;女性创作

中国女性文学史论坛

在中国当代纪实文学史上,女性创作是一道特色鲜明的亮丽风景:如果说张雅文、章诒和与梅洁等是报告、散文创作等方面的重要骨干[①],那么,石楠与胡辛等则是传记小说创作方面的典型代表;她们不但在题材内容等方面有开拓之功,而且在审美形式等方面也有其独特贡献,从而共同显示了当代女性创作的卓越成就与深厚潜力。其中石楠的创作因特色鲜明、影响广泛等而被人称为"石楠体":它"既不同于纯属史料纪实性的传记,也不是以虚构为基础的小说,而是真实与虚构相结合的创作体型"[②];它"不仅丰富了文体学的研究视域,更促进了中国当代文学格局的多元化,意义独特而深远"[③]。事实的确如此:它的意义,不只体现了当代文学传记创新发展的新动向,更重要的是代表了当代女性的思想觉醒及女性文学的审美追求等。因而本文试以石楠与胡辛为例,对此作一初步探讨。

在新时期以来的中国文学传记创作中,石楠具有重要地位。她的《画魂·潘玉良传》,与徐迟的《哥德巴赫猜想》等一样,不但在新时期初风靡

---

[*] 本文为国家社会科学后期资助项目"新时期纪实文学四十年"的成果,批准号18FZW049。

[①] 参见拙文:《风景这边独好——从张雅文看新时期四十年女性纪实文学的发展》,载《南方文坛》2019年第5期。

[②] 叶全新:《传记小说与石楠体——石楠新作研讨会综述》,载《安庆日报》(副刊)2000年11月14日。

[③] 江飞:《石楠传记小说简论》,载《安庆师范学院学报》(社会科学版)2010年第8期。

一时、影响广泛，而且流传深远，是中国当代再版、转载与改编次数最多的经典作品之一。具体而言，《画魂·潘玉良传》于1982年发表后，作家两个月内收到读者来信三千多封，很多地方形成了潘玉良"热"，《文汇报》《光明日报》等二十多家报刊转载、连载，十余家电影厂争相组稿，最后被搬上银幕，众多报刊发表大量评介文章；截至2005年，先后在海内外出版了十三种不同版本的单行本，并被改编为话剧、沪剧与黄梅戏，还出版了三位画家的连环画，录制了长篇广播剧和长篇小说连播节目（台湾有两家电台加盟联播），并有电影《画魂》和电视连续剧《潘张玉良》（获飞天奖一等奖）等。而她的其他作品，如《寒柳·柳如是传》《沧海人生·刘海粟传》《美神·刘苇传》与《从尼姑庵走上红地毯》等也是这样：好评如潮、连续再版。其中如《寒柳·柳如是传》出版后十多家报刊发表评介文章，安徽广播电台将其录制成长篇连播节目后，几乎被全国所有省市电台转播，后被评为全国优秀连播节目一等奖等。①

正是如此，石楠不仅形成了其独树一帜的"石楠体"，而且对后来的纪实文学尤其是女性传记创作等产生了较大影响。在这方面，如果说，柯兴的《风流才女——石评梅传》《魂归京都——关露传》《清末名妓——赛金花传》等还只是在为"风流才女"与"巾帼英豪"的"正名"方面与石楠同气相求、殊途同归，那么，胡辛的创作则在主客体等方面更多受到石楠的影响，并表现出共同的"石楠体"特色。

笔者认为，"石楠体"创作的最大价值和意义，在于继承与发扬林语堂等前辈的传统，将具有中国特色的"史传合一"等民族传统发展到了一个新的阶段。②它与同时或稍后柯兴、铁竹伟、陈廷一、章诒和与王宏甲等人的创作相辅相成，共同构成当代文学传记创作的独特风景，从而为中国纪实文学——尤其是"人才—科教"创作潮的发展与"纪实"时代的形成等，作出了重要的历史贡献。概括说来，石楠的传记小说及其"石楠体"的特色和意义，表现在如下方面：

一是创作主客体的高度契合——尤其是突出体现了"新五性"③中的"主体虔敬"，其中最关键点是"为苦难者立传"。正如作者所述：在写《一代名

① 见石楠：《石楠文集（第一卷）·总序 我为苦难者立传》，中国戏剧出版社2006年版；《〈画魂〉今年二十三——〈画魂〉作家版序言》：新浪网"作家石楠的博客"。又见江飞：《1949—2009：安徽作家报告·画出苦难者之魂——石楠传记小说论》（安徽文艺出版社2009年）："《画魂》问世二十七年来，已被韩国、中国台湾等十家出版社再版十余次，被改编为电影、电视、黄梅戏、话剧、沪剧等多次，而关于该作的评论更是不计其数，可以说，《画魂》已成为当代艺术领域里一部具有深远影响和巨大魅力的作品。"

② 关于林语堂的《苏东坡传》等创作及其特色与意义等，参见拙文《论林语堂的纪实文学创作》（《湖南大学学报》2015年第5期）。

③ "新五性"是笔者近年提出的创新概念，包括"主体虔敬、守真求实、题材庄重、情理融通、文史兼容"，认为它是当代纪实文学创作所表现出的共同特征，也是其重要的价值尺度与评价标准。

优舒绣文》时，舒绣文的影子"紧紧伴随着我，我激动、膜拜、昼夜不宁，眼里浮现着热雾。我和她一起苦恋，和她一起悲泣人世的不公和女人的不幸，和她一同感受奉献的快乐，成功的喜悦，助人的幸福……我常常是泪水和着墨水一起流泻，我为她的悲惨命运和不幸身世哭泣，我为她的早逝哀痛，我也为她骄傲"①；在写《另类才女苏雪林》时，"我以女人的心去体悟她这个女人的心，我以我的情去感受她的情，我站在她的历史环境来感受她的人生"。② 而之所以为柳如是立传，也是因为"令我难忘和感动的正是她为追求自由与命运矢志不移的搏斗"，正是如此，在写作中，"我的心被一种求索独立自由的悲凉号子冲击着，她走过的路，经过我的心灵的震颤和锻造，我已无法分清她和我了！"③ 总之，"苦难造就不朽，苦难造就辉煌，苦难增添人生的光辉，如果老天假我以年，如果老天赐我健康，我会继续用我的传记小说艺术歌唱苦难，继续为苦难者立传。"④ 这些话，实际上提示了作家的创作理念与审美追求：一、所选传主的人生"苦难"、经历坎坷；二、传主不屈服命运，勇于与"苦难"抗争；三、"苦难"可化为"不朽"，可"增添人生光辉"；四、"我"以健康和生命为代价，运用"小说艺术"歌唱以"苦难造就辉煌"的强者。其中还有一点，即"我"与传主融为一体，与传主同呼吸、共命运。事实正是如此。

石楠出生于贫穷落后的山村，十三岁时才上了三个月的扫盲夜校，后勉强上了初中，又因家庭出身等原因而不得不放弃上高中、考大学的梦想。后到一家集体小厂工作，也是夹着尾巴做人、提心吊胆过日子。二十年后调进安庆市图书馆古籍部，才有机会接触大量史志文献，"有了为追求人格平等、实现自身人生价值、孜孜不倦地和苦难较量的才媛立传之想"。后被潘玉良"孤儿—雏妓—小妾—教授—中外知名艺术家"的非凡身世深深震撼，因而"试着拿起笔来写她"。但在写作过程中，"我们的灵魂就融成了一体""我们同欢同乐，同悲同泣""尽管是初次尝试写作，但潘玉良的滴血历程给了我勇气和力量"，使我深刻体会到："命运之神往往败北在有志者的追求中，只有在不疲惫的追求中，人生才能闪耀出光辉"。⑤ 正是因为《画魂》的成功，使作者这位做了奶奶的半老徐娘找到了人生的价值与自我的意义，因而她克服家庭、年龄与健康等方面的困难，义无反顾地在"为苦难者立传"中奋进。也正是如此，她更着重为与"苦难"抗争的女性——古代才媛与现代作家、艺术家等立传。

为古代才媛立传的作品，主要是《寒柳·柳如是传》与《陈圆圆·红

① 《石楠文集》第四卷：《一代名优舒绣文·辉煌的人生——后记》，第347页。
② 《石楠文集》第十卷：《另类才女苏雪林·为了不被忘却——后记》，第463页。
③ 《石楠文集》第二卷：《寒柳·柳如是传——后记》，第403页。
④ 石楠：《石楠文集（第一卷）·总序 为苦难者立传》。
⑤ 石楠：《〈画魂〉今年二十三——〈画魂〉作家版序言》。

颜恨》等。其中《寒柳》在清末民初复杂、动荡的历史背景中，着力刻画了柳如是这一巾帼才媛的光辉形象，尤其是突出了她思想性格中的最重要方面：平等独立的爱情追求与舍生取义的爱国精神。柳如是虽然人生不幸、命运坎坷——从小父母双亡，被卖到妓院，但她不但未放弃生的权利和活的尊严，而且活得独立、坚韧：当知府钱横下令驱逐她时，她利用其好色的弱点，不但设计将其戏弄，而且迫使他收回成命；当宋辕文迫于家庭压力而不敢明媒正娶她时，她痛断琴弦；与钱谦益结婚时，为了挑战男权社会，她要求大张旗鼓地按"正室"名分迎娶。尤其是作品通过拜谒梁红玉墓、火烧绛云楼、犒劳前线军士与血溅荣木楼等惊心动魄的故事，充分展示了其民族气节与爱国精神。而在《陈圆圆》中，作者则对封建社会中的女性命运做了进一步的探讨。即通过对陈圆圆悲剧命运的思考，对封建传统文化与世俗偏见等进行了有力鞭挞。因为，陈圆圆虽得到了暂时的幸福，却不得不背上红颜祸水的千古骂名。这对于一个弱女子来说，显然有失公平。实际上，作品在对吴三桂一系列穷奢极欲的行为和反清活动的描写中，答案已不言自明。① 正如作品借陈圆圆之口所说："我的痛苦就因为我还是个懂得民族大义的女人""我不仅无力挣脱当时的国家和民族的命运，也无法挣脱我所从属的男人的命运"，吴三桂成了汉奸卖国贼，"我从没原谅过他，可有些人却总要我为其负责，这难道是公正的吗？"

然而，石楠写得更多的，还是与苦难搏斗、与命运抗争的现代女作家与艺术家。在这些作品中，作家的创作追求与传主的思想性格表现得更为鲜明。即一方面，传主所经受的苦难更多、更深重；另一方面，她们对苦难的抗争更顽强，对人生的信念更坚定，对理想的追求也更执着。如《画魂》中的张（潘）玉良，八岁时因父母双亡成了孤儿，抽大烟的舅舅将她卖给青楼。后虽经潘赞化赎出并走上了艺术之路，但屈辱的妓女身世一直使她抬不起头，即使成了艺术家与大学教授后，她也不仅被同事欺侮，而且要给潘赞化的老婆行跪拜礼。因而她只得忍辱负重，再赴法国，以更勤奋的努力与更优异的成绩来寻找自我、确立价值。然而，尽管她的画作已进入国际顶级收藏机构——巴黎现代美术馆，她也已成为世界知名画家，但却有国难归、有家难回，最终在对祖国与亲人的思念中客死异乡。《美神》中的刘苇不但出身屈辱、婚姻不幸，而且经历坎坷、一生漂泊，晚年屡遭批斗、打击，与亲人生离死别，但她始终坚守信仰，坚持自强、自立，不但执着事业、钟爱艺术，而且将"爱"与"美"竭诚奉献给学生、社会与祖国。《海魄》中的杨光素，不但也因家庭出身等方面的影响而成长不顺，而且在爱情、家庭与事业等方面也饱受挫折，但她为了自己钟爱的绘画艺术，

---

① 朱菊香：《与苦难搏斗的艺术奇葩——评石楠的传记小说》，载《淮北师范大学学报》（哲学社会科学版）2007年第6期。

毅然放弃稳定教职，独自闯荡法国等地"朝圣"。尤其是《从尼姑庵走上红地毯》中的梁谷音，热爱戏曲艺术，被称为"身上有戏癌"。但她的家庭出身和时代环境却偏偏与她作对：父亲的政治问题始终如影随形，如磨盘压顶一般使她竖不起腰、喘不过气；无论她怎样刻苦、要强，才华出众，始终被打入另册，爱情与事业都备受挫折。"文革"结束后，她虽有了出头之日，但年龄已大、功夫已废。然而，面对如此困境，她不但没有屈服，反而坚决与命运抗争：每天坚持3点起床练功，练得腰痛、脚肿等仍不停歇。正是这种非凡的刻苦与不屈的抗争，使她最终成了著名的昆曲表演艺术家。

《中国第一女兵》中的谢冰莹经历更坎坷，也更具传奇色彩：她反抗包办婚姻，四次拒婚、逃婚；偷偷报考军校，在部队接受严酷军事训练，并随师北上西征，战斗间隙在膝盖上写作《从军日记》；继而奔赴抗日前线，白天救治伤员，晚上奋笔写作。尤其是她两渡日本求学，都因参加爱国活动而遭驱逐和被捕入狱，并在狱中受尽折磨、九死一生。总之，谢冰莹的一生，是追求妇女解放、爱情自由与人格独立的一生，是为祖国前途与民族解放而奋斗的一生，更是为追求理想和人生价值而与命运顽强抗争的一生。她虽一生坎坷，颠沛流离，在爱情、家庭与事业等方面饱受打击，但始终不屈不挠，愈挫愈奋，从而成为著作等身的著名教授与作家，为人们尤其是女性树立了又一个人生榜样。正如石楠所说：她"让我看到了一个为争取个人解放，争取国家民族独立和自由民主，敢于向一切黑暗丑恶势力做坚决斗争，坚决不向厄运低头的顽强灵魂，我被她勇敢、坚强的精神深深震撼了"。①

当然，在"为苦难者立传"的女作家系列中，也包括作者本人。因而在她的自传小说《不想说的故事》中，虽然作者将有关当事人都用了化名，但其所述和感受等，却不但真切可信，而且因其日记、亲友言谈（对话）与心理描写等形式的运用，而使作品形象鲜明、内涵丰富且生动可感。即作品不但也写了主人公（秋云）因地主出身、家庭贫困与教育缺失等而导致的种种人生磨难，而且重点描述了她与疾病、偏见等顽强抗争而奋斗成名的非凡历程。尤其是披露了她的作品在出版、获奖与改编问题上所遭遇的压制、打击、"盗抢"，以及作者在工作、评级与成名等问题上所经历的坎坷、曲折与善恶斗争等内幕。总之，正如有人所评：步入中年的石楠，"以一分倔犟，三分执着，十二分拼命的劲头，让人相信，她是一粒顶破石板也要开花，跌落沙漠也会开花，埋进冰雪也能开花的种子"；她是一位精心选择"类我"角色的作家，"她咀嚼着自己的人生苦难去体验传主的人生苦难，她借助自己的人生苦斗去观照传主的人生苦斗，她犹如本色

————————

① 石楠：《中国第一女兵——谢冰莹全传·后记》，江苏文艺出版社2008年版，第484页。

演员理解角色那般，实践着'传者为被传者雕塑人生，也用被传者注解自己'的创作理念。这位为巾帼英才作传的作家，自己也无愧地融入了她们的行列。"①

当然，石楠也为命运坎坷或备受争议的男艺术家与作家立传。这类作品有《沧海人生·刘海粟传》《百年风流》《张恨水传》与《回望人生路·亚明的艺术之旅》(《亚明传》)等。其中尤以《沧海人生》下功夫最大，其影响也最广泛：在2008年新版前，石楠就以刘海粟的人生故事为素材，"用不同体裁，从不同角度，写过五本书，(都)颇受读者青睐"②；与《画魂》一样，它被改编为电视连续剧等影视艺术后，也深受观众喜爱。其原因，除刘海粟本人的传奇经历与社会声誉即题材本身的魅力外，也和《画魂》等一样，得益于作家"苦难造就伟大"的创作理念与审美诉求。正如作家所说：

> 一个人，不管他是伟人还是普通人，总是痛苦的。可海翁从没因误会而气馁、而沉沦，地狱之火把他冶炼得更坚强。他不止一次地对我说过，何谓丈夫？何谓坚强？在别人活不下去的环境中活着，又不丧失人生信念和高尚气节，能忍人所不能忍，方能为人所不能为。
>
> 苦难，造就了他的伟大，也造就了他的辉煌。三年中，我们共唱着一支和苦难搏斗的人生之歌。③

二是鲜明的"以人带史"或"史传合一"，即表现出高度的"文史兼容"与"生命叙事"等特色。也就是说，在石楠的传记创作中，除人生主题外，也还有历史文化主题等。即尽管作者并未刻意"以人带史"，但由于人是历史的产物、是社会关系的总和，故其传主的命运与时代历史紧密相连，而作品也表现出鲜明的"家国一体"等。这一点，在《寒柳·柳如是传》与《陈圆圆·红颜恨》中表现尤为突出。如《寒柳》通过柳如是的悲壮人生——主要是通过她与钱谦益、陈子龙、李待问、黄宗羲、郑成功及钱横、谢玉春等人的交往与恩怨情仇等，形象地再现了明末清初的政治、文化与军事等历史。《陈圆圆》则围绕陈圆圆的传奇人生与命运遭际——尤其是她与吴三桂等人的情爱纠葛，更具体揭秘了明末清初的阶级矛盾与民族斗争等历史真实，尤其是吴三桂"冲冠一怒为红颜"的是非功过及其历史影响等。

这一点，在追求民主自由的现代作家、艺术家身上也表现突出。即他

---

① 宗灵：《不想说的故事·序》，见《石楠文集》第九卷，第372—373页。
② 石楠：《刘海粟传·一粟见沧海（新版再语）》，北京航空航天大学出版社2008年版，第209—210页。
③ 石楠：《沧海人生——刘海粟传·后记　伟大，是苦难造就的》，黑龙江人民出版社1996年版，第712—713页。

女作家学刊·第三辑

们的"爱"也包括家国大爱，他们的"恨"也包括"国仇家恨"，他们的人生命运无不与国家、社会与时代紧密相连。如潘玉良晚年之所以不能回归祖国与亲人怀抱而客死他乡，先是抗战爆发，后是"反右"运动；刘苇之所以遭批斗、受屈辱，丈夫悲惨早逝，梁谷音之所以母亲受难、自己先进尼姑庵后一直不能正常演出，也是因"镇反""反右"至"文革"等政治运动；而谢冰莹的"从军"、被捕与出国，刘海粟的"模特风波"与被打成"右派"，张恨水的被误解为"黄色作家"而遭批判，亚明的被视为邓拓死党而受打击、迫害等，更是如此：都从一侧面折射了中国现当代的曲折历史、政治风云与文化生态等。尤其是《一代名优舒绣文》，通过传主在艰难困苦中矢志追求艺术而又不幸英年早逝的人生，不但透视了中国自抗战至"文革"近半个世纪的忧患历史，而且也从一重要侧面，反映了中国现当代非凡、曲折的戏剧史、电影史，以及几代艺术家的追求、奋斗与坎坷的人生命运等。而苏雪林与谢冰莹，由于都是追求独立自由、个性坚强的文人、作家，且长期漂泊海外、定居台湾，又享年较长，因而其作品通过她们的人生经历，不但折射了较长的中国现代历史尤其是台湾的社会生活实况，而且也从一侧面反映了中国新文学的发展及海峡两岸文坛的矛盾斗争与文学生态等——这一点，在苏雪林与胡适、鲁迅、谢冰莹等人的交往和关系中，表现尤为突出。

其中《沧海一粟》与《百年风流》虽均为刘海粟传记，但两者内容与角度不同：前者以海翁的人生足迹为主线，写他对艺术的赤诚与求索，及苦难造就了他的伟大与辉煌，"是一部艺术家不屈不挠的奋斗史"，而后者则以其"情感世界为主线，写他的友情和爱情生活，写他的婚恋以及和同代名家的交谊"，因而是他的一部"情史"。而其写作动因，也是缘于有人"就海翁人生旅途中几件事发难"。即作者原以为，随着海翁的离世，"一切误解都会烟消云散，不虞在他作古两年后，还有人旧事重提，这于一个作了古的老人，很不公平"，因而"有必要让世人明白个中真相"。① 而她之所以写《张恨水传》，也是因为"从有关研究资料中，我已略知三十年代他所受到的极不公平的批评，联想起我遇到的这两件事（笔者按：在旅途中听到有人说张恨水是"黄色作家"等），绝非个别偶然现象，而是极左谬种的流传投射给恨水先生的可怕阴影，我的心不由变得沉重起来……不由为恨水先生背负的沉重误会而哭喊起来。"②

总之，这些作品也同样贯穿着作者"为苦难的奋斗者立传"的创作理念，也表现出"主体虔敬""情理融通"与"史传合一"等鲜明特色。正如有人所说：石楠传记小说中的"爱"包括"男女情爱""对艺术事业的挚爱"

① 见《石楠文集》第七卷：《百年风流·后记》，第330—331页。
② 见《石楠文集》第八卷：《张恨水传·后记　还历史以公允》，第331页。

与"对国家、民族的大爱";它"是在历史与现实、传者（主体）与被传者（客体）之间建立的一种独特的主客为一的"生命叙事"。①

　　三是"虚"与"实"或"文学性"与"真实性"的有机融合。"虚"与"实"或"文学性"与"真实性"的关系问题，是包括文学传记与文学报告等在内的纪实文学创作极难把握而又一直争论不休的理论与实践问题，而石楠，则也在这方面进行了积极的有效探索并取得了较成功的宝贵经验。也就是说，她的传记创作，一方面坚守"求真务实"的纪实精神，决不胡编乱造，另一方面，又充分吸收虚构小说等"纯文学"的优长，大胆进行合理想象，并运用对话、心理、细节与典型描写及抒情、议论等手法，以渲染气氛、突出性格与深化主题，从而既与"历史""报告"等拉开了距离，又与"戏说""演义"等毫无关联，而是名副其实、特色独具的传记小说。正如作者所说："在我全部的传记文学中，我始终追求一种真正意义上的真实，不求一言一行的形似，而是艺术的神似。我是以写小说的表现手法来写传记文学的，但写的又是真真实实的历史。传主和其周围人物的生平经历、事业、命运都是史实，我从不为贤者讳、尊者讳，不为历史讳、时代讳。但在刻画人物性格过程中，为追求笔下人物艺术地活过来、站起来，有灵有肉，有爱有恨，我对素材进行了选择、剪辑，对细节和场景以及人物内心描写进行了合理想象和文学加工。"②

　　正是如此，在作品中，她不但直面传主的人生苦难、性格缺失与喜怒哀乐，而且大胆再现并"想象"其婚恋性爱与"风流""浪漫"等。如潘玉良的雏妓出身、小妾地位及与田守信的无"性"真爱，刘海粟的"模特儿论战""风流欧陆""人生炼狱"与婚姻变故，杨光素对男人的渴望、追求与轻信，张恨水与三位夫人的"和平共处"，吴三桂与陈圆圆的"疯狂"情爱，苏雪林的无爱婚姻与公开反鲁（迅），舒绣文的孤傲、冷艳与自杀离世，谢冰莹的热烈、大胆与自由奔放，及"我"（秋云）的出名与被嫉妒、遭打压等，其描写之具体、真切与大胆、洒脱，的确在一般社会言情小说等虚构创作之上。正如有人所指出，石楠的传记创作"一是注意情节的生动曲折和起伏跌宕，重视悬念的设置与破译"，"二是感情真挚，想象丰饶"，"三是文辞优美"，能创造"情景交融，抒情写意的动人意境"；③作者"始终如一地行走在传记小说这一边缘领域之中，游走于纪实与虚构之间，不求形似，但求神真，以真为骨，以美为神，追求史实与艺术的完美统一"④；她把

① 江飞：《石楠传记小说简论》，载《安庆师范学院学报》（社会科学版）2010年第8期。
② 见《张恨水传·后记　还历史以公允》，第332页。
③ 参见郭久麟：《传记作家与传主的情感交融境界》，《文艺报》—中国作家网2011年3月16日。
④ 江飞：《石楠传记小说简论》，载《安庆师范学院学报》（社会科学版）2010年第8期。

文学传记推向了"真"与"美"结合的更高境界，其创作除"传主的独特性"外，在"真实性与丰厚性"方面，一是"重视铺衍传主生存环境的全面真实性"，二是"着力于传主精神生活和内心世界的探究与表现"；其艺术特色一是"情浓"，二是"细密"，三是"辞美"；[①]其风格基调一是"在悲剧命运中体现主人公不屈的民族精神"，二是"弱势女性的人生悲剧"，三是"在悲剧冲突中表现人物的丰富性和复杂性"等。[②]

与石楠创作类似，或者说，其创作也表现出"石楠体"风格的作家，还有胡辛——她传记创作的鲜明特色，也是其强烈的主体意识与主体情怀，尤其是"女人写、写女人"这一女性自觉与姿态，即还原女性"生命真相"与"情感真实"的女性视角与女性关怀，探讨女性的人格独立与社会解放等。因此，在胡辛笔下，无论是传奇、神秘的章亚若，还是"旷世才女"张爱玲，或是在政界魅力四射的陈香梅，她都试图对她们进行"还原"与"传真"，并进而思考女性的人生命运等。

如作者认为，章亚若是一个既普通而又独特的知识女性，"她与蒋经国短暂的爱恋却分明是刻骨铭心的生死恋"，而"人们总爱以情妇的粗糙框架去禁锢一个活生生的女性，以俯视和暧昧去淹没或扭曲这一首长恨歌，这是怎样的傲慢与偏见！"因此，"在纷繁错综、莫衷一是的书面与口头的回忆录中，我想调整视角，另辟蹊径，回归这位南昌女子本来的面目本来的情感"。[③]正是如此，《蒋经国与章亚若之恋》未把蒋、章之恋写成宫闱秘闻式的传奇故事，而是将个人命运与时代政治有机融合，探讨"历史与人"等问题。

胡辛笔下的张爱玲（《最后的贵族张爱玲》《张爱玲》）也是这样：她孤傲清高，逃避着俗世俗人，但又不讳言对世俗名利的追慕与渴求。在她的作品中，没有一个男人不让她洞见到自私猥琐，她编的故事分明烙刻着对爱情的嘲讽和对男人的失望，但她却偏偏执迷不悟地陷入了文化汉奸胡兰成的爱情深渊。尽管她最终彻悟，带着大义凛然的决绝，但无限的荒凉与迷惘却一直陪伴她走向生命的"萎谢"。或许在《陈香梅传》中，我们看到了一个女强人的成功与骄傲——陈香梅是一个成功的作家、演说家和杰出的政治家、外交家。然而，作为一个守寡的年轻女人，在不相信眼泪的华盛顿打出自己的天地，其中付出了怎样坚韧不拔的努力？又饱尝过怎样酸甜苦辣的人生滋味？作品告诉人们："华盛顿是她赤手空拳、历经沧桑的战场，有血有泪，有悲有喜，但不是根之所系地，她更似一片浮云飘荡其上空。"总之，作者"在广袤深邃的历史背景中，勾勒出这一个女人寻寻觅觅

① 盛英：《石楠与她的传记小说》，见《石楠文集》第十四卷（附卷），第2—6页。
② 余昌谷：《为巾帼才女立传——石楠传记小说论》，载《江淮论坛》1991年第6期。
③ 胡辛：《蒋经国与章亚若之恋·后记》，河南文艺出版社2009年版，第342页。

的人生轨迹和起伏不已的情感波澜"①，从中可见出作家对女性命运的执着探讨与深切关注。

在胡辛看来，虽然小说与传记一为虚构、一为纪实，但就"叙事"而言，都是"将本事变成情节"，因此，衡量作品是否具有文学性或文学性如何，决定因素即叙事策略与叙事艺术；传记的叙事技巧虽不能与小说相比，但在叙事视角的切入，叙事结构的组织，及叙事语言的张力、弹性等方面，却可以成为传记作者比试智慧与才情的空间。②因此，在胡辛的女性传记中，她十分注重叙事的视角、技巧与语言等。如写章亚若，尽管无史料可依，但因作者出生在赣南，其童年听来的章亚若故事亲切难忘，因而她大胆以"我"的视角和女性叙事观点去复活传主的历史与形象——这既是限制中的虚构，又是合情合理的"体验"传达。对于张爱玲，作者则尽量从她的作品中寻找其生命轨迹与心灵幻象，以引导人们走进传主的精神世界。同时，为了更艺术地复活传主的神韵，胡辛十分注意语言与传主身份及精神气质的契合，追求意境美、古典美与悠长的韵味，因而常引古代诗词以渲染氛围、深化情境，或对人物内心进行写照等。③

总之，石楠的传记创作"以其悲壮深沉的思想内涵发人深思，也以其丰满生动的人物形象动人心弦"④，从而在创作理念、题材内容与审美形式等方面，为中国当代文学——尤其是传记小说等纪实文学创作，提供了深具启发意义与研究价值的新鲜经验；"胡辛的传记作品追求的是对传主个人历史的还原与超越，以及对传主人生细节的创造性处理"，她"总是在坚持大背景大框架真实的基础上，虚构细节，编织情节，以一种最客观的主观精神观照她所钟情的传主"⑤，因而"在她的作品中，你既能沉湎于古典诗词的意蕴中，又能触摸到当代女性主义意识乃至魔幻现实主义"⑥等——总之，从石楠、胡辛尤其是其"石楠体"传记小说中，我们不但窥见了中国当代文学传记创作的创新发展，而且再次领略了女性文学的独特风景与神采英姿等。

（章罗生：湖南大学纪实文学研究所所长，文学院教授）

---

① 胡辛：《胡辛自选集·自序》，作家出版社1996年版，第3页。

② 同上。

③ 参见张瑷：《20世纪纪实文学导论》，文化艺术出版社2005年版，第297—306页。

④ 汪修荣：《悲剧情境与悲剧风格——石楠女性传记文学的艺术特色》，载《安徽文学》2005年第7期。

⑤ 黄会林、沈鲁语，见胡辛《蒋经国与章亚若之恋·附录3 名人评价几则》，河南文艺出版社2009年版，第365页。

⑥ 侯秀芬语，同上，第366页。

"五四"历史深处自我书写的杨没累

刘延玲

编者按:

丁玲的同学杨没累,是"五四"时期被新思潮唤醒的新女性;在大胆追求女性自由的短暂一生中,以诗歌、戏剧、杂文、爱情书简的写作实践创造了女性的精神世界。刘延玲一篇四万字的《杨没累:一个隐没在"五四"历史深处的女性书写者》,本刊在第二辑先刊发了第二部分,此次刊发第一部分,读者可全面对这位自我抒写的早逝作家、音乐人的一生有个深入的了解。

1928 年 2 月 10 日,《莎菲女士的日记》刊载于《小说月报》19 卷 2 号,甫一问世就得到了强烈关注和热烈反响。"莎菲"独特的形象引人瞩目,这个颇具新女性姿态的"Morden Girl"[①],一度引发"莎菲热",丁玲于是"一鸣惊人"[②],成了一颗耀眼的文学新星。随着历史的进展,丁玲的这部成名之作却由赞誉转为贬毁,伴随了她风风雨雨的大半生。20 世纪 30 年代的赞者如茅盾、冯雪峰,肯定她抒写的是五四青年女性的心灵创伤和苦闷,莎菲发出的是时代叛逆者的绝叫和呼喊,表现的是恋爱至上者的空虚和绝望[③]。50 年代的毁者如张天翼、周扬,断定沙菲就是丁玲的代言人,是颓废的没

---

① 钱谦吾(钱杏邨,笔名阿英、方英等):《丁玲》(原载《现代中国女作家》,北新书局 1931 年版),方英:《丁玲论》(原载《文艺新闻》第 22、24、26 号,1931 年 8 月 10 日、24 日、31 日),参见袁良骏编:《丁玲研究资料》,天津人民出版社 1982 年版。

② 毅真:《丁玲女士》(节自《当代中国女作家论》一文,原载《妇女杂志》1930 年第 16 卷第 7 期),同上,第 223 页。

③ 茅盾:《女作家丁玲》(原载《文艺月报》1933 年第 2 号)、冯雪峰:《从〈梦珂〉到〈夜〉》(原载《中国作家》1948 年第 1 卷第 2 期),同上。

落阶级的化身，她是个自我中心主义者，厌世虚无的个人主义者①。80年代，熟悉丁玲的老友徐霞村认为，莎菲绝不是丁玲，莎菲的原型另有其人，她应该是丁玲的同学杨没累②。他写信向丁玲求证，丁玲用三页纸回复了他，"狠狠"回想了这个"很有特色的、有个性的女性"，她承认："也许有杨没累，但又不是杨没累。"③

杨没累是何许人？ 2017年的某个春日，我从图书馆借来一木《朱谦之文集》（第一卷）④，想了解他的"唯情哲学"。没想到，打开正文第一页就吃了一惊。书的开头是一首题为《荷心》的清婉小诗，署名"没累"⑤。接下来的文字，显然是名为"没累""情牵""谦之"的情笺。我读了会儿才恍然，"情牵"是"谦之"的字，"没累"是他的恋人。一时间，对这些文字的兴趣，竟使我忘记了阅读的初衷。一口气读完这些书简，不止惊叹于他们自由奔放、大胆直率的情感交流方式，更让人惊讶的，还有她执着于"纯洁的爱"（pure love）的爱情信念，为了实现"爱"的长生，要永远免除那"恋爱的坟墓——性欲的婚媾"。心中不禁对这个叫"没累"的女子充满了好奇：她是谁？ 她为什么会有这样的想法？ 她有怎样的人生经历？ 她还有没有留下其他文字？ 就这样，我意外地遇到了杨没累。出于好奇，我开始着手找寻这个叫杨没累的女子，一百年前在这个世界存在过的痕迹。

令人惋惜的是，正当"莎菲"以惊世骇俗的新女性形象震惊文坛之际，现实中的杨没累已缠绵病榻，不久人世。两个多月后，她在西子湖畔悄然

---

① 张天翼：《关于莎菲女士》（原载《人民日报》1957年10月15日）、周扬：《文艺战线上的一场大辩论》（原载《活页文选》新31号，《人民日报》出版社1953年3月2号版），参见袁良骏编：《丁玲研究资料》。

② 徐元度：《关于莎菲的艺术形象及其原型》（《厦门大学学报（哲学社会科学版）》1984年第3期）、徐霞村：《关于莎菲的原型问题》（《新文学史料》1984年第4期）。

③ 丁玲：《致徐霞村》，《丁玲全集·第十二卷》，张炯主编，河北人民出版社2001年版，第227页。

④ 朱谦之：《朱谦之文集》（第一卷），福建教育出版社2002年版。朱谦之（1899—1972），字情牵，福建福州人，哲学家、历史学家和东方学家。1916年入读北京大学哲学系。1921年在杭州兜率寺修佛学。1924年任厦门大学讲师。1925—1928年隐居杭州西湖。1929年东赴日本，研究哲学。1932—1951年，先后任广州中山大学哲学系、历史系、文学院教授。1952年任北京大学哲学系教授。1964年任中国科学院哲学社会科学部研究员。1972年病逝于北京。

⑤ 对于"没累"之名的读音，是"mò lěi"还是"méi lěi"，曾一度让我困惑。起初出于直觉，因其出身官宦人家，臆度其名应有所出，大概取"存没无累"之意，读其音为"mò lěi"。然则随着阅读的深入，我发现，她曾用M.R.的笔名发表过诗文，英文名Mary，无疑依"没累"的谐音而取；又读戏剧《孤山梅雨》，正是其梅妻鹤子理想生活之写照，女主人公秦梅蕊，显然亦谐己名之音，故将"没累"读为"méi lěi"。后来看到徐霞村写给丁玲、陈明的信："关于《莎菲女士的日记》，有一个问题半个世纪来聚讼纷纭，即莎菲的原型问题。据我不完全的记忆，莎菲的原型是丁玲同志的一个朋友，名叫杨Mo-lei，凌吉士的原型是一个华侨青年，后来做了茶商。"（《丁玲全集·第十二卷》，张炯主编，河北人民出版社2001年版，第230页）。杨Mo-lei，显然朋友们就是这么称呼她的，由此可确定，"没累"的读音是"mò lěi"。

离世，年仅 30 岁。其时，丁玲及其恋人胡也频适在杭州，与他们山上山下、比邻而居，协助朱谦之料理了杨没累的丧事。① 一年后，朱谦之编辑的《没累文存》② 出版，他在"编者引言"中，简要记述了"革命青年"杨没累的一生，其间穿插了她的创作和研究。他提示说，她的小说《青青女郎》"类似自传"。沿着蛛丝马迹的线索和零星记录，我在文字的丛林中穿梭，翻寻残存的历史碎片，串联、拼接，大致勾勒出了杨没累新锐又守旧，激进又保守，幸又不幸的人生轨迹。其间，我紧跟杨没累求知的脚步，冲出家庭牢笼，一路从长沙奔向上海、广州、北京，遭逢了"五四"前后那个风云变幻的时代，感受到了 20 世纪初扑面而来的新文化气息，随之知晓了周南女子中学、南洋女子师范学校、圣希里达女校、"少年中国学会"、北京大学音乐传习所、第一次爱情大讨论，《少年中国》《新潮》《自由录》《改造与解放》……，并邂逅了朱谦之、丁玲、王光祈、左舜生、易君左、冯沅君、萧友梅、张竞生、周敦祜、谭惕吾等一个个鲜活的名字，看到了一张张风华正茂的年轻面容。

杨没累，祖籍湖南湘乡③，1898 年 1 月 22 日（光绪二十四年正月初一）出生于长沙的一个世宦人家④。父亲一家三代为官，母亲能读会写，但体弱多病。在杨没累的童年、少年生活中，父亲在外做官，长年处于缺席状态，她是在母亲的陪伴中长大的。大概在杨没累十岁时，父亲从日本归来，送她进过一个日本人开办的幼稚园。可惜只上了一个多月，母亲就听信下人

---

① 朱谦之：《世界观的转变——七十自述》，《朱谦之文集》（第一卷），福建教育出版社 2002 年版，第 135 页。

② 杨没累著，朱谦之编辑：《没累文存》（杨没累遗著），上海泰东图书局 1929 年版。

③ 同上，第 130 页。

④ 据朱谦之在《没累文存》之"编者引言"所言，《青青女郎》是杨没累"类似自传"的小说。其中有虚构的情节，但大致吻合她的个人经历。小说中称其远祖，"原也是些老实的农民。自从她曾祖父作过十余年的陕甘总督，一直到她父亲。三代为官，没有歇息。"作过陕甘总督，查湖南人居此位的，唯晚清重臣杨昌濬（浚）。由此推测，杨没累应是清末名臣杨昌浚的曾孙女。杨昌浚（1825—1897），湖南湘乡人，字石泉，号镜涵，又名官保，别号壶天老人，历经咸丰、同治、光绪三朝；仕途坎坷，三起三落。杨昌浚本为农家子弟，自幼聪颖，被目为神童，早年师从儒学大师罗泽南，工诗词书画，博学多才。1862 年，经曾国藩引荐，投身左宗棠麾下，由知县逐步升迁至浙江巡抚。期间造福当地，深得民众与同僚的敬慕与拥护，曾领下属广植杨柳，并赋诗一首："手植垂杨三万株，春来新绿满西湖。他年若过双堤路，漫道棠阴继白苏。"1875 年因"杨乃武与小白菜"一案督办不力，被慈禧太后革职。1877 年，左宗棠挂帅平定新疆，向朝廷保举杨昌浚出任甘肃布政使。后经过两年艰苦战斗，收复了新疆地区。为此，杨昌浚赋诗《恭颂左公西行甘棠》："上将筹边未肯还，湖湘子弟遍天山，新栽杨柳三千里，引得春风度玉关。"该诗是清代传诵最广的诗篇之一。1888 年他调任陕甘总督，后因镇压回民起义不力，再次被朝廷革职。1897 年病逝于长沙，清政府诰赠太子太傅。杨昌浚一生与"柳"有不解之缘，至今家乡仍有一棵"杨公柳"，传说是他当年在家耕读时所栽。杨没累祖籍湘乡，1898 年生于长沙，在杨昌浚殁后一年。《青青女郎》里的"青青"姓柳，更能说明杨没累与杨昌浚之间的关系，显然她对曾祖父的生平事迹是有所了解的。

的闲言碎语，不让她去了，但日本妇女和蔼的笑容、孩子们之间愉快的嬉戏，却给杨没累幼小的心灵留下了深刻、美好的印象。在被迫弃学之后，她竟然执拗地哭闹了半年，希望能复学。[①]母亲被她的固执打败，退而求其次，第二年春天送她进了当地的周南女校[②]读书。据易君左[③]回忆，他们家族的兄弟姐妹 11 人也是坐船从汉寿县到长沙读小学，"她们进的学堂是古稻田女子师范的附属小学和周南女子中学的附属小学，我们进的学堂是明德中学的小学部。古稻田、周南和明德，是长沙最有名的几间男女学校，造就了许多男女人才。"[④]杨没累入学时为初小三年级。可惜，自小体质羸弱的她，只上了一学期。暑假的一场大病，竟让她未能如期返校。从此，她只能跟随母亲，在家里学习简单的写写算算。

一晃四五年过去了，父亲的归来又一次改变了杨没累的命运。父亲在外做官，母亲与幼女留守长沙，似因遭受婆婆、伯伯的欺凌，母亲只好带她离开大家庭，移租外祖父家附近。父母初婚时，恩爱情好，琴瑟和谐。父亲离家后，二人也曾书信频频，情意殷殷。到了后来，父亲的信却越来越少。直至六年后，在一个细雨蒙蒙的春天，他终于来信说即将返乡探亲。对于久盼的母亲来说，自然是欣喜异常，她让佣人打扫庭院，收拾房间，准备迎接。没想到父亲却迟迟未归。原来他径自先回自己的母亲、兄长那儿，并在他们的撺掇下娶妾，又来信要求妻子先辞掉心腹女佣，之后才肯带妾回家。这个消息，对母亲而言，无疑是晴空霹雳，她因失恋而悲痛欲绝。睹此情景，出于对母亲身体的担忧，女儿瞬间长大，杨没累毅然主动请缨去接父亲回家。[⑤]

杨没累原本想替母亲抱不平，前去指责父亲的薄情寡义，历数母亲饱受夫家人欺凌的辛酸生活，没想到却遭到母亲的强烈反对。"无后为大"，作为妻子，她不但不能指责丈夫，事先还应主动替他纳妾，这才是妻子应

---

① 杨没累：《青青女郎》，收于《没累文存》，上海泰东图书局 1929 年版。

② 此时名称应为"周南女子师范学堂"，是教育家朱剑凡创办的。朱剑凡为湖南宁乡人，1905 年留学日本归国，不顾清廷禁止女校明令，毅然献出泰安里私宅，卖掉宁乡全部田产，办"周氏家塾"，最初只收本族亲属，后扩大招外姓女生。1907 年，禁令放松，朱剑凡取《诗经》："得圣人之化者，谓之周南"之义，于 1910 年正式定校名为周南女子师范学堂。1916 年改为湖南私立周南女子中学，成为湖南第一所正规女校。

③ 易君左：(1899—1972)，湖南省汉寿县人，早年名易家钺，北京大学文学士、日本早稻田大学硕士。留学回国后，长年在国民党军政界擅从报业文化，积极参加抗日活动。1949 年底去台湾，嗣后，辗转香港、台湾，在大学任教。易君左家学渊源，才高资绝，成名早，精于文、诗、书、画，为文坛奇人。

④ 易君左：《大湖的儿女》，台湾三民出版社 1969 年版，第 203 页。

⑤ "那失了主张的青青，很孤寂的伴着她可怜失恋的阿娘。她一朵嫩弱的心花，如刀似箭的刺的痛了。却又要哭哭不得，只忍泪咽声的劝勉她阿娘。青青自忖着：'母亲这等苦急，只怕不等父亲回来就气死了。'心里非常害怕，忽然计上心来，向她娘说：'我一定往那里接爸爸回来。'"(《青青女郎》,《没累文存》，第 250 页。)

尽的本分。杨没累虽听从母亲的教导，懂事地接回了父亲和他新娶的妾，内心却深受刺激。那一年她大概十六岁。在其后来创作的剧本《三个时期的女子》中，大姐顺贞的旧式婚姻，无疑正是她父母情形的写照。受此打击，母亲决定支持女儿通过读书来自立自强，以免重蹈自己的覆辙。于是，杨没累重返周南女校。当初她虽只上了一学期，但学业优秀，给老师们留下了良好印象。"教员都记念她从前的成绩，而深惜她病后几年的废学"。[①]于是，勉强让她插班到高小二年级。杨没累没有让母亲和老师失望，她勤奋学习，很快由后列变先进。一年后，她已由"贴壁"的倒数一二名，成为名列前茅的优等生。无论是作文、日记，还是演说、朗诵、写大字，皆出类拔萃，受到老师的青睐和同学的喜爱，被选举为班长。后来，其父赴粤为官，拟携母女同行。杨没累自知反驳无用，以回校看同学为由，擅自做主在学校住下，不肯回家。父母无奈，只好派人送来行李。直到一年后的暑假，高小毕业的她，才独自赴粤省亲。

　　杨没累没有停止求学的脚步。随父母在广东住了半年后，大约在1917年春天，她又前往上海，进入南洋女子师范学校[②]读书。两年半后，在"五四"前夕获得师范本科的毕业文凭。杨没累在南洋女师读书期间，敏于接受和吸收新思想，给一位国文主任老师留下了深刻印象。[③]她毕业后，跟随父母在广东闲居。这时"五四"爱国运动爆发了，新文化运动摧枯拉朽、迅猛发展，各类报刊如雨后春笋般涌现。杨没累的那位国文老师本着传播新思想的热诚，继续关心她的成长。他不断从上海寄去一些进步杂志，她最爱读的如《新青年》《新潮》《新中国》《少年中国》《星期评论》《解放与改造》《自由录》[④]等。这些杂志大都是五四运动催生的新文化刊物，有大学教授主办的，有青年学生主办的，有文化名流主办的，宣传的或是社会主义、三民主义，或是改良主义、无政府主义，各

---

① 杨没累：《青青女郎》，收于《没累文存》，第245页。

② 南洋女子师范学校：1912年，民族资本家凌铭之倾家兴学，与徐一冰等沪上注重教育的人士首创。由独资负担经费的凌铭之任校长，直至他1937年病故。南洋女师坚持延聘教界名师，设备项专科，学风欣欣向荣，引起社会各界瞩目，有志女生争相入学，成为沪上一颗璀璨明珠。

③ 朱谦之编：《没累文存》（上海泰东图书局1929年版）"编者引言"："又至上海入南洋女师范，将毕业，在五四运动之前。因主任教师认她是全校最吸收性大的学生，所以凭着传播思想的热诚，对她特别注意。没累虽毕业回粤去了，他还常寄《新青年》《新潮》《星期评论》《自由录》《少年中国》等书。"

④ 《自由录》：即《实社自由录》。1917年5月黄凌霜、华林、区声白、袁振英等人在北京大学成立无政府主义社团"实社"，研究各种社会主义思潮，尤其注意研究克鲁泡特金与古尔德曼的思想。《实社自由录》是实社发行的不定期刊物，由太伴、袁振英（震瀛）、超海（黄凌霜）、竞成、区声白、华林等为编辑以及主要撰稿人，封面题签人为知名无政府主义者李石曾、吴稚晖。《实社自由录》总共出版了两集，第一集于1917年7月出版，第二集于1918年5月出版，均由郑佩刚（刘师复的妹夫）在上海代为印刷。《实社自由录》虽只出了两期，但影响深远。

种新思潮、新观点交汇、碰撞，虽倾向不一，但目标一致，即救亡图存。他们向往美好的新中国，呼唤科学与民主，宣扬爱国与反帝反封建，为积贫积弱的祖国把脉求方，寻找出路。其中，《少年中国》深深影响了杨没累的一生。

从上海南洋女师毕业后，杨没累回到广东。大概也是趋新所致，她很在意自己的英文水平。因为那时的新报刊中，随处可见夹带的英文单词。比如《新青年》的文章，不但有译文附带原文的，还有纯英文的。杨没累因自感对英文薄弱，到广州后，就去圣希里达教会学校专习英文①。《青青女郎》里说，青青要求父亲替她聘请了一名美国太太，教了她四个月英文，指的大概就是这件事。②她跟英文老师结下了甜蜜的友情。其后，杨没累随父移官迁居他处，两人遂频繁地用英文进行书信往来。杨没累不但借此提升了英文水平，还领略了西方人亲密的书信交流方式。③

1920年秋，杨没累随父母又回到了家乡，以九年级旁听生的身份再进周南女校学习。1921年10月，该校发生风潮，其时校长朱剑凡"原是向着新的道路走的，但这时他又回过头来"④，反对学生参加当时的学潮，要求中学部全体退学。那时的杨没累，不过是代作了些文字，有时往校董或报馆等处跑了些脚步⑤，却被当作学生代表开除。据当时长沙《大公报》的报道，学潮结果是把"执迷，不悟"的"鼓动"者、"劣生"予以开除，唯有两名：周敦祐、杨没累。⑥之后，杨没累转入岳云中学。

---

① "东山呢？离我那圣希里达学校很近，那邻近本有一个牛奶厂，这个风景也似曾相见过的"，杨没累：《没累文存》之"西湖通讯（寄广州）"，第308页。按：在《青青女郎》中，杨没累没有提及圣希里达，大概因为这是英国圣公会创办的一所教会女校，撰写此文的1924年前后，正当全国教会学校学潮汹涌，收回教育权运动兴盛之时。（参见胡佳虹：《在华美国教会教育与20年代收回教育权运动》，《理论界》2010年第7期。）

② 杨没累：《青青女郎》，《没累文存》，第257页。

③ "她上学不到五年，总算毕了两个业。她也不管得这样便宜，有不有不祥的报应在后面，并且那时的大学，都没有开女禁，她也从无此种梦想在心头。她只觉得她那女师太不看重英文了。她毕业时的程度，连一本英格兰儿童自述的读本，都觉一知半解的。她就要求父亲请了一位American，名叫Mrs W.R.的，每周三小时的教了她四个月的英文。从此她的英文很有进步，从极简短的尝试，进到写很长很长的信了。那位美国太太，为人非常可亲，待青青更是和慈爱的月光一样照临上土。可惜她父亲不久又换了地方，青青当然跟随她父母去了。她们别后的通讯，每周总有两封，彼此都是很长的英文信。外国规矩，信里尽可写亲热话了，青青也从此更觉得友爱的Sweet了。"（《青青女郎》，《没累文存》，第257页）

④ 丁玲：《我的中学生活的片断——给孙女的信》，收入《我的童年》，新蕾出版社1980年版，第82页。

⑤ 杨没累：《青青女郎》，《没累文存》，第259页。

⑥ "该校昨悬牌开除周敦祐一名，又旁听生杨没累亦不许再行旁听。"（《周南女校风潮之转机》，长沙《大公报》1921年10月21日第6版）；"现除三年生周敦祐，四年生杨没累，始终执迷，不悟，早已开除学籍，不复收教焉，其余各生皆渐次悔悟，于二十七日一律回校上课。"（《朱校长呈报周南风潮因果》，长沙《大公报》1921年11月2日第6版。）

丁玲在回忆中学生活时谈到，岳云中学①本是一所男子学校，招收女生在湖南是革命创举，和她一道去的许文煊、周毓明、王佩琼、杨开慧、杨没累、陶潜等七人，是第一批入校的女学生。②较之周南女中，岳云中学的学习更有挑战性。特别是英文课程，完全用英语讲授，课本不是教材，而是文法复杂的英文书《人类如何战胜自然》。③杨没累与丁玲的同学关系，就是在这一年建立的。1921 年两人曾同在周南女中读书，转学岳云中学后又是室友。

从杨没累早年的学习生涯来看，她自小就是一个倔强、有主见的女孩，尽管求学的路途有波折，但最终坚定不移。在学校中，她虽是一个勤学敏思的好学生，但也不时显露锋芒，表现出叛逆的一面，确是"革命青年"。在周南读初中时，即因冲撞师长被记过，尽管她自认为无辜，大多数老师、同学亦深表同情。④作为旁听生再入周南女中时，更是以学潮鼓动者、学生领袖的身份被开除，尽管她并没觉得自己有什么出格举动，"法外行动"⑤。其时，她已经意识到了柔顺对于中国女性的伤害，女性若不刚强，很难做到人格独立。她借剧中人之口说：

"我看她多半还是吃了这柔性的亏。我们女子的性情，是要刚强点才好。何况像中国这一类的野蛮民族中的女子，那简直非具刚性，不能做个人格完全的人。"（《三个时期的女子》，《没累文存》上海泰东书局 1929 年 5 月版，第 168 页）

五四运动后，杨没累从南洋女师毕业，大学女禁未开，无学可上，闲在家里修习英文。在新思潮的激荡下，她拿起笔来抒写自己作为女性的苦

① 嶽云（岳云）中学：1909 年 2 月，留日归国的何炳麟邀集湘南人士刘光前、陈为锅、欧阳蕙等 15 人，筹资创办一所中学，最初定名为"湖南南路公学堂"，1912 年更名为"湖南第二公学校"，1914 年 2 月改名为"湖南私立嶽云中学"。1912 年 7 月，何炳麟接任校长。他认为女子应与男子享有同等教育的权利。1921 年 9 月，嶽云中学修正旁听生章程，招收女旁听生。就在这一年，杨开慧、丁玲（原学名蒋玮）、王佩琼、周毓明、许文瑄等女生从其他女子中学转入嶽云。（参阅陈鸿飞、朱章安、朱丽娜、罗燕：《百年衡岳钟灵秀　璀璨云霞映桃李——写在湖南岳云中学诞辰一百周年之际》，《湖南日报》2009 年 4 月 21 日 4 版。）
② "暑假班结束之后，一部分人又都转读岳云中学。岳云是男子中学，这次接受女生在湖南是革命创举。我也进入岳云中学。一道去的有许文煊、周毓明、王佩琼、杨开慧、杨没累、徐潜等"，见丁玲：《我的中学生活的片断——给孙女的信》，收入《我的童年》，新蕾出版社 1980 年版，第 82—83 页。按：1921 年 9 月，岳云中学校长何炳麟修正《旁听生章程》，开始招收女生旁听，接受杨开慧、蒋玮（丁玲）、王佩琼、周毓明、许文煊、徐潜等 6 人转学，震动长沙，开湖南中学男女同校之先声，被报纸称为"学界的光荣"。6 人中当无杨没累，她应是因参加学潮被周南女校开除后，于同年 10 月始转入岳云中学的第 7 名女生。
③ "我那时忙于功课，因为岳云的功课要比周南紧些，特别是英文课完用英语教授，课本是《人类如何战胜自然》，是书，而不是普通课本。文法也较深。"同上，第 83 页。
④ 杨没累：《青青女郎》，《没累文存》，第 245 页。
⑤ 同上，第 259 页。

闷和追求。1919 年 8 月，《少年中国》杂志第 1 卷第 2 期论及家庭生活和妇女问题，一下触发了杨没累作为一名女性的痛点。她那时已有女子要想摆脱奴隶命运，唯有独身的想法。独身与结婚相对而言，独身思潮体现了女性意识的觉醒。正如波伏瓦所言，"女人不是天生的，而是后天形成的。"①她是创造出来的产物。女性生来就是附属的，她的存在是第二性的，她们千百年来唯 的职业就是"婚姻"，繁重的孕育、琐碎的家务，就是她们人生的全部。杨没累母亲的遭遇，使她对旧式婚姻深恶痛绝，断定"贤妻良母"仍是愚惑妇孺，教育出的仍是为奴隶的妇女。所以，当她看到这本杂志里的作者"似乎把恋爱当作夫妇间的专利品一样，又好像要把那些新家庭模范同合意婚模范，都看作是能积极援助现在妇女的东西。"②出于对自身命运的关心和思索，冲动之下，她便给"少年中国学会"③写信。她认为女子最"赶急设法"是接受教育，可怜当时的社会竟没有一所平民的女子大学。至于婚姻，即使是成功的幸福小家庭也只会妨碍社会公团体事业，与其"做一辈子的繁殖动物"，还不如"群策群力做人类理性上的共同事业"。④她认为，"她们所尽的职务，总不过为妻为母的禽兽工作，奉承男性的奴隶工作，贵妇人或零卖娼妓的皮肉生涯。"⑤男人在娶妻这件事上，只是好色，寻求性欲的满足。早年妻子漂亮尚有情，日久生厌，便可以继续娶妾。她认定"婚姻的目的便是生育同好色，那些恋爱的好名词，不过是男子骗女子的口头禅罢了。到了色衰而无生殖的时候，那就不难现出他那大丈夫的真面孔，将那老妇人弃如土芥了。"⑥可见，她那时对男子的自私自利，深恶痛绝，充满敌意。由此，她认为"男女相恋爱，不必结婚""那些彼此相恋爱到了极点时，还不要结婚的，那才算得是纯洁的真恋爱。"⑦她甚

---

① ［法］西蒙娜·德·波伏瓦：《第二性》II，郑克鲁译，上海译文出版社 2011 年版，第 1 页。

② 杨没累（署名 M.R. 女士）：《论妇女问题书一》，《少年中国》1919 年第 1 卷第 4 期。

③ 少年中国学会：中国五四运动时期社团组织。1918 年由王光祈、曾琦、陈淯、周太玄、张尚龄、雷宝菁等人筹建，1919 年正式成立。李大钊被邀请参与活动并列为发起人之一。总会在北京。执行部主任王光祈。宗旨：本科学的精神，为社会的活动，以创造少年中国。信条：奋斗、实践、坚忍、俭朴。全国各地及巴黎、东京、纽约等地设有分会。出版《少年中国学会丛书》32 种，《少年中国月刊》《少年世界》和《星期日周刊》。影响较大的是北京总会编辑的《少年中国月刊》，创刊于 1919 年 7 月，李大钊曾任编辑主任，刊登有关自然科学、文学、社会学和哲学的论著和译文，1924 年 5 月停刊。"少年中国学会"是个在现代史上影响深远的团体组织，不但孕育了日后影响中国的共产党、青年党，还有一大批不愿接触政治，而主张"本科学精神，求社会实践，用"专门学术"和"社会事业"来救国的科学家、教育家、实业家。《少年中国》1919 年 10 月第 4 期"妇女号"是最早的妇女问题讨论专栏之一。

④ 杨没累（署名 M.R. 女士）：《论妇女问题书一》，《少年中国》1919 年第 1 卷第 4 期。

⑤ 杨没累：《妇女革命宣言》，上海泰东图书局 1929 年版，第 333 页。

⑥ 杨没累（署名 A.Y.G. 女士）：《论妇女问题书二》，《少年中国》1919 年第 1 卷第 6 期。

⑦ 杨没累（署名 M.R. 女士）：《论妇女问题书一》，《少年中国》1919 年第 1 卷第 4 期。

306

至激烈地认为，即使大家都抱独身主义，不要后代也没什么，"人类绝灭是新陈代谢的道理，毫不足怪。我们应拿出全副精神来，谋已有生命的幸福。"① 她清楚地认识到，妇女只有获得经济支配权才能摆脱奴隶的身份，争取应有的"人格和人权"。② 杨没累的信虽偏激却没有激怒收信者，"少年中国学会"的发起者和灵魂人物王光祈③，此时正负责编辑《少年中国》。他不但给了杨没累理智、坦率、诚挚的回复，表达了他作为男性对女性不幸命运的深切同情④，还给予她热情的鼓励和期盼。⑤ 他纠正她说，"两性相爱本出于天然，因相爱而有夫妻事实，亦是天然的趋势"。故他赞成"减育"，但不赞成"独身"。⑥ 受了这些新思想的洗礼，杨没累改变了对于男子的偏激认识，不再仇视一切男子，转而认为欺侮女子的，只是一部分礼学先生。⑦

其时，《少年中国》除了大力宣扬工读互助运动，鼓吹社会改造、关注妇女问题外，对文学也很重视，对诗歌尤为钟爱。⑧ 杨没累很快加入到"创造新文学"的队伍中，开始创作新诗、新剧，成了新文学运动中最早的一批"女学生"作者。1920 年 8 月，杨没累在《少年中国》上发表她的第一

---

① 杨没累（署名 A.Y.G. 女士）：《论妇女问题书二》，《少年中国》1919 年第 1 卷第 6 期。

② "若不切实从妇女的职业上着手，不使各妇女谋着独立生活，那就再过千年、万年，这些旧的奴隶，新的玩具，'人贩子'的掌上珠，市狯的死商标，投机者的活广告，多妻圣徒的造种机器，登徒子的消遣品，粗野人的诅咒物，还在永远做着'物格''兽格'的妇女！永远干着那非人的勾当！永远争不着应有的人格和人权！"（杨没累：《妇女革命宣言》，《没累文存》，第 328 页。）

③ 王光祈（1892—1936），字润玙，笔名若愚，四川省成都市温江区人，音乐学家和社会活动家。1920 年 4 月以前，王光祈是"少年中国学会"的发起人和主要负责者。1920 年赴德国留学，研习政治经济学，1922 年转习音乐。1927 年入柏林大学专攻音乐学，1934 年以《论中国古典歌剧》一文获波恩大学博士学位。代表作《东方民族之音乐》《欧洲音乐进化论》《中国音乐史》等。

④ "我与先生意思有完全相同的（如恋爱不是夫妻间的专利品，新家庭不是根本解决问题的办法，皆是）；有不敢苟同的（如认一切结婚事实为非纯洁）——我赞成实质的结婚，而反对形式的结婚；有极愿帮助先生竭力提倡的（如女子教育）；有与先生同为太息的（如信中所举旧家庭的各种妇女的生活），尚望先生随时指教，努力前进！"（王光祈：《"通信"回复 M.R.》，《少年中国》1919 年第 1 卷第 4 期。）

⑤ "现代女子受黑暗势力的压迫已到了极点了！凡有觉悟的女子，切不可再藏名隐姓，含羞怕辱，不敢出来与黑暗势力奋斗！将来女子前途的光明，全赖先生们不易屈服的精神与意志！"（王光祈：《"通信"回复 M.R.》，《少年中国》1919 年第 1 卷第 4 期。）

⑥ "赞成某君的'减育主义'，而不赞成'独身主义'。因为两性相爱本出于天然，因相爱而有夫妻事实，亦是天然的趋势，我们对于家庭束缚、生育痛苦，均有法使之减少或消灭，又何必坚持'独身主义'，违背天然呢？"（王光祈：《答 A.Y.G 女士》，《少年中国》1919 年第 1 卷第 6 期。）

⑦ 《青青女郎》，《没累文存》，第 25 页。

⑧ 在国外的曾琦高兴地致信王光祈说："《妇女号》既为国内杂志界开一新纪元，《新诗号》尤切合时势之需要。似此进行敏活，想见吾兄与诸会员奋斗之精神。海外同志为之色喜矣。"1920 年 5 月《少年中国》第 1 卷第 11 期。参见周月峰编《〈少年中国〉通信集》，福建教育出版社 2015 年版，第 146 页。

首自由体新诗《看海》①。其中，"好像那凉净的轻风，正在我那染着尘埃的躯体上徐徐地拂扫"的诗句，感觉细腻、清新，她自己颇为得意，还将其引用到《青青女郎》②中。受家庭的刺激和社会事件的影响，杨没累创作了剧本《三个时期的女子》③。剧中李姓三姐妹家境富裕，但在重男轻女的社会里，她们却不受待见，父亲的财产由侄子继承，她们甚至不能入学读书。在旧家庭中，唯一的出路是嫁人，结婚后就变成了生育机器。在旧式婚姻中，若无儿子，丈夫就可有理由，明目张胆地娶妾。大姐顺贞是个能读诗书小说的旧式女子，逆来顺受，奉哥嫂之命嫁人。哥嫂满口仁义道德，实则唯利是图。丈夫在新婚一年半之后离家，走后来信渐疏。最终在她病死之际，正是丈夫归来娶妾之时。于是，"大姐姐做了时代的牺牲品"；二姐婉贞追求新式婚姻，"迷信新家庭为改良社会的中心"，为"极端的恋爱而结婚"。结果，旅游结婚未归，即来信说"结婚是恋爱的葬礼"，可见她的婚恋理想已破灭。杨没累认为，女子若不能经济上独立，即便是自由恋爱婚，也难免遭受身败名裂的命运。可以看出，无论旧式还是新式婚姻，杨没累都不抱希望。所以，她的未来理想是工读互助，独身自救，如三妹端贞。即使有博士头衔的富家子弟，她也不会轻许追嫁。"不自由，毋宁死"。端贞的出路是如娜拉一样，离家出走，跟封建旧家庭断绝关系。但她仅凭个人力量还是难以做到，必须依赖社会开明人士的帮助。从新文学的角度来看，杨没累创作的这个戏剧，因有切肤的痛感，相较于当时《新青年》发表的社会问题剧，无论思想、结构还是语言表达，并不逊色。当然，在今天看来，如果把人生等同于要不要男女之情，最终寄希望于他人的拯救，其实三姊妹都是没有出路的。旧女性被教唆，把婚姻当成人生的全部，固然是悲剧。但如果新女性认为，选择自由恋爱婚，或是独身、同伴互助的生活方式，就会一劳永逸，也只能是幻想。

1920 年北京大学开始招收女生，开国立大学男女同校之先河。1922 年，

---

① 杨没累（署名 M.R.）：《看海》，《少年中国》1920 年第 2 卷第 2 期。
② 杨没累：《没累文存》，第 240 页。
③ 杨没累：《没累文存》"戏曲小说卷"。

在萧友梅^①的建议下，"北京大学附设音乐传习所"^②成立，蔡元培兼任所长，萧友梅任教务主任并具体主持工作，正式开启了中国大学的音乐教育。10月，杨没累北上入学，成为北大音乐传习所招收的第一届音乐专业学生。音乐传习所设立本科、师范科和专科（选科），实行学分制，并设有由萧友梅担任指挥的小型管弦乐队，在校内外进行了一系列音乐会演出。杨没累入的是师范科^③（以培养中小学音乐教员为目的），她选学的乐器是钢琴，指导老师杨仲子^④。

1922 年入读北大的女生杨没累，在外人眼里，"赋性乖僻，虽在豆蔻之年，喜读庄老之书。"^⑤在《没累文存》中，留下了杨没累的两张照片，其中一张的人像较大，湖南女孩圆圆的娃娃脸，剪一头新式短发，穿着旧式旗袍，坐在一个公园或是山野的石墙下，大概是阳光太强，她微缩眉头，嘴角紧闭，显得有些严肃。另一张头戴白色洋帽，面部柔和，像一位公主。

① 萧友梅（1884—1940），字思鹤，又字雪朋，广东香山县石岐镇兴宁里人（今中山石岐区兴宁里人），作曲家、教育家、音乐理论家。在 1901—1920 的 20 年间，他先后留学日本和德国，学习了钢琴、声乐、理论、作曲、指挥等几乎所有的西方音乐专业学科，而他在留学之初和整个学习过程中，始终把音乐教育学作为学术研究的重心，回国后建立了中国第一所音乐大学——上海音乐学院。他是中国现代音乐史上、现代专业音乐教育的开拓者与奠基者，被称为"中国现代音乐之父"。

② "北京大学附设音乐传习所"是在"北京大学音乐研究会"的基础上改组而成，1922 年 8 月发布招生简章，10 月开学。它由一个学生课外活动组织变成了"纳入北京大学统一管理，由学校拨款，教育部门招生、分配，课程独立，实行学分制，组织健全的一个高等音乐教育机构""北京大学附设音乐传习所是我国近代最早的专业音乐教育机构。"（李静：《我国最早的专业音乐教育机构——北京大学附设音乐传习所》，《中央音乐学院院报（季刊）》2000 年第 4 期）"音乐传习所"要求音乐学科的学生除必修钢琴外都必须学一到两种中国民族乐器。北京大学音乐传习所的成立标志着我国高等专业钢琴教育的开端。"音乐传习所"的简章明确规定"以养成乐学人才为宗旨""一面传习西洋音乐包括理论与技术，一面保存中国古乐发挥而光大之。"这一举措清楚地体现了萧友梅"要采取其精英别去其渣滓并且用新形式表出"的音乐教育思想——效仿欧洲音乐高校的基本办学模式加入中华民族优秀文化传统的传授，改造旧乐，创造新乐。开办之时共有学员 44 人，设甲、乙种师范科及各项选科，"本所设本科、师范科、选科 3 种。（1）本科以养成专门人才为目的，分理论、作曲、钢琴、提琴、管乐、独唱 5 科。（2）师范科分甲乙两种，以养成中小学音乐教员为目的。（3）选科专为性嗜音乐暇余无多者而设。分理论、唱歌、钢琴、风琴、西洋吹乐器、西洋管弦乐器、中国管弦乐各科。"（参见《北京大学附设音乐传习所简章——北京大学日刊》1922 年第 1069 期）选学科目以音乐理论和西洋弦乐器为多，学习成绩采用学分制评定。这是我国第一所专门的音乐教育机构，办所近五年，为我国培养了一批早期的专门音乐人才。

③ "甲种师范入学资格：身体健全，品行端正，年龄在 18 岁以上，中学或初级师范毕业，或经入学试验证明有同等学历者。"（参见《北京大学附设音乐传习所简章——北京大学日刊》1922 年第 1069 期）

④ 杨仲子（1885—1962），号粟翁，音乐教育家，篆刻艺术家。他幼承家学，熟读诗书，有较深的中国古典文学根底。1901 年考入南京江南格致书院。1904 年入法国贡德省大学理学院留学，同时自学音乐理论和钢琴。1910 年考入日内瓦音乐学院，主修钢琴和音乐理论。他 1918 年回国，响应蔡元培提出的"以美育代宗教"的号召，到北京大学致力于艺术教育事业，力主"以音乐的美感去改造社会、改造人生"。

⑤ 枕育：《左舜生不忘杨没累　恨不相逢未嫁时》，《秋海棠》1946 年第 12 期第 4 页。

可惜照片是黑白的，印在黑白的书上，因年代久远，已模糊不清。

杨没累初来北大时，在北大读书的另一个信奉政府主义、喜欢佛老的朱谦之，这时早已著书立说，颇有名气。[①] 在朋友们的眼中，朱谦之亦是一个怪人，读书破万卷，一会儿革命，一会儿闹自杀，一会儿要出家。同学易君左在其回忆录《火烧赵家楼》里专门以"一个怪同学""向老师开炮"为题记述朱谦之[②]，并说"当时的朱谦之代表各种新思潮中最激烈最彻底的一部门。他坚决的倡导虚无主义，口号是'虚空破碎，大地平沉！'"[③] 其后书中还继续以"煤油灯倒了"为题，忆及朱谦之与主张社会主义的费觉天的论战，最凶的时候，各人把桌子一推，煤油灯倒了，险些引发火灾。但是，"他们当激烈争辩以后，仍然恢复一团和气，在学术上是老对头，在情义上是好朋友"。1948年署名"客河"的中山校友，也写过一段相仿的记述文字。[④] 他还曾与一位亦信仰无政府主义的学生黄凌霜，为着"主义"的思想分歧，在《北京大学学生周刊》上论战，最终成为好友。[⑤]20世纪三四十年代，在朱谦之任教多年的中山大学学生笔下，他"身材是矮小的，眼睛却非非常的敏锐"[⑥]"朱先生的身躯是矮小的，但眼睛却非常精明。"[⑦] 在北大读书时，朱谦之"经常剃光头，近视眼，却穿着一件蓝布大褂，绝似一个小和尚"，而他当时差点读光北大图书馆藏书的事情，早已成了一个掌故。[⑧]

杨没累、朱谦之，两个"五四"革命青年和无政府主义者，但是一个坚持独身主义，一个信奉厌女、厌婚主义[⑨]，似乎互不相干，却并非没有交集。杨没累北上时，在周南女中的战友同学周敦祜，已在北大就读英文

① 朱谦之1917年即入北大法学系，1920年1月出版《现代思潮批评》(北京新中国杂志社)，批判实验主义、布尔什维主义、无政府主义、新庶民主义等流行思潮。他与郭梦良、易君左等组织"奋斗社"，创办《奋斗》旬刊，宣传克鲁泡特金的学说和巴枯宁的虚无主义，并出版《实社自由录》和《奋斗》等小册子，鼓吹无政府主义。他还在《新中国》杂志发表《虚无主义与老子》。他的《革命哲学》一书很畅销，颇受年轻人欢迎。1920年3月间，朱谦之反对考试，不要文凭，一时沸沸扬扬。《北京大学学生周刊》第13期发表《废除考试宣言》，为北大的"废考运动"推波助澜。10月参与无政府团体散发传单被捕入狱，在狱中喜看《传习录》《周易》和革命家的传记。
② 易君左：《火烧赵家楼》，台湾三民书局1969年版，第35—41页。
③ 同上，第48页。
④ 客河《学者朱谦之——本校"五四"人物散记之一》原载《中大人文报》1948年第26期，参见《朱谦之文集》(第二卷)，福建教育出版社2002年版，第246页。
⑤ 朱谦之：《回忆》，《朱谦之文集》(第一卷)，福建教育出版社2002年版，第46页。
⑥ 黄庆华：《春风草——记朱谦之师的休假》，原载1942年《现代史学》第5卷第2期，参见《朱谦之文集》(第二卷)，第240页。
⑦ 客河：《学者朱谦之——本校"五四"人物散记之一》，原载1948年《中大人文报》第26期，同上，第246页。
⑧ 同上，第246页。
⑨ "在我还没有和你相知以前，总是一个Misogynist(厌恶女性者)，斩钉截铁，不愿和女子来往"，见《荷心》，新中国丛书社1924年版，第68页。

系①。她跟朱谦之的朋友陈德荣②谈恋爱。因一对恋人同学的缘故，杨没累与朱谦之对于彼此的性情和身世，"当然老早就互相深知的了！"③直到后来，对佛学失望的朱谦之，受到梁漱溟的影响，转向"唯情哲学"，言论思想"大变而又特变"。这时，杨没累读了他的文章而变得"心绪不宁"，好友周敦祜自然心知肚明。④

1923年1月，现代史上第一场"爱情大讨论"⑤如火如荼展开，吹动了一池春水，吹荡起一圈圈玫瑰色的涟漪。也正是在这年春天，远在福州养病的朱谦之给杨没累写信示好，因为共同的志趣，两人情投意合，感情迅速升温。不久，杨没累就接到了朱谦之述说自己的身世和心路历程的长信，她深深被打动了，看得"时哭时笑的"，接到书信的当天（5月18日），她立刻回复了他一封痛快的信，表示愿意成为他的"同情同调"之友，于是这一天成为他俩的定情日。⑥两人迅速成为恋人，展开了一段热烈、张扬的恋情。在杨没累热切的召唤下，朱谦之匆匆打点行李从福建返回北京。他们凭着狂醉的热情，自乐自进而为终身伴侣，发表的《虚无主义者的再生》⑦，向世人宣布他俩恋爱了！

---

① 西夷（许君远）：《北大的初期女生》，原载《人人周报》1947年第1卷第4期，参见许君远：《读书与怀人》，眉睫、许乃玲编，中国长安出版社2010年版，第185—186页。许君远1922年入学时，周敦祜在英文系旁听，他对她的新潮发型有极深刻印象。文中还提到杨没累的朋友徐闿瑞、谭惕吾。

② 陈德荣，又名陈颖，广东文昌县（今属海南省）人，归国华侨，中国共产党早期组织中的53名成员之一。1918年入北大哲学系旁听，1919年参加五四运动。

③ 《回忆》，《朱谦之文集》第一卷，福建教育出版社2002年版，第55页。

④ "她与三哥的性情和身世，因为莹姐的关系，当然老早就互相深知的了。从前只因青青还在坚持独身，三哥又是个Misogynist，所以彼此虽已相知，却不想到与自己有关系。直到三哥的言论思想，与从前大变而又特变。这时青青哩，'心绪不宁'，早已表过了。"（《青青女郎》，《没累文存》，第261页。）

⑤ 1922年12月12日，"北京大学附设音乐传习所"举行开幕典礼。这一天蔡元培因有别的会议，未能出席，北大教授谭鸿熙代表他出席并致辞，谈了他对音乐与人生之关系的认识（《北大附设音乐传习所开幕礼演说词》，《晨报副镌》1922年12月23日"论坛"）。这一年，谭鸿熙正经历人生之大不幸，爱妻陈纬君因生育突逝，留下嗷嗷待哺的两个小孩子。（事见《北京大学日刊》1922年6月24日、6月25日）此时，妻妹陈淑君秋季来京读书，拟与他成婚，协助抚养姐姐的遗孤。他混乱的生活稍现曙光。没想到，一场更大的风波正在袭来，让他成为漩涡中的焦点。1923年1月，在孙伏园的组织下，以《晨报副刊》为园地，就一位北大教授新娶小姨子事件，展开了一系列讨论。北大教授、社会名人、青年学生纷纷加入论战的行列。就在舆论一边倒，谴责教授之际，与谭鸿熙同是法国留学归来的张竞生站出来替两人辩护，发表《爱情定则与陈淑君女士事的研究》（《晨报副刊》1922年4月29日），提出了四个爱情定则。于是舆论的矛头又纷纷转向了他。

⑥ 《青青女郎》，《没累文存》，第261页。

⑦ 《民铎杂志》1923年第4卷第4号。

两人在学校附近租房，开始了"最甜美最神秘"的同居生活。①当杨没累与朱谦之第一次见面时，她二话不说，先带他去理发和洗牙。②杨没累对朱谦之的"改造"，很是满意。他全然改变了固有的生活习惯，由原来的邋遢、不修边幅，变得卫生整洁起来。③1924年丁玲和杨没累在北大重逢。此时，两人的亲密关系已不能容许第三者，包括朋友、书、思想、琴的间入。④对于杨没累、朱谦之当时恋爱的情况，丁玲晚年回忆说，朋友在那儿坐上十分钟，杨没累就要下逐客令。

　　跟同时代那些追求自由恋爱的青年男女相比，杨没累、朱谦之无疑是幸运的。他俩相对是自由人，使君无妇，罗敷无夫，各自都没有父母之命、媒妁之言的婚约。朱谦之是个孤儿，自由自在，自食其力。杨没累是个独生女，在婚姻问题上，父母似无意干涉。他们想爱就爱，面前没有任何阻隔和障碍。然而，在这甜蜜的爱情中，亦暗藏隐忧。那就是杨没累坚定的独身信念。正如杨没累的母亲所担心的："你若是讲独身，就不要同人家恋爱，莫害别人，也不要牺牲别人同你来讲独身。你若定要讲恋爱，你就赶快回家，你们的婚姻，总要回家有个正式的办法（我断不能反对你，你这事你父亲晓得，他也未说什么）。"⑤

（刘延玲：中国社会科学院文学所副研究员、《中国文学年鉴》编辑）

---

① "尤其是那最后叮咛再四的几句话，'人生几何啊！试看园里的群花，还不曾开谢，那情重的春光也忙着将做那远行人了。可是这千金一刻的春光，谁知爱惜？我心爱的远方的人儿，几时才得相见？'因此我得这情书后，即急忙忙地动身到北京。并在我们学校附近，租了两间屋子住下，过同居欢畅的生活，这是我俩生涯中最甜美最神秘的一片段。"（《回忆》，《朱谦之文集》第一卷，福建教育出版社2002年版，第55页。）

② "1924年在北京，她已有爱人了。她原同国家主义派的几个才子易君左、左舜生相熟，后来认识了朱谦之。朱谦之在那时写唯爱哲学，很合她的意。他们第一次见面，她什么都不说，带朱谦之去理发再去洗牙。朋友们在她那里坐上十分钟，她就逐客，说：'你们把我们的时间占去太多，不行，我还要同谦之谈话呢。'"（《致徐霞村》，《丁玲全集·第十二卷》，张炯主编，河北人民出版社2001年版，第227页。）

③ 《青青女郎》，《没累文存》，第261—262页。

④ 同上，第264页。

⑤ 《我俩母亲的信》，收入朱谦之、杨没累：《荷心》，第80页。

抗战生活中的感觉心境
——重释萧红短篇小说集《旷野的呼喊》

唐姆嘉

摘 要：萧红在《七月》座谈会上就作家无法深入到实际抗战的问题发表了看法，认为战时生活尤其是"抗战生活中的感觉心境"才是作家战时写作的核心，这一主张集中体现在其1938年8月至1941年1月赴港前的一系列短篇小说创作，即短篇集《旷野的呼喊》中。萧红通过对战时生活的挖掘，建构起了"朦胧"的期待的情感诗学与"愉悦"的恐怖的风景书写，在心理空间与情感结构方面注重对"凝定"形式的追求，并形成了对风景内面性之内面性的再发现。而其对逃难与参战的对置书写，延展开了战时生活的"常"与"变"，揭示出战争带给人的精神伤痛，表达了萧红拒绝战争、执着于战时生活的创作主张。

关键词：萧红；《旷野的呼喊》；战时生活；风景书写；情感诗学

名家研究与文献

前 言

　　胡风、冯乃超、楼适夷等在《七月》座谈会上就艾青提出的创造战时文学新形式的问题发表了看法，指出新形式必须从现实生活中来，"必须更深刻地表现生活，表现这个伟大的时代。"[1] 但萧红却认为作家很难深入到实际抗战，战时生活才是作家们最应把握住的写作内容，并以娘姨跑警报为例传达出了对战时普通人生活的关注。在萧红看来，作家战时创作的真正困境在于受到紧张生活的刺激，情绪"高涨了压不下去，所以宁静不下来"[2]，显然其所在意的是对"抗战生活中的感觉心境"[3]的书写，而她的这一

---

[1]　《抗战以后的文艺活动动态和展望——座谈会记录》，《七月》1938年第7期。（原文无作者信息，并非缺漏）

[2]　同上。

[3]　同上。

主张集中体现在其短篇小说集《旷野的呼喊》的创作中。1938 年 8 月 6 日，萧红完成了小说《黄河》的创作，"这是她自全面抗战以来的第一部描写抗战的小说"①，而自《黄河》始，到 1941 年 1 月赴港前，萧红连续创作了《黄河》《朦胧的期待》《逃难》《旷野的呼喊》《莲花池》《孩子的演讲》《山下》七篇短篇小说，被收入《旷野的呼喊》集，1940 年 3 月由上海杂志公司（桂林）初版。

梳理既有研究不难发现，尽管萧红研究已经越来越多受到学界关注，但有关其战时短篇集《旷野的呼喊》的研究长期以来却遭到忽视，而《旷野的呼喊》集却又正凝聚着萧红对于战时生活中普通人感觉心境的看重与把捉。有论者通过"对小人物心声的体察，以及对常与变下世态人心的展现"②，论证了《旷野的呼喊》之于萧红创作史的特殊意义。而本文认为，萧红正是通过对战时生活的挖掘，在心理空间与情感结构、风景诗学、战时生活的"常"与"变"等方面建构起了"朦胧"的期待的情感诗学与"愉悦"的恐怖的风景书写。而与"愉悦"的恐怖相对置的，是其对于"凝定"形式的渴望与追求，并形成了对风景内面性之内面性的再发现，而由此引发的认知装置的两次颠倒，构成了对战时生活的强调与突显，而对战时生活的格外看重，也就造成了对基于抗战救国、民族国家话语重要性和神圣性的深度背反。而通过对逃难与参战的对置书写，萧红则延展开了战时生活"常"与"变"的向度，揭示出战争带给人的精神伤痛，表达了拒绝战争、执着于战时生活的主张。

一、"朦胧"的期待: 战时生活的心理空间与情感结构

发表于《文摘战时旬刊》1938 年 10 月 31 日的小说《朦胧的期待》，文题即高度凝练地蕴含着萧红有关朦胧诗学的创作理想。"朦胧"作为中国古典诗学的一个重要传统，肇始于《诗经·蒹葭》篇，其幽婉深见的意象与情境表达，制造出了空灵多义的美学效果。而李商隐以心理流程为意脉的诗歌创作使得朦胧的诗学与情思的复杂丰厚相关联，心理写照同时也成为时代缩影之体现③。英国诗人威廉·燕卜荪在《朦胧的七种类型》中则明确提出和建立了朦胧的诗学概念，并认为"所有优秀的诗歌都是朦胧的"④，通过心理分析的方式探讨了"朦胧"之于诗歌意义丰富性生成的重要性。由

---

① 王拥军编:《萧红新传: 文学洛神的一世飘零》，中国商业出版社 2015 年版，第 182 页。
② 张智勇:《被遗忘的声音——重探萧红短篇小说集〈旷野的呼喊〉》，载《黑龙江教育学院学报》，2019 年第 2 期。
③ 参见陈伯海:《意象艺术与唐诗》，上海古籍出版社 2015 年版，第 285 页。
④ [英] 威廉·燕卜荪:《朦胧的七种类型》，中国美术学院出版社 1996 年版，第 10—11 页。

女作家学刊·第三辑

此可见，关联时代的心理内容与情思的矛盾含混正是朦胧诗学的要义所在。《旷野的呼喊》小说集中，萧红正是把捉住了战时女性、儿童、老人的心理空间与情感结构，通过对普通人战时生活深入细致的挖掘，建构出了"朦胧"的期待的情感诗学。

小说《朦胧的期待》中叙事者通过官太太和金立之的叙述对打仗这一行为进行了意义阐释。太太赋予打仗的意义是："打仗去，保卫我们的国家！"[1] 金立之则言："这次，我们打仗全是为了国家，连长说，宁做战死鬼，勿做亡国奴，我们为了妻子、家庭、儿女，我们必须抗战到底……"[2] 李妈不懂得抗战的意义，但她的期待很朴素，希望等金立之从前线平安回来，"把我的工钱都留着将来安排我们的家。"[3] 但这期待最终只能在梦中实现。

萧红集中笔墨充分延展开李妈的心理空间，在得知金立之要上前线后，李妈惶惑不安又怕心事被人察觉而分外羞怯。"她忽然感到自己是变大了，变得就像和院子一般大，她自己觉得她自己已经赤裸裸的摆在人们的面前。又仿佛自己偷了什么东西被人发觉了一样，她慌忙的躲在了暗处。"[4] 但李妈对于抗战的理解，很难与保卫民族国家建立关联，李妈"朦胧"的期待中还蕴蓄着担忧：一是担心"高升"了的金立之会负心，在李妈看来似乎"这一次"的"抗战从军"和之前的内战并无太大区别。神圣的救亡图存意义上的为保卫国家而战，并未直接与李妈的生活发生关系，她担心的是金立之从军打仗可能会"高升"，而"高升"可能会给他们的未来带来变数。而其另一层担心，也是由这层担心衍生而来，她怕打仗会让彼此断了音讯。

细察萧红的书写逻辑不难发现，她着意的并非直接参与抗战、"跟着军队跑"[5] 的抗战书写，而是"后方民众的各种变动的情形"[6]。萧红借助李妈对金立之从军打仗事件的内心感受，关联起的是战争带给普通人小家庭日常与理想的变动与破灭，展露的是战争带给日常生活的扰动与冲击。李妈组建小家庭的期待只能在梦中实现，无疑昭示着其期待的"朦胧"根性，而这种"朦胧"的期待所暗示和勾连出的是战时普通人的人生意义建立和维系在战争之上的无奈现实，面对金立之未及告别便开拔离开，"她站定了，停止了，热度离开了她，跳跃和翻腾的情绪离开了她。徘徊，鼓荡着的要

名家研究与文献

---

[1] 萧红：《朦胧的期待》，《萧红全集·小说卷I》，北京燕山出版社 2014 年版，第 173 页。初刊于《文摘战时旬刊》（重庆）1938 年 10 月 31 日。

[2] 同上，第 177 页。

[3] 同上，第 178 页。

[4] 同上，第 173 页。

[5] 《抗战以后的文艺活动动态和展望——座谈会记录》。

[6] 同上。

破裂的那一刻的人生，只是一刻把其余的人生都带走了。"①

因为萧红的写作重心是战时生活，这就导致其对下层劳动妇女和普通士兵心理内容的展现注定是失衡的。相比于李妈想尽办法表达关爱，从文本中很难判断金立之是否也怀有对李妈同样的留恋、不舍与担心。甚至看不出金立之对李妈有什么特殊的感情，连抗战胜利回来娶她这种约定性的行为也是通过李妈转述的。萧红对士兵金立之临行前的心理内容进行了留白处理，有意制造出金立之与李妈之间的情感错位。"他为什么还不来到厨房里呢？李妈故意先退出来，站在门坎旁边咳嗽了两声……她看金立之仍不出来，她又走进房去。"②"现在八点五分了，太太的表准吗？……金立之仍旧没有注意。"③ 于是她只好跑出来给金立之买烟。"一边跑着，一边想着她所要说的话。"④ 从李妈焦虑不安的心理描写不难看出，李妈对即将与之分别的金立之充满了期待，期待他能对自己有所承诺，能对她有些临别前的关切与温存。

但李妈的爱意和不舍没有得到任何回应，金立之没有一句交代和安慰地离开了。李妈的意愿几乎无声无息，只停留在心理内容的层面。"远近都没有回声，她的声音还不如落在山涧里边还能得到一个空虚的反响。"⑤ 萧红将两性之间错位的情感结构与行为表现作了对照式呈现，似乎意在显示造成这种情感落差的动因正是战争的干扰，正是战争导致了李妈个人小家庭理想的难以实现。

而造成战时劳动妇女与普通兵士之间心理结构参差的变量即是他们不同的抗战生活方式。金立之奔赴前线，选择了直接参与抗战，李妈则坚守后方，在焦急等待中过活。金立之无疑代表着神圣的抗战救国的话语逻辑，李妈则集中着个人的情感诉求与对家庭生活的渴望。李妈代表着大多数劳动妇女的认知与态度，她们的期待很简单很朴素，不过是能成个家，有个安稳的日子过着。但是，金立之赴前线打仗的选择却让李妈的朦胧期待变得很渺茫。问题无疑指向的是，战争时代，响应抗战从军号召入伍打仗的行为选择，会剥夺甚至毁灭掉普通劳动妇女最基本的对于日常家庭生活的渴望。但关键在于，如果不抗战从军，没有抗战胜利的保障，个人的小家庭理想也很难实现。萧红虽然始终关注的是战时普通人的心理情感，但她也十分清楚，女性小家庭幸福的实现，必须依靠以金立之为代表的抗战从军、国家意志的实现，才可能完成。李妈的期待看似朴素渺小，却需要战争胜利、社会安定的大环境支撑才能有所附丽。

---

① 萧红：《朦胧的期待》，《萧红全集·小说卷 I》，第 178 页。
② 同上，第 176 页。
③ 同上，第 177 页。
④ 同上，第 177 页。
⑤ 同上，第 177 页。

女作家学刊·第三辑

而除了女性之外，儿童与老人也是坚守在战时大后方的主体，萧红对于战时儿童与老人的精神心理状况，也投入了颇多关注。《莲花池》中孤儿小豆与爷爷相依为命，爷爷害怕他被邻家孩子欺负而不许其离开屋子，于是小豆每天只能坐在窗口，将对外部世界的全部想象贯注在了对莲花池的期待上。"那意想诱惑着他把那莲花池夸大了，相同一个小世界，相同一个小城，那里什么都有：蝴蝶，蜻蜓，蚱蜢……"①萧红似乎有意将莲花池作为小豆的梦想之地着意虚化，努力将其划归入悬想地带。她细致描摹了祖孙二人去小镇途中一路所见的风景，却唯独对小豆梦想中的莲花池故意宕开一笔不写，只简单地交代了一句"绕过了莲花湖，顺着那条从湖边延展开去的小道，他们向前走去"②。这样处理，既容易制造出虚实相生之感，又使得小豆"朦胧"的期待变得更加模糊与不确定。

萧红还极善运用动物化的比拟修辞倾注对战时儿童命运的同情与关切。《莲花池》中描写日本兵将小豆"踢到一丈多远的墙根上去，嘴和鼻子立刻流了血"③的场景时，萧红形容小豆就像"被损害了的小猫"④；以"懒洋洋的晒在太阳里的小猫"⑤"腿和小狼的腿那么细"⑥来描述小豆身体的单薄瘦弱。而无论是懒洋洋的小猫、瘦弱的"小狼"还是被日本兵打伤"受损害的小猫"，都是作为弱小可怜的形象而存在的。而打伤小豆的一群邻家孩子，萧红则将其比作小虎、疯狗，更显出小豆的羸弱不堪。

萧红对于战时儿童问题的探触并非浅尝辄止，她对战时儿童的生活处境寄予了深重担忧，这担忧既涉及现实经济层面，更重要的则是对儿童战时生活精神伤痛的关注，掘发出了颇具心理空间的深层意涵。

《山下》中的林姑娘才十一二岁，本该享受安逸快活的童年，却早早承担起赚钱养家的责任。但经济层面的现实压力还不是最紧要的，萧红更着意揭示的是战时儿童在精神层面遭受的伤痛。林姑娘丢掉了当佣工的差事，自尊心极强的她整个人变得"凄清的，郁郁不乐"⑦，"寂寞的去，寂寞的来"⑧，王家姑娘不肯帮忙和不顾林姑娘伤心提起先前先生赠花之事，代表着现实世界的冷漠，而林妈妈和邻居们都说林姑娘变了，"变成小大人了"⑨，流露出的则是战时孩童心理不被成人世界所了解的深深的隔膜。对

① 萧红：《莲花池》，《萧红全集·小说卷Ⅱ》，北京燕山出版社2014年版，第37页。初刊于《妇女生活》（重庆）1939年第8卷第1期。
② 同上，第51页。
③ 同上，第55页。
④ 同上，第55页。
⑤ 同上，第38页。
⑥ 同上，第37页。
⑦ 萧红：《山下》，《萧红全集·小说卷Ⅲ》，北京燕山出版社2014年版，第27页。
⑧ 同上，第26页。
⑨ 同上，第27页。

名家研究与文献

生活激起了朦胧的期待而终又失去的少女的寂寞心事，正是萧红的关注所在。

而战时丧失经济能力、生存艰难的老人们，则面临着在生之威胁与民族大义之间更艰困的抉择。《莲花池》中的爷爷为了养活小豆，只能靠盗墓为生，但因日本人常扣劫货物，为了不让小豆饿死，爷爷决定忍辱归顺日本人。七八岁的小豆，尚且生发出了"中国人到日本人家里就是'汉奸'"①，不能做汉奸这种朴素的民族意识，爷爷的内心痛苦可想而知。萧红用了不少笔墨写决定归顺日本人之前爷爷的心理感受，一直强化着爷爷朦胧的期待："病没有病死，还能饿死吗？"②通过对小豆在日本军营哭闹所表现出的朴素纯然的民族意识书写，愈加凸显出战时没有谋生能力的爷爷的生之艰难，细腻传达出了其为了孙子能活而不得不向日本人屈服的痛苦挣扎的矛盾心理。同时暗示其期待实现之不易与所付出的代价之大：要牺牲掉民族大节，但这期待最终还是被残忍剥夺了。

而《旷野的呼喊》更是将战时老人因独子生死未卜而焦烦挣扎揭露无余。无知善良的农村老姬陈姑妈的烧香行为，被书写得极具宗教仪式感。陈姑妈在烧香之前特意"先洗了手"③。"平日很少用过的家制的肥皂，今天她就存心多擦一些"④，"又从梳头匣子摸出黑乎乎的一面玻璃砖镜子来。"⑤这镜子只在过新年和四月十八上庙或是村里娶媳妇、办丧事时，才拿出来照照。陈姑妈插了三炷香，叩了三个头。"想要念一段'上头香'，因为那经文并没有完全记住，她想若不念了成套的，那更是对神的不敬，更是没有诚心。"⑥于是只虔诚地跪着。这是来自老人无力却虔敬的挣扎，萧红对此怀有怜悯与同情，却也伴随着无力与无奈："陈姑妈因为过度的虔诚而感动了她自己，她觉得自己的眼睛是湿了……因为这烧香的仪式过于感动了她，她只觉得背上有点寒冷，眼镜有点发花……"⑦

萧红并无意展示受命运捉弄的老人们的弱小、可怜与无助，而一直致力于对"弱者的挣扎"的书写，以粗粝的笔法，铺展开了茫然无措又不甘心屈服的弱者的反抗。《旷野的呼喊》中奔走在黑夜旷野寻找儿子的陈公公，"好像一只野兽，大风要撕裂了他，他也要撕裂了大风。"⑧年过六十的陈公公，生活艰困，一生给人看守瓜田，没见过大场面，也不理解义勇军

---

① 萧红：《莲花池》，《萧红全集·小说卷 II》，第 55 页。
② 同上，第 47 页。
③ 萧红：《旷野的呼喊》，《萧红全集·小说卷 II》，第 12 页。
④ 同上，第 12 页。
⑤ 同上，第 12 页。
⑥ 同上，第 13 页。
⑦ 同上，第 13 页。
⑧ 同上，第 27 页。

的行为意义，只知道做义勇军虽有性命之虞，却是好男儿该当做的事，对日本人侵占村庄，怀有朴素的愤恨，尽管他根本不知道要去哪里救儿子，可还是迎着风跑了出去，倒下，再站起来，不断地倒下站起，面对大风肆虐，他回应的是"凶狂的呼喊"，这是原始生命力的展现，更是个人面对时代风暴不屈的挣扎意识的显露。即便无法改变与挽回命运的无常与结局的冷酷，却是顽强的生命底色和受难者的默默坚忍。

二、"愉悦"的恐怖与"凝定"的寻求：
风景内面性之内面性的再发现

成功的风景描写是萧红战时创作的一大特色，而注重风景描写，和萧红的绘画天赋不无关联。她极善于在"创作中运用绘画笔法，着意于'色彩的奇异，线条的生动，形象的奇特'"[①]《莲花池》中萧红将徘徊在生死边缘、昏迷不醒的小豆与莲花池的风景交织在一处。"莲花池的小虫子们仍旧唧唧的叫着……间或有青蛙叫了一阵。无定向的，天边上打着露水闪。那孩子的性命，谁知道会继续下去，还是会断绝的。"[②]自然风景在夏目漱石看来是可以被当作"感觉的材料"处理的，作者在创作过程中，"以'人事的材料'配以'感觉的材料'，又点缀以极为切实的自然风景"[③]，可以起到"把人物悲惨的遭遇加以诗化"[④]以引发读者兴味的作用。《莲花池》中的虫鸣蛙叫、莲花露水，始终纠缠着向往外面世界和昏迷不醒的小豆。萧红在叙写人事的间隙，随时补缀与小豆密切相连的自然风景，这就使得其笔下的风景书写具有了双重意味，既制造出了小豆命运不定的悲痛之感，又生成了诗趣的幻感，而这种哀痛的表达是"配以周围的清净而保持调和"[⑤]的，选取的风景描写是灵动、怡人，带着梦幻感的："那莲花池上小豆所最喜欢的大绿豆青蚂蚱，也一闪一闪的在闪光里出现在莲花叶上。"[⑥]然而紧接着一句"小豆死了……"[⑦]却激起了一种"愉悦的恐怖"，而这种"愉悦的恐怖"是通过"对置"的方式得以实现的。

小说的结局，相依为命的孙子小豆死去，毫无希望的爷爷，再度被裹挟在莲花池的风景中。"这时候莲花池仍旧是莲花池。露水仍旧不断的闪

① 刘福臣：《萧红绘画琐谈》，引自《萧红研究》，北方论丛编辑部 1983 年版，第 204 页。
② 萧红：《莲花池》，《萧红全集·小说卷 II》，第 59 页。
③ ［日］夏目漱石：《文学论》，上海译文出版社 2016 年版，第 258 页。
④ 同上，第 258 页。
⑤ 同上，第 263 页。
⑥ 萧红：《莲花池》，《萧红全集·小说卷 II》，第 59 页。
⑦ 同上，第 59 页。

合。"① 期待终究落空了，"莲花池的旁边，那灶口生着火的小房子门口，却划着一个黑大的人影。那就是小豆的祖父。"② 萧红将莲花池的清幽与死亡引发的绝望两相对置，给人一种生之催逼的压迫感和被黑暗笼罩的绝望。而"浪漫主义生于愉悦的恐怖（这是一种矛盾修辞），养于灾难之中。"③ 这种对置式的风景书写与情绪表达机制则生成了一种"愉悦"的恐怖的浪漫主义诗学理想。埃德蒙德·柏克在《崇高与美两种观念的哲学探源》中指出，崇高可以在黑暗与阴影及恐惧与战栗中发掘。英国的俄裔绘图大师及水彩画家亚历山大·科曾斯（Alexander Cozens）也认为"风景"（landskips）在本质上是人特定感受和精神状态的投射④。

也就是说，对风景的着迷关联着作者对于主体心灵秘境的探寻和重视。萧红战时一路从武汉到山西再回武汉再去重庆，几度逃难迁徙，使得其笔下的战时风景书写，牵动着主体心灵与现实的碰撞。而勃兰兑斯在《十九世纪文学主流》中有关流亡文学的风景阐释，对于理解战时离乱迁徙中萧红笔下的风景书写有一定的提示意义，短篇集《旷野的呼喊》中呈现出的主体心灵与时代现实碰撞的形式正是浪漫主义式的，"自然在蛮荒状态中，或者由它在他们身上引起模糊的恐怖感的时候，才是最美的……使心灵为之毛骨悚然、惊惶失措的孤寂，正是浪漫主义者的爱好所在。"⑤ 萧红在《旷野的呼喊》中通过茫阔无边又暴厉狂烈的风景书写，确立了"愉悦"的恐怖的诗学追求。"风在大道上毫无倦意的吹啸，树在摇摆，连根拔起来，摔在路旁，地平线在混沌里完全消融。"⑥ 求诉无门的陈公公，最后所有的挣扎只能化成绝望的呼喊："他凶狂的呼喊着。连他自己都不知道叫的什么。风在四周捆绑着他……"⑦ 似是一种命运般不可知力的存在，"风便作了一切的主宰"⑧，而在命运的压迫下，陈公公所有的挣扎只能化为绝望的怒号，最终都被风吹散了，连声响也不剩。这种个人与时代的"对置"凸显出了挣扎在战时生活中普通人的能量与反抗。

但与"愉悦"的恐怖这一风景诗学相对置的，是萧红对于"凝定"形式的渴望与追求，这也正是萧红所认同和熟知的风景书写范畴。在去重庆之前，萧红曾对友人提及想要在重庆创立一个文艺咖啡室的设想，这一设想无疑带有浪漫主义色彩。在她看来，即便在战时，作家也需要这样一个

① 萧红:《莲花池》,《萧红全集·小说卷Ⅱ》, 第60页。
② 同上, 第60页。
③ [英]西蒙·沙玛:《风景与记忆》, 译林出版社2013年版, 第525页。
④ 同上, 第538页。
⑤ 勃兰兑斯:《十九世纪文学主流》（第二册）, 人民文学出版社1997年版, 第127页。
⑥ 萧红:《旷野的呼喊》,《萧红全集·小说卷Ⅱ》, 第27页。
⑦ 同上, 第27页。
⑧ 同上, 第27页。

女作家学刊·第三辑

世外桃源，"但这世外桃源不是与现实世界隔开的，正如现实主义不离弃浪漫主义，理想与现实交融在一起一样……"①从萧红的文艺咖啡室构想不难看出其与不少左翼作家在抗战文艺观念上的分歧。在两次《七月》座谈会上，萧红也较为直率地表达了自己的异见，"1938 年 5 月 15 日，她写了《无题》，借助风景与伤残女兵的话题作为答辩。"②萧红并不认同"对于北方的讴歌就像对于原始的大兽的讴歌一样"③的止步于本能的抒发的文学形式，其所看重和推崇的乃是有灵魂高度的屠格涅夫和罗曼·罗兰式的"合理的，优美的，宁静的，正路的"④"从灵魂而后走到本能的作家"⑤。萧红并不欣赏和认同呼唤生命力之强的本能型作家，因而她拒斥"暴乱，邪狂，破碎"⑥。她的风景书写多是平静愉悦的，常常通过对亘古不变的山河、风云的书写，寻求对变动不居的战时世界中凝定生活状态和心境感觉的把握。

《黄河》中阎胡子对于抗战胜利的美好期待是与潼关上空静止的风沙相关联的，正如萧红所说"在那终年昏迷着的静止在风沙里边的土层上用晴朗给摊上一种透明和纱一样的光彩，又好像月光在八月里照在森林上一样，起着远古的，悠久的，永不能够磨灭的悲哀的雾障"⑦。"静止的风沙""悲哀的雾障"，显露的是大自然的悲凉凄怆，本就与中国感伤文学的意蕴相勾连，延绵和寄予着"诗人对时代推移人生无常所发露的感慨"⑧，而"终年""静止""远古""悠久"则召唤出的是与杜甫在《发秦州》中所言"大哉乾坤内，吾道长悠悠"一般主体面对"漂浮不定、不断变动的世界"⑨生发出的对于凝定身心、择定方向、坚定前路的渴望和对于内心安定力量的寻求。

而这种对于安稳凝定的形式的寻求，在萧红笔下，则化身为"静"与"动"的对置："站在长城上会使人感到一种恐惧，那恐惧是人类历史的血流又鼓荡起来了！而站在黄河边上所起的并不是恐惧，而是对人类的一种默泣，对于病痛和荒凉永远的诅咒。"⑩萧红通过长城与黄河这一静一动之间的对应与张力，审视着"混乱时代的现实世相，由战争带来的悲惨的人生

---

① 蒋亚林：《从呼兰河到浅水湾——萧红传》，中国书籍出版社 2015 年版，第 211 页。
② 季红真：《萧红全传：呼兰河的女儿》，现代出版社 2012 年版，第 435 页。
③ 萧红：《无题》，《七月》，1938 年第 3 卷第 2 期。
④ 同上。
⑤ 同上。
⑥ 同上。
⑦ 萧红：《黄河》，《萧红全集·小说卷 I》，第 189 页。
⑧ [日] 小川环树：《论中国诗》，中华书局 2017 年版，第 61 页。
⑨ [日] 小川环树：《风与云——中国诗文论集》，中华书局 2005 年版，第 117 页。
⑩ 萧红：《黄河》，《萧红全集·小说卷 I》，第 198 页。

实态"①，并从中发现了人类历史以及世界荒凉的本质，也蕴藉着对于人类苦痛的深切悲悯。

小说《黄河》插缀延绵出浩茫辽阔、浸润着历史感与现实迷思的风景描写，但溯流而下，铺陈开的却始终是阎胡子对于"家"的思念。《黄河》主要以船老板阎胡子与八路军战士的对话结构全篇，但以阎胡子的自言自语居多，八路军的言语却很少，这极易勾连起柄谷行人在《日本现代文学的起源》中对于"风景"的发现。相较于肩负抗日救亡使命的八路军战士，船老板阎胡子却享有压倒性的话语主导权，从表面看来这似乎确实极为服膺柄谷行人所言对于"作为风景的平凡的人"的发现，颠倒了八路军战士相较于船老板阎胡子更为有资格成为"难忘的人"这一认识装置，在"风景的发现"的意义上，阎胡子成为更强的主体性存在。若据此意义加以考量，作为内面性风景之发现的阎胡子，一路上说了不少话，但他关注的重点始终是对家的回念和对生存的忧虑。萧红在风景发现的问题上显然比柄谷行人走得更远，她集中于对内面世界的关注而发现了阎胡子，而阎胡子对于家的渴望，更激发了对作为风景的内面性的深度发掘。其书写其实是对风景内面性之内面性的发现，而由此引发的认知装置的两次颠倒，所造成的结果即是对战时生活的强调与突显，而对战时生活书写的格外看重，也就形成了对基于抗战救国、民族国家话语重要性和神圣性的深度背反。

和流亡作家夏多布里昂在《阿拉达》中书写北美原野和神秘森林以及《勒奈》中弥漫的离散的忧郁与神秘，借助主人公逃避进原始森林、闯入原始人部落等一系列对野蛮的、原始的、自然的风景描写，意在表达对国内大革命的不满、对社会变革和社会结构的抵制与反抗一样，《黄河》中并不见对神圣抗战的崇高书写，不少篇幅是船老板阎胡子对接受八路军搭船的抱怨不满以及自说自话大谈"生意经"。这是萧红对作为风景的发现的阎胡子的第一重发现，即促成了身为抗战救国大时代中国民之一员的阎胡子与身为商人的阎胡子身份重要性的颠倒，满口"生意经"和抱怨战争搅乱了生意的阎胡子，对其内面性的发掘无疑颇有深意，这也是内面性风景发现的第一重胜利；然而商人属性的颠倒式凸现很快又在第二重发现中再次经历倒转，阎胡子多次陷在自言自语中，自陈对现在自己的家赵城是否受得住战火的担忧，饱含着对老婆孩子的牵挂；直陈黄河发大水的可怕情形、爹娘相继死去的惨痛、自己带着老婆闯关东以及在关东变成"伪满洲国"后来山西闯荡的经历。而这些散漫、混乱甚至有些语无伦次的自言自语，都关系着阎胡子的回乡冲动和他对于"家"的思念、牵挂与担忧。于是，战时生活中个体的情感需求和日常生活秩序再度颠倒了阎胡子的外在经济活

---

① ［日］小川环树：《风与云——中国诗文论集》，第140页。

动与商人属性，而形成了内面性风景的内向翻转，即风景内面性之内面性的凸显。

战争对社会秩序形成了巨大冲击，而"抗战建国"的宏大叙事在遭遇具体经济结构（商业活动）时，萧红对于内面性风景的凸显，成为理解其文学观念的重要装置，"当时作家们最关心的是如何将抗日战争与自己的文学活动结合起来……身为中国人的行为和身为作家的行为无法共存。但是，与这些人的焦虑相比，萧红显得比较淡然。"① 相较于参加抗战救国和对战时经济形势的关注，个体生存的合理性、普通人战时日常生活秩序的维系无疑是萧红最为关心的。而蕴藉在其风景内面性之内面性发现中的认识逻辑似乎是，民族国家话语和抗战救亡的时代精神对于普通人日常生活秩序的收编很大程度上是无效的，战时生活依然是战争时代最为普遍且最为重要的生命安稳的底子。

三、逃难与参战：战时生活的"常"与"变"

《旷野的呼喊》小说集中鲜有对直接参与抗战的人物书写，《黄河》中的八路军战士，被论者指摘其塑造"基本只是一个脸谱"②，情境也被设定为奔丧之后赶回部队的搭船途中，并没有战争场面的描写；《孩子的演讲》中萧红也着重揭示战争带给战地服务团小战士王根的精神伤痛和儿童天性的被压抑。而萧红集中笔墨书写的主要是像何南生、马伯乐一类拒绝战争、逃避战争而执着于战时生活的形象。她正是通过对逃难与参战的对置书写，延展开了对战时生活"常"与"变"的思考。

《逃难》中的主人公何南生"是马伯乐的底本"③，萧红固然在他身上寄予了一种典型性嘲讽，含有国民性批判的意味，但更意图以一个整日焦虑忧愁、谨小慎微又无能为力的小知识分子在"逃难过程中的见闻，展示战时社会的众生相"④。萧红似乎有意切割何南生与战争的关联，尽管身为教员，还是历史老师，但在他身上基本感受不到任何民族意识与家国情怀。逃难前的历史课，何南生没有去上，就因惦记着早早赶去火车站，但实际上最早的一班车六点才会来。他虽是学校抗战救国团的指导，嘴上说着绝不逃难，誓与陕西共存亡，实际却早已打算带着老婆孩子一去不回。

① 平石淑子：《萧红传》，中国人民大学出版社 2017 年版，第 308、309 页。
② 平匂芒：《有关萧红的一百个细节》，作家出版社 2018 年版，第 274 页。
③ 陈洁仪：《萧红的"女性身份"及其抗战作品》，《萧红印象》，黑龙江大学出版社 2011 年版，第 249 页。
④ 季红真：《萧红全传：呼兰河的女儿》，第 457 页。

"他妈的，中国人要逃不要命，还抗战呢！不如说逃战吧！"①尽管何南生也属于逃战之流，却又同时保持着"批判"者姿态，当他在逃难中处于劣势时，这牢骚看起来似乎把自己摘除在外，因而听起来颇为"正义凛然"，但他又担心言语过激，于是"四边看一看，这车站上是否有自己的学生或熟人"②，当发现没有学生熟人时，复又大发牢骚起来。何南牛的顾虑受限于他的教员身份，即便自己明明是在"逃"战，却还要在离开前发表演说，鼓励学生，并谎称自己三五天就会来，心虚地说着誓与陕西共存亡。因为在战时语境中参战无疑拥有绝对的合理性与正当性，但是不管何南生还是马伯乐，从他们身上都看不到太多生活与战争的关联，萧红主要凸显的是其战时生活中"常"的一面。

"逃战"作为萧红战时书写中的一个重要序列，可以看出其对于战时日常生活的看重。何南生就职的学校距离已有战火的潼关不过几十里路，他本该担心，"照理应该害怕"③，但是，"因为他的东西都通通整理好了，就要走了，还管它炮战不炮战呢！"④战争对他来说，没有那么可怕，因为他在战前也终日生活在惶惶不安里，战争带给其生活的冲击，并不是什么生死危机、亡国灭种意涵上的，他始终关切的是个人的幸福与安全问题。在萧红笔下，战场是缺席的，正像何南生始终关心的都是如何做好逃难的"万全"准备。

而萧红对于《逃难》的结局处理，则寄予了希望战争尽快结束的期待。"抗战胜利之前，什么能是自己的呢？抗战胜利之后什么不都有了吗？何南生平静的把那一路上抱来的热水瓶放在了桌上。"⑤何南生将个人财产的失去归因于"抗战还未胜利"，并相信抗战胜利后，个人的幸福生活自然会得到恢复，这确实是一种精神疗愈意义上的自我安慰，但其实何南生对于"抗战胜利"的期冀是把握不住的，他所能把握住的只是抱了一路的热水瓶以及其所关联的日常世界。面对惨淡的现状，何南生并未像平素一样大发牢骚，仿佛开始"乐天知命"一般。据此，萧红似乎想暗示我们的是，个人生活的幸与不幸正是建立在抗战胜利、战争结束的希望之上，"逃难"的选择昭示的正是战时生活"常"的一面，而这也正是萧红战时生活书写所关注的重点。

而颇有意味的是，萧红醉心于书写远离抗战"逃难"的战时生活之"常"，而对直接参与抗战、面临战时生活之"变"的书写，却显得有

① 萧红:《逃难》,《萧红全集·小说卷I》, 第181页。初刊于《文摘战时旬刊》(重庆) 1939年1月21日。
② 同上, 第186页。
③ 同上, 第182页。
④ 同上, 第182页。
⑤ 同上, 第187页。

些捉襟见肘。《黄河》对于八路军士兵的塑造单薄扁平、有失于符号化之嫌。而阎胡子对八路军士兵的印象和感受，也更像是政治话语的简单拼贴，"你是官兵，是保卫国家的。"①"俺家那边就是游击队保卫着……都是八路的……"②"都是八路的……俺家哪方面都是八路的……"③明显暴露出了萧红对于描写直接参与抗战的这一题材创作并不得心应手。其对八路军形象的展示，也很抽象空洞，"他脸上的表情是开展的，愉快的，平坦和希望的。"④而小说最后被拼接上一条光明的尾巴，当阎胡子询问八路军抗战能否胜利，八路军士兵的回答非常积极、正面："是的，我们这回必胜……老百姓一定有好日子过的。"⑤却正显露出萧红对于战时生活问题的思考，尽管行文中显见地流露出她拒绝战争，渴望战争早日结束的情绪与期待，但她清楚地知道战争造成了普通人战时生活的极大变动。

而萧红意在揭示的战时生活之"变"，乃是战争带给人的精神伤痛。小说《孩子的演讲》中九岁大的战地服务团小战士王根，在一次欢迎会上被推出来演讲。萧红将孩童的天真、抗战的神圣以及演讲这一形式所携带的庄严和内容的崇高以及孩童的程式化言说混杂在一处，颇具戏剧张力与心理涵容。孩童与战地服务团小战士的双重身份割裂、撕扯着王根，正是身份认同上的混乱与迷茫，造成了王根演讲中途哭以及讲演后的懊悔。拒斥儿童身份属性的王根，将自己演讲失败，归咎于受到儿童身份的带累而不被尊重和认同，"王根再也不吃摆在他面前的糖果了。他把头压在桌边上，就像小牛把头撞在栅栏上那么粗蛮。"⑥显见地流露出其对儿童身份的强烈拒斥与意图剥离。

王根担负着与年龄不相称的重负，据萧红的叙述，小王根是主动离家参加抗战的，父亲还专门找到战地服务团劝他回家，说母亲很想他。但小王根回绝父亲的说辞非常"义正辞严"，完全是民族国家意识主导下的话语修辞，"母亲想我我不回去，我说日本鬼子来把我杀了，还想不想？"⑦九岁的孩童，本该最是天真烂漫、生活无忧的时期，小说中也不时有对王根儿童天性的展现。在欢迎会上，王根"把手里剥好的花生米放在嘴里，一边嚼着一边拍着那又黑又厚的小肥手掌"⑧除了吃落花生，王根接着又"吃别的在风沙地带所产的干干的果子，吃一些混着沙土的点心和芝麻糖……王

名家研究与文献

---

① 萧红：《黄河》，《萧红全集·小说卷Ⅰ》，第 192 页。
② 同上，第 193 页。
③ 同上，第 193 页。
④ 同上，第 197 页。
⑤ 同上，第 198 页。
⑥ 萧红：《孩子的演讲》，《萧红全集·小说卷Ⅱ》，第 66 页。
⑦ 同上，第 64 页。
⑧ 同上，第 62 页。

根记得他从出生以来，还没有这样大量的吃过……"①。

但是身为战地服务团一员的王根，当有人提议让他讲几句时，吃点心吃得正起劲的王根"立刻停止了所吃的东西，血管里的血液开始不平凡的流动起来"②。演讲仿佛构成了王根由孩童切换到小战士的快捷键。一旦走上演讲台，他很快进入了小战士的角色状态。王根不紧张，也不恐惧，因为之前有过几次演讲的经验。从其表现来看，他对于演讲这一形式也并不生疏，甚至还"深谙此道"。他知道演讲的程式化，也了解演讲对于战地服务团宣传作用的重要性。

王根站上板凳开始演讲前的第一个举动是"手放在帽檐前行着军人的敬礼"③，这一细节很耐人寻味，从行动上看，王根对自己的身份认同明显是一个战地服务团的小战士，他认为自己担负的职责是庄严而神圣的，但是观众的反应却让他很失望，为了稳定情绪，他"稍稍站了一会儿还向四边看看"④才缓缓开口。王根的专注与镇定在观众看来十分滑稽可爱，因之对他报以的不是对战士的崇敬，而是戏谑的将其当作小孩的"玩物似的蔑视的爱"⑤，这一切是借由王根的心理感觉呈现的。观众的好奇和嬉笑让王根感觉受到了侮辱。于是他开始努力让自己镇定，并开始自述身世和抗战经验。这时候观众停止了哄笑，而被王根的经历和叙述牵引，"人们之中有的咬着嘴唇，有的咬着指甲，有的把眼睛掠过人头而投视着窗外……他们的眼光都像反映在海面上的天空那么深沉，那么无地。窗外则站着更冷静的月亮。"⑥萧红甚至不惜将王根的形象点染拔高成小英雄的存在。她平静地叙述："一九三八年的春天，月亮引走在山西的某一座城上，它和每年的春天一样。但是今夜它在一个孩子的面前做了一个伟大的听众。"⑦有一种肃穆的庄严和月色的清辉笼罩在王根身上。王根继续着他的演讲，强调自己不跟父亲回家，而选择继续留在战地服务团，为抗战贡献力量。观众群里爆发出了猛烈的潮水般的掌声，但是王根的演讲并未完，按照往日的经验，这时候是不应该鼓掌的，于是他开始怀疑自己说错了什么，继而语无伦次起来。人群里开始有了更多的掌声和笑声，王根觉得场面有些失控，因为这并不是预期中演讲该有的程式和发展，他还没讲到最重要的关头，还没植入打倒日本帝国主义的宣传口号与内容。面对观众的反应，王根很茫然，陷入了一种无处安放的焦虑与不安中，"不知道站在什么地方，他不知道

① 萧红：《孩子的演讲》，《萧红全集·小说卷 II》，第 62 页。
② 同上，第 63 页。
③ 同上，第 64 页。
④ 同上，第 64 页。
⑤ 同上，第 64 页。
⑥ 同上，第 64 页。
⑦ 同上，第 65 页。

他自己是在做什么。"① 于是他哭了，伴随着观众的笑声，不可抑制地哭了起来。他在哭声中结束了演讲，并认定自己的演讲是失败的。而这恼恨，很大一部分来自对自己儿童身份的拒斥与痛恨。因为儿童的身份，导致了他面对五六百成人世界的恐惧、紧张和节奏失控，导致他没能够收获到观众应有的尊重和认同，甚至让他神圣的严肃的演讲内容没能继续和顺利完成。陷入巨大挫败的王根再也不吃摆在他面前的糖果了。

战争对于生活的渗透以及选择直接参与抗战，使得儿童承受了巨大的心理负担，战时生活之"变"逼迫儿童迅速成人化而造成了对儿童天性的压抑，致使痛苦的王根都不敢像正常孩童一样宣泄自己的情绪，尽管"那害怕的情绪，把他在小床上缩做了一个团子，就仿佛在家里的时候为着夜梦所恐惧缩在母亲身边一样"②。儿童因感受到挫败而流露出痛苦、害怕的情绪，是符合儿童自然心理与天性的，但是这种儿童天性却被王根有意识地抑制住了，"'妈妈……'这是他往日自己做孩子时候的呼喊。"③往日做孩子，指称的无疑是今时不同往日，加入了战地服务团的小王根，在自我意识层面确认自己已然不同于往日的孩童身份，而自觉不自觉间将自己划归进成人世界，担负着与成人一般的严正使命。于是最终"王根一点声音也没有就又睡了，虽然他才九岁。"④能够控制个人情绪，往往被视为是成熟的表现特征。

在萧红看来，战争使得儿童世界也遭受侵袭，直接参与抗战的小战士，在战争压力和抗战生活的现实影响下备受压抑与催逼，而过早丧失了孩童天性，这种精神重负和人性束缚，确实是受损害的精神伤痕之所在。萧红说，因"他做了服务团的勤务，他就把自己也变作大人"⑤。在对儿童天性和责任意识的自我拉锯与混杂撕扯的呈现中，萧红所要质问的是，这种日常性被摧毁，渗透着战时生活之"变"。让位于直接参与抗战的战时生活选择无疑是充满了危机与危害的，而萧红正是通过对于战争给儿童精神世界造成的严酷损伤和侵害将此一问题之弊冷静地逼现出来。

结　语

萧红在短篇小说集《旷野的呼喊》中，通过对战时生活感觉心境的挖掘，在心理空间与情感结构、战时生活的"常"与"变"等方面建构起了"朦胧"的期待的情感诗学与"愉悦"的恐怖的风景书写。与同一时期风头正

① 萧红：《孩子的演讲》，《萧红全集·小说卷Ⅱ》，第66页。
② 同上，第67页。
③ 同上，第67页。
④ 同上，第67页。
⑤ 同上，第67页。

盛的置身于沦陷区的张爱玲一样，都格外执着于对普通人物的书写和对"人生安稳"一面的挖掘。但同张氏拒斥时代与历史时间，以个人生活的细琐与无聊替代历史与时代的崇高不同，尽管萧红始终关注的也是战时普通人的心理情感，但她十分清楚，个人的、小家庭幸福的实现，必须依靠国家意志的实现，才可能完成。战时普通人的情感期待看似朴素渺小，却需要战争胜利、社会安定的大环境支撑才能有所附丽，与张爱玲有意放逐国家主义不同的是，在萧红的创作中，民族国家视野从未缺席，且始终作为强大的背景支撑而存在。与此同时，和张爱玲一味强调"人生安稳"一面不同的是，萧红在创作中也从未放弃对"人生飞扬"一面的思考。通过对逃难与参战的对置书写，萧红延展开了战时生活"常"与"变"的思想命题与时代焦点，揭示出战争带给人的精神伤痛，表达了拒绝战争、执着于战时生活的主张。

同时，萧红提倡书写战时生活的独特价值，即是在以突出战争为主体内容的通过呼唤力量、风暴、原始生命力等方式强调直接参与和深入抗战的主流抗战文艺观念和左翼作家的道路选择之外，贡献和掘发出对战时生活状态、心境感觉以及战时社会情感结构的把握，这对于重新定义萧红的战时书写、考察萧红的创作理路和重新审视 40 年代作家的战时书写方式，无疑提供了新的视角与路径。

（唐姆嘉：北京交通大学马克思主义学院文化教育中心讲师）

冷笔之下的庸常人生

——从《金锁记》与《月煞》的叙事比较谈起

姬冰雪　俞春玲

摘　要: 张爱玲因其独特性对当代作家的创作有着重要影响，在当下的文学语境中仍旧催发着不可忽略的论述意义。孙频在创作上对于张爱玲的承续是明显的，而又有所不同。论文攫取中篇小说《金锁记》及《月煞》，以文本对读的方式，分别从叙事心态上的冷笔柔情、叙事技巧里对月亮意象的使用、叙事目的中文学观念的分别等方面展开分析，探讨孙频创作中关于张爱玲影响入乎其中的体现，以及出乎其外的可能。

关键词: 张爱玲；孙频；叙事比较；《金锁记》；《月煞》

张爱玲的《金锁记》被誉为中国现代女性主义文学的一部杰作，傅雷评之为"我们文坛最美的收获之一"①，夏志清评之为"中国自古以来最伟大的中篇小说"②。作为学界言说不尽的一位传奇作家，无论是其作品中通向人生"安稳"的现代性主题，还是其笔下细微物象构成的审美意蕴，都对当代作家的创作有着重要影响。由此可见，张爱玲，在当下的文学语境中催发着不可忽略的论述意义。纵观张爱玲以降的当代女性作家，除去学界经常用以对比研究的施叔青、王安忆、朱天文、朱天心、黄碧云等，在"80后"女作家行列中也涌现出了新人。其中，在纯文学领域成长起来的女作家孙频在创作上对张爱玲的承续是明显的。当代作家的成长除要吸取前辈作家的养分外，还需努力开垦自己的园地。因此，本文将分别攫取两位作家的中篇小说《金锁记》与《月煞》，以文本对读的方式，从叙事心态、叙事技巧、叙事目的的角度进行比较讨论，探讨当代作家"入乎其中"而"出乎其外"的可能。

---

① 傅雷:《论张爱玲的小说》，海峡文艺出版社1994年版，第121页。
② 夏志清:《论张爱玲》，海峡文艺出版社1994年版，第137页。

一、叙事心态: 冷笔柔情

探究作家的叙事心态，是进入作品时的必要路径，这里所论的叙事心态首先体现在作家对于叙事本体的选择上。张爱玲的目光投放于世俗中的汲汲之众，他们是"集团文化的局外人，亦是家族团圆文化的局外人，他们并不是摧毁者、叛逆者、逃亡者，而是集团文化边缘上的张看者、承受者、感知者"①。融入现世安稳的渴望以及难以实现的焦虑，催生了倾城之下寻求平凡夫妻生活的白流苏，在鸦片榻上终成疯魔的曹七巧，被糜烂畸形的家族关系捉弄命运的顾曼桢以及葛薇龙、姜长安……孙频笔下的叙事本体亦是面向庸常生活中的人群，他们处于"家庭"与"社会"的过渡地带，在琐碎的人生之中有沉浮不定的命运，有物的渴望，更有爱的渴求。他们是在贫穷中挣扎的农民、在人生情爱中困厄的女性、困惑彷徨的知识分子以及匍匐在城市底层的小人物等。孙频的《月煞》描写了一个祖、母、子三辈女性间的故事。在一个封闭的乡村，祖辈张秀芬与女儿刘爱华相依为命地生活，为了阻止女儿与她爱上的外地男人离家远走，她残忍地将女儿幽禁来避免自己独自生活的窘境发生。爱情的破碎以及对母亲的怨恨使得被幽禁的刘爱华变成了一个疯子，在同乡男人们的摧残下诞下了一个女儿，即小说的叙事主人公刘水莲。故事以刘水莲在一个满月夜目睹疯癫母亲刘爱华投井自杀开始，当年母亲发疯的谜底被撕开，为了筹备去市里上学的费用，刘水莲在祖母张秀芬的带领下敲响了村里数个男人的家门，寻找她所谓的"真正的父亲"。最后，祖母张秀芬以自残的暴力行为终于为她筹集到了学费……

蕴含在共同关注俗世中小人物背后的，是两位作家叙事心态上的相似：在冷峻的笔调中蕴含柔情，隐晦地体现在文本细节之中。以作品中两段景物描写相互对照：

> 七巧双手按住了镜子。……再定睛看时，翠竹帘子已经褪了色，金绿山水换了一张她丈夫的遗像，镜子里的人也老了十年。②（《金锁记》）太阳落山了，玫瑰色的晚霞寂静地落了一院，枣树的铁划银钩看起来也寂寞安详，两只鸡在地上结伴寻找着菜籽吃。晚饭家家户户是小米粥，金色的火焰舔着锅底。不一会，月亮就出来了，又一个晚上到来了。③（《月煞》）

---

① 张柠：《感伤时代的文学》，新星出版社 2013 年版，第 30 页。
② 张爱玲：《金锁记》，上海出版社 1944 年版，第 25 页。
③ 孙频：《月煞》，载《上海文学》2013 年第 2 期，第 39 页。

两人持着细碎书写人生之常的论调，是表面的冷峻者——张爱玲在刻薄之下、孙频在残酷背后，都同时注入了作为女性独有的温情。在以上两段看似平淡的景物描写中，实则蕴藏了张孙二人对笔下人物特别的情感。张爱玲一笔宕开十年的光景时，为七巧设置了一面"镜子"——映着翠竹帘子与山水屏风的镜子依旧，把着镜子张看的人依旧是七巧，岁月却霎时飞过十年。按照巴赫金"时空体"①的概念，时间在张爱玲笔下浓缩凝聚，呈现出一种"突然"状态，空间却没有位移，仍是日常生活中的场景，叙事产生了张力，营构出物是人非的蹉跎感。反观孙频笔下，也呈现出空间的凝滞，时间的飞逝。落日月起的景象充满了浪漫化的祥和状态：玫瑰色的晚霞在院里铺开，倒挂银钩的枣树、结伴寻食的雏鸡、烧水做饭的妇人、翻滚醇香的小米粥……孙频仿佛是故意控制了镜头的焦点，从日色到树梢，甚至到锅里翻腾的小米——逐渐拉近的镜头隐匿了在院中角落的祖孙二人的存在，而她们所背负的沉重也似乎被消解掉了。仿佛是世代寻常的事件，个人的阵痛在一片祥和的景致中以隐匿的手法被巧妙衬托，以无形写有形，产生了无尽的悲哀与唏嘘。

有论者认为，孙频在创作上似"入乎张爱玲内"②。系统接受了西方文学熏染的张爱玲，个人处在没落的旧式家族中，童年生活的创伤以及时代战争带来的阵痛，共同促成了她笔下苍凉的美学风格。孙频生在山西的城乡中间地带的交城，穷困的习性以及与现代文明远隔的环境，使得生活的安稳平淡已经是理想的状态。她本人曾坦言："我是那种内心深处带着绝望色彩的人，底色是苍冷的，很早就悟了人生中种种琐碎的齿啮与痛苦，所以我写东西的时候也是一直在关注人性中那些最冷最暗的地方，张爱玲小说的底色与我这种心理无疑是契合的，那是一条通道。"③孙频在当代 80 后作家群体中的写作风格是独树一帜的，她笔下常含使人欲哭无泪的苦味。那么，孙频在叙事心态上与张爱玲有所共通后，其作品又是如何与张爱玲达成审美意蕴的通约的呢？

二、叙事技巧：月亮意象

在叙事技巧上，臻于意象的匠心运用，奇绝的想象与譬喻，反复晕染的景物描写，使得孙频的作品中同样氤氲着冷峻幽暗的调子，这是对张审

① 巴赫金：《巴赫金全集》，河北教育出版社 2009 年版，第 315 页。
② 刘涛：《入乎张爱玲内：一论孙频》，载《创作与评论》2013 年第 3 期，第 47 页。
③ 孙频，郑小驴：《内心的旅程——对话：孙频＆郑小驴》，载《大家》2010 年第 5 期，第 24 页。

名家研究与文献

美意蕴上的承袭。其中，两位作家对月亮意象的使用频频，促进了作品中审美意蕴和现代性主题的融合。

杨义认为："意象的意义与语言的所指和能指的双重性有所联系，但更为复杂，因为它首先是语言和物象的结合，其次是物象对意义的包含，这种包含又不是直说，需要意象本身的展示和暗示，也需要读者的体验和解读。因此意象的意义指涉，具有比单纯的语言的意义指涉更多的浑融性和多层性。"[1] 与其说作者本身是一篇作品最初的起点，毋宁说出入作者眼睛以至打动其内心的事物本身才是一段动人故事的开始。文学意象作为重要的一种叙事技巧，超越了时间和空间的限制，往往承载了叙事主体及叙事本体丰富的思想感情，成为一种高浓度的文化密码。因此意象的叙事功用是丰盈厚重的，它承载着叙事者本身以及笔下人物幽微的心理。而亘古不变的月亮以其出入时空的无限和遥远，更是承载了无数人绵延的悲喜忧思。

月亮在中西方文化中具有不同的意义。中国的月神一开始是以女性的形象出现，西王母、羲和、常羲（后演变为嫦娥或称为姮娥）、女娲等等，都曾以月神的形象出现在中国神话中。因此，月亮在古典中国的土地上，是通向神性的，是美的——谈起中国传统的、古典的月亮，我们的直觉体验一定是指向美——月亮背后是对美好与圆满的希冀。那些望月时的离愁与思念，例如"转朱阁，低绮户，照无眠"的难寐，也正是在月圆美好的对照下生成的。同样，西方月亮有美好永恒、纯洁崇高的一面。西方的月神是希腊神话中的月亮之神狄安娜，是代表母性与贞洁的妇女之神和狩猎之神，具有美好良善、庄严独立的特性。月亮也常出现在西方抒情诗人济慈、雪莱、华兹华斯等人笔下。然而细数西方月亮的文化要义，不难发现其中与古代中国相悖的异面——西方文化下的月亮还带有不洁的寓意。在波伏瓦的《第二性》中认为，女性月经周期即月亮运行周期，月亮是生育力之源，月亮也与"永生""蛇"等意义相勾连。在叶芝的《鲜血与月亮》中有："一种骄傲的血淋淋的力量／从日月的运行中出现了。"[2] 月圆与动物活动周期以及潮汐现象等的密切联系，使得月亮又是西方文化语境中有神秘莫测的可怕存在。

百年的新文学是民族传统与西方现代主义相互激荡的文学样态，在融汇与吸收的过程中，作家们的作品有时呈现出一种"双向同构"[3]美学形态。张爱玲与孙频笔下的月亮内涵体现了中西美学的融合，她们双双接受了西方美学以及传统审美，在中西结合下更大的艺术空间中施墨。

首先，我们来看张孙两人笔下共同描绘的"缺月"古典意境：

---

① 杨义:《中国叙事学》，人民出版社1997年版，第304页。
② 叶芝:《丽达与天鹅》，漓江出版社1987年版，第77页。
③ 吴士余:《中国小说美学论稿》，复旦大学出版社2006年版，第94页。

墨灰的天,几点疏星,模糊的缺月,像石印的图画,下面白云蒸腾,树顶上透出街灯淡淡的圆光。①(《金锁记》)

她们踩着这月夜里的波光水影,一直走到月亮已经是下弦,月面蚀去了一块。缺月疏桐间,回响着更漏的凋零,像是一夜之间就已经滑到深秋里去了。②(《月煞》)

在张爱玲苍凉的疏星缺月中,退学后的长安在窗下独自吹奏口琴,凄凉的月色渲染了人物寂寥和哀伤的心情,也暗示了姜长安悲惨的人物结局。孙频化用了古典诗词"缺月挂疏桐,漏断人初静"(苏轼《卜算子·黄州定慧院寓作》),缺月疏桐的景致下,祖母张秀芬和孙女刘水莲两人继续着她们不为所知的"行动"。逐渐低垂的下弦月亮暗示了接下来的任务坎坷,亦昭示了逐渐走低的人物结局。在这一过程中,孙频使用了月亮形态的一系列变化把两个人推向绝境:"月亮已是下弦"——"诡异的月亮散发着惨烈的白光"——"更瘦的月亮闪着寒光"③。从张秀芬带着刘水莲在夜里辗转向曾经强奸过刘爱华的男人索要赔偿开始,月亮的形象开始层层递进地可怖化,预示着事态的紧张与残酷。缺月"凄清寂寥"的古典意蕴与"神秘莫测"的西方语义相互杂糅,共同成为张孙两人笔下推动情节发展的叙事力量。

另外,我们不妨再选取《金锁记》芝寿寻死以及《月煞》中刘水莲目睹母亲投井前的片段进行对照:

遍地的蓝影子,帐顶上也是蓝影子,她的一双脚也在那死寂的蓝影子里。……窗外还是那使人汗毛凛凛的反常的明月——漆黑的天上一个灼灼的小而白的太阳。……她想死,她想死。④(《金锁记》)

是满月。刘水莲忽然有一种不知身在何方的感觉,只觉得周围的一切神秘到了陌生,而又有些微微的恐怖。月光像大片大片的雪花落在她身上,砸着她。……刘水莲愈发害怕了,她甚至有些站立不稳,寂静的月光像蛇一样缠着她的喉咙,她开始有些窒息了。⑤(《月煞》)

两个文本中两位女性行将赴死前的月色,在感官体验上达到了一种共通:一种铺面的凌厉与暗涌的紧张。"满月"与"死亡"构成了一种神秘的暗合关系。张笔下的白太阳、蓝阴阴的月光以奇异的变形,暗示着独

① 张爱玲:《金锁记》,第 30 页。
② 孙频:《月煞》,第 37 页。
③ 同上,第 38 页。
④ 张爱玲:《金锁记》,第 31 页。
⑤ 孙频:《月煞》,第 34 页。

名家研究与文献

守空房的芝寿在畸形的夫妻、婆媳、母子关系里恐惧绝望。煞白的、灼灼的、太阳般的满月，狡黠死寂的蓝影，枯朽无望的年轻妻子，变态阴冷的家……已被曹七巧变态的占有欲摧毁的家庭伦理状态，导向了人类存在的更深层。无论是氛围的铺张，还是叙事力量的增强，张爱玲对月亮意象的使用是绝妙的。《月煞》中，月光在这个"死亡之夜"里似乎已成为一种主宰的力量，它昭示一切，引导一切。月色在一次次厚重的施压下，将"月变色，将有殃"的神秘演绎至极。满月里那种神秘的磁场突然把一个疯子从时光深处残忍地唤醒了，然后又唤醒睡梦中的子辈刘水莲，皎洁如雪的月光不断向她施重，让她在这个不寻常的满月夜觉得紧张、恐怖、陌生、窒息。金色的满月，这在中国传统文化指认中通向美好与团圆的具象，在疯癫了18年后幡然清醒的刘秀华那里，月的圆满却对应了生命的停止。"她跳进了那轮金色的月亮里，像传说中的嫦娥。"① 抛去所有丧失爱情的绝望、对母亲张翠芬的怨恨、丧失尊严的苦痛，投身入井，在皎白似雪的月色里，毅然完成了这场动人又悲哀的圆寂，惨烈而孤绝。

　　细考张爱玲与孙频的作品，不难发现《金锁记》与《月煞》两个文本中月亮承担着相似的叙事功用。张爱玲笔下充满了"心理月亮"：冷酷凌厉的缺月／蓝阴阴的月／变形的月／太阳般的满月／戏剧化的脸谱月。早有论者指出："张爱玲通过月亮表现人的情欲，暗示人的心理，并最终创造了荒凉的境界。描写蚀月时表现月的奇异面，注入情感，创造了杀气蓝月／太阳般使人发慌的月，表现荒诞意念，由月亮来观照人类存在的更深层面。"② 孙频笔下的月在这一角度上有着对张笔法明显的贴合，在《月煞》中，月光出现了四十一次，在无孔不入的月色笼罩下，月亮本身俨然已经成为小说的另一位在场者，见证着人物走向她们的结局。

三、叙事目的：安稳与寻求

　　按照周作人"人的文学"之中所区分的：一是从"正面写"的理想生活以及其可能性；二是从"侧面写"的平常生活及其不可能性，即"写非人的生活的文学"。从这一意义上看，张爱玲与孙频都属于后者——呈现人生的常态。叙事技巧的使用是为了叙事目的来服务的，而张孙两人的叙事目的共同指向了生存艰困的呈现以及人生复杂面向的揭示。表现现代人在现代生活之中的惶惑与困境本身就是现代性主题之一。因此，这种共同的书写主题证明了张爱玲与孙频文学观念中的同质。

---

① 孙频：《月煞》，第34页。
② 刘锋杰：《月亮下的忧郁与癫狂：张爱玲作品中的月亮意象分析》，载《中国文学研究》2006年第2期。

张孙两人都在作品中呈现了人物跌宕不平的一生，但回观《金锁记》与《月煞》开头与结尾，两位作家在时间结构的处理中似乎隐藏了她们对人物命运不同的理解。《金锁记》中以三十年前的月亮开始，以三十年前的月亮结束，首尾闭合回环，所有的人事沉浮都是在一瞬间的"时间"点上展开了全部的情节。这种现代日常生活时间（消耗—补给—消耗）也就是"日常农事循环时间"①，形成了张爱玲小说时间结构的表现，本身就不具有救赎的意义。有论者指出："张爱玲小说中时间的完整性，尽管不具备历史性，但那种特殊的悲凉美学和时间诗学，为现代启蒙文化和现代日常生活的时间观念，提供了一种新的参照。"②反观孙频在《月煞》布局的开篇与结尾，以某一夜的满月开始，以子辈刘水莲走出故乡结束。我们会发现其时间结构不再是闭合的，而是以人物的出走姿态在时间上呈现出未来与未知，因此，这就将探讨引向挖掘两位作家文学观的异质部分。

　　《金锁记》中的曹七巧，《月煞》中的张秀芬，都是为了私欲残酷摧毁后辈子女人生幸福的"恶母"形象，她们似乎可以通比为"母亲吃人"。③曹七巧自身爱情的荒芜、青春的逝去以及生命的枯朽，成为她性压抑状态下的畸形心理的源头，摧毁女儿的姻缘，逼死自己的儿媳。独自生活的张秀芬为了避免唯一的女儿远嫁他乡，自己无人赡养，将女儿幽禁直至其终成疯癫。不谋而合的人物设定，似乎叙事者要呈现类同的悲哀与凄凉，然而细考张孙两人对两人结局的处理，就不难发现两者主观态度上的异处。

　　　　七巧似睡非睡横在烟铺上。三十年来她戴着黄金的枷。……她摸索着腕上的翠玉镯子，徐徐将那镯子顺着骨瘦如柴的手臂往上推，一直推到腋下。她自己也不能相信她年轻的时候有过滚圆胳膊。④（《金锁记》）

　　　　她举着水壶的那两只手忽然一斜，整壶滚烫的开水冒着雪白的蒸汽向她的头上脸上奔去，像一道雪白的瀑布。在那一瞬间，她就像是站在一幅画中一样，正沐浴在陶罐中流出来的泉水中。⑤（《月煞》）

　　三十年过去，行将走到生命尽头的曹七巧明白世界对她的恨，也明白了自己对世界有多恨，临终前的她还在翠玉镯子的推捻中细细地品味自己苦痛的一生。曹七巧会有愧疚吗？该是不会。张爱玲实在迷恋人心下坠的

① 巴赫金:《巴赫金全集》，第315页。
② 张柠:《感伤时代的文学》，第56页。
③ 杜瑞华，刘锋杰:《她从他抽取了一根肋骨:〈狂人日记〉与〈金锁记〉的叙事比较论》，载《文艺争鸣》2019年第4期，第177页。
④ 张爱玲:《金锁记》，第32页。
⑤ 孙频:《月煞》，第40页。

呈现，那些苍凉的末世冷眼，麻木不仁的人物，平凡地出生，枯朽地死去，无一例外，无一有出路。相对于张爱玲偏爱让人物在绝境中不断丧失自我，孙频愿意让自己的人物悲痛、忏悔、赎罪。如果说张爱玲只赋予了青春时的七巧以人性、中老年的七巧以魔性，那么孙频笔下的张秀芬则被赋上另一种神性。张秀芬以自己的弃生作为最后的赌注，承担起历史给家庭繁杂关系带来的撕扯，为外孙女筹集了最后一笔学费。故事高潮时的血腥——"雪白的瀑布与蒸汽""站在画中""陶罐泉水中沐浴"，张秀芬举起开水浇注自己的骇然场面却被孙频以一种极浪漫化的笔致流出，甚至不乏惨烈的美。不仅如此，孙频还浪漫化地处理"吃人者"张秀芬的结局。被重度烫伤的张秀芬躺在县医院中，村子里其他老人纷纷来看望她。习惯于使用阴冷生硬意象的孙频不吝使用了缤纷的色彩描绘了这一场景："那些手帕有红色的、绿色的、杏黄色的、天蓝色的、白底碎花的、小方格的，像海边五颜六色的贝壳都被冲到了她的枕边。"① 那么，收到其他老人充满温情的糖果和零钱的张秀芬真的完成了赎罪吗？或许仅在她主体意识里才是。"无父"的刘水莲是故事中唯一取得胜利的复仇女神，向着代表了现代文明的省城进发，最后在远去故土的汽车上洒泪，"新生"的开始是借由祖母的自我献祭来完成的，本身充满了悲怆的意味。

孙频偏好以现代主义的眼光去勘察社会的幽暗领域，尤其擅长呈现人心中的善良与邪恶、英勇与懦弱等特质相互角力的挣扎过程，其笔下的人物总有刚毅的一面，在面临绝境时往往能爆发出令人意想不到的力量，具有一定的战斗性。"这样的文学态势，与其说全然是张爱玲式的，不如说还融入了另一位现代主义巨匠鲁迅的基因。"② 与张爱玲相比，孙频似乎不满足悲哀的呈现，她渴望一种救赎和重生的姿态，但其批判的力度是有限的。联想鲁迅笔下"狂人"的顿悟之夜，孙频笔下的被月亮唤醒的刘水莲似乎有"新人"出世之姿，但也仅可能只是袭承了鲁迅的战斗基因而已。

通过对两篇文本的对读，可以看到孙频笔下未止于张爱玲的悲哀与下坠。我们在这里无意于贬评张爱玲的这种"安稳"的文学观及其本身具备的意义，但不可否认的是，孙频的笔调杂糅坚硬与柔软、绝望与希望，会迸发出一种特殊的叙事张力。无论孙频最后为自己的人物找到了怎样的重生之路，这种救赎上扬的姿态都与前辈张爱玲截然分明。"新人"刘水莲在往后的生活中又将面临什么困境？她又将如何愈合自己原生家庭给她的伤痛？阅读孙频之后的《同体》《无相》《假面》等作品，可以看到她一直保

---

① 孙频：《月煞》，第40页。
② 吴天舟，金理：《通向天国的阶梯——孙频论》，载《扬子江评论》2016年第1期，第73页。

女作家学刊·第三辑

持着这种寻求的渴望：在其中，人物在"祥和的佛教氛围中完成了精神的返乡"①。我们可以说，孙频一直践行的文学道路，是在写出走的青年们如何完成返乡这一宏大的文学命题，这就又引向了"娜拉出走"或城乡交界地带青年成长问题的探讨场域。追踪孙频近些年来的其余创作，她以更加开阔的视野关注着更多的命题：《松林夜宴图》（2017）讨论艺术的权力与历史真相的问题，《鲛在水中央》（2019）呈现了在时代沉浮中的小人物的命运与尊严，《我们骑鲸而去》（2020）开拓了新的文体实验，思考了人类文明、时间、生命与存在的关系，呈现出严肃的哲学之思。近来，孙频的中篇小说《白貘夜行》被收录在 2020 年《十月》第二期的"新女性写作专辑"之中，孙频在其中刻画了在黑夜里独自游行的女性，以特别的笔致赋予了人物以"女性精神"。远离了表演式、控诉式的表达，以女性独立意识规避受害意识，孙频以全新的创作姿态在某种程度上不断开拓着新世纪以来的青年女性文学领域，使得我们更能对承袭了张式风韵的孙频接下来的创作抱有期待。

（姬冰雪：天津外国语大学中国现当代硕士研究生；俞春玲：天津外国语大学国际传媒学院教授）

名家研究与文献

---

① 张涛：《只有通过苦难才能真正去爱：论孙频的小说》，载《当代作家评论》2018 年第 3 期，第 195 页。

论《我在霞村的时候》导向人物悲剧命运的乡村伦理及隐含作者的启蒙意识

李彤鑫

摘 要: 丁玲的短篇小说《我在霞村的时候》延续了自五四新文学时期由鲁迅开创的革命现实主义的传统，作者敢于正视并批判四十年代作为解放区的乡村社会所积习的封建意识形态及狭隘愚昧的民族心理，体现出知识分子对受封建意识形态影响所生成的一套乡村伦理观的思考。然而隐含作者的自省意识、女性意识及孤独但仍不放弃思考的怀疑精神在面对革命话语和大众话语时最终呈现出一种低落的态势，因此小说文本内蕴的启蒙意识就有了多层可供发掘的方面。本文试图揭出小说《我在霞村的时候》主人公贞贞在面对乡村伦理的围剿下所遭遇的悲剧命运，同时通过作者对乡村伦理的批判探析隐含作者对待启蒙所持的立场，并试析隐含作者通过叙述所呈现出的写作态度。

关键词: 丁玲研究；乡村伦理；启蒙意识

《我在霞村的时候》总体以第一人称叙述了农村少女贞贞因为一次命运的突转，在日本军队做慰安妇并积极帮助抗日革命活动，回村后不为社会所容最终只能离开寻求出路的故事。贞贞与霞村的矛盾交锋主要集结于个人的遭遇与乡村社会伦理观之间的碰撞，正是因为人物处在受封建文化意识形态影响下的乡村社会，要面对一系列不合理的乡村伦理规范，才导致了贞贞对自身存在价值的认知偏差。正是通过作者对封建意识形态包围下乡村伦理规范的解剖，小说文本潜藏的启蒙主题才得以彰显。

一、启蒙话语下对乡村伦理观的深刻剖析

国民性批判作为五四文学的重要书写内容，丁玲在 1941 年创作的《我在霞村的时候》仍然继承了此项传统。小说主要通过书写封建文化意识形

女作家学刊·第三辑

态下的乡村伦理观对贞贞的迫害，体现出隐含作者面对个人被不合理的乡村伦理观所伤害的思考和反击，从而体现出作家本人在面对此种社会现象时所持的价值立场及其敏感的国民性批判意识。"中国所有的几千年来的根深蒂固的封建恶习，是不容易铲除的，而所谓进步的地方，又非从天而降，它与中国的旧社会是相连接着的。"① 《我在霞村的时候》正是通过对几千年来深受封建文化影响的乡村伦理观的审视和在其文化观念影响下发生变异的民族心理的发现，以期通过贞贞的悲剧揭出女性通过一种悲惨的方式参与革命却被民族群体道德观念所不齿的痛苦，引起疗救的注意。

（一）对沿袭的传统封建家长制观念的批判

贞贞的婚恋悲剧产生的根源便是青年时期自由恋爱的受阻，仅仅是因为经济的穷困家里便阻断了贞贞和"很机伶，很忠厚"并且还"很不坏"② 的青年夏大宝情投意合的纯真感情。父母理想中的婚嫁人选是米铺的老板，年纪三十，家道厚实，父母就决定让贞贞嫁过去当填房。"咱们都说好，就只贞贞不愿意，她向着她爹哭过，别的事她爹都能依她，就只这件事老头子不让，咱们老大又没儿，总企望把女儿许个好人家，谁知道贞贞却赌气跑天主堂去了。"③ 在贞贞的亲戚刘二妈眼中，贞贞的做法是任性的，最后被日军掳去的悲剧是咎由自取的结果，但我们从这段话的隐含语气中可以看出，隐含作者对使用家长特权干预儿女婚恋的做法是持一种讽刺和批判态度的。婚恋可以说是最私人化的事情、应该是两颗心之间的碰撞和交流，"咱们"怀着这样一种热心肠参与在本不该参与的事情中，甚至还觉得很在理，无法想通贞贞对家人良苦用心的拒绝。作者通过这段叙述显露出一种符合日常生活情感逻辑却不符合事情本身发展逻辑的一种根深蒂固于国民头脑中的荒唐思维。

现代爱情最具普适性的衡量标准应该是个人的幸福与否。父母知道贞贞的心意是向着大宝的，自己心里打算的则是"没儿，企望许个好人家"。贞贞的父母明确知道女儿跟大宝在一起是幸福的，仅仅是碍于夏大宝的贫穷，便反对二人的自由恋爱。那么，是不是可以说，在贞贞的爹妈眼中，金钱和物质是被放置在女儿的幸福前面加以考虑的婚恋标准，中国传统乡土观念"养儿防老"在这里演变为"嫁女防老"，通过把女儿嫁到殷实之家解决自身的生存问题，实际上是一种通过牺牲女儿的幸福为自己谋利的自私行为。贞贞在刘二妈的这段叙述中看似在家中是独立和有尊严的，事实上连个人的情感婚恋问题都无法做主，由此可以推断贞贞在家中的自由根

---

① 丁玲：《我们需要杂文》，载《解放日报》1941年10月23日，第四版。
② 丁玲：《母亲·在医院中》，复旦大学出版社2006年版，第108页。
③ 同上，第107页。

本不存在。

　　子辈的自由意志无法突破传统家长制的藩篱，由父母对青年情爱的干预和插手所酿成的悲剧传达出隐含作者对传统守旧、有着强烈控制欲的、不顾子女幸福而为自己谋私的残余封建家长制的讽刺和批判。同时，作者通过刘二妈的第一人称叙述不仅让贞贞的家人表达了其对贞贞抗婚事件的直接感受，更渗透着中国国民性中过分热心不干己事，自己的"良苦用心"不被当事人理解反将他人定性为不识好歹的荒谬思维，丁玲以其敏锐的观察力捕捉到乡土中国的封建意识形态在四十年代的积习，打破了平日掩藏在生活逻辑下不易察觉的国民性思维，体现出知识分子对现代情爱观念的坚守。

（二）对传统节烈观的批判

　　通过小说现在的叙述时间可以看出贞贞只有十八岁，那么在被日军掳去的时候不过才十六七岁，贞贞完全是因为一次意外的突发事件改写了自己一生的命运，从一个单纯天真的花季少女转变成日本军队的慰安妇并充当党组织内部冒着生命危险传送紧要信息的联络人，不论从哪一点来看，都是一个令人无比唏嘘和心疼的女性生命。可是回到家中，贞贞受到的不是村人的体谅和关心，面对的是人们在男性中心意识包围下对妇女节烈观的错位固守，通过村人被传统节烈观牢牢牵制的话语思维，贞贞的悲惨命运、生存的不易、婚恋的不幸、为革命所做的努力和牺牲，统统折煞在群体对传统节烈观的共同默认和维护这一道德制高点上。贞贞身处如此压抑的生存空间，最终像那"几枝枯枝的树，疏疏朗朗的划在那死寂的铅色的天上"①。女性的生命活力在了无生气的阴郁环境中渐渐枯萎死去。

　　打水妇人："弄得比破鞋还不如，走起路来一跛一跛的，唉，怎么好意思见人！"贞贞的亲戚刘二妈："才十八岁呢，已经一点也不害臊了。"商店老板："亏她有脸面回家来，这种缺德的婆娘，是不该让她回来的。"叙述者在面对村人对贞贞的众口指责时，从未对贞贞产生过偏见，完全是一种冷静客观的旁观态度，正是在这种静观默察当中，不动声色地呈现出无聊社会中一种将弱者作为自身情绪发泄对象的民族畸形心理。

　　贞贞不是中国新文学中常常出现的知识分子启蒙者，只是一个遭遇突发事件命运方向发生急转的一个农村少女，她的所作所为并没有触犯任何人的利益，只是和传统的妇女节烈贞操观念相悖。女人们说："这种破铜烂铁，还搭臭架子，活该夏大宝倒霉。"女人们对自身的优越感来源于自己的身体没有被鬼子奸污，这样的认知不能不说是荒谬的。贞操观的制定者是在封建中国中处于统治者地位的父权和夫权，一套规束女性的不合理的传

---

① 丁玲：《母亲·在医院中》，第106页。

统伦理规范又反作用于社会角色的塑造，将受其迫害的女性也渐渐纳入这一伦理，使其成为这一伦理的构建者和保护者，同男性一起对破坏这一行为规范的女性施加迫害而不自知。作者通过贞贞在村中所面对的攻击和非议，表现出个人的苦难不仅不被社会群体所理解，群体反而通过言语中伤、排斥接纳从而窒缩女性的生存空间，形成一种更为痛苦更难以逃离的环境苦难于个人命运的头上。贞贞勇敢和坚强的生命黯淡在村人对毫无价值的传统节烈观的固守中，实属是社会的悲哀，实属是生活在这种社会之下所有女性的悲哀。

（三）对看客群像的批判

五四文学对看客群像的书写自从鲁迅开始就成为一个经久不衰的创作母题，成为中国作家进行国民性批判的切入点。不同于鲁迅在《药》《示众》《风波》等小说中塑造的革命看客群像，丁玲在《霞村》中聚焦的是一种毫无由来的，无论可看不可看，只要哪里有热闹发生，人们便都怀着一种猎奇的心态围观，交头接耳，切切察察，积极参与，仿佛人人都是事件主人翁的国民性格。

贞贞不愿意嫁给夏大宝而同家人激烈争吵，"院子里又热闹起来了，人都聚集在那里走来走去，她们交头接耳的，有的显得很悲戚，也有的蛮感兴趣的样子，天气很冷，他们的好奇心却很热，他们在严寒下耸着肩，弓着腰，笼着手，他们吹着气，在院子中你看我，我看你，好像在探索着很有趣的事似的。"对于贞贞的事："这村子里就没有人不清楚，全比咱们自己都清楚呢。""他们也是无所谓的在挤着而已，他们都想说什么，都又不说。"[1]村人围在一起看贞贞的痛苦，带着品评指点看笑话的心态探索着他人不幸命运中可供把玩的痛苦，通过第三人称直接引语和隐含作者的直接评价，贞贞的个人遭遇在村民的理解中被任意解读被肆意评说，原本的悲剧在村中演变成一部闹剧，贞贞的不幸命运和为组织牺牲自我的崇高革命精神，全部消解于村人无意义的闲言碎语和猥琐的偷窥欲中。贞贞作为一个独立个人的生存价值在村民的把玩和谈笑中消弭，贞贞为生活所做的一切努力都被消解于毫无价值的"看"与"被看"活动。费孝通在《乡土中国》[2]中提出"差序格局"的概念，即中国社会中的个人就如同一颗石子，投注水中，引起的圈圈涟漪便会波及所涉圈子中的其余众人。处于封闭环境中的霞村，贞贞的故事就像一颗沉重的石子被投入滞固平静的水中，唯有除去荡起波澜的故事制造者贞贞，村子才能再次归于平静。

作者通过对封建家长制、传统节烈观、看客行为三个不同方面的乡村

---

[1]　丁玲：《母亲·在医院中》，第114页。

[2]　费孝通：《乡土中国》，北京大学出版社2012年版，第48页。

伦理观的表现和批判，导向贞贞悲剧命运的原因昭然若揭。正是深受传统封建文化影响下所生成的不合理的乡村伦理观攫住了贞贞生命的咽喉，最终贞贞只能将自我存在的价值寄托在革命，寄托在另一类群体当中，人物的主体意识始终没能作为一种独立的人格成为支撑人物生活于艰难之境的根本凭据。

二、矛盾复杂的启蒙态度

正是通过对乡村社会伦理观的剖析，让我们看到了丁玲作为一个女性知识分子试图通过写作进行大众思想启蒙的目的。作品中隐含作者关于启蒙的态度可作多种分析，本论文试图通过分析小说中隐含作者对待启蒙的复杂态度尝试探索丁玲的写作伦理观。

这部渗透了丁玲自身的革命经验和生活经历创作的小说，加之革命根据地开展得如火如荼的抗日活动，不难理解作品中知识分子可贵的独立思考的价值选择终究在面对革命政治话语时选择了让步，但这让步并不是主体意识的完全丧失，而是在无法融合的政治意识形态和个人独立之精神的拉锯中，丁玲仍旧在"轰轰烈烈的抗战大时代里，坚持着对民族历史的一份清醒"①。即使叙述者在小说中放弃了知识分子对大众进行启蒙的话语权利，在某种程度上说是一种折损的启蒙意识，但或许犹疑和反省本就是组成启蒙的重要内驱力之一，试着分析小说背后产生这种矛盾复杂的启蒙态度的原因，由此参透出一些作者的写作伦理观，比一味地指责作者放弃启蒙使命进而认为小说价值因此而受损也许要更加公正与客观吧。

（一）隐蔽的启蒙意识

在小说中，唯一和"我"有沟通和交往的人便是贞贞，"我"作为一个知识分子彻底摒弃了和村民、革命者、恋爱失败者夏大宝发生对话的所有可能，并且这种对话的拒绝姿态是单方面的，是"我"以一种弃绝的姿态，走向了启蒙精神的反面——与被需要启蒙群众的自我隔绝。②

群众对"我"是抱有期待的，"我"刚到霞村，革命者马同志就请我"作报告，群众的也好，训练班的也好，总之，你一定得帮助我们"，可以看到革命积极分子是渴望和"我"的对话机会的。面对杂货铺老板对贞贞的恶

言恶语时，"我忍住了气，不愿同他吵，就走出来了。"贞贞在讲述完她的故事后，"我"的回应是："我愿意保持住我的沉默。"面对听到贞贞悲惨遭遇内心产生极大震颤的革命女性阿桂，"我"的做法是："连睡得那么临近的阿桂，也不去看她一眼，或问她一句，哪怕她老是翻来覆去睡不着，一声一声叹息着。"面对痛苦的失恋者夏大宝，"我不做声，希望他没有看见我。"从"我"的这些做法不难看出，叙述者流露出的都是一种有意回避，并不想与待启蒙群众产生沟通和交流的态度。从隐含作者的叙述态度可以看出，知识分子和底层群众之间的隔膜是无法通过交流和启蒙来破除的，对于个人苦痛命运的承担是无法通过与他人的对话与共情而分担的，只能一个人独自消化和领受。"贞贞每天都来我这里闲谈，她不只是说她自己，也常常好奇的问我许多那些不属于她的生活中的事。有时我的话说得很远，她便很吃力的听着，却是非常之必要的。""我们的闲谈常常占去了很多时间，我却总以为那些谈天，于我的学习和修养，都是非常有帮助的。"在"我"和贞贞的交往中，叙述者对沟通的有效性、对苦痛的分担、对灵魂的共鸣与前文所表现的拒斥态度相悖，表现出隐含作者在行动上虽然没有做出和村民沟通对话的努力，内心却流露出对启蒙的深深希望，肯定了交流对于双方之必要，即使身份不同，也不能否定对话的必要性。

启蒙是一种有方向的思想传递活动，往往由高到低，是由知识分子精英向底层群众传播思想和精神的一种活动，启蒙者再通过群众对待启蒙的表现和反馈反哺和启蒙所相关的一切活动。启蒙的目的在中西方不尽相同，在中国五四新文学传统中更多表现为批判传统文化，反帝反封建的革命意识，这和我国新民主主义革命的根本任务是密不可分的。作为启蒙者的"我"，面对除贞贞之外的霞村群众，隐含作者虽然持一种回避的对话态度，但是要知道面对深受传统礼教文化浸染的霞村村民，想要开展思想启蒙，必定是十分之不易的，启蒙者"我"最终在语言态度上放弃了对启蒙的承担，内心却对通过启蒙疗救社会怀着一种深切的希望，作为读者的我们不能够忽视这颗被隐蔽在叙述文本之下的启蒙火种。

（二）个体命运在离开群体与反归群体之间选择的无奈

"我"到霞村是因为政治部太嘈杂，刚来到霞村的"我""虽然疲乏，却感到一种新的生活要到来之前的那种昂奋。"但村中的压抑气氛让我感到："冬天本来是很短的，但这时我却以为它比夏天还长呢。""我"在霞村感到越来越多的无聊和寂寞，在组织部的安排下，重新回到了嘈杂的政治环境中。"我"的生活轨迹是一种脱离群体，回归个人，再次融入群体的历程。

同样，贞贞在日本军队做慰安妇和革命者，饱受屈辱的贞贞对自我的认知是:"我一点都没有变,要说,也就心变硬一点罢了。"在叙述者"我"的眼中贞贞是"一点有病的象征也没有"。贞贞回到霞村的家中,因为抗婚和家中起了争执,此时贞贞在"我"眼中的形象如"被困的野兽,像一个复仇的女神,有着两颗狰狰的眼睛。"最终,贞贞选择去革命圣地延安,去"重新做一个人,另有一番气象"。希望通过融入群体和参加革命来实现自身的生命价值。贞贞的生命历程同样是一个脱离群体,回归个人,再次融入群体的循环。贞贞和叙述者相似的道路选择不能不说是作者心中的意识形态立场和价值选择的投射。

从小说的全文叙述话语来看,隐含作者一直都是持一种强烈怀疑的态度来审慎地对待个人在群体中的遭遇,表现出"面对认知外在世界,体现出一种孤独、骄傲、反抗的特质"①。贞贞的苦痛遭遇和最后的坚决离开,究其根因是个人无法融入固守封建意识形态的乡村社会和群体,为了自保而做出的选择,由此可以看出群体所持的话语权利对个人生存空间的剥夺之惨烈。文中有关贞贞治病的情节也不甚暧昧和含混,但读者可以清楚地知道,贞贞不论是在日本军队做慰安妇还是被送去治病,决定权都在"他们"手上。叙述者来到霞村抑或离开霞村,也是由莫主任决定的,权力意志始终凌驾于叙述者"我"和贞贞的个人之上,将自我命运托付给不可捉摸的权力意志或者说革命意志。

孟悦和戴锦华指出"女性自我向革命理性的妥协乃是她知识分子立场向农民和城市下层文化妥协的第一步。"②最后"我"和贞贞都将去往革命圣地延安,到那里去寻"一个光明的前途",想要通过融入新的群体实现对自我价值的体认,虽说前一类群体是有着众多国民性弱点的农村群众,后者是有组织有纪律有目标的革命积极分子,但从叙述者对阿桂,对革命者马同志先前的态度不难看出,积极的革命群体在持审视批判态度的知识分子叙述者眼中仍然存在着许多仍需提防的弱点和工作缺陷,而结尾处出现的过分光明的尾巴与此前的叙述态度呈现出一种情感上的背反。贞贞凭借政治力量逃离霞村,是否将再次归复为革命献身的老路?这种将全部希望寄托在政治革命对个体生命的救赎,无疑是一种革命理想主义,也与隐含作者一贯所持的清醒的自省立场相悖,由此也体现出和启蒙思想的背离。

(三) 从妥协的启蒙立场看丁玲的写作态度

小说文本包含着前后不相一致的叙述态度使这部小说的情感内蕴更加驳杂,更加耐人寻味,致使文本中隐含作者对待启蒙立场的态度发生转变的可能原因是什么?这种情感态度背后包含着作者对写作伦理怎样的理

---

① 贺桂梅:《丁玲的逻辑》,载《读书》2015 年 05 期。
② 孟悦、戴锦华:《浮出历史地表》,第 156 页。

女作家学刊·第三辑

解？我尝试着写下自己对这个问题的看法。

孟悦和戴锦华提出："把思索交给党的知识分子无从凭借自己由新文化塑造的思维武器戳穿大众神话。相反，他们陷入了进退两难的意识形态之谷：他们是双重人，一方面，是他们创造了神也似的大众，另一方面，他们又必须臣服于自造的神，并被神再造。这种既是神的主人又是神的奴隶的矛盾，使他们陷入不可解脱的内外冲突。"[①]在丁玲的文本中常常出现的上述论点的变体便是"把叙述权进一步移交给想象中的纯洁、粗犷、憨厚的劳动大众。"[②]《我在霞村的时候》走向由工农群众组成的革命团体但仍不失审慎观察、冷静思索的知识者"我"到晚期作品《杜晚香》中，女性主人公完全沦为工具式的政治宣传口号和为意识形态代言的符号化人物，早已失去了早期可贵的精神探索和清醒发问的能力，可以看见丁玲的艺术创造在走向归顺大众意识形态的路上逐渐丧失了其特有的孤独、骄傲与反抗的特质。

第二，小说中隐含作者对待启蒙复杂矛盾的态度与作家身处的社会历史背景和自身的革命经验是有着同一思想根源的。自丁玲1936年抵达陕北根据地后，就作为党组织内部的文艺工作者活跃在创作的前线。有一个创作现象值得注意，丁玲在1941年创作的多篇小说中往往都体现着同一个主题，就是"庸众"和"知识分子"不相容的五四主题，"这种落差表明，置身乡村民众之间的丁玲并未能自发地感受到作为革命主体的民众的革命性，相反，她所受的知识教育和感受世界的情节结构使她可以轻易地看出民众和粗糙的革命组织本身的问题。"[③]这也是《霞村》文本中最突出的冲突，即知识分子和底层群众的不相容，这一主题是作家在体验革命的生活后主体观念在创作中的无意识渗透。同时，丁玲作为一个一生都在权力组织内部写作，积极顺应党的文艺路线，在延安文艺座谈会之后"改造"小我以融入集体"大我"从而努力实现政治意识形态对其作品中话语权力合法性的承认，可以说，是丁玲的阶级革命身份决定了她的创作方向和态度。加之丁玲的一生即是作为一个革命者的一生，作家的生命特质充满着对革命的热情和对战斗精神的高扬，"人的伟大也不只是能乘风破浪，青云直上，也不只是能抵抗横逆之来，而是能在阴霾的气压下，打开局面，指示光明。"[④]其1941年创作的散文《战斗是享受》写道："只有在不断的战斗中，才会感到生活的意义，生命的存在，才会感到青春在生命内燃烧，才会感到光明

---

① 孟悦、戴锦华：《浮出历史地表》，第157页。

② 同上。

③ 贺桂梅：《知识分子、女性与革命——从丁玲个案看延安另类实践中的身份政治》，载《当代作家评论》2003年3期。

④ 丁玲：《风雨中忆萧红》，收录于《中国现当代文学经典选读》中国传媒大学出版社2016年版，第81页。

和愉快啊！"①不难看出，在丁玲的人生观中，只有战斗的人生，才是值得过的人生，这是一种伟大的不向命运和环境臣服的抗争精神的体现。《霞村》中的"我"和贞贞最终都选择出走，投身革命，将生命中永不止息的热力和能量再一次投注于人物自身的精神世界，实现对自我的支持，从而获得在未来得到发展的信心。

第三，在《霞村》中，丁玲接过了鲁迅娜拉出走后会怎样的疑问，指出了出走家庭的女性在四十年代拥有了第三条生存道路，除了堕落，除了回去，还有一条路可走，那就是融入集体，投身革命。即使这第三条路是消弭了性别差异和性别要求的道路，但确确实实给了女性一条能够生存于其中的道路选择，贞贞对未来光明愿景的幻想也只有在这一条道路上才有实现的可能，怀抱着一种对未来光明道路的美好期待和自我更新的成长要求，这样的选择对于一个身处绝境的人物来说，是无可指责的。

第四，从丁玲小说的内部结构上看，其早期的小说往往呈现一种个人理智与情感的二元对立，在代表性文本《梦珂》和《莎菲女士的日记》中，女性在识破了色欲社会的表象后往往都走上了伤感主义的颓废道路，过着一种理想失落之后的幻灭生活，两部小说中的女性人物最初都是有着清醒的自我认知和善恶分辨的能力，然而最终都在物欲社会的侵蚀下消磨了意志，理智与情感的分裂和拉扯的结构性冲突基本上是构成前期小说的叙述动力。当丁玲加入左联之后，创作道路开始从个人主义的感伤情绪的表现转向大众文艺的普罗文学，这时，构成早期文本结构的理智和情感的冲突对立往往转变为革命＋恋爱的书写模式，贺桂梅指出丁玲"革命＋恋爱的叙述模式，其中人物的主体结构并没有发生变化，只不过用革命填充了理智占有的结构性位置。"②按着这一思路继续思考，小说《我在霞村的时候》，早期的小资产阶级的个人主义者梦珂和莎菲在这里转变为一个牺牲自我，在奉献集体中获得自我价值认同的革命者贞贞。推动小说发展的叙述动力由情感与理智的拉锯转变为在新的社会环境中个人要生存发展该如何选择的困惑，女性人物最终的命运走向也由磋磨堕落转变为对成为一个"新人"的追求，是从毁灭到新生的生命涅槃，从死走向生的这一历程是不是可以说丁玲也是在向"过客"式不灭精神的靠拢。因此，文本中关于革命的光明意象也可以理解为人物理智思考之后不愿消磨堕落，想要获得新生的精

① 丁玲：《丁玲散文》，浙江文艺出版社 2002 年版，第 44 页。
② 贺桂梅：《知识分子革命与自我改造——丁玲"向左转"问题的再思考》，载《中国现代文学研究丛刊》2005 年第 2 期。论文中提出丁玲早期小说的主要特点是在于理智（尊严、意志）与情感（欲望、情绪）的二项对立的结构方式，二者的结构性冲突基本上就构成了小说的叙述动力。作者认为，从自我表白型的心理分析小说到"革命＋恋爱"的叙述模式，其中人物的主体结构并没有发生变化，只不过用"革命"填充了"理智"占有的结构性位置。在"革命"出现之前，"写作"已经在发生同样的功能。

神出口。因为革命不仅仅只有盲目热情和充满无限希望的一面，革命同样以一种理性的、有逻辑的、合历史发展规律的、残酷的、崇高的、能够给人以指引的"智性意象"出现，光明的革命道路其实是包含了自我理性和理智思考的集合产物，小说中人物的选择和隐含作者的情感偏向也可以理解为一种对革命智性一面的回归。并且在这种回归中，各人在不同程度上减少了作为"独异个人"在社会中的异己感，实现一种自我观照和自我整合的社会性需求，大概这也是作家为了在阶级分化严重的时代背景中秉持话语权继续写作，避免陷入"无物之阵"的必然选择。

丁玲在小说《我在霞村的时候》对解放区由乡村伦理观所引发的国民性现象和弱点展开了深刻的揭露和批判，站在知识分子独立思考的个人主义立场尝试探索人在群体中如何生存的问题，最终的书写态度在某种程度上归顺了对国家意识形态和革命政治话语的认同。但是如果仅仅用启蒙话语实现与否的标尺衡量文本价值是远远不够的，仅仅是因为隐含作者最后对革命道路所下的光明注脚就认为作者放弃了对启蒙立场的坚守，这样的论断未免过于武断。不应忽视的是，在这种妥协的启蒙立场选择的背后，往往渗透着更加复杂的思考交锋和写作观念，那是关于现实与理想、平实生活与火热革命、独异个人与嘈嘈众数等众多相异力量之间的拉锯。

《我在霞村的时候》本就是一个富有多声部对话性质的文本，而这种对话性的背后必然包含着作者对于自身经历可贵的探索和思考。本论文写作的出发点完全是惊异于小说文本内部交织博弈的多方力量，如果能将小说中作者对乡村伦理观的发现和思考及其内蕴的启蒙意识的丰富性说清一二，那便是这篇论文的写作目的了。

（李彤鑫：北京语言大学人文学院专业研究生）

名家研究与文献

丁玲二题

柯 云

一、永远的怀念

前几天，我突然从信箱中发现一个沉甸甸的纸包裹，打开一看，原是两部巨著，一部为著名作家任光椿的选集，一部名为《永远的怀念》，是由他夫人邱湘华主编、人们怀念任光椿的文章汇编，内面收用了我发在《张家界日报》上的一篇散文，即《著名作家任光椿与业余作者的故事》。那是七十年代末，任老在《群众文艺》做主编时，一天，他无意从字纸篓中翻出一篇小说，叫《丁大鼻就餐》，作者覃章显，时在乡文化站工作。就是这篇处女作，让作者改变了命运，走上文学道路，成了作家。我重读自己的文章，当年陪同任老与丁玲夫妇、康濯等几位大作家游索溪峪的情景，一下子挤开了记忆的门窗，老作家的形象又展现在眼前。可是当年的四位作家如今只剩下陈明一位了。这段难忘的相处，不得不成为我永远的怀念。

记得是1982年初秋季节，金风初至，枫叶稍红。我从索溪峪考察完毕，回到县文化局从事专业文学创作，手头正编写《索溪风光》。这天中午时分，索溪峪的首昌和开发人、慈利县委书记赵树立打电话给我，要我在下午5点去县委招待所陪他看望丁玲等几位著名作家。听到这个突如其来的消息，自然惊喜和高兴，不过心中也有些忐忑不安，生怕大作家不好接触。然而，完全出乎我意料。其中有一位还是我的良师益友，那就是任光椿，我俩不仅在省《群众文艺》编辑部共过事，做过他的责任编辑，聆听过他的真诚教诲，二人谈得十分投机。他长我十岁，且知识比我渊博，我称他为老师。分别后，还有过多次书信往来。今日算是久别重逢，气氛显得格外融洽。经他介绍我认识了心仪已久的丁玲及丈夫陈明，也相识了康濯。

赵书记令我这次一定要代表县委陪好四位大作家、大领导（其时，陈明为文艺部某处负责人，康濯和任光椿分别为省文联正副主席）。赵书记要我一定做到腿勤、口勤、手勤。任老师马上接话："我们的共同任务是陪好丁老。"显得有些苍老的康濯一旁细声接言："光椿同志说得对，此次索溪之行，主要是陪丁老欣赏她的家乡风光（因为丁玲的家在临澧亦属湘西）。"

次日，吃罢早餐，我们乘坐县委专派的两辆吉普车前往目的地。谁知，天不作美，当我们进入景区时，陡然下起濛濛小雨。索溪的奇山异水，全隐入烟雨缥缈之中。我觉得有些遗憾，可任老师却兴奋异常地背诵了著名诗人梁上泉发表在《湘江文艺》（即湖南文学）上的"索溪记行"组诗中一则《烟雨索溪》，丁玲听得极为认真，脸上立刻泛起了红枫般的笑容，也许是此行唤起了她对阔别三十多年湘西故土的兴趣和眷恋，连说："雨中索溪好！"她不停地指指点点，"那多好看啊！"

据任老师讲，这次来，是丁玲在画报上看到摄影家杨飞、吕治国为青岩山、索溪峪拍摄的优美风光和我写的文章后而撩发游意的。

那时索溪峪还不叫武陵源，未正式对外开放，自然也没有标准的接待机构，我只好将他们安排在林场的简陋宿舍中吃住。丁玲夫妇和康濯分别各住一个单间，任老师点名要与我同住一房，他的这个要求，正是我求之不得的好事。话间我称他任主席，他说称我老兄吧！"文坛无大小，同行为文友"。我想，凡是宅心仁厚的大作家大都是这样吧，另一位名家即现省作协主席唐浩明也不是说，"文坛无辈分，作家皆朋友"吗？

这次考察，抓得很紧。我们白天爬山涉水，晚上各自谈论见闻感受。此行两人尤为投入，一个是丁玲，她不顾年迈体弱，从不掉队，还边看边问；第二个应算是任老师，他不仅勤看、勤问，还勤记，并记了不少文字优美的日记，让我大饱眼福。如"丁玲被陈明等人簇拥向前去了，我有意留下，独立寒秋，蓦然一种特殊的境界攫住了我的心。霎时整个宇宙竟是这般静穆，天上的云彩，地上的山峦、林木、花草，一切都是那么静悄悄的，没有一丝声响，就连那麻麻细雨打在树叶上都是无声的。我就如同被明镜般的索溪洗涤过的，宁静极了。索溪峪啊，你是如此的静美。我终于捕捉到你最动人的神韵了。"

他见我看得如此认真，遂用文友的口气对我提示：一个作家的随地日记是很重要的，灵感一来就得记下，因为那是有时效的，一时迸发的激情稍纵即逝。他说，他一生唯一嗜好是读书，一是有字的书，二是无字书，包括大自然等。他的长诗《兰香与小虎》，是在长沙郊区易家湾采访时，灵感大发而记下的素材。回家后联想李季的长诗《王贵与李香香》，萌发了写长诗的念头，为了不重复李季的格式（李季是陕北信天游），他则采用了新古风。我说，你的这首长诗与李季的有异曲同工之妙，堪称力作，是我写长诗《河畔鲜花》的蓝本。我的长诗是受他的启发创作出来的，只是我采用了古风加民歌。任老师的记忆力真好。他说，你的诗稿我是一口气读完的，觉得女主人晨风写得不错，有湘女韵味。我问："是您推荐给湖南人民出版社黄起衰（著名诗人）的吧？"他淡淡一笑，微微点头。当我谈到当前诗歌在走厄运时。他告诫我，熊掌和鱼难以兼得。一个作家，不可能做到样样都精通。民间有句俗话，"行行会，行行劣，艺多不富家。"我不大服气地说："您不是行行都精吗？既是诗人、作家，又是画家、书法家，且均出类拔萃。"他却付之一笑："那都是些雕虫小技。"

任老的谦虚是出了名的。说句实话，任光椿的才华是大家公认的，使我佩服得五体投地。他的《戊戌喋血记》等一系列历史题材长篇小说，震惊中外文坛，可谓旷古绝伦，为湘军增添了一道亮丽的光彩，谁也不可否认。

这次索溪之旅，为时不长，只游览索溪和张家界森林公园的部分景点。但我收获极大，有幸与任老师整整畅谈了两个晚上，他给我传授了许多写作秘诀。

这次尽管为期短暂，可丁玲甚感满足。她兴致勃勃，谈笑风生，但她毕竟是78岁的老太了，加上她还想回到县城附近的五雷山去看看她蒋家祖先的行宫——城门寨。就此作罢。临离索溪时，丁玲对任光椿和我说："你俩都还年轻，小周（笔者）又是东道主，到时我要到索溪住一段日子，写点东西，该多好。"我说："好倒是好，只是有点寂寞。"任老师为我纠正说："丁老最是耐得住寂寞的人了。"接着又说，"人类历史上，科学上的伟大发明和文学艺术的不朽珍品，有哪一样不是那些不怕寂寞，甘于清贫的人，在寂寞中，也就是在一种伟大的静美境界中创造出来的呀！"大家看了看丁玲，幸福写满脸上，都露出灿烂的笑容。任老师的话，对我启迪极深，并成了我的座右铭。以后，在他相继主编《楚风》等刊物时，给我的通信中，几乎经常有"作家要耐住寂寞"的警示。是的，任老师的那些经典巨著，不就是在寂寞中诞生的吗？如今丁玲、康濯、任光椿都相继到另一个地方去了，那次欣然相处，将成为我永远的怀念。

二、丁玲寻根武陵源

"丁玲是李自成之后"。乍听这话，令人惊讶不已。

1982年秋的一天，慈利县文化局忽然接到大作家丁玲的一封信，说她将来武陵源寻根问祖，要局里安排人协助她查清一下城门寨的情况。单位领导见柯云与丁玲既是同乡同行，又是"慈利通"，于是将这个任务交给了我，并征求我的意见，问有困难没有？我说丁玲一生坎坷，为了她寻祖的事，即使困难再大也要去做。于是我以私人名义给她作复。丁老接信后，马上回信说，"不日成行"。

以前，我们只知道城门寨是风景区。凡是来世界名胜武陵源旅游的文化人，一般都要设法去品味一下城门寨的风光和古韵。城门寨早在明代以后就已闻名遐迩，属楚南名胜五雷山四十八寨之一，地处慈利、石门、桃源三县交界处，位于县城东郊，又是以土家族为主的少数民族聚居区，为慈利广福桥镇老棚辖地，入寨先走水路，乘舟过湖，约走六华里，再弃舟上岸，徒步登山。这一带地理特别，风光如画，全是奇岩怪石，湖光山色。尤以"搁升岩""十八罗汉拜观音"诸景奇丽称绝，既有胜境，又有趣闻，许多优美动听的传说，引人入迷，而且这些都有史可查。

果然，不出一月，丁玲与丈夫陈明在省文联主席康濯、著名作家任光椿等人的陪同下，来到慈利。时任县委书记的赵树立亲自为他们一行导游。丁玲虽进入耄耋之年，但思维仍是那么清晰、敏捷，我们一见如故。她说这次来武陵源主要是了结寻祖一愿。丁玲此次湘西之行，计划先到尚未全面开发的索溪峪（武陵源的前身），她对索溪的奇山异水非常感兴趣，特别是老人岩对她吸引最大，她说"太逼真了"。我告诉她上半年沈从文来过这里，还在老人岩下留下影。丁玲一惊："老沈捷足先登了！今天我也要与老人岩留个影。"于是陈明赶快拿出相机为她留下珍贵的一瞬。丁玲还参与了当地奇俗"摸秋"活动，兴致勃勃地对我说："摸秋"活动特有诗意，由于时间关系，第三天离开索溪又回到了慈利。顾不上休息，在慈利县文化局的楼台上，她顺着我们的手指遥望白云缭绕的五雷山，给我们讲述了她家扑朔迷离的蒋氏族源。

1644 年冬，李自成与高夫人母子及部将李过率领残部退入湖南安福县（今临澧）的蒋家坪，寻找可托孤之人，凑巧遇上一位姓蒋的大娘，对他恩重如山，他便把孩子托付于她，改姓为蒋，名光业（意在光复大业），并将从皇宫内弄出来的金银财宝就地埋下，绘制了一张"藏宝图"交给大娘，嘱咐大娘待孩子成年后按图取宝，然后拜了三拜，到石门夹山寺出家了。若干年后，蒋大娘收养的孩子已成了文武双全的蒋员外。他为实现父愿，在城内仿皇城建造一座占地数十亩城池般的庄园（今县政府衙址）。

此时蒋家已进入鼎盛时期，财超万贯，成为全国三个半财主的半个财主。就在蒋员外刚过半百那年，南方发生战乱，波及湖南，他深知财产难保，惊恐万状，四处寻找避难之地，结果选中五雷山中的"搁升岩"旁与"十八罗汉拜观音"之间的一个山寨。该地十分奇特，四面绝壁，仅只有两个垭口可以攀登，又处于层峦叠嶂，莽莽林海之中，即使是神仙也难寻找。蒋员外甚喜，决定在此建造城寨，主意已定，大兴土木，为防御起见，其工匠一律到外地雇请，城墙全用石头顺山势垒造，既高且厚，还造了两个坚固的城门，固若金汤，故叫城门寨。城寨建毕，他又秘密地将财宝转到寨里埋藏下来，将藏宝图常带在身。蒋家老屋，空空荡荡仅留几个家人和使女把守，主要成员均在城门寨如修道一般闲度春秋。

丁玲还神秘地说了一件趣事。"搁升岩",据说是个世间少有危岩上搁巨石(如升子搁在木杆上一样),上面有一自生棋盘。常为蒋员外与友人下棋之用。只是上去比较困难,全用手抓攀登。一天,蒋员外照样结伴上去下棋,刚到岩下,突然发现上面已经有了下棋人,等他仔细观看时,却只见一片白云裹着飘然而去。尔后,经常见到这种奇怪现象,他百思不解:这是些什么人呢?晚卜一白胡子老头给他报了一梦,他才恍然大悟,原来此乃仙家之地!蒋员外贪心太重,便在旁边栽了一棵松树好做梯用,以便及时上去与仙人对弈。这棵树长势很快,不到几年就已成了大树,完全可做梯子。蒋员外独自一人,攀树枝而上,谁知行至一半,一骨碌从岩上震倒下来,差点断送了性命。待他醒来时,身上携带的藏宝图,早已不翼而飞。从此,藏宝图杳如黄鹤。战乱平息后,蒋员外气急败坏地搬迁回原地。从此空留一座城门寨。

1851年,洪秀全在金田村起义,威逼三湘,已进入衰败的蒋家遭受了一次浩劫,城门寨自然在劫难逃。据说在这里还挖出几样来自皇宫的珠宝。

丁玲讲的这个故事并非玄虚。她说她的祖先为一本藏宝图,闹得天翻地覆。曾听父辈讲,好多武林高手与江洋大盗为夺他们的藏宝图大战城门寨,可是一无所获。究竟有无此图,至今仍是个悬案。说到这里,她笑了,笑得一脸皱花。

这次丁玲有意让我们带她去看城门寨,可是天公不作美,突然下起小雨。她望着连绵如丝的秋雨叹道:"看来,秋雨不解寻祖意啊。"我说:"下次我带您去!"她苦笑一下,摇头说:"那只怕是下辈子了。"果然被她言中,1986年她就与世长辞了。没想到,此次寻根竟成永别。不过,丁玲讲的那些故事,后来通过考察,都得到了印证。

(柯云:本名周保林、周传国,中国作家协会会员、中国民间文艺家协会会员)

中国现当代女性文学研究与批评著作目录辑要

——第二部分：作家及作品研究（1979—2019 年大陆出版）

谢玉娥　编

（以作家出生年代为序，同一作家的研究著作以出版时间为序）

唐群英（1871—1937）

蒋薛，唐存正著：《唐群英评传》，湖南出版社 1995 年 8 月。

蒋薛主编；南岳诗社等合编：《唐群英诗赞》，南岳诗社 1997 年。

罗湘英主编；衡山市妇女联合会，衡山唐群英研究会合编：《唐群英研究文集》，衡山市妇女联合会、衡山唐群英研究会 1998 年 8 月。

王辉主编；衡阳市妇女联合会编：《唐群英史料集萃》，衡阳市妇女联合会 2006 年 10 月。

刘静，唐存正著：《女权运动先驱唐群英》，中国文史出版社 2014 年 8 月。

徐自华（1873—1935）

闻海鹰著：《忏慧词人徐自华》，团结出版社 2014 年。

秋　瑾（1875—1907）

穆长青著：《秋瑾评传》，甘肃教育学院 1982 年 11 月。

陈象恭编著：《秋瑾年谱及传记资料》，中华书局 1983 年 7 月。

郭延礼著：《秋瑾年谱》，齐鲁书社 1983 年 9 月。

郑云山，陈德禾著：《秋瑾评传》，河南教育出版社 1986 年 6 月。

郭延礼编：《秋瑾研究资料》，山东教育出版社 1987 年 2 月。

郭延礼著：《秋瑾文学论稿》，陕西人民出版社 1987 年 8 月。

郭长海，李亚彬编著：《秋瑾事迹研究》，东北师范大学出版社 1987 年 12 月。

本社编：《秋瑾史迹》，上海古籍出版社 1991 年 8 月。

郭长海著：《秋瑾》，新蕾出版社 1993 年 5 月。

王去病，朱馥生主编；马保舜副主编：《秋瑾评集》，中国妇女出版社 2000 年 11 月。

郭蓁撰：《漫云女子不英雄：秋瑾诗词注评》，上海古籍出版社 2004 年 7 月。

郭长海，秋经武主编；李永鑫，郭君兮，秋晓东副主编：《秋瑾研究资料文献集》，宁夏人民出版社 2007 年 6 月。

欧阳云梓著：《秋瑾评传》，中国社会科学出版社 2011 年 4 月。

郭辉著：《秋瑾研究》，中国戏剧出版社 2012 年 9 月。

郭延礼编著：《解读秋瑾》（上、下），山东教育出版社 2013 年 3 月。

邵田田编著：《秋瑾研究文集》，西泠印社出版社 2014 年 6 月。

高占祥主编；李芸华著：《秋瑾传》，北京时代华文书局 2016 年 1 月。

鲍家麟，刘晓艺著：《侠女愁城：秋瑾的生平与诗词》，南京大学出版社 2016 年 11 月。

蔡业海主编：《秋瑾烈士年谱新编》，中国文史出版社 2017 年 12 月。

秋宗章著：《我的姐姐秋瑾》，黄山书社 2019 年 4 月。

吕碧城（1883—1943）

刘纳编著：《吕碧城（评传·作品选）》，中国文史出版社 1998 年 6 月。

李保民撰：《一抹春痕梦里收：吕碧城诗词注评》，上海古籍出版社 2004 年 7 月。

吕碧城著；李保民笺注：《吕碧城诗文笺注》，上海古籍出版社 2007 年 8 月。

王忠和著：《吕碧城传》，百花文艺出版社 2010 年 6 月。

曾雪琴著：《吕碧城文传：乱世才女的独帷禅心》，文汇出版社 2013 年 9 月。

周娴著：《嫁给民国的女汉子：吕碧城情传》，东方出版社 2014 年 4 月。

吕碧城著；文明国编：《吕碧城自述》，安徽文艺出版社 2014 年 7 月。

一翎著：《我到人间只此回：绝代民国剩女吕碧城》，浙江大学出版社 2014 年 9 月。

徐新韵著：《吕碧城三姊妹文学研究》，暨南大学出版社 2015 年 5 月。

程悦著：《吕碧城》，内蒙古人民出版社 2018 年 8 月。

花柚夏著：《一代奇才吕碧城》，上海文化出版社 2019 年 1 月。

汪晓寒著：《吕碧城：我到人间只此回》，团结出版社 2019 年 3 月。

陈衡哲（1890—1976）

陈衡哲著：《陈衡哲早年自传》，安徽教育出版社 2006 年 8 月。

江淼著：《陈衡哲传》，上海远东出版社 2010 年 5 月。

王玉琴著：《一日西风吹雨点：陈衡哲传》，中国书籍出版社 2015 年 1 月。

李火秀著：《过渡时代的"造桥"者：陈衡哲评传》，中国社会科学出版社 2019 年 5 月。

白　薇（1893—1987）

白舒荣，何由著:《白薇评传》，湖南人民出版社 1983 年 11 月。

袁昌英（1894—1973）

杨静远编选:《飞回的孔雀——袁昌英》（漫忆女作家丛书），人民文学出版社 2002 年 1 月。

黄绍纯著:《醴陵的孔雀:袁昌英》，湖南人民出版社 2014 年 9 月。

罗惜春著:《袁昌英评传》，湘潭大学出版社 2015 年 9 月。

苏雪林（1897—1999）

卢启元，徐志超选评:《中国新文学大师名作赏析 26:苏雪林、庐隐、凌叔华、冯沅君》，海风出版社 1992 年。

苏雪林著:《苏雪林自传》，江苏文艺出版社 1996 年 12 月。

沈晖编选:《绿天雪林》（漫忆女作家丛书），人民文学出版社 2001 年 1 月。

石楠著:《另类才女苏雪林》，东方出版社 2004 年 8 月。

范震威著:《世纪才女:苏雪林传》，河北教育出版社 2006 年 1 月。

方维保著:《苏雪林:荆棘花冠》，广西师范大学出版社 2006 年 7 月。

陈朝曙著:《苏雪林与她的徽商家族》，安徽教育出版社 2008 年 5 月。

左志英编:《一个真实的苏雪林》，东方出版社 2008 年 6 月。

陈国恩主编;张园，吴光正副主编:《苏雪林面面观:2010 年海峡两岸苏雪林学术研讨会论文集》，黑龙江人民出版社 2011 年 12 月。

左志英编著:《冰雪梅林:苏雪林》，民主与建设出版社 2012 年 1 月。

丁增武著:《苏雪林与中国现代文学》，安徽大学出版社 2013 年 12 月。

苏雪林著:《苏雪林自述自画》，中国青年出版社 2013 年 12 月。

刘旭东著:《从启蒙主义到古典主义:苏雪林文学思想论》，中国社会科学出版社 2015 年 6 月。

沈晖编著:《苏雪林年谱长编》，安徽文艺出版社 2017 年 1 月。

何玲华著:《她被唤作瑞奴时:苏雪林清末浙地县署上房生活考探:1897—1911》，中国社会科学出版社 2019 年 3 月。

庐　隐（1898—1934）

肖凤著:《庐隐传》，北京师范大学出版社 1982 年 2 月。

卢启元，徐志超编:《庐隐　冯沅君　绿漪　凌叔华作品欣赏》，广西教育出版社 1988 年 7 月。

卢君著:《庐隐:惊世骇俗才女情》，四川文艺出版社 1995 年 3 月。

林伟民编选:《海滨故人庐隐》（漫忆女作家丛书），人民文学出版社 2001 年 1 月。

肖凤著:《庐隐评传》，中国社会出版社 2008 年 1 月。

庐隐著:《采桑子文丛:庐隐自传》,云南人民出版社 2011 年 5 月。

庐隐著;文明国编:《庐隐自述》,安徽文艺出版社 2014 年 7 月。

魏雨童著:《隐去庐山自从容:庐隐传》,民主与建设出版社 2014 年 7 月。

冯沅君（1900—1974）

许志杰著:《陆侃如和冯沅君》,山东画报出版社 2006 年 5 月。

严蓉仙著:《冯沅君传》,人民文学出版社 2008 年 8 月。

赵海菱,张汉东,岳鹏著:《冯沅君传》,学苑出版社 2012 年 9 月。

凌叔华（1900—1990）

傅光明著:《凌叔华:古韵精魂》,大象出版社 2004 年 11 月。

林杉著:《秀韵天成凌叔华》,作家出版社 2008 年 1 月。

凌叔华著;陈学勇编:《中国儿女:凌叔华佚作·年谱》,上海书店出版社 2008 年 6 月。

宋生贵编:《凌叔华的古韵梦影》,东方出版社 2008 年 8 月。

陈学勇著:《高门巨族的兰花:凌叔华的一生》,人民文学出版社 2010 年 12 月。

朱映晓著:《凌叔华传:一个中国闺秀的野心与激情》,江苏文艺出版社 2012 年 3 月。

凌叔华著:《凌叔华自述自画》,中国青年出版社 2013 年 12 月。

林杉著:《凌叔华:中国的曼殊斐儿》,中国言实出版社 2014 年 10 月。

林晓霞著:《凌叔华与世界文学》,中国社会科学出版社 2019 年 7 月。

冰　心（1900—1999）

冰心著:《记事珠》,人民文学出版社 1982 年 1 月。

卢启元著:《冰心作品欣赏》,广西人民出版社 1982 年 8 月。

范伯群,曾华鹏著:《冰心评传》,人民文学出版社 1983 年 4 月。

范伯群编:《冰心研究资料》,北京出版社 1984 年 12 月。

肖凤著:《冰心传》,北京十月文艺出版社 1987 年 9 月。

杨昌江著:《冰心散文论》,华中师范大学出版社 1989 年 7 月。

卓如著:《冰心传》,上海文艺出版社 1990 年 3 月。

卓如编:《冰心和儿童文学》,少年儿童出版社 1990 年 9 月。

王炳根著:《永远的爱心:冰心》,山东画报出版社 1994 年 10 月。

冰心著:《冰心自传》,江苏文艺出版社 1995 年 9 月。

卓如著:《冰心传》,海峡文艺出版社 1998 年 1 月。

张锦贻著:《冰心评传》,希望出版社 1998 年 12 月。

冰心著:《世纪之忆:冰心回想录》,南海出版公司 1999 年 4 月。

卓如编著:《冰心年谱》,海峡文艺出版社 1999 年 9 月。

王炳根著:《世纪情缘:冰心与吴文藻》,安徽人民出版社 1999 年 10 月。

林德冠等主编:《冰心玫瑰》(冰心研究丛书),海峡文艺出版社2000年。

万平近,汪文顶著:《冰心评传》,重庆出版社2000年10月。

卓如著:《冰心传》,海峡文艺出版社2000年10月。

李玲,姚向清选编:《冰心论集(上)》(冰心研究丛书),海峡文艺出版社2000年10月。

钟红英,李玲选编:《冰心论集(下)》(冰心研究丛书),海峡文艺出版社2000年10月。

卓如编选:《一片冰心》(漫忆女作家丛书),人民文学出版社2002年1月。

卓如著:《冰心全传(上下)》,河北教育出版社2002年1月。

张卫著:《海天之星:冰心》,华艺出版社2002年4月。

王炳根著:《冰心:爱是一切》,大象出版社2003年2月。

卓如著:《冰心》,四川人民出版社2003年8月。

王炳根著:《冰心:非文本解读》,海峡文艺出版社2003年10月。

陈国勇主编:《冰心与长乐》,海峡文艺出版社2004年。

王炳根主编;黄水英选编:《冰心论集3》(冰心研究丛书),海峡文艺出版社2004年11月。

肖凤著:《冰心图传》,广东教育出版社2005年1月。

冰心著:《冰心自述》,大象出版社2005年7月。

段慕元编:《一个真实的冰心》,东方出版社2006年3月。

肖凤著:《冰心评传》,中国社会出版社2006年10月。

王炳根著:《冰心:非文本解读(续)》,中国文联出版社2006年12月。

乐敏编:《一片冰心在玉壶:冰心与吴文藻的情爱世界》,东方出版社2008年4月。

傅德岷主编:《冰心散文精品鉴赏》,武汉出版社2008年9月。

范伯群编著:《冰心研究资料》,知识产权出版社2009年4月。

王炳根,傅光明编:《聆听大家:永远的冰心》,安徽文艺出版社2010年1月。

萧乾,文洁若著:《冰心与萧乾》,上海三联书店2010年11月。

王炳根主编:《冰心论集5》,海峡文艺出版社2011年8月。

陈恕编:《冰心全传》,中国青年出版社2011年8月。

王炳根著:《王炳根说冰心》,海峡文艺出版社2011年12月。

冰心著:《冰心自述》,福建人民出版社2012年4月。

肖凤著:《一片冰心在玉壶》,天津教育出版社2013年1月。

王炳根主编:《冰心论集2012》(冰心研究丛书),上海交通大学出版社2013年6月。

鲁普文编:《冰心研究资料索引》,海峡书局 2014 年 12 月。

熊飞宇编著:《重庆时期冰心的创作与活动研究》,广西师范大学出版社 2015 年 8 月。

王炳根著:《爱是一切:冰心传》,作家出版社 2016 年 9 月。

盖琳著;温儒敏主编:《爱的守望者:冰心传》,长春出版社 2017 年 1 月。

工炳根著:《玫瑰的盛开与凋谢:冰心吴文藻合传(上、下)》,福建教育出版社 2017 年 9 月。

刘东方主编:《冰心论集 2016(上、下)》(冰心研究丛书),海峡文艺出版社 2017 年 10 月。

冰心著:《记事珠》,商务印书馆 2018 年 4 月。

刘东方主编:《冰心论集 6》(冰心研究丛书),中国华侨出版社 2019 年 7 月。

王炳根编著:《冰心年谱长编(上、下)》,上海交通大学出版社 2019 年 1 月。

程俊英(1901—1993)

朱杰人,戴从喜著:《程俊英教授纪念文集》,华东师范大学出版社 2004 年 12 月。

石评梅(1902—1928)

都钟秀著:《春风青冢:石评梅传》,北岳文艺出版社 1986 年 6 月第 1 版,1994 年 12 月第 2 版。

阳泉市政协文史委编,李庆祥著:《评梅女士年谱长编》,文津出版社出版 1990 年 6 月。

柯兴著:《高君宇 石评梅》,中国青年出版社 1995 年 1 月。

李庆祥著:《评梅女士年谱》,文津出版社 1998 年。

卫建民编选:《魂归陶然亭:石评梅》(漫忆女作家丛书),人民文学出版社 2002 年 1 月。

山西省平定县文学艺术界联合会;山西省平定县教育局:《平定有枝永开的梅:纪念石评梅诞辰一百周年》,山西省平定县文学艺术界联合会、平定县教育局 2002 年 9 月。

柯兴著:《石评梅传》,花山文艺出版社 2007 年 3 月。

徐丹著:《石评梅传:生如夏花》,中国华侨出版社 2017 年 1 月。

白瑾萱著:《悠悠相思与谁弹:石评梅传》,北京工业大学出版社 2017 年 4 月。

罗 淑(1903—1938)

艾以等编:《罗淑、罗洪研究资料》,北京十月文艺出版社 1990 年 1 月。

艾以,沈辉,卫竹兰等编著:《罗淑研究资料》,知识产权出版社 2010

年1月。

陆小曼（1903—1965）

曾庆瑞，赵遐秋著：《徐志摩　陆小曼》，中国青年出版社1995年1月。

柴草著：《陆小曼传》，百花文艺出版社2002年。

韩石山著：《徐志摩与陆小曼》，团结出版社2004年。

张红萍著：《陆小曼画传：为爱战斗的一生》，二十一世纪出版社2005年。

童芳芳编：《一个真实的陆小曼》，东方出版社2006年6月。

丁言昭著：《悲情陆小曼》，上海人民出版社2008年3月。

陆晶清（1907—1993）

王士权，王世欣著：《爱国女作家陆晶清传》，江西人民出版社2002年。

林徽因（1904—1955）

林杉著：《一代才女林徽因》，作家出版社1993年3月。

［美］费慰梅著；曲莹璞等译：《梁思成与林徽因：一对探索中国建筑史的伴侣》，中国文联出版公司1997年9月。

林杉著：《林徽因传：一代才女的心路历程》，九州图书出版社1998年10月。

黄杨著：《一世情缘：梁思成与林徽因》，安徽人民出版社2000年1月。

刘炎生著：《绝代才女林徽因》，广州出版社2000年9月。

刘小沁编选：《窗子内外忆徽因》（漫忆女作家丛书），人民文学出版社2001年1月。

陈学勇著：《才女的世界》，昆仑出版社2001年5月。

韩石山著：《寻访林徽因》，人民文学出版社2001年10月。

丁言昭著：《骄傲的女神——林徽因》，上海书店出版社2002年1月。

张清平著：《林徽因》，百花文艺出版社2002年1月。

陈新华著：《林徽因　林长民　林孝恂》，河北教育出版社2003年。

［美］费慰梅著；成寒译：《中国建筑之魂：一个外国学者眼中的梁思成林徽因夫妇》，上海文艺出版社2003年10月。

田时雨编：《美丽与哀愁：一个真实的林徽因》，东方出版社2004年2月。

杨永生编著：《记忆中的林徽因》，陕西师范大学出版社2004年5月。

林洙著：《梁思成、林徽因与我》，清华大学出版社2004年6月。

清华大学建筑学院编：《建筑师林徽因》，清华大学出版社2004年6月。

陈学勇著：《林徽因寻真：林徽因生平创作丛考》，中华书局2004年11月。

龙倩著：《林徽因画传》，哈尔滨出版社2005年1月。

林杉著：《一代才女林徽因》，作家出版社2005年1月。

张红萍著:《林徽因画传:一个纯美主义的激情》,二十一世纪出版社2005年6月。

刘炎生著:《中国第一才女林徽因》,湖北人民出版社2006年6月。

张清平著:《林徽因传》,百花文艺出版社2007年8月。

陈学勇著:《莲灯微光里的梦:林徽因的一生》,人民文学出版社2008年8月。

白落梅著:《你若安好,便是晴天:林徽因传》,中国华侨出版社2011年9月。

林杉著:《你若安好,便是晴天:林徽因传》,国际文化出版公司2014年7月。

姜雯漪著:《在时光中盛开的女子:林徽因传》,中国华侨出版社2018年1月。

赵一著:《林徽因:不慌不忙的坚强》,哈尔滨出版社2018年3月。

丁 玲(1904—1986)

中忱,凌源编:《丁玲作品系年》,吉林师大学报编辑部1980年4月。

袁良骏编:《丁玲研究资料》,天津人民出版社1982年3月。

王中忱,尚侠著:《丁玲生活与文学的道路》,吉林人民出版社1982年9月。

丁玲著:《我的生平与创作》,四川人民出版社1982年12月。

杨桂欣著:《丁玲创作纵横谈》,湖南人民出版社1984年7月。

龚明德著:《〈太阳照在桑干河上〉修改笺评》,湖南人民出版社1984年7月。

黄一心编:《丁玲写作生涯》,百花文艺出版社1984年8月。

冯夏熊等著:《丁玲作品评论集》,中国文联出版公司1984年10月。

孙瑞珍,王中忱编:《丁玲研究在国外》,湖南人民出版社1985年3月。

丁玲著;陈明编:《丁玲论创作》,上海文艺出版社1985年3月。

郭成,陈宗敏著:《丁玲作品欣赏》,广西人民出版社1986年1月。

丁玲创作讨论会专集编选小组编:《丁玲创作独特性面面观:全国首次丁玲创作讨论会专集》,湖南文艺出版社1986年3月。

《中国》编辑部编:《丁玲纪念集》,湖南人民出版社1987年7月。

王淑秧著:《展翅高飞的鸟:丁玲的青年时代》,河北人民出版社1987年7月。

张炯,王淑秧著:《朴素·真诚·美:丁玲创作论》,人民文学出版社1988年2月。

丁玲创作六十周年学术讨论会编选小组编:《丁玲与中国新文学:丁玲创作六十周年学术讨论会专集》,厦门大学出版社1988年6月。

宗诚著:《风雨人生:丁玲传》,中国文联出版公司1988年10月第1版,1998年第2版。

孙伟,彭其芳著:《丁玲在故乡》,中国文联出版公司1989年1月。

宋建元著:《丁玲评传》,陕西人民出版社1989年3月。

郑笑枫著:《丁玲在北大荒》,湖北人民出版社1989年6月。

袁良骏著:《丁玲研究五十年》,天津教育出版社1990年10月

许华斌著:《丁玲小说研究》,复旦大学出版社1990年12月。

左克诚著:《生命倔强的回声:丁玲小说创作论》,内蒙古人民出版社1991年2月。

李达轩著:《丁玲与莎菲系列形象》,湖南文艺出版社1991年3月。

彭漱芬著:《丁玲小说的嬗变》,湖南文艺出版社1991年4月。

中国丁玲研究会编:《丁玲研究》,湖南师范大学出版社1992年7月。

[美]梅仪慈著;沈昭铿,严锵译:《丁玲的小说》,厦门大学出版社1992年11月。

李辉著:《恩怨沧桑:沈从文与丁玲》,百花文艺出版社1992年6月。

沈从文著:《记丁玲》,岳麓书社1992年12月。

周良沛著:《丁玲传》,北京十月文艺出版社1993年2月。

厦军著:《丁玲新时期散文天地》,厦门大学出版社1993年2月。

《丁玲文学创作国际研讨会文集》编:《中国现当代文学一颗耀眼的巨星:丁玲文学创作国际研讨会文集》,湖南文艺出版社1994年6月。

王一心著:《丁玲外传》,黑龙江人民出版社1995年2月。

丁玲著:《丁玲自传》,江苏文艺出版社1996年7月。

《丁玲与中国女性文学》编选小组编:《丁玲与中国女性文学:第七次全国丁玲学术研讨会文集》,湖南文艺出版社1998年。

丁玲著;王增如,李燕平编:《丁玲自叙》,团结出版社1998年1月。

《丁玲与中国女性文学》编选小组编:《丁玲与中国女性文学:第七次全国丁玲学术研讨会文集》,湖南文艺出版社1998年7月。

丁言昭著:《在男人的世界里:丁玲传》,上海文艺出版社1998年11月。

王周生著:《丁玲:飞蛾扑火》,上海教育出版社1999年10月。

宗诚著:《丁玲》,中国华侨出版社1999年10月。

郜元宝,孙洁编:《三八节有感:关于丁玲》,北京广播学院出版社2000年1月。

丁言昭编选:《别了,莎菲》(漫忆女作家丛书),人民文学出版社2001年1月。

《丁玲与延安》选编小组编:《丁玲与延安:第八次丁玲文学创作国际研讨会论文集》,陕西人民教育出版社2001年5月。

名家研究与文献

杨桂欣著：《丁玲评传》，重庆出版社 2001 年 10 月。

赵国春著：《一个女作家的遭遇：丁玲在北大荒》，哈尔滨出版社 2002 年。

汪洪编：《左右说丁玲》，中国工人出版社 2002 年 1 月。

张卫著：《飞蛾扑火：丁玲》，华艺出版社 2002 年 4 月。

王增如著：《无奈的涅槃：丁玲最后的日子》，上海书店出版社 2003 年 1 月。

邢小群著：《丁玲与文学研究所的兴衰》，山东画报出版社 2003 年 1 月。

王增如著：《无奈的涅槃：丁玲最后的日子》，上海书店出版社 2003 年 1 月。

蒋祖林，李灵源著：《我的母亲丁玲》，辽宁人民出版社 2004 年 2 月。

中国丁玲研究会编：《丁玲纪念集》，湖南文艺出版社 2004 年 8 月。

陈明著：《我说丁玲》，湖南文艺出版社 2004 年 8 月。

杨桂欣著：《我所接触的暮年丁玲》，中国广播电视出版社 2004 年 9 月。

张永泉著：《个性主义的悲剧：解读丁玲》，中国社会科学出版社 2005 年 3 月。

秦林芳著：《丁玲的最后 37 年》，中国文史出版社 2005 年 7 月第 1 版，2006 年 12 月第 2 版。

李向东，王增如编著：《丁玲年谱长编 1904—1986》（上下），天津人民出版社 2006 年 1 月。

李向东，王增如著：《丁陈反党集团冤案始末》，湖北人民出版社 2006 年 1 月。

中国丁玲研究会编：《二十世纪中国社会变革的多彩画卷：丁玲百年诞辰国际学术研讨会论文集》，湖南文艺出版社 2006 年 3 月。

[美] 丁淑芳著；范宝慈译：《丁玲和她的母亲：人文心理学研究》，厦门大学出版社 2006 年 3 月。

刘瑜著：《丁玲小说女性意识解读：1927—1948 年间丁玲小说中心话语走向论析》，四川文艺出版社 2006 年 4 月。

丁玲著：《丁玲自述》，大象出版社 2006 年 5 月。

杨桂欣著：《情爱丁玲：惊世女子骇俗恋》，文化艺术出版社 2006 年 6 月。

魏颖著：《历史漩涡中的身份嬗变：丁玲小说创作研究》，中南大学出版社 2008 年 5 月。

郑笑枫著：《丁玲在北大荒》，中共党史出版社 2008 年 10 月。

杨桂欣编：《观察丁玲》，大众文艺出版社 2009 年 5 月。

《新气象新开拓》选编小组编著：《新气象新开拓：第十次丁玲国际学术研讨会文集》，同济大学出版社 2009 年 5 月。

陈明著:《我与丁玲五十年:陈明回忆录》,中国大百科全书出版社 2010 年 1 月。

任显楷著:《跨学界比较实践中美学界的丁玲研究》,四川文艺出版社 2010 年 9 月。

丁言昭著:《丁玲传》,复旦大学出版社 2011 年 1 月。

王增如著:《丁玲办〈中国〉》,人民文学出版社 2011 年 3 月。

袁良骏编:《丁玲研究资料》,知识产权出版社 2011 年 4 月。

中国丁玲研究会《丁玲与中国当代文学》论文编选组主编:《丁玲与中国当代文学:第 11 次(国际)丁玲学术研讨会论文集》,厦门大学出版社 2012 年 1 月。

秦林芳著:《丁玲评传》,南京大学出版社 2012 年 12 月。

邢小群著:《丁玲与文学研究所的兴衰》,河南文艺出版社 2013 年 1 月。

高媛著:《解读丁玲文学中的边缘化问题:知识女性·女同性恋·战时性暴力受害者》,江苏科学技术出版社 2014 年 7 月。

李向东,王增如著:《丁玲传》(上下),中国大百科全书出版社 2015 年 5 月。

中国丁玲研究会主编:《二十世纪中国革命与丁玲精神史:第十二次国际丁玲学术研讨会论文集》,清华大学出版社 2017 年 3 月。

陈漱渝著:《扑火的飞蛾:丁玲情感往事》,北方文艺出版社 2017 年 10 月。

阎浩岗著:《茅盾丁玲小说研究》,人民出版社 2018 年 9 月。

李婍著:《丁玲:一曲华美的奏鸣曲》,北京燕山出版社 2019 年 1 月。

杨 刚(1905—1957)

吴德才著:《金箭女神:杨刚传记》,中共党史出版社 1992 年 12 月。

安 娥(1905—1976)

丁言昭著:《安娥传》,中国青年出版社 2013 年 1 月。

陈学昭(1906—1991)

陈学昭著:《天涯归客》,浙江人民出版社 1980 年 12 月。

丁茂远编:《陈学昭研究专集》,浙江文艺出版社 1980 年版,1983 年 12 月版。

钟桂松著:《天涯归客——陈学昭》,河南人民出版社 2000 年 5 月。

海宁市政协文史资料委员会编:《海宁人物资料 第 9 辑 陈学昭纪念文集》,海宁市政协文史资料委员会 2001 年 9 月。

陈亚男著:《文化人影记丛书 陈学昭》,河北教育出版社 2001 年 11 月。

陈亚男著:《我的母亲陈学昭》,文汇出版社 2006 年。

上海鲁迅纪念馆编:《陈学昭纪念集》,上海文艺出版社 2006 年 4 月。

名家研究与文献

单元，万国庆著：《突围与陷落：陈学昭传论》，光明日报出版社 2008 年 1 月。

谢冰莹（1906—2000）

阎纯德等著：《中国现代女作家·谢冰莹》，黑龙江人民出版社 1983 年。

谢冰莹著：《女兵自传》，中国华侨出版社 1994 年。

阎纯德，李瑞腾编选：《女兵谢冰莹》（漫忆女作家丛书），人民文学出版社 2002 年。

李夫泽著：《从"女兵"到教授：谢冰莹传》，湖南人民出版社 2004 年。

崔家瑜著：《谢冰莹及其作品研究》，文史哲出版社 2008 年 3 月。

石楠著：《中国第一女兵：谢冰莹全传》，江苏文艺出版社 2008 年 5 月。

彭　慧（1907—1968）

吴泽霖，邹红主编：《彭慧先生百年诞辰纪念文集》，北京师范大学出版社 2009 年 3 月。

（谢玉娥：河南大学文学院研究馆员）

作家访谈

韩小蕙：探索简朴、真诚与崇高的生命诗学
——谈纪实散文《协和大院》记忆审美的独创性

王红旗　韩小蕙

韩小蕙简历

　　北京人。1982 年毕业于南开大学中文系。光明日报社首位领衔编辑，中国作协全委会委员，中国散文学会副会长，北京市东城区作协主席，南开大学文学院兼职教授，全国五一劳动奖章获得者，全国妇联先进个人，韬奋新闻奖获得者，国务院特殊津贴专家。

　　出版《韩小蕙散文代表作》《协和大院》等三十一部个人作品集。主编出版当代中国历年散文精选等七十余部散文集。

　　散文作品获首届中华文学选刊奖，首届郭沫若散文随笔奖，首届和第三届中国当代女性文学奖，首届冰心散文理论奖和第二届冰心散文创作奖，第五届和第六届老舍散文奖，第三届三毛文学奖，以及北京文学奖、上海文学奖等。新闻作品《太阳对着散文微笑》和《90 年代散文的八个问题》等系列文章，对 20 世纪 90 年代中国兴起的散文创作热潮起到第一预报和重要推动作用，被写入当代文学史。

　　1994 年入选伦敦剑桥国际传记中心《世界杰出人物大辞典》。2003 年应美国国会图书馆邀请，成为新中国首位在该馆演讲的作家和编辑，并获美国国会图书馆奖、美国国会参议员奖、旧金山市政府和市长奖等。

以生命记忆寻求人类诗意栖居的家园

　　王红旗：你的新作非虚构长篇《协和大院》出版问世，标志着当代女性散文写作以个体生命直觉、体验与感悟，超越传统逻辑与理性思维叙事，

正在追求一种多维度生命诗学的更崇高理想。这部作品以个体生命记忆"内在时空"为秩序，以"融文体"，或者说"复合新文体"的方式，在散文与小说、"非虚构"与虚构之间沟通历史、现实与未来。以女性生命经验文化考古，从童年记忆开始，揭开社会历史缝隙、走进家庭日常生活、个体心理深层，洞察社会之世道人心。以"文以载道"的独特知解力与判断力，"向内外"双向延展的史实考证与深邃冥想，反思历史，针砭流弊，笑谈苦难，拥抱希望，回溯自我精神心路与社会浮沉命运的风雨相伴。以一位女作家激情跳动的赤子"童心"、诗思理性的使命与责任，如在漫漫寒夜里寻找温暖、灿烂阳光下发现阴影的哲人，对人类尊严、人性良知、生命价值意义等等，予以探究和追问。

你曾说，《协和大院》是我这半辈子一直想写的书，也是我这一辈子最心心念念的一本书，今天得以出版，了此平生所愿。这部书你在心里酝酿了三十多年？对你的散文创作生命有什么意义？

韩小蕙：《协和大院》是我半辈子一直想写、一辈子最重要的一部书。自 1985 年写下散文《我的大院，我昔日的梦》之后，几十年间陆陆续续又写过几篇，却一直未尽情，一直心心念念放不下这件事。

谁让我是这个著名大院的女儿呢？谁让我一直在这院子里生活了六十年呢？北京的"大院"虽多，但这么独特的大医之家、欧式大院却只有一双，另一个姐妹院是据此只有一箭之隔的北京东单北极阁 26 号院。两个大院都是中国医学科学院下辖的宿舍大院，一个称"北院"，即我的大院，面积略大，住的名医略多，名气更大些，因而是"姐姐院"；另一个称"南院"，更袖珍些，是为"妹妹院"。协和大院独特的美国乡村式别墅和英国哥特式洋楼，独特的中国顶尖名医和名人，独特的大医文明和大医文化，独特的百年经历和起伏命运……构成了深藏在皇城北京中的别一种风景、别一番故事和别一番沧桑。所有这些，外人写不来，历史又必须有此一笔，故只有我来操板弦歌了。

这是命里注定的书写任务，一天不完成，心中即惴惴。说来真让人难以置信，让我迟迟下不了决心的，反倒是素材太过于丰繁，这么多历史事件的曲曲折折，这么多大人物的起起伏伏，这么多思想、文化、观念、人性、人心、道德、是非、荣辱等的交汇与交锋，怎么把它们表达出来——该用什么体裁，方能够实现得最为完美呢？最终帮我下定决心的，是中国散文学会王巨才会长，他极其鲜明地表态说："当然要写纪实散文，不能写成小说。"这真是拨云见日，我立即通透了——感觉自己来到了一片广袤开阔的所在。站在地平线上，看到旭日正冉冉升起，脚下是平展展的大地，一直伸向天边。我的信心慢慢升腾起来，身上充满了力量。

王红旗：从整体结构看，文本以"我写故我在"的生命疼痛感知与仁爱悲悯精神，统领文脉生命蓬勃涌动而前行。第一至六章，从"我"的童年记忆开始，深入探掘协和大院百年历史演变；第七至十五章，揭开"协和"之所以"百年不倒"鲜为人知的种种传奇；第十六至十七章，回忆"大院"里的花草树木、各类动物的"人化"自然生态之变；第十八章，"我"永远也讲述不完整的补叙。开篇的"代序"《我的大院，我昔日的梦》，与文末的"代跋"《绝唱》遥相呼应，连接时而并行、时而相交重叠的历史与现实。

因为，协和大院内涵太丰富繁杂了，百年历史、百年风云，古今中外，数百人物……这是非常难以整合在一起的。可以说，如何呈现得既完整又美丽，既有史实性又有可读性，是一个巨大的工程难题。请问你是如何搭建这个整体架构的？

韩小蕙：确实是个艰难的工程。刚开始像面对着"乱花渐欲迷人眼"的一地碎花（或者说一地鸡毛也并不夸张），虽然五彩缤纷，但怎么才能把它们撷到一堆，扎成一个美丽无比的大花篮呢？

我面对的绝不只是一个居民大院的日常生活，还涉及上百年的中外历史，内牵着文明、文化、民族性、地域性、人心、人性、新旧观念的缠斗、发展和进步……最难的还不仅是写出一个个人物的音容笑貌，而在于揭示出为什么，并从中倾听到社会脉动的回声。大医们的事迹好写、故事亦好写、传说亦好写、轶事亦好写，其精神境界也凑合着能描画出来，但他们的灵魂呢？为此，经纬交织，光芒四射，我采取了"纵深掘进"和"横宽拓扫"两种模式。

要"掘进纵深"，就必须跳上历史的云端，像乘着一架时空的宇宙飞船，由远而近，由外而内，捕捉北京城的建城史及百姓的生活史；捕捉中华传统医药文化及现代医学的演变；捕捉李宗恩、黄家驷、聂毓禅、林巧稚等大医们和他们身后的众多医学家和医务工作者；捕捉大院、胡同、街道、街区、城市、土地、天空、日月星辰、风云雨雪、花草树木、虫鸟兽鱼……别以为它们都不会说人语，就没有见识，没有观点，没有思维与思想，呵不，它们都是历史的见证者啊！

而要"横宽拓扫"，则需要全方位、多角度，尽量以第一人称身份，以自己对世事人生的理解，去贴近人物，用亲历的故事来有血有肉地塑造他们。所以，我曾数次推翻了引出人物的结构方式，尽量让每个人物的"出场"都不雷同，要好看，要像戏曲舞台上的人物一样，一亮相便能赢得一个碰头彩。

塑造人物有许多要素，比如最浅层次的，要写出人物的身世、事迹、贡献、家庭、家族、一颦一笑；中层次的，要写出人心、人性、真善美、假丑恶；高层次的，还要能从人物身上，体现出时代、政治和社会氛围，乃至人物的胸襟、理想、境界、追求，当然还有他们的坎坷、失败、烦恼、苦痛、不平凡……

我自己颇为满意的是，居然发现了深藏在他们身上的密码，从而把他们编织进一幅奇妙的星象图：

一百年的协和大院，两位"华人第一长"，三位大医女神，四位世家子弟，

五位寒门大医，六位领导干部……把他们的特点抓出来，用归纳法加以集中归类，取得事半功倍的效果。最偏爱的是《三十朵金花》上下两章，用冰雪聪明的女儿们引出他们的父母，顿时给大院的杰出人物榜增添了灵秀艳丽之气，也使这些大医神医的形象更加贴近生活，更加具有栩栩如生的动感——这应该算是我的一个神来之笔吧，在过去的文学作品中，似乎未见过如此"倒叙"的。

新闻在这点上可以做纯文学的榜样。面对着新闻事件与受众，优秀的记者总要千方百计找到最佳的角度，一刀切入肯綮，干净利落，水落石出，在第一段里就把事件的轮廓"抖搂"出来。我尽量在《协和大院》中讲故事，讲轶事，把情节、细节、人物、资料……的一片片碎影，集在一起，纳成一件美轮美奂的五彩云霓。天光云影，协和大院配得上这般瑰丽。

王红旗：你在书中写到，医院之所以百年不倒，是因为有"底事昆仑倾砥柱"的协和精神的百年传承：一方面是"最高标准"、最严格的管理制度，"生命至上"的崇高医学观念；一方面是"名教授""病案室""图书馆""内科大查房""八年制教育＋住院医师培养制度"的"五宝"传统；特别神奇的是，竟然在出生档案里查到"我"刚出生时踩上的"小脚丫"，记录文字描述如此生动。不仅确证协和医院生命档案之精详，而且强调协和大院是"我"从小的家，其中的协和医院更是"我"的诞生地，深藏着"我"生命初始的秘密，而延伸了"我"的生命记忆，赋予文本"我"最原生的朴素情感即纯洁之爱的真实灵魂，这样不断返回自身的追忆。

还有，协和之所以百年不倒，是因为有一代代学贯中西的中外名医，传承协和"仁爱"精神的生命创造。这些协和大医们卓越精湛的医术水平，谦雅平和的医德修养，栩栩如生的亲和形象，如同与你"合灵"而生成。从他们身上更可以看到，你在精神向度上对生命价值体验，对生命家园的寻找。你对聂毓禅名字的诗意解读，对林巧稚放弃考试去抢救考场突然病倒的女同学的描述……这些细节既有生活的真实感，又富虚构与想象的神思妙意，仿佛都与你有一种深远的精神追寻契合。

文本中这些鲜活细节比比皆是，不知是生活本身比想象的更加精彩，还是你的虚构想象而得之？请谈谈这部长篇纪实散文，非虚构史料与虚构想象之间的关系？

韩小蕙：的确是"生活本身比作家的想象更加精彩"，而且还要精彩得

多，作家们编都编不出来！

《协和大院》是实实在在的"纪实散文集"，绝对没有编造。可以说，本书中所有的人物、事件、情节，包括细节，全部都是非虚构。就连第17章《动物世界》，因为种种"你懂的"原因，必须给形形色色人物穿上鸡、鸭、鹅、鸽、兔、鼬、獾、刺猬、黄鼠狼、穿山甲……的外衣，但他们的所作所为也都是有史实依据的。

这就牵扯到虚构与非虚构，真实与本质真实、虚假真实等散文理论问题。这是散文界争论最多的问题，多少年来一直争论不休，公说公有理，婆说婆有理，纠缠不清。持"真实说"的人认为：小说是编出来的，散文是写下来的，写下来的意思就是把个人经历如实地记录下来，其价值就在于"真"。有人甚至极端地说，"不真"就是欺骗读者，就是玩弄他们的感情。也有理论家持此观点，说小说和散文的最后分野，就是"虚构"还是"真实"，不然就没有标准了。而持相反意见的人说：现在的散文创作实践并不是这样的，出现了一些合理的虚构，特别是一些年轻作家，常有离经叛道之笔，在虚虚实实之间使散文具有了新的丰富性的表达，存在的就是合理的。

根据反复的写作实践，我感觉在写作中，根本就绕不开"虚构"，比如就说上面提到的《协和大院》第17章，在那个黑暗年代里出现的那些恶行与丑行，你能在今天指名道姓地"真实"地写出来吗？当然不能！但是又能忘记或掩盖和粉饰吗？当然也不能！历史就是历史，我们过来人有责任把历史记录下来，以永远警示子孙后代，避免国家和民族大悲剧的重演。

那么怎么写呢？当然不能指名道姓，因为虽然有个人良善的原因，但更多的则是时代和社会的责任，所以，只能运用曲笔去把"本质真实"存档。故此我认为：散文不但应该而且当然允许"虚构"。剪裁其实已经就是在进行"虚构"了，因为虽然还是原来的那条河流，但是先前的那股水流，早已倏然逝去，并且永不复返。文艺界早年曾有过一场著名的官司，只因为记者把开演时间由7点半误写成7点，便成为一个口实，竟输掉了整个官司——这种荒唐，可以给原汁原味的"不准虚构说"，提供一个绝好的参照。

王红旗：因此，你在对记忆无止境的勘探里，"我"的生命潮汐——"我"直接与间接的酸甜苦辣体验、顿然省悟的滔滔汩汩，时而波涛汹涌，时而波澜不惊，时而阴霾沉郁，时而春光明媚。其哲学思辨犹如刘勰曰"文变染乎世情，兴废系乎时序"（《文心雕龙》），往来应答，牵引文脉纵横延展，甚至与不同维度时空"无距离"对接，构成多重历史演进的"生命流"，产生强烈的共时性与在场感。在此意义上，"我"的个人生命记忆时间，在对历史时间记忆的诗化审视、拟真描写过程中，生成历史记忆年轮的镜中凝望，"我的大院，也是一面历史的镜子！"①这个坐落在北京皇城根、唯一的中西方合力"人工玉成"的西式建筑群——我的协和大院，就成为一个时代的象征，一个人类诗意栖居的不朽丰碑。在新全球化时代更具世界性的文化价值，而永载于世界文学和文化史册。

你作为从业近四十年的记者编辑，更是当代女性散文创作最重要的代表作家之一，并且还在散文批评理论方面颇有建树。二十年前你就提出："真正的女性文学应该深刻得多广阔得多，从形而下切入至形而上的精神层面升华，并反映出时代和社会本质意义上的全体女性的心声。我的写作原则是：以作品推动天地人心。"②这部"记忆之书"，既超越当代女性写作男性形象猥琐、懦弱、虚伪与算计，或"缺席"的坍塌，又彰显数代中国精英女性对协和医学乃至中国现代、当代医学的不可磨灭的杰出贡献。请谈谈你的人类意识与性别观念。

韩小蕙：我的人类意识、性别观念是：第一，人与人之间是平等的，所有的生命都是平等的。第二，男人和女人是平等的，两性平等。第三，大人和孩子是平等的。第四，各国人民、各民族人民、各肤色人民平等。第五，各种宗教信仰平等。总之，我们就是要尊重每一个人。无论在地球上的任何角落，在任何族群中，都要在"人"的意义上平等。要尊重每一个人，尊重每一个生命，我觉得这是现代人最起码的文明教养，最起码的文明底线。这跟协和大院这个我从小生活的环境密切相关，当然也跟我的家庭，我的工作、经历和我的读书有关系。

第一，我从小生活在这么一个文明的大院里，那些大师、大医、大神们，都是那么神圣，不管男性女性，他们可以说都是中国最高文明程度的一群人，所以，我从来没有觉得女性弱男性强，没有不平等意识。第二，从我自己的家庭来说，我父母都是高级知识分子，1949年以前的大学生，他们接受的是现代文明教育，教养非常好，所以在我们家里，人人平等，从没有重男轻女或者重女轻男。而且我们家不但有着西方文明的浸润，也有传统的中华文明的教育，比如说敬老爱幼，孩子们都尊敬父母，奶奶和父母也都非常尊重我们每个孩子的个性，充分尊重我们个人的喜好，所以在个人发展方面我从没感到任何的束缚。第三，大学毕业进入光明日报社工作以后，在我的单位里面，我也从没觉得在"人"的意义上有什么隔膜感，每个人都一样，男记者怎么工作，女记者也怎么工作，男女记者平等。在紧急任务面前，在艰难的工作面前，没有人会说你是女记者，你就可以表现得弱一点儿，得个80分就行了……没有，从来也没有，人人都是向着

① 韩小蕙：《协和大院》，人民文学出版社2019年版，第10页。
② 韩小蕙：《我的女性观：十个观点》，见谭湘、荒林主编：《花雨》（飞云卷），花山文艺出版社2001年版，第469页。

100 分努力。照顾你是女性？没有，我反正没有经历过这事，在新闻面前，男女都一样，该出手时就出手。我也从来没把自己当作一个弱女子，觉得有些事情做不了，就让男记者去做，没有，我们报社没这传统，没这习惯，所以我们没有性别意识。你好好工作了，你就得到尊重；你不好好工作，就会被鄙视，就是这样。

所以，我在《协和大院》这本书里赞扬的人，既有大神、大医，也有老干部，还有普通群众。我尊崇或者鄙视的，也非其他，而是他们的心灵善良不善良，对人好不好，境界高不高，人格健全不健全，这些文明的因素，才是我对人评价的标准。

以生命哲学诗化审视迈向生命诗学

王红旗：学界常把女性散文写作分为历史文化散文、社会人生散文、女性经验散文等等，实际上并没有如此分明的界线。细读《协和大院》，发现其几乎囊括所有类别。是以"我"的生命记忆碎片，汇聚而成的有生命体的"心声心画"系统。因为"我"是一个真实的叙事者、亲历者、见证者，无论考证的确凿详尽，行思缜密的理性分析，描写人物形象与宇宙万物之生命，不仅充满"我"生命本能激发出来的真诚爱憎，而且"从心欲"运用的新闻报道、小说叙事、多重隐喻、电影蒙太奇、讥讽、幽默、夸张等诸多艺术手法，犹如"言道者与道为体，言物者与物为体"（《尚书引义·卷六》）。

这是"我"深入社会历史文化肌理、自然万物的心灵腹地，从深层结构寻找与"我"生命记忆坐标相关联的"交叉点"，融为一体而"生出来"的精神生命文字。更是经过"心灵—体验—经验—精神—艺境"的超越性升华，以生命创造生命的审美过程，达到一种生命美学意境的图腾仪式。充分体现了你曾说的"散文应该有这样一种精神高度：力求跳出小我，获得大我的人类意识，或者更准确地说，以一己的倾吐表现出人类共同的情感与思考"[1]。

但是，在女性散文创作与研究中，长期存在将女性经验"矮化"为女性"性经验"，把女性"身体"视为客体肉身而忽略其灵魂图画的精神性，更忽略"身体是一切经验的发源地"。《协和大院》从个体女性生命经验记忆牵动百年社会历史风云，开拓出一片女性生命价值的"精神时空"，当代散文写作的新天地。谈谈你对个体女性记忆"小我""大我"观念，散文为什么会成为你生命中的"缘分文体"？

作家访谈

---

[1]　韩小蕙：《欢喜佛境界》，《散文的天地有多宽有多长——关于"九十年代散文写作"调查》，现代出版社 1999 年版，第 217 页。

韩小蕙：我对一定要给散文戴上"男性""女性"的帽子，很不认同。凡我写作时，从没有觉得我是在写女性文学。我是一向坚持两个文学观点：

第一，我认为文学是不分体裁的。今天的所谓文学体裁——小说、诗歌、散文、报告文学、戏剧、评论、理论……都是人为的主观划分，其实在形而上世界，它们并不分派，也无门庭，而是自由自在的混沌的一团。而我相信，在上帝那里，也并无文科、理科之分，并无数、理、化、医、文、艺、心理学、教育学、法律学、哲学、伦理学、宗教学，乃至工、农、商……的区别。所有这些分野，都是人类为了方便自身的操作而建造起来的一个个小格子，它们不代表本质，也并非事物的本质。所以，我反对严格疆界，秋毫无犯。我坚持如下说法：一篇好的文章，一部好的作品，不管采用什么手法，哪怕是多种手法并用，只要能把你内心的激情最充分、最好地表述出来，都是可以放手的，都应该加以鼓励。这方面绝好的例证就是普鲁斯特的大部头《追忆似水年华》，洋洋数百万字，调动了所能用的一切手法，连日记体都用上了，结果是全世界数亿读者，都跟着普氏一起体验了他丰富的内心世界，还有生活本身。

第二，就是我坚持认为文学是不分性别的，不应该硬性地分为"男性文学"和"女性文学"。甭管是男作家还是女作家，我们看重的是作品好不好，而不是男人或女人，道理很显而易见，即男作家和女作家都可以写出好的或者不好的，甚至坏的作品。而且我还认为，前些年热乎了一阵子的所谓"小女人写作"，其写作者的性别也不一定全是女性，有些男人身高七尺，相貌粗犷，一开口却尽是"娘娘腔"，笔底下流泻出来的全是"小女人味儿"的文字；而有些女作家呢，胸襟直逼大漠孤烟，长河落日，宛若黄河壶口瀑布，涛声十里，震天撼地，比如李清照的"生当作人杰，死亦为鬼雄。至今思项羽，不肯过江东"，多么刚烈！

我的不愿意接受"女性散文"的说法，还有一个原因是一说到此话题，人们就会联想到"小女人写作"，似乎约定俗成的"女性散文"就是"小女人写作"的一奶同胞。这也许就是你所说的"矮化"。其实完全不是这么回事，我个人一直认为，"小女人散文"并没有真正进入文学疆域，不能算是真正的"女性散文"。

至于我自己的写作追求，还是那段话："力求跳出小我，获得大我的人类意识；或者更准确地说，以一己的倾吐表现出人类共同的情感与思考。"当然这只是我对自己的要求，对其他女人和女作家来说，她们可以有千百种活法和写法，都可以活色生香，精彩绝伦，由此才构成了我们这个世界的丰富多彩。

王红旗：《协和大院》的独特性创造，在于以简朴语言为体，以真诚情感为本，以崇高境界为魂，以精神自由为旨归，是你以女性生命意识的自觉与自信，融入中国古典生命哲学的审美吐纳，"由外向内转"的生命体验性、超越性的个性表达。文本中你对所敬仰的知识精英、协和名医，其精湛医术与平易人格的塑造，映照出古典儒道学派生命哲学的文化精神；对所钟情的建筑、文物、事件、花草、树木、果蔬、动物等等的诗化描绘，禀赋于人的生命之灵性与性情。同时也存在"穿山甲""红蜘蛛""老倭瓜秧子"到处乱窜的野蛮、霸道。把"我"实实在在的、不同时期的生命记忆，经历沉痛反思、体验而觉悟，超越自我生命之有限性，融于宇宙大生命之中体察人的本性，一切"实在"的本质。

从文本中那些刻骨铭心的生命苦痛，"上穷碧落下黄泉"的生命价值求索，总能感受到你"汇通"先哲们的生命哲学与美学思想。写到"那棵老杏树一定是协和大院种花树的精神领袖。从它的花朵绽开之日起，我们大院儿便一年鲜花不断了"。第二棵开花的是黄家驷教授楼前那棵'中年'杏树，而第三棵的必定是 29 号楼边的旁边的那棵'青年'杏树。"……你对大院里花草树木寓深情于景、童心"至美至乐"的意境创造，对在"精神领袖"老杏树引领下"绵延"绽放的生命礼赞，是写实更是象征，隐喻大院里的"神医"仁爱悲悯与乐观向上的坚韧精神，世代传承而生生不息。再如，以黄山"飞来峰"比喻西式洋楼的"协和大院"与中国式建筑风格的迥然差异，以"自然造化"与"人工玉成"的"天人合一"，诠释这座协和大院在人类文明历史上的亘古价值。

读《协和大院》第一感觉，是"朴素而天下莫能与之争美"[1]。当时我情不自禁地把这句话发给了你。因为我在文本中读到你"身心喋血"的生命写作，坦荡、真诚、睿智、魄力与容纳人类生命的万千气象。请谈谈先哲们的生命美学，对你的生命价值观与散文创作审美实践有怎样的影响？

韩小蕙：咱们这代人，从小是生长在正统环境里的，"生在红旗下，长在红旗下"，受到的全是正统教育。我们家也是正统教育，除了党和革命的教育，还有中国传统文化的教育，形成了我的世界观。作为一个知识女性、一个编辑记者、一个新闻人、一个作家，我追求的做人境界是"天下为公"，是"推动天地人心的进步，推动世界文明的发展"。这种家国情怀是我终生追求的。

我最推崇的古人是范仲淹，他的《岳阳楼记》在我这里，是被推崇为千古第一至文的。《岳阳楼记》好在哪儿呢？我自己的体会：作为文学大家来说，范仲淹所写的风景部分，比如"至若春和景明，波澜不惊，上下天光，一碧万顷，沙鸥翔集，锦鳞游泳，岸芷汀兰，郁郁青青……"这些句子，其他文学家也能写出来；甚至包括"衔远山，吞长江，浩浩汤汤，横

① 韩小蕙:《欢喜佛境界》,《散文的天地有多宽有多长——关于"九十年代散文写作"调查》, 第 137 页。

作家访谈

无际涯……"这些精彩之笔，也不是只有范公才能写出来。但是，《岳阳楼记》最宝贵、最具有高度的部分，即"先天下之忧而忧，后天下之乐而乐"，却是范仲淹的独特表达，这种"先天下"的崇高思想，一直激励着我，感动着我，振奋着我，是我毕生追求的。虽然我只是个小人物，一介书生，个人达不到他的高度，但我愿意往这方面努力，我此生也一直在往这方面努力——这就是先哲对我的最大影响。

从南开上大学回来，我进光明日报社做了记者，工作又和这种"先天下""天下为公"的境界相融合，因为新闻事业就是"以天下为己任"的行业，推崇为推动社会前进而献身一种境界。所以我一直庆幸，当记者是我这一生的荣幸。我特别热爱新闻职业，曾经有好多次，别人劝我去当专业作家或做官，我都不愿意去，不愿意放弃新闻人的身份和荣耀。这种荣耀是什么呢？绝不是表面上的光鲜亮丽，而是能够做一点直接推动社会进步的工作。文学当然也能滋养人，但是节奏有点慢。新闻是可以直接推动某些事情的改观的，尤其是20世纪80年代我刚当上新闻记者的时候，那时候还有"无冕之王"之说。所以，我一直坚持在新闻的岗位上没有离开。我庆幸自己的工作与自己的心境、自己的爱好、自己的追求是完全一致的。过去有先哲说过，能做到这一点的人，是世界上非常幸福的一群人，我深以为然。

以个体记忆重建女性精神生命价值

王红旗:《协和大院》讲述的是"我"在大院里从童年、青年到"知天命"岁月的生命记忆，童年的单纯美好、"文革"激情燃烧的迷惘与癫狂，改革开放后世人的私欲、物欲之膨胀，一个女性以生命价值、生存发展境遇的亲历体验，携带回归生命本真、回归人类童年的理性渴望，在百年社会流变的惊涛骇浪之上，生成关怀、反思、救赎与博弈的审美力量。这种精神性记忆与原生活记忆有着天壤之别。如"我"六岁时，"有一个小女孩忍不住想去掐一朵美丽的蔷薇，恰巧被林（巧稚）大夫看到，一生酷爱鲜花的林大夫生气地制止了她，我代那个小女孩认了错。"[①]"我"代人受过而得到的是共同进步与成长，"我们一群孩子再没有伤害过大院的一花一草"的美德养成。

"文革"时期，一夜之间"我"的父亲被批，"我"的师长、敬仰的邻居大医生，都变成"反动学术权威""牛鬼蛇神"，丧失了所有做人的权利与尊严。"我"连上学的权利也丢了。对协和大院"先是花草树木被砍、被

---

① 韩小蕙:《协和大院》，第5页。

烧，又是抄家的书籍货物被砸、被焚，冲天大火一连烧了数日……"①

"高贵""伟大"岂是人之本性所敢"僭妄"，心灵创痛的感知产生自"逝去之物"被彻底覆盖了的历史最底层。你的《尽管往者不可追回》《第一磨难》《12岁，我被批斗》等多篇散文，书写"我"的童少年所遭遇的一次次生命劫难记忆，而在这部长篇里为什么反复以"我"的记忆反复揭开"焚书"事件？

韩小蕙：历史是不能忘记的，我们小时候很早就学会说的一句话是："忘记过去就意味着背叛。"那时的孩子们都会说这句话，是从电影《列宁在十月》中学来的。最开始是小孩子说说而已，还多少带有嬉戏的成分，但后来说多了，这句话也慢慢地融化在我们的血液中了，成为一种科学真理和哲学观，变为我们一生的思维模式。

历史是什么？唐太宗李世民说过："夫以铜为镜，可以正衣冠；以史为镜，可以知兴替；以人为镜，可以明得失。"我认为历史就是镜子，时时回顾、对照和反思，可以使我们不再重复犯错误。而现实是，很有些错误已在被人们重复，将来还会不断重复，所以更应该反复地总结历史教训，不能让罪恶和灾难老是缠绕着我们！

王红旗：接着回忆两件最痛心的事，第一件是大院里的一个男孩几十年后的回忆，说吴北玲为表现自己的"革命精神"而"引狼入室"，让师大女附中的红卫兵来抄家，她面无表情，一声不吭。②第二件事是"我"和池LN的同学纯洁友谊无辜被另一位女同学"尖嘴鳄"破坏。你以插叙的方式，竟然延伸至2015年的现实，美国的中国小留学生中发生的"校园欺凌案"。你以童年生命记忆的"我"叙、插叙、补叙与现实对比，不仅发现了童心的率真、美好与可塑性，更重要的是，发现了生命基因文化遗传对童心的"异化"所导致的极其可怖的"另一面"。

这些女童的"人性之恶"来自哪里？与"尖嘴鳄"有怎样的联系？你是否认为"文革"释放出来的人性之恶，趁着东西方文化交流"无过滤"狂潮如打开的"潘多拉盒子"，其危害性与杀伤力令人触目惊心？

韩小蕙：现代心理学研究研究揭示出，在儿童身上是存在恶的种子的，如果不加以扼杀，不帮助他们认清是非善恶，他们做出的"恶行"能够达到令人发指又令成人们惊骇不已的程度。中国古人倒是早早就注意到了这个问题，展开了"人之初，性本善"（孟子）还是"性本恶"（荀子）的辩争，可惜的是几千年了仍然没有得出令人信服的结论。

这也是校园暴力存在的原因，只是过去我们不懂，也没有重视起来，以为不过就是小孩子之间的打闹而已。可以说，直到这次美国对那几个小

---

① 韩小蕙：《协和大院》，第8页。
② 同上，第271—272页。

留学生的重判，中国人才开始在强烈的震惊中反思。这才发现确实存在问题哟，而且还很严重。比如不久前才发生的：我忘记了是哪个省哪个学校发生的，一个中学生，男孩儿，用刀子猛捅班上另一个男孩儿十几刀，直到那男孩儿确实被捅死了才住手，原因只是因为"他死了，我就是班上的第一名了"——多么惊心动魄啊！

诚实面对的话，我们每个人，谁在儿时没有受过"校园暴力"的伤害？今天我之所以勇敢地写出"尖嘴鳄"的恶行，从个人的角度来说，是因为当年受到的那些伤害，在我的整个生命历程中，的确困扰了我很长的时期，在我童年的心灵上留下了一道很深的伤疤。我记得特别清楚，那时每个星期过"队日"，"尖嘴鳄"都要领着一帮小女生"批斗"我一场；后来"文革"来了，我父亲被打成"黑帮"，我成了"黑五类子女"，她就更变本加厉了——其实原因也是出于人性最丑恶的嫉妒，我的成绩永远拔尖，我的父母比她父母文化水平高、文明程度高、社会地位高……嫉妒是可以杀死人的，君不见在历次政治运动中，很多人就是因为嫉妒而把同事、同人、同僚往死里整，也就真把他们整死了的。所以从公众的角度来说，这种事也不能被忘记或者抹杀，我这是在大声疾呼：绝对不应让悲剧再一次次重演！

王红旗：从回忆北京的"大城市病"，延伸转向人类现代性文明发达的欧美：在我们这个星球上"大城市病"，直指全人类所面临的人文环境、生态环境的严重恶化。

从整体结构文脉看，从20世纪初在西方列强"拓殖"战争背景下的宗教"东渐"中国，到撕裂自我的、家园的历史"伤痕"，一段段扫描式的生命"瞬间"记忆场景，以小见大地层层推进，人类视野开阔的"记忆生命流"再次跨国界延伸，揭示出人类现代性文明共存的危机，其行文之跌宕腾挪，体现出你对百年人类文明发展史更透彻的洞悉。请你谈谈为了能够担负起新时代的文明，我们如何改变观念，"于无声处，谛听瓦之雷鸣"？

韩小蕙：首先还不是我们个体改变观念的问题。时也，命也，这个"命"不是指迷信意义上的那个命，而是说在大时代的激荡中，整个社会的大环境、大命运。你问个人在大时代的风云际会中，怎么能够担负起新时代的文明？其实是是非非，青红皂白，哪个读书人不明白？人类文明的曙光在哪里，黑洞在何处，即使普通人也都有着最朴素的价值判断。当然咱们也都是普通人，因而，先管好我们自己，最起码要守住底线——良知的底线，道德的底线，文明的底线。

王红旗：你回忆道，被誉为"中国医学圣母"的林巧稚，新中国成立后协和眼科第一位全科医生劳远琇，中国第一代著名放射科专家胡懋华，所取得的辉煌成就，以及在协和医院、医学科学，乃至中国卫生界系统内地位和声望比林巧稚还要高的，协和高级护校第一位华人女校长、"中国护

女作家学刊·第三辑

理之母"聂毓禅。这四位中国女性最光耀的大医"女神"时写道，那时："依中国的国情，无论是在社会环境上、文化传统上还是社会舆论上，她们都处于很劣势的地位，因而必须比男性付出更多更多的聪明才智，更多更多的筚路蓝缕，更多更多的呕心沥血，更多更多的坚韧不拔……"[①] 她们是追求中国女性双重解放的先行者。

聂毓禅、林巧稚为了事业理想均选择了终身未嫁，因为她们想的是要在事业上全心全意地发挥出个人的能力，虽然她们没有自己的孩子，却把母亲人格的生命之爱，凝聚为对自己理想的执爱、对家国民族的赤爱，对所有孩子、患者的关爱，对人类生命的大爱。现在中国知识女性生活方式更加多元化，选择终身不嫁、独身、丁克的越来越多。请谈谈你对当代中国知识女性选择"终身不嫁"的看法。

韩小蕙：各人有各人的情况，不好一概而论。当然时代有共性，比如说到女性的爱情婚姻，当下的一个普遍现实是，城市里知识女性越来越优秀，但她们中的未婚者越来越多。残酷一点说，她们并非什么"独身主义者"，而还是找不到合适的另一半。而乡村里的"剩男"也非常多，甚至有资料说全中国已经高达三五千万人之多。试想，如果通过其他手段或方法，让这些男男女女在"婚姻"的基础上成双成对，高端和低端共处于一室，会出现什么样的大爆炸场面？

尤其是知识女性，越高端的就越有精神意义上的爱情追求，你让她们放弃追求去单纯地为人妇，对不起，时代不同了，她们绝对不会回到"三从四德"的旧场子里面了。所以我认为，这也是人类进步的一种标志。

我认为令人担心的，倒是男性的进步太慢。不知道国外的情况，反正中国的一些男性，还停留在旧的观念里裹足不前，比如"男主外女主内""郎才女貌""嫁鸡随鸡嫁狗随狗""男必高女必低"等等，以至于"女博士"都成了没人要的第三种人。这样的社会氛围很不好，不文明，不该是一个正在上升的社会所应接纳的。

中国的进步不能只是经济总量的提升，归根结底，终归要落实到人民的文明水准上。

王红旗：在《三十朵金花》(上、下)《大孩子们》《小孩子们》等篇章中，你以话家常的温馨叙事，从大院的每栋楼切入讲述所住家庭的变迁，以"物非人非"不可忘怀的记忆，讲述"我们这一代"的女孩们、大哥哥大姐姐们、长大了的孩子们的孩子们，以及他们的家庭故事。对前辈心怀敬爱感恩，对时空相隔远方的姐妹兄弟遥致真诚祝福，说起"发小们"在各个领域的成就，感慨为傲如数家珍。

---

① 韩小蕙：《协和大院》，第 197 页。

特别是吴北玲对爱情婚姻的"一往情深"，令我想到你的散文《欢喜佛境界》里，你对灵与肉的完美结合，神圣的精神爱情的狂想与执着寻觅。请谈谈你对现代社会爱情婚姻的看法。

韩小蕙：记得有国外名人曾说过：谁年轻时没有犯过写诗的错误呢？借用他的模式，谁年轻时没犯过写爱情的错误呢？我那时也写过一堆散文，一本正经地议论爱情，比如《欢喜佛境界》《男人也爱，女人也爱》《最靠得住的是你自己》《无家可归》《好女人的因素》《不喜欢做女人》《为你祝福》《美女如云》《一日三秋》《女人不会哭》《女人最重要的》《我想问你什么是思念》……可是后来我就不写了，我怀疑自己根本没想透，就急急忙忙地写，写出的是不是一堆无病呻吟的废话？可能非常浅薄吧？

那时我怀疑：这世界上究竟有无"爱情"这种东西？

那时我怀疑：也许"爱情"都是人类自己心造的？

那时我怀疑：所有关于"爱情"的文艺作品，都是因其得不到而虚构出来的梦想？

那时我怀疑：所谓"爱情"可能就是亲情或好感，亲情可以长久，爱情怎么可能生生世世的？……

可以说，自有人类以来，就有了对"爱情"的追求与思考。但古今中外，古往今来，把全世界所有最智慧的人和所有普罗大众全都加起来，也还是没有解决这个难题。没有答案，没有结论，没有可总结的规律，没有可遵循的原则，没有可描红的模子。

那么到现在，当我已经不再年轻，已经走过半生风雨之际，我能答复你的，依然是我个人遵从的几条原则：

1. 爱情产生于心灵和精神上的相通，这是婚姻的最高境界。

2. 最高的境界是世间的瑰宝，极其珍贵，可遇不可求。

3. 假若遇到了，要像珍重生命一样加以珍惜；一时遇不到，请平心静气等待。

4. 如果命中注定只能得到一份普通的婚姻，那也要好好守护这份亲情。

5. 不可以亵玩爱情，也不可以亵玩婚姻。一旦男人女人走入婚姻殿堂，就要充分尊重对方，共同经营家庭，共同进步。

6. 不一概反对离婚，与其在一起互相折磨而受苦，不如解脱。离婚率的高低有时候是社会文明程度高低的晴雨表。

7. 充分尊重每个人的选择，对独身人士无歧见，一视同仁。

8. 谴责不道德婚姻，诸如买卖婚姻、权钱婚姻、胁迫婚姻、包办婚姻等。

衷愿天下有情人皆成眷属！衷愿天下所有人婚姻美满幸福！

王红旗：统览《协和大院》朴素真诚的语言艺术，叙事视野策略的美轮美奂，敏锐洞察的问题意识，融记忆、历史、哲学、美学、社会、政治、性别等等，多元汇流的浩荡气势，激活了百年历史的"灵魂在场"，我豁然理解了你这几章用"家长里短"的平实低调，不仅是情感上的亲和，而且是文脉结构的推进。世易时移，从"我"的协和大院是一个大家庭，进而以血缘、姻缘、业缘、文缘的情感之链，形而上至"人类是一个大家庭"的高度。在新全球化语境下，"我"个人生命记忆的往返讲述，与每个个人的"生命瞬间"记忆与历史时间共存与交叠，"三重生命时间"形成异彩纷呈的集体记忆，释放出超越性的生命能量，实现了生命记忆对诗意家园的寻找，"我"的个人生命记忆就生成了历史记忆。读者怎能不因灵魂被唤醒而感动击节。我认为这才是你这部长篇巨作的本质价值。

在散文《一日三秋》里，你描写参加"世妇会"亦真亦幻的生命体验，时过二十五年后，你觉得中国知识女性的生存发展处境又有怎样的改变？你认为女性散文写作应该如何重建女性精神生命价值？

韩小蕙：恕我直言，基本没有什么进步。而且有时还出现循环往复的情况。我个人但愿和祈祷它可以形成螺旋式上升的趋势。再恕我直言，期待借助"女性散文写作"去"重建女性精神生命价值"，将是一个极其极其漫长的过程，我们只能一点一滴去做水滴石穿的工作。

王红旗：《协和大院》以"我"的个体记忆延伸至国族、国家记忆，以女性个人生命体验与社会时代命运的交错书写，呈现"我"的精神蝶变、人类世界裂变剧痛与未来希望。这部作品以朴素诗意的语言智慧，生命哲学的审美思辨，对历史旧物、文献，以及"记忆"里的人物风情，"和而不同"的人文关怀，女性记忆精神生命的时代救赎，构成女性以自我生命记忆，探索人类记忆本质的"哲思录"，提出了人类如何选择历史记忆的保留与遗忘，"人类命运向何处去"的问题。

（王红旗：首都师范大学教授）

作家作品论

与张爱玲齐名的女作家施济美

陈卫卫

1946年1月,《上海文化》月刊在大中学生及职业知识青年中举办了"你最钦佩的一位作家"的读者调查。结果令人大为惊讶,"东吴系女作家"的领军人物施济美竟然紧追在大作家巴金、郑振铎和茅盾之后,名列第四,把叱咤上海文坛的张爱玲、苏青和潘柳黛等抛在了后面。

才华横溢　在文坛崭露头角

1920年,才女施济美生于北京一个书香浓郁的家庭,小名梅子。她的父亲施肇夔在美国哥伦比亚大学深造后,供职于北洋政府外交部,是民国著名外交家顾维钧的得力助手。1927年国民政府南迁后,全家人随父亲搬到了南京。施济美的母亲是熟读古书的名门闺秀,中文根底极深,能吟诗作赋,又擅长书法。耳濡目染加上潜移默化的影响,使施济美从小就激发了自己的艺术天赋,形成她日后卓越的文学造诣。

1935年,施济美随父母来到上海,就读于培明女子中学。早慧的她年方十五便小荷初露尖尖角,在著名杂志《万象》和《紫罗兰》上发表小说,一时好评如潮。正所谓"不鸣则已,一鸣惊人"。施济美在文坛崭露头角后,立即引起了广泛关注,秦瘦鸥、陈蝶衣等名家都对她的才华赞不绝口。而张爱玲在1943年,才挟着让她成名的作品《沉香屑·第一炉香》前往拜见《紫罗兰》主编周瘦鹃。

相知相恋,与俞允明翱翔爱空

正是在培明女中,施济美结识了女同学俞昭明,爱好文学的两人因志同道合而成为知己。俞昭明有个在浦东中学读高中的弟弟俞允明，他每逢星期天都要去看望姐姐，因此也就认识了施济美。有时，俞家姐弟回苏州老家，施济美也跟着一起去。俞允明有着世家子弟特有的风度，虽然不善言辞，可是在施济美面前却谈笑风生，两人一见如故并且相见恨晚。就这样经常交往后，施济美和俞允明之间的友情逐渐发展成为爱情。

两年后的 1937 年，施济美和俞允明一同考入东吴大学经济系。在校园里，施济美是气韵清雅的才女，她婉丽轻盈、语笑嫣然，仿佛空谷里的幽兰，深受男生们恋慕，可她的眼里只有俞允明一人。他俩在学业上齐头并进，也经常一同走上街头宣传抗日，在爱空里浪漫地翱翔着。

然而岁月总不如想的那般静好，随着抗日战争的全面爆发，当时的有志青年都以奔向大后方为主要选择，一面抗日一面求学。俞允明也不例外，他告别了父母、姐姐和恋人施济美，只身一人前往武汉大学读书。施济美真想与他结伴同行，可父亲远在巴黎担任驻法国大使馆的参赞，作为家中的长女，她要承担侍奉母亲、照顾弟妹的责任。然而，施济美也以男友的爱国情怀为荣，期盼着将来重逢的那一天。

晴天霹雳　肝肠寸断痛失爱

当时，施济美和俞允明的家人都住在已经沦陷的南京。虽然施济美才十七岁，可在危难关头却显示出临阵不畏的过人胆略，正在南京探望家人的她就像一位智勇双全的战斗指挥员，镇静地迅速制定出前往上海的逃难方案。随后，她扶老携小地带着两家人跋山涉水，一路上可谓步步惊心。凭着机智勇敢，施济美多次让家人安然得脱敌手，最后终于冲破日军的重重封锁线，平安抵达上海。这个过程中所有的艰险与安危，都由施济美一人承担着，让人完全想象不出在她柔情和善的外表下，竟然隐藏着如此坚毅刚强的气概。

在一年多的战火纷飞的日子里，施济美和俞允明互相鸿雁传书，数着日子期盼重逢。有一天，俞允明在信里告诉施济美，武汉大学因战事已经西迁四川乐山，寒假里他会回来和她正式订婚。正当施济美的心盛满欢喜时，不久却收到了来自武汉大学的电报："俞允明在 8 月 19 日上午日机轰炸乐山时不幸遇难身亡，希节哀。"这个晴天霹雳使施济美悲痛欲绝。

对于一个憧憬着幸福生活的少女来说，这样的打击无疑是肝肠寸断的。施济美勇敢地接受了命运的挑战，默默地把悲痛埋藏在心底。她一直微笑着面对人生，就是在以后的许多年里，别人也无从探测到她心灵深处的创伤。由于俞允明每月都有一封家书寄给双亲，为了不让他的父母承受这一沉重的打击，施济美就瞒住二老，模仿俞允明的笔迹，以儿子的口气写起了家书。一直到抗战胜利后，俞允明父母以为儿子会回来与施济美成婚，施济美和俞昭明知道已经无法隐瞒，就试探性地把实情告诉了俞母，哪知老太太就此一病不起，临终前给施济美的遗言是不要让俞父知晓。施济美只得继续隐瞒，对俞父说俞允明已去法国深造，于是一直到俞老伯寿终正寝，也不知他的爱子早已遇难。在这段时间里，施济美也谢绝了所有男士的追求，眼看同伴和同学们都一个个结婚了，她抑制住痛苦，让回忆来抚慰自己，在一篇篇小说中含而不露地抒泄着内心的悲伤。

创作高峰，成就文坛美丽风景

1942 年，施济美从东吴大学经济系毕业后，为了寻找合适的工作而四处奔波。当时的上海正值珍珠港事件发生之后，由于日军侵占了租界，导致施济美父亲对家人的接济完全中断，一家人的生活顿时陷入困境。有人介绍施济美去日本人开的保险公司工作，虽然待遇优厚，但施济美说宁愿去当工资低的学校教员，也不愿意去日本人或汉奸投资的公司。从此，施济美就以教师作为自己的终身职业。

继承了俞允明的遗志，施济美先后在上海集英中学和正中女子中学担任教师，她一面教书，一面参加爱国活动，将幻灭的爱情化为对敌人的仇恨，多次掩护中共地下党员，为此而一度成为日军的搜捕对象。有一次，施济美机智勇敢地摆脱了日本宪兵的追捕，暂时避居在苏州黄埭俞昭明的家里，使上海的日本宪兵扑了一个空，她则惬意地享受了一个田园式的夏日恬静生活。

施济美白天教书，晚上写作，把对俞允明的思念都交付给文字。别人用笔写故事，她则用自己的生命在写小说。这段时间，也是施济美的文学创作最高产的时期，在《万象》《春秋》《幸福》及《小说月报》等知名刊物上，她发表的《爱的胜利》《嘉陵江上的秋天》《寻梦人》等小说，每一篇都能引起广大读者的喜爱，这些杂志也因刊载她的文章而销路大增。

施济美通过文学作品，引导着读者维护真理，以善良的愿望追求未来的幸福。当时《幸福》杂志的主编沈寂对施济美的才华大加赞赏，在他看来，施济美的作品中都有一个美丽故事，所塑造的人物心灵善良、品格高尚，人与人之间洋溢着真切的友谊和圣洁的爱情，于是热情地向她约稿。施济美不负厚望，在很短的时间连续写了三个中篇小说：《凤仪园》《圣琼娜的黄昏》和《群莺乱飞》。不久又出版了两部小说集：《凤仪园》和《鬼月》。《凤仪园》更是成了畅销书，在一年之内印了三版。而长篇小说《莫愁巷》

则代表了施济美创作生涯的高峰，这篇小说在香港出版后，不久就被改编为由朱石麟导演的电影，公映后大获好评。

施济美的小说，充满了大量的对现实人生的悲情和对"那永不再来的往昔"的执着回忆。回忆，是施济美的精神返乡，是对过往的美好与苦难岁月的开掘，使她的小说所表达的情感得以净化和升华，也引起了千万读者的强烈共鸣。在物欲横流、金钱至上的都市社会里，施济美通过对下层民众、特别是下层女性的抒写，表达了赞美他们敢于默默担当悲苦命运的坚忍心声。

20世纪40年代，上海的女作家程育真、杨琇珍、郑家瑷、邢禾丽等都是施济美的好友，文坛"五虎将"沈寂、徐慧棠、石琪、沈毓刚、郭朋和许多文学爱好者也经常到施济美家做客，他们在一起谈笑风生地欣赏、议论着文学。施济美、俞昭明、施济英、汤雪华等这些创作活跃的女作家，渐渐地有了"小姐作家"的美称，成了上海文坛的一道秀丽风景。当时，张爱玲以《金锁记》《倾城之恋》等一系列作品已经成为红遍上海滩的文坛明星，而与她齐名的当属在"小姐作家"中鹤立鸡群的施济美。

1944年5月，女作家陶岚影在最时髦的文学杂志《春秋》上写了一篇《闲话：小姐作家》，以幽默的笔调点评了当时包括"东吴系"在内的众多女作家："长得温文尔雅，又多情，又讲信义，施济美着实是个好女孩子。和她最知己的女朋友叫俞昭明，前些日子就住在她的家里……济珍是她们家的三小姐，施济美有一篇得意杰作《小三的惆怅》，其中的主角就是她。她们三个都很来得，没有佣人的时候，居然也能够自己煮饭吃，自己收拾房间，可是要她们洗衣裳就都不能胜任了。大'小姐'到底不能和小'大姐'相提并论的。"

抱定独身，结束写作生涯

由于施济美从事过抗日工作，抗战胜利后，就有人建议她去向有关方面说明，好改善她的工作待遇。面对别人的善意，施济美说："我不是为别人抗日的，抗日是每个中国人的职责。要借此去搞一官半职，我的心会不安。何况，我也不屑做这种汲汲于名利的官。"她还是选择了教育事业，而且为了做好这份工作，经常黎明即起、深夜不眠地备课和批改作业。学生们也都把施老师看作他们的知心人，一到节假日，从早到晚上门来的学生川流不息。即使毕业多年的学生，依然对施老师念念不忘地找她谈心，在外地的学生则经常来信诉说近况、盼望老师给予指点迷津。这一切，都是由于施济美心怀对学生的满腔热忱。

施济美固守着初恋情怀，纵然追求她的人络绎不绝，但她执拗地等着一个永远不会回来的人。也有许多不知内情者对施济美的独身感到奇怪，于是他们猜测、非议，却不了解她有着难以言说的隐痛。施济美的父亲施肇夔从海外归来后，全家人终于欢乐地团聚在一起，当施肇夔知道女儿至今还是孑然一身时，就劝道："允明不幸遇难已近十年，你对爱情的忠贞，确实人所敬佩，但也不能就此独身下去啊！你已经二十八岁了，青春是一去不再回来的！"见实在劝不了女儿，施肇夔只能长叹一声："人各有志，不能相迫，你自己看着办吧。"

全国解放时，俞允明的父亲抱着待儿不归的遗憾离开了人间，施济美终于放下了初恋情人给她的沉重负担，亲友们也庆幸她从此可以摆脱套在身上的婚姻枷锁了。可施济美已经年届三十，曾经追求她的人有的早已离别，有的则成立了自己的家庭，于是她对爱情不再有任何向往和追求，就全身心地扑在了教育和写作上，她用文笔欢呼国家的和平、社会的新生、人民的幸福，又将过去曾经奉献给爱情和抗战的一片忠诚，给了喜爱她作品的读者和天天向上的学生们。然而，这时她的文学作品受到了严厉的批评，被指责是"小资产阶级情调"。一向严格要求自己的施济美从此停笔退出作家队伍，结束了写作生涯，她努力改造，立志做一名立场坚定、拥护社会主义的人民教师。

在上海七一中学执教期间，施济美是语文组的骨干教师，她打造了生动有趣的语文课堂，赋予语文学习以生命的活力，也使自己的教学达到了艺术高度，各地教师争相前来观摩学习她精彩的语文课。由于突出的成绩，教育行政部门评施济美为一级教师，并将她的教学誉为"施济美水平"。

"文革"遭难，绝望中以死抗争

正直善良的施济美，想着自己的前半生屡遭厄运，如今和祖国一起走在光明大道上，满心以为后半生一定会绽放出灿烂的光芒。可是，"文革"的到来使施济美的幻想破灭了，为真理、为信仰、为祖国培育学生的施济美被定为"牛鬼蛇神"，又被批为反党、反人民和贯彻修正主义的反动教师。大字报上揭发施济美是"鸳鸯蝴蝶派"女作家，是写作"坏小说"的坏人，于是她遭到各种口诛笔伐和抄家、威胁、殴打、侮辱，她的著作和珍藏的书籍都被洗劫一空。学校里揪斗施济美时，说她一直不结婚是生活作风有问题，要给她剃"阴阳头"。在那段黑暗的日子里，施济美的心里充满了忧郁和绝望，有着说不尽的冤恨，不堪受辱的她以死抗争，于1968年5月8日深夜与同事林丽珍一起在学校宿舍悬梁自尽。一朵清素若菊的花，就这样被摧残了。一位作家和教师，本是不应该逃离这曾经让她寄予美好愿望的人间的，可施济美却选择了默默地结束自己的生命。

施济美的一生，是一幕美丽而哀怨的悲剧。她对爱情的忠贞、对友谊的真挚，是多么可歌可泣！曾经驰名上海文坛的施济美，更是一位不该被遗忘的优秀作家。

（陈卫卫：太仓市作家协会会员）

作家作品论

陆萍为何是医生：重读丁玲《在医院中》[*]

王　宁

摘　要: 陆萍为何是医生而不是丁玲更熟悉、延安也更多见的文艺知识分子？这个看起来不是问题的问题，揭开这个文本从未被人注意到的另一副面貌。西医的医学人文主义（如对生命"绝对无条件价值"的恪守）、中西两种医疗体系的冲突，其实一直在为小说的启蒙与人性话语提供空间。西医在战时的价值、医生在延安的特殊地位，是丁玲赋予陆萍行为合法性的不可忽略的原因。西医医生（助产士）的职业身份，也使得陆萍相对于延安更多见的文艺知识分子更具名副其实的现代知识身份，更能胜任启蒙者的身份。陆萍并非被转型后的丁玲看作"无用的人"的文艺知识分子，而是战争环境下非常有用的医学知识分子。这是转型后丁玲笔下知识分子形象不容忽视的新质。如果说，"五四一代"弃医从文是因为他们认为拯救灵魂比拯救肉体更重要，而对于丁玲这样的"五四二代"而言，也许恰恰是被"五四一代"所放弃的肉体上的救助更具意义。因为只有以肉身为依托的启蒙才是真正有效的启蒙。

关键词: 医学人文主义；医学知识分子；文艺知识分子

作为 20 世纪著名文本，丁玲《在医院中》自问世以来将近八十年的时光里，被放在不同的框架中解读，得出种种不同的结论。这些解读当然都有道理，本文试图另辟蹊径，提出一个最简单的，却从未进入研究者视野的问题，即这个故事为什么要发生在医院中？陆萍为什么是医生而不是丁玲更熟悉、延安也更多见的文艺知识分子？这个看起来不是问题的问题，实际上隐含着一些从未被打开过的历史语境，揭示出这篇小说从未被人注意到的另一副面貌。

---

* 本文为国家社科基金重大项目"百年中国文学女性形象谱系与现代中华文化建构整体研究"阶段性成果，批准号 19ZDA276。

西医伦理与启蒙／人性话语空间

黄子平曾将丁玲《在医院中》[①]的主题归纳为,"一个自以为'健康'的人物,力图治愈'病态'的环境,却终于被环境所治愈的故事。"[②]这个著名的论断显然是基于疾病医疗的象征隐喻,而非本体性意义。迄今为止,所有有关这个作品疾病医疗情节解读,都在其隐喻象征意义上。其实,我们也不妨回到疾病医疗的本事层面上来看丁玲这个文本。

西医,全称"近代和现代西方国家的医学",是一个以实证科学为基础、以创新科技为动力的医疗体系,是西方工业革命的产物,作为基督教会传播教义的手段,西医被带到了中国。一般认为1805年牛痘的传入是西医正式传入中国的起点,经过一百多年的发展,到了20世纪20年代,西医在以上海为代表的西化的口岸城市已经具有相当深厚的基础,这包括完备的临床诊疗体系(医院、诊所、药房)和医学教育体系(大学医科、医学院、医学校)的形成。西医不仅具有中医无法比拟的临床救治效果,而且它在群体防疫层面上的功效更是中医只能望其项背的。而正是这一功效让西医医疗体系与"保种救国"这一近代以来急切的民族国家诉求紧紧联系在一起。同时,西医内部的科层化结构和分科体系,也与现代民族国家行政体制有着同构性关系,因而很容易被现代政治接纳。上述诸因素导致在20世纪上半叶的中国,西医理所当然成为现代化的典型符码。西医被称为"新医",而中医则被称为"旧医"。中西医之争在晚清以来的中国由来已久[③],这不仅仅是中西两种医疗体系之间冲突,也被看作是新与旧、现代与传统、进步与落后、文明与愚昧、科学与迷信之争。中共领导的中国共产主义革命作为20世纪中国现代性实践的一种,其队伍在医学观念上也历来崇尚西医、相信西医。延安根据地所有公立医院、诊所全部按照西医模式建制。但由于受制于农村环境,根据地政府虽然在医学观念上崇尚西医,但是在医疗实践中不得不依赖成本低廉得多的中医中药。从而形成一种"西医为体,中医为用"的医疗体系。传统中医中药只是在"用"的层面上发挥作用。[④]也就是说,西方现代生物医学,即西医,在延安这一空间与在当时中国其他任何空间一样,同样是表征着"新""科学""进步""现代""文明"的典型符码。这是丁玲赋予陆萍启蒙者身份及其改造医院行为合法性的不可忽略的原因。

① 丁玲:《在医院中》,原载1941年11月《谷雨》。
② 黄子平:《灰阑中的叙述》,上海文艺出版社2001年版,第159页。
③ 中西医之争最激烈的一次是1929年2月23日,国民政府中央卫生委员会第一次会议通过著名西医余岩等提出的"废止旧医以扫除医药卫生之障碍案",轰动一时。
④ 朱鸿召:《延安曾经是天堂》,陕西出版集团、山西人民出版社2012年版,第364页。

此外，陆萍行为的合法性还来自小说写作与发表期间（1940—1941年间）延安正在掀起的一股文化正规化、专门化的潮流。作为延安文化旗舰式机构的鲁艺，此时正在告别成立之初的粗陋，大张旗鼓进行正规化、专门化的改革。[1] 陆萍对医院的专业化改造也可以看作延安文化界、知识界这股专门化改革潮流的投影。

小说详细写了陆萍对医院专门化的改造过程。初来乍到医院的陆萍看到的是这样的情形："注射针是弯的、橡皮手套是破的"，"什么东西都堆在屋角里，洗衣员几天不来，院子里四处都看得见的用过的棉花和纱布，养育着几个不死的苍蝇"，病房没有炉子，看护没有受过专业训练，产妇"不爱干净，常常使用没有消过毒的纸。"……上述乱象当然首先是因为这所医院恶劣的工作作风，但也不排除文化隔阂的原因。在中国本土医疗体系中，环境和用具的不洁，苍蝇飞舞与疾病之间，并没有必然的联系。正如我们前文提到，细菌学说在19世纪后期才渐渐成为医学的主流，20世纪初才传到中国。即便在沿海西化城市，也还没有普及到成为普通百姓的健康常识。这所医院中除了几个外来的医生，其他从院长到看护都是乡村土生土长，根本"不懂医疗护理工作的必需有的最低的条件"。又怎么会有这方面的知识！但这一切在受过正规西医训练的陆萍眼里，那就是后果严重，必须刻不容缓地改正。陆萍所面对的医院乱象以及随后采取的种种改造行径，与这一时期著名报告文学《阿诺夫医生》（方纪）和《诺尔曼·白求恩断片》（周而复）[2] 中所写的阿诺夫（苏联援华医生）、白求恩初到延安医院时的情形如出一辙。所不同的是阿诺夫、白求恩可以凭借自己的影响力、政治权威的支持，卓有成效地改造医院，而陆萍则只能依靠个人微薄的力量，因此她的改造工作不仅收效甚微，还使得自己陷入尴尬境地，但对职业的忠诚却并无二致。这是医科生陆萍与环境冲突的一个不可忽略的原因。

陆萍对医院的改造不仅体现在器物、技术、制度（管理）层面，更表现在更深层的西医伦理，即医学人文主义层面。这也是陆萍和医院冲突的根本之处。医学人文主义把人的自然生命看作无条件的，医学活动就是对生命负责，不附加任何其他的条件，即生命具有绝对的不以其他条件为条件的"绝对无条件的价值"，这是医学人文精神的根基。[3] 但是这所医院的种种做法却处处违背这一根基：

> 现实生活使她感到太可怕。她想为什么那晚有很多人在她身旁走

---

① 参见李书磊：《1942 走向民间》，山东教育出版社 1998 年版，第 152—161 页。

② 方纪《阿诺夫医生》，写于 1944 年，冀中新华书店 1947 年出版；主人公安德烈阿诺夫，苏联功勋医生，1942 年 5 月被苏共派到中国，在延安中央医院工作。周而复《诺尔曼·白求恩断片》，写于 1941 年，1944 年江淮出版社出版。

③ 参见王一方：《医学人文十五讲》，北京大学出版社 2006 年版，第 38 页。

女作家学刊·第三辑

过，却没有一个人援助她。她想院长为节省几十块钱，宁愿把病人、医生、看护来冒险。……革命既然是为着广大的人类，为什么连最亲近的同志却这样缺少爱。

陆萍原本不喜欢做医务工作，初来乍到又遭遇种种不如意，更是心灰意冷，正当她准备放弃的时候，她听到初生婴儿的啼哭声：

> 这是她曾熟悉过的一种多么挟着温柔和安慰的小小生命的呼唤呵。这呱呱的声音带了无限的新鲜来到她胸怀，她不禁微微张开了嘴，舒展了眉头，向那有着灯光的屋子里，投去一丝甜适的爱抚："明天，明天我要开始了！"

而在这段温情描写的前面，丁玲这样描写陆萍被人误认为产妇的反应：

> "不，我不是来养娃娃的，是来接娃娃的。"在没有结过婚的女子一听到什么养娃娃的话，如同吃了一个苍蝇似的心里涌起欲吐的嫌弃。

可见，陆萍对婴儿哭声的反应更多来自她的职业忠诚，而非所谓天生的母性、人性本能。不管陆萍多么不喜欢医务工作，也不管她如何在医院中遭遇冷漠、误解。但新生婴儿的啼哭，对她，就是最神圣的生命召唤，天塌下来，她都会不顾一切听从这一召唤。医科生陆萍对生命超出常人的敏感与坚守，不仅构成她和环境冲突最根本的原因，也是她行动的最重要动机。

对人的自然生命的敬畏也深刻体现在方纪的《阿诺夫医生》和周而复《诺尔曼·白求恩断片》中的阿诺夫和白求恩身上。截肢手术在医疗资源、条件极度缺乏、恶劣的战争时期，几乎是家常便饭，也是作为外科医生的阿诺夫和白求恩做得最多的手术。但每一次他们都心情沉重、犹疑再三。阿诺夫医生站在手术台前，"手里拿着锯子，抚摸着那条发黑的脚，望着那几分钟后就要永远变为残废的病人，……他迟疑了一下，又把锯子丢下，同时坚决地命令着：抬走！"三个月后，在他的努力下，病人双脚痊愈，自己走出了医院。白求恩做完一个截肢手术，非常伤心地留在手术室里，"握着离体的下肢，用钳子夹着一条肌肉，恋恋不舍地说'在技术上说，这还是活着的，你说，这是生命啊，在海洋、在日光中，至少是一百万年的变化史呀'……"类似的细节在这两篇报告文学比比皆是。这种对自然生命的敬畏、礼赞、呵护已然是对延安文学人性书写空间的拓展和丰富。而且《阿诺夫医生》和《诺尔曼·白求恩断片》都创作、发表于1942年之后，这是否意味着医学人文主义正在为此时延安文学中的人性话语提供新的空间？

正是基于医学人文精神对生命神圣的、"绝对无条件的价值"的恪守，陆萍、白求恩、阿诺夫们，不顾一切地批评、改造医院中种种不规范、不专业做法。从器物和制度层面改造医院，这是在技术层面上对生命的捍卫，也是现代医学人文主义另一个层面——对科学精神的坚持，即医学科学中的科学精神与人文精神是相统一，前者是手段后者才是目的。当然，医学人文精神不过是人文精神在医学领域中的表现。医生职业的特殊性在于他必须时时刻刻直接面对人道议题，必然更容易感受人道理想与环境间的冲突。草明发表于1941年《文艺战线》的小说《陈念慈》同样表现了这一冲突，只是这种冲突被置于另一个政治空间中。主人公陈念慈是广州大医院著名外科专家、留法医学博士，同样笃信生命"绝对无条件的价值"。他费尽苦心在手术台上挽救一个青年的性命，但手术成功后不久这个青年人就被军警无辜枪决。子弹正好打在"由他治愈的左肩胛骨上"。陈念慈因此陷入深刻医学人文主义危机中。但他最终没有弃医从文或从政，而是毅然弃暗投明，到"华北某地前线伤兵医院工作"。那么，这个前线伤兵医院是否也和陆萍、阿诺夫、白求恩所遇到的医院并无二致？如果那样，那主人公的医学人文主义危机就会以另一种形式卷土重来。陈念慈故事的结束是否就是陆萍故事的开始？

陆萍必须是医生而非文艺知识分子

丁玲在《关于〈在医院中〉》（草稿）中这样解释自己创作这篇小说的意图，"我写这一篇小说是企图在一群进步的知识分子的女孩子里面，放一点客观进去，使她们的感情在理智之下滤过，比较现实和坚强，这个企图是有它的积极性的。"① 也就是说，丁玲非常明确地要写一个在延安的女性知识分子生活。那为什么要在医院中而不是在其他环境中来写知识分子？② 换句话说，陆萍为什么是一个医生（助产士）而不是在延安更常见的文艺知识分子？在这篇小说漫长的评价史中，人们总是纠缠于陆萍的政治身份，小资产阶级知识分子？个人主义者？革命知识青年？反党分子？而从不在乎她的职业身份。本文提出这个问题有下面几个理由。其一，从当时延安的客观情况来看，"来延安的知识分子中，相当一部分，或者说主体，是文

---

① 丁玲：《关于〈在医院中〉草稿》，载《中国现代文学研究丛刊》2006年第4期。
② 当年黄子平在评论《在医院中》时独具匠心地注意到了"医院"这个空间对小说主题的意义。他认为，"描写一个本来即以治疗病患为己任的单位（医院）的病态，可能会使上述的'尖锐对立'显得更为鲜明触目"，（黄子平：《灰阑中的叙述》，上海文艺出版社2001年版，第162页）。而本文对这个问题的看法不尽相同。

女作家学刊·第三辑

艺知识分子，当时俗称'文化人'，自然科学和技术知识分子很少。所以很大程度上，知识分子问题就是文艺问题，文艺问题也就是知识分子问题。"①其二，从丁玲的主观条件来看，她显然更熟悉文艺知识分子，她早年写作中充斥这类形象。那丁玲为何要选择一个女医科生来做自己小说的主人公？当然，这可能与丁玲写作这篇小说前的一段住院经历有关。1941年丁玲因一个外科小手术到离延安四十多里的一所医院住了一个月院，在那里她认识了一个女助产士，丁玲在创作谈中也承认这个女助产士正是陆萍的原型。②但是将陆萍设计成一个医生，其实还有偶然的个人经验之外的必然原因。

首先，尽管在延安知识分子中，"自然科学和技术知识分子很少"，大量的是文艺知识分子，但前者似乎比后者更具备现代知识人身份。1943年12月，任弼时在中央书记处工作会议上通报："抗战后到延安的知识分子总共四万余人，就文化程度而言，初中以上71%（其中高中以上19%，高中21%，初中31%），初中以下约30%。"③也就是说，高中/专科及以上占四万人中的19%，那就是七千多人。1944年春，毛主席曾说"延安的六七千知识分子"，他大概指的是高中/专科以上的知识分子。而四万知识分子中除去这高中/专科六七千人，剩下都是小学、初中文化程度，约占81%。且还多为肄业生。"就是大学文科生，也不过只接受一点初浅古文与现代常识。中央教育部副部长李维汉苦口婆心劝勉进修干部，要他们养成阅读习惯，每天坚持读书五页。'小知笑话'比比皆是。"④可见，当时延安大量的"文科知识分子"，其知识身份其实相当可疑。而科技知识分子就不一样了，尤其是其中的医学知识分子，往往受过完整的现代学院教育，严格的专业化训练，不少人都有留洋背景，有着名副其实的现代知识身份。小说中有多处陆萍工作细节的详细描写，尤其是陆萍协助郑鹏的一次外科手术过程，非常细致、专业，可见丁玲很在乎陆萍西医医生这个专业性很强的职业身份的，因为它能使得陆萍的知识分子身份货真价实。

其次，在延安，医生是个非常特殊的群体，由于是稀缺资源，又因其职业特点可以接近高层领导，所以享有一般知识分子不能享有的话语特权。在延安知识分子中，对体制提出最多、最严厉批评的其实是医生。因此，陆萍对医院的种种批评在延安的医学知识分子中显然具有相当的普遍

① 李洁非：《延安文学研究：为什么研究和研究什么》，载《西南民族大学学报》2006年第1期。

② 丁玲：《关于〈在医院中〉草稿》，载《中国现代文学研究丛刊》2006年第4期。

③ 胡乔木：《胡乔木回忆毛泽东》，人民出版社1994年版，第279页。又，胡文此处提到的小学、中学，为民国自1922年直到全国解放前夕推行的"六三三学制"（又称"1922年学制"、壬戌学制），即小学六年，初中高中各三年。

④ 裴毅然：《延安一代士林的构成与局限》，载《社会科学》2013年第3期。

性。他们常常敢于尖锐批评根据地医院各种与现代医学伦理相悖的不良现象，甚至敢用告御状、辞职、出走这些极端的方式来表达他们的不满①。无论是外籍医生白求恩、阿诺夫，还是从法国留学归来的医学博士、后任延安中央医院院长的何穆，延安中央医院儿科主任、北京协和医院儿科专家侯健存博士等，都非常严厉地批评过延安的医院。

根据《阿诺夫医生》的叙述，阿诺夫常常对身边医务人员说："医生工作对象是人，我们是在给人看病，而不是给木头。"可见他目睹了很多把病人不当人、当木头的现状。阿诺夫甚至还敢利用给毛主席看病的机会，大胆表达自己对政治"抢救运动"妨碍医务工作的不满。②而根据《诺尔曼·白求恩断片》的描述，白求恩对延安医院的批评同样尖锐。白求恩初到延安不久，就到某某分区后方医院去巡查，见到情景和陆萍见到的几乎一模一样，不仅仅医务细节不规范、严重脱离专业化，而且对病人非常冷漠。为此白求恩的反应比陆萍激烈得多。他直接去质问分区卫生部长："我以晋察冀边区卫生顾问的资格来说，这儿的医院是八路军医院当中最坏的一个，这里面存在着严重的官僚主义作风，医生不到病房里……"有个大夫在手术室内削梨子吃，白求恩毫不客气将梨子和刀全扔到外面去。一次白求恩做手术，门外站着很多围观的人，还窃窃私语，白求恩非常生气，"白大夫做完了手术，夹起一块染满鲜血的纱布，生气地向人群当中扔去：'这也不是戏院子，有什么热闹好看，这是手术室啊。'"白求恩的愤怒不仅源自他对延安医院作风的不满，还涉及中西方对医疗空间的公开性和私密性的完全不同理解。在中国本土医疗体系中，"医生全部的治疗过程需要在病人家属或朋友的目光可及的观察范围之内连续地加以完成。""诊断与治疗通常都有公开的方面，这在西方人看来似乎非常陌生，有时简直变得不可思议。"③也就是说，在中国本土医疗体系中，治疗过程讲究空间的开放性、公开性，而西医诊疗过程则讲究空间的封闭性、隐秘性。这是两种文化的冲突。这个细节暴露了，西医知识分子与根据地环境冲突不仅仅在于我们前文提到的医学人文主义这个层面，更有中西方不同医疗体系、文化层面冲突的意义。由此也可见出，延安医生敢于尖锐批评环境，不仅仅因为他们享有一般知识分子不能享有的话语特权，更重要的是他们也最能深切感受到中西两种文化的冲突。这是我们考察陆萍与环境冲突时不能忽略的。可见，丁玲选择一个医学知识分子作为小说的主人公，并非仅仅出于偶然的个人经历，更隐含了现实和文化层面的深刻必然性。

---

① 朱鸿召：《延安日常生活中的历史 1937—1947》，广西师范大学出版社2007年版，第89—105页。

② 同上，第90—92页。

③ 杨念群：《再造病人》，中国人民大学出版社2006年版，第118、117页。

女作家学刊·第三辑

这种必然性还可以从丁玲个人的创作、心路历程来理解。1931年之后，丁玲不再写有关知识分子题材的小说，她甚至明确提出新小说必须"用大众做主人"，而"不要太喜欢写一个动摇中的小资产阶级的知识分子"，因为那只是些"无用的人""值不得在他们身上卖力的"。[①]但九年后的1940年，丁玲连续在三篇小说中写到知识分子，这与她转型之初不再写知识分子的宣言并不矛盾。《入伍》刻意采用对照方式写"新闻记"徐清和大老粗勤务兵杨明才的一次战地历险。徐清言谈举止漂亮，但贪图安逸、自私狭隘，更要命的是在战场上毫无用处，简直废物一个，完全靠杨明才的庇护才活了下来。而大老粗杨明才尽管言谈举止粗陋，却处处不顾个人安危替别人着想，还充满战地生存智慧，巧妙掩护、照顾徐清。两人形成鲜明对比。知识分子徐清完全是个负面角色。《我在霞村的时候》中的"我"尽管不是负面角色，但这个人物既不是小说主人公，甚至也不算故事的参与者，只是故事的旁观者、讲述者。而《在医院中》则不同，完全是大张旗鼓、正面来写知识分子。但并不是对自己创作转型前知识分子形象的简单重返，因为这次写的已经不再是被丁玲看作"无用的人"的文艺知识分子，而是战争环境下非常有用的医学知识分子。陆萍虽然也有一些文艺病[②]，但陆萍的知识是有用的知识，陆萍的行动具有切切实实的实际意义。这是"新闻记"徐清抑或早年作品中的文艺知识分子们所不能比的。这是丁玲转型后知识分子形象不容忽视的新质。事实上这也是丁玲最后一次写到知识分子。

如果说，"五四一代"弃医从文是因为他们认为拯救灵魂比拯救肉体更重要。但事实证明，灵魂的救助并不能立竿见影，还常常使得救助者自身陷入"无物之阵"的尴尬与虚妄，连鲁迅自己后来也对灵魂的救治深感绝望。因此，对于丁玲这样的"五四二代"而言，也许恰恰是被"五四一代"所放弃的医学上的、肉体上的救助更具有切实性意义。只有以肉身为依托的启蒙才是真正有效的启蒙。丁玲这种讲究实用主义的精神和延安文化整体上实用化氛围也是吻合的。[③]这与我们前文提到的，可以将陆萍对医院的专门化看作这一时期延安知识界、文化界专门化改革潮流的投影，并不矛盾。因为专门化和实用化之间的关系很复杂，要因部门而异。像鲁艺这样务虚的文艺单位，其专门化改造带来的是远离实用性的后果，因此，一旦

① 贺桂梅：《知识分子、革命与自我改造：丁玲"向左转"问题的再思考》，载《中国现代文学研究丛刊》2005年第2期。

② 丁玲还是无法放下文艺知识分子，所以她赋予她的医学知识分子们很多文艺气质——陆萍的敏感、"富于幻想"，而有着一副"令人可怕严肃面孔"的外科医生郑鹏，则"时常写点短篇小说和短剧"。

③ 从整体而言，基于当时特殊环境，延安文化实用化倾向早就存在，并非1942年后才开始。也正因为如此，所以鲁艺才要在1940、1941年间开始正规化、专门化改革，以克服革创之初过分讲究实用性、工具性而带来的粗陋。参见李书磊《1942：走向民间》，山东教育出版社1998年版，第150—161页。

延安文化实用化改造正式开启，鲁艺专门化就要被叫停。①而像陆萍所处的医院这样务实性的机构，正好相反，其专门化改革恰恰具有实用性的意义。

结　语

"延安文学的问题往往既是文学问题，也是文化问题，这种复合性特征的唯一解释，就是它们都不单纯地源于和停止在文学层面。"②对于这样的文学我们不能只局限于纯文学的研究方法，应当跨界整合，从更广泛的社会史、文化史的视野去寻找介入的路径，充分打开各式各样的历史语境。陆萍为什么是医生而不是丁玲更熟悉、延安也更多见的文艺知识分子？这个看起来不是问题的问题，实际上打开了一些从未被打开过的历史语境，揭示出这篇小说从未被人注意到的另一副面貌。西医的医学人文主义（如对生命"绝对无条件价值"的恪守）、中西两种医疗体系的冲突，其实一直在为小说的启蒙与人性话语提供空间。西医在战时的价值、医生在延安的特殊地位，是丁玲赋予陆萍行为合法性的不可忽略的原因。西医医生（助产士）的职业身份，也使得陆萍相对于延安更多见的文艺知识分子更具名副其实的现代知识身份，更能胜任启蒙者的身份。陆萍并非被转型后的丁玲看作"无用的人"的文艺知识分子，而是战争环境下非常有用的医学知识分子。这是转型后丁玲笔下知识分子形象不容忽视的新质。如果说，"五四一代"弃医从文是因为他们认为拯救灵魂比拯救肉体更重要，而对于丁玲这样的"五四二代"而言，也许恰恰是被"五四一代"所放弃的肉体上的救助更具意义。因为只有以肉身为依托的启蒙才是真正有效的启蒙。这就是为什么丁玲要把《在医院中》的主人公陆萍设定为一个医学知识分子，而非文艺知识分子的深层原因。

（王宇：厦门大学南强重点岗位教授，博士生导师）

① 1942年5月毛主席《在延安文艺座谈会上的讲话》提出完全不同的文艺方针，延安文化实用化改造正式开启，鲁艺的专门化、正规化改革被最后停止。参见李书磊《1942：走向民间》，山东教育出版社1998年版，第161页。
② 李洁非：《延安文学研究：为什么研究和研究什么》，载《西南民族大学学报》2006年第1期。

女作家学刊·第三辑

在数字的天空云卷云舒

——云舒小说印象

刘世芬

摘 要: 云舒左手金融,右手小说。身为"女行长",却在银行的数字王国里沉浸于贷款存款、投入产出、上司同事……同时又固守一片属于自己的文学天空。稳、准、狠,是云舒小说的总体特点,有温度,有辣度,凌厉,鲜活,稠密,始终的不适、不安、紧张让人充满阅读的期待,却也彰显一种精雕细磨的典雅,绝非那种一泄万言、倚马可待的浮语虚辞。纤弱女子,凌厉行长,其间的金融风云、商界硝烟,以及波诡云谲的办公室政治——贯于"玩钱"的云舒,竟也把文学"玩"得风生水起,花影摇曳。

关键词: 金融作家;人性;梦想;银行;职场;数字;写作

前不久,我在某网络平台搜寻一本马洛伊·山多尔的小说,眼睛随鼠标漫游,一个书名让我心动——《女行长》,点开一看,没犹豫就放进了"购物车"。书到手一口气读完,除了心潮难平,还隐约觉得作者应该离我不远,因为书中的某些地名以及特有的气息似曾相识。事实上,很快就发现我与作者云舒同在"石家庄作家"微信群,又翻出群里曾经推出的她那些中篇小说,不由得对这位金融作家兴味盎然。很快在省作协开会,同城,终被"坐实"。

云舒实名张冰,左手金融,右手小说。"女行长"一旦走下书页,站在眼前,此前远远近近听说过的金融作家一下子变得伸手即触。"女行长+小说",我一边惊讶着这个看上去南辕北辙的组合,一边找来云舒的部分小说,迫不及待走进她的世界。

一

目前为止,云舒的小说分为三种类型:金融;日常;金融+日常。

作家作品论

历来，文学与医学的交集一贯响亮而崇高：鲁迅、毛姆、毕淑敏、池莉、渡边淳一……医与文都必须围绕着"人"，而文学与金融"相交"将会如何？在我浅薄的见识里，金融不过是一场人"玩"钱的数字游戏，"文＋钱"，如此"分裂"、难以"化合"的两个事物，竟毫无违和地统一到一个人身上，难道不该让人惊愕莫名吗？如果说，弃医从文的作家们从解剖人的肉体改为钻探人的灵魂尚且从未离开"人"，大学教授、编辑记者们的写作也可以心手相应，那么，日常"玩钱"时而又"玩文"的云舒则显得别具一格。由之，我对云舒在数字和文学之间自如切换的本事，甚觉神秘、隆重，似观天人。文学之人，体现造梦、浪漫功夫，直接的个性表现就是吟风诵月，天马行空，形象思维爆棚，间接的行事风格则不擅伪装和锋芒毕露。而金融又是什么，那个数字王国，贷款存款，投入产出，上司同事……此时，这里却出现了一片属于云舒的别样世界，纤弱女子，凌厉行长，其间的金融风云、商界硝烟，以及波诡云谲的办公室政治——惯于"玩钱"的云舒，竟也把文学"玩"得风生水起，花影摇曳。

长篇小说《女行长》（2007 年上海文艺出版社）的出版已是十几年前了。某国有银行小职员章涧溪，在她三十岁生日那天，一直没能等到最为在意的一份生日祝福，心情寥寥，于是从不亲自送报告的她以一个"逛商场"的托词来到市行送材料，从敲开内控部主任办公室的门的刹那，她的命运随之一亮——成功地调入市行。行长高澎湃的知遇之恩，副行长张若凡的暧昧犹疑，副行长庄大伟的阴险诡计，同事小丁的率真坦诚，同僚欧阳的套路提防，以及一众同事墙倒众推的跟红顶白，爱情，亲情，友情，欺骗，背叛，算计……显然，《女行长》具有明显的"自传"性，为读者呈现的是原汁原味的银行职场原生态。

章涧溪到了中篇小说《凌乱年》（《中国作家》2013·12）里，成为泼辣能干的副行长章清溪。人到中年，工作中有直接上司李利行长，家庭中有作为国学大师的"明星"丈夫王家瑞以及即将考研或出国留学的女儿王诚诚，而工作家庭之外，她自己也遭遇了大学初恋张雨浓。此时的章清溪，在职场上是对手，在生活中是女儿眼中的"狼妈"、小姑子及家人眼中的"能人"，在初恋眼中的魅力更是有增无减。在金城支行，章清溪分管竞争最为激烈的"对公业务"，相当于"在前线拼刺刀"。然而，原办公室主任贾增成功利用李利与章清溪之间的嫌隙，"推波助澜地一边给章清溪更多的表现机会，一边让李利的不满暴露在老行长面前"，最后贾增稳稳坐上了市行行长的宝座。贾增最"狠"的一招儿还是对章清溪和李利的"一箭双雕"——让他俩搭班子，这样的情势愈加微妙。接下来爆发的一场"战争"就让贾增自鸣得意了：章清溪倾情参与奋力拼搏的项目，在落实年终奖时，李利竟出乎意料地自留十六万，最后不但原计划给章清溪的五千元被取消，而

女作家学刊·第三辑

且项目小组上竟然抹掉章清溪的名字。然而，纵使这样明火执仗的不公，人人却隔岸观火，以至外人看上去，整天兢兢业业的章清溪，缘何"人缘"糟糕至此？这样的桥段，无疑会让初涉职场的人难以理解和接受，而有了一定生活阅历的我们，却如身临其境——这就是活生生的现实。

这样的局面，还是章清溪迎来的兔年春节，够凌够乱。春节后，终于，女儿的研究生成绩过线了，小姑子也有了理想的归宿，章清溪与丈夫王家瑞度过了婚姻危机，但时光一旦插手生活，变化在所难免——"两个月后，李利交流到其他支行了，半年后贾增上调到省行后勤中心当总经理去了"，"日子依旧在光阴时徐徐前行，章清溪还是一如既往的平淡而又紧张地做着她的工作"，章清溪依旧要到市行信贷处去批贷款，副处长终于打破了沉默："到底是怎么回事？你看因为你，全行的贷款奖励都没能在年前发到手。"章清溪真的平淡下来，"我还要问你怎么回事呢？怎么当时就把我排除在外了？"

读者惊魂未定之时，作者并未给出事件的真相，而是留给读者无限的思索空间，任由读者自己去假设章清溪的"人设崩塌"：极为敬业，一直勤奋，待人公平，处处维护大局，那么——劳动模范是如何躺枪的？小说对职场女性的关注灵动细腻，人物刻画入木三分，荣获第七届鄂尔多斯文学奖。

《极寒之后》(《金融文坛》2020·2)，就是当今银行的现场直播。从基层银行终于由副转正的黄达斌，在初冬被提拔到西大街支行，本意是新官上任一展拳脚，无奈却遭遇了极寒九连环：被老同学的圈套算计、被不良企业拖累、被不明真相同事误解，但极寒之后，好在有他一直看好并蒸蒸日上的高科技产业支撑，另有一个曾给他制造麻烦的平民姚美丽却给他带来翻身的契机，一份百密一疏的协议让投机者得到应有的惩罚，而临近退休的黄达斌被聘为新事业的财务顾问……极寒将尽，一切蓄势待发。

《女行长》《凌乱年》和《极寒之后》，仅标题就写满故事，如海底的虹吸，强台风一样把读者"吸"入故事的风暴眼。银行的工作，数字的天空，原本以为业务部门虽不至于"净土"，但相对官场，总该单纯一些吧，谁知却比官场加倍复杂——官场就是官场，而银行却是"官场+商场"。云舒的笔下，不是一般的刀光剑影，每篇读完，水与火的激荡，火山一样的喷发，给人的感觉，主人公不是身处战火硝烟，就是奔赴硝烟战火。云舒心中眼中甚而笔下，银行的工作不仅安身立命，还是有温度的。一线滚打，芝草无根，或许正因她的文字生发于数字之中，所以也最原浆最天然，无套路技巧，无刻意雕琢，拥有最大的创作自由，保障了写作的野生和原发性。这样的职场原味，不能编造，只能是生活磨炼环境熏陶先天素质后天修养多年浸泡酿造而成。看尽职场百态，云舒锐利的笔锋准准地搭在人性的脉搏上，手起刀落，干净利落，而她的故事又密不透风，状似"恐怖伊恩"，令人不安，又极带劲儿，让人一眼辨别烈酒与温暾水。

读着云舒的金融小说，我脑海中闪出"商战小说"的身影，这又让我想起一个人——香港财经作家梁凤仪，显然，我从云舒的小说中读出了梁凤仪的味道。同为女作家的金融书写，看得出她们对本职工作的情感。我对自己这一想法稍作惊异，毕竟，梁凤仪的财经小说以香港为故事背景，故事年代也已是三十年前，然而，我仍感到我能对这两个名字产生这样的联想肯定不是偶然——她们的小说有着一个共同特质：财经背景。

20世纪90年代，内地作者曾久久沉醉于梁凤仪财经小说带来的强烈陌生感。当香港来到世纪之交，特别是回归祖国后，这个世界大都会成为经济发达、竞争激烈的现代社会大舞台，并做了梁凤仪最重要的小说背景，把带有她强烈的个人色彩的香港推到内地读者面前。而此时内地也在世纪之交渐渐融入了世界大舞台，于是，梁凤仪在小说中所描写的商界风云、竞争故事、情爱纠葛，既让香港读者喜爱，也能吸引大陆读者的兴趣。那段时间，大陆刮起一股"梁旋风"，魅力之大，叹为观止。这也与她的作品多以都市商界为背景有关，在人情、爱情、商情、财情的复杂关系场中，将商战、情爱、励志的因素融入传奇故事中，故事情节跌宕起伏，主人公悲欢离合，真切感情缠绕纠葛，而这些因素，恰恰是当代职场、商界和社会现实的折射。这让内地读者恍然：哦，香港的职业女性原来是这样的！

梁凤仪本人还是一个从未离开过商场的女强人。"梁凤仪式香港"来自那一部部商战小说：《金融大风暴》《豪门惊梦》《大家族》《风云变》《信是有缘》……此时读着云舒的金融小说，《凌乱年》让我想起《风云变》，《金融大风暴》与《极寒之后》也有近似，《女行长》更与梁凤仪的许多小说如《千堆雪》《昨夜长风》《花帜》等有着异曲同工之妙。当然，云舒的故事都发生在内地的国有银行，以及内地改革开放大背景下的经济发展大变局。其实抛开这一切，我更看重她们共同的职场与文学身份，这使她们的故事贴上"伦敦眼"似的标签。写到"核心技术"处，有的读者公开说"看不懂"，包括我读云舒的小说，里面有的业务细节也令我觉得很"隔"，同时，又不得不承认她们笔下逼真的故事都来自她们的职场"实战"。正因为她们一直在商界浴血奋战，才使得她们的财经、金融书写很接地气。我相信这就是她们的门牌号，也可以说是"核心竞争力"，他人难以模仿。

二

从金融"起家"，却又不仅仅限于金融。《亲爱的武汉》《朋友圈的硝烟》《青萍之末》，又让读者认识云舒很"日常"的一面。

疫情之年的《亲爱的武汉》(《小说月报》原创版 2020·5),因武汉这个地名,以及庚子年的这场大疫,使人生出无限思绪。这部小说也一改云舒之前的职场凌厉之风,一下子把作者带到父辈的命运纠葛之中。小说情节虽到最后才落实到武汉,但通篇却被一个武汉拉小提琴的"资本家小姐"洪清萍"统领"着。挺拔英俊的志愿军军医与武汉的师范女生洪清萍在鸿雁传书中确立了爱情,然而特殊年代的荒唐又让父辈们阴差阳错地错过。最终深埋于心的挚爱终究是难以泯灭的,尽管父亲已经去世,时代却没让情缘隔断,"那明亮的大眼睛,黝黑的眸子,辫梢的蝴蝶结,还有肩上的小提琴"——这是"我"心目中武汉的"资本家小姐妈妈",一想起她,"我便如向日葵般把脑袋把身子把我所有的精力都聚焦在那张照片上"。作为最像"洪清萍妈妈"的小女儿,"我"将"武汉妈妈"的情结渲染到极致。令人欣喜的是,女儿留学归来竟签约了武汉的公司,并在一个春节找到了洪清萍的同学米老师,悠扬的小提琴声"像极了天使的翅膀,亲吻着我们的脸颊,亲吻着武汉三镇,亲吻着过去和未来"。

《朋友圈的硝烟》(《小说月报》原创版 2017·6),题目甚妙,把人人不离手的微信题材挖掘出来。米兰和许玫这一对闺蜜在微信中的"斗法",令人不忍直视,将现代生活在微信朋友圈做了极为精彩的展示与延伸,揭示了当下社会中人与人之间微妙纷争又互依互存的关系。自从微信问世,人与人之间变得更加扑朔迷离,必须承认,微信大大改变了人们的生活。人人手中有,人人笔下无,云舒迅速捕捉到并让微信朋友圈来到笔下,成为她自己的文学"富矿"。

《青萍之末》(《长江文艺》2018·4 上)把笔触延伸到现代生活的深层肌理,表现为强烈的现实感,那是我们人人亲历的纷乱无序而又不乏温情的现代生活,如对"房子是住的,而不是炒的"精妙阐释。三姐妹的名字分别是王晓青、王晓萍、王晓末,故事围绕三姐妹展开了一系列的"房子故事",这里有前几年暴热的房产泡沫现象,有失业,有创业,有亲情,也有亲情里的潜规则,几分无奈,几分攀爬,但人们都在努力生活。小说形象地把现实中人们的生活与这一时代命题巧妙结合,显示一个作家对反映当下的关注与担当。

发表于 2021 年第一期《长城》上的《羽翼》,则是"金融+日常"的有机融合。

篇名《羽翼》,实为知名大学的徐宏伟教授以及年轻一代:女儿采薇、学生纪然以及高中初恋林立的女儿天嘉之间,沧桑而又活力十足的"互动"。功成名就的徐教授占全了中年男人"升官发财死老婆"的"最佳境界",学生纪然几乎成为他的第二任妻子;高中单恋女友林立的女儿天嘉和纪然都属于那种名校高才生,她们都听从父母之命随波逐流就业到了银行,又都属于"没有关系想转岗挺难，也许要做一辈子柜员……"的那一类，却不得不为了一个"北京户口"，面对一个连"高中生都能做"的柜员岗，宁可"明珠暗投"。由于徐教授当初的高徒们有的在银行任要职，于是徐教授就成为众人脱离"柜员大战"的焦点人物。小说里有中年人的恍惚、年轻人的颓靡、命运之前的犹疑，一番左冲右突之后，他们又都"羽翼"丰满，做了自己命运的主人：徐教授在和纪然登记结婚时，"就像在阶梯教室一样洪亮"地喊出"我不愿意"；天嘉硬是卖掉（或抵押）房子去欧洲游学了；纪然回到自己的家乡东北成为北京某租赁公司外派人员；女儿采薇也按照自己的意愿回国创业，将在西山开办自己心仪的"宠物乐园"。"孩子们"按照各自的意愿"飞"起来了。

三

稳、准、狠，是我对云舒小说语言的总体印象，尤其是那股狠劲儿，让人痛快淋漓。有温度，有辣度，凌厉，鲜活，稠密，看起来并非刻意，却往往能片言解颐，寸铁杀人，千般妖媚，又足够霸凌。云舒的小说呈现一种潮水般奔涌的语言流，密集的文字排山倒海般向读者砸过来，推着读者亦步亦趋地跟着她的脚步，想丢掉一个字都不行。读云舒就别想在风景中悠游，始终的不适、不安、紧张让人充满阅读的期待，却也彰显出一种精雕细磨的典雅，绝非那种一泄万言、倚马可待的浮语虚辞。比如，"到了腊月初一，就开始有了年的脉络，年的味道也开始弥漫，各色人等都为了年开始准备。……可章清溪觉得年就像春天漫天飞舞的柳絮，一不留神就钻进鼻子孔里，钻进喉咙里，那种挠不得打不得而又时时撩拨你神经的痒让你哭笑不得，欲罢不能。"

"章清溪是个比较传统的人，但唯独对年提不起兴趣，甚至可以说对年早已麻木了，在某种程度上她更害怕过年。她喜欢简单的生活，但年像一个乘数，平常很简单的生活被生生放大了许多倍，乘出了万千气象。"

虽在金融的战火硝烟中滚打，但章清溪喜欢"瘦瘦的灯光，喜欢淡淡的茶香，喜欢静静的光阴"。可她又是如此要强，在男上司、男同事眼里"不是一般的女同志"；"李利的'冷脸'如同一张硬弓，把章清溪的箭牢牢镶嵌在弦上，那就没有不发的道理了"；《亲爱的武汉》中的母亲穿上苏联版的布拉吉，"别说走动，身子只要一颤便落在万花丛中。……阳光下母亲在后方医院的山坡上，像花朵般摇曳着、绽放着，走到了父亲的生活里。"这种笔锋真可谓一针见血又精准熨帖，使读者感到痛快，温而热、涩而甘、辣而腴的意味中，还散发一种"云卷云舒"的从容。小说中的某些术语也很是灵动亲切，比如"省行""市行""上级行"，以及行业里约定俗成的称呼"杨行""黄行""大王局""小王局"……简洁而生动，让人回味无穷，更让相关行业的职场人士感同身受。这让云舒的语言为自己贴了标签，呈现独有的腔调，饱满酣畅，处处显露自我特质。

一直以来，每当谈及职业选择，我对自己有一个相当严明的"戒律"：会计和医生，这两个职业是我永远的禁地。我对数字的"短路"时时酝酿着我对云舒的惊讶：她先天对数字的灵性与禀赋，同时又在文字之间熟稔穿行。每当想到银行，我总觉得在数字中浸透滚打的云舒们是在"受刑"，这也致使我对云舒小说中某些金融"业务"似懂非懂，这也极大增加了云舒金融小说的神秘性。我从她对数字的感觉感受到她对工作的挚爱——《极寒之后》中黄达斌"沉浸在数字的海洋里却是最幸福的时刻"，那些数字就像"儿时跟在父亲身后揉捏的那些板结的土地，一块块在他手中松软起来、活泛起来"；当他到银行工作后，父亲叮嘱他"银行是和钱打交道的，责任大着哩，就和种庄稼一样，你不偷懒，它就不会辜负你"……我欣赏云舒对数字的这种天然情感，同时又诧异她对文字的熟稔驾驭。诧异之后就是深深的敬佩——金融作家的大脑必是特殊材料制成！

云舒的小说还胜在细节。"中文＋金融"，女主人公才情激荡，木秀于林，这样的情境之下，除非碰到极宽厚的领导，极有可能就是噩梦的开始。云舒是个真正做事的人，这让她与环境的不和谐找到了缘由。王安忆曾说，与人群不能协调是艺术家沉重的命运。现实中，一个人一旦开始做正事，他的狐朋狗友就没了，周围毫无意义的人和事就要开始隔离了，因为这个世界上并没有多少人会做正事，多数人喜欢混日子，所以那个真正做事的人就显得孤独而格格不入。

"直不愣登"的章清溪背后你总能感觉到一丝不易觉察的犀利和细腻：某县银行挪用二十万元公款炒股却用砖头包裹蒙混、煤堆上用雪层增加厚度、请财政厅领导吃掉饭店的观赏鱼、酒桌上随意的对话牵出家庭大战，等等。相信现实生活中不少人都曾"被存款"，随着各银行竞争，拉存款大战涉及了都市中的每一个人，身在银行的"涧溪"、"清溪"自然脱不开这一干系，然而，她为了完成任务，善于观察的她，从财政厅国库处处长的办公室书柜打开缺口，用一本《我们仨》"送礼"成功，亏章清溪想得出！然而，她的别出心裁还真的奏效，从来不瞄她一眼的李处长，竟真的被一本《我们仨》"拿下"，这里的道理却是普世的——爱书的人，能坏到哪里？

加之，这个做事"一根筋"的弱女子，同时又是一位一身正气、有责任感、勇于担当的金融斗士，她业绩斐然，屡被打压，却不放弃对邪恶的斗争，为了避免国有资产流失，冒着被打入冷宫的危险与"闺蜜"、与直接上司做坚决的斗争，正义最终回报了章清溪，总行向这个真正的人才伸出热情之手，国家的金融大业需要这样的勇士。

四

云舒小说对人性的不竭探掘也给我留下深刻印象。作家真是个狠角色，人性更如一口深井。上司同事闺蜜，亲情友情爱情，云舒冷静又热切地瞟着他们身上的人性黑洞，却比谁都懂得控制、冷静，通篇很少指责的字词，仿佛把这些"罪行"往读者面前只做镜像呈现：自己去看吧。然而，云舒深谙"欲擒故纵"之道，越是笔调节制，读者越是"激愤"，虽没"失控"到"义愤填膺"，却是一步步地跟随她看清地球这一隅人性的真相——她笔下的那些人物因缺点而真实。每当从她的小说里走出来，我的耳边都回荡着太宰治的"生而为人，我很抱歉"。

芥川龙之介在短文《沼泽地》中提到一种"可怕的力量"，这也正是我在云舒小说中时时感受到的一种惊悸，总感觉前方有一个陷阱，一个怪圈。难怪芥川把绘画作品《沼泽地》称为"杰作"："尤其是前景中的泥土，画得那么精细，甚至使人联想到踏上去时脚底下的感觉。这是一片滑溜溜的淤泥，踩上去噗哧一声，会没脚脖子"。人生无常，地震、山火、风暴、兵燹、海啸，再加上眼下的新冠肺炎，时时威胁着人类，人类就像蚜虫般被天灾人祸所灭杀，然而"章清溪"们的苦闷与迷茫似乎告诉同类，以上这些还不算真正可怕，世道人心的叵测才最令人绝望。人性的褶皱与人性的光辉一样都该被书写，也正因此，作家的人性书写可以统统归于锐利的钱钟书："……在这本书（《围城》）里，我想写现代中国某一部分社会、某一类人物。写这类人，我没忘记他们是人类，只是人类，具有无毛两足动物的基本根性。"

我极为享受云舒这种独特的文学感觉——这是属于一位女行长的崎岖心路。身在名利场翻滚，心在荒村听雨。银行人如恒河之沙，能把这一切形诸笔端者必为沙中之金。他们必定在庸常的工作之余葆有一颗青葱之心，保持对世界的新奇感，对生活的纯真向往，一身土，一脚泥，仍石赤不夺，哪怕趔趄着，也要奔向精神深处那一种高情远致。挣扎着，匍匐盘旋着，也要抓住硝烟尽头的那一线光亮。

当我极力想从云舒小说中寻找不足时，就发现了她的故事情节的密集如雨。读云舒的小说，你要做好"急行军"的准备，千万别想缓步徐行，她不允许你软塌塌、温吞吞。云舒小说还像一个"野蛮女友"，暴力但极为可爱，元气满满，势不可当，读之仿佛有一股热流在体内翻卷蒸腾。我有时一边读着就想"求饶"：让我喘口气！心内喊着：注意"节律""留白"……同时转念，这正是云舒的功力啊！云舒这类作家，她的正业是金融，写作总是时而被搁置，就像塞林格在二战被炸毁的汽车残骸下面写作一样，也有刘庆邦把自己的写作看作"走窑汉挖煤"的深意，云舒耕耘数字同时又耽湎于文字，自然也就惜时如金，快节奏也就可以理解了。何况，云舒能把小说的故事紧凑到令读者不必或无暇思考情节的合理性，已经是它独特而成功之处了。

　　奥地利作家茨威格曾说过："上帝赠送的礼物早已暗中标好了价格。"我愿意把云舒的小说看作"上帝的礼物"。诚然，云舒为这礼物曾付出青春、热血以及某些公正的迟到，但信仰仍在，理想犹存。彼岸，终将被抵达。

　　（刘世芬：中国作家协会会员，石家庄市文艺评论家协会副主席）

作家作品论

评消费主义文化下朱天心小说
《第凡内早餐》的都市女性形象

王中南

摘　要: 朱天心笔下塑造了形色各异、令人印象深刻的女性形象。《第凡内早餐》描绘钻石的故事。本文以文化研究的消费主义文化为视角，对朱天心小说《第凡内早餐》在消费主义文化盛行的资本主义世界中，一位都市女性迫切地想要购买钻石的过程进行分析，揭露消费主义文化对人的渗透和控制，批判资本主义社会对人的压榨、剥削和异化。

关键词: 朱天心；都市女性；资本主义；消费主义文化

女作家学刊·第三辑

前　言

　　台湾作家朱天心从 70 年代持续写作至今，坚持自由书写，取材身边的事物，刻画了种种令人印象深刻、独具一格的女性形象。从孩童少女到妻子母亲，从职业女性到家庭主妇。与此同时，朱天心也由少女逐渐蜕变为针砭社会的写实作家。她从不同角度关心弱势族群体，揭露现实社会中女性的处境，为女性发声，唤起大众的反思。

　　1980 年后的台湾社会，经济处于蓬勃发展阶段，消费主义文化思潮兴起，广告业和信贷业通过各种方式刺激大众消费。作为一种强大的意识形态，消费主义使人们的消费开始转向对商品美学、商品象征意义的追求，人们被资本主义设定的美好愿景所吸引，生活在物化的商品世界中。与此同时，一系列批判台湾消费主义文化的作品相继出现，《第凡内早餐》也在此时诞生，女主人公试图通过购买钻石实现自由，实则是在消费主义文化中一种为获得商品象征意义的消费行为。朱天心从资本主义商品化社会都市女性的消费主义文化视角，揭露了消费主义文化对人的控制和资本主义对人的剥削和异化。

一、消费主义文化

消费主义文化诞生于 20 世纪二三十年代，消费以追求消遣、享乐为目的，并将它作为生活目的和人生目标。波兰社会学家齐格蒙特·鲍曼（Zygmunt Bauman）在《消费生活》中解释说，一种消费主义文化不同于先前的生产主义文化，它重视持续时间，新颖性和创新的瞬息万变，以及立即获取事物的能力。与生产者社会不同，在生产者社会中人们的生活取决于他们的生产，生产事物需要时间和精力，而人们更有可能将满足感推迟到将来的某个时刻，消费主义文化是一种"虚幻"文化，重视立即或快速获得的满意度。[①]

消费主义文化是资本主义积累的重要意识形态。随着资本主义社会生产力的发展，出现商品过剩和消费不足问题。资本主义社会需要通过刺激消费进行资本积累和发展。于是，资本主义通过各种方式制造需求、推动消费，在鼓励消费的经济政策推动下，消费主义文化迅速形成并快速传播。在消费主义文化盛行的社会，商品不再仅仅是因其使用价值被购买，而是被赋予了象征意义，"需求瞄准的不是物，而是价值。需求的满足首先具有附着这些价值的意义。"[②]"资本主义现在关注的是符号、形象和符号系统的生产，而不是关注商品本身。"[③] 广告在刺激消费中起到了关键作用，在广告等大众媒体的作用下，人们无意识地购买超出实际需求的商品。资本主义就这样以推销商品为动力，致力于为大众构建"消费需求""商品美学""象征意义"来刺激消费，实现资本积累，无形中现代人逐渐形成消费至上的价值理念和享乐主义的生活态度，被消费主义文化控制和异化而不自知。

二、《第凡内早餐》主人公的消费主义文化

《第凡内早餐》讲述了一位工作九年的都市女性，因为在公司获得了一笔闲钱，决定用这笔钱买一颗钻石，满足自己一直以来对钻石的渴望，从而获得自由的故事。朱天心以第一人称对女主人公购买钻石的心路历程进行了细致的描写，并详尽叙述了她和戴有第凡内白金指环六爪镶嵌钻戒的采访对象之间的交流，还用不少篇幅详细地介绍钻石的品牌、广告、价值、

① Cole, Nicki Lisa, Ph.D.Definition of Consumerist Culture[EB/OL].thoughtco.com/consumerist-culture-3026120.Aug.27, 2020.
② 让·波德里亚：《消费社会》，刘成富，全志钢译，南京大学出版社 2000 年版，第 59 页。
③ 戴维·哈维：《后现代的状况：对文化变迁之缘起的探究》，阎嘉译，北京商务印书馆 2003 年版，第 359 页。

历史、产地、典故、颜色、大小、切割工艺等等，详尽地道出钻石文化，进一步烘托女主人公对钻石的迫切渴望，以至于对钻石有如此全面的了解，这种对商品美学和商品象征意义的一味追求，体现了消费主义文化意识形态对都市女性的渗透，从而使都市女性为满足虚幻的需求脱离现实、过度消费，深陷资本主义压榨而无法脱身。

永不朽烂的钻石

女主人公开篇就表明自己想要的钻石是第凡内的独粒钻戒，"我要一个白金指环、六爪镶嵌的典型第凡内圆形明亮切割的钻戒。"[①] 为什么一定是六爪镶嵌的典型第凡内圆形明亮切割的钻戒？第凡内是珠宝界大品牌，而六爪镶嵌的钻戒，铂金爪托起钻石的同时，光线打在六爪之间增加了钻石的炫彩夺目；此外，"二十世纪初，Marcel Tolkowsky 用数学方法计算出圆形明亮式（round brilliant）钻石切磨的最适宜角度和比率"[②]；为什么想要钻石？女主人公特意强调，她想买钻石并不是为了保值，也不是因为突然得到一笔闲钱，反而说是因为不能请假出国旅游，也不想把钱存到银行被通货膨胀，既买不起车也买不起房。

女主人公的这套说辞在掩饰自己并非拜物主义的同时，反映出在资本主义压榨下，都市女性遭受剥削剩余价值，工作生活被严重异化，女主人公盲目地追求第凡内钻戒的商品美学，并将钻石视为永恒。广告也说，"钻石恒久远，一颗永留传。"[③] 钻石在女主人公看来，是永不朽烂的，是永恒不渝的。在巨大生活压力下，对未来没有希望和规划，转向通过买钻石这种被商家和广告赋予商品美学和象征永恒意义的东西获得永恒。

钻石象征着自由

在和采访对象对话过程中，女主人公发现最多大她十岁、自称生活朴素的采访对象戴着一枚在光照下闪光的第凡内白金指环六爪镶嵌钻戒，这种商品美学之美无疑是资本主义编织的视觉幻想。女主人公想起日本职业女性常常会因买不起房转而将奖金拿来买一克拉钻戒犒赏自己，心想自己想买的不过是一枚普通钻戒，况且自己做女奴已经九年了，也并不能称得上是对自己的犒赏。

"我需要一颗钻石，使我重获自由。"[④] 这样来看，钻戒对她来说意义甚是重大。女主人公联想到巴西女奴获得南方之星重获自由，便自认为购买

---

① 朱天心：《第凡内早餐》，载《古都》，王德威主编，麦田出版股份有限公司 1997 年版，第 83 页。
② 同上，第 102 页。
③ 同上，第 84 页。
④ 同上，第 90 页。

女作家学刊·第三辑

一颗钻石可以使她获得自由，实际上钻石并不能真的使她自由。在资本主义社会压榨下，没有人是真正自由的，但是购买钻石可能是女主人公在消费主义文化大潮中唯一能够获得所谓自由的方式，至少可以获得心灵的慰藉。在资本主义社会消费主义文化中，女主人公借助物质，借助附着在物质上被捏造出的美好愿景，加以自身的幻想，想要购买一颗钻石获得自由，反映了资本主义社会中都市女性内心的渴望与挣扎，以及都市消费主义文化中人的心理被资本主义异化的过程。

钻石象征着爱情

"美钻传真爱，此情永绵绵。"[①] 在广告商的烘托下，价钱昂贵的钻石成了浪漫的定情之物，钻石不再只是具有商品价值的钻石，它被赋予了象征着永恒、爱情的意义，而这些正是现代都市女性所追寻的，在被资本控制的大众媒体的推动和鼓吹之下，钻石成为几乎所有现代女性所向往的东西。大众媒体不仅对钻石与爱情的关系进行鼓吹和放大，并让广大消费者认同这一说法，并由此产生强烈的购买欲望。

"在一些恋爱中的同事们就大有人以为，没有钻石就没有爱情，更多男人好像也真以为，没有钻石就得不到爱情呢。"[②] 不仅女性这么认为，男性似乎也认同了爱情和钻石的关系。而都市女性对钻石代表着爱情的认同，恰恰说明现代资本主义高度发展社会中，都市女性情感上的空虚，她们寻求通过对物质的占有满足自己心灵的空虚，弥补自身情感的匮乏，在女主人公看来，钻石正是填补这种空虚最好的东西。它不仅光彩夺目，还象征着爱情。广告商的投放对象正是这些对爱情怀有期待和幻想的未婚女性，这些人是钻戒的潜在消费者，通过广告将钻石的爱情意义加以展示，这些消费者会时时刻刻产生购买钻戒的欲望，并付出行动，像女主人公一样一旦获得一笔钱就开始计划购买一颗钻石。

情人节物质化

朱天心还在小说中描绘了资本主义都市社会的情人节，节日的情感意义被淡化，变得物质化，办公室的女孩子们若无其事的表面其实隐藏着对情人节收到礼物的攀比。办公室的气氛从年假结束就开始变得紧张和诡异，直到情人节前两天到达高峰，每见到有人送花到办公室，大家虽然内心希望是送给自己的却都顾及面子假装若无其事，但是结果却常常出乎意料，大家以为没有男友的人却收到四五把玫瑰花而经常约会的人却只有一把，而且可能是某厂商老板随便送的，但是每次女主人公看着自己空着的桌面，

① 　朱天心：《第凡内早餐》，第84页。
② 　同上，第90页。

作
家
作
品
论

难免让她很想去花店订花送给自己。

这一次，女主人公决定要在情人节那天，为自己买一颗第凡内钻戒。但是她说并不是为了在情人节次日戴在手上向同事们炫耀。女主人公并不是月光族，但是由于工作生活受到资本主义的剥削，居住在和地下室一样潮湿阴冷的公寓顶楼，即便如此，她也要买一颗钻石。"劳动创造了美，但是使工人变成畸形"；"劳动创造了宫殿，但是给工人创造了贫民窟。"[①]钻石是美丽的，女主人公是工人，劳动创造了美丽的钻石，也创造了女主人公贫民般的生活。朱天心借用《手稿》的内容，讽刺了现代资本主义表面上为人们带来美好愿景，实际上却让人们陷入无止境的消费和债务之中。

"新人类"的消费观

女主人公是她采访对象口中的"新人类"，"新人类""成长于台湾经济起飞后，不知储蓄节俭为何物，物质倾向很严重，消费、透支（刷卡）力惊人"[②]。他们视媒体资讯如神，所以女主人公每月订四份综合专业不一的杂志，而这些杂志是她在公司或附近的茶艺馆、书店就能看到；他们的消费能力令人惊讶，他们通过信用卡透支过度消费，然后再用一辈子的时间来偿还债务，以此来获得一辈子享受。

女主人公对购买钻戒做了精心准备，了解钻石的颜色、净度、克拉、车工，为了避免被店员嘲笑，还特意办了信用卡，仔细盘算着推开第凡内珠宝店的门要用多大的力气，进门后走到卖独粒钻戒的柜台要走多少步，用绵羊霜保养双手以防被认出自己是"女奴"，穿上高跟亮漆皮的玛莉珍绊带鞋。购买 Armani 新推出的香水和 D & G 麂皮背包……最后，女主人公如愿以偿地买了自己的"南方之星"，然后回到自己的住处，打开所有的灯，为自己戴上钻戒，心中充满快乐。

台湾的"新人类"就如女主人公一样，在资本主义剥削下，不仅买不起房买不起车，而劳动所得的三分之一都要给房东，至于自己可以自由消费的三分之二也经由消费或者储蓄变相地贡献给了房地产商。资本主义现在已经不是主要通过实物生产来获得利润运作下去，价值不是通过生产商品来实现，而是无中生有，从一些创意、设计等产生出来，就像六爪镶嵌的典型第凡内圆形明亮切割的钻戒一样，钻石本身并不具备保值价值，而附着在上面的工艺、设计所形成的商品美学成为新的商品价值，再加上广告商鼓吹的象征意义，人们愿意为这种价值买单。

小说中的"新人类"，既被资本主义剥削，又在消费主义文化大潮下，不由自主地过度消费，无意识地受到资本主义无限剥削。从女主人公的生

---

① 朱天心:《第凡内早餐》，第 97 页。
② 同上，第 100 页。

活处境和她的消费观来看，可以想象，在资本主义社会消费主义文化的体系下，资本主义不仅是对个体劳动的剥削，还是对每个人生命的剥削。

三、结语

从小说中我们可以看出，随着台湾社会进入消费时代，消费主义文化盛行，消费不再是一种经济行为，而成为一种文化思潮，商品不再只是一种物质，而被赋予了更多文化意义。资本控制的广告商等大众媒体，通过报纸、电视、电影等各种手段，宣扬鼓吹商品和其象征的文化意义的关系，进而将消费与生活的幸福感相联系，诱导消费者进行消费。特别是高级品牌，投放大量资金粉饰自己品牌的形象价值，让消费者产生一种幻觉，认为拥有了承载象征意义的商品也便拥有了商品所象征的意义。《第凡内早餐》中，商家就是这样以广告的形式鼓吹钻石和爱情的关系，"新人类"不禁失去思考能力，特别是未婚女性，对钻石痴狂。

在消费主义文化渗透下，大众渐渐失去对商品价值的判断，在购买商品中更多地受到商家意识的主导，就像小说中的女主人公，即使钻石并不具有保值价值，也认为它是永不腐朽的，并且深信获得一颗钻石就能获得自由、爱情，即使住在像地下室一样阴冷的楼顶违建公寓，也要为购买钻戒去办信用卡、买名牌香水和名牌包。资本主义剥削让都市女性永远也买不起房子，而消费主义文化助长了她们透支消费、及时享乐的心，也造就了她们光鲜亮丽外表下一颗颗虚荣的心，使她们失去了自然思考的本能，成为资本积累的牺牲品。

朱天心小说中的女性形象多种多样，而对职业女性的描写并未着墨过多，但是她笔下每一个女性所面临的问题，都是现实中女性所处的困境。朱天心大学毕业后便一直做专职作家，虽然没有踏入社会工作的经历，她却可以描写出社会百态，并且把都市女性这种"新人类"的形象描写得恰到好处，足以见得作者善于观察，写作四十余年从未放弃观察身边的人和事，感知社会的发展变化。朱天心作为"旧人类"，客观地将"新人类"的消费行为和生活方式进行呈现，体现了朱天心对新事物的接受能力，她没有直接指责"新人类"的过度消费，而是将事实呈现，去揭露年轻人消费行为背后的主导力量——资本主义社会消费主义文化。朱天心笔下这样的"新人类"有很多，在资本主义社会经济压力下，加上消费主义文化渗透，她们努力地想要对自己好一点，把工资花在打扮、买名牌、出国旅游上等等。既然永远也达不到自己想要的目标，不如及时享乐，善待自己，这是大部分都市女性的生活写照。

在朱天心的小说《袋鼠族物语》中，把钱花在刀刃上的母袋鼠们曾经也是一群痴迷于买名牌衣服、名牌包的"新人类"，还有《十日谈》里的良美，即使贷款也要买一身的名牌，《匈牙利之水》中的妻子疯狂购买新出的香水等等。朱天心笔下的都市女性深受消费主义文化控制，但同时也在创造文化，而正是由于她们对流行文化的创造，消费主义才能大行其道。朱天心的小说揭露了消费主义文化对人的渗透和控制，借以批判资本主义社会对人的压榨、剥削和异化，让身在消费主义洪流中的消费者重获思考能力，认识到当今资本主义剥削的本质和消费主义文化的逻辑，并进行反思和批判。

（王中南：香港岭南大学文化研究系硕士研究生）

商晚筠《小舅与马来女人的事件》的女性主义解读

徐寅秋

摘　要：商晚筠（1952—1995）是 20 世纪著名马华作家，对散文、诗歌、小说、影视剧本等领域均有涉猎且有所成就，其中小说创作尤为出色。商晚筠作为一位女性作家，有着自觉的女性意识，因而在作品中突出刻画女性的命运与艰难，通常小说的叙事人也是女性角色。学界对商晚筠作品作女性主义阐释大多关注《七色花水》及以后的作品，但是商晚筠的女性意识是在成长环境中形成且贯穿创作生涯的，所以本文选取商晚筠早期中篇作品《小舅与马来女人的事件》从女性主义视角进行文本细读，并由此总结出商晚筠早期女性意识的一些特征。

关键词：商晚筠；《小舅与马来女人的事件》；女性主义

一、商晚筠其人及创作概况

商晚筠（1952—1995）是 20 世纪 70—90 年代马来西亚著名华文女作家，原名黄莉莉，后改名为黄绿绿，祖籍广东普宁，出生于马来西亚吉打州华玲镇的一个杂货店家庭，华玲小镇和杂货店后来成为她写作时重要的背景来源。商晚筠创作颇丰，散文、诗歌、小说、影视剧等领域均有涉猎且有所成就，其中小说尤其出色。她的创作大致可以分为四个时期[①]，从中学至初入台湾大学外文系，商的作品陆续零散发表于各种报纸杂志；第二个时期大约是 1976—1983 年，1976—1977 年是创作的高峰年。1976 年她以《浮云散草》获得《建国日报》散文创作比赛佳作奖，1977 年以《木板屋的印度人》获得台北《幼狮文艺》举办的台湾短篇小说大竞写优胜奖，同年又以《君自故乡来》与《痴女阿莲》两篇作品荣获台湾《联合报》第二、三届小说佳作奖，文采斐然，令文坛侧目。1977 年，商晚筠从台大外文系

---

① 参考国立台湾师范大学马华文学专家作品展——商晚筠：http://da.lib.ntnu.edu.tw/mahua/ug-401.jsp.

作家作品论

毕业，这年的 12 月，台湾联经出版社出版了她的第一部短篇小说集《痴女阿莲》，这一作品后来至 1992 年历经七次印刷，其在读者群中的火热程度可见一斑。1978 年，她返回马来西亚后又以《寂寞的街道》获得"王望才青年文学奖"。1982 年，她的《简政》获得大马作协与通报合办的短篇小说优胜奖。除了这些荣誉之外，她还在 1977 年的台湾《中外文学》杂志上连载发表了第一篇中篇小说《小舅与马来女人的事件》；1978 年，她的《夏利赫》又刊登于马来西亚唯一的纯文学期刊《蕉风》。由于刚从台大毕业，时值台湾乡土文学兴盛期，商晚筠受此影响，作品中呈现出浓郁的异国乡土情怀，这种乡土书写也是贯穿她创作生涯的鲜明特色之一。第三个时期大约为 1984—1992 年，主要为专栏创作，同时这一时期她出版了第二部小说集《七色花水》，在这本小说集中，商晚筠的文字技巧更加成熟凝练，选题也更加开阔深沉，不再限于个人与家庭的日常体验，而是更加关注知识分子的命运和整个社会。到了创作后期，她辞去了新加坡加利谷山广播局戏剧组编剧的职务，希望专心写作。她计划创作《人间·烟火》和《跳蚤》两部长篇，均为女同性恋、姐妹情谊的书写，可惜天妒英才，商晚筠 1995年因病离世，留下了未完成的遗作，此两篇作品与一些零散的作品后来在2003 年由马来西亚南方学院马华文学馆一同结集出版，小说集名为《跳蚤》。

商晚筠对自己的女性作家身份甚为自知，她很擅长刻画女性的命运、表现女性的艰难，尤其青睐女性叙事视角。1993 年在接受永乐多斯的访问时，商晚筠表示她从不刻意强调女性主义，但在潜意识中她不自觉地趋近，因为她成长的环境、日常生活中的所见所闻让她对女性问题刻骨铭心，因此她们都自然而然地从她笔下流露出来①。但是，在大多数评论者看来，"从性别内涵而言，商晚筠自觉的女性主义书写其实是从第二本小说集《七色花水》才真正拉开帷幕的"②，或者更宽容地说，创作前半段时期主要是对20世纪 70 年代初期台湾女权先驱的论述有所耳闻，女性主义作品还是集中于后半期。故而现有文献中对商晚筠进行女性主义批评的大多选取后期作品作为批评对象。但实际上，正如商晚筠所言，她对女性问题的思索是长期伴随成长积累起来的，北马华玲小镇闭塞的环境让这里处于社会边缘的马来西亚华族群体尤其重视宗族血系，严格恪守传统父权社会的一套逻辑，父亲家长的大男子主义和家庭女性成员的逆来顺受让商晚筠从小就耳濡目染女性的艰苦和卑微。所以本文选取商晚筠最早发表的中篇小说《小舅与马来女人的事件》，希望能在马来西亚社会种族隔离这一最为显在的主题之

---

① 陈鹏翔：《商晚筠小说中的女性与情色书写》，见《当代文学与人文生态——2003 年东南亚华文文学国际学术研讨会论文集》，台北万卷楼出版社 2003 年版，第 97 页注释 6。
② ［马来西亚］杨启平：《马华文学：论商晚筠的女性书写策略》，载《山西师大学报（社会科学版）》2006 年第 33 卷第 5 期，第 83 页。

外进行女性主义文本阐释，并且由此大致总结商晚筠早期女性意识的一些特征。

《小舅与马来女人的事件》最早分三期连载于 1977 年《中外文学》杂志，讲述的是"我"（林来男）的小舅（林村/戆呆村）爱上了自家橡胶园中马来寡妇割胶工（花地玛）的故事。这桩风流韵事在平日里华族小镇居民交流信息的中心——菜市场传得沸沸扬扬，都说林家戆呆村中了马来女人的"贡头"（一种巫术），就要背叛佛教改入回教了。这在华族群体里被看作一件背祖忘宗的丑事，叫人瞧不起，因为他们认为华人节俭勤劳，马来人只是一群不务正业爱贪小便宜的"下等民族"，两族通婚对华人来说是奇耻大辱。这让为人颇为强悍的阿婆（林村母亲）怒不可遏。故事就是在阿婆的强行拆散和小舅的固执之间展开，"我"则作为一个旁观者、两方周旋者，以一个十岁小女孩的眼光观看并讲述了这场闹剧的始末。在故事的结局，已有身孕的花地玛被驱逐回了娘家吉兰丹州，小舅从此拒绝回到镇上，只在橡胶园里住下，而"我"和阿婆也搬到了橡胶园，一起等着或许有一天，花地玛能带着林村的孩子回到园里来。结局颇有童话的浪漫意味。实际上，这个故事就是一场女性在自然天性与男权文化的规训间的战斗，在文化的边缘与中心之间，作者最终肯定了边缘。

二、缺席的男性与无处不在的男权

这部小说设定的是一个男性缺席的故事背景，尽管有林村这一男性中心人物，他却因为"戆呆"而不被社会接纳，自然也不被认为是顶天立地的当家男人，加之林村与众人相悖的思想态度，他更是被排除出父权体系之外。除了林村，不论是"我"的父亲还是林村的父亲，都不在故事中正式出场，由"我"、林村、阿婆组成的家庭是一个被父权社会边缘化的家庭。这种男性缺席的情况似乎在商晚筠作品中非常常见。她甚至直言："在我的作品中，男性倒成为次要的角色。"[①]

但是男性的缺席并不意味着女性的自由。相反，即便是只有女性参与的故事里依然无法逃出父权的天空，这更凸显出父权的强大与无处不在。正如波伏瓦所言："父权社会通过神话以形象的和可以感觉的方式，给个体强加其法律和风俗；正是通过神话的形式，集体的命令才渗透到每个意识里。"[②]故事从"我"的出场开始，令人压抑窒息的父权文化就扑面而来。"我"原本出生于一个富裕的商店主家庭，有两个姐姐，分别叫李送兰、李引南，

---

① 杨锦郁，戴小华，尤绰稻主编：《论商晚筠小说中的女性》，《扎根本土，面向世界》，马来西亚华文作家协会、马来亚大学中文系毕业生协会，1998 年版，第 190 页。

② ［法］西蒙娜·德·波伏瓦，郑克鲁译：《第二性》，上海译文出版社 2019 年版，第 351 页。

原本还有一个哥哥李展龙。从孩子的命名来看，就知道这是一个求子若渴、重男轻女的家庭。送兰、引南完成了她们的使命，这个家庭迎来了一个男孩。但是在"我"周岁时，三岁的展龙因为急性肺炎夭折了，父亲从此将"我"看作扫把星，克死了他的"命根子"，并在我周岁时抛弃了"我"，因为母亲竭力请求，"我"才没有被卖给别人家当丫鬟。但从此以后父亲不再认"我"，而且剥夺了"我"的姓氏，是小舅把"我"抱回阿婆家养育至今，长大后"我"也不被许可回到镇上的店里。送兰、引南过着养尊处优的富家小姐生活，念着最好的英文学校，而我却早早辍学，在小镇边缘的老房子里无所事事。"我"的身份即是一个被中心文化抛弃、边缘化的人。

林村的边缘身份则更不必说，阿婆说林村因为儿时的一次高烧而损伤了智力，从此只是痴痴傻傻，镇上的人都只叫他戆呆村。他本身就生在远离市镇中心的家庭，还因为被认为有智力缺陷，根本无法被华族主流社会接纳，每日的活动范围仅仅是家和更加远离市镇的橡胶园。当然，小舅的边缘命运与阿婆不无干系。在"我"眼里，阿婆是一个非常泼辣的人，每日骂骂咧咧，不时还要动手打人，阿公早年就是忍受不了阿婆的说骂抛妻弃子离开了这个家，仅仅留下二十来亩胶园让阿婆和小舅勉强度日。杨锦郁在总结商晚筠的女性人物时说道："商晚筠小说中的老太婆几乎没有令人喜欢的，每个都流露出尖酸、刻薄的嘴脸，脑中尽是中国小脚的遗毒，重男轻女、虐待媳妇、过度节俭、挑剔啰唆，不仅严以待人，也吝于安享晚福。"[1] 但是我们发现并不尽是如此，比如这里的阿婆就部分地与这些形象特征相违背，阿婆自身就是一个不守父权文化规训的人，她并不顺从软弱，为人强悍。将"我"接回家之后，阿婆暗地里要强，要"我"好好读书，"我"读书不成器之后回了家也从不使唤"我"干粗活，只在厨房里做些帮忙的事。她不认同"我"的父母，对"我"直言他们的心都生偏了一边去，表面上严厉粗鲁，背地里对"我"和小舅却是极尽爱护，是整个家庭的支柱。阿婆的举动在这个闭塞小镇、将中华传统家族观念奉为圭臬的华族社会看来已是难以置信，镇上的人虽然怕她的凶悍，却也嘲笑她的命运，当林村闹出与马来女人事件之后，更是坐等看笑话，对这个家庭更加瞧不起。阿婆无助至极，只能去寻求神魔力量的帮助，她寄希望于土地公的庇护，最终耗费巨资去拜"齐天大圣"，这是中华传统文化中极为阳刚形象代表的神仙之一。但是"齐天大圣"也没能让马来女人主动离开，最终是"我"的母亲拜托马来人的回教长老将马来女人驱逐回吉兰丹州——同样是要寻求男性主人／父亲的力量。父权与神魔、宗教联系在一起，既体现出父权的强大，几乎成为人们虔信的对象，也暗含着父权不过和神魔、宗教一样，

---

① ［法］西蒙娜·德·波伏瓦，郑克鲁译：《第二性》，第 192 页。

同属于文化建构的内容。

另外奇怪的是，尽管阿婆不是典型意义上信奉华族男尊女卑价值观的妻子、母亲，她在丈夫走后多年，当面临儿子林村的婚娶问题时却显得尤其听信其他马来西亚华人，唯恐自己家事落人口舌、叫人看低。虽然家中没有父亲，阿婆此时承担起的却是父亲的角色，认同的是传统中华文化中的宗族观念。她自身的经历和对儿子恋爱的态度形成了鲜明的对照，换句话说，阿婆自身的价值观正处于强大的矛盾之中。依照凯特·米利特的理论，父权制正是通过各种社会建制——学校、教会、家庭来规范男女分别，女性在社会化的过程中会接受父权制的逻辑和观念[①]。阿婆多年独立生活的过程中必然也受到中心文化的影响，在闭塞落后的北马小镇上，孩子的婚配向来要受到父母的支配，这或许是阿婆最需要扮演一家之主角色的时刻，也正是在这个时刻，强大的宗族家庭观与阿婆本真的性格形成了冲突，但是，"认为女人通过母性会变成男人的具体对等物，是一种欺骗"[②]。在众口铄金的环境之下，阿婆被各种嘲笑、戏弄、责备的声音裹挟，必然不顾一切地要拆散小舅与马来女人以维护林家的社会形象。但是这个矛盾始终是存在的，这为最终阿婆远离市镇同小舅一起搬到橡胶园居住、半是伤感半是慈祥地等待花地玛归来的结局埋下了伏笔，与其说阿婆在结局态度发生转变完全是因为对儿子的疼爱和依赖，不如说在整个事件当中，阿婆的内心也经历了一场自然天性与文化规训的战斗，而远离华族文化中心的橡胶园则为女性自由、真正爱情的回归提供了一个庇护所，这个庇护所无论在文化还是地理位置上，都要更加边缘，但也更贴近自然。

三、乌托邦意味的爱情书写

正如上文所说，阿婆对小舅爱情的阻挠是十分矛盾的，一方面坚信小舅是中了马来女人的"贡头"，一方面自己却极为相信迷信神魔的力量；她嫌弃"马来婆娘哪一点够得上咱们规规矩矩的"[③]、"才守那么一年的寡"[④]，但是作者通过"我"的所见所闻以及与马来女人花地玛、她的儿子拉曼的接触，向我们说明了这些偏见的可笑与不可靠。花地玛的割胶技术远远高于后来的印度工人，勤勤恳恳，也确实与小舅是十分默契的工作搭档，而根据拉曼对父亲去世日期早已模糊的记忆，花地玛丈夫去世应当远不止一年

[①] [美] 凯特·米利特，宋文伟译：《性政治》，江苏人民出版社 2000 年版。

[②] [法] 西蒙娜·德·波伏瓦，郑克鲁译：《第二性》，第 357 页。

[③] [马来西亚] 商晚筠：《小舅与马来女人的事件（上）》，载台北《中外文学》1977 年第 6 卷第 2 期，第 144 页。

[④] [马来西亚] 商晚筠：《小舅与马来女人的事件（下）》，载台北《中外文学》1977 年第 6 卷第 4 期，第 134 页。

了。在小镇上，阿婆四处求神作法，为小舅和花地玛的命运蒙上了一层神秘诡异的气氛；而在远离小镇的橡胶园里，正上演着如同伊甸园般自然而浪漫的爱情故事。

当"我"第一次坐着小舅的自行车前往橡胶园（实际上是去完成母亲和阿婆要"我"监视小舅、抓出马来女人的使命），我看见路上的风景：

> 从午后绕过古厝的土地公庙，小舅载着我渐渐地远离了街市，整齐的房屋慢慢地让黄泥路两旁的椰子树、槟榔树驱逐出视野。四周是静悄悄的果园，竹林、胶园，没有秩序的田舍，大自然的画景在这没有极限的画布活动，画笔始终展现一切美好而又宁静的色彩。①

华人小镇退隐，热带自然风光出现在"我"的眼前。这里浪漫美丽，与家庭中、菜市场令人透不过气的氛围截然不同，作者在"我"的眼光里暗含着对某种文明的否定与对自然的赞美。而正是在这片伊甸园里，小舅与割胶工人花地玛常常化为自然的一分子，在草丛里做爱，"所有的种族、文化、宗教与风俗造成的隔离，都化为乌有了。"②小舅在市镇里是个憨呆人物，在橡胶园里却是一个高大智慧的男人。他实际上是一个有主见且通透的人，面对"我"实则代替阿婆的质问，他的回应是："我也没曾叫人瞧得起，又何必怕日后人人瞧不起我"，"为什么一定要我做些别人顺眼的事？……我不晓得到底我是为了别人的嘴巴而活着还是为了自己"，"如果不是这些个凭空冒出来的无聊别人，阿婆也不至于开口闭口直说别人会怎样怎样又别人这样那样的说个没完。"③对于小舅前后人物设定的反差，有批评者认为这是商晚筠写作时的一时大意，或是刻画人物形象的败笔④。实则换个角度来看，我们也可以理解为市镇人之间交流的浮躁和不真切，他们判定一个人的方式并不是去真诚地认识了解，只是根据一些传言人云亦云，三人成虎，种种偏见正是在这种环境中获得了肥沃的土地。再者，以痴傻来表达反抗或自保也是中外文学作品中塑造人物的常用手段，不论是《狂人日记》中的狂人、《李尔王》中的肯特和弄人，他们到底是痴傻还是明白显而易见，而只有疯傻之人才能说出一针见血的真知灼见，对麻木不仁的

女作家学刊·第三辑

---

① ［马来西亚］商晚筠：《小舅与马来女人的事件（中）》，载台北《中外文学》1977 年第 6 卷第 3 期，第 43 页。

② 王润华：《当商晚筠重返热带雨林：跨越族群的文学书写》，台湾文学与跨文流动：第五届东亚学者现代中文文学国际学术研讨会，2006 年 10 月 26 日—28 日，台湾清华大学国际会议厅。

③ 均引自［马来西亚］商晚筠：《小舅与马来女人的事件（中）》，第 52 页。

④ 吴大铖：《评商晚筠的〈小舅和马来女人的事件〉》，载《中外文学》1977 年 6 月第 6 期，第 54—60 页。

外在环境构成更强有力的讽刺。小舅的憨呆是他追求自我、躲避风言风语的方式，边缘人相比于权力中心或文化中心的人来说，一定程度上拥有更宽松的个人空间。所以他才更坚定要追求自己的爱情，马来人、拥有一个孩子的寡妇——花地玛不仅不符合种族隔离环境下华人的择偶标准，即便在普通的父权文化当中，花地玛也会因为"不纯洁"被降格为男性猎物的残次品。但是小舅毫不顾及这些，他运营着这片橡胶园，花地玛是他的得力员工，也是他精神生活的伙伴，他们之间的爱情几乎是一种抛弃一切父权和阶级束缚的理想爱情，在这片自然乐园里更凸显出浪漫的乌托邦色彩。可以说小舅是商晚筠作品中为数不多的正面男性形象，是一位英雄式的人物，他与花地玛的爱情也是女性主义者所崇尚的友情式的平等爱情。

　　"我"在拉曼的怂恿下踏入橡胶园深处，不料真的撞破了小舅与花地玛在草丛中的性爱场面，"我"又惊又羞，低叫一声跑开了，此前花地玛的美丽袅娜给"我"建立起的不错印象全然崩塌，她在"我"心里变为一个袒胸露乳卖弄风光、要给小舅下"贡头"的巫女。性爱的书写向来是女性主义作家进行身体写作着重表现的方面，"写你自己，必须让人们听到你的身体"①。在《小舅与马来女人的事件》中，性的场面和女性的性体验还没有成为商晚筠着力写作的对象，只是透过来男的眼睛看见某一个近乎静态的瞬间，这其实是符合一个十岁左右女孩的正常反应，她谩骂女人是"狐狸精"、要下"贡头"，与其说是她的真实想法，不如说是借用阿婆的话来掩饰内心的这种波澜起伏。波伏瓦在描述少女对性的心理变化时写道："她内心矛盾重重，无法与世界做斗争；她只限于逃避现实，或者象征性地表示不满"②，"在少女身上最常见的表示不满的形式之一，就是嘲弄。……运用淫秽语言不仅是一种抗议：这也是对成年人的挑战、一种亵渎、一种故意反常的行为。"③ 这是一种小女孩对陌生的性感到好奇、恐惧的心理，来男对性的认知十分模糊，对阿婆也只描述出小舅与马来女人光着身子"抱在一起睡觉"。但是商晚筠女性书写的独特之处也通过这个小女孩朦胧的性意识体现出来。性场面中对来男冲击最大的，或者说，成为花地玛性身份代表的是她丰满的乳房。来男看见的那个瞬间，花地玛光着上半身，当她回到家中回忆起这个场面，她也只是骂道："阿婆的话没有错……呸！长了对胖奶子的瘦小女人准不是好东西。"④ 乳房成了性的借代，成了女人性欲的表现。这是一个女孩的视角，不同于男人眼中将女人的性与阴道直接关联，乳房以其向外凸出的形态，象征性地扮演着与男人阴茎相抗衡的性别特征，小女孩来男

① ［法］埃莱娜·西苏：《美杜莎的笑声》，张京媛主编：《当代女性主义文学批评》，北京大学出版社1992年版，第94页。
② ［法］西蒙娜·德·波伏瓦，郑克鲁译：《第二性》，第110页。
③ 同上，第110—111页。
④ ［马来西亚］商晚筠：《小舅与马来女人的事件（下）》，第132页。

尤其注意到女人的乳房，她以半是羞恼半是赞美的态度面对女性的这个性征，这是对弗洛伊德的"阴茎崇拜"的反驳，对男性书写的一种控诉①。所以当来男逐渐消化了这个场面的冲击之后，花地玛在"我"眼中还是那个美丽亲和的形象，在故事的结尾，"有时候她（阿婆）会情不自禁地问我关于那马来女人的一些深刻难忘的印象，我就会告诉她我所瞧在眼里头的。尤其是她和小舅在一块说话的时候，她点头多过摇头，尤其是她笑的时候，她笑起来不难看。"②"我"是一个成长于边缘的孩子，没有过多接触社会，"我"的一些朦胧偏见无非来源于阿婆，但是这并不影响一个女孩内心对另一位异族女性由衷的喜爱和赞美。商晚筠曾说过，"女人和女人之间应该同舟共济而不是同舟共'挤'"③，在父权文化之下，女性之间因为争夺男性身边的地位而相互攻讦，没有姐妹情谊可言，但是在小说中年轻一代的女性身上，我们看见了姐妹情谊的未来和希望。故事的结局半是悲剧半是童话，花地玛回来与否不得而知，但是阿婆终于冲出了文化的规训，在橡胶园里同"我"一同守护小舅与花地玛的爱情。

四、商晚筠创作早期的女性意识

我们也不难发现，结局的悲剧意味或许并不来源于情节上花地玛被驱逐，而是商晚筠早期女性意识中的悲观态度。花地玛作为核心事件的女主角，作者为她着墨未免太少，她像一个影子一般存在于故事情节当中，她的形象也缺乏独立自主性，只是在扮演小舅的情人这一附属角色。她不会直面阿婆和"我"的母亲的压迫，唯一一次请求阿婆帮助也是为了自己生病的儿子拉曼，而对自己的爱情则是逆来顺受，在阿婆等人的阻挠迫害之下一言不发地黯然搬走。"我"对花地玛的溢美之词中也极为强调她对小舅的顺从、温柔、软弱，依然没能跳出女性气质的建构。此外，虽然小舅一家终于在橡胶园中住下，阿婆变得慈祥，心理上接受了花地玛，但是是否女性或理想爱情的胜利只能存在于社会的边缘和文化的边缘？这种退守的姿态是否还是一种妥协和软弱？杨启平也曾指出商晚筠在进行早期创作时"没有摆脱父权文化对女性惯有的理解和诠释，所以仍旧凸显类似的意识形态把她笔下的女性限定在此形式下的存在里，甚至轻易界定了她们的'他性'，没有给予她们主体性区开展各自可能的自我，而只是在作家的注视下

① [马来西亚]邱苑妮：《在镜中绽放的乳房——论商晚筠女性主体意识的建构与书写策略》，载《世界华文文学论坛》2010年第3期，第21—26页。
② [马来西亚]商晚筠：《小舅与马来女人的事件（下）》，第173页。
③ [马来西亚]商晚筠：《跳蚤》，马来西亚：南方学院马华文学馆2003年版，第3页。

以'他者'的身份出场和退场。"① 这是她早期创作中女性意识尚未系统化的体现之一。

当然，并不是女性主义文本必须有树立斗士形象的义务，作家的任务是将女性的命运呈现出来，让读者看见、感受到女性的苦难和心理，从中建立起自身关于如何审视这种边缘命运的看法。商晚筠强调自己"不刻意强调女性主义"，早期文本体现的正是这种"不自觉地往这方面走"，但她在作品中对父权压迫的暴露和控诉依然有着很强烈的冲击力，《小舅与马来女人的事件》正是这样一个文本，在显在的种族主题之下，是一场女性自身在自然天性与社会规训之间的战斗，也是一部充满浪漫气息的爱情童话。在她后来的女性作品中，女性角色从被动的、地位低下的边缘人逐渐转向主动争取的知识分子群体，人物有了更自觉的女性意识，思考的问题也更为深刻，到了后期的女同性恋书写则更为大胆，这是商晚筠在经历了更为复杂的生活和社群之后的成长转变。

（徐寅秋：北京外国语大学硕士研究生）

作家作品论

---

① ［马来西亚］杨启平：《马华文学：论商晚筠的女性书写策略》，载《山西师大学报（社会科学版）》2006年9月第33卷第5期，第82页。

女性关怀视角下的性别书写

——严丽霞长篇小说探析

张燕婷

摘　要: 严丽霞的小说主题为婚恋内容, 她的写作更多地关注边缘女性, 对她们投注了同情与关怀。她通过对女性的婚恋书写去探索爱的真谛, 探寻建立更为和谐的两性关系。她对女性的命运书写表明了她渴望女性能拥有自我、独立自主的思想。

关键词: 严丽霞; 女性关怀; 婚恋独立

女作家学刊·第三辑

比起中国当代文学中主流的女作家, 严丽霞和她笔下的主人公一样显得边缘化。她专注于言情小说的创作, 与 90 年代主流小说的书写保有疏离感。"女性写作"是 90 年代中国大陆的一个重要现象, 且总体上呈现出了个人化、私语化的风格倾向, 比起这些更加新颖和引人注目的女性写作, 严丽霞的小说显得没有太多野心, 她的作品更加传统和大众化。严丽霞的作品专注于女性, 尤其关注边缘女性群体的婚恋与成长, 对于两性之间的关系也进行了探讨, 在其文字中, 很明显地体现出她对女性的关怀特质。

一

从女性的生存经验来看, 女性更善于照料、倾听他人, 维系关系, 女性的情感呈现出更加细腻的倾向, 因而情感更为丰富。"女性的经验产生着更多的关爱契机, 而这些契机又引发了个人对于那些受困之人的同情之感。"① 而女性之间充满共通性的生存和情感体现, 令其更容易生发出一种共情感。"女性被认为比男性更体贴、更温柔、更有爱心, 因此更适合做朋友, 友谊本身被视为具有女性特质的亲密感情。"② 无论是严丽霞对于她笔下

---

① [美]内尔·诺丁斯:《女性与恶》, 教育科学出版社 2013 年版, 第 159 页。
② [美]玛丽莲·亚隆, 特蕾莎·多诺万·布朗:《闺蜜: 女性情谊的历史》, 社会科学文献出版社 2020 年版, 第 8 页。

的女性，还是她笔下的女性之间，都表现出一种关爱的情感。

严丽霞小说中的女主人公多是社会边缘女性，大多为从农村、山区、海岛等地进城务工的打工妹（《爱里乾坤》中的佩珍、《秋月残梦》中的桃秀、《桃源春梦》中的海女），也有生活在城市贫民区的女子（《情断天涯路》中的方怡）。这些外来女性在城市偏见和男性侵扰的杂乱环境中艰难求生。严丽霞显然深知城市中的边缘女性的生存困苦，她们携带着代表纯真、淳朴的乡村属性来到了城市，在初入城市时遭遇到城市不怀好意的打量与围困，城市甚至没有给她们提供一个合法的身份——户籍，所以她们初入城市必定遭遇复杂的城市对她们的单纯身心的入侵。初入城市的村姑佩珍被迫成为女佣、裸体模特；桃秀走投无路，欲做保姆，且不得不寄居陌生人家中；秀英先后在城市做过保姆、帮工、托姐等职业。这些边缘女性步入城市需要接受城市的审视，她们最初集中于公园角、舞台这样的公共空间，成为被人注目的对象。她们是外来者、闯入者，其年轻貌美的外表给她们带来的或是敌意的审视，或是猥亵的目光，令她们注定向城市中心突进的过程中充满艰辛。这些年轻貌美却缺乏资源的外来者，更容易选择一条依附于男性且被诱惑而堕落的道路，这也是很多作家更倾向于书写的边缘女性形象，如左拉笔下的娜娜、德莱塞笔下的嘉丽。不过，严丽霞以女性关怀的视角给予这些女性形象更多的关照。

严丽霞笔下的这些女性性格特征大多温柔善良，描写秀英（《都市丽人》）时，说她"不仅人年轻漂亮，而且性格温柔贤淑"；佩珍（《爱里乾坤》）"脱俗不凡、清丽高雅"，"温柔可人"；桃秀（《秋月残梦》）"一身的灵气和秀美"，一颦一笑"透散出山里少女的娇憨淳朴"；海女（《桃源春梦》）"娇憨、脱俗、清纯得如首诗，恬美得像幅画"。这样偏于柔弱的女性形象符合男性的审美期待，她们极易在城市中受到诱惑，堕入依附于男人的世界，或出卖肉体，或放弃自我。但作者显然有意给予这些女子更多关照，为她们开拓出一条更为陡峭也更为正确的道路。温柔的秀英最后自力更生，成为公司总经理；桃秀、海女、方怡成为红遍大江南北的女明星。在城市艰难地谋求出路的过程中，这些女子始终没有放逐她们身上的善良品质。除了这些城市的外来女性，作者也给予了误入歧途的城市底层女性诸多关注，如《为梦想找个家》中的情妇阿宝和妓女珊珊，《商界丽人》中的情妇杨娟和丽丽，这些女性外表光鲜亮丽，却沦为男性的玩物，但她们最后都觉醒，摒弃了依附于男性的生活，走向独立求生的道路。严丽霞有意为这些女子寻得出路，表现了她对这些女性的同情与关怀。

严丽霞还有意在作品中体现女性之间的友谊，强势女性对弱势女性的帮助。在西方学者吉利根看来，女性更倾向于拥有关怀伦理，"女性把道德问题建构成关系中的关怀和责任问题"，女性"根据关怀和保护他人的能力来定义自己和声明自己的价值"。[①]在《闺蜜》一书中，作者总结出女性友谊的一些基本要素：具有同理心、善意与爱的情感，善于自我表露，倾向于身体接触，且更易互相依赖。[②]这使得女性更擅长表达自己的情感，也更容易建立友谊。严丽霞借助她作品中强势女性之手去拯救去关怀自己的同性，与作者对低层弱势女性的命运书写相互映衬。在《为梦想找个家》中，田虹开设化妆品公司获得成功后，最后听从玲玉、萍萍的建议，扶助走投无路的阿宝，让其成为公司成员，独立谋生。《商界丽人》中，秀英成为白沙农工商总公司的总经理后，不计前嫌将心上人的前妻、后又在婚姻中惨败的弃妇雪媚招入公司，也大方吸收了曾依附于富商的情妇杨娟和丽丽，以及曾喜欢不劳而获的托姐春花，这些女性大多因秀英的大度和真诚而感动，她们之间建立了深厚的友谊。尤其是秀英和雪媚，尽管她们心中牵挂着同一个男人寒波，但雪媚依旧鼓励秀英大胆地去追求自己的幸福。当秀英心中始终难以放下寒波，且内心痛苦纠结不已时，雪媚发自内心地关爱着秀英：

> 见秀英完全失去平日总经理的矜持稳重的气派，倒像是担惊受怕的小女孩，向自己哭诉求助，雪媚心疼地搂紧她的肩，像大姐姐对小妹妹式地安抚鼓励道："秀英，别怕，别怕！现在，谁也不能帮你，你只有靠自己。其实，从这封信里，你也可以看出，寒波是爱你的。他只是自卑怯弱，不敢接受你的爱……"

这里，雪媚和秀英，跨越城乡的空间心理距离，通过身体接触和精神关怀去抚慰对方的心灵。她们之间的共情建立在对爱情挫败的共同感知上，爱情带来的痛苦感受让她们彼此互相慰藉，惺惺相惜。此外，《桃源春梦》中，记者杜钢、影星孔方都是事业有成的女性，她们对海女一直给予生活、事业和感情上的帮助和指导，令单纯的海女在城市中得以谋生。《秋月残梦》里，影视红星麦婕维护和指导初入影视圈的桃秀。《爱里乾坤》中，医生婉芯帮助村姑佩珍，助她走出了感情的泥沼，走上了模特之路。这些城市中心的强势女性对边缘底层女性的爱护与关怀，表达了严丽霞理想中的女性互助的理念。其女性友谊书写是为男权社会中女性的成长开辟的一个互助空间。女性在处处体现着男性权力的城市空间中生存时，需要不断地在感情和事业中承受男性挤压，在男权世界中情感上受挫是她们的共通性。强者女性的人生体验更为丰富，内心也更加强大，她们对于内心纯洁善良

---

① [美]卡罗尔·吉利根：《不同的声音——心理学理论与妇女发展观》，中央编译出版社1999年版，第76页。
② [美]玛丽莲·亚隆，特蕾莎·多诺万·布朗：《闺蜜：女性情谊的历史》，第343—344页。

的边缘弱势女性生发出同情心，帮助弱势女性在感情和事业中成长。对此进一步演绎下，女性互助团体在严丽霞的小说出现，《为梦想找个家》中田虹的化妆品公司，《商界丽人》中以春花为首的托姐小团体，以秀英为首的白沙农工商总公司，《只想跟你走》中以樱子为首的"红灯笼"夜总会，都可谓是女性互助体。她们因情感的受伤、生活的击打而共同抱团取暖，互帮互助，共同抵御生活的风雨，拒绝在男权社会中依附男性而生活。正如田虹对雅菲和阿宝说："天下的好男人，也差不多都绝种了。我们大不了不嫁就是！怎样？咱们姊妹仨，就相依为命一辈子，齐心协力把这'寡妇公司'办好。"（《为梦想找个家》）从这样的女性互助体中，似乎看到作者将女性友谊推演到一定程度上的反男性倾向，带有一定的女权思想，不过通过其他作品的比照，事实上，严丽霞并没有很明显的女权主义倾向，因为她在作品中一直在探讨更理想的两性关系，而不是完全意义上的拒绝男性，解构爱情。

严丽霞对边缘女性的情感关怀，书写强势女性对弱势女性的友谊扶持，呈示了她写作的关爱伦理情怀。她甘心充当弱势女性的代言人，因为"她从心底渴望一种多元话语局面的到来，从而结束女性久居边缘的冷遇"①。她作品中的弱势女性在城市中不断成长，并在困境中守护住自身的人格，女性的友谊扶持其自觉躲避男性权力的入侵，共同守护女性的尊严。在此过程中，也折射出作者渴望破除城乡之间的隔膜，并对城市文明和市场经济导致的价值混乱的批判意识。

二

既为言情小说，爱情和婚姻是严丽霞的小说主题。她作品中的女性无一不在爱情与婚姻的困守中探索与突围，探寻爱的真义。对于男女两性，路文彬认为，男性倾向于视觉理性，女性偏重于听觉感性，听觉的情感力量"接近于一种母性的力量，它蕴藉着呼唤、包容和呵护的情感。"②善于倾听的女性驻守在情感的空间里，召唤着男性的回归。而惯于向外部空间凝睇的男性以征服的方式获取力量，他们征服世界，也征服女人，却很少驻足于眼睛看不到的情感空间。在情感世界上的不对等，令女性总是在爱情与婚姻的困境中默默凝视着男人的背影，在感情中受到挫败，同时，她们极其容易在男性构建的社会中成为"家宅中的天使"，成为"一种动辄需要男性监管和保护的生物"。③

① 路文彬：《被背叛的生活》，安徽教育出版社 2014 年版，第 160 页。
② 路文彬：《视觉文化与中国文学的现代性失聪》，安徽教育出版社 2008 年版，第 96 页。
③ [美] 内尔·诺丁斯：《女性与恶》，第 159 页。

作家作品论

严丽霞小说中的女性主人公几乎无一不在婚恋的泥沼中挣扎，每一个边缘女性和城市女性都在经历感情的磨难。从乡村等偏远地区步入城市的女性，温柔、质朴、单纯、美丽，贴合男性的审美需求。她们刚走进城市除了经受生存之苦，也遭遇爱情之痛。如佩珍之于秦逸，方怡之于凌阳，秀英之于寒波，桃秀之于骆晨，海女之于巩维昌等。这些女性大多因自身性格和身份原因，在感情中成为付出的一方，她们总是忍辱负重，牺牲自我。作者将其归为女性对感情的依赖和男性对女性的控制欲上。在《情断天涯路》中，一向争强好胜的方怡，"也仍然摆脱不了女人好依赖的弱点"，发出了"女人，你的名字叫软弱"这句莎士比亚的喟叹。《商界丽人》中，秀英感叹道："男人？男人？你为什么总是离不开男人？总是把自己一生的命运交给男人主宰？难道，你这一辈子，就靠男人而生存吗？"在柏拉图的《会饮篇》中，阐述了爱是贫乏神（母亲）和资源神（父亲）的儿子，它命中注定像他母亲一样一直贫困，但也像他父亲一样追求美和善。[①]一个人所爱的对象总是他所缺乏的，而这爱也总是对某事物的爱。[②]女人身上总是蕴含着更多的爱，爱是她生命的一部分，通过爱她才能获得精神的完整。她生命中总是空余着一部分，那便是情感的寄托。在一定意义上，女人便是爱的化身。严丽霞在其作品中将这些依赖感情的女子置放在爱情的荆棘中跋涉，以求取她们感情依赖症的药方。

在书写女性的情感困境过程中，严丽霞不自觉将部分矛头对准了男性，所以，她的文字中还是具有明显的对于传统男性批判的思想的。最为显著的一类男性是拥有大男子主义思想的男性，这些男性总是期望自己的伴侣弱于自己，服从自己，以自己为中心，希冀女方能承担家务琐事，照顾自己，成为"家宅中的天使"，而这些"天使"便是由男性设计出来的，她们"天性善良，有着与生俱来的对于'一种爱的法则'的忠诚。"[③]在严丽霞的笔下，很多男性表达了这样的期望。在《爱里乾坤》中，秦逸"觉得姑娘的可爱之处在于腼腆而谦恭，他讨厌那种爱显示卖弄的'女强人'"。他渴望与佩珍结婚，一起生活，他对这样的生活遐想为，"我写书，你哩，就帮我抄书。红袖添香夜读书，啊！简直太美了。"当他知道佩珍在身体上曾被人侵犯，且迫于生活无奈做过裸模时，秦逸便无法接受这样的佩珍了，他觉得"一尊纯洁的塑像忽然被涂污"，"他希望他所爱的女人，从心灵到肉体，都归属于他。"秦逸对佩珍的爱只是出于想象和占有，佩珍只是他心中美的化身，他从没有站在佩珍的角度考虑佩珍的艰难处境，他缺少责任和担当，佩珍的美丽和温驯只是满足了他男子的虚荣心。他对佩珍的爱根本

—

① ［古希腊］柏拉图：《柏拉图对话集》，商务印书馆2004年版，第327—328页。

② 同上，第323页。

③ ［美］内尔·诺丁斯：《女性与恶》，第57页。

女作家学刊·第三辑

不是真正的爱。此外，《商界丽人》中的寒波，渴望的小家庭是"他主外，妻主内，每天一回来，贤惠能干的妻子便烧好一桌美味可口的饭菜，等他回家一起吃"。《秋月残梦》中的肖宾希望妻子"成为一个温驯可人、讨他喜欢的妻子，而不是什么丁玲、张洁似的女强人"。能"崇拜依赖丈夫，以家庭丈夫为生活的轴心"。《都市新潮女》中的亚民认为，"女人的最大可爱，就是温顺，贤惠，像山口百惠，她拍电影多红啊，可为了丈夫和家庭，她能毅然退出影坛，安安心心在家当她的贤妻良母。这种女人才最值得男人喜欢。"这些男性对女性的期待完全建立在满足自我需求的基础上，根本无视女方的精神诉求。他们大多有贞洁观念，无法接受女性比自己强，只是将女性作为豢养在家的宠物去满足自己。因而与这样的男子建立的爱情和婚姻注定无法持存。即便这些拥有温驯、柔美、贤惠特质的女子和他们结合，也无能获得理想结局。严丽霞便是用这些温良女子的惨痛经历告诉女性这样的道理。

被困在自我模糊意识和男性占有欲望之中的女性，不断在质疑爱情和婚姻的意义。严丽霞笔下的这些为情所困的女子，大多将感情看得很重，她们痴情、优柔，全身心付出，但是最终却在爱情中伤痕累累。她们一直找寻自己精神上残缺的那部分，不然她们便觉得自己的生命是不完整的，当爱情与婚姻填补了她们精神的残缺，她们便死死地依赖着这并不稳固的情感。在《为梦想找个家》中，雅菲、阿宝对小双的爱情充满了盲目性，作者通过作品中男性人物小双的视角打量着这些女子，"女人真是不可言喻的怪物，会为了那种虚无缥缈的感情，把实实在在的荣华富贵都抛弃掉。"这里，作者展现了男性和女性对待爱情的不同看法，因更加理智地看待爱情，男性更多地成为爱情世界中的强者，他们掌控着爱情，也掌控着女人。作者不断对爱情中的女性的失败原因进行着思考："女人的悲剧源头，大多是由于自己对爱情不切实际的想法，太浪漫太缠绵了。她不是期望一个自己改变命运的机遇，而是期盼一个男子像救星一样突然改变一切。让爱情伴随着美好的憧憬并非错事，错就错在把命运交给了爱情。结果，爱一旦失去，她的整个生活信念也就崩溃了。"（《为梦想找个家》）所以说，女性在爱情中的惨败便是由于她们没有认清爱情的本质，就将自己的全部交付于爱情。爱情从本质上是自私的，"爱情首先是利己主义的，而非利他主义的给予。"[1] 爱情具有动物性的欲望，让人陷入疯狂与迷失的状态。常言道，恋爱中的人智商为零，这也显现了爱情的非理性。爱情的非理性令其变得咄咄逼人，不断地占有和索取。爱情又是短暂的，源自多巴胺等激素的分泌，随着时间的推移，爱情激素减退，爱情的激情状态逐渐冷却，可以说，

① 路文彬：《论中国现当代文学作品中的婚恋话语迷思》，载《南方文坛》2017 年第 2 期。

作
家
作
品
论

爱情是难以持存的。爱情的利己性和短暂性注定令依赖爱情的女性受伤，同为女性的作者对这些女性是同情的，不禁发出，"女人，为情而困的女人，真是太可怜，太可悲了！"（《为梦想找个家》）

当女性带着对爱情的想象走进婚姻，便铸成了更多的不幸。对于婚姻的经营不善，严丽霞俨然是站在两性的角度去探讨，双方都应该负有责任。她笔下的男性和女性都多次发出"婚姻是爱情的坟墓"的感叹。在婚姻的失败教训中，男性的责任为自私地占有着女性，而女性的责任为缺少自我意识，甘心依附于男性。前者太过自私，后者又太过无私。在《桃源春梦》中，海女和巩维昌结婚后，自觉放弃了自己的事业，安心主内，做丈夫的贤内助，成为山口百惠那样的女子。但最后因丈夫无端地猜忌，他们的婚姻遭遇危机，巩维昌盲目的占有欲令其以婚外情的方式报复海女，最后酿成悲剧。《秋月残梦》中，桃秀亦是如海女一样的女性，她的理想便是做一个贤妻良母，但因现实所迫，不得已打拼赚钱，而她的事业愈发展，她的爱人骆晨便对她愈不满意。骆晨的占有欲无法满足，他便选择了放弃与桃秀的感情。男性在婚姻中占有女性，但这种占有并不能令其在婚姻中满足，因为假以时日，当爱情的热潮褪去，婚姻的乏味的一面展露出来，男性又会陷入婚姻的无聊中。在《都市新潮女》中，尽管亚民已经拥有温驯可人的未婚妻玉蔓，却还是移情别恋于美丽活泼的林风。他的妻子玉蔓为了他放弃热爱的写作，却掉入庸常的婚姻生活中为亚民厌倦。对于亚民来说，听话温柔的玉蔓竟成了他"创作上的累赘"，她的听话成了他的负担，"自打她和我好上后，就像个无主见的小女孩，是寸步不离我，去哪里去都得我陪着，不然，就不去。""那个纯真好学，富有抱负理想的女孩哪里去了？"这让人想到鲁迅笔下的涓生和子君，女性的自我牺牲换来的却是男性的厌烦。这似乎暗示着，过于确定的关系会让男性成为一种负担，"女人正是在否定的关系中，使男人在追求理想时充满活力……同女人的否定关系能使他们变成无限……同女人的积极关系使男人从总体来看变得有限。"①所以，在对两性关系的书写中，严丽霞不自觉地仍将同情的目光更多放在了女性身上，女性的全身心付出令其无法得到幸福，她的同情也通过她笔下的女性友谊体现，林风和玉蔓这对情敌，竟也缔结了友谊，她们彼此同情，互相体慰。她批评男性的利己属性，正如亚民自己也说："爱情就是绝对的自私。"不过在对两性的婚姻悲剧的审视中，严丽霞作品中也透露出女性在婚姻中的牺牲是不足取的。女性应在婚姻中保有自我意识，不在精神上依赖男性。

尽管严丽霞对两性关系的探讨中不由自主地表露出对女性更多的同情，

---

① ［法］西蒙娜·德·波伏瓦:《第二性》，上海译文出版社 2011 年版，第 258—259 页。

对男性更多的批评，但她并不想将两性关系绝然对立起来，因而没有走向女权主义的立场。她和她笔下的女性在一起探讨着爱的本质，如何爱才是正确的。她让她笔下的女性在爱情中经历伤痛，不是为了其沦陷，而是为了成长。"除非经受过苦难，否则不会有真正的爱。"① 于是她们在生命的磨砺和感情的创伤中不断探寻爱的真谛，正如玉蔓（《都市新潮女》）在经历了感情的痛苦后说道："真像罗曼·罗兰所说：痛苦这把犁刀一方面割破了你的心，一方面掘出了生命的新的水源。的确，没有这场痛苦的失恋，我不可能爱上双木，也不会拾起那消逝的梦。从某种意义上讲，是亚民成全了我，重新塑造了我。"玉蔓在被自私的亚民抛弃后，并没有因痛苦而产生憎恨，而是反思自己，找到被自己丢弃的自我。她依旧相信爱情，寻得了理想的爱人。爱情的痛苦令她内心的爱更加理性而深邃。在探索爱的真谛的过程中，严丽霞通过笔下的女性形象断断续续给出了一些回答。玉蔓（《都市新潮女》）认为："对恋人来说，宽容和理解才是至关重要的。"秀英（《商界丽人》）说："爱，对我来说，就是奉献！就是不悔的给予。"在小帆（《影界丽人》）看来，"爱，如果为利己而爱，这个爱就不是真爱，而是一种欲了！"海女（《桃源春梦》）则说："爱自己只会让我们更孤独，爱别人才会使我们更快乐。"杜钢（《桃源春梦》）认为："只是别为爱而爱，却将人生其他的意义忽略了。就像蚕，以极大的热忱和无比的爱心结成了自己的茧子。这个茧子委实不错，但是蚕儿再无法从中脱身，最终死在茧里。"严丽霞笔下的爱指向了宽容、理解、给予、付出，在爱中不去占有对方，也不作茧自缚。在对爱的探寻中，作品《只想跟你走》给出了最好的答案，作者在此作品中塑造了李晶和习东这一对理想的爱侣。李晶其貌不扬，身体病弱，但智慧过人，习东作为"希望"公司总经理，手握千万财富，却对这个瘦弱的女子产生了爱。习东看到李晶身患心脏绝症，却顽强乐观，而他自己自小又经历了因贫穷痛失亲人的痛苦，这样的心灵创伤令他对李晶产生了深深的同情和怜爱。习东对李晶因同情而爱，因爱更同情。他说："我是同情，也是爱，难道爱的成分里，能排斥了同情吗？""爱，是一种给予和奉献，自私的人，只会占有，不会懂得爱，更不会得到真正的爱。"作者着意塑造了身价不菲却不贪恋美色的习东，长相平平却聪明能干的李晶，他们二人之间产生的与其说是爱情，不如说是爱。他们的爱超越了世俗的物质、外表甚至肉体的左右，深入到精神层面。精神之爱"产生于痛苦，产生于肉欲爱的死亡，也产生于爱护的怜悯情感"②，而"以精神相爱即是怜悯，怜悯愈深，爱亦愈深。"③ 在此，作者欲表达的便是，爱即同情，爱

---

① ［西班牙］乌纳穆诺：《生命的悲剧意识》，上海人民出版社 2019 年版，第 204 页。
② 同上，第 136 页。
③ 同上，第 138 页。

即给予。正如叔本华所言："纯粹的爱的本质与同情是同义的。"① 所以，严丽霞将这样的爱设定在物欲横流的现代大都市中，都市中遍地都是充满欲望和交易的，所谓爱情令爱蒙上了厚厚的尘埃。习东和李晶的爱超越了物质和欲望，也是作者理想中的爱，习东的公司取名"希望"，表明了作者渴望善良、真诚、同情这些品质在现代都市中仍有存在的希望。

当领悟到爱情的本质和爱的意义后，爱情便不再盲目而伤人，婚姻也不再是爱情的坟墓、精神的围城。在理性的指导下，去认识爱情的缺陷，并学会去爱，弗洛姆说："爱不是把自我完全消解在另一个人中的那种爱，也不是拥有另一个人的那种爱，而是在保存自我的基础上，与他人融为一体的爱。"② 爱是给予和付出，但不是无私和牺牲；爱是同情与理解，但不是可怜和占有。爱需要保存自我，需要理性和责任，仅有感性与激情只能将爱烧尽，因此，平和的婚姻不是爱情的杀手，而是孕育爱的摇篮。懂得爱的真义，能让人学会爱，亦减少爱情的伤害。

三

在认识了爱的本质后，严丽霞让她笔下的女性从感情的旋涡中走出，从男性的庇护下出离，拥有自我意识，走上独立的道路。女性在历史中始终缺乏自主，在《圣经》的创世神话中，夏娃作为亚当的一根肋骨被造，而不是作为独立的男人和女人同时被造。它传达给人的信息是，女性来源于男性，女性生来没有独立性。在男性主导的社会中，男性创造了有形和无形的一切，包括物质文明和意识形态，也包括女人。在历史上，女性便是被男人的理想塑造着，他们按照自己的需求去神化、道德化女性，令女性处在他们的羽翼之下，在他们的想象之中。在此情形下，女性呈现出的女性特质在一定程度上也是由男性塑造的。约翰·伯格在《观看之道》中谈道，女性"'理想'的观赏者通常是男人，而女人的形象则是用来讨好男人的"③。因而，女性的特质中凝注着男性的目光。"女性的原则是由易受攻击、需要保护、顺从的礼节以及对冲突的避免组成，总之，是一种依赖于男性的要求，以及给予男性原则夸大的合法性和钦佩的掌声的良好愿望。"④ 这样的女性特质显示了自身的非本质，也更衬托男性的阳刚之气和力量感。

在严丽霞的小说中，很多女性主人公都具有浓郁的女性特质，概括

---

① [德]叔本华：《所有的爱都是同情》，载《世界哲学》2005年第1期。
② [美]艾里希·弗洛姆：《逃避自由》，人民文学出版社2018年版，第175页。
③ [英]约翰·伯格：《观看之道》，广西师范大学出版社2015年版，第91页。
④ [美]苏珊·米勒：《女性特质》，江苏人民出版社2006年版，第5页。

而言有三类。第一类以桃秀、海女、佩珍、玉蔓等为代表，这些女性性格温柔、纯真、善良、质朴、真诚、美丽，有爱心且很会照顾人。她们是贤妻良母型的女性，具有牺牲和奉献精神。这些女性形象是作者按照男性的理想期待去塑造的。因符合男性的审美视角，她们极易成为男性追逐的对象，也极易陷入感情的旋涡。在感情中，她们听从男性的主张，放弃事业，守护家庭，以丈夫为中心，牺牲自我。第二类以阿宝、春花、华华等女性为代表，她们是城市的底层女性，拥有美貌，但好逸恶劳，利用身体、外貌、服饰、娇媚、驯顺等女性特质换取男人的钱财和短暂的宠溺。她们依附于男性，过着奢侈的生活，但不愿凭借自己的能力去生存。第三类以蒙娜、姗姗、樱子为代表，而蒙娜最为典型，她们十分清楚自己的女性魅力，充分利用自己的魅力以达到自己的目的，她们视感情为游戏，视男人为爬梯，她们的目标是事业和金钱。这些女性是更有意识地利用了自己的女性特质，不过作者并不赞成她们的这种看似"理性"的行为，因为这样的行为缺少爱与良知，最终伤害的仍是自己。这些女性特质一方面是女性特有的属性，另一方面也是社会和历史为女性构建出来的特质，而在现实中又成为她们的生存手段。然而，"女性特质最大的似是而非之处就在于，一方面，在男人的世界里随时随地识时务地做出退让，那对于保养好自己的容貌或作为一种生存手段来说，的确相当有效，然而，从另一方面，在各方面委曲求全也阻碍着妇女们在更重要的领域有所突破、取得成就。"① 因而，严丽霞作品中这些极力利用自己女性特质的女性一方面获得短暂的生存资源，一方面由于放弃自身的成长而最终受到了损伤。"极端化的女性特质所能伤害的仅仅——是仅仅！——是她们自己"，她们对自己的伤害表现在"克制、压抑、自我否定、浪费时间和精力"。② 所以严丽霞没有让这些女性止步于爱情、婚姻、男人的港湾，而是让其在破碎的感情、被抛弃的结果中走出来，寻找自我，自食其力，成为独立的女性。严丽霞还塑造了另一类身上女性特质较弱的强者女性，如杜钢、孔方、李晶、麦婕等，她们独立、聪明、理性，相信感情但不依赖感情，能够更多把握自己的人生。不过，作者书写这类有才华、有能力的女子，也展示了她们感情不顺的现实，因为她们这类女子不是男性理想的女性，正如孔方所言："事业和爱情总是很难让一个女人同时拥有。说起事业成功的女人，从心里都有一把心酸的泪。""今天的女子，手中握了满满两把的权利和机会，却发现男人在与她拔河，女人在与她斗智兼斗妍，而自己，挨挨蹭蹭和她拉扯，挣扎，切割，好好一个人，被撕成一片片一块块，连寂寞也是零碎的。"（《桃源春梦》）这些女性尽管独立，但并没有获得好的生存状态。不过，这类女性仍

① ［美］苏珊·米勒:《女性特质》，第234页。
② 同上，第236页。

作家作品论

是女性中的明灯，她们呼唤着更多的女性拥有自我意识，指引更多女性自力更生。

从作者对这些女性的命运书写中，可以很明显地看出作者期望女性走向独立的写作意图，这种独立不只是生存上的，也是精神上的。作者通过人物对话也表达了这样的思想。在《为梦想找个家》中，一直秉持独立思想的萍萍认为："有许多女性，整天渴望白马王子出现，就在于她们无法决定人生走向，而需要未来的伴侣做导航。这一类女人，通常会被认为是好脾性的女子，其实是她们缺乏个性。她们结婚恋爱的目的，是在寻找生命的舵手，自然她们更淡化自己，抹杀自己，将自己变成别人想要的人，别人的附属物……"曾依附于公司老板布鲁斯成为他的情妇的玲玉终于意识到自身的问题时，她对和自己一样曾做情妇的阿宝说道："阿宝，我们女人医治爱情软骨病的唯一良方，就是自尊自立。就像萍萍对我说的，你想拥有真正的爱情，首先应该拥有一个独立人格的自我。你必须把自己的现实生活和对未来的憧憬，都建立得实实在在，并是一个善于保全自己的实际女子。"作品中的玲玉和阿宝，最后都抛弃依附男性求生的想法，而选择依靠自己，蒙娜也不再通过男人达到自己的目的，而是凭借自己的聪明与能力去实现目标。《都市新潮女》中的玉蔓曾放弃自我而成全亚民的家庭理想，但被抛弃后她在痛苦中意识到女人拥有独立人格的重要性，她重拾自己爱好的写作，发挥才能，并收获真正的爱情。《商界丽人》中的秀英对依附男性的春花说："你总爱把自己的命运押在男人身上。我看，靠谁都不如靠自己。"而春花的女性意识在启蒙中觉醒了，开始依靠自己独立生存。在《桃源春梦》中，为爱情和家庭牺牲自我的海女也因婚姻的破碎而自我意识觉醒，开始主动追求事业，获得独立人格。对于这些女性的命运走向书写仍表现了严丽霞对女性的关怀。她深知身处现代社会的女性比传统社会具有更多的不确定性，女性只能在这不确定性中把握好自己的命运，依靠自己，才能让不确定更多地转变为确定，也才能更好地书写属于自己的华丽人生。

这条女性独立之路，会在物质现实与精神理想的冲突下，更为曲折但也更为自由。"一个自行选择生活计划的人，需要调动他的所有官能"①，同时也要承担自己选择所带来的风险，自由除了能带来人的能动性和价值感，也带走了人的安全感与归属感。不过，没有自我的归属只是一种虚假的归属。弗洛姆说："无论我们意识到与否，最大的耻辱莫过于我们不是我们自己，最大的自豪与幸福莫过于思考、感觉和说出属于我们自己的东西。"②寻找自我，成为自己是人最有价值的人生课题。拥有自我意识的人才能懂得

---

① [英]约翰·穆勒:《论自由》，上海三联书店2019年版，第64页。
② [美]艾里希·弗洛姆:《逃避自由》，第175页。

自爱，且更好地爱别人，"不珍视自己的人也不可能珍视其他任何事物或任何人。"① 所以说，懂得爱自己才懂得爱别人。爱当然是给予，是付出，但首先是建立在保存自我的基础之上。因此，解决女性的婚恋困境的道路，便是女性的自我意识崛起，然后勇敢地走向物质和精神的独立，但同时不放弃自身爱与关怀的女性特质，这便是严丽霞小说所强调的思想。

严丽霞用充满关怀的视角书写这些女性，在女性之间的关怀与被关怀中为她们寻找出路，这让她的作品充满了柔情和善意。不过她的小说在写作技巧上仍有不足之处，比如，她专注于情节的构建，而不注重人物心理的挖掘、情感细腻的雕琢，这让她的作品缺乏深度；对于人物的现实遭遇和命运走向的书写太过理想化，"灰姑娘"的情节套路让人觉得缺少新意。不过对女性的关怀让她的作品呈现出更多的女性人文情怀，这也是她作品的最大亮色。

（张燕婷：北京语言大学文学院博士）

作家作品论

---

① ［美］安·兰德：《自私的德性》，华夏出版社 2018 年版，第 22 页。

忠诚之美 奋斗之美 创新之美

——试评欧阳华《申甘播绿记》中的群体形象

杨　石

长篇报告文学《申甘播绿记》，融真实性、文学性、趣味性和知识性于一炉，精彩地讲述了河南省商丘市民权林场人建设申甘林带的传奇故事，生动地诠释了牢记使命、艰苦奋斗、勇于创新、甘于奉献的河南"塞罕坝"精神。作品昭示，把"风吹黄土遮天蔽日，盐碱遍地寸草不生"的沙荒地变成绿波滚滚的林海，建成号称亚洲十大、中国四大平原人工防护林之一的林带，绝非一人之力、一夕之功，而是数以百计的几代务林人长期奋斗的结果。

"笼天地于形内，挫万物于笔端"。中国作协会员、青年作家欧阳华欣欣然走进林场，与上上下下展开心灵对话，走进林带深入观察体验感悟，以烈火般的炽情、思辨的穿透力，以大情怀、大视野、大手笔，运用纵横结合等结构方法，绘就了治沙造林的璀璨连环画卷，描摹了鲜活真切的务林人的群体形象。打开这部洋溢着时代气息的文学样本，在那生动的情节、感人的细节及诗意般的环境描写构建的氛围里，一个个充满时代精神的务林人，便会朝气勃勃地向我们走来。

八十多岁的老厂长康心玉，早在20世纪50年代就找到林业劳模潘从正取经，受到"人生也是一棵树，也应该多结果""只要坚决，没有攀不上的高山"的教诲，让"老坚决"精神在民权林场薪火传承。在"白茫茫，野荒荒，三里五庄无牛羊，端起碗来是黄沙汤"的恶劣环境面前，无论刮风下雨，无论秋霜冬雪，每年他都有三百天战斗在第一线，有着吃苦在前、享乐在后的思想境界。他能与职工打成一片，吸取群众智慧，找到了适宜沙丘栽种的当家树种——刺槐，与他们一起总结出"高栽刺槐低栽柳""树行与风向垂直"的植树法则。一棵树接着一棵树栽，一年接着一年干，从一丛林到一方林再到一片林海，依稀可以望见绿色长城了。他燃烧青春，挥洒汗水，倾尽心血，奉献终身，收获了幸福与自豪。作为河南"塞罕坝"精神的优秀代表，他于2018年河南电视台春节联欢会上接受了记者的采访。

原总工程师佟超然毕业于北京林学院，曾有两次进京、一次进河北省林业厅的调动机会，可他毫不动心，对爱人张玉芝说："我们都是共产党员，总不能只想着小家。造林是责任和天职，刻不容缓，我们不会计较个人得失进退。""我的根早已扎进这沙荒了。""这里的每一棵树苗，都跟我的生命融在了一起。这林海拴着我的魂呢！"展现出他忠诚于党、忠于事业的大美情怀。他坚持科研不懈怠，科学育出8033刺槐、中林28杨。槐树杨树混交林实验获林业部科技进步二等奖。与团队的人多次攻关，终于研制成功用流动放烟防治杨梢金花虫的方法，打破了书本上的传统理论。还以"我可以失败一千次，但我一定再进行一千零一次实验"的不屈不挠精神，连续奋斗几年，找到了防治大袋蛾的最佳方法，改变了国内外教科书的论述，获得了林业部科技进步二等奖。他和同事们共获得科技成果奖八项，发表学术论文五十多篇。他先后荣获"全国绿化奖章"和"全国绿化先进工作者"称号，并载入《全国造林绿化功臣碑》等，是商丘市民权林场响当当的科研领军人物。

祖孙三代接力造林，老党员、工程师翟际法一家堪为突出的代表。在每年的植树季节，翟际法没有星期天，没有节假日，也不分白天和黑夜，全身心投入指导植树。曾几过家门而不入，把养育五个孩子的重担撂给了孱弱的妻子。造林像巨大的磁石吸引着他，使他忘了回家的时间，迈不开回家的腿。他认为，树叶会同他对话："叶片墨绿发亮，那就是告诉我它们营养充足；如果叶片发黄发乌并且有点焦，那就是树苗在喊渴了；如果叶面发现细微的虫卵和残缺，我就要用火眼金睛查看病虫害，为树苗排忧解难了。"这是何等美丽的内心世界！儿子翟鲁民做了森林公安，以"种树就是种福"的信念，以"我们年轻一代有责任护好这片绿色"的担当，日夜在林间巡查管护，默默奉献着力量。孙子翟文杰从林业院校毕业回到林场，成长为技术全面的技术员，接过祖辈手中的接力棒，扛着责任走，带着感情播绿护绿。翟际法献了力量献青春，献了青春献子孙，构成了三代人接力造林的亮丽风景。

在林场，树木已融入务林人的灵魂里，牵动着他们的喜怒哀乐。老护林员底世俊，当年巡查一圈需五六个小时，饿了啃一块干馍，渴了喝口水，乏了就背靠树根打个盹，被誉为"森林的眼睛"；被称为"活地图"的李东亮，长年累月驻守在林间小木屋里，为预防外人盗伐，"很多时候躺在沙坑里……星星眨着惺忪的睡眼，而老李却没半点睡意……"农民护林员高玉林护林三十五年，生前留下"死了也守望林区"的遗嘱，去世后就长眠在林间绿荫里。虽着墨不多，但他们平凡中的坚守却依然闪耀着人生的光辉。

天不言自高，地不言自厚。作家笔下的广大职工是个立下汗马功劳的英雄集体。在创业阶段，为抢抓植树时机，他们住地窖子，啃干馍就咸菜，喝河水，顽强地战风斗沙；在坚守阶段，一是在三年困难时期，他们忍饥挨饿植树不停步。二是在外地年轻人来场"造反""夺权"的日子，他们在上级没有下达任务、没有任何人要求的情况下，纷纷自发地趁着夜色起苗、分级、打捆、运输、栽种；在提升阶段，他们任劳任怨，年复一年地铆在自己的岗位上，像对待生命一样对待生态建设，像保护眼睛一样保护生态环境，将贫瘠荒凉的黄河故道建设成了集休闲、旅游、科普于一体的国家森林公园，为社会提供了爽心、悦目、健身的生态服务，从而从另一个维度构成了这部书的质感和厚重。

状写人物不可能也没必要平分秋色。在这部报告文学中，作家以简洁而热情的笔触，勾勒出了历届领导班子成员的一个个可敬形象，呈现了各自的精彩镜头。他们继承了林场传下来的"领导带头下一线，扑下身子劳动"的好作风，又都延续了推广新技术、培育改良品种的优良传统，牢牢扭住林业科研这个关键抓手不放松，将造林绿化工作有声有色地不断推向前进。

播绿接力，代代传承。王伟担任党委书记、厂长，徐兰成任总工程师之后，以更加开放的姿态吸引社会各界广泛参与林场生态建设。自党的十八大以来，习近平总书记的绿色发展理念在这里落地生根，生态文明建设持续提升，树种逐步实现了多样化、高档化，以前种树以防护和木材为主，如今增加了楸树、银杏、红枫、杜仲等观赏树种及药用树种，增加了速生苦楝、窄冠刺槐、速生白榆、桑树、旱柳等乡土新品种，有了桃树、苹果、葡萄、梨树等果树品种，还有紫薇、侧柏、雪松、榉树、紫荆等彩叶树种和常绿树种。至目前，该厂已选育林木新品种五十六个，荣获林业科技成果奖一百多项，不仅是中国林科院、国家泡桐研究中心、北京林业大学、河南省林科院等科研院所的试验基地，还承担着多项国家和省级科研项目，前程如花似锦。

"酌奇而不失其真，玩华而不坠其实"。《申甘播绿记》是欧阳华用心用情用功创作的一部有气度、有思想、有境界的新作，为国人竖起了一座闪耀着时代光芒的精神丰碑，是一曲响遏行云的讴歌大美商丘市民权林场人的颂歌。他们美在忠诚于党、忠诚于事业，实现了梦寐以求的理想；美在忘我奋斗、乐于奉献，成就了平凡人的人生辉煌；美在持续创新、绿色发展，创造了名垂青史的人间奇迹。

（杨石：河南省作协会员，河南省文艺评论家协会会员，河南省杂文学会理事）

作家创作谈

三十载文学旅途

黄豆米

　　没人提醒，觉得自己还在出发的当初，敲键盘码字还以为才开始写第一篇文章，经不住人忽然问你一句搞了几年写作的话，掰指一算，见手中的笔秃了，照镜子，一头霜花。十三年前，北京语言大学阎纯德教授因正在编纂一部百余万字、耗去数十年时间的《20世纪中国女作家》，故而邀我写翔实生平和创作经历。当时无心回顾，一拖三年后，刚好有人无心插柳地问了我前面那句话，自己也有心回头看看了。一回眸，吃惊不小：自己弄笔竟二十多年，婴儿落地长这么久，不只是成人，已经可以孕育下一代了，而笔下所出，竟没一个长大，还是自己一个人在孤寂的文学道上一步一趔趄蹒跚前行，感叹中写了篇《20余年创作路》发表在内刊《昆明作家》2012年第一期上。十年转眼过去，忽在《文艺报》上喜闻阎教授主编的《女作家学刊》创刊消息，断了多年的音讯重新接上，阎教授依旧邀写我的文学路。

　　我的文学梦，是从文化"沙漠"的平民生活开始做起的。我本名张丽萍，1957年9月19日出生在昆明北门街老马地巷一座十来户人家杂居的四合院里，父母是从各自生长的滇南、滇西小镇来大城市讨生活、结婚生育定居下来的外来人，外婆由此离开老家黑井古镇来昆明为女儿带孩子并永远背井离乡，过世后葬于昆明城北的长虫山上，就因为外婆长眠的这个土包、母亲在家附近的昆明妇幼保健院生了二男二女四个孩子（其中第一个女儿和第一个儿子夭折）、父母离世后安息于昆明西山等家族生死大事都发生在昆明，我才找到自己的定位：昆明人，一介城市平民。

　　我由外婆一手带大，到十八岁高中毕业下农村当知青离开家之前，与外婆一张床上睡，父母在昆明西郊高峣小镇的工厂上班，每周星期日回家休息一天。外婆大字不识，我知事后，外婆每天的时间，不是在外忙碌街道居委会的工作，就是在家忙女工针线，没时间与人闲话也没工夫跟我讲话。父母均没上过学，那点文化还是解放初期昆明各种识字、学文化班几番扫盲后的结果。我们院坝的人家大多在我家之后迁居来，大人们识字的不多，都是在街道上找份活计过日子的底层人，没有一个大人能给小孩说故事，邻里爱吵闹，但不出一天就和好，哪家有点儿事了，无不主动相帮。我就在这个没有文化也没心计，生活平淡，人际关系温馨的大杂院里长大，这时期文学于我是未知世界。离开小院下乡当知青而后参加工作，一去十三年后，又回到这座我长生的大杂院，在外婆去世的那间阁楼小屋里结婚并住了两年多，三十三岁才彻底告别出生地移居丈夫单位分配的住房，不久昆明老城改造，老家大杂院随同城区其他明清时期四合院建筑，拆除殆尽。而真正圆了我的文学梦的，竟然正是这段文化沙漠大杂院的生活，它使我的写作不再随风飘浮，有了根，有了属于自己的底色，可以构筑一个自己的文学世界，尽管这个世界只有一粒尘埃大。

"文化大革命"在我小学三年级的时候开始，延续到 1976 年我高中毕业的当月还没有结束，该念书的年华没怎么念书，能读到的书除了课本，还有上高中路上必经的一家新华书店。书店的书很少，都立在玻璃柜台背后的书架上，一眼看尽，顾客需要哪本，由售货员取。我积攒的零花钱买不到几本书，所买的书当中一辈子记住的有当时流行的小说《艳阳天》和《金光大道》，书里的世界与我的生活无关，却使我入迷到把书边都翻毛了。买不起书，对课本不感兴趣，又没地方可借书，身边谁家里有本书，我准去讨好这家人，如果有同龄女孩，我准给她相处成密友。隔壁四合院有家人，女主人是位老师，我至今也不知是中学还是小学老师，她带着一双儿女过日子，她家挂窗帘有写字桌还铺桌布，我们大杂院每家的木格窗都糊白棉纸，也没有一家铺得起桌布，每家一张方桌，既是饭桌又是娃娃写作业的地方，我认准她家是巷子里最有文化的不只是窗帘写字桌和桌布，还有，她和女儿睡的大床床脚，竟然有满满一架书，这架书成了我人生第一个可以借到书的图书馆，她与那个比我长一两岁、乳名叫小妹的女儿借书给我看，所借的书当中，我最爱鲁迅的，看完一本换一本，看《野草》舍不得还，抄书的时候被小妹找上门来要。记得小妹把书要走后，还让我坐到她家铺干净桌布的写字桌边给我讲书里的文章。小妹还让我看外国哲学书，那些一本本伟大的书我都看不懂，却记住了书壳上的哲学家名字，并熏陶得我当知青后啃了几本完全不知所云的外国哲学著作，导致我都没有时间好好温习高考所需的功课。我家楼上住着煤店女工，她有个比我大几岁的女孩也叫小妹，她悄悄把手抄本《塔里的女人》借给我们大杂院所有女孩看，轮到我时，规定只许看一天，这是整个青春期接触到的唯一的黄色小说，在吸引我的《野草》面前，它像院坝天井里夜间从阴沟里爬出来偷吃各家木条鸡厩里养的鸡一样的黄鼠狼，咬一口就逃。

无形中给我艺术熏陶的是外婆，她在老家黑井古镇（云南明清国民时代的盐都）绣花出众，移居昆明后针线不离手，身边常有学针线的女子。我不学女红，只是涂鸦，先在吃饭做作业的小方桌上画，然后一个人到隔条街的翠湖公园写生画水彩画，物以类聚，在公园里结识了有同样爱好的街坊，有墨水厂女工，有家住翠湖边云南省文联宿舍的同龄人，还有翠湖公园搞宣传的老师，这位老师把大家召到他的办公室画画，把大家带到翠湖边一条短巷里大画家袁晓岑家里拜师学艺，袁老在他的画室里教我们基础素描，在院子里的苹果树下教我们雕塑，在我的速写本上作画做示范，我的绘画基本功就是在袁老画室里打下的。我当知青第二年全国恢复高考，我连考两年四川美院均落榜，袁老指出问题所在是我没有色彩感，这句话让我告别绘画。我在昆明第一中学上高中时，学校的美术组非常活跃，我经常跟美术组的同学一起逃学，去大观河、大观公园写生，即使在课堂上也不好好听课，给前后左右的同学甚至黑板前的老师画速写，闹得老师上不了课。美术组同学后来大多考上美院，其中有中国当今著名画家叶永青。

出学校门的当月就到晋宁县昆阳公社当知青，当了两年零四个月，这期间的田间劳动，只是开头半年里收过一次稻谷，割过一次麦子，插过一回秧，余后，不是被县文化馆抽去画农民画、搞画展，就是被公社借去画农业建设规划图。我们这些从县里各人民公社抽来画农民画的几十个知青当中，后来出了中国当今最火、创下中国油画拍卖神话的画家张晓刚。昆阳是大航海家郑和的故乡，郑和父亲马哈只的墓在昆阳镇背后的月山上，县上计划在这山上建郑和公园，县文化馆长分配我绘郑和公园规划草图。月山上驻有空军地勤部队，我在月山上画画时常遇见当兵的，其中一个常来看我画。我初恋了。

两年高考不中，转而考工，考进一家省级化工建设公司，该公司的建筑工区遍布全省，我被分配到距公司基地一天火车路程的宣威县乌蒙山里当保管员。工作很闲，山上的白云很美，山下火车开过的笛鸣声令我惆怅：半年了，梦中人没来，也没信来，我却用仓库登记物品的硬壳笔记本写了满满一本小说，是一对初恋男女的故事，我给小说插了几幅月山的钢笔画，另外还记了两本日记。那梦中人的消息，我从别人口缝里刚得到一丝儿又全断了线，接着我也被调回公司基地机关上班，于是一把火烧了在乌蒙山里写下的东西。我无论在本子上写小说还是记日记，都是对自己和梦中人说悄悄话，是少女隐秘的内心，自然不能见人，只得烧了。离开寂寞的工区下山后，我再没写过小说，却迷恋上了用文字倾诉的那种畅快，相比之下，画笔无法安慰我那颗日渐失落孤独的心，加之考美术学院一再落榜，自然撂荒了。

我们一批参加工作的人都分到各工区，我被分得最远，结果公司宣传部把我调去，让我创办一份公司报，可能是我当保管员还负责工区广播又办黑板报的缘故。没有人教我怎样创办一张小报，我只管照着办公室订阅的《人民日报》《工人日报》等报纸学习写新闻，安排四面纸页上的版面文章，自己刻蜡版，自己油墨印刷，出报后分送各办公室、公司的学校和医院，邮寄给各工区。这活儿一年后才得心应手起来，机关同龄人相约去考成人大学，1982年我考上云南大学附设函授夜大的汉语语言文字专业，带薪读书三年，毕业后调回可以骑自行车上下班的昆明近郊一家工厂，在工会工作，我创办厂报，依然是蜡刻的油印小报。

办了三年小报，自己感到需要提升水平，主动到昆明市区几家大企业取经，写出《怎样办好厂报》的调查报告。某天，《春城晚报》副刊登载了我的散文《忆外婆》，那是我的第二篇散文，我去报社要几份报纸，顺道给同在一座楼里的《云南日报》投那篇调查报告，编辑说他们不用这方面的东西，并很负责地建议我拿到《工人日报》驻云南记者站去投稿。我按编辑给的地址，出《云南日报》一路问，十几分钟就走到了。进了云南省总工会大门，再问路问到办公大楼四楼上的《工人日报》记者站，屋里有好几个人，其中一个是站长。站长当场看稿子，然后让我拿回去补充内容。我不知这是人家在婉言退稿，高高兴兴拿出还有油墨香的《忆外婆》给站长老师看。这一看，我的命运被彻底转变：这位把《怎样办好厂报》的一沓调查报告给毙了的人，看中了那篇千字散文。翌年，他成了我的丈夫，也是把我直接领进文学这条道并一直扶持到可以"独立"的老师。

1989年春我们去西双版纳度蜜月，丈夫的朋友在中老边界的原始森林里垦荒开辟茶园，他去采访，朋友为我们在那里的澜沧江边荒滩上举行婚礼，留我们在森林中垦荒队的竹篱笆房住了一个月，我在竹篱笆房边垦荒队员荡秋千的独木成林的大树下，写了几千字的散文《婚礼，在南柯南巴》，丈夫又为我取笔名黄豆米。下山后，丈夫把我的手写稿拿去他采访对象的景洪农场，请办公室帮忙复印，打字室等待复印的文件多得在排队，我的手稿留下待印。几天后去取，手稿早已在农场内外的男女们当中传看，原来，打字的女孩子们读了手稿后偷偷复印了好些给身边伙伴们看，看了的又复印给其他人，一时间被一而再、再而三地复印传播。第二年大陆台湾恢复新闻交往，《中时晚报》撰述委员、首席记者杨渡到西双版纳访问，从年轻人的手上得到我那篇散文的复印件并带回台湾，《婚礼，在南柯南巴》就在他的报纸副刊上占大半版全文刊发了。此前这篇散文我两次三番投稿，均以写作"私人化"而遭拒绝，所以被台湾记者发现并带出去发表，于我而言不只是发表文章那么简单，是鼓励我按内心的指引自由地抒写，走自己认为的路，以至于 1992 年开始专门为香港《大公报》副刊供稿后，我继续写了那段森林中的蜜月生活在报纸连载。2009 年，中国工人出版社以"行走在中国"系列图书推出了我写这一内容的长篇散记《浪迹西双版纳》一书。张永权评论说，这部书"既是一本吸引眼球的爱情蜜月的私人化写作的浪漫之书，又是一部具有唯美品质的生态文学长卷散文"（《中国民族报》2012 年 11 月 16 日《生态文学的唯美呈现》）。2010 年中国散文学会举办"中国最浪漫感人的爱情故事"征文大赛，当时一等奖空缺，《婚礼，在南柯南巴》获二等奖。胡平读后说：文章中两人的结合"是我所见过的最充满激情的、最罗曼蒂克的结合"。（见 2002 年 1 月 19 日《文艺报·女作家敢闯金三角》）

我的人生在 1989 年完全变了，那是在文化沙漠的大杂院里生长的我无法想象的人生：写作，还是写作，以文学创作为生命。这年我辞去公职，从此做一名自由撰稿人跟随丈夫到处跑，他工作采访，我见什么写什么，过上一种长年在路上，走到哪看到哪写到哪的漂泊生活。身自由，心无羁绊，路上所见又都是第一眼，第一次印象，全是新鲜又鲜活的体验，形成了我自然而然的写作风格。

虽然 1988 年就开始发表作品，皆无意而为，第二年才正式从事文学创作，而且一开始就是被正统否定为"私人化"却大受港台欢迎的个人游历生活，从 1989 年写到 1998 年，不是我事先想写什么而写什么，是跟着丈夫游历，跟着感觉走，见什么写什么；因此自 1992 年开始能够专门为《大公报》副刊"大公园"供稿，仅供了两年多，在这园地发表的散文已经汇集成 10 万字的一册书，1994 年天津百花文艺出版社出版了这本书名为《南柯南巴葱》的散文集。我为"大公园"副刊写稿一直写到 1997 年香港回归那个月为止，责任编辑为纪念这段合作，专门写了《黄豆米与大公报》的文章在该版上连载（见《大公报》"大公园"1998 年 5 月 18、19、20 日）。文章里有这样一段话："当时，无论是黄豆米，还是我或者《大公报》，谁也没有想到，'大公园'刊出的黄豆米文章会产生那么强烈广泛的回响，若非今春云南之行有机会亲眼目睹，哪怕别人说给我听，我也不会相信。"

我与《大公报》副刊五年的合作，发表作品分量最重的是写我在世界毒品基地金三角耳闻目睹的亲身经历，后来出版了三十万字的纪实《女人也闯金三角》，单篇随笔《地狱之花：金三角》于 2002 年获第 13 届冰心奖。

头十年创作只出版了两本书，即处女作的纪实文学《山红谷黑》和散文集《南柯南巴葱》。我写纪实作品，深受萧乾二战时期特写的影响，1992 年获云南省首届文学艺术基金奖三等奖的中篇报告文学《伟哉！滇缅公路》，几乎是读萧乾的名篇《血肉筑成滇缅路》创作而成的，这个中篇获奖后，我继续扩写成长篇《山红谷黑》。书付梓前，我终于如愿，请到仰慕已久的

作家创作谈

大家萧乾为书作序。因为写滇缅公路这条二战时闻名世界的国际大动脉，有幸结识萧乾，他无论为文还是为人，都是我的导师。萧乾为我作序同时还向香港《大公报》副刊推荐我，萧夫人文洁若又写了《黄豆米和她的丈夫》在"大公园"上连载，我因此受副刊之邀，有了与之合作五年的历史。

合作第四年，我同时做香港《今日东方》杂志社责任编辑，这是一份学术、时政等综合性刊物，季羡林、饶宗颐是总顾问。在杂志做了两年多，因病离开。

1998年底患重病死而复生后，迎来了我第二个十年的创作：十年闯荡积累下的生活，成了后十年写作的内容，尤其是生活积淀阅历增加和疾病磨难，令我有强烈的使命感和明确的目标，明白什么是自己最该写的，什么东西必须写出来，要告诉这个世界什么等等。于是，我写的主题集中到了两个方面。一方面把在《大公报》《工人日报》连载和在《今日东方》上图文刊载的写金三角的文章，改写成书《女人也闯金三角》，由中国工人出版社2002年1月出版，首印1万册，两个月后再次加印。这一年里，北京、云南、广东、河北等省市三十余家广播和报纸杂志，对此书做了历时整整一年的报道和评价，中央人民广播电台、河北卫视和大连电视台做我的专题节目。《畅销书摘》杂志引用业内人士评价说，《女人也闯金三角》等书的出版，预示市场上"由女作者写的探险实录图书开始露面"。评论家胡平在《女作家敢闯金三角》（《文艺报》2002年1月19日）一文中评价说："黄豆米这部近30万字的纪实作品，无疑将永久地具有史料价值。作者对金三角地区毒品生产与贸易的发展作了清晰的梳理，这是一功；更主要的贡献是，作者详尽叙述了她亲身目睹耳闻到的'金三角从大小毒枭到一般百姓的生活状态，不同文化背景下的民族风格和复杂关系'，从而使1995年初春到1998年暮春这一时期的金三角的现实风俗画面得到精细的描绘……它的突出价值不在于渲染出那块飞地的神秘和险恶，而在于真实地反映出它的现实的自然和人文景观，讲述出一部分人类在世界的一个焦点生存和繁衍的历史。"又说："依照现代史学观，文字所记录的应该主要是实证的历史、亲历的历史，黄豆米做的正是这项工作。今后的若干年里，这部书都应该是外界研究金三角的重要依据之一。"李炳银撰文写道："黄豆米三年五进金三角，这样的经历可能是一般人所难得有的，有这样的经历，对于文学创作来说，真是一笔独特的生活财富，就已经使人生出感叹了。"《女人也闯金三角》"更加真实和全面地为读者提供了金三角的内部报告，使人们完全生活化地看到金三角的许多人是如何在一个非常美丽的自然环境里从事着非常丑陋的劳作与收获……这本书为人们提供的有关金三角的神秘丰富图像文字的内容，是国内至今较权威的阅读对象"。（2002年3月20日《中华读书报·面对罪恶的观察和思考》）

结束地狱金三角的写作，开始写心中天堂——以梅里雪山人文内容为主题的藏地文化，这是我四十岁大病后才寻到的心灵栖息地，在这里终于找到了我一生的信仰，因而连续写作出版了长篇散记《朝圣梅里雪山》（云南人民出版社 2002 年 4 月）、《圣地游戏——梅里雪山徒步外转》（云南人民出版社 2005 年 9 月）和人物传记《香格里拉东旺人》（与人合著，黄豆米主笔，中国民族摄影出版社 2009 年 3 月出版）。何启治读《朝圣梅里雪山》感言道："我们如果没有去过藏区，可以读读黄豆米的《朝圣梅里雪山》；如果去过藏区，那么读读这部书，也许会有更多的共同感受，因为你可以不信神，不信佛，但你不能没有信仰——有信仰，才有奋斗的力量，有追求，才有生活的勇气。"（2002 年 10 月 18 日《工人日报》）

在丽江地震十周年的 2006 年，推出我亲历的那场地震的散记《丽江废墟上的记忆》（民族出版社 2006 年 1 月出版）。

通过文学前辈文洁若和梅志介绍，我于 2007 年加入中国作家协会。

写作二十多年，没有一部书与我生长地和父母有关。2005 年以后接连失去父母双亲的伤痛和失去过程中一次比一次深的愧疚，使我整个身心沉湎其中，久久不能自已，心碎得碰都碰不得。当我确信父母真的走了，要留住萦绕我身上的他们快散尽的余温和快没了的气息，必须尽快动笔，用文字储存起来与我永不分离。接踵而至的丧亲之痛终于使我不可遏制，写起我那草一样伏在大地上的渺小平凡的已故亲人。因这种痛让我从习以为常中，见出了存在于微弱幽光里的永恒之处。

不仅生养我的亲人全走了，我生长的地方也因老城改造大拆除而荡然无存，这才意识到老家于我个人意味着什么。在老家，父母结婚生儿育女；在老家，外婆把我和弟弟带大，奶孙三人十多年形影不离；在老家，我的姐姐哥哥先后夭折，七十八岁的外婆寿终正寝；在外婆落气的房间，我结婚安家；老家的屋子还安下了外婆的嫡孙、嫡曾孙一家三口，外婆人生最后几年四世同堂，虽然住宅没有所谓的堂……回老家送终的那一天，我像往常一样把木格子门合上，上了锁，把钥匙交给搬迁验收的人员，立刻，家门糊上了大红字"拆"的封条。那天我身上的挎包里不再有老家的门钥匙，却好好放着两样东西，一样是已停止使用几年的我的北门街粮店购粮本，一样是继续有效的我的北门街户口簿和身份证。这两样东西于我而言，双亲在世时它们是我生存的必需，双亲一走，只有它们能证明我从哪里来，从小到大每天吃些什么。明白了自己从何来，也就明白了往哪里去，也就明白了有些事是前世带来今生必须完成的。

于是手中的笔从思念写起，下去之后却由不得我了，笔触越伸越远，越展越开阔，父母不再是我一个人的，已经是人生舞台上的一个角色，时代的一个缩影和象征。顺着他们这根藤，我次第触摸到了祖辈的脉动，接上了我生长地的历史脉络，走进了梦都不梦到的民国时代声名显赫的政坛人物和文化大师的世界，逼得我不得不同时创作《老昆明碎片·北门先生》和《老昆明碎片·粉墙青瓦》两部散文。印着我胎记的地方，终于让我找到了写作的根。从"根"上长出的这两部作品，是完完全全的黄豆米作品，2017年云南人民出版社同时推出了这两部散文集。历史沉淀深厚的老街道消失了，又在"老昆明碎片"中复生。老诗人周良沛为书作序道："这本写北门一带的书，也只为作者身为北门街的旧时住户，以对此地文化担当的自觉之坚毅写出书来，实不容易，实为钦佩。"《老昆明碎片·北门先生》出版当年入围"2017书香昆明·云南好书30强"，2019年荣获第八届云南省文学艺术奖文学奖二等奖。

自1988年开始发表至2012年，我创作发表了二百多万字的作品，著有纪实《山红谷黑》《女人也闯金三角》《香格里拉东旺人》，长篇散记《丽江废墟上的记忆》《浪迹西双版纳》《朝圣梅里雪山》《圣地游戏》，散文集《南柯南巴葱》《老昆明碎片·北门先生》和《老昆明碎片·粉墙青瓦》等作品；编著出版了旅游手册《朝拜梅里雪山》和由百岁高僧自述与其弟子亲历实录的《随顺众生年谱》。

2021年9月9日

（黄豆米：自由撰稿人）

幻想中的民族言说与现代焦虑

——以汤汤近年来的童话创作为考察对象

迁　卓

摘　要: 和其他当代童话作家不同，汤汤在童话世界里构筑起来的"第二世界"在依凭幻想要素的基础上融进诸多现实因子，她的作品一方面站在对具有民族色彩的故事进行言说的立场，与中国传统故事的价值观念融会贯通，一方面跃升到对现代生态问题的深邃思索的层级，尤其指向现代物质文明对人类的异化与戕害。汤汤借助艺术之笔触及人性深处，以其反思性的品质来建构童话这一文学门类所能达到的美学深度。

关键词: 汤汤；幻想世界；中国故事；生态意识

2017年10月，汤汤的"奇幻童年故事本"系列童话的问世，证明了作家本人在童话领域不断取得的艺术攀升。此后，汤汤于2020年出版的童话《绿珍珠》与长篇系列童话"幻野故事簿"，在延续之前童话创作的艺术根基之余，对童话的审美空间进行着一次全新的突破。这些作品立足于现实空间的基础上焕发出无边的艺术幻想，其间所蕴含的生态问题无不是作者汤汤对现实人生中某些形而上问题的关注与思考，也是作家本人站在人性的制高点面向全人类发出的一记深沉呼唤。

一、现实与幻想的交织与融合

阅读汤汤的童话总能带给你耳目一新的感觉，这种新鲜感伴随着阅读进程的深入很快转化成审美快感。从早期"鬼童话"系列伊始，她在挥动饱含诗意的笔触构筑起一个个充满新奇、意趣的童话故事的同时，也在有意无意间将善与美巧妙地融合进童话中去。因此，汤汤在早期创作中建构起来的鬼魅童话世界常常对传统童话中的鬼怪世界形成一种超逸与反拨。如此一来，汤汤搭建起来的崭新的童话鬼魅世界不仅拓宽了当代童话的艺术路径，而且打破读者原有的阅读刻板印象，继而使读者完成对作品由"下位接受"向"上位接受"①的转换。

上述艺术效果的形成有赖于汤汤对童话中"第二世界"的设计与重构。"第二世界"这一概念来源于英国著名幻想作家托尔金，他认为在幻想文学中存在着一个与我们现实生活世界同样真实可信的"第二世界"。如果说在卡洛尔《爱丽丝漫游奇境记》、刘易斯《纳尼亚传奇》和罗琳《哈利·波特》系列中，作者有意识地运用叙事技巧为故事的推进营构出一个同现实世界并行不悖的幻想世界的话，那么，汤汤则是在借鉴幻想文学某些叙事经验的基础上，融合自己的审美理想与艺术旨趣，让原本平淡无奇的童话世界因充溢着魔力元素而熠熠生辉。

在汤汤早期作品《木疙瘩山的岩》中，她选择一座普通的小山作为故事的发生地，"我"和岩的相识与交往因山上的一株草莓幼苗而起，后来以父亲偷拍岩的照片而导致岩的死亡为终。汤汤在这篇短小的童话中寄寓着深厚的寓意，或许是由于篇幅限制的缘故，她并未将大量的笔墨投注到幻想世界中去。2017年汤汤的"奇幻童年故事本"系列童话问世以后，其童话世界的"二次元性"②完整地呈现于我们的眼前。在《再见，树耳》《水妖喀喀莎》《美人树》《愤怒小龙》《小绿的樱桃》《雪精来过》中，作者在童话艺术空间内部依托现实基底演绎一个个既具幽默、乐观，又能打动人心的故事。首先，用幻想要素点缀现实空间是汤汤童话的一大特色。从童话幻想空间的艺术构成来看，与其说汤汤打造的是一个充满幻想性质的"第二世界"，不如说她的幻想是一种点石成金式的艺术想象。作为童话故事的发生地南霞村无疑具有一种符号化的指涉意义，汤汤借助这个相对狭小的空间世界派生出一个个让人称奇的童话故事。比如，一湾寻常不过的潭水是一个水精的栖息地（《看戏》）；村口的一株普普通通的大树是一个树精的躯体（《美人树》）；一座毫不起眼的小泥屋里居住着一个躲避人类的水妖（《水妖喀喀莎》）等等。可以说，在汤汤的童话世界里，树木、树梢、水潭等物象成为幻想故事生发的绝佳场所。汤汤将幻想世界与现实世界进行艺术化的无缝衔接，消解掉现实世界与幻想世界之间的阈限，使得童话中神秘的

---

① 方卫平：《逃逸与守望——论九十年代儿童文学及其他》，作家出版社1999年版，第165页。

② 朱自强：《小说童话：一种新的文学体裁》，载《东北师范大学学报（社会科学版）》1992年第4期。

超自然事件拥有亦真亦幻的色彩,读者在不知不觉间顺利步入"另一时间",最终使有限的现实空间焕发出无边的幻想光芒。正如汤汤本人所言:"再飞翔的幻想,也是为了写出最真实的东西。童话的内核,是真实的。"①

其次,汤汤的艺术想象是一种遵循物的逻辑的审美创造。虽然审美想象是童话文体最显著的艺术特征,但此种想象也是有限度、合乎常理的艺术想象。譬如,树精、水妖等精怪形象在汤汤的童话中屡见不鲜,但这些精怪都按照自身的生物本能向前发展,极少出现拥有超能力的精怪。譬如,《美人树》中的树精需要从泥土中汲取生命能量;《水妖喀喀莎》里的水妖一旦远离栖息地便加速衰老;《绿珍珠》中的树精如果在都市生活便会一病不起……汤汤在童话中对精怪形象的高频次使用,一方面与儿童早期思维活动的模糊性特征相贴切,泛灵观念统摄下的儿童对世间万物有着与生俱来的新奇感与神秘感,而精怪形象的出现同儿童的审美心理不谋而合。另一方面,这些遵循自身物的尺度生存的精怪形象,反过来给儿童读者带来逆向强化效应的阅读效果。

再次,细部力量强化作品的艺术感染力。方卫平曾在《1978—2018 儿童文学发展史论》中指出,细节的缺失是 20 世纪 90 年代中国儿童小说的艺术弊病之一。借用方卫平的说法,童话亦需要加强细节来提升自身的艺术层级与文学品性,否则当代童话的艺术水准存在低俗化的风险。《愤怒小龙》中那个偷吃柿饼的姐姐土豆经历着痛苦难熬的恐惧与害羞,在巧合的安排下姐姐土豆"心安理得"地将一切嫁祸于弟弟小龙。而怀着满腔怒火计划报复姐姐的小龙,却在最后一刻听到姐姐真挚地呼唤而放弃先前的报复计划,姐弟二人重归于好。通常来说,如何准确把握儿童的心理性状对儿童文学作家而言是一道难题。汤汤对儿童心理细节的描摹为当代童话艺术水平的提升贡献着一份力量。

最后,递进式的童话叙事增加童话艺术的空间运动感。自新世纪以来,对小说叙事方法的挪用与参照已成为当代童话的艺术特征之一。童话在叙事层面的创新为当代童话增添新的艺术面貌。其中,带有元小说性质的"幻野故事簿"系列童话可视为其中的代表之一。这部递进式系列童话既可单独成篇,也可互为整体来完成一个长篇幻想故事的讲述。我们跟随女孩儿土豆一同踏上历险的征程,依次来到羽人谷(《眼泪鱼》)、空房子(《空空空》)、幸运村(《小青瞳》),故事场景的变换为童话增添了空间运动感。其间穿插着非时序化的逆向叙事,打破传统童话单一的线性叙事,充分说明着当代童话向小说叙事手法借鉴的无限可能。

综上所述,汤汤依托现实土壤来搭建自己的文学构架,在艺术创造中

---

① 汤汤:《小绿的樱桃——〈"奇幻童年故事本"创作手记〉》,浙江少年儿童出版社 2017 年版,第 161 页。

吸收新的叙事手法。她对细节的精细化处理，使其笔下的童话故事富有饱满的肌理与纤维。从"奇幻童年故事本"系列童话到《绿珍珠》再到"幻野故事簿"系列童话，汤汤给予童话的不单单是对自己以往创作理念的赓续，而是一种艺术突破。汤汤为中国当代童话增添了崭新的文学质素与艺术内核。作者将童话"应该呈现的样貌"铺陈在读者面前，使读者从感觉的真实跃升到情感的真实，作品因而拥有一种打动人心的艺术力量。

二、典型形象与言说本土故事

比较而言，新世纪以来的中国儿童文学业已摆脱新时期中国儿童文学过分依赖国外儿童文学资源的窘状，逐步开辟出一条独具本土化特色的艺术道路。如何在艺术作品中选择妥帖的艺术手法将民族特征与民族特色进行最优化与最大化的集中展示，不仅检验着一个作家艺术创造能力的高低，还间接验证了一部儿童文学作品是否拥有夯实的文化根基。方卫平曾对当代儿童文学中的文化问题保持深刻的警醒与关注。他指出文化元素已经成为衡量当下儿童文学质量优劣的艺术要素之一。放眼世界儿童文学艺术之林，J.K. 罗琳的《哈利·波特》系列如果缺失了作者本人对欧洲传统文化的熟知与洞彻，其艺术效果难免会大打折扣。同样的艺术真理也适用于中国儿童文学，将民族文化元素融汇入宣述中国故事的艺术进程是当前中国儿童文学亟待突破的艺术瓶颈。从这一点来说，我们从汤汤的童话作品中看到了她在作品里为追求民族文化而做出的艺术努力。

福斯特在其专著《小说面面观》中提出"扁平人物和圆型人物"①的艺术概念，前者的登台亮相往往具有形象直观的"脸谱化"的艺术效果，而后者则一般在具有长度与跨度的某一特定时间段内对人物形象做综合、立体的呈现，于动态发展中揭示人物健全而复杂的性格，对人物形象的身心变化做全方位的反映。不难看出，作者汤汤把自己的审美理想寄托在那个被定名为"土豆"的女孩儿身上。这个由乡村环境里生活并成长的女孩儿迥异于以往儿童文学中的乡村少年形象，活泼好动、精灵古怪、淳朴善良、性格执拗的土豆时常对周围的人和事物保持过度的关爱与同情。少女土豆这一形象的确立打破长期以来人们强加给乡村儿童的诸如呆滞、木讷、胆怯、保守等性格刻板印象，取而代之的是营构起一系列充满鲜活的生命感知、健全丰满的新人形象。作品中身为主要角色的女孩儿土豆无疑是故事发展的动力源，她在与各种精灵打交道的过程中牵引出一系列令人意想不到的插曲，她在精灵面前往往发挥着助手的角色。她为精灵回归家园、寻

① ［英］E.M. 福斯特：《小说面面观》，上海译文出版社 2019 年版，第 61 页。

找亲人等行为提供直接帮助，在此基础上涉及对理想与信念的守望、对美好事物的不倦追求等价值要素。这些故事从本质上说又是和中华民族古老神话传说所传达的中心意旨与价值观念有着一脉相承的关联。譬如，对某种崇高信念的执着与坚守构成了长篇童话《水妖喀喀莎》的主旨，水妖们在面临栖息地日益萎缩、自身即将面临灭顶之灾的危急关头，内心深处能否坚定噗噜噜湖有朝一日终将重获新生这一信念，这是水妖家族日后得以复兴的重要基石。当其余水妖在岁月的磨洗中逐渐褪去起初所秉持的信念之时，复兴水妖栖息地和水妖家族的重任全部由年纪最小的水妖喀喀莎一人承受。在颇具意味的结尾处，喀喀莎未能如愿看到噗噜噜湖的新生，她用自己的牺牲换来整个水妖家族的重生。在这个略有悲剧色彩的结尾我们仍感到一丝宽慰与鼓舞，因为再等待几百年一个新的水妖又将降临人间，她将会是一个焕然一新的喀喀莎。不惜牺牲自身性命的等待与坚守历来构成中国传统神话传说的主题之一。《夸父逐日》中夸父的执着劲头随着一股悲壮气息笼罩全篇，他的死亡兼具一种乌托邦式的美好想象的色彩。而《愚公移山》中那个不达目的誓不罢休的老人更是让人深悟到即便一个再普通不过的生命，因为心存信念而变得高大起来，我们从《愚公移山》那预言式的结尾可预见一个充满希望与光明的未来指向。在这里，汤汤的童话与中国传统神话传说故事的价值观念保持着同质性。

与此同时，南霞村在汤汤的系列童话中是一个颇具传统色彩的地域标识。在这里，各种精灵古怪以人们意想不到的方式纷纷闪现，似乎发生在这片散发着原始野性气息的神秘土地上的任何事情都应是习以为常的存在。美国学者艾莉森·卢里认为，世界经典儿童文学作品在以大自然为描写对象时，通常在整体上突显其"随机性和神秘性"[1]。正因如此，童话的艺术魅力在相当程度上源自对自然界的神奇描绘。显然，汤汤的系列童话秉持着童话这一艺术传统，孕育着诸多神秘生灵的南霞村总给人带来一种原始感觉，那些浸透着岁月痕迹的古树、深潭、湖泊都是演绎奇妙故事的绝佳场所，诸种精灵形象存于其间而毫无违和之感。长篇童话《绿珍珠》中的绿珍珠树林既是精灵绿嘀哩们赖以生存的栖息地，也是一个关乎人类生命延续与传递的文化场域。与其说绿精灵念念与人类女孩儿木木在寻求绿珍珠树林恢复的过程中实现了人类与精灵的相互和解，倒不如说作者汤汤在这里安插了对人生哲学层面的形而上的思考。汤汤依凭绿珍珠树林向心目中的理想化人格做出探问与质询，在当代社会环境下究竟是做一个像木木那样葆有感性色彩的人，还是做一个以青年科学家童安为代表的那种完全理性的人？

①　[美] 艾莉森·卢里:《永远的男孩女孩: 从灰姑娘到哈利·波特》, 南京大学出版社2008年版, 第198页。

自不待言，作者在整部作品里对前一种人格持有肯定态度，而对后一种人格也给予积极的转变。譬如，青年科学家童安最终意识到自己的过失，并参与到保护绿嘀哩的行动中，从根本上摒弃先前的功利心态。长篇童话《绿珍珠》是对理想人格做出的隐喻性传达，大自然在这里化身为一面折射现代人类心态的魔镜，对人类功利心态的净化无疑要通过自然界的过滤，唯有"在人类和自然之间架起一座美丽的桥"①方可到达感性与理性相统一的理想化的人格境界。于是，我们看到了土豆、木木这样的圆型人物，她们身上的最大特点体现在对生命万物的高度感知，对古怪精灵采取积极的接纳态度，作者正是通过这样的崭新的人物形象来"塑造人的新感性，使人的感性向人化的方向发展"②。正是在对理想人格的塑造与渴求中，汤汤赋予其笔下人物以本土化的生长姿态，并进一步丰富了当代童话艺术世界的人物画廊。

三、文艺的绿色之思

对人类深刻而重大的问题做出探讨与解答是童话的中心任务之一，也是千百年来童话艺术魅力永不褪色的原因所在。"将童话的言说导引到现代人生活和生存体验的深处，必定会是一个无从绕开的话题。"③沿着民间口传文学、佩罗童话、格林童话、安徒生童话的艺术演进道路，我们可以清晰地发现上述童话都或多或少涉及对诸如爱情、命运、财富等人类生存本质问题的探讨。从童话艺术发展史来看，童话从自在到自为的发展历程中始终隐含着一个"他者"叙述声音。法国艺术家艾姿碧塔认为，成人与儿童的交流方式之一是"使用孩子自己也能运用的媒介工具来捕捉真相的方式和他接触"④。对于成人来说，浓缩着人类文明的童话无疑是连接成人与儿童的理想交流媒介，前者借助这一媒介将生活经验与人生奥秘传递给后者。

从儿童自身的发展角度来看，儿童显然不是一个封闭、僵化的自足体，他的存在具有明确的现时意义与未来指向。皮亚杰指出，隐伏于儿童生命基因中的原始图式使其拥有接受外来文化的能力。"随着不断的'同化'和'顺应'，儿童所拥有的图式越来越多，头脑中的图式结构越来越复杂，这使他不断从不平衡走向新的'平衡'，人的认识也就跟着发展。"⑤众所周知，儿童生命个体的演进同现实社会的境遇密不可分，他们通常按照"自然的人—社会的人—文化的人"这一递进的成长规律向前发展。然而，由于尚

---

① 钱淑英：《〈绿珍珠〉：用纯真与执念创造希望》，载《文学报》2021年1月7日第09版。
② 吴其南：《转型期少儿文学思潮史》，少年儿童出版社1997年版，第246页。
③ 同上，第246页。
④ [法] 艾姿碧塔：《艺术的童年》，安徽教育出版社2005年版，第183页。
⑤ 刘绪源：《美与幼童》，江苏凤凰少年儿童出版社2017年版，第29页。

处在低幼生理年龄阶段的儿童缺乏足够的人生阅历与生活经验，这种先天性缺失迫使儿童在身份转换过程中受到诸种限制。这样一来，儿童一方面需要汲取成人的经验来补足、丰富自己，另一方面则有赖于成人的指导。于是，童话这一艺术门类也和其他儿童文学文体一道，共同承担起对儿童的教育和认知功能。

然而，审美是文学的本质属性。如果在儿童文学中强行塞入生硬的说教思想，那么儿童文学难免会出现"政治挂了帅，艺术脱了班，故事公式化，人物概念化，语言干巴巴"[①]的尴尬状况。自 20 世纪 80 年代以来，中国儿童文学界诸多学者对文学的功能做出探讨。曹文轩认为"儿童文学的意义在于为人类提供优良的人性基础"[②]。朱自强则站在当代儿童观的角度，提出儿童文学不是成人灌输给儿童的文学，"而是从儿童自身的原初生命欲求出发去解放和发展儿童，并且在这解放和发展儿童的过程中，将自身融入其间，以保持和丰富人性中的可贵品质。"[③]可以看出，以上诸位学者强调的教育是一种大写的教育，是形象大于思想的"审美中的理性"[④]。从汤汤近几年创作的"奇幻童年故事本"系列童话来看，她精心打造"土豆"这一人物形象无疑是作者审美理想的外化。这个充满善与美的女孩儿身上散发着诸如关爱、同情、理解、包容等独立的多元价值取向，一个个蕴含审美情感冲击力的故事也随之展开。作者用充沛、饱满的人物形象向儿童读者传递某种正确的价值取向本无可厚非。但是，我在这里有个疑问：土豆对他人的理解与同情是否应该存在一个度的问题？对他人无节制的理解与同情是否是一种情感泛化的表现？甚至在某些情况下这种无限制的同情心、宽容心破坏了作品的叙事逻辑，进而影响到作品的整体美感。

如果说汤汤在"奇幻童年故事本"系列童话中流露出的是对美好人性的守望，那么《绿珍珠》则是生态危机意识下对深层次人性的呼唤，背后隐含着作者高度的人文情怀。和之前的童话相比，汤汤在新作《绿珍珠》中对人与自然的关系问题的关注，不仅与传统童话有着一脉相承的血缘关系，而且是其童话艺术革新的标志之一。"童话自诞生伊始，其情节动力之一就是人与自然的交互关系"[⑤]。由此可见，人与自然的关系问题在传统童话中占有重要席位。同样，《绿珍珠》也涉及人与自然、现代人类文明与传统生态文明、现代都市与自然荒野等二元对立问题。其中，人类与自然的矛盾冲突乃至最终走向和谐共生这一话题构成这部童话的主要表现题旨。工

① 茅盾：《六〇年少年儿童文学漫谈》，载《上海文学》1961 年第 8 期。
② 曹文轩：《四十年中国儿童文学观念的演进》，载《中华读书报》2019 年 1 月 30 日第 016 版。
③ 朱自强：《儿童文学的本质》，二十一世纪出版集团 2016 年版，第 181 页。
④ 刘绪源：《儿童文学的三大母题》，少年儿童出版社 1995 年版，第 148 页。
⑤ 方卫平、赵霞：《儿童文学的中国想象——新世纪儿童文学艺术发展论》，安徽少年儿童出版社 2018 年版，第 198 页。

业时代的降临一边运用科技文明为人类提供高效便捷的生活环境，一边却使"人类开始生活在一种人化环境之中，这当然也是一种物质性的活动环境，但是它再也不仅仅是自然的了"①。《绿珍珠》里人类寄居其间的城市对树精灵的栖息地森林进行着无休止的侵占，受科学理性主义支配的人类早已不相信超自然神秘事物的存在，对森林的大规模毁灭是人类"祛魅"思想的行为表征。幸运的是，人类对自然的敬畏之心未曾消失殆尽，我们在儿童（木木）身上看到了"复魅"思想下人类对自然的尊重与崇拜，也看到了改变科学理性主义下人类惯有的功利心态（青年科学家童安的幡然醒悟）的尝试。《绿珍珠》的结尾颇具深长意味：绿婆婆用神秘的药水让人类忘却对绿嘀哩（树精）的记忆。这是否是汤汤本人意识到理想化的健全人性与现实人性之间仍存有巨大落差？简言之，"所谓生态危机，从深层上说就是人性危机，人的素质的危机。"②《绿珍珠》向健全的人性发出深沉的呼唤，以期唤起全体人类对自然的深刻思考。应该说，汤汤的童话创作不仅提升着中国本土化童话的艺术格局，还拓充了当代童话的艺术状貌与审美内涵，其对自然生态问题的关注既提升人类的精神向度，也为儿童乃至全人类打下良好的精神基底。

四、结语

进入新世纪以来，儿童文学的高速发展一方面向人们宣示着儿童文学在新的历史语境中迸发出来的无限生机与活力，另一方面也将诸多迷雾与困惑摆在人们的面前，有待人们去解答。如何书写中国式故事和童话，让当代中国儿童文学真正焕发出民族特性及文化内蕴？这不仅是一个老生常谈的话题，也是当下儿童文学有待突破的艺术瓶颈之一。瑞典儿童文学理论家玛丽娅·尼古拉耶娃认为儿童文学有两种形态：一是教育儿童；一是联系现实。后一种儿童文学往往陷入"儿童—家庭—社会"这种"单线直径式的思维定式"③中去。儿童文学的历史经验告诉我们，真正经典的儿童文学作品除了对现实问题进行艺术化的表征，更要具备某些永恒的文学质素。童话也概莫能外。一部优秀的童话是审美想象、游戏精神、人类认知自我和生命等要素相互交融的审美综合体。换言之，拥有深厚文化积淀的儿童文学才是经得起时间检验的文学，"儿童文化就是缪斯文化，这一文化中的自由的想象力、鲜活的审美力，以及广博的同情心和正义感正是成人文化

① ［英］安东尼·吉登斯：《现代性的后果》，译林出版社 2020 年版，第 53 页。
② 曾永成：《文艺的绿色之思》，人民文学出版社 2000 年版，第 26 页。
③ 孙建江：《童话艺术空间论》，湖北少年儿童出版社 1990 年版，第 11 页。

所严重缺失的。"①我想说，包含上述文化要素的童话才是真正优秀的童话，而世界经典童话正是如此。从当前来看，汤汤的童话和世界经典童话相比还有一定的距离，但我们依然对她未来的童话创作抱有热情和期待。

（迁卓：浙江师范大学儿童文学专业博士研究生）

① 朱自强:《"解放儿童的文学"——新世纪的儿童文学观》，载《中国儿童文学》2000 年第 4 期。

"父亲"角色的在位、缺位与复位

——论韩青辰《因为爸爸》中父亲形象的家庭角色与社会角色

周莹瑶

女作家学刊·第三辑

摘　要: 韩青辰小说《因为爸爸》中的角色"金秋",身兼"父亲"和"警察"双重身份。因其既为警官又为父亲,家庭与社会身份产生矛盾,在其恪尽职守履行其社会职责的同时,作为家庭中父亲的权威一面并未得到伸张。在社会生活中,父亲是勤勤恳恳的英模,是警察权的审慎使用者;但他陪伴孩子的时间相应减少,由此,儿子感知到"父亲"的缺位,因而产生心理失衡,父子关系紧张。然而在父亲因公牺牲之后,肉体上的"父亲"永远离开了儿子,但"父亲"作为精神符号,在儿子的成长反思中得到复位。通过"父亲在位"的理论透视可知,"父亲"以其社会担当重建了"英雄"之名,在儿子心中建立了"父亲"形象,也引导儿子及其同辈人在父辈的精神引领下健康成长、勇敢地承担社会责任。

关键词: 韩青辰;《因为爸爸》;父子;英雄;成长

父子关系是儿童文学常见题材之一,也是事关儿童成长的重要命题。韩青辰的《因为爸爸》描写了一位男性在家庭环境与社会环境中的双重角色,成功塑造了一位英雄爸爸的形象,引发读者较为强烈的反响。其标题"因为爸爸"暗含她将"父亲"这一角色置于儿童成长过程中进行观察的主观用意,这可根据"父亲在位"理论予以审视。此理论提出了一个带有嵌套层次的同心圆模型,由内向外依次是孩子"内心的父亲"(对父亲的感知内化的父亲形象、父亲体验),"孩子和父亲的关系"(对父亲的情感、对父亲参与的感知等),"其他人对孩子父亲在位的影响"(父亲与自己父亲的关系、其他人的影响等),以及"有关父亲信念"(文化信念和文化形象)的问题①。小说

---

① Krampe, E.M.When is the father really there？ A conceptual reformulation of father presence[J].Journal of Family Issues, 2009, (7): 875-897, 转引自蒲少华、李臣、卢宁、王孟成:《国外"父亲在位"理论研究新进展及启示》,载《深圳大学学报》(人文社会科学版) 2011 年第 28 (02) 期。

中孩子对父亲的认知和理解，随着自身成长和父亲的牺牲发生了历时性的转变。

金秋这一形象，是作家韩青辰结合自身失去父亲的亲身经历与眼见两位英雄楷模张金文和尤建华的事迹而共同塑造的。2004年，韩青辰失去了父亲，她创作了一组散文《每天都在失去你》，文中表达了对父亲的眷眷情深；她在文中刻画了一个在病魔面前顽强抗争、屹立不倒的父亲形象，是一位平凡的英雄，与小说中父亲刚强有力的形象不谋而合；而正因父亲的鼓励，韩青辰踏上了文学创作之路，直至爸爸去世，她依然坚信"爸爸还活着"[①]。在工作中，身为一名警察，她也为身边的英模事迹而动容。2009年，靖江公安局张金文在审讯台上积劳成疾猝死；2013年，南通民警尤建华牺牲——长期在刑侦一线工作的韩青辰敏锐地捕捉到了这两个故事，她把平民"英雄父亲"的形象移置于整个社会之中，为整个公安系统的英雄谱写了颂歌。小说中的大量原材料，都源于她对两位英模及其家属同事的采访和研究。她认为，虽说英雄的故事在当下某些人看来似乎已略觉乏味，但应该以真挚的情感给孩子们写一本"英雄书"[②]，以真实展现孩子身边的榜样人物。她以警察金秋的儿子金果为视角，讲述了英雄警察醉心于工作忽略了陪伴家人而最终在战斗中负伤牺牲的故事，儿子也在这个过程中理解了父亲，最终茁壮成长。其对父子关系的描摹感人至深，着重展现了父亲的社会责任和家庭责任；但在父亲英勇献身之后，父亲的名字在社会上以"英雄"之名颂扬，逐渐在孩子心中永垂不朽，孩子也终于理解了父亲的精神世界。以"父亲"这一角色为中心，韩青辰将目光投向儿童及其身边的同伴，她对父亲这一角色的解读，也可以被分解为家庭和社会两个方面，其"在位"和"缺位"在父子互动中存在着变化。与此同时，儿童身边的人对"英雄之子"的理解，也促进了"英雄之子"的成长。因此，"父亲"超越了"父亲"角色本身，在不同境遇下的"缺位"与"在位"，家庭效益和社会效益引起了矛盾和交锋，让作品折射出人文关怀与社会关怀。

一、在位：警察身份之建构

《因为爸爸》中的"金秋"是一位投身工作鞠躬尽瘁的好警察。作为一名曾经参加战斗的战士，他在战场上是英勇的"排雷博士"，睡觉时一直把子弹箱放在床头，为的是念念不忘保家卫国；在警官的平凡岗位上，他更是

① 韩青辰：《思念是生命的后记》，《每天都在失去你》，江苏文艺出版社2018年版，第337页。
② 韩青辰：《英雄祭（代后记）》，《因为爸爸》，江苏凤凰少年儿童出版社2017年版，第278页。

兢兢业业，常常加班加点。而在儿子金果眼中，父亲的工作事迹是隐匿的，他对金警官这一身份了解并不充分。小说设置了一次金果对父亲工作状态的近距离观察，这是金警官来学校讲学的场景：

> 金秋警官头戴警帽，身穿藏青色警服，白色的警徽、肩章、领花和纽扣，全身金光闪闪。他对着全校立正、敬礼。哇，简直太帅了，全场掌声雷动。……①

全班同学都为金警官的帅气所折服，许多孩子都希望自己能长大当警察。这与金果形成鲜明的对比，身为儿子的他反而显得不知所措。尽管他的同学们都羡慕他有个警官爸爸，但他却扭扭捏捏的，觉得不好意思。对于他来说，"警官"身份的父亲是被诉说、被建构的——父亲留给他的仅仅是一个剪影。被言说、被侧面描写的警官父亲，是一个远离家庭的朦胧角色。词汇边界所定义的"警察"，与"父亲"角色弥合又撕裂。

与之对应，"警官父亲"的身份，虽然幼小的儿子金果不甚理解，但父亲时时牢记于心。战士、警官之职业，金秋时时在位，时时驻守一线。金秋作为国家执法者的一员，时时在发挥自己权力，也时时维护社会的治安。而在家中，他作为家长，却并非一位时时在位的父亲。在工作中他挺身而出，在与毒贩的搏斗中被砍去手指；果敢、英勇和刚毅在警官父亲身上体现得淋漓尽致。在家中，这种勇敢则消隐了，但这并非为"父"者形象的全然消弭，而是他承担的社会角色掩盖了他为人父的形象特征。"警察权"，从伦理学而言，并非一味居高临下地教育、惩罚、审讯违法者，警察权为社会公众利益而服务，"警察权"以服务群众为己任，行使社会职能为基础，具有鲜明的"公益性和服务性"②，也就是说展现为爱人民的道德观。据研究，"我国的警察权是指由国家宪法和法律授权的，由警察机关和警务人员单方面行使的，以保障国家安全和公共利益为目标的具有特殊强制力的国家行政权，其外化形式是警察职权。"③金秋的社会角色，是根据宪法，人民赋予的，保障人民安全与社会稳定的职业角色，是社会架构的重要组成要件，是维护国家安定普通而重要的一员。金秋是一位在社会主义制度下谨慎运用权力惩戒犯罪者的警官，敬畏且尊重人民赋予他的警察权，他处处以公共性为自身的做事原则，提高自身服务人民的能力，成为扮演好社会角色的典范成员。因此，金秋是一名将私人权力让位于公共权力的个人典范，将"警察角色"置于"家庭角色"之上，即将社会利益置于家庭利

---

① 韩青辰：《因为爸爸》，第33页。
② 胡大成、周家骧、王智军，邢盎洲：《警察政治学》，南京大学出版社2004年版，第14页。
③ 彭贵才：《论我国警察权行使的法律规制》，载《当代法学》2009年第4期。

女作家学刊·第三辑

益之上，将公共利益置于个人利益之上。作为服务者，金秋勤勤恳恳、为民谋利，成为一位优秀的社会个体。不为私、只为民，这就是在金秋使用警察权时的准则。执法中的他，具有"公"和"私"两面身份，但行使国家权力之时，金秋作为警察，表现出对普世道德准则的尊重和利他主义的思想，在岗位上取得尽职尽责的光辉业绩。

一个社会框架中符合职业伦理道德的警察，往往敢于与邪恶势力斗争，挽救走入斜路者，这也符合民众对警察群体中先进个人的想象。此形象在外界光芒万丈，在幼子心中却是被转述的。他从爸爸的战友那里听得他的故事；他从满柜子的荣誉证书中想象他的光辉成绩；他从同学周明亮父亲入狱的故事中感受父亲对违法者的关心和爱护……但这些形象都是被"转述"的，以社会之镜反射再进入金果的心中。在对英雄形象的建构中，作家摒弃了过分完美的描写，而故意将金秋的形象模糊化处理，保持叙事的距离感。儿童，终究不能走进警察日常生活本身。这样保持一定距离的叙述则避免了情感的过分高涨，为后文蓄势。不同于过分的渲染和歌颂，这常常让人物浮于表面。而韩青辰所采用的侧面描绘，也为读者对恪尽职守者形象的想象留下了余地。小说描绘的是触及职场生活边边角角的事迹，作者模糊化的处理让人物的个性品质留有空间，让人物在侧面描写中更加丰满。

从另一个层面而言，韩青辰在描述在位的金秋警官形象时，有意回避了政治宣传性语言对文学本身的侵扰。在写作过程中，"警官"作为普通的一位民警被描写，而非"英雄"。因而，在兼顾小说宣传正能量的同时，作家有意避开了对主人公过分美化的描写。她曾自称，在写作中没有找到很好的样本进行仿写，更早的儿童英雄小说《小兵张嘎》曾被思忖作为范本，但终因年代久远未进行深入学习。[1]而事实上，较之前者，韩青辰有意回避的是纯粹用理想意念建构一个人的岗位形象。也就是说，韩青辰以不同于革命历史叙事的讲述方式，避免失真的人物塑造。事实上，五六十年代"革命文学所谓的本质的'现实'都是一种合政治目的性的话语的构造物"[2]，作家对这种为政治宣传目的而宣传集体主义、革命英雄主义的写作手法予以改变。在叙事过程中，金警官在岗位之上是鲜活的、敬业的，也是可爱的、友善的，他与周围人的交流互动被投射到孩子心中，成为一个略具有幻想色彩的、具备坚强意志力的形象。

概而言之，在小说前半部分，父亲在世时，给予金果的工作形象是兢兢业业的，却是模糊的，需要用想象来填补父亲的空白。而这种并非精确的、非理想化的描写，让金秋的警官角色更为真实可感。在社会角色中，

---

① 韩青辰：《为孩子们写本"英雄书"》，载《风流一代（青春）》2019年第12期。
② 余虹：《革命·审美·解构——20世纪中国文学理论的现代性与后现代型》，广西师范大学出版社2001年版，第222页。

"警官金秋"是在位的，亦即能够展示社会身份所含意义的。他谨记职业操守，将警察权为人民服务的特性予以深刻展示。

二、缺位：父亲身份之缺席

金秋作为一名父亲，在家庭中是缺位的。在金果眼里，父亲只是一个忙碌的背影——他的家庭中，父亲缺位在他的心灵中留下了无限的遗憾。"父亲缺位"本是当代社会较为普遍的问题，较之女性承担的家庭角色，父亲"教育子女时间较少，教育方式较为单一"①，因而韩青辰在小说中展现的是父亲家庭形象的一种普遍性缺位，而这缺位中的极端案例，就是类似于金秋这样的职业男性。

故事从金果等爸爸陪他过十周岁生日开始，然而爸爸却因送突发心脏病的祝大爷去医院而缺席，金果的心中对爸爸会产生一种埋怨甚至愠怒。他甚至呼喊道："我没有爸爸！"②在金果的眼里，"爸爸"是一个不能够给予他足够父爱的爸爸。他对爸爸的感知是肤浅、有限的，而父亲的缺位造成了他感情上的失衡。他认为，父亲有过错的，他并没有尽到一个父亲的责任。他在时间陪伴和教育付出上都偏少，因而与金果建立不了如母亲一样亲昵的关系。而且他这种对父亲的古怪感受一直持续并与日俱增。这符合青少年成长的心理过程，也将父子关系拉扯进入一种紧张的状态。父亲的缺位给金果幼小的心灵留下无限的遗憾，这种遗憾让他们之间的父子关系无法正常发展。其实，他在幼年时期曾经建立起对父亲生理上的依恋，父亲曾经"最喜欢拿他的小脚丫搓他的腮帮和大鼻子，一边搓一边皱着脸夸张地喊：'哇，好臭啊！'"③，这给予了幼年金果深深的慰藉与温暖；但随着"爸爸越来越忙"，金果与爸爸物理上的疏远让这种生理上的接触成为一种奢望，这种巨大的落差更加重了成长过程中父爱缺失带来的伤痛。因为金秋把时间投注在了工作之上，因而无法将时间匀给自己的孩子，这种社会角色的在位直接导致了他家庭角色的缺位。这两部分，有力地拼凑成一个完整的金秋形象。

而就孩子金果而言，金秋只是一个生理上的父亲，外在的、针对家庭以外成员的父亲。根据"父亲在位理论模型"④，父亲形象的核心是"内心的父亲"，是父亲的形象在心中投射的身影，这是从对父亲的感知内化而来的形象。与外在的警官父亲形象相比，内在的父亲形象在孩子金果眼里并不

① 卢清、曾彬：《对当前子女教育中"父亲缺位"现象的思考》，载《西华大学学报（哲学社会科学版）》，2004年第12期。
② 韩青辰：《因为爸爸》，第5页。
③ 同上，第156页。
④ ［瑞士］皮亚杰：《儿童的语言与思维》，傅统先译，文化教育出版社1980年版，第8页。

讨巧，而正是外在形象的光鲜间接导致了这种父亲的缺位。金果与金秋接触的时间十分有限，他没有足够的能力了解父亲，时间作为一种容器，无法容下他们更多的情谊。因而，在家庭中，"父亲"的角色是缺位的，而父亲缺位会给儿童心理成长带来消极的影响，而这种消极影响又促成了父子之间裂隙的产生。父亲越不能够陪伴孩子，孩子就越埋怨父亲，双方在焦灼中形成对峙。而与此同时，孩子作为在成长中的个体，对父亲的认知更多地指向童年时期的依恋关系，在成长过程中，父亲的缺位导致了他更加强烈地渴望如父亲与幼儿一般的亲密关系。也就是说，父亲在家庭中并没有起到应有的行使家长权威的作用，与外在的父亲形成鲜明对比。这种情绪也与外在受到追捧的父亲形象形成了一定的落差，在金果眼中，这个爸爸显然不够尽责。

在小说中，除了金果之外，韩青辰设置了多个同样"父亲缺位"的家庭。如：崔雨阳的父亲在外经商，周明亮的父亲入狱服刑。这种父亲缺位的失衡家庭在小说中比比皆是，展现了韩青辰作为一位女性在承担家庭角色对男性缺少家庭担当问题的审视。由于父亲缺位，这些孩子在家庭生活中处于一种期待中，他们用期待而非实际的接触与"父亲"这一身份进行对话。而金果眼中的父亲的幻想形态，正如前文所述，是他在社会上的"在位"形象。此种形象与金果所见的父亲形象并非统一，这种相异的视差诱发了人物形象的多维创造。

在父与子的互动中，父亲在家庭日常中原先的主动被打破，而孩子在与父亲的接触中被动地、极为有限地认知父亲，在一定程度上在家庭中形成对父权的消解和儿子的心灵创伤。他在家庭的世界中感受到的父亲角色不足，导致他更多地在母亲和同学间寻求帮助。在儿童成长中的父亲缺位，深刻影响了其生活中的情绪。

三、复位：英雄身份之重塑

"死亡"是一种极端命运，在故事中扮演了一个转折的角色。透过"死亡"这一棱镜，整个故事形成一种心理上的扭转——父亲在故事中成为一名英雄，而这个英雄之死才给予儿子更深刻的心灵成长的机会。在中国"五四"以来的家庭叙事中，父亲的死亡，意味着由父亲所承载的社会权力出现了缺失，这直接导致了家庭内部权力的松动。[1]这个以死亡诱发的家庭权力变故更有力地促进了金果作为一个小学生的成长，而与此同时，金果也开始在社会的引导下重新审视父亲。

---

[1]　李宗刚：《父权缺失与五四文学的发生》，载《文史哲》2014年第6期。

在失去父亲的最初的日子里，金果首先感受到的是茫然和无助，甚至他根本没有做好父亲会离他而去的准备。因此，金果一遍遍地问自己，"这是真的吗？"[1] 他作为哀恸的亲历者，首先经历"否认"的心理状态。他认为自己的父亲还没有走，这也与韩青辰自己所经历的丧父之痛相似，甚至这段心理描写可能就来自韩青辰自身的丧父经历。对比外界做出的反应——争先恐后的报道、纷然而至的赞美——金果自己所感受到的，是迟钝和错愕。这种对缺位的父亲的认知，导致了他要重新建构一个父亲的角色来取代父亲逝去的形象。那么这个隐秘的形象又身处何方？他在外界的刺激下不断地"思念"他的父亲。但这种追忆，充满了无尽的伤痛，也使得复现的父亲形象具有强烈的情绪色彩。

作为一名父亲，金秋在自己的孩子眼里，兼具严厉与温柔两面。一方面，他是一位富有原则性的父亲，他对孩子的任何过错，都会不加修饰地予以批评。例如，一次金果捡到了王佳琪父母从香港买来的精致橡皮想据为己有，父亲知道后义正词严地说："所有罪犯都是从撒谎、贪心、小偷小摸开始的，我希望你永远记住今天的教训。"[2] 父亲对其的管教，以自己作为警察的身份为参照，亦即，父亲在用管理社会人的方法管理和要求自己的孩子。在对孩子的要求中，这位爸爸以身作则，让孩子清白做人，并在孩子改邪归正后适时予以鼓励。这种对孩子的言传身教在儿童成长中起着有益的作用，是对儿童良好行为养成的积极干预。而另一方面，他也是一位充满爱意的父亲，韩青辰在塑造这一形象时，将其与中国传统文化背景下的严父形成区别，而这位高大的父亲，也会表现出亲昵的一面，比如帮他修指甲、将他背上背等等。因而，这位"爸爸"在离去之后，终于在孩子心中建立起另一种形象，以证明其在家庭生活中并非完全缺位。这是家庭重构的一种方式，以精神上的父亲代替实际意义上的父亲作为家庭的一杆支柱。而在审视、回忆、重构父亲的过程中，金果作为一个更加成熟的孩子重新理解父亲、感知父亲。而在此基础上，死去的父亲已经从一个实质性的父亲幻化为一个精神符号，一个英雄的代名词。亦即，一个家庭的父亲被视作一个社会的父亲。在此过程中，媒体和官方语言的介入让父亲这一形象得到扩展，成为父权由家庭之"父"（家长权）到社会之"父"（警察权）的又一次高度认可。以"英雄"之名，父亲被上升为一个牺牲精神的代名词，成为为国捐躯者中的一员。就孩子个体而言，"审父"的不满渐变为"恋父"的敬仰。这种敬仰以社会对英雄的认可为基础，以孩子自身对父亲的细腻感知为素材。而返归孩子自身可见，丧父之恸给他幼小的心灵以极大的创伤，这种创伤促使他在对父亲的形象重构的同时也反省自身。

---

[1] 韩青辰：《因为爸爸》，第73页。

[2] 同上，第119页。

女作家学刊·第三辑

作为英雄的孩子，他被误解、被无意中伤，也被激励、被珍视。他以社会对父亲的塑造为镜反观自身，激励自己不断求索。死者无言，父亲被描述、被赞美，成为儿童心中不朽的精神标志。

放眼文学史，英雄形象的塑造时常于社会政治向文学施压较多的时期，尤其是家国离乱之时较为兴盛。作为一种使话语正当化的手段，文学成为激励社会成员胸怀理想的方式。"英雄主义通过社会群体中具有崇高品质的具体人物作为摹本或榜样，志在弘扬某一特定时期这一社会群体所追寻的最完美、最高尚、最能代表整体利益的宏大目标，并以此号召和激励社会所有的人模仿这一人物，以达到或完成这一事业的最终目的。"① 在英雄主义不被重视的当下，在孩子面前重建英雄形象显得尤为重要。而当这种英模形象恰巧作为家庭成员存在于孩子身边时，孩子在内心便重新建立起了对父亲的情感、对父亲的家庭参与的感知；这些对过去记忆的整理和回溯，在疗愈孩子的心灵创伤的同时，帮助他原谅父亲、理解父亲。而作为先进分子的父亲，也成了金果的一个信念，因此，他认真学习，努力上进，希望能够向父亲看齐。作为一个信念符号，一个英模父亲，在孩子心中，激发其更快速、更健康成长的潜力。韩青辰在写作这部作品之时，一直与文中金果的原型——果果联络，后来果果也如愿考上了警察学院。而这子承父业的道路抉择，正体现了父亲这一形象的深刻作用。诚如她自己所言，她创作这部作品的初衷，是希望读后的孩子同这位爸爸一样——"成为捍卫美好与和平的人"②。这是韩青辰对下一代的期待，也是儿童成长既定的目标。

继而，这位父亲爱岗敬业的社会形象也被深入挖掘，成为社会宣传的合适材料。作为英模，韩青辰赞美他的职业奉献精神的同时，也努力让这位身为父亲的英模可知、可感。这种父子关系的修复，建立在任何一位读者（主要是儿童读者）与这位父亲的联结之上。因此，这位符号化的父亲也与万千个与金果同龄的孩子建立了无数个心理上的"父子关系"，继而激励他们进步。而他作为警察的身份，也确认了警察权的合法性，在社会大家庭的伦理秩序中，国家政权维护人民利益。父子关系和警民关系在社会这个大家庭中得到统一，在以警察为代表的社会成员帮助下，无数家庭维持了和谐的生活。通过这一联结，家庭同社会成为一个共同体，成为社会成员彼此共同搭建的和谐空间。

---

① 潘天强：《论英雄主义——历史观中的光环和阴影》，载《人文杂志》2007年第3期。
② 谢玲，李慧：《用文字温暖童心——访著名儿童文学作家韩青辰》，载《阅读》（中年级版）2020第C2期。

结　语

　　韩青辰的《因为爸爸》是她在广泛采集自身工作中所接触的真实信息，并结合自己亲身经历创作的一部儿童小说。小说以父亲之牺牲为间隔，展现一个孩子对其父亲的认知，也展现了一位社会成员对一名执法者的认知。韩青辰作为女性作家，对理想化的男性形象进行了深度刻画，就社会中合法行使权力者予以了深情赞美。在"警察"和"父亲"的双重身份之下，家长权与警察权在个人与社会的对话中形成统一，在儿子心中树立光辉可感的英雄形象。而在父亲的"在位""缺位"与"复位"三重身份的转换之间，一个儿子在埋怨父亲、思念父亲、重审父亲的过程中逐渐理解了父亲，得到心灵的成长，也摸索出了与社会共处的合理方法。作品展示了社会层级系统之下家庭与社会双重结构形式，也展现了其中个体面对双重身份的两难境地；而通过展现父亲对孩子成长造成的正面影响，韩青辰为孩子们写出了合适的英雄故事，以激励儿童认知自身在社会和家庭中的价值。

（周莹瑶：浙江师范大学人文学院博士生）

少数民族女作家研究

流动中的当代"游牧者"
——论长篇小说《影》的人物塑造

杨 易

摘 要:《影》是蒙古族80后女作家娜仁高娃的汉文长篇小说作品,讲述了出生在大漠后进入都市闯荡的蒙古族年轻人阿岩夫的成长故事。通过借助齐格蒙特·鲍曼的"流动的现代性"思想对这部小说进行分析,可以发现小说主人公的人物塑造极富"游牧者"的色彩,而小说的结局也昭示着新一代"游牧者"将走出困境,最终实现多重的文化身份认同。

关键词:娜仁高娃;长篇小说;人物塑造;流动的现代性;游牧者

娜仁高娃是现今蒙古族80后作家中较具代表性的一位,她于2009年开始蒙汉双语创作,作品散见于《民族文学》《中国作家》《草原》《潮洛蒙》等刊物。她的作品《短篇小说二则:热恋中的巴岱·醉阳》曾入选中国小说学会2016年度短篇小说排行榜。娜仁高娃作为新锐蒙古族作家正逐渐获得主流文坛的瞩目,并不断扩大着自身的影响力。

《影》是她出版的第一部长篇小说作品。小说用汉文创作,讲述了出生在大漠后进入都市闯荡的蒙古族年轻人阿岩夫的成长故事。本文将借助齐格蒙特·鲍曼的"流动的现代性"理论对这部小说进行分析,论述小说中主人公形象中包含的"游牧者"意味,并以此阐发小说中对少数民族传统生活和现代都市生活的反思和审视。

一

"流动的现代性"思想是当代社会学家齐格蒙特·鲍曼在20世纪90年代末期提出的概念。他以"流动的现代性"取代之前"后现代性"的概念,用以批判和反思90年代以来经济全球化浪潮影响下的西方社会发展态势。鲍曼认为流动的现代性阶段在存在方式上:从"稳固"到流动;思维方式由"整体"转向了"碎片化";行为方式由"从规则化"转变成了"非规则化"①。流动的现代性是指现代性的历史的流动阶段,表征着这一阶段社会形态的本质就是流动性。这种"流动"是指人们的生活方式在流动。当整个社会变得动荡、缺乏逻辑和碎片化,人们的生活也随之变得非理性、短暂易变和碎片化。社会成员在这种状况之下往往会改变之前一成不变的定居状态,成为流动时代中的"游牧者"。

鲍曼的"流动的现代性"思想虽然是用于批判西方社会在现代发展进程中的状况,但这可以为我们认识现代社会发展提供理论上的参照。鲍曼使用"瓦解传统"一词来揭示现代性的流动性质,"传统的瓦解导致经济更加摆脱了传统政治的、伦理的和文化的阻碍。它积淀出了一个新秩序,一个首先按经济标准来界定的新秩序。"② 由此一来,现代化进程逐渐席卷和瓦解了旧的社会传统,建立起一个由经济主导的新社会秩序。

传统价值与现代文明的冲突往往是少数民族文学中不可避免要涉及的话题,在娜仁高娃的小说中也是如此。《影》这部小说有意构建了"沙窝子地"和"大漠城"两个相互对立的场域,一个是主人公出生成长的故乡,一个是主人公出走追逐的目的地。

在娜仁高娃的笔下,沙窝子地神秘而苍凉,弥漫着神话传说和种种幽玄的隐喻,小说中常常使用一种糅合了荒诞与现实的魔幻笔调对沙窝子地的自然风貌进行描写。极度的荒芜干旱和变化无常的灾难气候是这片土地的常态:

> 黄风猖獗过后,都已经是惊蛰了,原野地却仍未回暖。河槽地的冰硬撅撅的,蒙着一层黄沙。牛羊群到了冰上舔冰。舔了很久,也没解渴,单单把黄沙给舔到肚子里了。原来,那冰里尽是沙子。清明之后,天气暖和了,却不见下雨,河槽地的水枯了,地表开裂,牛羊群走过,尘土飞扬,一阵碎响,像是戴着脚镣的囚徒在行步。偶尔,河道两侧土崖下洇出一层黑乎乎的水来,牛羊群去汲那水,总有那么几只陷在

① 李娟,李昌圣:《解读鲍曼流动的现代性思想》,载《理论界》2010年第5期。
② [英]齐格蒙特·鲍曼(Zygmunt Bauman)著,欧阳景根译:《流动的现代性》,上海三联书店2002年版,第3—5页。

烂泥里死掉。①

而沙窝子地的每一处角落，都暗合着某些古老传说和禁忌，似乎隐藏着与人命运之间不可言说的神秘关联：

> 咔咔，咔咔，巴哈岱往骨头堆中央走去，那里有颗椭圆形的颅骨，颅顶上的扇状长角还没脱落。如果没看走眼，那应该是一头大角鹿。巴哈岱脸上明显有了喜色。在他七八岁时，他见过刻到石头上的大角鹿。那时他祖母带他到沙窝子深处，在一片茂密的灌木丛中找到一块儿大石头。祖母往石头上泼洒鲜奶。他问祖母，洒了鲜奶大角鹿就从石头上下来吗？祖母告诉他说，会的，来的时候背上驮着大大的月亮来。②

而大漠城缤纷复杂深不可测，盛行的是由金钱作为主导的残酷丛林法则，比起充满原始野性神秘的沙窝子地，大漠城在固态静止的森严建筑图景之外，更具魔幻色彩的是复杂的人心：

> 在这里，高楼大厦坚若磐石，没有沙窝子的土屋，一点点地把日子往身上刻。这里的马路总是硬邦邦的。在这样的地方，人心比城市本身魔幻。不像沙窝子地，沙包、水洼子、石头、树木土墩，甚至天上的云彩都有着不可隐匿的魔幻味道。在这里，所看见的都是清晰的，唯有人本身是魔幻的。在这里，人心就是一间酒吧。③

小说的主人公阿岩夫在魔幻神秘的沙窝子地成长，在纷繁严酷的大漠城中摸爬滚打，这两种场域串联起阿岩夫的整个人物命运。沙窝子地为阿岩夫赋予了沉默坚忍的性格和神秘宿命，而大漠城给了阿岩夫现实的生存挑战和挫折磨砺。

这两种场域的对立是当下中国社会城市化进程中的现实性投射，代表新社会秩序的城市文明正在瓦解和冲击传统的地方民族生活，成为"流动的现代性"的一个侧面的真实写照。

二

在小说中，阿岩夫在沙窝子地的童年伴随着两个神秘的故事：一个是

---

① 娜仁高娃：《影》，作家出版社 2017 年版，第 18 页。
② 同上，第 16 页。
③ 同上，第 202 页。

自己儿时在河边糊了一身烂泥之后就变得黝黑的皮肤，另一个是与家里的斧头有关的高祖父和阿拉姆斯的传说。这两个神秘故事成为笼罩在阿岩夫童年时光之上的预言或者诅咒：阿岩夫的父母相继离世，姐姐的儿子车力格尔也成了自闭内向常常待在树上的"喊娃"。在这样的时间里阿岩夫逐渐成长为一个结实又沉默寡言的少年，直到有一次遇到了来沙漠游玩的城里人"四姐"并陷入了对她的爱恋。

阿岩夫为了追寻爱情而决意进入大漠城，"四姐"却不知所踪。阿岩夫在大漠城盲目地摸爬滚打，理所当然地四处碰壁。进入城市之后他并不能融入城市生活，加入了黑社会组织，只能像影子一样游走于城市的阴暗面。他黝黑的皮肤也成为他身份的暗喻——影子。阿岩夫对爱情的追逐也并未落空，只是他的爱情身不由己地被卷入黑社会的恩怨阴谋之中。阿岩夫在一次讨债的"任务"中与四姐相遇，他沉溺于与四姐的复杂感情关系，随着和四姐的相处，他身上的黑色竟神奇般褪去，这也暗示着他在这段感情中完成了最后的成长。在故事的最后，阿岩夫用自己的人生抉择，告别了从都市中获得的伙伴与爱情，完成了自我的蜕变，并找到了在都市中继续生存下去的勇气。

小说中阿岩夫的人物形象极富"游牧者"的色彩。"游牧者"这一概念是鲍曼"流动的现代性"理论中对处于现代性流动之中的社会成员的指称。流动时代的不确定性和个体化困境致使社会成员的生活和情感都难以稳定，处于一种流动状态。个体只能在不同的地方短暂停留又迅速离开，如同"游牧者"在不同的部落中迁徙，难以持久地定居①。"游牧者"并非实指生产生活方式上的"游牧"，而是指向现代社会中人们在精神上的流离失所，无可归依的状态。

阿岩夫作为小说主人公，他身上的"游牧者"特征体现在以下两个方面。

首先，"游牧者"的生活状态常处于不确定之中，生活历程趋向于碎片化和混乱化。在流动的时代，社会的变动和解体导致个体陷入不确定性之中。在此种生存困境之下，社会成员犹如游牧者活在当下，不再追求稳定的生活策略，生命历程和情感关系也趋于破碎②。当流动的现代城市文明以液态的状貌渗透、冲击并瓦解传统民族文化，居于其间的少数民族群体就开始了"游牧"的历程，小说中的阿岩夫即是其中的一个代表性人物。阿岩夫接触了来沙窝子地游玩的大漠城人"四姐"，就受到了爱情的感召而决意出走。事实上，在小说中作者也做了其他铺垫，比如流传在沙窝子地的

女作家学刊·第三辑

---

① 郭璐：《游牧者：流动时代个体的生活叙事——基于鲍曼流动的现代性思想》，载《理论界》2018 年第 11 期。

② 同上。

关于大漠城的传言，以及阿岩夫身边也存在离乡进城发誓绝不再归来的其他人。大漠城对阿岩夫的吸引力不仅仅集中于"四姐"身上，城市文明的灯红酒绿更是潜在的要素。而阿岩夫离开沙窝子地刚刚进入大漠城，原有的生活节奏就立刻被打乱，他甚至有些措手不及，不仅没能寻得四姐的踪迹，还因为在舞厅打架被关进了看守所。这也由此开启了他之后加入黑社会，只能游走于城市阴暗底层的命运。大漠城的生活完全打破了阿岩夫之前的生活逻辑，他也由此进入了充满动荡、抉择和挑战的碎片化生活困境之中。

其次，"游牧者"往往陷入个体化的困境。现代社会中的"个体化"指的是个体自我身份的构建。流动时代个体身份的建构具有不稳定性，当个体身份从传统、蒙昧和强制等束缚中脱嵌而出之后，重新嵌入的社会关系和位置却并不坚固，难以维持稳定的自我形象。这种个体化并非个体的自我选择与自我实现的象征，而是被社会抛弃后陷入孤独的境遇。个体化的困境实质上就是自我身份建构和自我认同遇到了障碍。如前文所述，阿岩夫离开沙窝子地，从牧民的身份中叛离，当他从原有的根基中抽身而出之后，在大漠城却难以实现重新扎根的可能。他无法自然而然地成为大漠城的新居民，而是狼狈不堪地被城市所抛弃，被边缘化。他在大漠城只能做一个跟随黑社会组织上门讨债的打手，和任何人都无法维持长期、稳定的社交关系。而这一点也可以从他和四姐的恋爱关系中看出来。"游牧者首先将他人视为审美、而不是道德评价的客体；是情感的源泉而不是道德的源泉；视为一种体验问题，而非责任关系"①。他与四姐注定无法拥有普遍意义上的爱情，这种随时抽离的人际关系也注定无法产生任何结果。

三

出走故土奔向城市的阿岩夫，一方面面临着动荡不安、支离破碎的生活方式，另一方面精神上也孤独无依、漂泊不定。在都市森林的游牧流浪历程中，他身上代表着民族传统价值的命运寓言——黑色的皮肤，也随着他的成长蜕变而逐渐剥落。在现实与精神的双重挑战之下，作为"游牧者"的阿岩夫，他的个体身份、个体意识必然经历了一系列漫长且艰难的破碎与重建。

相应地，作者在小说的结局却昭示了阿岩夫在大漠城找到了继续生存的勇气，阿岩夫脱去了一身黑色，意即摆脱了童年的诅咒，也告别了作为城市中的暗影的身份。作为"游牧者"阿岩夫即将走出碎片化生活和个体

---

① 郭璐:《游牧者:流动时代个体的生活叙事——基于鲍曼流动的现代性思想》，载《理论界》2018 年第 11 期。

化的困境，重新建构一个具有多重文化认同的自我身份。

"游牧者"要走出困境，就要走出传统的价值观与现代价值观在内心的矛盾冲突状态，与一切达成和解。

小说中存在一个暗合"斧头"传说的人物形象——灰胡子，他是一个带着斧子、胡须凌乱的流浪汉。他在阿岩夫初到大漠城之时就有出场，贯穿着后来阿岩夫在大漠城的整个生活历程，在关键的情节中灰胡子总是会出现，甚至在紧要关头挽救了阿岩夫的生命。"斧头"和"胡须"这两样事物同样出现在有关阿岩夫高祖的传说中，可以说灰胡子这一形象由阿岩夫祖辈父辈的传说故事中生发而出，是民族文化传统在阿岩夫现代生活中的象征和缩影，也是富有神性的神秘形象。在小说末尾，阿岩夫修剪了灰胡子的头发和胡子，对灰胡子说："从今往后叫我阿岩夫……我不是混混，谁都不是，这世界就没有混混。"① 而灰胡子用斧子砸碎了狗头骨，离开了阿岩夫身边。作者用充满暗示性的结局表现阿岩夫最终走出了祖辈的荫蔽而拥有了独立的自我选择，不再徘徊于传统和现代的价值冲突的两极，建构起了适合自己的多重文化身份认同：

> 现在，阿岩夫要学着祖辈人在沙窝子地开辟出栖居地一样，在大漠城开辟出属于他的栖居地来。对此，他没有丝毫的畏惧。虽然他手无寸铁，没有一点招数，但是他能从容不迫地走在它的夜晚里。仅凭这一点，他不会被它流放，流放到它的坚固与绚丽之外。②

阿岩夫从此既不是生于沙窝子地死于沙窝子地的普通牧民，也不再是被排斥于城市价值观之外的底层混混，他在大漠城重新获得了自我实现的勇气和希望。阿岩夫的人生并没有在传统命运寓言和现实都市生活的夹击中走向悲剧结尾，而是通过成长从其中挣脱而出。他一方面保留了传统民族价值带给他的坚忍、诚实、正直，另一方面又在都市生活的历练之中获得了勇敢、聪慧和冷静。成长使他获得了走向都市绚丽夜晚的勇气，他也终将不复在现代生活的洪流中被动地漂流。他不会再被城市流放，而是在游牧中建造真正属于自己的生活。

阿岩夫这一人物的身上，民族传统价值观和现代价值观的矛盾冲突最终实现了缓和，呈现出相互渗透的状态。新时期以来的少数民族小说中，类似阿岩夫这样具备"游牧者"特质的人物其实比比皆是。而作为蒙古族新生代作家的娜仁高娃，无疑通过这样的作品，为少数民族文学提供了一种新时代背景下少数民族群体生存哲学的崭新思考。她如此安排小说主人

---

① 娜仁高娃：《影》，第219页。

② 同上，第222页。

女作家学刊·第三辑

公的命运走向，不仅意在表达对少数民族传统生活和现代都市生活的反思和审视，更凸显少数民族群体面对传统与现代之间生存矛盾的无畏勇气和调和策略。民族传统与现代文明并非简单的二元对立关系，现代性流动时代的"游牧者"也必将走出自我困境，最终在传统与现代的交融互渗中实现多重的文化身份认同，找到全新的、独属于自己的生活方式。

（杨易：中央民族大学中国少数民族语言文学学院博士研究生）

少
数
民
族
女
作
家
研
究

女性书写、文化身份、命运哲思 [*]

——论朝鲜族作家许连顺的叙事转向

裴磊敏

摘　要： 朝鲜族小说家许连顺的叙事策略立足于性别、民族、国家以及人物命运，体现了作家创作意识与创作视野的深化与转型。许连顺的女性书写从批判男权主义转向以女性作为主体的命运思考，九十年代后期开始面对朝鲜族传统社会遭到的全球化的冲击，她的创作对文化身份进行了探寻。许连顺近几年的长篇小说凸显了民族融合意识，打破了民族和地域的界限，通过人物形象思考命运的来源与走向。许连顺不断打破创作边界，叙事策略随着时代的变迁而发生转向。在叙事转向之间，都透露着作者对人物的关怀与尊重，笔触直至人物内心深处，进行命运哲思。这表现出许连顺具有挑战、担当与温情的创作气质。

关键词： 许连顺；朝鲜族文学；叙事转向；温情书写

　　许连顺是当代著名朝鲜族作家。1955 年出生在延边的她在"改革开放""中韩建交"等历史进程中将个人命运与民族话语融合在一起，以深刻的洞察力与哲学思考去观照朝鲜族社会，思索命运的本质。运用母语创作的许连顺不仅获得了朝鲜族文坛的重要奖项，也获得过第六届、第十二届全国少数民族文学创作"骏马奖"，其小说在韩国文坛也备受关注。关于许连顺的小说创作，大多从"女性主义""离散文学""身份认同"等角度进行了研究。实际上，三者之间匿藏着作家叙事策略转向的问题。许连顺从早期的女性主义的小说创作，进而延伸到对民族、国家、人类命运的思索与叙事，体现了"从单一的女性与民族叙事到多民族文化的追求"^①。在朝鲜

---

　　* 本文为中央民族大学研究生科研实践项目资助的"朝鲜族当代母语文学汉译研究"阶段性成果，批准号为（BBZZKY-2020033）。

　　① 田泥：《谁在边缘地吟唱？转型期中国当代少数民族女性写作》，载《民族文学研究》2005 年第 2 期。

族文坛，相较于传统叙事、历史叙事，许连顺总是率先感受时代气息，将笔触指向朝鲜族社会的变迁与转型过程中的人性问题。本文通过对许连顺小说的历时性考察，分析其叙事策略的转向过程与特征，进而了解朝鲜族女作家的创作变化。

一、女性书写：从个人经验到女性群体的观照

女性作家的女性文学创作一定程度上来源于个人的成长经历。许连顺出生在传统的朝鲜族家庭，由于父亲的"重男轻女"观念深重，以家中第四个女儿出生的许连顺深受冷落。她曾在访谈中表示"从小父亲对我投来的冷漠的眼神成了后来文学创作的根源"[①]。对于自幼对文字感兴趣的许连顺，文学创作不仅成为治愈内心的力量，更是成为她与世界对话的重要窗口。

改革开放之后，少数民族文学创作由国家话语下的宏大叙事转向了多元化叙事，"新时期少数民族作家获得了对反映对象和文学自身的某种本质性的确认"[②]。身处时代大变革中的许连顺，从个人成长经历为出发点，在20世纪80年代末90年代初创作了带有强烈男权批判色彩的小说，在朝鲜族文坛引起了轰动。80年代末创作的短篇小说《陈腐的灵魂》《男人多的女人》等刻画出完全颠覆传统观念的朝鲜族女性形象。她们的女性主义体现在择偶观与追求爱情的态度上，解放自己的个性，不死守传统的束缚。《男人多的女人》中女主人公玉兰甚至不顾社会指责，追求多位男性，以找到符合自己审美要求的"真正的男子汉"。借此，"男弱女强"成为其笔下人物形象的生成模式。

"男弱女强"的人物设定与朝鲜族社会的变化有着密切的关系。随着市场经济的深入发展，特别是1992年中韩建交，许多朝鲜族女性通过国际婚姻、出国劳务等形式奔赴韩国。相比男性，女性在服务业发达的韩国更容易找到工作。女性的社会属性由特定的历史和社会文化决定，并在很大程度扭曲了她与男性或许相同的本性，从而抑制其创造力，使之被禁锢于家庭和生育。[③]在朝鲜族社会的转型期，很多朝鲜族女性的劳动成为家庭的主要经济来源，朝鲜族女性的性别意识变得强烈，她们的婚姻观、事业观也发生了变化，甚至一些家庭女性与男性的地位发生了"互换"。许连顺将朝鲜族女性群体变化着的性别意识和婚姻爱情观小说化，小说中女性被予

① 许连顺，金红兰：《视文学如生命的作家——许连顺访谈录》，载《长白山》2017年第1期。
② 尹虎彬：《论新时期中国少数民族作家小说创作》，中国社会科学院少数民族文学研究所编《民族文学论丛》，内蒙古大学出版社2000年版，第398页。
③ 罗婷，王芳：《波伏瓦在中国的接受与影响》，载《当代外国文学》2004年第4期。

以"话语权",而朝鲜族男性却变身为无能的"失语者"。中篇小说《透明的黑暗》中男主人公光植的妻子顺女无法忍受丈夫的无能,离家到向往的都市打工,丈夫的妹妹也随后来到城里,她们维持家庭的生计。《空荡荡的沙漠》中顺依为了偿还丈夫的债务,在宾馆前台偷看访客信息,以身体为诱饵勾引韩国尹姓男子,邀请自己去韩国。《荆棘鸟》《跟屠宰场里的肉块儿搭讪》也是关于妻子出于家庭的压力选择假离婚,嫁到韩国的系列故事。而最具代表性的小说莫过于《往臭水沟子扔石头吧》。这部小说以丈夫姐姐的全知全能视角,叙述了弟弟夫妻二人面对韩国劳务热潮的家庭风波。妻子是一位贤妻良母,被描述为"自打结婚,她一次也没有做过出门挣钱之类的营生"。可是为了家庭,她选择去韩国劳务。办理手续的过程中,妻子不幸受骗,而且遭到了婆婆和丈夫的责备。在多重压力下,她选择了出逃,与丈夫协议,办了假离婚。而丈夫拿着妻子从韩国含辛茹苦挣来的钱,带着朋友们过着花天酒地的生活,甚至在姐姐面前自榜"成功"。这部小说观照了处于传统与资本主义社会边缘的女性,同时正如题目"臭水沟子"所示,令人窒息的词语背后充斥着作者对男性主体的瓦解与批判,以及朝鲜族女性在资本冲击下的痛苦。

女性文学的终极目的不是去挑战、抨击男权,而是寻求、构建男性与女性之间的和谐与平等。"女性自我认识和理解,以及自我发展的内在需求,对人性本质的追问,都应追寻一种完整的和完美的人的理想"[1]。许连顺早期的短篇小说虽然呈现出强烈的批判男权主义色彩,但是她的女性书写在与男性关系的平衡之中发生变化,抛弃了"男性/女性"二元对立的视角,而是更加关注女性的内心矛盾与命运走向。《跟屠宰场里的肉块儿搭讪》中主人公凤姬同样是为了家庭生计,办理假离婚之后嫁到了韩国。她的丈夫在家本分地守护家庭,作者淡化了对丈夫的描述。相反,作者着重描写凤姬从传统农村社会到资本主义社会中膨胀的贪念与物欲。凤姬在韩国旅店做清洁工,她十分厌倦来旅店偷情的男女们,将他们视为"屠宰场里的肉块儿"。而自己私吞客人落下的价值连城的钻戒,满怀欣喜地准备登机回国,却发现钻戒消失得无影无踪。凤姬对钻戒的贪念如同"跟肉块儿搭讪",表现了在资本和全球化冲击下的朝鲜族女性面临着丧失传统道德的危险。

全球化为朝鲜族社会带来了巨大冲击。对于朝鲜族女性作家群体来说,她们作为见证者或亲历者去书写本民族在全球化资本涌入的情形下传统道德的弱化、异国他乡的不幸遭遇,进而思考女性与民族的命运。[2]许连

① 黄晓娟:《中国当代少数民族女性文学研究》,上海文艺出版社2014年版,第16页。
② 朝鲜族"50后""60后"女性作家大多数作为见证者书写朝鲜族的跨国经历。而"70后"朝鲜族女性作家们生长在市场化经济的时代变革下,部分作家体验了赴韩劳务。例如,"70后"代表作家金锦姬、金京花。

顺后期的女性书写，将全球化浪潮之下的中韩两国作为重要的叙事空间。1999 年，许连顺毅然决然地辞掉了稳定工作，奔赴韩国攻读硕士学位。在韩国留学期间，她看到了在跨国劳务浪潮之下朝鲜族所经历的不幸遭遇与精神苦痛，特别是朝鲜族女性遭受着源于性别、民族身份等多重的精神压力，在跨国体验中，她们不断陷进自我迷茫的苦痛之中。对于朝鲜族女性形象的塑造，许连顺采用了着重描写内心活动的叙事策略，赋予她们足够的尊严。长篇小说《无根花》中的池慧京有着为了丈夫的医疗费牺牲自我的责任感，她在传统道德和丈夫生命之间的抉择上苦苦挣扎，作者将其内心的无助与矛盾心理刻画得十分细致。《中国媳妇》主人公赵丹因母亲的朝鲜族身份和父亲汉族身份进行着深入的文化身份思考。同时，又交织着在跨国婚姻中对爱情本质的追索以及朝鲜族在韩现状的省思。《谁看见了蝴蝶的巢》书写了面对家庭的支离破碎试图改变生活现状的女性，在资本利益面前仍然无力抵抗的状态。作者在密闭的船舱和往事回忆之间进行着自如的时空转换，一方面赋予她们在窘迫的处境之下诉说自己人生经历的机会，另一方面，她们在人生的迷路思索"我是谁"的哲学命题。

从早期的批判男权主义再到对女性命运的深入思索，许连顺作品中的女性或许未能表现出彻底的反抗意识，未能完全逃离男权的笼罩，但这也是朝鲜族女性在坚守与突破传统之间的矛盾与无助状态。因此，许连顺女性形象塑造不再是通过男女二元对立的叙事策略，而是转向对女性内心世界的书写，以及通过爱情的方式寻求男女之间的和解。

二、文化身份：朝鲜族的认同与建构

身份认同是指个人与特定社会文化的认同，实质上就是在追问"我是谁""从何而来""到何处去"的终极问题。萨义德论文化身份随着不断移迁中得以历史的、社会的、宗教的被规定，从这个意义上说，文化身份不断重建的混杂身份。斯图亚特·霍尔在《谁需要身份？》一文中提出身份是一种建构，一个未完成的构成。在当今的全球化时代，每个人身处多元的社会环境之中，对个人、性别、集体的认同都会发生一定变化，这就是说，身份认同过程实际上就是身份建构的过程。许连顺的身份认同最早源于性别认同，她通过不断与男权社会抗衡来塑造女性形象。1992 年中韩建交之后，朝鲜族社会开始兴起赴韩国劳务的热潮，这被赋予"韩国梦"的"美称"。虽然，许连顺然在韩国没有体验底层生活，但是身为朝鲜族作家，她自觉地把视角和笔触转向了奋斗在韩国的广大朝鲜族群体。从个体经验出发的女性叙事到关乎同胞生存状态的民族叙事，她的创作视野达到了更高的水平。"对于少数民族女作家而言，民族身份与性别身份无疑是构成其身份认同的重要两极"①，许连顺的作品里尽显二者的融合与协商，被构建的张力使她的小说具有更广的话语空间。那么，许连顺的文化身份认同书写如何得以转向？

许连顺敏锐地意识到正在经历中韩跨国的朝鲜族在双重文化的影响下，必然会面临文化身份认同的困扰。朝鲜族是农耕民族，长期使用母语，从传统的、单一的乡土社会融入以汉族为主体的主流社会是一个巨大的挑战。而中韩建交让许多朝鲜族利用语言优势赴韩打工，获取更多的利益。但是，资本主义社会的压榨与虚伪之下，他们的"韩国梦"遭到破灭。为同胞们经历的不幸遭遇共情的许连顺，创作了引起朝鲜族文坛轰动的长篇小说《无根花》《谁见过蝴蝶的巢》《中国媳妇》，被韩国学者崔炳佑誉为"离散三部作"。②1996年创作的《无根花》是朝鲜族文学史上第一部书写朝鲜族中韩跨国经历的长篇小说，这也成为之后朝鲜族文学的重要创作题材。如题所示，该小说描述了一群在韩国漂泊的朝鲜族人。小说主人公洪智河原在中国从事写作工作，去往韩国是为了"寻根"，找到自己的祖父。来到韩国不久他就找到一对安氏母子极有可能是祖父的儿媳和孙子，但是他们为了继承祖父的遗产，否认了血缘关系。最终洪智河知道了祖父是谁，但是祖父已离世，那对安氏母子仍然不愿相认。而同样赴韩国打工的朋友们，没有因为同胞的身份受到照顾，而是成为韩国资本利益链条上的一环。虽然洪智河与其他人物奔赴韩国的目的不一样，但是在韩国的经历体现了生存困难与文化身份认同的疑惑是纠缠在一起。在韩国，他失去了挚友，体会到韩国人为了利益不认血亲的残酷，因此他毅然决然踏上了回国的路程。这一结局的设定将小说人物的文化身份认同提升为国家认同的再确认与强化。

《中国媳妇》反映的文化身份认同更为复杂，主人公赵丹陷入性别认同与民族身份认同的双重困惑中。赵丹从小因为父亲是汉族、母亲是朝鲜族，受到邻里的冷嘲热讽。母亲离世之后，她想离开充满创伤记忆的家乡，便通过中介嫁给了韩国人金道均。可是，在新婚之夜，她发现丈夫缺少一条腿，深感背叛的她离开住处。辗转反侧之后去到一家饭店工作，可是她又遭到了朝鲜族同胞的举报，被关进警察署。在警察署，她见到了许多非法偷渡到韩国和在韩非法工作的朝鲜族同胞。这一刻，赵丹期待的婚姻生活和同胞的慰藉遭到幻灭，在不幸遭遇中，她也在不断建构自己的文化身份认同。小说《谁见了蝴蝶的巢》以20世纪90年代为背景，书写了朝鲜族

---

① 王冰冰：《全球化时代的女性经验与民族意识——论当下少数民族女性写作》，载《新疆大学学报（哲学·人文社会科学版）》2013年第5期。

② ［韩］崔炳佑：《许连顺长篇小说的身份认同变化——以〈无根花〉、〈谁看见了蝴蝶的巢〉、〈中国媳妇〉为中心》，载《韩国文学论丛》第71辑，2015年12月。

冒着生命危险偷渡到韩国的事件。该小说刻画的八个人物都是来自延边农村，作者的视角聚焦在这八个人物的苦难史。他们最终在这狭小密封、令人窒息的船舱内死亡，都未能抵达韩国。从回忆幼年的悲惨遭遇、再到不得已踏上偷渡船的人生选择，许连顺更深刻地揭示了朝鲜族跨国的心理实质。"蝴蝶"在文中是女主人公世姬的朋友春子送给她的小狗的名字，同时又是飞进他们偷渡船里的蝴蝶。看到蝴蝶无家可归，他们仿佛看到了自己，思考自己是谁？应该何去何从？

朝鲜族社会虽然赋予了韩国之行具有理想色彩的"韩国梦"，可是实现梦想的过程坎坷崎岖。许连顺的离散叙事同样延续着悲情书写，小说人物尽管试图从底层挣脱而出，但是未能如愿。关于离散作家的写作，王宁认为"由于他们的写作是介于两种或两种以上的民族文化之间的，因而，他们的民族和文化身份认同就不可能是单一的，而是分裂和多重的。"①许连顺的小说无不体现着文化身份认同的纠葛，虽然她将人物置身于最紧张、焦灼的状态，但是作家并没有停滞在这种"分裂与多重"的困境中，通过细致入微的人物心理刻画，赋予他们对自己文化身份认同的思索，为笔下的人物找寻出路。

三、命运哲思：民族融合意识与人物关怀

许连顺从女性主义小说到文化身份认同的书写，体现了创作意识的升华，同时也反映了作家的创作意识与时俱进。对于用母语创作的少数民族作家来说，这种意识转换比较少见。朝鲜族作家95%以上用母语创作，母语文学虽然丰富了中国文学的内涵，但也存在着"文化视野较为狭窄""内容和艺术表现手法单一""内容仍限于固化了的'西部色调'之中"的限制与缺憾。②许连顺也曾因为文学创作的局限性，曾感到"不亚于死亡的绝望"。③她通过不断打破写作边界与惯有的创作主题，近几年表现了显著的叙事转向，即多民族融合意识与对人类命运的哲学思考。

许连顺的"离散三部作"成为朝鲜族文学史上具有里程碑意义的作品，这是因为作家聚焦了世纪之交时全球化浪潮对朝鲜族社会的冲击。可时至今日，虽然仍然有70万左右的朝鲜族在韩国生活，但是他们从事的行业开始转向精英层，国内的朝鲜族也较好地融入主流社会。她曾在采访中表示："虽然我们民族还有人在异国他乡辛苦地生活着，但是我们的社会较二十

① 王宁：《流散文学与文化身份认同》，载《社会科学》2006年第11期。
② 钟进文：《中国少数民族母语文学现状与发展论析》，载《北方民族大学学报（哲学社会科学版）》2012年第1期。
③ 许连顺：《许连顺获奖感言》，载《文艺报》2020年9月25日。

年前发生了巨大的转变，我的离散写作也至此结束"。① 这一转变主要体现在许连顺小说的叙事空间与主人公的身份设定。《中国媳妇》虽然体现着对于文化身份认同的疑惑与思索，但也体现了民族融合意识。如前文所述，主人公赵丹的父亲是山东籍汉族，母亲是延边朝鲜族，赵丹的身份就是"民族融合"的象征。作者将这一问题复杂化，将两个民族的血统融入同一人物之中，思考在多民族融合的时代下文化认同问题。

　　获得第十二届全国少数民族文学创作"骏马奖"的长篇小说《舞动的木偶》进一步将这种意识深化。故事的发生地在江苏省偏僻的农村，这一空间设置在朝鲜族文学作品中少见。文学创作往往与作家出生或者生活的地域相关联，朝鲜族文学作品中大多以延边、东北和韩国作为叙事空间，而许连顺的书写将朝鲜族文学带入到全新的地域。虽然，"木偶"的母亲作为弱势者登场，两个民族的结合导致了一场悲剧，但是作家用大量的笔墨去书写这一"陌生"的空间和人群。如果说《中国媳妇》体现的是身份"确定"之下的寻找自我，那么《舞动的木偶》体现的则是在不断追寻自我之后得以身份"确定"。这也说明了后者既是对"木偶"寻找归宿，也是对陈氏家庭的某种承认。这两部小说从人物的血缘上实现了民族融合，而2019年3月份开始在朝鲜族文学期刊《长白山》连载的长篇小说《雾中之门》进一步延伸了地域空间，讲述朝鲜族女子有真在上海寻找失踪的姐姐，在这过程中她复制着姐姐的生活，展开了对于生命存在意义的思考。许连顺在《舞动的木偶》获奖感言中说道："小说真正的意图在于还原木偶作为健全人格的生活，并以此探究人类存在的生命根源。"② 无论是民族融合叙事，还是小说地域空间的延伸，都体现着作者对生命本源的探索。她的语言直至人物的内心深处，同人物一起体验人生，作品充满人文关怀与温情色彩。许连顺的小说虽然仍以朝鲜族人物的命运为主线，结局以悲剧呈现，但是我们应该肯定她的多民族融合叙事。而这种融合意味着她不单单关注朝鲜族群体，而是站在更高的视野思考人类命运的本真。

　　综观许连顺的小说，许连顺对命运的思考体现在她对小说人物的关怀。看似叙事视角细微，但却隐含作家对生命价值的思考和一个作家的担当意识。她的小说从描绘底层空间开始，塑造了一个又一个不完整的底层人物形象。这些小说人物由于经济资源的匮乏，有些人甚至采用非道德手段谋生，但是作家赋予了他们不得不选择的某种正当性。例如，《无根花》中洪智河不想让幼小的孩子失去父爱，便代替有过偷窃的崔仁奎坐牢；崔仁奎的妻子为了给丈夫治病，牺牲贞洁，最后选择自杀。残酷的结局背后隐藏着

① 被访谈人：许连顺（女，65岁，吉林延吉人，朝鲜族作家），访谈人：裴磊敏，刘佳佳，马友呷莫，访谈地点：吉林省延吉市，访谈时间：2019年7月19日。
② 许连顺：《许连顺获奖感言》，载《文艺报》2020年9月25日。

浓浓的友情与爱情。《中国媳妇》中韩国丈夫金道均虽然隐瞒了自己身体有缺陷的事实，但是她对妻子赵丹的爱成为化解彼此苦痛的良药。而且这部小说通过对赵丹形象的塑造，去观照同样经历跨国婚姻的中国女性。同时，我们能看到许连顺赋予了底层人物极大的尊严。这一叙事策略最鲜明地体现在人物不断追寻自我的过程中。作家笔下的人物大部分因为家庭的缺失，无法完成自我身份认同。《舞动的木偶》从主人公"木偶"的母亲开始写起，"木偶"的母亲本来独自养育一儿子，但是为了给病重的母亲治病，她答应嫁给江苏省某个农村的陈家，为他们生儿子。陈家有四个儿子，她嫁给了老四。老四病逝后，老大和老二侵犯了她，"木偶"的母亲无法确定谁是孩子的父亲。母亲不愿意相认这个孩子，因为承认的那一刻，意味着自己是陈家儿媳妇。后来，母亲离家出走，"木偶"被送到孤儿院。"木偶"一直坚信母亲会回来找她。在孤儿院举办的某次爱心活动中，她偶然与母亲相认。对于不断追寻自己身世的"木偶"，这并未完成她的身份确认，因为她需要找到父亲是谁。之后母亲身患重病，在临终前，母亲留下字条说"你的父亲是陈家老四"。当她来到老四的墓前，她的身份认同得以完成。实际上，我们无法确定老四到底是不是"木偶"的父亲，但是"圆满"的结局让她找到了最终归属。这些底层人物对自我命运的思考带有哲学色彩，这或许不符合人物身份的特点，但是许连顺希望通过这种人物关怀，赋予那些处在黑暗之中的人一抹光亮，让这些悲剧变得美丽而又温暖。

综上所述，许连顺的小说创作立足于性别、民族、国家和人类命运，展开了深入的哲学思考。作为女性遭到父亲的冷落，这成了许连顺文学创作的萌芽与根源。她最初把视角与笔触伸向冲破牢笼而又处于夹缝中的女性，而面对卷入全球化浪潮中的朝鲜族，她开始观照韩国深受肉体和精神苦痛的同胞。而近几年来，她的小说又呈现出多民族融合的叙事转向。在叙事策略的不断转向中，体现了许连顺打破创作局限的挑战与责任意识，凸显出她探寻人类命运本质的人文关怀。这一叙事策略意识与模式或许能为少数民族的"中华民族多元一体"写作提供借鉴。

（裴磊敏：中央民族大学中国少数民族语言文学学院博士研究生）

央珍《无性别的神》中的文化呈现与女性书写

增宝当周

摘　要： 央珍的《无性别的神》是当代藏族汉语长篇小说中的代表作。小说
以 20 世纪 40 至 50 年代为故事时间并选取西藏贵族庄园和藏传佛
教寺院两处极具代表性的社会空间为故事发生地，以稚嫩的儿童
视角和细腻而简练的笔触呈现 20 世纪中叶旧西藏上层社会的生活
风貌，并通过主人公央吉卓玛的成长经历表达西藏女性的生活境
遇，由此突出了作者的文化意识和女性意识。可以说，小说在僧
俗两重世界的相互映衬中不仅彰显了西藏女性的生活遭遇及社会
转型期新女性的思想追求与嬗变轨迹，也展现了 20 世纪中期旧西
藏社会的腐朽与变革的艰难。

关键词： 央珍；《无性别的神》；西藏文化；藏族女性

引　言

央珍（1963—2017）的《无性别的神》最初以短篇小说形式发表于
1988 年《西藏文学》第 5 期，之后作者将其扩充为长篇小说于 1994 年出版，
作者修订版又于 2018 年出版。这部小说以德康二小姐央吉卓玛从童年到少
年的成长经历为主线，书写西藏贵族生活与藏族女性生存面貌，细腻而诗
意地勾画了 20 世纪 40 至 50 年代的西藏社会风貌，具有极强的性别意味和
地域民族特征。

一、从庄园到寺院：女童视角下的西藏文化展示

《无性别的神》在故事时间上虽无明确标记，但从第五世热振活佛向噶
厦政府提交辞呈到后来热振活佛圆寂，以及解放军进藏等一些重要历史事
件为读者提供了故事发生的大致时间。在故事空间上，《无性别的神》选取

西藏贵族庄园和佛家尼寺两处极具代表性的文化空间作为人物活动的主要场所，不仅使小说具有浓厚的地域民族性，也赋予了其浓郁的历史和空间的双重美学意味。

德康家的二小姐央吉卓玛出生不久后弟弟过世，六岁时父亲也离开了人世，家人认为这是央吉卓玛带来的厄运。父亲去世后，家里来了继父贡觉。后来家道中落，母亲一家打通关系后继父被任命为昌都粮油仓库管理官和察雅县县令，于是母亲和同母异父的弟弟同继父去了昌都，姐姐和妹妹决定由父亲的亲戚接济，其中姐姐德吉卓玛留在外祖母家，妹妹央吉卓玛离开拉萨和奶妈巴桑一起来到了日喀则阿叔的帕鲁庄园。在帕鲁庄园阿叔宠爱央吉卓玛，她也从阿叔那里感受到了父爱。然而，不久阿叔病逝，为延续家族历史，其养女达瓦吉不得不招赘夫婿。新庄主一来就把央吉卓玛的奶妈安排到了编织房，她再次变得孤独无助。在一次抗雹仪式中，年幼的央吉卓玛拿起了女性不能触碰的咒师法袋，因此，新老爷惩罚她只准待在房子里，生活也变得十分清苦。从房屋出来后，央吉卓玛和奶妈生活在一起，走在乡野间。在一个秋收季节，她看到屠夫们宰羊的情景，十分恐惧，便祈求奶妈带她逃离帕鲁庄园。央吉卓玛和奶妈来到了姑太太的贝西庄园。在这里奶妈被安排到织房捻羊毛，而央吉卓玛认识了嗓门又大又快的小女仆益西拉姆。在贝西庄园她重新获得了宠爱，同时，她也见到了少爷的残暴行径和益西拉姆的悲惨遭遇。离开贝西庄园回到了拉萨，经历了热振事件后央吉卓玛因捉弄汉人罗桑而受罚被关进了仓房。后来，母亲决定让央吉卓玛前往日喀则仁布县的一家私塾学习。两年学业结束后她再次回到了拉萨，此时母亲打算让十四岁的央吉卓玛出家为尼，她也欣然接受了。从此央吉卓玛的生活从庄园转向了寺院。在寺院她遇见新伙伴，开始了一段新生活。此时，听说汉人来到了西藏，她就好奇去看，而在解放军那里她不仅看到了不同的习俗，也接触到了新的事物、新的观念，由此内心也随之发生变化，怀着对外面世界和未来的憧憬，她向寺院请假，走向了新生活。

小说中德康大院、帕鲁庄园、贝西庄园三个空间是主人公央吉卓玛活动的主要场所，也是展现西藏贵族文化的重要社会空间，而《无性别的神》中的贵族生活也构成了一个小型社会，诗意化地彰显了旧西藏贵族文化的特性。在旧西藏，尽管有不同身份和不同等级的贵族阶层，但作为一种拥有土地和农奴的特殊权力群体，它对旧西藏社会制度的巩固产生着重要影响。一般而言，旧西藏的封建等级社会中有僧俗两种贵族类型，而两者在招募选拔、权力分配、地位继承等方面有不同特征，其中世俗贵族又因其身份意识、生活方式、家庭结构等方面的特殊性成为旧西藏上层社会的代表阶层。央珍在小说中不断追忆历史，通过三处庄园场所的描写不仅细致地刻画了旧西藏世俗贵族阶层的社会结构、等级制度、行为规范、礼仪礼节、风俗习惯、日常生活等社会生活的各个方面，也通过对上层贵族生活的描写表现了当时西藏贵族社会的腐朽与社会改革的艰难。正如作者所言，"《无性别的神》不仅有那个时代很美好的东西，也有一些比较不人道的东西。"① 比如，怀才不遇而吸食鸦片过世的央吉卓玛之父及其房屋中摆设的现代物件、贝西庄园中晋美少爷的霸蛮与拉姆悲惨的处境、在热振事件中被捕的隆康老爷的命运、央古卓玛的私塾教育等细节，既展现了 20 世纪上半叶西藏的社会面貌，也折射了当时西藏贵族复杂的社会结构。可以说，"小说对贵族之家的文学叙事既是还原历史又并非仅只是还原历史，而在于通过揭露历史之所以成为历史的时代必然性。"② 寺院作为央吉卓玛活动的第二个重要场所，相比贵族庭院显得十分清平寡淡，但这一空间却是央吉卓玛十分依赖的环境。在对寺院空间进行书写时，小说一方面描写藏传佛教尼姑寺院的入寺准备、剃度仪式、宗教法会、日常生活、价值取向等生活方式，另一方面又透过对寺院空间的书写揭示藏族出家女性的生活面貌、内心情感及人生追求，由此集中展现了藏族宗教女性的生存境况。概言之，《无性别的神》中既有作者对民族文化的眷念和关怀，也有强烈的文化批判意识③，她选取西藏贵族庄园和佛家尼寺两处极具代表性的社会空间，从世俗与宗教两个维度展现 20 世纪 40 至 50 年代西藏社会的历史面貌，为读者提供了特定时代和特定环境中一个别样而丰富的想象空间。

作为一部展现西藏社会转型的小说，作者选择写实风格书写旧西藏的家庭、婚姻、教育、变革等社会风貌，尤其通过女童童真无邪的视角呈现旧西藏日常细节，展现了 20 世纪中期西藏社会的面貌。央珍曾说："我在写这部小说的时候，力求阐明西藏的形象既不是有些人单一视之的'净土'和'香巴拉'，更不是单一的'落后'和'野蛮'之地；西藏人的形象既不是'天天灿烂微笑'的人们，更不是电影《农奴》中的强巴们。它的形象的确是独特的，这种独特就在于文明与野蛮、信仰与亵渎、皈依与反叛、生灵与自然的交织相容，它的美与丑准确地说不在那块土地，而是在生存于那块土地上的人们的心灵里。"④ 可以看出，作者欲以打破二元认知方式来呈现一个"真实西藏"图景。换言之，央珍以一种"把西藏的生活尽量客观真实地介绍出去"和"相对客观真实地反映故乡"⑤的写实立场描写西藏

① 央珍:《拉萨时间》，浙江文艺出版社 2018 年版，第 147 页。
② 彭超:《历史记忆·身份认同·文化认同——以〈无性别的神〉为主要考察对象》，载《南方文坛》2019 年第 6 期，第 184 页。
③ 蒋敏华:《全球化语境中的文化心理——兼评马原、央珍、阿来的西藏题材小说》，载《江淮论坛》2003 年第 5 期，第 130 页。
④ 央珍:《拉萨时间》，第 112 页。
⑤ 索穷、央珍:《作家央珍:藏地女性与我的文学西藏表达观》，载《中国西藏》2016 年第 5 期，第 81 页。

的人与事，使小说具备了突出的本真意味和浓郁的生活气息，而此种写作态度下，小说通过对西藏文化中的两处空间——贵族庄园与佛家尼寺的提炼、整合、熔铸及诗化表达，赋予了故事空间浓醇的文化内涵和不同的审美意蕴，而故事空间又因儿童视角和儿童思维而显得十分温情。

二、从童年到少年：成长故事与自我意识

《无性别的神》中央吉卓玛从童年到少年的成长经历叙述不仅使小说带有成长小说的审美特征①，而且儿童视角的运用又为小说叙事增添了不少色彩。小说中央吉卓玛被人视为一个不吉利的女孩，父亲去世后就被寄养到亲戚家里，而"小说的叙述就是围绕这个被'遗弃'的小女孩的'流浪'式成长经历展开的。"②有研究者指出，"离家远行是成长小说的一个典型叙事原型。离家，象征着主人公脱离家庭的庇护，进入充满无数未知事物的复杂世界。远行，象征着人的生命历程、心路历程和认知历程。"③《无性别的神》中央吉卓玛离开家庭就意味着她摆脱了家庭的拘囿，向着未来前行，建立自我身份。离家远行路上的辗转与漂泊使她倍感孤独，尤其是阿叔的逝世和拉姆的悲惨命运使她幼小的内心笼罩上了一层忧郁。虽然庄园中她也能偶尔感受到欢乐，但从庄园生活中她更多感受到的是压抑和焦虑，德康大院对她而言更是一个极为冷漠的空间。"她面对院子四周高高的石墙，室中处处上着大铜锁的箱柜和一张张冷漠庄重的面孔以及说话谨小慎微的样子，自己就仿佛掉进了一口大井底。"④贵族庄园作为一个等级森严的社会空间，是央吉卓玛无形的束缚，构成一种隐喻性表述，再加上遭到家人疏离与冷落，在情感上无依靠，内心孤独、恐慌、迷茫。所以，尽管辗转三座庄园，也曾感受到些许欢乐，但她始终被一种孤独包围着。与庄园生活不同，乡间生活使央吉卓玛非常自在、安逸，私塾的两年生活央吉卓玛更是充满欢乐，体验到了成长的乐趣。在旧西藏，为延续家族权势、维护自身利益、获得社会资源等缘故，贵族子女需要掌握一定文化知识，而"对于贵族子弟来讲，进入私塾标志着孩童进入社会的第一步"⑤。当然，这种世俗化的教育在性别上也有差异，与男孩不同，女孩社会化教育并没有长远的规划，一般以掌握简单的书写、计算能力为主要目的。小说中央吉卓玛

① 徐琴：《文化身份的建构与书写：当代藏族女性文学研究》，中山大学出版社 2017 年版，第 92 页。
② 胡沛萍：《当代藏族女性汉语文学史论》，中央民族大学出版社 2018 年版，第 49 页。
③ 芮渝萍：《〈雕刻梦幻的人〉：在叙事中构建自我》，载《外国文学研究》2004 年第 1 期，第 120 页。
④ 央珍：《无性别的神》，浙江文艺出版社 2018 年版，第 161 页。
⑤ 次仁央宗：《西藏贵族世家：1900—1951》，中国藏学出版社 2012 年版，第 351 页。

步入私塾尽管要比同龄人晚，但她在那里不仅接受了文化教育，也感受到了"独立"的意义，完成了社会化的第一步。也因此，进入私塾学习成了她成长过程中一个重要的身份认同时间节点。比如，她在私塾里有极强的自尊心，渴望受别人尊重。"在这里，尽管从幼年起就开始的孤独、忧郁，有时偶尔还会像针一样扎痛她稚嫩的心，但她心中更多的是自信，是欢乐和骄傲……一想起拉萨，她的心里就隐隐生出一抹惆怅。"① 由此而言，乡土经历构成了央吉卓玛生命中的重要部分，成了她性格形成的一项重要因素。央珍在修订版后记中写道："宅院生活是精致、富足、复杂的，寺院生活是简朴、清苦、忙碌的。前者让二小姐感到拘束和无聊，后者新奇而充实。她还喜欢追忆往昔乡下家族庄园无拘无束的田园生活。"② 因此，乡土经历作为一种记忆形式嵌入贵族小姐央吉卓玛的精神世界，帮助她建立了与众不同的感受与观念，助长了她的同情心、正义感，以及对自由的向往。

出家为尼是央吉卓玛身份转变的一项重要标志。热振事件结束后，央吉卓玛因戏弄罗桑拿了寺院的东西而受罚关进了仓房。"仓房"作为一种权力表征体现出极强的家长意志，央吉卓玛处于极度孤独、惶恐状态。所以，母亲请来家里念经的尼姑帮她解除危机时，央吉卓玛从尼姑那里感受到了关怀和温馨，也非常羡慕尼姑受全家尊敬的情景，从而她内心也生出了要让别人尊重自己的想法。因此，在私塾完成学业后，当母亲无法为她准备嫁妆而决定让女儿出家为尼时她欣然接受了，加之回家路上观看圣湖显示的征兆，更是坚定了她的信念。出家后，拜德钦曲珍为师，法名赤列曲珍，她心想"从今以后，人人都会喜欢自己、都要尊重自己"③。第一次从寺院回家得知自己被送去寺院的真正原因在于母亲无法提供嫁妆，但她对寺院生活依旧充满了向往。在寺院，央吉卓玛的生活发生了巨大变化，每天打扫干活，学习佛经，过着简朴生活，在这个平等空间中她努力建构着新的自我。后来，时局变化，知道汉人来到西藏时觉得十分新奇，她便来到军营文工团，报名学习文化、学习汉语。"她的内心因发现了许多新人新事物而兴奋不已，她焦灼地盼望着能寻找和发现到更多。"④ 央吉卓玛对外在世界的好奇心使她的生活发生了一次重要转变，故事最后带着对外在世界的渴盼，赤列曲珍（央吉卓玛）向寺院请假，打算去寻找新的世界。

在时间的不断更替和空间的不断变换中央吉卓玛从六岁到十五岁，从贵族小姐到出家为尼再到离开寺院，从幼年到童年再到少年，从不明事理

① 央珍:《无性别的神》，第 220 页。
② 同上，第 357 页。
③ 同上，第 249 页。
④ 同上，第 330 页。

到遭遇挫折再到自我塑造，她有意识地建构自我身份，关心自我，最后成为一个具有新时代特征的女性。孩童时代的央吉卓玛天真、任性、淘气、莽撞、稚拙，对现实生活充满幻想。在成长过程中她慢慢认识到了自己与环境之间的复杂关系，也开始协调自我与他人之关系，滋生了同情心、信念感、责任意识、自我意识。所以，央吉卓玛"懵懂时期内心的伤痛、无助，在成长过程中所经历的挫折和磨难，在一次次的磨砺之后她开始变得坚强，由彷徨苦闷走向自我选择的新生活。"[①] 更为重要的是，央吉卓玛得知汉人来到西藏后一再前往军营观望的举动不仅彰显了西藏社会的变革，更是揭示了少女对新事物、新观念的接纳。所以，从央吉卓玛的成长历程来看，经过艰难磨炼，她从一个被视为"不吉利的女孩"的边缘走了出来，最终看到了一个新的世界，而且也以一种不同于他人的方式努力探寻自我价值，参与到了社会变革之中。因此，在寻觅自我中主人公所追求的自由、自立、自强便构成了小说的重要主题之一。

三、从在家到出家：西藏女性的境遇及其反思

《无性别的神》的主体是女性和家庭，小说几乎所有事件都围绕女性展开。当然，男性也有出现，但始终没有占据重要位置。比如，央吉卓玛六岁时父亲就已逝世，帕鲁庄园的阿叔虽为央吉卓玛开启过短暂的幸福之窗，但不久也离开了人世。此外，继父与央吉卓玛几乎毫无关联，而且继父的活动始终被她母亲所掌控。所以，故事中的"父亲"是缺席的。换言之，男性只是作为观照女性命运的参照物而出现。相比而言，故事中母亲、姐姐、老尼姑、央吉卓玛、奶妈巴桑等女性人物有着十分鲜明的形象。当然，值得一提的是，央吉卓玛从父亲和叔叔那里所感受到的平等、自由、慈爱、关怀，对她的性格和价值观产生了重要影响。

作为社会组织机构的家庭是女性活动的主要场所，《无性别的神》诗词大部分叙事以家庭为场所展开本身确立了其女性叙事的中心地位。与其他地区不同，旧西藏贵族女性在日常生活中有一定权利，这在小说中亦有所表现。比如，仁布县县官的事情由太太过目后才能定夺。又比如，贡觉入赘后，妻子以德康家族的名分打通关系为他在噶厦政府中谋得了一个七品官位，但生活都受女性安排，就连公文也由她代写。再比如，德康家搬到一座小宅院，生活拮据时母亲当卖首饰支撑家庭，而继父却只是念经敬佛、打骨牌，无所作为。正如作者所言："小说从头到结束，都是女性在默

---

① 徐琴：《文化身份的建构与书写：当代藏族女性文学研究》，第95—96页。

默支撑着整个家庭，或者说支撑着家族。"① 从这些描写中不难看出，旧西藏上层贵族家庭的社会组织和等级秩序中女性有时不仅在经济上有着占有权，而且有时也有决定权。小说《无性别的神》以女性人物群为主要书写对象，进而"探索、理解、表达、营构藏族女性世俗幸福的文学努力"②，由此刻画出了旧西藏女性及其在统治秩序中的作用与地位。换言之，央珍以女性作家的世界观、感受力与表达方式，叙说西藏贵族女性与家庭之关系，展现了女性的社会历史意义，为我们提供了一个鲜活的历史记忆。

然而，不得不承认的是，在更为深层的社会结构中西藏女性的地位无疑也受男性权力所控制，"不难发现即使是贵族、甚至大贵族家的妇女，她们的选择是狭窄的，地位是低下的。"③ 小说中两处情节显明地表达了女性的境遇：其一，为保住帕鲁庄园，在姑太太帮助下达瓦吉得不得招赘入婿；其二，姐姐德吉卓玛嫁给了中年郁陀老爷。在世袭等级社会确立的父权／夫权统治中，男性理所当然地成为社会的主干，他们将女性排除在外。比如，央吉卓玛母亲说道："女孩子不需要学得太多，只要能写信会计算就行了，反正女人也不用为政府工作。女人的责任是结婚生育，料理家务，协助丈夫。"④ 而且"在贵族家庭的婚姻中，往往把婚姻主体的男女配偶降到次要的位置，相反把彼此之间的家庭利益和地位放在首位"⑤。小说中姐姐德吉卓玛是父权／男权权力话语下的女性代表。因贵族家庭的人缘关系和社会结构，以及由此而成的贵族内部婚姻形态，德吉卓玛唯有与贵族老爷成婚才能获得自身身份。然而，央吉卓玛与姐姐形成了鲜明对比，她察觉到了姐姐生活的困境，也似乎认识到这并非她的追求。所以，央吉卓玛欣然接受母亲的安排，进入寺院。通常而言，女性出家除个人对佛教的虔诚信仰，其原因不乏现实生活种种危机所导致的心理困境。小说中央吉卓玛在家始终缺乏地位，一直被视为一个"不吉利的女孩"，而她本身也因成长环境和性格特征与贵族生活格格不入。所以，当遭遇恐惧时她从老尼姑那里寻求慰藉并决定出家为尼。尽管她的"离家"带有被动性，但不得不承认通过这一安排她从悲苦的遭遇中得以"解脱"，排解了自己内心的危机，同时也远离了夫权家庭的樊篱。所以，小说所写出家仪式是女性身份转变的一个过程，也是缔结新的社会关系的途径，由此央吉卓玛不再需要与家庭、权力发生纠葛。在本原意义上，"出家"本身就是与世俗隔离，而与女性生活发生

① 央珍口述、索穷整理：《平视西藏：描摹藏地女性的心灵史》，载《西藏文学》2015 年第 6 期，第 11 页。
② 魏春春：《央珍小说创作心路历程论——以〈无性别的神〉的创作过程为考察中心》，载《民族文学研究》2018 年第 5 期，第 46 页。
③ 次仁央宗：《西藏贵族世家：1900—1951》，第 317 页。
④ 央珍：《无性别的神》，第 219 页。
⑤ 次仁央宗：《西藏贵族世家：1900—1951》，第 277—278 页。

关联时则更多地指向一种同爱情与婚姻的背离。因此，央吉卓玛遁入空门的情节有深远的象征意义。央珍在小说再版后记中就说道："无性别是对性别的叛逆，这也暗示着主人公对许多传统的叛逆。"[①] 在这一意义上，所谓的"无性别"本身暗含有一种对性别秩序的反叛。小说中的"出家"行为既有对家庭观念的背离和消解意味，也改变了女性本身既定的社会角色。

小说的最后，随着社会解放的开始和现代思想在西藏的滋长，央吉卓玛被军营中的平等关系所吸引，而且在这里她又遇到了当年被奴役而今却已独立的拉姆和汉人罗桑。因此，在渴望平等、自由、独立的精神追求下，她决定离开寺院，迈向新世界。央吉卓玛生长在一个新旧交织的时代，一方面旧的生活秩序尚未完全没落，另一方面，新的观念也已步入社会。央吉卓玛受到新旧两种文化影响，感受到了旧社会对女性的束缚和压制，同时，也了解、认识到了新的价值观念。因此，在故事的结尾，央吉卓玛带有先觉者的意味，也正是在这一意义上，《无性别的神》凸显了女性的自我实现和女性主体意识。

结　语

《无性别的神》是 20 世纪 90 年代西藏一部重要的长篇小说。该作品以主人公央吉卓玛从童年到少年的成长经历为主线，选取庄园和寺院两处极具特色的场所，在僧俗两重世界相互映衬、互为比照的叙事结构中，以稚气而又随和的笔触和关注生活细节的写作立场展现特定时空下的西藏文化与藏族女性生存境遇，并在现代西藏社会转型的历史语境中凸显女性意识，绘制出了一幅独特的西藏女性生活画。

（增宝当周：中央民族大学中国少数民族语言文学学院讲师）

①　央珍:《无性别的神》，第 357 页。

少数民族女作家研究

生命的灯塔

——蓉子的文学创作

白舒荣

女作家学刊·第三辑

摘　要: 蓉子的文学创作,以她80年代初回中国大陆探亲为界,分两个阶段。前一时期,生存空间比较狭窄,笔端多凝聚于身边生活;中国改革开放,回乡探亲后,往来于新加坡和中国,生活丰饶视野宏阔。她悬壶济世,同时仍奋力写作。对蓉子来说,写作是她对生命的拯救,如影随形追随生命,铭记生命。写作是她终其一生不会放弃的对生命的观照。在写作中,她获得了自由,找到了生存价值。

关键词: 李赛蓉;蓉子;文学创作

蓉子,1949年出生于潮州金石镇陈厝陇,本名赛蓉,生父陈姓,随养父姓李,全名李赛蓉。四岁被送亲姨母。八岁离乡随养母漂洋过海到马来西亚。1965年定居新加坡,为新加坡人。

蓉子是新加坡著名专栏作家,文学创作五十余年,作品三十余部。曾任新加坡华文作家协会副会长,同时亦为著名企业家慈善家社会活动家,角色多元。本文主要谈其文学创作。

一、写作,点亮生命之光

1.“蓉子”,新加坡的

在华人占多数的新加坡,1965年独立前后,以华文教育为代表的民族语言教育,是其教育的支柱与核心,华文小学、中学、大学,系统的华文教育配套成龙。后因国策的转变，1980 年将华人辛苦建立的南洋大学改制为南洋理工大学，1987 年更宣布英文为国家第一语言，母语为第二语言，从此再无华校、巫校、印校和英校之分。华文教育一度跌入深渊。

新加坡在六七十年代积累的华文教育，曾培养并影响了一代华人，造就了不少华文写作者，但刊登华文作品的杂志却十分稀少，华文报纸的文艺副刊便成为写作者驰骋文笔的宝贵园地。

蓉子完小毕业，勉强又念了二三年英文中学，便因家穷辍学，开始四处流浪打工。婚后成为全职家庭妇女，洒扫庭除，买菜做饭，兼做毛绒玩具等一些手工活贴补家用。但从小爱书、恨自己读书少的她，从没放下过书本。翻破了找到的借来的《辞海》《古文观止》《红楼梦》，老舍、张恨水等名人作品，对文学的热爱种植于心。

1969 年，蓉子写就的一篇厨艺心得，以《食谱——猪肉蒸蛋》为名的小稿，化名雪兰，试投《南洋商报》。意外竟被刊登时，恰逢长子出生。好事成双，她觉得这或许是冥冥中的天意，欣喜万分。小小一篇文章的问世，为她开启了通向广阔天地的一扇门，点亮了她幽闭苦涩的生命之光。从此，她认真勤奋读书写作，把写作视为自己生命之重。

她又陆续写了一些妇女版的文章。70 年代初，她以一篇《闺怨》署名"蓉"，试投稿给《新明日报》文艺版"新风"。《新明日报》为新加坡华文下午报之一，由新加坡报业控股发行，1967 年由香港著名小说家金庸和新加坡商人梁润之创办。

《闺怨》出乎她的意料被刊登。主编、著名作家姚紫认为她署名一个"蓉"字，对读者欠尊重，给她的"蓉"后面，加了"子"。

听了姚紫的话，她从此在"新风"发表作品就常用笔名"蓉子"。

姚紫无意间把李赛蓉命名为"蓉子"，恰巧，台湾有位著名女诗人"蓉子"。

20 世纪 70 年代初，资讯比较封闭，没有网络，没有邮箱，更无微信，世界华文文坛远非如今这般交流频繁。直到 70 年代后期，西方的现代主义才从台湾传入新加坡，基本以诗为主，接受者多为受过高等教育的学人。

姚紫是位中华传统文人，70 年代初不知台湾已经有位著名女诗人叫"蓉子"并不奇怪。否则，以他的性格，以他当时在新加坡文坛的地位，断不会让自己的作者重了别人名。李赛蓉当时不过是个家庭主妇，虽然喜爱读书，对国外文坛作家的了解和认知还比较少，接受姚紫的建议换笔名出于尊重。同台湾名诗人之重了名，全然无心。

未料，有人讥讽她有意借名人之"名"抬高自己，常以之作为箭镞，抽冷射一箭。面对嘲讽和打击，她暗暗较上了劲儿："我是石头缝里长出来的草，座右铭：大石横前，弱者的障碍，强者的阶梯。"后来她索性到户籍处，加上中文名"蓉子"，将自己完完全全正名为"蓉子"。

2. 满弓发力

蓉子开始写作，多因心绪无从诉，想借此给自己圈在家庭小天地、受娘家和婆家轻贱的卑微生命带来希望，带来力量，外加挣些稿费补贴捉襟见肘的家用，改变自己的生活环境。

家务劳动消磨了蓉子的精力，而一路为命运所激发的要强心，丝毫未变。在主流男权社会，女人总是低男人一等，女人的使命是婚姻、家庭、孩子、丈夫，把一个家操持得有条不紊，服侍好男人和孩子，就是全部价值体现。传统观念把女性孤立于社会之外，为此20世纪西方便出现了关于女性主义源源不绝的思考。

女性主义理论有一个基本的前提就是：女性在全世界范围内是一个受压迫、受歧视的等级，即女性主义思想泰斗法国著名存在主义作家、女权运动的创始人之一、让 - 保罗·萨特的终身伴侣波伏瓦所说的"第二性"。

女性的第二性地位是十分普遍，非常持久的。在这样一个跨历史跨文化的普遍存在的社会结构当中，女性在政治、经济、文化、思想、认知、观念、伦理等各个领域都处于与男性不平等的地位，即使在家庭这样的私人领域，女性也处于男性之下。十九岁时的波伏瓦曾发表过她的个人"独立宣言"，宣称"我绝不让我的生命屈从于他人的意志"。

另一位被誉为20世纪现代主义与女性主义的先锋的英国女作家艾德琳·弗吉尼亚·伍尔芙认为，结婚生子从来不是女人的义务，而是一种权利。女人有权利选择自己的生活，至于这份自由是否值得你背负世人的疏离、道德的谴责，你是否有这般勇气去承受，只能自行掂量了。

蓉子的生存环境和教育背景，使她当时对女性主义、西方女权运动，对波伏瓦和伍尔芙未必有多少了解。但与生俱来，由于女儿身，婚前婚后所遭受的一切屈辱，让她天然同女性主义思想不谋而合：坚持选择自己的生活，绝不让自己的生命屈从于他人的意志。

她每天起早贪黑勤习写作，甚至彻夜不眠在厨房赶稿。伍尔芙有句名言，女人想要写作，必须要有一间属于自己的房间，还要每年五百英镑的收入。蓉子没有属于自己的房间，更没有什么经济收入。她有的只有恒心和毅力。

1976年，她到新讯杂志社当编辑，又受教育出版社出版《电视周刊》邀约写社会信箱，以及不定期地主办座谈会、采访影艺界人物。当时她像钟点工一样，有时在电视台一边看电视剧，一边抄写剧情，在《星洲日报》的专栏"她的访员手记"由此产生。

1977年新加坡教育出版社编选了她历年在《南洋商报》《星洲日报》《新

明日报》《文学月报》及《新加坡文艺》等副刊杂志，发表的部分作品，结集出版了她的第一本书《星期六的世界》。

《星期六的世界》选入三十多篇散文随笔，主要是她70年代初期发表过的文章。她的作品取材于生活，言之有物有理，文笔直接简明有己见，状物特色鲜明。作为家庭主妇和初学写作者，蓉子的社会触角和视野难免受限，不少篇幅基本的取材多与自身相关。诸如家庭生活、孩子、丈夫、邻里、养父母、病痛、花草树木、亲情友情、生活感悟，以及对写作的想法等等。

同年的4月到8月，短短数月间，蓉子开始撰写三个专栏:《南洋商报》副刊新妇女版的《主妇随笔》，《星洲日报》妇女版，以及《江采蓉漫笔》。当时在新加坡，她是第一个写专栏同时也写小说，很罕见两家华文大报同时采用她的专栏与小说。可见她的作品很受读者欢迎。

翌年紧跟《星期六的世界》，她的第一本小说集《初见　彩虹》问世。该书出版后短短一周便售罄，很快再版。《初见　彩虹》出版第二年，更有《蓉子随笔》和小说《蜜月》《又是雨季》，紧随着同读者见面。

1978年，蓉子一篇小说《凯凯的日记》荣获全国小说创作首奖，颁奖者是第三任总统蒂凡那。

新加坡著名作家、新加坡华文作家协会创会会长黄孟文说:"在新加坡的华文文艺界，蓉子的名字相当响亮。"

同年，她被邀请代表家长，亦是唯一的作家，上电视直播节目，与总理李光耀对话，讨论"两种语文的教育政策"。

蓉子第一阶段的写作题材虽有局限，但每篇反映的问题皆能在一定程度上拨动社会的心弦。她当时的创作状况，在新加坡华文女作家中颇有代表性。与她同时期、受过高等教育，有不错的职业背景的女作家，也有类似写作题材狭窄的困惑焦虑。

如女作家何濛说:"如果要女作家担负起一个重大的文学使命，狂呼时代的心声，反映人民的生活和愿望，深入社会，批评现实和暴露黑暗，这恐怕是一个难以达到的理想。"[①]

蓝玉也坦言:自己的文学"圈子仍然是狭隘的，内容仍然是贫乏的甚至文笔也是粗劣的，幸好，在这些东西里，有我真挚的感情，真实的生活痕迹，它记载了我的笑，我的泪，还有我的满足和不满足，是我人生旅程上一段想抹也抹不去的生活记录。"

早年蓉子，以及新加坡其他华文女作家的创作题材普遍受限，但她们拥有特殊的眼光和特别感受，笔触敏锐，善于深入人物的内心世界，创作

---

① 何濛:《回顾过去，展望未来——在"区域女作家文学研讨会"上的发言》，载《南洋商报》1982年3月22日。

成绩不可忽视。

二、写作，紧贴生命步履

1983 年，蓉子的生活中发生了一件大事：她的生母获准到新加坡探亲。从家乡到新加坡探亲的，她母亲是第一人。可见蓉子的一片孝心。

如果说八岁下南洋为蓉子开启了另一种人生，那么母亲的到来，不啻为自己女儿搭了一座桥。生活痛苦也罢，快乐也罢，她离开中国潮州故乡已经二十七年。被连根挖起迁徙的一棵小树，已经在异国他乡茁壮成长起来。但无论树长得如何高大，枝叶总不忘向根部垂望。母亲探亲离去后不久，她迫不及待紧跟着就回潮州探亲。从此她不绝往来于新加坡和中国，开拓了崭新人生，也为她的文学创作注入丰富的新鲜养分和动力。

潮州人有经商基因和天分，蓉子婚前和婚后，为生计，一直断断续续做些小生意，锻炼了经商才干。回国探亲后，她曾经营过花岗石生意，当过房地产中介，开办信封厂，甚至经营过十年养老院……

得益于她的奋力拼搏，离婚后独自供两个儿子读书成才：一个外交官，一个医生。工作再繁忙劳累，她都放不下写作，小说、散文、随笔、信箱，落笔琳琅。当年在新加坡，她是唯一同时在三家华文报纸写专栏的作者，高峰时期每周七篇。其中有答复读者的信箱，有与老作家的"唱双簧"，还有"中国行""老潮州"及"蓉记小厨"等。她文痴欲狂，品种宽泛，自称"文坛杂牌军"。

无论哪类题材何种文本，笔下皆紧贴着作者的生命步履。

1. 为爱情婚姻家庭释疑解惑

蓉子曾为新加坡《电视周报》《联合晚报》《电视广播周刊》《新周刊》《新明日报》等报刊，主持"爱情与生活信箱"（即"秋芙信箱"）长达三十余年。深受大众欢迎，名闻狮城。这些信箱文字结集成《情未了（一）》《情未了（二）》《你永远是男人的最爱吗？》和《别碰！那是别人的丈夫》等。为行文方便，姑且将其统称为"信箱文集"。

"信箱文集"透过婚姻爱情和家庭中涉及的形形色色问题，直接贴近现实生活和社会脉搏，生动丰富反映出人生人性众相。她在充当心理医生角色逐一解答问题时，所呈现出的思维方式、人生态度、语言风格，都深深打着"蓉记出品"烙印。她的答读者问，可谓"笔下离经叛道，别有笑料"的劝善金科。信箱文集的语言特色，显然颇受潮汕一带民间歌册的影响。

蓉子的"秋芙信箱"因其涉及广泛社会问题，主持的时间久长，释疑解惑直接犀利大胆敢言切中肯綮，文笔机智幽默情采并茂，所以其效果和影响力几乎盖过她的其他作品，收获了不少好评，也大大提升了她在新加坡的知名度。

2. 亲情乡情落笔情深

《百万之爱》《芳草情》《悠悠中国情》《老潮州》《中国情》，以及《戏言》和《蓉记小厨》等文集，皆结集于副刊专栏文章。

自1984年回乡探亲之旅后，蓉子的身影常在中国流连，有时甚至一年之中在中国的时间多过新加坡。探亲、文化活动、经商，三位一体，相互牵绊，潮州、汕头、揭阳、北京、上海、广州、深圳、广西、河南、吉林、西安……迄至2000年底，她几乎跑遍了半个中国，接触过各类官、商、文化人及普通民众，体验过不同层次的丰富多彩生活，不免文思泉涌，落笔滔滔。

蓉子从小远离故乡，却未因数十年隔离断了亲情血脉的相牵。她一旦走进家乡，便如老房子着火，对潮州生出遏制不住的好奇和深情热爱。为撰写"老潮州"专栏，1998年她回潮州细致入微寻寻觅觅，认真做了田野调查，将老潮州的历史传说、文物掌故、豪宅建筑、工匠技艺、巨商宿儒、名人雅士、街谈巷议、民间俚语、贞女节妇、戏曲故事、恩怨福报、惩恶扬善、轶闻趣事、乡里风俗、语言特色、饮食习惯、山川风貌等等，整理记录，加之自己的解析品评，通过报纸专栏一篇篇介绍给读者，然后结集成书《老潮州》。

为了向世人更多介绍故乡，她曾为新加坡国庆献礼电视剧《潮州家族》当顾问，全身心投入跟进。带着摄制组在潮汕取景寻物，占了她不少在暨南大学读研究生的时间，致使未能如期完成研究生学业取得证书。《潮州家族》顺利拍摄播放成功，学业受阻，得失兼之，这是她的选择，出自对家乡的深情和回报。。

在婚恋题材和中国题材之外，这其间的创作成果还有两书值得特别关注。

《烛光情》是作者在新加坡办了十年养老院的副产品。生动形象真实地书写了远离沸腾生活、远离青春活力、远离子女家庭的一些病弱老年人，被边缘化的另一种残阳夕照的生存图景。也真实记载了她办养老院的艰辛和所付出的心血：每天从早到晚，周末和节假日带上两个儿子一同工作，甚至除夕和大年初一，都在养老院陪伴老人们。

养老院的老人们遇到的种种问题，涉及家庭、伦理、传统、社会以及政府职能。呼吁子女和社会关爱老人，这当是她之所以撰写出版该书的动因。

《阳光下的牢骚》是她既往生活和感情篇章的选集。除小说《轨外》，其余多书写她生命中的一些片段，从中可约略读出她一路走来的艰辛。"愿这些生活足迹，能予幸福者认识生活的另一面，又让失意者增添信心。"《阳光下的牢骚》自序中这句话，正道出了该文本的积极意义所在。

三、写作，拓展生命存在

2000 年，蓉子的长子许文威被派任新加坡驻沪总领事馆，任教育与文化领事。她作为家属随行，开始长住上海，从此她的人生又翻开新的一页。她戏称自己为"沪部尚书"。"沪"是上海市的别称，"尚"有"尊崇"之意。显然，蓉子的"沪部尚书"乃自谓住在上海的爱书人。

常住上海后，照顾三个幼小孙儿孙女之余，写专栏、兼职多种社会工作，参加文学会议和新加坡与中国的交流活动。

中国和新加坡，一个是她的故乡，一个是她的家乡。站在中国的视角，她既是"故乡人"，也是"他乡人"。无论"故乡"还是"他乡"，一笔写不出两个"乡"字。乡乡筋脉骨血相连，两国的分量在她心里，几乎难分伯仲。在中国，她为地震等自然灾害、为贫困儿童、为家乡办学，不断慷慨捐助，屡获各种殊荣。最令她难忘的是 2015 年 9 月 27 日受中国国务院侨办之邀，出席 66 周年国庆招待会及登天安门城楼观夜景。

在中国生活期间，她曾经多次去医院，发现中国缺乏方便病患的全科诊所。新加坡诊所十步一间，满城林立，十分方便。中国人只信仰医院，大病小病，头疼脑热，全往三甲医院挤。

蓉子怀抱一个梦想：把新加坡的全科医疗模式搬进中国。家里的二儿夫妻皆是专家级医生，是她开办全科诊所的有利条件。在上海开办的"蓉记餐厅"结束后，她以坚强的毅力和坚忍不拔的精神，克服种种困难，在苏州新加坡工业园区开办了"新宁诊所"。一应经营大小琐细事务，她个人一力承担。2016 年 3 月，她的诊所挂牌上市，这是中国第一家上板的医疗门诊，可谓一件划时代的大事。

新宁诊所从一间开到四间，由苏州到常熟，医德医术颇为病患推崇。她既是董事长又是院长，诊所的对外对上关系沟通、聘请外籍医生考核护士，以及日常事务等等，她必须事事操心。诊所是特殊行业，容不得疏忽大意。

她的努力，获得了认可肯定。新宁诊所股份有限公司同菲律宾航空公司、印尼纳宝帝集团、正大企业、盘古（中国）有限公司等九家东盟大企业并列，荣获"中国—东盟商务理事会"颁发的"中国东盟走进中国成功企业"奖。2019 年 1 月，她抱病赴北京参加颁奖典礼。

蓉子家务、商务和社会活动繁忙，却身在商海，心系文苑，坚持写新加坡的几个专栏，常为赶稿彻夜不眠。

常住上海以来，出版的主要著作有《上海七年》《文化钟点工》《中国故事》，主编《鱼尾狮之歌》《玄奘之路》《品味上海》《品味潮汕》《侨批里的中国情》等等。

1. 立足上海放眼八方：《上海七年》

《上海七年》内容富赡，姿彩斑斓，以轻松灵动的笔墨，短小精干的篇幅，生动描述了蓉子一家人在上海的生活情态，并从政治、经济、文化艺术、历史地理、人情风俗、饮食男女、春夏秋冬等角度，比较全方位地展现了以上海为代表的中国在改革开放中腾飞的风貌。

她对中国有赞扬有批评，赞扬发自内心，批评缘于爱之深。她为中国改革开放由衷欢欣赞叹，对出现的问题痛心疾首，其情绪起伏，与一般旅人，或对中国抱成见者的视角和态度有别。

未料，她的文章竟引来新加坡的一位大爷打电话向报馆投诉。他认为蓉子把中国写得太好了，声称"这文章令他冒火"，他让蓉子"移民到中国去"。

蓉子很不理解这位投诉者的想法，她喜爱中国，并无碍于对新加坡的忠诚。她在新加坡生活了数十年，虽然生活艰辛，那毕竟是自己的家，怎么能忘，为什么叫她移民！

在《上海七年》的《中国明天会更好》篇，她针对一些人戴着有色眼镜看中国，写下如此文字：

> 为什么听不得中国好呢？世界总有一些地方是值得你欣赏赞好的。咱们多关注人家的发展，看看人家的进步，了解人家的生活，再想想自家的问题，这有助于调整自己的步伐和方向。可惜电话不是我接的，否则我要问问他对中国知道多少？他到过中国多少地方？住过中国多长时间？接触过多少中国人？在中国经历了多少事？懂得多少中华文化？
>
> 假如他不十分了解中国，如何知道中国好不好？
>
> 我到中国多年，初期探亲、旅游，然后经商、会友。商界政界文化界多有接触，城市乡村也走过住过，高官百姓也都交往。曾经一年有163天在中国，对中国，我当然不陌生。虽不敢说绝对熟知，至少不仅是走马看花的印象。
>
> 当我探亲时，我有欢喜也有泪痕；当我旅游时，我有惊喜也有不满；当我经商时，我有收获也有痛心；当我会友时，我有钦佩也有讶异。中国有三十几个省，地方大得你一辈子走不完。哪里好哪里不好，难

说得很，适应就好。一些短期游客评中国好坏，都像瞎子摸象，摸到哪里就说哪里，难以概括。一般来说，造成感觉欠佳的，居多是人而不是景物。十几亿人口嘛，总有少量不肖子、害群马，这不也是正常的吗？

过去，有些人把骂中国当成一种时尚，人云亦云，就爱在井圈里看世界，死不愿承认人家也会超前。今日的中国，一扫颓势，触眼所及，生机勃勃，盛唐时期的繁荣即将重展，作为华族的一分子，我们连欢喜都不能说吗？

当前的世界趋势就是认识中国，你不愿睁开眼睛看事实，我却不能睁着眼说瞎话！朋友，我很为你担忧！中国还会更好，你得想办法改变自己的幼稚！

她希望海外华人不只短暂回来蜻蜓点水瞎子摸象，应该多关心祖国的发展，说好话，少排斥。到国内的，多做点有意义有实用的好事。少批评，更别居高临下。相关内容，她也曾在新加坡做过一次专题演讲。

2. 承载新加坡历史记忆:《鱼尾狮之歌》

身为新加坡华文作家，蓉子觉得自己有责任和义务，将本国更多的华文作家提供给中国读者和研究者。为此她决定精选新加坡各类文体的佳作编成选集，作为中、新建交二十周年的献礼。

在新加坡国立大学中文系前系主任陈荣照教授和《联合早报》文艺版前主编谢克等新加坡文友鼎力支持帮助下，诗歌散文集《鱼尾狮之歌》如期顺利编就出版。新加坡驻华大使陈燮荣阁下为之挥毫作序。

《鱼尾狮之歌》选入四十岁到九十三岁，横跨五十余年的三十五位来自教授学者、记者编辑、艺术专才、书店老板、药材商人、电视导播、医学专家、明星歌手、军人官员等各行各业，在新加坡文艺界有重大影响的前辈，也有 50 至 70 年代的优秀作家。如被读者所熟知的柳舜、梁明广、长谣、秦淮、周牧、英培安、潘正镭、无垠、喀秋莎、林海玉、梁文福、柯思仁、林高、秦仪、林康及蓉子自己。

先驱作家柳北岸悼念中国著名散文家秦牧的诗作《回敬您一束白蔷薇》，九十三岁高龄依然勤奋笔耕的著名诗人、资深文艺编辑刘思的近作《太阳说的话》和《闲居》的入选，更为文集添色生辉。

《鱼尾狮之歌》有关于岛国早年的乡村记忆、生活风貌、艰难历程，及新加坡半个世纪的发展进步，也有新一代海外留学足迹、文化情感抒发、游记闻见、国外工作记录等等，充满人文情怀。

诚如陈燮荣大使在该书序言中所称，《鱼尾狮之歌》"不仅是一本文学著作，这也是一个新加坡的历史故事，更像一艘美丽的游船，承载着新加坡的共同记忆，航行在文化海洋，播放着动人的鱼尾狮之歌"。

3. 面对面，在地交流：《玄奘之路——名家评论"新加坡华文作家中国在地书写"》

为增进中、新两国文化人沟通了解，蓉子开创性地特别组织了一次新加坡华文写作者和中国相关研究者的面对面对话活动。邀请有过在中国生活和工作经验的新加坡作者，把他们书写在华生活感受的文章，请中国相关研究者分别阅读评论。她挑灯夜读，把邀约的作品分寄研究者，再将评文和原文结集编辑出版《玄奘之路——名家评论"新加坡华文作家中国在地书写"》。

玄奘是唐代著名高僧，中外文化交流的使者。曾西行五万里，历时十七年，到印度取真经，并穷一生译经 1335 卷，其足迹遍布印度，影响远至日、韩以至世界，其思想与精神如今已是中国、亚洲乃至世界人民的共同财富。书名以"玄奘之路"命名，意义隽永。

文集出版后，她又邀约书中新加坡作者和中国大陆研究者，在苏州面对面对话。这次活动得到苏州园区宣传部和新加坡驻上海总领事馆的积极配合，苏州大学文学院更是鼎力支持，提供办会协助。

4. 看上海访潮汕：文集《品味》

2014 年蓉子编选出版了散文集《品味》，入选作品来自中国大陆、台湾、香港以及新加坡、马来西亚、泰国、印尼、菲律宾、文莱、日本、韩国、新西兰、澳大利亚、美国、加拿大、德国、荷兰等世界三十多位学者和作家。

蓉子向有心愿，并付诸行动，致力于海内外华文文学交流，组织笔会和参访性质活动。因其在上海的突出表现和对家乡潮汕所作的贡献，她的愿望，得到上海市侨办和广东省侨办的大力支持，由她协助策划，成行了 2011 年、2012 年的"品味上海"和 2013 年的"品读潮汕"三次活动。

她协同侨办组织四海作家：选择有代表性、写作有一定成绩者；也亲历选择参访内容：既能体现改革开放后经济腾飞的祖国新貌，又有益于对中华传统文化的认识了解传承。蓉子在几次品味活动中，如宾实主。活动后她把参访者的美文美篇结集为《品味》出版，为参访品味活动留下永恒。

5. "新锐博主"：《文化钟点工》

2010 年 12 月 25 日，蓉子在"新浪"安下了她的专属精神家园，将自己的生活交往，所见所闻，所思所想，披荆斩棘路上的点滴回味，断续写下不长的文字与读者分享。当其博客一岁又二百八十五天时，她领到了"新锐博主"徽章。《文化钟点工》即这位"新锐博主"五年二百多篇博文的结集。不少文章曾同时见之于新加坡报章。

另有《中国故事》是她作为中国改革开放四十周年的献礼，为其历年关于"中国"的文章结集，表述作者说不完的中国故事，道不尽的故国深情。同时，她策划并主编的《侨批里的中华情》随之出版。

《侨批里的中华情》由新加坡和中国大陆多位作者执笔，以散文随笔评论诸般文体，缅怀当年下南洋的华侨，向他们在异国他乡艰辛拼搏，不懈发扬传承中华文化的精神致敬。

鉴于蓉子在文学创作方面的努力和取得的成绩，2017年7月，新加坡国立大学史无前例出版了一本硕士生论文：《潮籍作家蓉子与新中两国互动》。在发布茶会上，出席者有大学校长陈永财、陈燊荣大使、白振华议员、陈荣照教授、何乃强大医、吴多深总裁、陈再藩作家、潮州八邑会馆会长、黄锦西大律师、国家档案馆素春等，社会名流、政商要人、文教彦士济济一堂，足见社会各界对她的肯定和尊重。

经营着一家上市公司，作为董事长的蓉子有做不完的工作，但写作是她的至爱，再忙每天她都会坚持笔耕，已出版的、正出版的、未来出版的，著作永远在路上。

写作，对蓉子来说是对生命的拯救，如影随形始终追随着生命，铭记着生命。写作是她生命的灯塔，是她终其一生不会放弃的对生命的观照。在写作中，她获得了自由，找到了生存的价值。

2021年9月8日

（白舒荣：中国作家协会会员，香港《文综》杂志副总编辑）

古代女诗人研究

清代才媛词人杨芸的创作实绩与艺术特色

周琦玥

摘　要: 杨芸是乾嘉时期"海内推为闺词之冠"的重要女性词人，其词作既有悯春悲秋、感事伤怀的闺怨词作，又有自然清丽、天真烂漫的欢快美篇，还有部分冲破闺阁生活藩篱、音调高亢、气概浑雄的闺阁雄音。这种种类多样的创作实绩与风格多元的艺术特征，提升了其创作的艺术层次，展现了一代女词人的独有风范。此外，对杨芸生平家世、创作历程的探讨还可为探寻清代社会文化史特别是妇女生活史提供参考，具有文学史和文化史研究的双重意义。

关键词: 才媛词人；杨芸；《琴清阁词》；艺术成就；清代女性文学

　　民国以降的古代文学研究者对闺秀文学给予充分关注，从文献搜集与整理、作家创作论、作品论，乃至地域文化与女子教育等多角度探讨古代闺秀文学的文学史脉络与个案探讨，取得了较为丰硕的研究成果。中国古代闺秀文学大盛于清季，作家数量"超轶前代，数逾三千"，并出现了不少成就非凡的闺阁词人，这也使得清代闺阁作家群体成为学界着意探讨的重要对象。但值得我们予以注意的是，当下关注清代女性作家的论著在数量与质量上仍存在着有待提升的空间。特别是在个案研究领域，虽然出现了一批关注吴藻、陈端生、徐灿、席佩兰、李佩金以及随园女弟子群体文学创作的研究成果，但仍有部分作家及其作品在女性文学史研究中长期处于"缺席"或"半缺席"的状态，这也为明清女性文学的研究留下较大的书写余地。

　　乾嘉时期，常州金匮词人杨芸在诗词创作方面着力颇深，但对杨芸的研究多为探讨李佩金或杨氏、顾氏家族词人时偶有涉及，迄无专论探讨杨芸的创作实绩与艺术成就，这或与杨芸的词作具有较强的同质性，且存世词作数量较少，因此较难全方位展现其文学旨趣有关。但我们需要注意的是，明清时期女性作家受制于时代束缚，"同质性"似为其通病。而与其他女作家相比，杨芸"幼受四声，慧辨琴丝，妙修箫谱"，其《琴清阁词》收词计七十六首，涵盖闺阁物事、庭院景色、生活场景等，被时人赞为"风美流发，在片玉、冠柳之间"①，已经尽可能地摆脱时代限制、彰显女性文学创作特质，可以在一定程度上代表其时江南女性作家的创作实绩。同时，杨芸还对诗话着力颇勤，"著《金箱荟说》，皆古今闺阁诗话"②，对女性诗歌创作予以理论层面的关注。在这样的背景下，对杨芸及其词作的探讨具有勾勒名媛人生轨迹，填补女性文学研究空白的意义，可为清代江南女性文学风尚与地域文化研究提供助益。

一、杨芸的家世与交游

杨芸，字蕊渊，常州金匮人，生于乾隆三十九年（1774），卒于道光十年（1830），为清季常州一带为人称许的女词人。《匏庐诗话》称"金匮杨伯夒大令娣氏蕊渊女史芸，诗有家风，不愧左棻、谢韫"③，足见时人对其文学创作的推重。杨芸词作后汇为一帙，名《琴清阁词》，后由徐乃昌收入《小檀栾室汇刻闺秀词》，为当下流传最广的版本。

（一）杨芸的家世生平与其创作的关系

杨氏一族为常州"诗礼簪缨"之家，其先世杨宗濂、杨孝元、杨潮观、杨鸿观等皆"雅好文辞"，留下了"世以诗书为业"的训导，这也使得杨氏家族累积起了世代家学之风。杨夒生的外家，同样是清代重视文教的世家大族——无锡顾氏。顾光旭在《梁溪诗钞序》中曾提及无锡一带"洎乎本朝，世应昌期，家沿旧学，郁郁乎人文之盛"的家学风尚，而序言中"若夫李文肃三俊并称，尤文简为南宋四大家之冠，倪云林诗如其品，浦长源、王孟端、华鸿山、顾子方之称于前，国初之秦、顾、严王家并传不废，何待予言"④的记载，则侧面反映了顾氏家族的文学成就。杨芳灿青年时期在无锡随舅父顾斗光学习，《梁溪诗钞》卷四十六记载此事："就家教授诸侄，即双溪四子：敏恒、敩愉、敬恒、敔宪，及两甥杨芳灿、揆也。皆禀异姿，

---

① 唐圭璋：《词话丛编》，中华书局1986年版，第1521页。

② ［清］陈文述：《西泠闺咏》，清光绪十三年西泠丁氏翠螺仙馆刊本。

③ ［清］沈涛：《匏庐诗话》，载张寅彭主编《清诗话三编》（第七册），上海古籍出版社2014年版，第37页。

④ ［清］顾光旭：《梁溪诗钞序》，载《梁溪诗钞》卷首，清乾隆六十年顾氏自刻本。

数年蜚声文苑"。① 杨芳灿在自订年谱中提及顾斗光的教学内容："舅氏谔斋先生工诗文，癖嗜吟咏，教余为诗。初作近体诗，时得佳句，后渐能作歌行三四百言。"② 这样的学习经历为杨芳灿打下了良好的文学根基，而后杨芳灿负笈金陵，拜入袁枚门下，最终在诗文创作一道别有机杼，在乾嘉文坛广有名望。

杨芳灿对后代的教育颇为用心，这在时人所记杨芳灿之子杨夔生（即沈涛所称之"金匮杨伯夔大令"）的文学传承中可窥崖略："伯夔刺史为先生冢嗣，早岁敦敏嗜学，青缃劬好，含咀道腴，平生著述尤工于倚声，守其家钵，更陶冶于唐宋诸名家，而撷其精华，据以妙笔，江南北一时称宗匠焉。"③ 这种重视文化教育的家庭氛围，也为杨芸的文学素养与文学创作奠定了良好的基础，彭俪鸿在为《琴清阁词》所作序言中指出："蕊渊家似鲍姑，阀比班氏，老亲幼弟，蔚为哲匠，诸姑伯娣，亦称宗工。"④ 寥寥数语，便描绘出了杨芸的家学渊源，及其"幼受四声"背后所反映的家庭环境熏染。杨芳灿任灵州知州期间，秦承需从其问学，师生之间多有唱和。而杨芸后适秦承需，夫妇二人均"雅好文学"的特性也使得杨芸的诗词创作并未因嫁做人妇而中断。

冼玉清认为才女跻身文坛，需要有三个条件："其一名父之女，少禀庭训，有父兄为之提倡，则成就自易。其二才士之妻，闺房唱和，有夫婿为之点缀，则声气易通。其三令子之母，侪辈所尊，有后嗣为之表扬，则流誉自广。"⑤ 杨芸幼承庭训，打下了良好的文学基础，出嫁之后又得以与丈夫琴瑟和鸣、切磋诗文，这种不间断的家族内部文化滋养，为杨芸砥砺诗艺、写就新篇提供了物质和精神两方面的积极作用。

（二）杨芸与其他女性作家的交游与唱和

明清时期江南地区文人结社的风气对当时的女性作家群体产生了深远影响，部分女作家不再拘束于"文不出内闱"的限制，效仿男性文人结社吟唱，往来之间亦有酬唱赠答、作序题跋、出游雅集等，形成了"女性文学共同体"。杨芸与其他女性作家如表妹顾翎，以及闺中密友李佩金、陈文述等多有交游。

杨芸表妹顾翎，自幼接受良好的家庭教育，"习为诗，皆擅长短句，族

---

① ［清］顾光旭：《梁溪诗钞》，清乾隆六十年顾氏自刻本，卷四十六。
② ［清］杨芳灿：《蓉裳先生自定年谱》，载《北京图书馆珍藏年谱丛刊》第120册，北京图书馆出版社1999年版，第13页。
③ ［清］方廷瑚：《真松阁词序》，载杨夔生《真松阁词》卷首，清光绪元年心禅室刻本。
④ ［清］彭俪鸿：《琴清阁词叙》，载杨芸《琴清阁词》卷首，收入徐乃昌校刻《小檀栾室汇刻闺秀词》（第一集），浙江大学出版社2018年版，第51页。
⑤ 冼玉清：《广东女子艺文考》，上海商务印书馆民国三十年版，第1页。

党传称，以比谢庭风絮"①。杨、顾两家联姻已久，而杨芸与顾翎自幼结识，二人多有往来赠答之作，如杨芸七首组词《临江仙·同绠兰四妹作，即呈雪兰大姊、蘅芳、蓉岑两妹，并怀顾羽素表妹、无锡王畹兰五妹吴江》，顾翎作《浣溪沙·忆琴清阁词》等。

《琴清阁词叙》中提及"长洲女士李绠兰"，即著有《生香馆词》的清代女词人李佩金。杨、李二人为中表兄妹，感情甚笃，被称为"同心友"，二人的交游与杨芸、李佩金皆曾从宦于北京的生活经历有关。《灵芬馆诗话》记载了杨、李二人在京师的交游："时俱从宦京师，结社分题，裁红刻翠，青鸟传笺，乌丝界纸，都中士女，传为美谈。"②"生香女士"所指亦是李佩金，而所谓"结社分题"，似乎暗示我们杨芸与李佩金曾共同参与文学社团活动。袁通《燕市联吟集》卷一《金缕曲·题黄仲则先生悔存斋词，用集中赠汪剑潭韵》的作者中，杨芳灿、杨夔生、杨芸、何湘、李佩金五人之名豁然在列③，其中杨芳灿、杨夔生、杨芸为父子（父女），何湘、李佩金则为夫妻。《燕市联吟集》中还有部分作品的作者群体中，包含这五位作者中的数位，而杨芸与李佩金更是形影相随。由此看来，此间的"结社分题"极有可能指二人共同参与燕市联吟词社的活动。

杨芸还与陈文述多有交游，陈氏"在京师，为梁溪杨蕊渊、长州李晨兰两女士佣书，镌'蕊兰书记'小印"。④陈文述还对杨芸集录古今闺阁诗话而成《金箱荟说》之举给予高度评价，在所作序言中认为《金箱荟说》"网罗琼笈，采集珍文""七始晏嬉，非值唐山之作歌，十志沉研，无异班昭之续史"。⑤

《琴清阁词》中的作品不乏与女性作家的唱和往来之作。这种交游唱和，一方面提高了杨芸写作唱和诗的水平、增加了杨芸的传世作品数量，另一方面也扩充了杨芸的视野、锻炼了她的文笔与才思，为其文学创作提供了积极助益。此外，唱和之作的汇录成集，以及时人对这些女性诗词作品的点评、称许，也从侧面反映出一时女性吟咏寄怀成为风尚的社会现实。

清代为中国古代女性文学发展至盛的历史阶段，"妇学而清代，可谓盛极，才媛淑女，骈蕚连珠，自古妇女作家之众，无有逾于此时者矣"⑥，此际名家辈出，彤管贻芬。而"女性文学创作的意义也许主要不在其本身的艺

① ［清］顾翎：《绿梅影楼诗词存》，收入《无锡文库》（第四辑），凤凰出版社2012年版，第446页。
② 唐圭璋：《词话丛编》，第1521页。
③ ［清］袁通：《燕市联吟集》，清嘉庆壬申刊本，卷一。
④ ［清］施淑仪：《清代闺阁诗人征略》，收入周骏富辑《清代传记丛刊》（第20册），台北明文书局1985年版，第34页。
⑤ ［清］陈文述：《金匮女士杨蕊渊金箱荟说序》，载《颐道堂文钞》卷四，《续修四库全书》第1505册，上海古籍出版社2002年版，第597页。
⑥ 梁乙真：《中国妇女文学史纲》，上海书店1990年版，第374页。

术贡献，而在于整个文学生态乃至文化格局中的一部分，其思想与艺术价值也只有置于文学生成的环境并与相关的文学活动联系起来考察才更有意义。"① 从杨芸的家世生平、交游唱和中不难发现，杨芸的创作与她周围的文化环境密不可分。自幼受到的良好教育、丈夫的文学素养以及对杨芸创作的支持、与友朋之间的切磋琢磨等，不仅熏陶了女性作家的才情，还影响了她们的创作情态。三者的共同作用，加之杨芸自身的天资与勤勉，共同铸就了杨芸在女性文学史上"海内推为闺词之冠"的地位。

二、杨芸词作的艺术特色

彭俪鸿在为《琴清阁词》所作序言中，对杨芸词作进行了概说，认为："柳絮之吟，无缀于佳日；花萼之集，有辉于闺中。沧海一洲，尽见麟角；丹山万里，俱为凤声。胜事惬意，高风悦志。故其为词也，若春云之在空，似蕙风之拂树。晴丝微飏，鸟韵乍和；群卉弄香，众葩扬馥，悠然怡人情也。"② 由此来看，杨芸词作的整体内容与风格偏于清丽和柔，这也与女性词人的身份特质关系密切。但实际上，杨芸词作的艺术特色并非仅止于此，在她的笔下既有伤春悲秋、与姊妹往来唱和的传统闺情之作，亦有临画题诗、喟叹豪迈英姿的别样情怀，呈现出一种刚柔并济、别有风神的创作样态。

（一）悯春悲秋、感事伤怀的凄情幽怨

闺阁才媛的身份，使得女性作家往往具有细腻的笔触与敏感的心灵，在此之上进行的文学创作也多为吟弄风华、闺愁独思的婉约之作，杨芸亦不例外。《琴清阁词》中不乏描写岁时风物，抒发作者春思、秋怀的叹息之作，如《菩萨蛮·春闺》：

> 东风何事多轻薄，梨花又逐桃花落。小步下兰阶，红沾金缕鞋。
> 雨丝吹袖湿，窗外春云黑。莫劝饯春杯，荼蘼尚未开。③

杨芸在上片中并未直接描绘暮春时期万物萧瑟的景象，而是别出机杼地埋怨"东风轻薄"逼得落红纷纷，使得"红沾金缕鞋"，这与"打起黄莺儿"的迁怨行为颇为相类，刻画出闺阁女儿心绪烦乱之时表现出的气恼却又无

① 刘勇强：《序言》，载李汇群《闺阁与画舫：清代嘉庆道光年间的江南文人和女性研究》，中国传媒大学出版社2009年版，第1页。
② [清]彭俪鸿：《琴清阁词叙》，第51页。
③ [清]杨芸：《琴清阁词》，收入徐乃昌校刻《小檀栾室汇刻闺秀词》（第一集），浙江大学出版社2018年版，第58页。

法发泄的形象，可谓深得闺怨写作之三昧。下片则直写窗外的"雨丝""春云黑"，覆上"吹袖湿"的清冷意境，不由得满怀伤春之情，不忍举起"饯春杯"。所谓"不忍饯春"，所不忍的非但是实际意义上的春光，还有"又是一年春将逝"的青春韶华。最为耐人寻味的乃是"荼蘼尚未开"，荼蘼未开，看似夏未至而春尚在，但距离"开到荼蘼花事了"又有多久呢？这种近在咫尺，却又无法掌控，唯有面对时间流逝的无奈情思，在女儿心间洒下无限愁绪，而这种愁绪在词作中的文学外化，则造就了杨芸这一词作的别样魅力。

与惜春感逝的春思相较，"悲哉！秋之为气也。萧瑟兮，草木摇落而变衰"的物候特点投射于心灵之上，使得词人更富有怆然之感，这在其词作的字里行间也可寻得草蛇灰线。如《菩萨蛮·秋怀》：

> 西风吹尽殷红色，庭前只有无惨碧。瘦蝶也堪怜，痴魂断冷烟。
> 砧声何处急，寒意催刀尺。吟罢月侵廊，秋更故故长。[1]

杨芸笔下的秋天冷淡无颜色，别有一番百无聊赖、万物肃杀的空虚凄清，这不由得使人心生孤寂。"堪怜"的"瘦蝶"，其"堪怜"之处便在于怀抱"痴魂"，而又消瘦无助，这实际上是作者的自况之语。在描绘秋景的上阕中，杨芸连用"惨""怜""冷""断"等字，而后以凄清之景暗含怅然、凋零之情，以秋日凌冽暗喻心境之凌冽。下阕的"砧声何处急，寒意催刀尺"更是饱含作者心中的无奈、怨恨，与清寒幽冷的外在环境相交织，可谓是融情于景，却又不带一丝雕琢之感，更无刻意抒怀的匠气。杨芸在《南歌子·月夜病怀书感》中也曾提到"只觉年年多病是秋天"，杨芸的悲秋，或许还带有一层感喟病痛反复的因素，这又不免为其秋感更添愁苦。

触动杨芸敏感心弦的，除却客观存在的外部环境变迁在内在心境之上的投射，还有着因"因事生感"所产生的心灵共鸣，这与杨芸自身的才思紧密相关。此类感事伤怀的作品，在《琴清阁词》中亦有收录，如《苏幕遮·纫兰以葬花图属题》：

> 曲屏闲，深院静。新绿如烟，烟外凉云暝。才见繁英红玉莹，一霎东风，瘦尽春魂影。
> 把鸭锄，穿蝶径。脉脉相怜，人与花同命。泪滴香坟残梦冷，谁更怜侬，薄慧翻成病。[2]

---

① [清]杨芸：《琴清阁词》，第98页。
② 同上，第91页。

由题目可知，此为应人所嘱而作的题画词，所咏为黛玉葬花事。词中"一霎东风，瘦尽春魂影"所表达的凄清而忧伤的意境，既是对林黛玉命运的感喟，又是作者闺怨的反映。"脉脉相怜，人与花同命"的抒怀，是感叹黛玉身世遭遇的哀音，又是作者对自身命运的焦虑迷茫。更值得我们击节赞赏的是，这首词的外在文本呈现出复杂来源特征，既有化用《红楼梦》的文句或情节，又有嵌入绵绵意绪的平常意象，迥异于流于表面的伤春惜花词句，而是将作为小说主人公的林黛玉，与同属"闺阁弱女子"的自身相互关照，在景物描写中融入对女性群体命运的思考，别有一份"感事伤怀"的闺怨情思。

（二）自然清丽、天真烂漫的女儿心性

与鱼玄机、李清照，乃至清代其他生活境遇令人扼腕的女性词人如吴藻等相较，杨芸童年生活在父亲、弟弟的关爱与呵护之下，嫁做人妇后又得以与心意相通的丈夫琴瑟和鸣，同时与诸多才媛建立了深厚的友谊，一生并未遭受太大的磨难。因此，杨芸词作中的"悯春悲秋、感事伤怀"，其实更带有对女性文学创作中"闺怨"色彩的承继意味。《琴清阁词》中收录的诸多代表自然清丽、天真烂漫的女儿心性的作品，往往更带有杨芸自身的影子。如《临江仙》组词中关于顾翎的一首，其中描绘了天真烂漫的童年生活：

> 记得髫年携手处，红桥画舫蓉湖。别来兰讯未曾疏，新词笺百幅，错落赠明珠。
>
> 竹北花南香伴少，近时标格谁如。清心一片映冰壶，顾家新妇好，得似小姑无。①

杨芸在此词中回忆少年相伴时携手共游之事，"红桥""画舫""蓉湖"，都是承载童年时期欢笑的景象。虽然此时杨芸已嫁为人妇，并在词中以"顾家新妇好，得似小姑无"之语表现对顾翎的想念，但不难发现，由于"别来兰讯未曾疏"的频繁联系，词作的感情主线仍是欢快的。其中"髫年携手"的童年生活，以及环绕在身畔的美景，都带有鲜亮的色彩与明快的情思，这也使得全词带有一番欢快跳脱的愉悦之情。

杨芸天真烂漫的女儿心性并未随着年岁的增长而完全逝去，在她成年之后所写的诸多词作中，仍然保持了自然清丽的风骨。如《东风第一枝·癸

---

① ［清］杨芸：《琴清阁词》，第 123 页。

亥元旦喜雪，邀纫兰同作》：

> 凤蜡烧残，鹅笙炙罢，艳雪珑珑催曙。画阑玉戏争妍，粉镜梅妆
> 添妩。裁云剪水，才幻出、满庭花雾。怪谢家、摹拟难工，唤作因风
> 吹絮。
>
> 正百福、香奁索句。更七宝、琳华堪赋。压枝琼蕊齐开，按拍霓
> 裳试舞。银箫斜倚，恰一缕、麝薰微炷。认迷离、空外春痕，只在六
> 花多处。①

此篇作于元旦时节，描绘了杨芸与李佩金相聚赏雪，共享佳节之乐，
及至"凤蜡烧残，鹅笙炙罢"仍未分开的场景。词作描绘雪景时，遣词造
句颇为工巧而又带有女性词人独有的细腻特征，如将雪后庭院景象喻为"争
妍""添妩"、将雪中梅花比作"霓裳试舞"，女性特有的天真娇俏一览无余。
同时作为颇具文情的才媛，自然而然地联想到谢道韫"未若柳絮因风起"
之典，而词末对"春痕"的寻觅、对"六花多处"的期待，以及"怪谢家、
摹拟难工"流露出在诗文创作上对才女的向往，又暗含作者对未来的期待，
以及乐观、欢快的人生态度。

杨芸在绘景、状物词作中对内心的天真烂漫也多有展现，如《采桑
子·四时词》中对四时风物的歌咏：以"月园珠露""春到细桃第几丛"绘
春和景明；以"柳影风斜""烟落藕花"喻夏季簇簇生辉；以"瑶阶露湿""竹
梢晓挂西南月，疏影横窗"赞秋季凉风初起；以"冷透冰魂""檐牙玉箸琤
琮坠"描摹冬季冰柱晶莹之美。这些意象自然清丽，杨芸对生活的热爱、
对自然之美的探寻，以及背后所潜藏的"少女情怀总是诗"的女儿心性，
也可借此窥得崖略。

（三）音调高亢、气概浑雄的闺阁雄音

古代女性词人由于生活环境的限制、传统思想束缚下的自我规训等原
因，其创作的主流往往是"惟取嘲风雪，弄花草，若此外无馀事焉"②，杨
芸亦不例外，占据其创作主流的乃是温婉清丽的作品。但也有部分词作冲
破闺阁生活、风花雪月的藩篱，而带有别具一格的豪迈气质，如《大江东
去·二乔观兵图，用坡仙均》：

> 英风侠气，笑蛾眉也似，江南人物。妆罢韬钤书对展，绿字香生

---

① [清] 杨芸：《琴清阁词》，第 106 页。
② [清] 沈德潜：《绿净轩诗》序，载胡晓明、彭国忠主编《江南女性别集初编》，黄山书
　　社 2008 年，第 87 页。

椒壁。手握灵珠，胸藏慧剑，俊眼光如雪。同心借箸，奇哉儿女人杰。

　　难得姊妹齐肩，环姿相照，并蒂双花发。一缕炉烟喷鹊尾，仿佛阵云明灭。人已飞仙，事经尘劫，涴尽姮娥发。抽毫吊古，吴宫何处新月。①

　　此词牌作"大江东去"，实际上为"念奴娇"的另一称呼，因苏轼《念奴娇·赤壁怀古》"大江东去"而得名。杨芸此词不以通常词牌名之，而选用"大江东去"这一别名，其中也带有仿效苏词的影子。除却外在形式上的"仿苏"，其内容上也颇有苏词豪放英发之气，以其"英风侠气"一变过往女性词人的刻板印象。杨芸对"胸藏慧剑，俊眼光如雪"的期许、对"阵云明灭""人已飞仙"的感喟，以及"抽毫吊古"，哀叹往昔风流人物的历史情怀，都得以淋漓尽致地展现。更为难能可贵的是，此词在雄浑豪放基调上，还创造性地融入了女性主义视角，赞叹二乔"姊娣齐肩，环姿相照"的形象，并赞叹"并蒂双花发"的姐妹情深。这样的巧妙构思使得全词在豪迈之余，还带有几分婉约之风，可谓是以刚为主、刚柔相济的"闺阁雄音"。

三、结语

　　整体来看，杨芸词作中虽饱含不同情感的抒发，但其主流风格乃是"若春云之在空，似惠风之拂树"，多采用自然清丽的意象，语言运用上讲求凝练雅致。这种美学风格的形成，既是对传统闺阁词作温润柔和、含蓄蕴藉之风的承嗣，又是杨芸自身恬静幸福生活与其灵慧敏感心灵相契合的产物。然而，杨芸的创作并未止步于吟风弄月，而是对多种艺术风格都予以大胆尝试，除却抒发自然清丽、天真烂漫女儿心性的作品外，也有描绘凄清孤寂的哀婉词作，还有独居英豪气质的"闺阁雄音"，这也使得其词作种类多样、风格多元，提升了其创作的艺术层次，展现了一代女词人的独有风范。

　　在清代女作家群体中，杨芸因其夺目的创作实绩与独特的艺术风格而于"嘉、道间颇斐声词苑"，时人赞其"所著《琴清阁词》多才语"。② 这在《琴清阁词》在后世的流传情况中也可窥得崖略：徐乃昌编纂《小檀栾室汇刻闺秀词》时所采用的编辑方法乃是"每得十家，即刻一集，而辞十家中，

① ［清］杨芸：《琴清阁词》，第 111 页。
② ［清］林庚白：《子楼诗词话》，载杨传庆、裴哲编著《清人词话》，南开大学出版社 2012 年版，第 1130 页。

503

略以优劣次其先后"①，而《琴清阁词》被置于整套丛书卷首，梁乙真对此评论道："南陵徐氏《小檀栾室闺秀词》取以冠首，其意盖以为清代闺秀第一人也。"②足见杨芸被诸多词评者所推崇的女性文坛地位。此外，除却女性文学创作研究价值外，《琴清阁词》所记载的出于诗书礼仪之家的女性生活与才识，特别是对于观兵图、读诗书、结诗社等文化生活的描摹，还可以为探讨清代社会对女性教育与文学活动的认可与重视，以及乾嘉时期部分具有开明思想的男性文人支持女性参与到文学创作中的现象提供可资参考的个案。因此，对杨芸生平以及词作风貌的整体爬梳，既可充实清代女性文学个案研究，以免明珠沉渊、美玉葬坟，又可为探寻清代社会文化史特别是妇女生活史提供参考，具有文学史和文化史研究的双重意义。

（周琦玥：山东大学文学院硕士研究生）

---

① ［清］林庚白：《子楼诗词话》，第 1129—1130 页。
② 梁乙真：《清代妇女文学史》，上海中华书局 1927 年版，第 265 页。

书评与信息

凌叔华及其在世界文学中的旅行
——评林晓霞《凌叔华与世界文学》

于　伟

　　近年来，在比较文学、世界文学、全球化、文化研究风起云涌的背景下，人们对世界文学进行了重新思考，同时，开始注重流散作家及其对世界文学的影响。凌叔华是中国文学"走出去"的一个典型例子。当代西方学者，包括世界文学著名学者、哈佛大学比较文学系系主任戴维·戴姆罗什（David Damrosch）在内，一般都从歌德对世界文学的构想中汲取灵感，将世界文学定为文学的生产、流通和翻译的过程。众所周知，世界文学与中国文学也有着密切关系。《凌叔华与世界文学》一书的作者林晓霞两次去哈佛大学访学，师从戴姆罗什教授。受到戴姆罗什的世界文学观的启发，晓霞能够自觉地将自己所要研究的对象凌叔华放在一个广阔的世界文学的语境中考察，这样便能写成新意。专著《凌叔华与世界文学》从凌叔华这个个案出发来探讨中国现代文学与世界文学的关系，对当今世界受人注目的世界文学理论作品做出深入全面的讨论。具体说来，本专著运用英语世界文学三大文选《朗文世界文学选集》（ *Longman Anthology of World Literature* ）、《诺顿世界文学选集》（ *Norton Anthology of World Literature* ）、《贝德福世界文学选集》（ *Bedford Anthology of World Literature* ）作为世界文学的评价标准，通过横向和纵向比较，探讨世界文学与中国现代文学的互动关系，结合文本细读，运用对比的方法对凌叔华和曼斯菲尔德、伍尔芙的作品进行比较分析，剖析了世界文学的双向旅行，对世界文学的概念做出了一些新的阐释。此选题对中国的世界文学研究，以及中国文学与世界文学的关系走向颇有启示作用，其结论（参见书284页，285页，286页）具有重要的参考价值。因此，我推荐此书基于三个理由：

一是逢时。佳作因时而作，应运而生。该书面世之时，正是中国倡导讲中国故事，发中国声音，提出并推动中国文学"走出去"的重要时期。凌叔华是中英文明交流互鉴的友谊故事的典范，如凌叔华的嫁妆，史家胡同 24 号院的修复工程受益于英国王储慈善基金会的慷慨资助。在今天的文学研究中，传统的民族／国别文学的疆界已经变得越来越模糊，没有哪位文学研究者能够声称自己的研究只涉及一种民族／国别文学，而不参照其他的文学或社会文化背景知识，因为跨越民族疆界的各种文化和文学潮流已经打上了区域性或全球性的印记。从这个意义上说，世界文学也就带有了"超民族的"或"翻译的"意义，这意味着共同的审美特征和深远的社会影响。如果以此来描述凌叔华及其创作特色则是十分贴切的，不仅她本人是一个"跨国的"作家，而且是一个跨语言写作或从事文化翻译的作家。所以这是一部反映中国现代文学发展、具有世界意义的著作。

二是有说服力。作者发现了研究的系列原始资料，并在占据资料的基础上，融合当代世界文学的理论，从不同角度阐发世界文学的演进和意义，并从跨国翻译实践论述了比较文学面临的境遇，因此，这部著作具有较高的学术价值。作者学术视野广阔，有理论深度，同时又不失文本细读的功夫。资料的翔实，这是确保一部学术著作能立足的基础；但是如果仅停留在发现新资料这一点上，也难以形成一部有价值的专著，因此本书的另一特色就是理论阐释。从她对西方作家曼斯菲尔德、弗吉尼亚·伍尔芙和学者奥尔巴赫、戴姆罗什等人的借鉴和阐释来看，这本书的价值远远超过了讨论凌叔华本身，而且对关注和研究世界文学的学者也有所启发。基于此，我们可以看到作者对世界文学、流散文学以及凌叔华的创作都有了深入的了解和研究，同时，也可以看出作者对世界文学的理论和知识掌握比较深入和牢固，讨论和分析充分透彻，结构合理，语言流畅，具有说服力。

三是适合海外出版和推广。"让世界读懂中国"成为我国当下重要的话题之一。我们博大精深的中华文化是否能够顺利走出去，是否能够被正确解读、获得认可，取决于我们的传播内容、传播方式是否适应了受众的需求、喜好和心理。晓霞教授倾数年之力写成的这部著作，其间两次赴美国哈佛大学访学。第一次是 2012 年至 2014 年，她以北京语言大学和哈佛大学联合培养的在读博士生身份，去哈佛大学访学，由戴姆罗什指导她在美期间的学习和博士论文写作。第二次是 2017 年至 2019 年获得国家留学基金委全额资助，先后在美国宾夕法尼亚州立大学英文和比较文学系由托马斯·比比教授指导，在哈佛大学比较文学系访学，由戴姆罗什教授指导。在我看来，这部专著有很扎实的英语基础。此外，晓霞通过自己的游学经历，与当今世界文学的倡导机构和组织机构建立了密切关系。这种关系，正如作者所言，正是世界文学运作的一种重要模式，将对我国世界文学的研究产生重要的影响。众所周知，世界文学与中国文学关系密切，中国的现代化进程对世界文学一直起着极大的推进作用，因此，本专著对世界文学的阐发具有现实意义，这也是适合海外推广的重要原因。建议在翻译、出版的过程中建立数据库，从而更好地为中国的文化发展战略服务。

（于伟：北京语言大学发展规划与学科副主任，文学博士）

女性文学研究的史学化建构与当下性介入

——"第十五届中国女性文学学术研讨会"会议综述

薛　冰

女作家学刊 · 第三辑

摘　要: 2021年7月9—11日，由中国当代文学研究会女性文学委员会主办，辽宁大学文学院承办的"第十五届中国女性文学学术研讨会"在辽宁沈阳隆重召开。会议就女性文学研究的多方面问题进行了广泛而深入的探讨，大会主题报告后，四个会场分别以"女性文学史：理论与方法""性别政治与现代文学的发生发展""女性文学与当代中国社会变迁""生态、媒介与性别想象"为核心问题进行分组讨论。本次会议充分体现对女性生命体验的关切，集中了近年来女性文学研究领域的高水平成果，从而搭建了女性文学研究者学术交流的平台，进一步深化了许多对女性文学研究问题的思考和认识，将女性文学研究带入超越性别的历史学、社会学、伦理学、人类学层面。

关键词: 女性文学研究；女性文学理论；会议综述

2021年7月9—11日，由中国当代文学研究会女性文学委员会主办，辽宁大学文学院承办的"第十五届中国女性文学学术研讨会"在辽宁沈阳隆重召开。来自北京师范大学、厦门大学、南开大学、上海交通大学等全国二十二个省（区、市）六十多所高校及科研机构的一百二十余位专家学者参与了本次会议。

一、从民族主体性建构到新时代性别话语新维度

会议开幕式上，中国当代文学研究会副会长贺绍俊教授代表中国当代研究会会长、中国社会科学院白烨研究员致开幕辞，表达了对女性文学委员会工作的肯定以及今后工作的指导精神。致辞指出，此次研讨会因是在建党百年的重要时间节点召开的，而具有了不同寻常的意义。回望党的百

年辉煌历史，学习习近平总书记的"七一"讲话，都昭示着必须把文学事业放置于社会与时代的大历史与大格局中，去理解和认识文学的地位、作用和意义。我们的女性文学研究在体现性别差异和性别特点的同时，还应该具有与整体文学的关联性，与总体文坛的互动性，在社会历史的大进程和文学发展的大格局中，体现自身的重要性与特殊性。社会和文学都进入了一个新的时代，新的时代呼唤新的文学，新的文学需要新的研究。置身于这样一个背景与环境的女性文学，既重任在肩，又大有可为。中国当代文学研究会女性文学委员会主任乔以钢教授总结了近年来文学的性别研究取得的学术成果，从多方面促进了学科建设。当前，在世界格局发生深刻变化的背景下，诸多时代性、社会性因素对文学活动产生的影响，不能不引发我们思考。希望此次会议的议题能够一定程度上体现对具有时代特征的人文命题的关切。开幕式由辽宁大学文学院院长胡胜主持。辽宁大学副校长杨松代表承办方致辞。

　　本次会议以大会主题报告和分组讨论相结合的方式进行，就女性文学研究的多方面问题进行了广泛而深入的探讨。大会主题报告由中国当代文学研究会女性文学委员会副主任委员李玲教授主持，六位专家进行主题报告。王纯菲教授（辽宁大学）从中西方女性"第二性"生存历史生成之路、两性社会关系文化构型、影响女性文学创作的审美传统的差异入手，从根源上阐释西中女性文学理论民族主体性的建构，不应以西方女权主义为圭臬，而应该着眼于中国文化特质，并拓荒性地提出中国女性文学理论民族主体性建构的三个维度——性别伦理学、性别哲学、性别美学。刘钊教授（长春师范大学）以"妇女报刊与女性文学研究"为题，将作为妇女运动史料的妇女报刊从政治学、史学研究带入文学及文化研究领域，梳理了以史料为基础的女性文学研究传统，阐释了妇女报刊与女性文学史料学建构之间的关联，并对现代视野下女性文学研究的特征与路径做出思考，为女性文学研究提供了全新的视角。程亚丽教授（上海交通大学）将性别研究拉入抗战时期文学，深入考察抗战文化对女性的想象、性别建构的影响，从文化史、女性主题研究的角度来清点、整理、发掘抗战时期文学女性与民族国家话语的深层关系，辨析抗战文学女性叙述存在的象征性、隐喻性与符号性的基本问题，揭示女性被组织纳入民族国家话语表达的过程与规律，从而对抗战文学研究中相对忽视的一个重要面向——性别文化机制进行了考察。黄晓娟教授（广西民族大学）历时性梳理了清末民初至新时期以来的中国少数民族文学女性形象的建构历程，表示少数民族女性形象可以看作中国优秀传统文化的精神标识在少数民族文学文本中的高度凝练与符号化表达，表现出以人为本的民本精神、浓烈深沉的家国情怀与和而不同的包容精神，对建构现代中华文化与思考中国文化的未来走向具有重要的作用和意义。陈千里教授（南开大学）以新时期初年的"婚变叙事"管窥历史转型时期的多重话语以及与时代语境的复杂关联，特别是话语层面及其背后价值立场的承续，国家的治／乱与家庭的幸／不幸同形同构，作为"拨乱反正"叙事的通俗化演绎，婚变过程的跌宕起伏是意识形态斗争的微观展现，喻示着国家社会的命运转折，而以知识分子为叙事主体的婚变叙事对个人觉醒、个体话语有更鲜明的表达，这与"五四"现代传统产生了一定的呼应。王宇教授（厦门大学）指出铁凝《笨花》对新世纪女性历史叙事和乡土叙事的贡献，即《笨花》从日常生活出发，重返大历史，以"日常生活精神"（"笨花精神"）解构大历史，揭示亦此亦彼、多元并存的日常生活本源性状态。这种阴性化、母性化的大历史形态不仅提供了一种超越性别议题却不放弃性别立场的女性历史叙事的可能性，也提供了一种新的宏大历史叙事的可能性。大会主题报告后，四个会场分别以"女性文学史：理论与方法""性别政治与现代文学的发生发展""女性文学与当代中国社会变迁""生态、媒介与性别想象"为核心问题进行分组讨论。现将分组会议综述如下。

二、女性文学史：理论与方法

第一组与会专家学者围绕女性文学研究从何而来，如何应对当下快速变动的社会现实，以及未来的研究方向等议题展开讨论，涉及女性文学的起点与未来、女性文学理论建构等重要学术命题。首先，董丽敏（上海师范大学）分析 20 世纪 80 年代以来的女性文学研究模式及症候，提纲挈领地提出要重建女性文学研究的"切身性"，首先需要调整、改造甚至重构研究者的立场、观念、知识乃至情感，还意味着要以文本的内生逻辑打开文本，要以对象为方法，进入其情感世界，通过理解她们的情感指向，进而去理解她们的事和理，从而把握历史中人的行为逻辑，最终抵达对象的意义世界。

其次，与会专家学者就女性文学史的建构历史与发展走向，男性作为批评与文学史书写主体，在文学实践中隐含的性别想象、性别规范与性别盲视等问题发表看法。李蓉（浙江师范大学）认为，"女性文学史"的出现填补了文学史场域及女性写作传统研究的空白，但更多把"女性"的写作独立于主流的写作之外，忽视了本土化语境中女性问题与民族、社会、历史问题的勾连，以及审美及文学性标准下女作家创作本身的"质"问题。周海琳（集美大学）提出中国古代女性文学史研究的三种跨越：跨时代纵向继承优秀经验、跨地域开展横向交流对话、跨学科开展创新性融合研究。吴玉杰（辽宁大学）认为，由于数字人文时代的到来，我们可以利用现有的数据库资源进行女性文学史写作和研究，也可以通过建立数据库为中国女性文学史写作和研究提供资源，数字人文时代必将为中国女性文学史写作和研究带来思维方式、写作范式、研究方法、视角和路径的影响和变化，拓展、丰富和深化女性文学史写作和研究。李东（辽宁大学）认为从近代起至新时期，女性文学意识经历了自在、被动、自觉、被遮蔽与再自觉的嬗变过程。向天一（辽宁大学）指出女性作家以其独有的艺术情怀与独特的审美体验从艺术活动中汲取、积累下丰厚的话语和观念，不仅成为专业"爱好者"，而且还为文学创作的题材内容、主旨思想提供别样的资源，这是有别于男性文学的书写传统与样式。孙佳（辽宁大学）指出，"五四"时期的女性文学批评呈现出初步的现代意识，但尚未从批评场域、批评立场、批评理论、批评范式等方面形成相对独立的话语空间，从而未能在"五四"文学批评的洪流中标示出某种文化身份的独特性。李阳（辽宁大学）指出"数字资本主义"背景下，女性书写也发生了深刻的改变，女性的书写与资本主义的数据生产难解难分，并会不断地衍生出各种新的书写问题与矛盾。

再次，会议提出了"性别表意机制"与空间的性别政治议题。马春花（中国海洋大学）以劳里提斯的"性别机制"与斯科特的"性别范畴"为理论参照，提出"性别表意机制"这一概念，作为表意机制的性别，既是研究对象、分析方法与视角，同时也是一种说话立场。它总是站在相对弱势的一边，反对一切不公与暴力，想象并渴望建立一个公正、平等、自由的世界。吴雪丽（西南民族大学）认为现代女性写作初创期的多元情感话语的背后，是现代女性在传统空间与现代空间、家庭空间与社会空间、私人空间与公共空间等之间的穿越与挣扎，在空间的"流动性"中，个人的身份认同、现代主体的建构、性别政治的复杂性等问题渐次呈现出来。张瑞英（曲阜师范大学）对读张爱玲与伍尔芙，以"公寓"和"一间自己的房间"为喻，指出她们所守护的女性精神空间和心理需求。曹霞（南开大学）指出"70后女作家"的城乡书写兼顾乡村、县镇和城市三种地理空间，经历了从浪漫到写实、从追忆到非虚构、从诗学到社会学的过程，在趋实化中介入了对公共话题的表述。郑斯扬（福建社会科学院）从乡土中国、性别立场与伦理观等角度论述中国女性乡土写作的特征、问题意识、理论资源、目标指向、思想张力等内容。李萱（河南大学）基于社会集体心理的叙事视角——"当下中国"，阐释谌容20世纪80年代的"当下性写作"及其文学史意义。

与会专家还兼具比较视野，在中西方女性书写与批评的对照中展开思考。刘颖慧（长春师范大学）对海外汉学性别研究建构中国女性文学批评的过程展开反思，找到在中国女性文学批评建构过程中海外汉学性别研究的参与带来的影响和产生的变化，分析这些变化的原因和意义。赵树勤（湖南师范大学）对照美国自白派与中国当代女性自白诗，指出在看似相同的"自白"书写下，翟永明等中国女诗人赋予了自白诗不同的内容与意义，显现出一种完全不同于美国自白诗的女性的、自信的、从容的灵魂，从而走出了迷信、复制西方文学资料的误区与窠臼。

会议还十分关注作为学术热点的非虚构女性写作与文化现象。孙桂荣（山东师范大学）将非虚构女性写作称为"非性别本位"下的女性书写，其没有性别优先、女性利益为重、女性个人主义扩大化的性别本位主义倾向，但却不是"去性别"的写作，性别言说更多是以间接的、曲折的、隐形的"隐曲性"方式呈现的，并进一步阐释女性非虚构创作对性别文论话语建设的价值。李晓丽（中华女子学院）探讨在现代传播背景下非虚构女性写作的特质与今后可能发展的方向。郭力（哈尔滨师范大学）阐释了网络小说、音乐、电影等各种文化现象与现代女性性别的自我理解与形塑之间密切的关系。

三、性别政治与现代文学的发生发展

第二组会议首先从现代女性文学发生学的视角，对近现代的文学史料进行深入挖掘和整理。鲁毅（济南大学）指出近代女性小说家塑造的女性形象主要有女侠、贤媛、节妇、女学生等几类典型，呈现出较强的阅读张力，这种张力的深层内涵体现了女性形象的主体性建构与传统伦理道德观念之间的杂糅、并举与冲突。曹晓华（上海社会科学院）辨析了陈独秀译《妇人观》的原作者奥雷尔，在某种程度上混淆了"新女性"和女性主义运动之间的微妙区别，"新女性"的最终目的是为了家庭之外的自我实现，而奥雷尔以为法国的"新女性"和英美的一样就是为了更多的实际权益。黄湘金（中国海洋大学）汇报吴芝瑛研究的新成果，依《吴芝瑛集》体例，将其集外作品补录，依题材的不同，共分十二大类，得七十余篇，总计二万余字。符杰祥（上海交通大学）借由丁玲致冯雪峰的未刊书信手稿的解读，在真实与涂抹、坦白与克制之间，探索丁玲未曾公开的情感与心灵世界，促进我们更好地理解、更深入地认知革命与文学、革命与爱情在现代中国的内涵与意义。

其次，第二组学者运用新的视角，对已经取得成就的"五四"女作家作品及其创作理念进行重新阐释。李玲（北京语言大学）以冰心《冬儿姑娘》为中心，指出作品为中国现代文化建设贡献了这样的一种生命智慧：超越自我喜好，接纳他人未必完美的生命状态，进一步指出人类需要代表包容性的、接纳有缺陷生命本然状态的慈悲的文学。张婷（辽宁大学）梳理冰心早期在《晨报副刊》发表的系列文章及其思想，其所确立的爱、美、自然、童真等主题贯穿她一生的儿童文学书写，为她后来创作的儿童文学以及儿童散文等奠定了重要的思想基础。宋晓英（济南大学）指出张爱玲的《小团圆》《雷峰塔》《易经》暴露"历史真实"的同时，更凸显"心灵的真实"，在叙事上运用了一种"张看式的视角"，赋予了三部小说一种"现代性的迷离风格"。郭淑梅（黑龙江省社会科学院）通过梳理萧红早期的创作，指出其在自己的文学场域中建构起阶级、族群为特征的以性别为基础的社会关系，呈现出具有左翼倾向的性别政治观点。郭姗姗（辽宁大学）通过萧红对小说题材的选择和人物形象的塑造来讨论她的性别意识和立场，包括乡土题材下的女性视角、东北文化里的男权批判等。

此外，还有一些学者聚焦现代时期的两性意识，以及左翼作家、现代男性作家和批评家的女性意识。姜瑀（暨南大学）以问题为中心，将视线锁定在文学文本对强奸犯和强奸行为的叙述之上，考察中国现代小说的性暴力叙事，审视性暴力背后的性别政治和性别文化。姜云飞（上海财经大学）考察作为科班出身的体育专业教师石评梅，是如何与男性先觉者们所提倡的近代女子"体育"教育思想发生了性别化的偏移；从而探讨父权家国理想所催生的"体育救国"话语与女性教育者"体育救女"实践之间的错位，阐明石评梅式解放了的女性"体育身体"何以无法弥合身心裂隙反而强化了分裂之张力的深层原因。王翠艳（中国劳动关系学院）以杨刚、谢冰莹、张秀岩、郑蜀子、陈璧如五位北方左联女盟员为对象，通过对其参加左联前的人生经历及在左联时期的文学活动的综合考察，揭示20世纪30年代左翼知识女性的历史境遇并考察政治、性别等议题在其文本中的复杂呈现。李莉（湖北民族大学）考察老舍创作中的妇女形象，既跟踪现代中国的发展轨迹，又透析出现代中国妇女的解放历程，即个体成长与群体成长状态。余蔷薇（武汉大学）以黄人影编选的《当代中国女作家论》为对象，分析20世纪30年代男性批评家女性意识的凸显。王宁（廊坊师范学院）认为晋察冀文学中的妇女叙事从作家、观念与审美的意义上进行"新的人民的文学"的初期建构，在注重"新的主题、新的人物、新的语言形式"的解放区文学中具有结构性作用。肖珍珍（辽宁大学）指出无名氏《北极风情画》中奥蕾利亚的形象仅仅是为了满足男性对生命的体验、道德人格的完善、形而上的思索所必需的付出，而男性们在此过程中，自然地将女性视为第二性，"佳人"的功能只是一种男性价值的证明。李佳奇（辽宁大学）认为五四时期的女性言说可以看作现代时期女性文学书写的先声，之于女性自我解放具有重要意义，但很大程度上得益于鲁迅、胡适等男性先驱的启蒙，求索之余，她们仍然面对着娜拉出走后的迷茫与困惑。王亭绣月（辽宁大学）指出谭正璧的古代女性文学史与现代女作家评论研究，在批评中体现的公正与"在场"的特点对当代女性文学研究具有不可忽视的价值。

四、女性文学与当代中国社会变迁

第三组会议首先以当下中国社会转型期出现的社会想象为入口，探讨女性文学背后的话语结构和权力机制。樊洛平（郑州大学）表示，20世纪80年代以来，两岸女强人文学形象的当代亮相，不仅以凸显的文学现象标志了两岸女性文学在多年分流发展后的殊途同归，也以一面女性文学的镜像，蕴含着并观照了当代社会发展演变的诸多时代信息。刘堃（南开大学）观照当下学院派的女性写作，指出淡豹的写作中充满了破碎与缺憾的日常生活本身，被赋予了一个正面的向度。韩旭东（南开大学）研究新世纪以来叶广芩等女作家的物质书写，指出当物质书写由及物滑向虚无的不及物，从内部消解了现实主义小说的批判指向，会使小说流于媚俗。

其次，通过对女作家多重文化身份的辨析，会议探索了乡土文学发展中被遮蔽的女性经验，为乡土文学提供了富有启示性的研究视角。李彦文（天津外国语大学）表示华裔女作家提供的新的文学经验，是对人和事物的重新命名，其一，她们贡献了两类新的女性人物：新地母型人物和离经叛道的少女；其二是对乡愁的重新命名，打破了始自沈从文的将乡愁安置在悲剧性爱情故事中的传统。李雪梅（三峡大学）认为，姚鄂梅小说《雾落》《真相》和《西门坡》分别以雾落村、长乐坪镇和西门坡一号隐喻着女性生存的不同面向，即历史的循环及其宿命性、日常的抵抗及其特异性、乌托邦的破碎及其反噬性。李振（吉林大学）表示，魏思孝及其《都是人民群众》带着对当下乡村生活的忠诚，以近乎游离于性别视野之外的写作呈现出一种基于现实生活的性别生态，为当代文学的性别书写提供了某种启示或另外的可能。景欣悦（厦门大学）提出，《小鲍庄》《白鹿原》《笨花》均以仁义作为思想资源和文化复归的价值指向，从不同角度展现了中国近现代历史的变迁及其对于乡土中国的深刻影响，其中的性别表述也存在值得玩味的互文性。胡哲（辽宁大学）周瑄璞《多湾》抒写着颍河的"多湾"与人生"多湾"，从民国二十年代流淌至新世纪，由女性视角讲述着一个家族的命运轨迹，四代人的成长历程与抗争过程。

会议同时将性别视角引入此前较少关注的、有所忽视的作品或领域，重新解读作品中的性别观念和性别政治。高艳芝（河北师范大学）以王周生小说《性别：女》为个案，审视与思考中国的政治伦理对性别的挤压，过度挤压之下的呻吟与抗争，重新思考政治与性别应有的关系。王帅乃（北京师范大学）从性别视角观察当代儿童文学写作中死亡（尤其是"自杀"行为）、情欲和暴力是这三大"禁忌"书写，发现不同性别主人公的作品呈现出较明显的观念导向和写作风格上的差异。

最后，与会专家融合多种理论资源和研究视角，展开"高度女性化"的性别研究。赵冬梅（北京语言大学）指出基于王安忆个人的经验性，《向西，向西，向南》将女性乌托邦放置于跨域的异国他乡，与此前的创作形成一种风格的连贯性，即小说结尾都会有一种类似暴风雨过去后的平静、安宁。桑莉（临沂大学）关注当代小说中的女红民俗书写，其雅俗共赏的形态状貌、新旧交融的品格内蕴，表现出独特的审美内涵。徐寅（天津财经大学）聚焦当代藏族女性汉语诗歌写作，及其为当代诗坛带来的全新的审美体验。薛冰、李婧妍（辽宁大学）关注辽宁作家苏兰朵，分别指出其小说昭示了偶然之中恒定的真相——荒诞即真实——荒诞存在主义的真相，以及灵魂无处寄寓的道德危机与肉身无处安放的生态危机。郑思佳（辽宁大学）表示，新时期女作家的历史书写通过对民族史、家族史以及个人心灵史进行重访和重构，对既定的"历史"观念和文本提出了质疑和挑战。郑慧文（辽宁大学）将付秀莹的《他乡》理解为新世纪以来的一部女性精神成长史，揭示了现代女性在"身份进城"与"精神进城"过程中的自我救赎与自我和解，但小说中若隐若现的男性内视角无时不充当着确认女性性别身份和社会身份的最佳推力，这不仅是付秀莹苦心营造的叙述困境，也是当下女性正在面临的时代困境。

五、生态、媒介与性别想象

此组议题主要围绕女性生态主义、女性戏剧、女性电影、体育文学、网络空间中的女性意识相关话题。穆重怀（辽宁大学）以当代俄罗斯文学中女性生态主义的源起、流变为研究对象，翔实梳理其表达和特征，阐析女性生态主义在当代俄罗斯文学中的独特意味。隋丽（辽宁大学）通过对朝阳喀左民间故事家高延云的故事讲述活动和文本进行分析，从口头程式句法以及口头表述特征入手，捕捉女性思维的隐秘表征，以及其中所具有的潜在的性别观照。张冬秀（辽宁大学）认为辽宁女作家杨春风长篇小说《辽河渡1931—1945》地方志式纪实性历史书写，表现出对历史应有的尊重。周雪花（河北师范大学）认为《候鸟的勇敢》以写实和虚构相结合的手法，展现出一个生机勃勃却又藏污纳垢、美若仙境却又暗藏杀机的世界，对美与爱的东方文化进行了哲理性的思考。

关于女性电影和戏剧，陈琰娇（南开大学）重返80年代电影的"女性意识"建构，提出当代中国电影的"女性意识"至少在两个层面上发生了变化，一是"女性主义"（电影）理论及其相应评述方式，从学院话语体系延伸到大众话语体系中，二是这种言说路径与言说范围的变化也使得"女性意识"及其相应思考发生了变化。刘巍（辽宁大学）聚焦戴锦华电影批评之批评，将戴锦华的电影批评放置在中国电影批评的大背景序列之中加以考量，力图感知百年来中国电影批评的经验与方法、坚守与借鉴、意义与局限。许航（北京电影学院）梳理20世纪80年代电影《红衣少女》引发的争议，表示它呈现出的艺术特征以及对它的争议体现了时代的开创性，也体现了时代的局限性。刘传霞（济南大学）重评电影《沙鸥》，认为其对个人尊严与自我价值的尊重、把自我实现和社会发展融合在一起的理念，对当下的青年人仍然具有启发意义。苏琼（厦门大学）以新中国七十年女性作家的戏剧文学创作（包括话剧与戏曲）为研究对象，追溯涵盖话剧与戏曲的新中国女性戏剧历史脉络，探求新中国七十年女性戏剧的文本实验与审美特征，尝试建构女性戏剧批评与理论的中国话语模式。张赟（辽宁大学）表示，女性戏剧与当代社会发展变迁之间存在着相互作用力，女性戏剧的审美形态反映着时代社会发展与蜕变的巨大历史内容，同时社会的发展变迁又是女性戏剧的晴雨表，直接作用于女性戏剧的审美视野和思想格局。

会议还围绕新媒体空间中的网络小说、耽美文学、微博展开讨论，贴近社会现实，试图发挥网络中文学的正确价值观导引作用。陈娇华（苏州科技大学）以《赘婿》和《鬓边不是海棠红》作为中心，考察性别意识在网络历史题材小说中的呈现。纪海龙（中南大学）认为新世纪的网络耽美小说尽管存在着技艺稚拙、现实关怀缺乏、自由审美思维被商业逻辑篡夺等种种弊病，但它却对当代女性在赛博空间中话语权力的争取和审美诉求的表达作出了不容小觑的突破性贡献。王影君（上海理工大学）指出热播剧中大女主形象既标志着当下观众对女性审美的文化价值转向，也映射出当代社会中女性的文化精神。马聪敏（陕西师范大学）提出微博语境下"女拳"一词的流行是性别对立思维在网络社交媒体平台上被重新建构的一种结果，投射出女性权利问题在网络媒介空间下的中国化困境。王志萍（昌吉学院）表示，网剧《摩天大楼》展示了正视性别问题的勇气和对于出路的探索，为我们提供了许多有益的启示。张立军（《艺术广角》编辑部）表示，当下的"女频"小说试图重构女性生存的价值，颠覆了传统性别的书写，大胆对抗菲勒斯中心主义，"女尊""女强"等看似相对激进的"女频"小说的出现亦是延续着女性主义文学创作的意义。姚韫（沈阳大学）探索网络时代女性武侠小说创作，其为长期被男性作家所垄断的武侠世界带来了不一样的"江湖"。李昊（鞍山师范学院）认为耽美文学既无鲜明的革命意义的女性色彩，亦不是"超离现实，超越历史"的历史虚无文本，其呈现出来的歧义和裂缝是反映社会现实与参与建构历史的新方式。朱育颖（亳州学院）紧跟时代语境，述评当代女作家的疫情书写，颂扬女作家们的真诚、大爱、勇气和担当。

六、从女性文学版图到"女性人道主义"

会议闭幕式由中国当代文学研究会女性文学委员会副主任王侃教授主持。马春花、刘钊、景欣悦、苏琼分别代表四个分组做小组汇报，中国当代文学研究会委员会副主任委员董丽敏教授做大会总结。董丽敏指出，在这次年会上，可以欣喜地看到女性文学研究取得了一系列新进展，首先，体现为呼应并汲取了近年来中国现当代文学研究的方法和成果，如对文献史料的重视、文学史意识的加强、文化研究视野的引入、跨学科研究方法的自觉等，对重要作家作品的研究（如冰心、丁玲、萧红、张爱玲、王安忆、铁凝、残雪等）也取得了新的推进。其次，女性文学研究自身的探索也日趋深化，表现为：女性／性别视角与文学的结合，女性文学研究与社会历史语境之间互动的意识和能力有明显提升；对女性及女性文学的理解日趋理性成熟，逐步摆脱原先的二元对立思维格局，体现出更为强烈的女性主体意识和文化自信；更积极主动拓展新的研究领域，首次引入了数字人文的语境和维度讨论女性文学，网络类型文学（如耽美文学）、少数民族文学、非虚构文学、影视剧中的性别现象得到了更为充分的关注和讨论。但本次研讨会仍然留下了一些可以进一步讨论的问题：女性文学研究如何有效地"历史化"；女性文学研究如何熔铸进当代问题意识，提升自己介入当代社会主流问题的能力；如何在"当代性"视野中更完整地建构女性文学版图；女性文学研究者的媒介研究如何获得正当性，提供不同于媒介领域的研究者不一样的研究成果；女性文学研究如何打开自己，在了解并介入到当代社会发展进程的前提下，为女性群体尤其是边缘草根女性群体发声等等。董丽敏教授认为，女性文学研究需要感同身受，需要在更大的社会历史脉络中去打开和激活女性文学经验，才能给予这个变动的时代以应有的人文关怀，从而能找到我们自己的位置。

会议最后，贺绍俊教授致闭幕辞。贺绍俊教授从对刘鹏艳《逐日》的阅读感受谈起，基于伊丽莎白·格罗茨所言"女性主义不是穿裙子的人道主义"，提出"女性人道主义"的观点。所谓"女性人道主义"，就是以女性的目光、女性的宗旨去处理人道主义问题。换上了女性眼睛，就有可能修正人道主义的男性偏见，从而真正接近人类的终极目标，符合人类的终极价值。两位教授的观点将女性文学研究上升到普遍性的人类经验，指出了女性文学研究的根本价值立场和理想标地。

中国当代文学研究会女性文学委员会自 1995 年成立以来，按照两年举办一次学术研讨会，两年举办一次青年论坛的节奏，精心筹划，规范运作，已连续成功召开了十五届，有力地推动了女性文学研究的不断拓展和走向深入，扶持和培育了许多学术新秀和新锐人才。本次会议充分体现对女性生命体验的关切，集中了近年来女性文学研究领域的高水平成果，从而搭建了女性文学研究者学术交流的平台，进一步深化了许多对女性文学研究问题的思考和认识，将女性文学研究带入超越性别的历史学、社会学、伦理学、人类学层面。

（薛冰：辽宁大学文学院博士研究生）

图书在版编目（CIP）数据

女作家学刊.第三辑/阎纯德主编.—北京:作家出版社，
2022.8

ISBN 978-7-5212-1985-2

Ⅰ.①女… Ⅱ.①阎… Ⅲ.①女作家—文学评论—
中国—当代 Ⅳ.①I206.7

中国版本图书馆 CIP 数据核字（2022）第 144202 号

女作家学刊·第三辑

主　　编：阎纯德
责任编辑：张　平
装帧设计：意匠文化·丁奔亮
出版发行：作家出版社有限公司
社　　址：北京农展馆南里 10 号　　邮　　编：100125
电话传真：86-10-65067186（发行中心及邮购部）
　　　　　86-10-65004079（总编室）
E-mail:zuojia @ zuojia.net.cn
http://www.zuojiachubanshe.com
印　　刷：三河市北燕印装有限公司
成品尺寸：165×260
字　　数：610 千
印　　张：33.5
版　　次：2022 年 8 月第 1 版
印　　次：2022 年 8 月第 1 次印刷
ISBN 978-7-5212-1985-2
定　　价：98.00 元